WOLFGANG HOHLBEIN

Der schwarze Tod

Wolfgang Hohlbein

Der Schwarze Tod

Der zwölfte Roman
der Chronik der Unsterblichen

LYX EGMONT

Originalausgabe Oktober 2010 bei LYX
verlegt durch EGMONT Verlagsgesellschaften mbH,
Gertrudenstr. 30–36, 50667 Köln

1. Auflage
Redaktion: Stefanie Zeller
Einbandillustration: Thomas von Kummant
aus dem Portfolio »Glut und Asche«
Satz: Greiner & Reichel, Köln
Druck: GGP Media GmbH, Pößneck
ISBN 978-3-8025-8395-7
www.egmont-lyx.de

Kapitel 1

Auch in dieser Nacht träumte er wieder von seinem Sohn. Es begann wie immer: Gesichter, zu Grimassen verzerrt, wirbelten in einem rasenden Kaleidoskop des Schreckens um ihn herum; er hörte sinnlose Laute, spürte die Hitze von Flammen, schmeckte den puren Geschmack von Gewalt, von Schmerz und unendlich viel Leid, das er über die Menschen und die Welt gebracht hatte, ohne es auch nur zu ahnen.

Er träumte diesen Traum seit einem Jahr, nicht jede Nacht, nicht einmal regelmäßig, aber doch mit bestürzender Häufigkeit, und auch das Wissen, nur einen Traum zu erleiden, nahm diesem rein gar nichts von seinem Schrecken.

Vielleicht, weil er zugleich auch wusste, dass es eben nicht nur ein Traum war, sondern die Erinnerung an schreckliche Dinge, die er niemals getan und niemals erlebt hatte und die doch wahr waren.

Heute jedoch war etwas anders. In dem Traum, den er jetzt träumte, hatte der Schrecken ein Gesicht. Es war das Antlitz eines weißhaarigen Jünglings mit den Zügen eines Engels und den brennenden Augen eines Dämons, die er in Wahrheit nie gehabt hatte, in diesem Traum aber höllische Wahrhaftigkeit erlangten.

Er war wieder im Borsatal und der Bauernburg, die zum Grab

aller geworden war, die er jemals gekannt und geliebt hatte, und wieder hatte er Stunde um Stunde in stummer Verzweiflung dagesessen und um seinen Sohn geweint, bis seine Tränen schließlich versiegten und aus dem Schmerz in seinem Herzen unerbittlicher Hass geworden war.

Irgendwann wurde er sich seiner Umgebung und seiner selbst bewusst und machte sich an die letzte und schrecklichste Aufgabe dieses Tages, nämlich die, den Leichnam seines Sohnes zu begraben. Von Männern zu Tode gefoltert, die er nicht kannte, um für etwas bestraft zu werden, von dem er nicht einmal wusste, dass er es getan hatte.

Er begrub ihn tief, damit sich keine Tiere an ihm vergingen (hatte er damals ein Kreuz auf seinem Grab aufgestellt? Es war so lange her, dass er sich nicht mehr daran erinnerte, aber in diesem grässlichsten aller Nachtmahre tat er es), und ging dann zu seinem Pferd, um diesen Ort des Schreckens zu verlassen und sein Leben fortan der Rache zu widmen. Und an dieser Stelle dann zeigte der Traum, was vielleicht gewesen war, er aber niemals erlebt hatte.

Auf halbem Wege hörte er ein Geräusch und blieb noch einmal stehen, um sich umzudrehen, und obwohl er diesen Moment schon hundertfach durchlitten hatte, spürte er auch jetzt zuerst nichts als blankes Entsetzen, als er sah, wie sich das schlichte Holzkreuz zur Seite neigte und hob, gehalten von einer bleichen Kinderhand, die aus dem Grab emporwuchs. Es folgten ein Arm, eine Schulter und schließlich ein schmales Gesicht, umrahmt von schmutzigem weißem Haar. Unzählige Male hatte er diesen Augenblick durchlebt, und doch schlug sein Herz auch jetzt wieder in maßlosem Entsetzen bis in seine Schläfen und die Fingerspitzen.

Und doch war der Gipfel des Schreckens noch nicht einmal erreicht. Er wusste zwar, was kommen würde, aber auch, dass ihm dieses Wissen keinen Schutz vor dem Grauen bieten konnte, zu dem der Traum ihn führte.

Langsam, unendlich mühevoll, aber auch mit der Unaufhaltsamkeit eines Albtraumes arbeitete sich der tote Junge aus dem Grab heraus, in das er ihn mit eigenen Händen gelegt hatte. Feuchtes Erdreich und Schmutz klebten an seiner Haut. Doch das verdeckte die schrecklichen Wunden nicht, die seine Folterknechte ihm zugefügt hatten, sondern schien sie ganz im Gegenteil nur noch zu betonen.

Er machte einen Schritt auf seinen wiederauferstandenen Sohn zu, der niemals gestorben war, dann verweigerten ihm seine Muskeln den Dienst. Ein unsichtbares eisernes Band legte sich um seine Brust und seine Kehle, schnürte ihm den Herzschlag und dann den Atem ab, bis er nur noch Entsetzen und alles verzehrende Schuld empfand. Er wusste, was nun kam, doch wie hätte ihn dieses Wissen schützen sollen?

Vater.

Der Junge konnte nicht sprechen. Sein Herz schlug nicht. In seinen Adern floss kein Blut mehr. Seine Kehle war verstopft mit der weichen Erde, mit der er sein Gesicht bedeckt hatte. Aber seine Lippen bewegten sich, erbrachen Schleim und geronnenes Blut.

Warum hast du mir das angetan, Vater?

Wie hätte er es denn wissen sollen? Niemand hatte ihn gewarnt. Niemand hatte ihn auf das vorbereitet, was kam oder was er war, was sein Sohn war. Er hatte es doch nicht *gewusst!*

Aber wann hätte Unwissenheit jemals Schuld gemildert?

Der Junge kam näher. Er wollte herumfahren, schreien, davonlaufen, doch er war wie gelähmt, sah, wie der Knabe mit dem Gesicht eines mörderischen Engels mit torkelnden Schritten näher kam, eingehüllt in den schrecklichen Odem aus Tod und Zerfall, der unmöglich schon nach so kurzer Zeit entstanden sein konnte und ihm doch schier den Atem nahm. Seine Hand, deren Fingernägel sich lösten und an langen, schleimigen Fäden zu Boden tropften, hielt noch immer das schlichte Holzkreuz umklammert. Grauer Rauch kräuselte sich zwischen seinen Fingern empor, der nach verkohltem Holz und schmelzendem Fleisch und den Qualen tausend verdammter Seelen roch, und nun begann auch das Gesicht des Knaben zu zerfließen, wie eine Maske aus Wachs, die dem Feuer der Hölle zu nahe gekommen war.

Warum hast du das getan, Vater? Warum hast du mich …

Andrej fuhr mit einem Schrei in die Höhe, registrierte eine Bewegung aus den Augenwinkeln und riss ganz instinktiv den Arm hoch, um sich zu schützen, vielleicht auch um zuzuschlagen. Im letzten Moment noch begriff er seinen Irrtum und hielt im Hieb inne. Trotzdem erklang ein erschrockener Laut, und er spürte, wie sich jemand hastig zurückzog, wenn auch nur ein kleines Stück.

Sein Herz raste. Er war zurück in der Wirklichkeit, aber der Traum ließ ihn nicht los, sondern hielt seine Gedanken weiter gefangen, wie ein klebriges Spinnennetz, in das er sich nur immer unrettbarer verstrickte, je verzweifelter er es zu zerreißen versuchte. Etwas tat sich in ihm auf, ein schwarzer Abgrund, in dem der Albtraum lauerte, um ihn endgültig zu sich hinunterzuziehen, zu verschlingen und vielleicht nie wieder freizugeben. Da waren unsichtbare Augen, die ihn voller Hass anstarrten, und –

Andrej ballte die Hände so heftig zu Fäusten, dass seine Gelenke knackten und es wehtat. Er presste die Augenlider fest zusammen und konzentrierte sich auf ein paar einfache mentale Übungen, um seine Gedanken zu beruhigen und die letzten Spinnwebfäden zu zerreißen. Es half, wenn auch nicht vollständig. Nicht einmal annähernd so gut, wie er gehofft hatte. Aber die Augen erloschen, und der Abgrund schloss sich. Langsam.

»Ist … alles in Ordnung, gnädiger Herr?«

Die Stimme schien aus keiner bestimmten Richtung zu kommen. Er hörte die Worte, aber sie ergaben keinen Sinn. Zitternd setzte er sich auf, zog die Knie an den Leib und fühlte raues Holz im Rücken. Alles drehte sich um ihn, selbst die Dunkelheit, als er die Augen wieder schloss. Er wusste nicht, wo er war, für einen schrecklichen Moment wusste er nicht einmal mehr, *wer* er war.

»Gnädiger Herr?«

Diesmal erkannte er, woher die Stimme kam, und konnte deutlich die Angst darin hören. Sein Gefühl sagte ihm, dass er sich an das Gesicht, das zu dieser Stimme gehörte, erinnern sollte, aber es wollte ihm nicht gelingen, so angestrengt er es auch versuchte.

Endlich öffnete er die Augen, doch er fand sich in nahezu vollkommener Dunkelheit wieder. Erdrückende Enge umgab ihn und ein Hauch von staubig-grauem Licht, das durch ein winziges trapezförmiges Fenster über seinem Kopf fiel.

»Gnädiger Herr?«, fragte die Stimme zum dritten Mal, und jetzt klang sie mehr besorgt als ängstlich. Etwas war hier nicht so, wie es sein sollte, aber er konnte nicht sagen, was.

Mit schierer Gewalt zwang er sich, sich zu erinnern, wo er war. Die raue Wand in seinem nackten Rücken gehörte zu der schäbigen Dachkammer, die Abu Dun und er seit einer Woche bewohnten, und es war Nacht. Außerdem war er nicht allein.

Doch damit hörte sein Wissen über das Hier und Jetzt auch schon auf. Dieses Mal hatte der Traum ihm wirklich zugesetzt.

»Es ist alles in Ordnung«, sagte er mit einiger Verspätung und einer Stimme, die so brüchig und schwach wie die eines uralten Mannes klang und ihn selbst erschreckte. »Ich wollte dich nicht erschrecken. Es tut mir leid.«

»Das habt Ihr nicht, gnädiger Herr.« Was wohl kaum der Wahrheit entsprach und nicht einmal besonders überzeugend klang. Mühsam drehte er den Kopf, blinzelte und erkannte jetzt immerhin einen Schatten, der auf dem Rand des schmalen Bettes saß und das andere Ende der zerschlissenen Decke an sich presste, die auch ihn bis zur Hüfte bedeckte. Darunter trug er nichts, und trotz des Dämmerlichts erkannte er, dass dasselbe auch für die schmale Gestalt galt. Vielleicht erinnerte er sich auch daran. Wenn auch nicht an mehr.

Immerhin war klar, dass nicht Abu Dun auf seiner Bettkante saß, um ihn mit einer seiner sarkastischen Bemerkungen zu erheitern (die ihm in letzter Zeit zunehmend den Nerv raubten), sondern eine Gestalt, die höchstens halb so groß und um drei Viertel leichter war und außerdem ein anderes Geschlecht hatte. So viel zu der Frage, was er getan hatte, bevor er eingeschlafen war. Aber warum konnte er sich an nichts erinnern?

»War es schlimm?«

Zuerst verstand er die Frage nicht. Der Schatten rutschte wieder näher an ihn heran. Er hörte ein leises Knistern und roch den Duft von lockigem schwarzem Haar, das vor Kurzem noch über jeden Zoll seines Körpers geglitten war. Wenigstens sah er jetzt ein Profil, auch wenn es ihn irritierte und er es nicht zuordnen konnte.

»Was?«, fragte er.

Warme Haut, die klebrig von eingetrocknetem Schweiß war und andere Erinnerungen in ihm weckte, glitt an seiner Schulter herauf, und eine sehr schmale, warme Hand berührte seine Seite, tastete sich fast scheu weiter und blieb dann mit leicht gespreizten Fingern auf seinem Bauch liegen. Lippen, so weich wie Samt und süßer als der kostbarste Honig, berührten seine Halsbeuge und wanderten auf der Suche nach seinem Mund weiter.

Andrej drehte den Kopf weg und griff zugleich nach ihrer Hand, lockerte seinen Griff aber auch sofort wieder, als er spürte, wie dünn und zerbrechlich das Gelenk war. Aber er ließ nicht los.

»Nicht«, sagte er.

»Wart Ihr nicht zufrieden, gnädiger Herr?« Ihre Stimme klang leise und ehrlich besorgt, und prompt meldete sich sein schlechtes Gewissen.

»Ich meine: Habe ich Euch nicht gefallen?«

Er konnte sich nicht einmal erinnern. Oder doch: Es *hatte* ihm gefallen. Aber das machte es eher schlimmer. Ihre Zerbrechlichkeit und ihre mädchenhaft kleinen Brüste an seiner Haut schürten nur noch sein schlechtes Gewissen, jemand mit auf sein Zimmer genommen zu haben, der ihm beim besten Willen nicht gewachsen war.

»Das ist es nicht«, sagte Andrej, indem er sich weiter aufsetzte und ganz automatisch die Decke enger um sich schlang, sodass der schlanke Körper neben ihm nun fast völlig entblößt war. »Wirklich, es hat nichts mit dir zu tun. Ich war nur … es tut mir leid.«

Einen Moment herrschte Stille, dann sagte sie mit einer Stimme, die plötzlich sehr viel energischer klang: »Ihr hattet einen schlechten Traum, nicht wahr?«

»Habe ich dich erschreckt? Das wollte ich nicht.« Er hatte ihr doch hoffentlich nicht wehgetan, so zerbrechlich, wie sie war!

»Das habt Ihr auch nicht, gnädiger Herr … oder wenigstens nur ein bisschen.«

Gegen seinen Willen musste Andrej lächeln, auch wenn da noch immer etwas Fauliges auf seiner Seele lag, wie der schlechte Geschmack im Mund, nachdem man versehentlich etwas Verdorbenes gegessen hat, der einfach nicht weggehen will, ganz egal was man auch versucht. Behutsam setzte er sich noch weiter auf, schob ihre Hand endgültig von sich weg und fuhr sich mit der Zungenspitze über die Lippen. Sie waren so rissig und spröde, als wäre er stundenlang durch die Wüste geirrt. Sein Herz schlug noch immer schneller, als es sollte.

Die junge Frau hauchte ihm noch einen Kuss auf die Wange, der diesmal aber eher freundschaftlich ausfiel, dann glitt sie unter der Decke hervor und stand auf. Als es raschelte, vermutete Andrej, dass sie sich nach ihren Kleidern bückte, um sich anzuziehen. Trotz seines schlechten Gewissens empfand er ein sachtes Bedauern. Er wollte jetzt nicht allein sein.

Statt sich anzukleiden, richtete sie sich jedoch bald wieder auf, tappte vorsichtig in der Dunkelheit zum Tisch. Dann klickte es, Funken sprühten, und danach erhellte die Flamme einer ruhig brennenden Kerze die winzige Dachkammer. Schatten flohen auf lautlosen Pfoten vor dem Licht, verschwanden aber nicht ganz, sondern kauerten in Ecken und Winkeln, um ihn von dort aus zu belauern.

Die junge Frau schenkte zwei Gläser Wein aus einem Krug ein, kam zurück und sah ihn so lange auffordernd an, bis er die Decke zurückschlug und sie sich an seine Seite kuscheln konnte. Andrej nahm das Glas entgegen, das sie ihm reichte, nippte vorsichtig daran und behielt den Schluck länger im Mund, als nötig gewesen wäre. Nicht etwa, um das Aroma des billigen Fusels zu genießen, sondern um den üblen Geschmack loszuwerden, den der Albtraum auf seiner Zunge zurückgelassen hatte – wie feuchte Erde, in der etwas bei lebendigem Leib vermodert.

»Wollt Ihr darüber reden, gnädiger Herr?«, fragte sie, als er auch nach einer ganzen Weile nichts sagte, sondern nur an ihr vorbei ins Leere starrte.

Er wollte nicht einmal daran denken, geschweige denn über das Grauen sprechen, das ihn seit einem Jahr verfolgte. Dennoch wandte er langsam den Kopf und sah auf das schmale Gesicht hinab, das an seiner Schulter lehnte. Er fragte sich, warum er ausgerechnet sie ausgewählt hatte. Sie war sehr hübsch – in einigen Jahren würde sie selbst im Vergleich zu Meruhe eine wahre Schönheit sein –, aber so zart und zerbrechlich, dass er sich besorgt fragte, ob er vorsichtig genug mit ihr gewesen war.

»Meiner Großmutter ging es genauso«, fuhr sie fort, offenbar nach wie vor fest entschlossen, ihm zu helfen, ob er es nun wollte oder nicht. »Sie hatte oft schlimme Träume. Manchmal hat sie darüber gesprochen, und das hat ihr geholfen.«

Ihre Naivität rührte ihn. Zu wissen, dass sich jemand um ihn sorgte, tat ihm gut. Er streichelte mit den Fingerspitzen über ihre Wange und zog die Hand dann fast erschrocken wieder zurück, als er in ihren Augen las, dass sie die Berührung falsch verstand.

»Diese Art von Traum ist es nicht«, sagte er. Etwas in ihrem Gesicht … irritierte ihn, ohne dass er genau sagen konnte, was. Sein schlechtes Gewissen meldete sich erneut, als er begriff, dass er sich nicht einmal an ihren Namen erinnerte. Vielleicht hatte er auch nie danach gefragt.

»Wer ist Marius?«, fragte sie.

»Marius? Habe ich …?«

»Im Schlaf gesprochen?« Sie nickte. »Ja, aber macht Euch keine Sorgen, gnädiger Herr. Ich konnte nichts verstehen, nur diesen Namen.«

Das mochte wahr sein oder auch nicht. Und letzten Endes konnte es ihm auch gleich sein. Sie war ein Straßenmädchen, das sich für Geld feilbot und seinen Namen und sein Gesicht genauso schnell vergessen haben würde wie er umgekehrt sie. Und doch war es ihm nicht gleich. Aus einem Grund, den er nicht benennen konnte, war es ihm mit einem Mal ungeheuer wichtig, dass sie ihn verstand.

»Er war mein Sohn«, sagte er leise.

»War?«

Andrej nickte. Er spürte, sie wartete darauf, dass er weitersprach, aber die Worte wollten nicht kommen. Sie hatte recht: Schon der Entschluss, darüber zu reden, war eine Erleichterung, aber etwas zu beschließen und es in die Tat umzusetzen waren zwei verschiedene Dinge. Seine Stimmbänder versagten ihm einfach den Gehorsam.

»Ich verstehe«, sagte sie. »Wenn Ihr nicht darüber reden wollt, dann ist das in Ordnung. Ich wollte Euch wirklich nicht bedrängen, gnädiger …«

»Andrej«, unterbrach sie Andrej. »Hör auf, mich gnädiger Herr zu nennen. Mein Name ist Andrej.«

»Wenn Ihr mich Corinna nennt.« Sie schien etwas in seinen Augen zu lesen, denn plötzlich lachte sie und schüttelte so heftig den Kopf, dass ihre schwarzen Locken flogen und seine Wange kitzelten. »Zerbrecht Euch nicht den Kopf. Ihr habt meinen Namen nicht vergessen. Ihr habt gar nicht danach gefragt.«

»Oh!«, murmelte Andrej. Warum erinnerte er sich nicht einmal daran?

»Die meisten wollen ihn gar nicht wissen«, fuhr sie fort, kicherte und trank einen Schluck Wein, bevor sie hinzufügte: »Schon gar nicht, wenn sie so betrunken sind, wie Ihr es wart.«

»Betrunken?«, wiederholte Andrej verwirrt.

»Und wie!«, bestätigte Corinna. »Euer großer Freund und ich hatten Mühe, Euch die Treppe herauf und in dieses Zimmer zu bekommen.« Sie zog einen Schmollmund. »Wenn man es genau nimmt, habt Ihr mich getäuscht.«

»Weil ich zu betrunken war, um deine Erwartungen zu erfüllen?«

»Im Gegenteil«, antwortete sie. »Ich dachte, es wäre leicht verdientes Geld. Die meisten schlafen auf der Stelle ein, wenn sie so viel getrunken haben wie Ihr.«

»Aber ich bin nicht eingeschlafen.«

»Sagen wir, es war kein wirklich leicht verdientes Geld«, erwiderte Corinna. »Jedenfalls sind wir beide ins Schwitzen gekommen.«

Sie trank einen weiteren Schluck Wein und sah ihn plötzlich nachdenklich an. »Ich habe noch nie jemanden getroffen, der so schnell wieder nüchtern geworden wäre wie Ihr.«

»Das liegt daran, dass Alkohol bei mir nur wirkt, wenn ich es zulasse«, antwortete Andrej. »Und auch nur *so lange*, wie ich es zulasse.«

Das entsprach der Wahrheit, doch es war nicht verwunderlich, dass sie ihn nur noch verwirrter ansah (vielleicht auch ein bisschen erschrocken) und sich schließlich darin rettete, noch einen dritten und größeren Schluck Wein zu trinken, mit dem sie das Glas nahezu leerte.

»Das ist schon eine verrückte Geschichte«, sagte sie. »So mancher Mann würde sich wünschen, so etwas zu können ... aber wenn sie wahr wäre, dann müsste ich Euch jetzt beinahe böse sein.«

»Warum?«

»Weil ich Euch dann fragen müsste, *warum* Ihr es zugelassen habt, dass der Wein seine Wirkung auf Euch entfaltet – kaum dass Ihr mich gesehen habt.«

»Das muss vorher gewesen sein«, erwiderte Andrej. Ihm gelang sogar ein Grinsen, auch wenn ihm ihre scherzhaft gemeinten Worte in Wahrheit einen schmerzhaft tiefen Stich versetzten. Er konnte sich tatsächlich nicht erinnern, wie er sie kennengelernt hatte, aber das erklärte nicht, warum er dem Wein gestattet hatte, seine Gedanken zu verwirren.

Corinna sah ihn an und schien wohl zu ahnen, dass sie einen wunden Punkt berührt hatte, der besser unangetastet geblieben wäre, denn plötzlich lächelte sie nervös, griff nach dem Glas und trank einen großen Schluck, bevor sie es ihm zurückgab. Ein einzelner Tropfen blieb auf ihrer Lippe zurück, wie eine blutrote Träne, und Andrej beugte sich vor und küsste ihn weg. Er schmeckte süß, sehr viel süßer als derselbe Wein, den er gerade aus seinem Glas getrunken hatte, und seine Lippen blieben, wo sie waren, auch nachdem seine Zungenspitze den Tropfen längst aufgenommen hatte. Ihre Lippen wurden noch weicher. Das Glas fiel zu Boden und zerbrach, als sich ihre Arme hinter seinem Nacken schlossen. Sein schlechtes Gewissen wollte sich noch einmal regen, aber es kostete ihn keine große Anstrengung, es zum Schweigen zu bringen.

Vielleicht war es ein Fehler. Seine Lippen ruhten noch immer auf denen des Mädchens, und während seine Hände über ihren Körper glitten, erwachte seine Lust erneut und mit ihr ein anderes, düstereres Begehren, ein Hunger, den er zeit seines Lebens gekannt und bekämpft hatte, ohne ihn jemals ganz besiegen zu können. Er gab sich ganz seiner Lust hin. Konzentrierte sich vollkommen auf die wunderschöne Frau in seinen Armen. Versuchte so, dem Ungeheuer in sich Paroli zu bieten, und doch konnte er zunächst an nichts anderes denken als an die blutfarben schimmernde Träne, die er von ihren Lippen getrunken hatte, das warme Lebenselixier, das in ihren Adern floss und nach dem es tief in ihm schrie, mit solcher Urgewalt, dass es ihn ungeheure Willenskraft kostete, dieser schrecklichen Gier nicht nachzugeben. Und doch gelang es ihm irgendwie. Als er sie erneut in die Arme schloss, da war es nur noch das Mädchen, das er wollte, nicht mehr sein Leben. Sie war warm und jung und so *lebendig*, dass er sich beinahe verzweifelt an sie klammerte.

Sie liebten sich zweimal kurz hintereinander, das erste Mal wild und ungestüm und fast schon brutal, beim zweiten Mal dafür umso zärtlicher und behutsamer, bis sie schließlich erschöpft nebeneinanderlagen, wieder in Schweiß gebadet, der nun allmählich auf ihrer Haut zu trocknen begann.

Erneut überkam ihn Schläfrigkeit, der er nur zu gerne nachgegeben hätte. Nicht weil er müde war – Abu Dun und er konnten Tage ohne Schlaf auskommen, Wochen, wenn es sein musste –, sondern weil er jenen ganz besonderen Schlaf nach Momenten der Zärtlichkeit stets genoss. Aber er wagte es nicht, denn er hatte Angst, dass der Albtraum zurückkommen würde.

Schließlich stand er auf, schlang sich die dünne Decke um die Hüfte und trat an das schmale Dachfenster. Es war so hoch in der schrägen Decke angebracht, dass er sich auf die Zehenspitzen hätte stellen müssen, um hinauszusehen. Er wusste, dass es dort draußen nichts zu sehen gab, was diese, wenn auch nur kleine Mühe wert gewesen wäre. Das blinde Fenster ließ schon tagsüber kaum genug Licht herein, um die winzige Kammer zu erhellen. Jetzt waren selbst die Fassaden auf der gegenüberliegenden Straßenseite kaum mehr als rauchige Gespenster ihrer selbst, der Himmel darüber ein fleckiger grauer Streifen, auf dem nicht ein einziger Stern zu erkennen war. Aber immerhin passte dieser Anblick zu seiner trüben Stimmung, an der auch die zurückliegende Stunde nichts hatte ändern können.

Vielleicht würde das von heute an immer so sein, dachte er bitter. Der Traum – besser gesagt das, was ihn ausgelöst hatte – begann, sein Leben zu vergiften. Seit er ihn vor einem Jahr zum ersten Mal geträumt hatte, war sein Blick für das Wirkliche getrübt, sein Lachen tot, und das allmähliche Sterben seiner Seele hielt nach wie vor an.

Er konnte hören, wie auch Corinna aufstand und sich wieder raschelnd an irgendetwas zu schaffen machte. Er drehte sich weder vom Fenster weg, noch sah er über die Schulter zu ihr, fragte aber: »Schulde ich dir jetzt noch einmal dieselbe Summe?«

»Das Doppelte, wenn man es genau nimmt«, antwortete sie. »Andererseits …«

»Andererseits?«

Corinna hob leicht verwirrt die Schultern. »Ich nehme an, Ihr werdet jetzt glauben, dass ich das zu jedem Mann sage, weil es zum Geschäft gehört, aber Ihr wart …«

»Gut?«, schlug Andrej vor. »Du hast recht. Das sagst du zu jedem Mann. Weil es zum Geschäft gehört.«

»Ja«, bestätigte Corinna. »Ich sage es jedem. Aber bei Euch ist es die Wahrheit. Aber Ihr wart nicht *gut*. Es war … außergewöhnlich. Wie ich es noch nie zuvor erlebt habe.«

»Ich nehme an, das sagst du nur zu jedem zweiten.«

»Es war so intensiv«, fuhr sie unbeeindruckt fort, zwar noch immer lächelnd, aber auch auf fast furchtsame Art ernst. »Vorhin, als Ihr mich genommen habt … es war, als wärt Ihr ganz tief in mir.«

»Das war ich auch«, erinnerte Andrej sie mit sachtem Spott.

Das Mädchen blieb ernst. »Nicht so. Ich hatte das Gefühl, dass Ihr mich berührt habt, ganz tief in mir drinnen. Nicht nur meinen Körper, sondern etwas anderes. Es war fast ein bisschen unheimlich. Aber auch wunderschön.«

»Ich habe ein bisschen Erfahrung«, antwortete Andrej lahm. Sein Herz begann schon wieder schneller zu schlagen, und plötzlich hatte er Angst. Er hatte gespürt, wie sich die uralte Gier in ihm regte, aber nicht geahnt, wie nahe er daran gewesen war, ihr mehr zu stehlen als nur ein paar Küsse und eine gekaufte Umarmung.

»Ist das etwas, was Ihr auf Euren Reisen gelernt habt?«

Statt zu antworten, setzte er ein schiefes Grinsen auf und sagte: »Dann wäre es doch nur recht und billig, wenn du *mir* etwas bezahlen würdest, meinst du nicht?«

»*So* außergewöhnlich war es nun auch wieder nicht!«, protestierte Corinna. »Aber ich will nicht unbescheiden sein. Immerhin habe ich ja schon zugegeben, dass ich Euch eigentlich übervorteilen wollte … ich würde sagen, noch einmal dieselbe Summe reicht.«

Gegen seinen Willen musste Andrej lachen, wandte sich wieder um und legte den Kopf in den Nacken, um noch einmal aus dem Fenster und in den staubigen Nachthimmel hinaufzusehen. Die Sterne verbargen sich noch immer hinter einem Vorhang aus samtiger Schwärze, und auch der Mond war nun verschwunden, aber er glaubte, ein Augenpaar zu sehen, das mit kaltem Hass auf ihn herabstarrte und vor dessen Blicken es kein Versteck und kein Entkommen gab.

Als es wieder raschelte und Andrej sich erneut umdrehte, sah er, dass sie sich diesmal tatsächlich nach einem Stück Tuch gebückt hatte – allerdings nicht nach dem freizügigen Kleid, in dem sie gekommen war. Vielmehr hatte sie Abu Duns schwarzen Mantel vom Stuhl genommen und versuchte sich nun an dem Kunststück, sich in das riesige Kleidungsstück zu wickeln, ohne sich hoffnungslos darin zu verfangen – was ihr jedoch nicht gelang. Vermutlich machte ihr allein das Gewicht des Mantels schon zu schaffen, so zierlich, wie sie war.

»Bei der Heiligen Jungfrau Maria, was ist das?«, erkundigte sie sich. »Ein Zelt?«

»Für den einen oder anderen sicher«, schmunzelte Andrej. »Für Abu Dun ist es ein Mantel. Und sei vorsichtig damit. Abu Dun ist ein wenig eigen, was seine Kleider angeht.«

»Vermutlich sind sie nicht so leicht zu ersetzen«, sagte Corinna. »Ich nehme an, es braucht eine ganze Weberei, um den Stoff für dieses … *Ding* … herzustellen.«

Andrej antwortete nur mit einer zurückhaltenden Kopfbewegung, und das Mädchen streifte den Mantel mit einer überraschend mühelosen Geste wieder ab, bückte sich nun doch nach ihrem eigenen Kleid und richtete sich dann aber wieder auf, ohne es angerührt zu haben. Wie sie so dastand, im warmen gelben Licht der Kerze, rührte sich schon wieder etwas in Andrej, doch diesmal kämpfte er das Gefühl nieder und begnügte sich damit, sich an ihrem bloßen Anblick zu erfreuen.

Anscheinend hatte er sich doch nicht so gut in der Gewalt, wie er glaubte, oder Corinna war eine sehr aufmerksame Beobachterin, denn sie sah ihn mit schräg gehaltenem Kopf an und fragte dann: »Oder doch die doppelte Summe?«

»Hab ein wenig Mitleid mit einem alten Mann«, erwiderte Andrej lächelnd, erntete aber nur einen spöttischen Blick.

»Ihr seid vielleicht ein wenig älter als ich, aber noch nicht *so* alt.«

»Ich bin älter, als ich aussehe, glaub mir«, sagte Andrej. *Ungefähr fünfzehnmal so alt wie du. Wenn nicht zwanzig.* Um ein Haar hätte er es laut ausgesprochen, ging stattdessen aber wortlos zum Bett, bückte sich nach seinen Kleidern und zog den schmal gewordenen Geldbeutel aus der Rocktasche. Andrej war sich der aufmerksamen Blicke bewusst, mit denen sie jeder seiner Bewegungen folgte. Vermutlich dachte sie zumindest für einen kurzen Augenblick darüber nach, wie sie auch in den Besitz der übrigen Münzen gelangen konnte, die sich noch darin befanden. Er sollte sich dieses Gedankens schämen, aber das wollte ihm genauso wenig gelingen, wie es ihr übel zu nehmen. Das Leben und die Menschen waren eben, wie sie waren.

Er bezahlte das Mädchen und sah ihr mit unverhohlenem Wohlgefallen dabei zu, wie sie sich anzog – wofür sie länger brauchte, als notwendig gewesen wäre. Doch statt dann zu gehen, hob sie das Glas auf, das nicht zerbrochen war, trat an den Tisch und füllte es mit dem Rest aus dem Weinkrug. Sie trank nicht gleich, sondern hielt es ihm fragend hin – Andrej schüttelte wortlos den Kopf – und nippte dann bloß an der blutfarbenen Flüssigkeit. Auch diesmal blieb eine einzelne schimmernde Träne in ihrem Mundwinkel zurück. Andrej war sich sicher, dass das ebenso wenig ein Zufall war wie die Bewegung, mit der sie sie erst nach etlichen Sekunden mit der Zungenspitze aufnahm. Das Mädchen verstand sein Geschäft. Was es nicht verstand und auch nicht verstehen konnte, war, dass es mit seinem Leben spielte. Wäre das Ungeheuer in ihm nur ein wenig stärker –

»Warum seid Ihr so traurig, Andrej?«, fragte sie.

»Bin ich das?« Andrej begann sich anzukleiden, wobei er – mit einem Mal schamhaft – zuerst in seine Hosen schlüpfte, bevor er die Decke fallen ließ – als ob es irgendetwas an ihm gegeben hätte, was sie nicht gesehen oder mit den Lippen berührt hatte!

»Ihr gebt es nicht zu, aber ich weiß, wenn jemand einen Schmerz zu verbergen versucht«, antwortete das Mädchen.

Andrej zog sich das Hemd über den Kopf, und etwas gleichermaßen Sonderbares wie Beunruhigendes geschah: Sein Blick streifte ihr Gesicht, und aus den Augenwinkeln wirkte sie beinahe androgyn. Wäre ihr Haar weiß, statt schwarz und glatt und nicht lockig gewesen …

Andrej schüttelte den Gedanken fast erschrocken ab und beeilte sich, in die zerschlissenen Stiefel zu schlüpfen. Als Letztes legte er den Waffengurt mit dem ungewohnt schmalen und lächerlich leichten Degen um, eine alberne Waffe, die diese Bezeichnung seiner Meinung nach kaum verdiente und niemals ein Ersatz für Gunjir sein würde. Aber Klingen wie diese (Kinderspielzeuge, wie Abu Dun sie nicht ganz unzutreffend genannt hatte) waren in dieser Stadt nun einmal in Mode, und Abu Dun und er waren übereingekommen, sich so unauffällig wie möglich zu verhalten.

Was ihm in Begleitung eines Mannes wie Abu Dun allerdings schwerfallen würde.

»Hat es mit Eurem Sohn zu tun?«, fragte Corinna. »Marius?«

Zuerst wollte er sie anfahren und ihr endgültig klarmachen, dass sie das nichts anging. Stattdessen schlüpfte er nur mit einiger Anstrengung in seinen zweiten Stiefel, sah von der Bettkante zu ihr hoch und nickte stumm.

»Ist er … tot?«, fragte Corinna.

Vielleicht war es das beinahe unmerkliche Stocken, das ihn antworten ließ, statt einfach aufzustehen und zu gehen, wozu er eben noch fest entschlossen gewesen war. »Nein«, sagte er.

»Was ist ihm dann zugestoßen?«

Das Schlimmste, was einem Menschen zustoßen kann. Ich. »Was bringt dich auf die Idee, dass ihm etwas zugestoßen ist?«, fragte er.

»Ihr habt im Schlaf gesprochen, schon vergessen?«

»Und du hast behauptet, du hättest nichts verstanden.«

»Vielleicht habe ich ja gelogen«, antwortete das Mädchen, lachte kopfschüttelnd und kam dann zu ihm, um sich auf seine Oberschenkel zu setzen. »Ich habe Euch doch gesagt, dass ich es spüre, wenn jemand einen Schmerz in sich trägt. Ist ihm ein Unglück widerfahren?«

»Ich weiß es nicht«, antwortete Andrej. »Ich habe ihn vor einem Jahr das letzte Mal gesehen. Abu Dun und ich sind hergekommen, um nach ihm zu suchen, doch bisher erfolglos.«

Corinna legte fragend den Kopf auf die Seite und begann mit den Beinen zu baumeln, als wollte sie plötzlich das unbedarfte Kind mimen. »Erzählt mir von ihm!«, verlangte sie.

»Da gibt es nicht viel zu erzählen«, antwortete Andrej. »Ich habe ihn kaum gekannt.«

»Euren eigenen Sohn?«

»Ich habe ihn lange nicht gesehen«, sagte Andrej. »Fast sein ganzes Leben.«

»Das verstehe ich nicht.«

Wie auch? »Es ist … kompliziert«, sagte er. »Als ich ihn das letzte Mal gesehen habe, da war er noch ein Kind. Ich habe ihn kaum gekannt, auch vorher nicht, und dann ist er in meinen

Armen gestorben.« Er schwieg einen kurzen, aber schmerzvollen Augenblick, der sich wie ein glühender Dolch in sein Herz senkte, und als er weitersprach, klang seine Stimme selbst in seinen eigenen Ohren wie die eines Fremden. »Jedenfalls dachte ich das. Ich habe ihn für tot gehalten, verstehst du?«

Er hatte viel mehr getan. Er hatte ihn mit seinen eigenen Händen begraben. *Aber wie hätte er es denn wissen sollen?*

»Aber er war es nicht.«

Andrej schüttelte den Kopf. »Vor einem Jahr habe ich es erfahren«, sagte er. Die Worte taten weh, unsagbar weh. Aber zugleich tat es auch auf sonderbare Weise gut, sie auszusprechen, so wie der Schnitt, mit dem man eine eiternde Wunde öffnet, schmerzt und zugleich große Erleichterung bringt. »Es war in London, am Tag des großen Brandes. Hast du davon gehört?«

»Nein. Vielleicht doch. Ich weiß es nicht. Solche Dinge interessieren mich nicht. Ihr habt Euren Sohn dort wiedergefunden, nachdem Ihr viele Jahre lang gedacht habt, er wäre nicht mehr am Leben? Das muss schrecklich gewesen sein.«

»Er war sehr krank«, sagte Andrej. »Eine … ganz besondere Art von Krankheit. Eine Freundin wusste einen guten Arzt für dieses Leiden in Konstantinopel. Ich konnte noch nicht fort, also hat sie sich angeboten, zusammen mit Marius vorauszugehen. Wir wollten uns hier wieder mit ihr treffen.«

»Aber das habt Ihr nicht?« Corinna beantwortete ihre eigene Frage mit einem Kopfschütteln und trank den letzten Schluck Wein. »Das muss nichts bedeuten. Venedig ist eine große Stadt. Eine wirklich sehr große Stadt – natürlich nicht so groß wie London, aber dennoch groß. Hier könnt Ihr einen Monat nach jemandem suchen, ohne ihn zu finden. Und es ist ein weiter Weg von London hierher. Vielleicht wurde sie aufgehalten.«

Ja, vielleicht. Aber warum schickte Marius ihm dann diese Träume?

»Entschuldigt«, sagte Corinna, nachdem er eine Weile geschwiegen hatte. »Es tut mir leid. Ich habe kein Recht, solche Fragen zu stellen. Ich wollte Euch nicht noch mehr wehtun.«

»Das hast du auch nicht«, antwortete Andrej. »Im Gegenteil. Es hilft, darüber zu reden. Und es ist *wirklich* eine große Stadt.«

»Wenn auch nicht annähernd so groß wie London«, sagte Corinna noch einmal. »Erzählt Ihr mir davon? Es gab ein Feuer, sagt Ihr? Das klingt nach einer aufregenden Geschichte. Ich mag aufregende Geschichten … erzählt Ihr sie mir?«

Andrej wollte ganz automatisch nicken, aber dann sah er sie nur nachdenklich an und fragte: »Das kommt ganz darauf an. Was bekomme ich denn dafür?«

Corinna seufzte. Übertrieben. Dann begann sie, ihr Kleid abzustreifen.

»Sie suchen noch Männer für den Hafen«, sagte der Wirt am nächsten Morgen, während Abu Dun und er in seiner schäbigen Gaststube saßen und ein verspätetes Frühstück einnahmen. Abu Dun grunzte nur zur Antwort und schaufelte eine weitere Portion irgendeiner lokalen Spezialität in sich hinein, von der Andrej gar nicht wissen wollte, woraus sie bestand. Zu einem der unbestreitbaren Vorteile dessen, was sie waren, gehörte es, dass sie nicht vergiftet werden konnten. Immerhin war ihnen bisher noch kein Gift begegnet, das ihnen wirklich ernsthaft zu schaden vermochte.

Dennoch maß er den zerschrammten Holzteller mit einem unverhohlen misstrauischen Blick. Denn bis er an diesem Morgen die Augen aufgeschlagen und als Erstes in Abu Duns missmutiges Gesicht geblickt hatte, war er fest davon überzeugt gewesen, vor den unangenehmen Nachwirkungen des Alkohols gefeit zu sein … und doch hatte er heute einen gewaltigen Brummschädel und einen Geschmack auf der Zunge, der noch übler war als der Anblick dessen, was auf Abu Duns Teller lag.

Fragend sah er den Wirt an. Er wusste recht gut, wovon er sprach, zumal sie diese Unterhaltung nicht zum ersten Mal führten. Aber der Mann (Andrej musste sich zu seiner Schande eingestehen, dass er nicht einmal seinen Namen kannte) war nicht nur schwatzhaft und neugierig, sondern auch überaus freundlich. Immerhin war dies das einzige Gasthaus in der nicht gerade kleinen Stadt, in dem sie überhaupt ein Zimmer bekommen hatten, das sie bezahlen konnten.

»Aha«, sagte er schließlich aus reiner Höflichkeit und weil er nicht weiteressen musste, wenn er sich unterhielt.

»Ich weiß, dass es mich nichts angeht«, fuhr der Wirt fort, wischte sich die fettigen Hände an seiner ebenso fettigen Schürze ab und nutzte die Gelegenheit gleich, um sich unaufgefordert zu ihnen zu setzen – was ihm einen schrägen Blick von Andrej und ein genießerisches Schmatzen Abu Duns einbrachte. »Ich persönlich halte nichts von all dem Gerede von Krieg und Verteidigung und der schrecklichen Gefahr durch die Türken. Ich meine: Warum sollten sie uns angreifen?«

»Venedig ist eine wohlhabende Stadt«, gab Andrej zu bedenken – wider besseres Wissen. Ihm war nicht nach einem Schwätzchen mit einem redseligen Schankwirt. Aber es war natürlich längst zu spät.

»Die reichen Pfeffersäcke aus den besseren Vierteln vielleicht«, schnaubte der Wirt. »Aber selbst die stapeln ihr Geld nicht in

Säcken auf dem Dachboden, sondern haben es auf Banken getragen oder in irgendwelchen *Papieren* angelegt.« Er sprach das Wort aus, als handle es sich um etwas Widernatürliches. »Es sind moderne Zeiten.«

»Die Euch nicht gefallen?«

»Was würde es schon ändern, ob sie mir gefallen oder nicht?«, antwortete der Wirt. »Wer sollte uns angreifen, und warum? Wir treiben seit vielen Jahren Handel mit den Muselmanen, und sie profitieren genauso davon wie wir. Warum also sollten sie uns angreifen oder gar *Krieg* gegen uns führen wollen? Es wäre doch kurzsichtig, das Huhn zu schlachten, das goldene Eier legt, oder? So dumm sind nicht einmal die Turbanträger!«

»Ich glaube, es heißt die *Gans*, die goldene Eier legt«, sagte Abu Dun mit vollem Mund und rückte den gewaltigen Turban auf seinem Kopf zurecht.

Der Wirt sah ihn erschrocken an und fuhr dann hastig fort: »Wenn ihr mich fragt, dann sind die einzigen Räuber, die unsere reichen Mitbürger zu fürchten haben, die Steuerschätzer und ihre Eintreiber, und die Festungsmauer, die *die* nicht überwinden können, ist noch nicht gebaut.«

Andrej hütete sich, auch nur mit einem einzigen Wort darauf einzugehen; den Fehler hatte er nur ein einziges Mal, an ihrem ersten Abend hier, gemacht. Niemand mochte Steuereintreiber, und sich das eine oder andere Mal über sie zu echauffieren oder auch einen derben Scherz auf ihre Kosten zu machen, war etwas, das er nur zu gut verstand. Ihr schwatzhafter Wohltäter jedoch schien einen ganz besonderen Groll auf diesen besonderen Zweig der Obrigkeit zu hegen, entweder aus schlechter Erfahrung oder einfach aus Prinzip. Kam die Sprache jedenfalls auf dieses besondere Thema, dann kannte er kein Halten mehr und steigerte sich in seinem Lamentieren in schiere Raserei, die Stunden dauern konnte.

»Du meinst also, wir sollten uns dem Heer anschließen?«, fragte Abu Dun schmatzend.

»Gott bewahre!«, erwiderte der Gastwirt erschrocken. »Ich bin ein Mann des Friedens, kein Kriegstreiber! Aber wo ein Heer zusammengestellt und eine Flotte ausgerüstet wird, da fällt immer eine Menge zusätzliche Arbeit an. Es wird bestimmt noch Monate dauern, bis alle Vorbereitungen abgeschlossen sind, und sie werden eine Menge weiterer Arbeiter brauchen, die schließlich irgendwo unterkommen müssen.« Er feixte breit. »Und wie es der Zufall will, habe ich ein Gasthaus.«

Andrej nickte, sah auf seinen Teller hinab und fragte sich, wie viele seiner zukünftigen Gäste er wohl vergiften würde, bevor man ihn hinrichtete oder als Ruderer auf einer der zahlreichen Galeonen zwangsverpflichtete, die gerade draußen im Golf darauf warteten, sich zu einer Flotte zu vereinen und in den Krieg zu ziehen. Der Gastwirt fuhr fort: »Aber das alles erzähle ich euch nicht umsonst. Mein Schwager – der ansonsten ein rechter Stinkstiefel ist, aber wer kann sich seine Verwandten schon aussuchen? – arbeitet am Hafen, und erst gestern hat er mir erzählt, dass sie noch nach Leuten suchen. Es ist schwere Arbeit, aber sie wird gut bezahlt, und ihr seht mir nicht aus wie Männer, die Angst davor haben, kräftig zuzupacken.«

Abu Dun grunzte zustimmend, schaufelte sich eine weitere Portion des unappetitlichen Breis in den Mund und rückte mit der anderen Hand erneut seinen Turban zurecht. »Wir sind nicht auf der Suche nach Arbeit«, sagte er mit vollem Mund und einem gierigen Blick auf den Teller, den Andrej bisher kaum angerührt hatte. Wortlos schob Andrej ihn ihm zu.

»Ich sage das auch nur, weil ich nicht umhingekommen bin, eure … nun, sagen wir: angespannte pekuniäre Situation … zu bemerken.«

»Angespannte pekuniäre Situation«, wiederholte Abu Dun.

»Er meint, wir sind bankrott«, übersetzte Andrej.

»Nicht dass es mich etwas anginge«, sagte der Wirt hastig.

»Wie wahr«, bestätigte Andrej.

»Und es ist auch ganz und gar nichts, dessen man sich schämen müsste«, fuhr der Wirt ebenso ungerührt wie gönnerhaft fort. »Ich bin Gastwirt. Ich sehe die Reichen und die Armen – um ehrlich zu sein, verirren sich die Reichen nicht ganz so oft in dieses Viertel wie die weniger Vermögenden –, aber ich kenne sie beide. Ihr seid keine armen Männer. Eure Kleider haben schon bessere Zeiten gesehen, aber sie waren nicht billig, und würdet ihr nicht so aussehen, wie ihr es nun einmal tut, dann wäre es nicht ungefährlich, mit euren Waffen an der Seite durch dieses Stadtviertel zu laufen.«

Immerhin war der Mann ein guter Beobachter, das musste Andrej ihm lassen. Vielleicht brachte das sein Beruf ja mit sich. »Ist es in dieser Stadt verboten, Waffen zu tragen?«, fragte er.

»Nein. Aber nicht ungefährlich, wenn sie so kostbar sind wie eure.«

Abu Dun schmatzte genießerisch, und Andrej begann sich nun zu fragen, worauf der Bursche eigentlich hinauswollte. Vielleicht waren seine Worte ja mehr als das Geplapper, für das er sie bisher gehalten hatte.

»Es stimmt«, sagte er, »wir haben eine lange Reise hinter uns, und unsere Reisekasse ist ziemlich erschöpft.«

»Wir hatten unvorhergesehene Ausgaben«, stimmte ihm Abu Dun zu. Andrej sah ihn überrascht an, und der Nubier schenkte ihm ein freudloses Grinsen und kaute schmatzend und mit nur halb geschlossenen Lippen weiter. Bei diesem Anblick sah Andrej rasch weg, was der Nubier zweifellos beabsichtigt hatte.

»Eure Sorge ehrt Euch«, fuhr er an den Wirt gewandt fort, »auch wenn sie unbegründet ist. Wir haben Freunde, die uns helfen werden, sollte es sich als notwendig erweisen … und Geld hat uns noch nie interessiert.«

»So wenig wie mich«, sagte der Wirt. »Außer wenn ich keines habe – was leider Gottes häufig der Fall ist. Ich helfe nun einmal gerne, wenn ich es kann. Meine Frau sagt immer, dass das mein größter Fehler ist und mir eines Tages noch einmal Ärger einhandeln wird, aber ich kann nun mal nicht aus meiner Haut. Ich meine: Wer kann das schon?«

Abu Dun hörte auf zu kauen, hob das schartige Messer, das neben seinem Teller lag, und betrachtete zuerst nachdenklich die Schneide und dann das Doppelkinn des Gastwirts. »Manchen soll es schon gelungen sein«, sinnierte er.

Andrej versuchte, Abu Duns Bemerkung mit einem leisen Lachen zu entschärfen. Er fand, dass der größte Fehler des Mannes seine Schwatzhaftigkeit war. »Warum sagt Ihr nicht einfach, worauf Ihr hinauswollt?«, fragte er.

»Ich?« Der Wirt war nicht nur ein ausgezeichneter Beobachter, sondern auch ein passabler Schauspieler. Der leicht vorwurfsvolle Blick, mit dem er Andrej maß, wirkte sogar fast überzeugend. »Ich wollte nur helfen, das ist alles. Es ist eine ehrliche Arbeit.«

»Die sogar ein Turbanträger bewerkstelligen kann«, vermutete Abu Dun.

Der Wirt starrte ihn mit steinerner Miene an, stand dann wortlos auf und trollte sich hinter seine Theke, wo er demonstrativ mit Krügen und Geschirr zu scheppern begann.

Andrej sah ihm schweigend zu und wandte sich dann ruhig zu Abu Dun um.

»Musstest du ihn so reizen?«, fragte er; allerdings mit einem Lächeln und vorsichtshalber auf Arabisch, das der Wirt mit hoher Wahrscheinlichkeit nicht verstand.

»Ich traue dem Kerl nicht«, antwortete Abu Dun in derselben Sprache. »Er ist ein Schlitzohr und Halsabschneider.«

»Der dasselbe vermutlich auch von uns denkt«, fügte Andrej hinzu. »Und uns ein Dach über dem Kopf und Essen gibt. Du bringst uns in Schwierigkeiten, Pirat.«

»In Schwierigkeiten, Hexenmeister«, antwortete der Nubier betont, »bin ich seit dem Tag, an dem ich das Pech hatte, dich kennenzulernen.«

Verärgert schluckte Andrej die scharfe Antwort hinunter, die ihm auf der Zunge lag. Manchmal wusste selbst er nicht, wann Abu Dun es ernst meinte und wann er einen seiner derben Scherze trieb. Oder ob das überhaupt einen Unterschied machte. Doch seit sie in Venedig angekommen waren, wurde der Nubier zunehmend gereizt und unduldsam. Bisher hatte er noch nichts wirklich Dummes getan, aber es war abzusehen, dass bald etwas geschehen würde, das ihnen *wirkliche* Schwierigkeiten einbrachte.

»Du warst gestern Nacht noch unterwegs?«, fragte er, um auf ein anderes Thema überzuleiten.

»Im Gegensatz zu gewissen anderen Leuten habe ich nicht ganz vergessen, warum wir hier sind«, knurrte Abu Dun und zu Andrejs Missfallen nun wieder auf Italienisch. »Obwohl wir ja offensichtlich beide genug Bewegung hatten.«

Der Wirt hinter seiner Theke hörte zwar nicht auf, mit seinen Krügen zu klappern, sah aber ganz unverhohlen neugierig in ihre Richtung, und Andrej meinte geradezu sehen zu können, wie seine Ohren größer wurden.

»Nur kein Neid«, antwortete er. »Hast du etwas herausgefunden?«

»Ja«, grunzte Abu Dun. »Dass man Turbanträger in dieser Stadt nicht besonders mag.« Er schaufelte auch noch den Rest von Andrejs Portion in sich hinein, rülpste in einer Lautstärke, als wäre irgendwo nicht sehr weit entfernt ein Haus zusammengebrochen, und warf dem Wirt ein schiefes Grinsen zu.

»Verzeiht«, sagte er. »Eine schlechte Angewohnheit aus dem Land der Barbaren und Turbanträger.«

»Bitte hör auf«, sagte Andrej, jetzt wieder ins Arabische wechselnd und sehr ernst. »Wir brauchen den Mann vielleicht noch.«

»Ganz wie Ihr befehlt, Sahib«, antwortete Abu Dun ungerührt und weiter auf Italienisch. »Und um Eure Frage abschließend zu beantworten, Efendi: Nein, ich habe nichts herausgefunden. Außer dass die guten Leute in dieser prachtvollen Stadt anscheinend sofort mit Taubheit und Erinnerungsverlust geschlagen sind, sobald man ihnen auch nur eine Frage stellt.«

»Vielleicht stellt ihr ja die falschen Fragen«, mischte sich der Wirt ein, »oder richtet sie an die falschen Leute.« Er kam wieder hinter seiner Theke hervor und schien fest entschlossen, den kleinen Zwischenfall zu vergessen. »Ihr seid immer noch auf der Suche nach euren Landsmänninnen?«

»Man könnte meinen, du hättest uns belauscht, wenn der Gedanke nicht so absurd wäre«, sagte Abu Dun. Er hatte ein Stückchen Brot entdeckt, das er nun mit spitzen Fingern aufnahm, um damit einen Rest Soße von seinem Teller aufzutupfen. Jedenfalls nahm Andrej an, dass es Soße war.

»Ihr seid jetzt seit beinahe einer Woche hier«, sagte der Wirt.

Er war wieder an ihren Tisch getreten, machte aber keine Anstalten, sich erneut zu setzen. »Und ihr habt in dieser Zeit jeden nach diesen drei schwarzen Frauen gefragt, der nicht schnell genug weglaufen konnte. Inzwischen beginnt man über euch zu reden.«

»Das sind wir gewohnt«, erwiderte Abu Dun. Der letzte Brotkrumen war vertilgt, und sein Blick wanderte suchend über die zerschrammte Tischplatte, fand aber nichts mehr.

»Vielleicht kann ich euch ja behilflich sein«, sagte der Gastwirt. »Ihr würdet bei meinem Schwager nicht nur gutes Geld verdienen, wisst ihr? Hafenarbeiter sind ein schwatzhaftes Völkchen, und Neuigkeiten erreichen die Stadt meistens auf dem Seeweg. Wenn eure Freunde mit einem Schiff angekommen sind, dann hat sie dort gewiss jemand gesehen.«

»Lass mich raten«, sagte Abu Dun. »Du bekommst eine Provision für jeden Mann, den du deinem Schwager vermittelst, die demjenigen zweifellos vom Lohn abgezogen wird ... ohne dass er es auch nur ahnt.«

»Man muss sehen, wo man bleibt«, sagte der Wirt ein bisschen trotzig.

»Nehmt es meinem Freund nicht übel«, sagte Andrej rasch. »Wir ... haben schon einmal in einem Hafen gearbeitet und keine guten Erfahrungen dabei gemacht.«

»Was ist passiert?«, wollte der Wirt wissen.

»Die Stadt ist abgebrannt«, antwortete Abu Dun.

»Und die Flotte gesunken«, fügte Andrej hinzu.

Das entsprach sogar der Wahrheit, auch wenn die Geschichte komplizierter gewesen war, aber das Lächeln des Mannes erlosch, und er drehte sich zum zweiten Mal mit einem Ruck auf dem Absatz herum und ging, um diesmal hinter einer niedrigen Tür hinter der Theke zu verschwinden.

Abu Dun sah ihm kopfschüttelnd nach. »Da ist man mal ehrlich, und so wird es einem gedankt.«

»Undank ist der Welt Lohn«, bestätigte Andrej und wurde dann wieder ernst. »Vielleicht sollten wir aufgeben«, sagte er. »Wir sind jetzt seit einer Woche hier und haben noch nicht einmal eine Spur von Meruhe oder Marius gefunden. Wahrscheinlich sind sie nicht hier.«

»Es war dein Vorschlag hierherzukommen.«

»Und es war eine dumme Idee«, erwiderte Andrej. »Ich hätte auf dich hören sollen. Sie sind nicht hier und waren es wohl auch nie.«

Abu Dun sah ihn so vorwurfsvoll an, dass eine Erwiderung überflüssig wurde. Andrej suchte vergeblich nach einer scherzhaften Bemerkung, um die Situation zu entspannen. Abu Dun hatte ja vollkommen recht – vor allem mit dem, was er *nicht* sagte. Der Nubier hatte von Anfang an keinen Hehl daraus gemacht, wie wenig begeistert er von der Idee war, Meruhe und ihre beiden Dienerinnen allein loszuschicken, um Marius in die Obhut jenes geheimnisvollen Arztes zu bringen, von dem sie behauptet hatte, er wäre der Einzige auf der Welt, der ihm helfen könnte, ein Mann in Konstantinopel, dessen Namen sie nicht einmal kannte.

Wie sich gezeigt hatte, war Abu Duns Skepsis nur zu berechtigt gewesen. Knapp zwei Monate später waren sie den drei hübschen Kriegerinnen und Marius gefolgt. Sie waren geritten wie die Teufel, einmal quer durch Europa von London nach Konstantinopel, doch weder hatten sie Meruhe gefunden, noch hatte dort jemand von ihr gehört; geschweige denn von dem Arzt, von dem ihre Dienerinnen gesprochen hatten. Wie es aussah, waren sie niemals dort angekommen.

Andrej verscheuchte die trübseligen Gedanken. In diesem Moment flog die Tür auf, und eine kleine Gestalt in einem schwarzen Mantel stürmte herein. Beinahe wäre sie über ihre eigenen Füße gestolpert, machte noch zwei hastig-ungeschickte Schritte und wäre vermutlich der Länge nach hingefallen, hätte Andrej nicht blitzschnell die Hand ausgestreckt und sie aufgefangen. Ein schmerzerfülltes Zischen erklang, und Andrej lockerte seinen Griff ein wenig, als er spürte, wie zerbrechlich der Arm unter dem schwarzen Stoff war.

»Hilf mir, Andrej!«, sagte eine vor Angst bebende Stimme.

Andrej?

Abu Dun runzelte die Stirn und legte fragend den Kopf auf die Seite, wobei er offensichtlich noch einen allerletzten Brotkrumen gewahrte, den er mit der Fingerspitze aufnahm und zwischen den Lippen verschwinden ließ. Andrej sprang auf und riss überrascht die Augen auf, als die kleine Gestalt mit der freien Hand ihre Kapuze zurückschlug und er das schwarze Lockenhaar und das schmale Gesicht erkannte, das darunter zum Vorschein kam.

»Corinna?«, murmelte er.

»Ist das der Name, den sie Euch genannt hat?«, fragte eine Stimme von der Tür aus.

Andrej ließ den Arm des Mädchens los, drehte sich herum und trat zwischen sie und die zweite Gestalt, die in der Tür aufgetaucht war. Es war so hell draußen, dass er nur einen Umriss erkannte und kein Gesicht, aber in der Stimme lag etwas, das ihm nicht gefiel. Aus den Augenwinkeln sah er, wie sich Abu Dun halb erhob und sich dann wieder zurücksinken ließ.

»Und wie ist dein Name, mein Freund?«, fragte er.

Der Schatten trat näher und wurde zu einem breitschultrigen

Mann unbestimmbaren Alters mit dunklem Haar und einem kantigen Gesicht. »Der tut nichts zur Sache«, sagte er. Der Blick seiner harten Augen fixierte Corinna und verlor sie wieder, als sie sich hastig ganz hinter Andrejs Rücken verkroch. »Ihr habt sie festgehalten. Das ist gut. Jetzt gebt sie heraus und überlasst sie mir. Und vielen Dank für Eure Hilfe.«

»Nicht ganz so schnell, mein Freund.« Andrej hob die Hand, als der Fremde eine Bewegung machte, als wolle er um ihn herumgehen. »Was ist hier los?«

»Du musst mir helfen, Andrej!«, flehte das Mädchen. »Sie wollen mir etwas antun! Bitte! Diese brutalen Kerle haben mich durch die halbe Stadt gejagt!«

Die Küchentür flog auf, und der Wirt kam herein. »Was geht hier vor?«, fragte er laut und eine Bratpfanne mit einem hölzernen Griff schwenkend – die ganz so aussah, als hätte sie schon mit mehr als nur einem Schädel Bekanntschaft gemacht. »Wer seid Ihr, und was habt Ihr hier zu suchen?«

»Ich habe es schon gefunden«, antwortete der Fremde. Andrej sah nicht hin, aber er konnte hören, dass draußen auf der Straße noch mindestens zwei weitere Männer warteten, vielleicht mehr. »Wir sind hinter einer Diebin her.«

»Einer Diebin?«, fragte Andrej.

»Das ist nicht wahr!«, protestierte Corinna. »Ich habe nichts gestohlen!«

»Das ist mir gleich«, antwortete der Wirt. »Ich will hier keinen Ärger. Verschwinde!«

»Gebt uns diese kleine Diebin, und wir sind schon wieder weg«, antwortete der Fremde. Er wandte sich direkt an Andrej. »Kennt Ihr sie?«

»Flüchtig«, antwortete Andrej.

»Aber gut genug, um eine Menge Ärger zu riskieren, nur wegen einer Hure und Taschendiebin?«

Andrej zog es vor, darauf nicht zu antworten, aber nun erhob sich auch Abu Dun und nahm hinter ihm Aufstellung. Obwohl sich in den herausfordernden Blick des Fremden eine erste Spur von Unsicherheit mischte, schürzte er nur abfällig die Lippen.

»Ich glaube nicht, dass ihr Euch mit fünf Männern auf einen Streit einlasst, nur wegen einer kleinen Straßendirne. Oder war sie so gut?«

»Wer weiß«, sagte Andrej kühl. »Auf jeden Fall spricht man so nicht über eine Dame. Schon gar nicht, wenn sie dabei ist.«

»Dame?«, höhnte der Fremde. »In der Tat, sie muss wirklich Eindruck gemacht haben.«

»Hört auf!«, sagte der Wirt herrisch. »Ich dulde in meinem Haus keinen Streit! Verschwindet, oder ich rufe die *Signori!*«

Weder Andrej noch der hartgesichtige Fremde nahmen seine Worte zur Kenntnis, aber Andrej zollte ihm doch in Gedanken zumindest widerwilligen Respekt. Mut hatte er.

»Ich fürchte, jetzt haben wir ein Problem«, sagte Andrej.

»Oder auch nicht.« Er hörte, wie sich Abu Dun hinter ihm regte, dann das Rascheln von Stoff und einen halblauten Schrei, von dem er nicht genau sagen konnte, ob er erschrocken oder empört war. Er fuhr herum und sah erstaunt, dass Abu Dun Corinna mit einer Hand gepackt und mit der anderen Hand unter ihren Mantel gegriffen hatte.

»Ist das deiner, Mädchen?«, fragte er, als er die Hand wieder hervorzog und einen schmalen, mit einer dünnen goldenen Schnur verschlossenen Geldbeutel schwenkte.

»Natürlich ist es meiner!«, fauchte Corinna, während sie sich vergebens loszureißen versuchte.

»Es sind drei Goldmünzen darin«, sagte der Fremde, »ein halbes Dutzend Kupfermünzen und der erste Milchzahn meiner Tochter, den sie vor einem halben Jahr verloren hat. Mein Glücksbringer.«

Abu Dun zog die goldene Kordel mit den Zähnen auf (mit der anderen Hand hielt er immer noch das Mädchen fest), sah in den Beutel und zog ihn dann auf dieselbe Weise wieder zu.

»Stimmt«, sagte er, gab den Beutel an Andrej weiter und griff noch einmal unter Corinnas Mantel, um einen zweiten, abgewetzteren und schlichteren Lederbeutel hervorzuziehen und ihn dem verblüfften Andrej zu reichen. Der befestigte den Beutel wortlos an seinem Gürtel, von dem er ihm irgendwie im Laufe der zurückliegenden Nacht abhandengekommen war, und drehte sich dann zu dem Fremden um. Noch immer schweigend gab er den ersten Fund seinem legitimen Besitzer zurück, der nicht einmal hineinsah, sondern ihn in der Jackentasche verschwinden ließ.

»Das war sicher nur ein Missverständnis«, sagte er. »Es tut mir leid. Aber nun habt Ihr Euer Eigentum ja zurück, und die Sache ist erledigt.«

Der Bursche sah ihn fassungslos an, fing sich aber sofort wieder. »So einfach ist das nicht. Niemand bestiehlt mich ungestraft.«

»Ihr wollt sie den Behörden übergeben?«, vermutete Andrej.

»Aber das wäre doch reine Zeitverschwendung. Sie würde den *Signori* schöne Augen machen und wäre nach einer Stunde wieder frei. Da fällt uns gewiss eine bessere Lösung ein. Eine gerechtere.«

»Ich fürchte, das kann ich nicht zulassen«, sagte Andrej. »Ihr habt Euer Eigentum zurück, und damit solltet Ihr es gut sein lassen. Also geht jetzt besser, bevor die Sache hässlich wird.«

»Und was genau versteht Ihr unter hässlich?«, fragte der Fremde lauernd. »Wollt Ihr Euch hinter Eurem großen Freund da verstecken?«

»Was immer es ist, macht das unter euch aus und nicht hier drinnen«, sagte der Wirt. »Ich sage es nicht noch mal!«

Andrej seufzte. Er war nicht auf Streit aus, und sein Verstand sagte ihm, dass ihn die Sache nichts anging und er nicht den geringsten Anlass hatte, sich für eine kleine Diebin einzusetzen, die schließlich auch ihn bestohlen hatte. Aber dann schüttelte er doch den Kopf.

»Tun wir, was der gute Mann sagt, und klären die Angelegenheit draußen und wie zivilisierte Männer«, sagte er. »Ich bin sicher, wir finden eine Lösung.« Er schnallte seinen Waffengurt ab und legte den reich verzierten Degen mit einer demonstrativ vorsichtigen Bewegung auf den Tisch. »Und keine Sorge. Mein *großer Freund* wird sich nicht einmischen.«

Der Dunkelhaarige maß Corinna mit einem kurzen und verächtlichen Blick. Abu Dun ignorierte er. »Ich hoffe, sie ist es wert.« Und damit fuhr er auf dem Absatz herum und stürmte hinaus.

Kapitel 2

Da hast du in London etwas gründlich falsch verstanden, Hexenmeister«, sagte Abu Dun, passend zu seinen Worten diesmal in englischer Sprache. »Gentlemen setzen sich für unschuldige junge Ladys ein, nicht für kleine Diebinnen.«

»Ihr könnt durch die Küche raus«, sagte der Wirt leise. »Wenn ihr über die Hofmauer steigt, dann könnt ihr verschwinden, bevor sie es auch nur merken.«

»Und den ganzen Spaß versäumen?«, fragte Abu Dun, und jetzt selbstverständlich in einer Sprache, die der Mann auch verstand.

»Das würde Euch schlecht bekommen«, sagte Andrej rasch. »Und Ihr habt unseretwegen schon genug Ärger.«

Er bedeutete Abu Dun mit einer knappen Handbewegung, den Mund zu halten und ihm zu folgen. Der Nubier kam der Aufforderung auch nach; allerdings ließ er Corinnas Arm dabei nicht los, sondern zerrte sie einfach hinter sich her.

Andrej blinzelte, als er in das unerwartet helle Licht der Morgensonne hinaustrat, erkannte zunächst nichts als verschwommene Schemen und konzentrierte sich ganz auf seine anderen Sinne – rechnete er doch fest damit, dass die Männer seinen vermeintlichen Nachteil ausnützen und sich unverzüglich auf ihn stürzen würden. Doch er hörte nur ein überraschtes Raunen, als

Abu Dun hinter ihm aus dem Haus trat. Vielleicht hatten sie ja Glück, und es ging doch noch ohne Blutvergießen ab.

Andrej blinzelte noch einmal, und die Schatten flossen zu Körpern zusammen, drei auf der linken Seite, dann noch einmal zwei weitere auf der anderen, womit sich in keiner Richtung ein Fluchtweg bot – selbst wenn die Straße nicht so schmal gewesen wäre, dass Abu Dun die Wände auf beiden Seiten mit den Fingerspitzen berühren konnte, wenn er die Arme ausstreckte.

»Und?«, fragte der Bursche, dem er nach draußen gefolgt war. »Wollt Ihr es immer noch mit uns allen aufnehmen, mein *Freund?«*

Bevor Andrej antwortete, ließ er seinen Blick noch einmal taxierend über die vier anderen Burschen wandern. Er las auf allen Gesichtern dieselbe Mischung aus Entschlossenheit und grimmiger Vorfreude, und ganz besonders auf dem eines vierschrötigen Burschen, dessen nackte Oberarme beinahe missgestaltet wirkten, so muskulös waren sie. Er war fast so groß wie Abu Dun ohne Turban und sah so friedfertig aus wie ein nordafrikanisches Flusspferd, dass sein Territorium verletzt sieht.

»Ich nehme an, wir können noch einmal über alles reden, wenn ich Euch das Mädchen ausliefere?«, fragte er.

»Eher nicht«, antwortete der Hartgesichtige. »Ich meine, Eure kleine Hure da bekommen wir sowieso, und Paolo hat sich jetzt schon so auf ein bisschen Spaß gefreut. Er kann ziemlich unangenehm werden, wenn man ihm seine kleinen Vergnügungen verwehrt, wisst Ihr?«

Andrej nickte, seufzte resigniert und stieß Paolo die Fingerspitzen der Linken wuchtig gegen die Kehle. Der schwarzhaarige Hüne stolperte zwei Schritte zurück, schlug beide Hände gegen den Hals und rang mit hervorquellenden Augen nach

Luft. Röchelnd sank er auf die Knie und kippte von dort aus zur Seite. Andrej drehte sich wieder zu dem Hartgesichtigen um.

»So wütend sieht er eigentlich gar nicht aus«, sagte er lächelnd. »Soll ich mich jetzt noch mit einem weiteren deiner Freunde unterhalten oder gleich mit allen zusammen?«

Offenbar mit allen zusammen. Die Überraschung der Burschen dauerte nur einen kurzen Moment, dann stürzten sie sich mit einem Aufschrei auf ihn.

Andrej spürte sofort, dass er es mit erfahrenen Männern zu tun hatte, die das Kämpfen gewohnt waren. Er empfing den ersten Burschen mit einem Fausthieb in den Leib, der diesen nach Luft japsend zu seinem Kumpan am Boden schickte. Es gelang ihm auch, den Fausthieb eines zweiten mit dem Unterarm abzublocken, ein anderer jedoch schlug ihm mit solcher Gewalt in die Nieren, dass er vor Schmerz aufstöhnte, und der vierte warf sich gleich auf seinen Rücken, schob die Arme unter seinen Achseln hindurch und verschränkte die Hände hinter seinem Nacken – ein Griff, mit dem man auch einen sehr viel stärkeren Gegner mühelos halten konnte. Andrej hätte ihn trotzdem sprengen können, doch stattdessen warf er sich so wuchtig zurück und gegen die Wand, dass der Bursche mit einem sonderbar quietschenden Schrei nach Luft rang und dann kraftlos zusammenbrach. Andrej musste ihn nicht einmal mehr abschütteln.

Doch vor seinen Augen tobten rote und grüne Blitze. Er schmeckte Blut, und der rasende Schmerz in seinem Rücken ebbte nur allmählich ab. Er sah kaum mehr als Schemen, schaffte es trotzdem irgendwie, zwei weitere Schläge abzuwehren, und wurde praktisch im gleichen Augenblick von einer dritten Faust mit solcher Wucht an der Kinnspitze getroffen, dass er beinahe das Bewusstsein verloren hätte. Dennoch griff er ganz instinktiv nach dem zu der Faust gehörigen Arm, verdrehte ihn mit einem Ruck und wurde mit dem dumpfen Laut belohnt, mit dem ein Körper auf dem harten Boden aufschlug.

Er stolperte weiter, immer noch halb blind vor Schmerz und der Schwäche, die seinen Körper in Schüben erfasste. Als ihn ein weiterer brutaler Schlag in den Leib traf, packte er den Angreifer und schmetterte ihn gegen die Wand auf der anderen Seite. Zwar reichte seine Kraft nicht mehr ganz, und der Bursche fiel auf halber Strecke zu Boden und rappelte sich sofort wieder hoch, aber sein hartnäckiger Widerstand schien die Kerle beeindruckt zu haben. Er wurde nicht sofort wieder attackiert, sodass er sich ein paar Schritte weit zurückziehen und genug Zeit gewinnen konnte, um zu Kräften zu kommen.

Auch vier seiner fünf Kontrahenten standen bereits wieder aufrecht – abgesehen von Paolo, der sich noch immer am Boden krümmte und keuchte, als würde er das Atmen neu zu lernen versuchen –, aber sie wirkten jetzt deutlich zögerlicher. Mit einem so heftigen Widerstand hatten sie anscheinend nicht gerechnet – so wenig wie er umgekehrt damit, es mit so entschlossenen Gegnern zu tun zu haben.

Andrej war noch weit davon entfernt, Sorge oder gar Angst zu empfinden, aber er wusste, dass er seine Rücksicht zumindest zum Teil aufgeben musste. Er wollte keinen dieser Männer töten, begriff aber, dass er wohl nicht darum herumkommen würde, wenigstens einen von ihnen zu verletzen, damit die anderen zur Vernunft kamen.

Die Entscheidung wurde ihm abgenommen. Die vier Burschen begannen, ihn zu umkreisen, und versuchten, sich mit Blicken und Gesten zu verständigen, wohl um ihn erneut gemeinsam anzugreifen. Gerade als Andrej seinerseits einen von ihnen fixierte, um ihn zu packen und ihm den Arm oder die Schulter zu brechen, hörte er hinter sich einen Schrei. Er wirbelte herum und sah, dass Abu Dun einen der Kerle ergriffen hatte und ihm den Arm verdrehte, sodass sein Handgelenk wie ein trockener Ast brach und der Bursche mit einem schrillen Heulen in die Knie ging.

Und das war wohl endgültig zu viel. Die drei anderen fuhren auf der Stelle herum und rasten wie von Furien gehetzt davon, ohne sich auch nur noch einmal nach ihrem verwundeten Kameraden umzusehen.

Andrej bedachte den wimmernden Burschen vor sich noch mit einem zornigen Tritt, ging dann mit schnellen Schritten zu Paolo hin und überzeugte sich davon, dass er noch am Leben war und es auch bleiben würde. Dann drehte er sich wütend zu Abu Dun herum.

»Hattest du nicht versprochen, dich nicht einzumischen?«, fauchte er.

»Bitte verzeiht Eurem unwürdigen Diener, Sahib«, antwortete Abu Dun mit einem spöttischen Nicken. Er hielt ein Messer mit einer fünf Zoll langen Klinge in die Höhe, von dem Andrej wusste, dass es nicht seines war. »Ich wollte nur verhindern, dass dieser Bursche Euch ein unwillkommenes Geschenk macht.«

Andrej funkelte ihn trotzdem zornig an und ließ sich dann neben dem verzweifelt nach Luft japsenden Hünen in die Hocke sinken. Paolos Atem ging unregelmäßig und pfeifend. Andrej konnte sehen, wie rasend schnell sein Herz in dem vergeblichen Versuch jagte, Sauerstoff in seine Adern zu pumpen, den ihm seine Lungen nicht lieferten. Nachdem er behutsam nach einem bestimmten Nervenknoten im Nacken des Mannes getastet und ihn massiert hatte, wurde es ein wenig besser, aber Andrej wusste, dass es trotzdem noch Stunden dauern würde, bis er wieder ganz ohne Schmerzen atmen konnte, und Tage, um wieder wie gewohnt zu schlucken. Sein Mitgefühl hielt sich in Grenzen.

»Verstehst du mich?«, fragte er.

Paolos Blick blieb leicht verschleiert, aber er nickte.

»Gut«, sagte Andrej. »Dann hör mir gut zu. Ich lasse dich am Leben und deinen Freund da hinten auch. Aber du wirst deinen Kameraden etwas von mir ausrichten: Ich trage euch nichts nach, aber wenn ihr mich oder Corinna noch einmal belästigt, dann töte ich euch. Alle.«

Ohne auf eine Antwort zu warten, die er ohnehin nicht bekommen hätte, stand er auf, ging zu dem Burschen mit dem gebrochenen Arm und zerrte ihn unsanft auf die Füße. »Du hast gehört, was ich gesagt habe«, fuhr er ihn an. »Jetzt hilf deinem Freund, von hier zu verschwinden. Und kommt nicht wieder! Es sei denn, euer Leben ist euch nicht viel wert.«

»Das war beeindruckend«, sagte Abu Dun und machte ein gewichtiges Gesicht, während er zusah, wie die beiden Kerle, sich gegenseitig stützend, davonhumpelten. »Du solltest dir diese Worte aufschreiben, falls du noch einmal dieselbe Rede halten musst.«

Andrej würdigte ihn keiner Erwiderung, sondern ging an ihm vorbei, ergriff Corinnas Arm und zerrte sie wenig sanft hinter sich her in die Gaststube zurück, wobei er um ein Haar den Gastwirt über den Haufen gerannt hätte, der mit offenem Mund in der Tür stand und ihn anglotzte wie das achte Weltwunder. Er stieß sie auf die Bank hinab, auf der Abu Dun zuvor gesessen hatte, und nahm ihr gegenüber Platz. Er wartete, bis auch der Nubier zu ihnen hereingekommen war und sich gesetzt hatte.

»Du hast interessante Freunde, Corinna«, sagte er dann.

»Das waren nicht meine Freunde«, antwortete das Mädchen nervös.

»Wenn das nicht deine Freunde waren, woher kennst du sie dann?«, fragte er.

»Gar nicht«, behauptete das Mädchen. »Ich habe sie heute zum ersten Mal gesehen.«

»Was dich nicht daran gehindert hat, sie sofort zu bestehlen«, sagte Abu Dun.

»Ich habe nicht gestohlen!«, begehrte Corinna auf.

»Dann sammelst du nur Milchzähne?«, fragte Abu Dun.

Corinna funkelte ihn nur trotzig an, und Andrej war beinahe erleichtert, als in diesem Moment der Wirt an ihren Tisch trat und zwei Krüge mit frisch gezapftem Bier vor ihnen abstellte. »Bei der Jungfrau Maria und allen Heiligen!«, sagte er. »So etwas habe ich mein Lebtag noch nicht gesehen, und hätte es mir einer erzählt, dann würde ich es nicht glauben!«

Er zeigte mit beiden Händen auf die Krüge. »Trinkt! Das geht auf Kosten des Hauses und auch noch eine zweite Runde, wenn ihr es wollt! Was für ein Kampf!«

Er bedachte Abu Dun und Andrej mit einem bewundernden und Corinna mit einem missmutigen Blick, wischte sich wieder einmal die Hände an seiner schmierigen Lederschürze ab und wollte gerade noch mehr sagen, als die Tür hinter der Theke aufging und seine Frau neugierig den Kopf hereinstreckte. Seine Miene verfinsterte sich schlagartig.

»Was gibt es da zu starren?«, fragte er scharf. »Hast du nichts zu tun, dass du hier herumstehst und Maulaffen feilhältst? Scher dich in die Küche, neugieriges Weib!«

Seine Frau zog sich erschrocken wieder zurück, und der Wirt fügte mit einem ärgerlichen Stirnrunzeln an Andrej gewandt hinzu: »Wenn ich etwas auf der Welt nicht ausstehen kann, dann ist das neugieriges Weibervolk!«

Andrej tauschte einen vielsagenden Blick mit Abu Dun und schwieg.

»Ich wusste gleich, dass ihr etwas Besonderes seid«, fuhr der Wirt fort. »Schon als ich euch das erste Mal gesehen habe. Ihr gebt Euch als harmlose Reisende aus, aber in Wahrheit seid ihr Krieger. Sicherlich tapfere Helden, die in geheimer Mission unterwegs sind, von der keiner etwas wissen darf, habe ich recht?«

»Gibt es denn geheime Missionen, von denen jeder wissen darf?«, erkundigte sich Abu Dun todernst.

Der Wirt starrte ihn an, und Abu Dun fuhr fort: »Wenn wir das wären, wofür du uns zu halten scheinst, wäre es dann nicht sehr leichtsinnig von dir, uns diese Fragen zu stellen … und vielleicht sogar gefährlich?«

Jetzt wirkte der Wirt irritiert (und auch ein bisschen erschrocken) und rettete sich dann in ein nervöses Lachen. »Oh, ich verstehe! Ihr beliebt zu scherzen. Aber macht Euch keine Sorgen, Euer Geheimnis ist bei mir gut aufgehoben. Ich werde gewiss niemandem etwas verraten. Wenn es etwas gibt, wofür ich bekannt bin, dann ist es meine Verschwiegenheit.«

Abu Dun starrte ihn nur an, und da er es auf eine Art tat, zu der von allen Menschen, die Andrej kannte, nur er allein imstande war, verschwand der Wirt sehr schnell sehr eilig in der Küche. Andrej konnte selbst durch die geschlossene Tür hören, wie er mit seiner Frau zu keifen begann.

»Kein Wunder, dass seine Frau so kocht«, sagte er. »Wahrscheinlich hofft sie, dass er irgendwann versehentlich etwas davon isst.«

Abu Dun warf ihm einen verständnislosen Blick zu, deutete

ein Schulterzucken an und wandte sich wieder dem Mädchen zu. »Du wolltest uns von deinen Freunden erzählen.«

»Es sind nicht meine Freunde«, antwortete sie. »Ich kenne sie nicht!«

»Weil du normalerweise nur die bestiehlst, die du kennst?«, fragte Andrej.

Corinna hielt seinem Blick trotzig stand. Andrej spielte ihr Spielchen noch einen Augenblick mit, bevor er den Lederbeutel von seinem Gürtel löste und auf den Tisch legte.

»Ihr müsst nicht nachzählen«, sagte Corinna. Immer noch klang sie leicht verstockt. »Es ist alles noch da. Bis auf den letzten Heller.«

»Du bist noch nicht dazu gekommen, es auszugeben«, vermutete Abu Dun.

Corinna funkelte ihn an, wandte sich dann aber wieder an Andrej. »So war es nicht«, beteuerte sie.

»Lass mich raten«, sagte Andrej. »Du hast ihn ganz versehentlich eingesteckt und bist gleich hergekommen, als du es gemerkt hast, um mir mein Geld zurückzugeben?«

»Ja«, antwortete Corinna. »Ich meine: Nein.«

»Aha!«, sagte Andrej. »Was?«

»Ich meine, ich ... ich habe ihn nicht versehentlich eingesteckt. Aber es war ein Fehler, und als ich das eingesehen habe, da bin ich hergekommen, um ihn Euch zurückzugeben. Das ist die Wahrheit.«

»So wie es auch die Wahrheit ist, dass du diese Burschen von gerade nicht kennst«, schnaubte Abu Dun.

»Es ist wahr!«, beharrte Corinna. »Sie haben ... Bemerkungen gemacht. Anzügliche Bemerkungen, die sich nicht gehören einer Dame gegenüber.«

»Für die sie dich zweifellos gehalten haben«, spottete Abu Dun.

»Es war nur recht und billig«, verteidigte sich Corinna – eine Logik, der Andrej nicht ganz folgen konnte. »Und ich muss schließlich von irgendetwas leben.« Nachdem sie mit treuherzigem Augenaufschlag vergebens auf eine Antwort gewartet hatte, schob sie schließlich die Hand über den Tisch, um nach Andrej zu greifen, aber der zog seinen Arm schnell zurück.

»Es tut mir wirklich leid«, sagte sie. »Das müsst Ihr mir glauben. Wäre ich sonst hier, wenn es nicht so wäre?«

»Das weiß ich nicht«, sagte Andrej kühl.

»Wahrscheinlich verachtet Ihr mich jetzt.«

Andrej tat ihr nicht den Gefallen, den Kopf zu schütteln oder ihr gar laut zu widersprechen. »Das weiß ich auch noch nicht«, sagte er. »Aber ich weiß, dass ich es nicht schätze, bestohlen zu werden.«

Er war nicht einmal wirklich zornig, aber doch ein wenig enttäuscht, was ihm selbst sonderbar erschien, denn schließlich kannte er sie gerade einmal einige wenige Stunden. »Ja, wahrscheinlich habe ich das auch verdient«, seufzte Corinna. »Und so wie es aussieht, stehe ich jetzt sogar noch tiefer in Eurer Schuld, nachdem Ihr mir das Leben gerettet habt.«

»Das Leben gerettet?« Andrej runzelte die Stirn. »Jetzt übertreibst du. Ich glaube nicht, dass sie dich gleich umgebracht hätten.«

»Nein, sicher nicht gleich«, antwortete Corinna. »Zuerst hätten sie ihren Spaß mit mir gehabt, einer nach dem anderen oder auch alle zugleich, und *dann* hätten sie mich umgebracht.«

Andrej fragte sich, ob sie die Wahrheit sagte. Andererseits: Selbst wenn sie tatsächlich zurückgekommen war, um ihm sein

Geld zu bringen, dann änderte das rein gar nichts an der Tatsache, dass sie ihn bestohlen hatte.

Oder vielleicht doch.

Es war kompliziert.

Als hätte er seine Gedanken gelesen, verdrehte Abu Dun die Augen, griff nach Andrejs Geldbeutel und ließ ihn in der Manteltasche verschwinden. »Nur zur Sicherheit«, sagte er. »Du bekommst es zurück, sobald ich weiß, dass du wieder bei Sinnen bist.«

»Was soll der Unsinn?«, fragte Andrej.

»Das frag ich dich«, erwiderte Abu Dun schärfer, als Andrej angemessen schien. Er stand auf. »Schalt einfach zur Abwechslung einmal deinen Verstand ein, Hexenmeister. Und sollte noch etwas davon übrig sein, dann findest du mich bei unserem Wohltäter in der Küche. Ich sehe nach, ob noch etwas zu essen da ist.«

Er ging. Andrej sah ihm leicht verdutzt nach, und auch Corinna schüttelte traurig den Kopf und ließ ein abermaliges Seufzen hören. »Euer Freund mag mich nicht«, stellte sie fest.

»Nein«, antwortete Andrej. Als Corinna betroffen guckte, beeilte Andrej sich zu ergänzen: »Ich meine: Nein, es hat nichts mit dir zu tun. Abu Dun ist in letzter Zeit ein wenig gereizt. Er ist sonst nicht so, musst du wissen.«

»Und warum jetzt?«

»Wir sind seit einer Woche hier und haben noch keine Spur von Meruhe und meinem Sohn gefunden«, antwortete er. »Er ist kein sehr geduldiger Mensch. Und er sorgt sich um Meruhe.«

»Die Frau, der Ihr Euren Sohn anvertraut habt?«

Andrej nickte.

»Ich dachte, sie wäre Eure Freundin gewesen.«

»Nicht so«, antwortete Andrej. »Sie ist wirklich nur eine Freundin ... *unsere* Freundin. Wir hätten sie niemals allein gehen lassen dürfen. Abu Dun würde es niemals aussprechen, aber er nimmt es mir ziemlich übel, glaube ich.«

»Was nimmt er Euch übel?«

Er sollte diese Frage nicht beantworten, aber wie schon in der Nacht zuvor vertraute er ihr aus irgendeinem Grund, auch wenn der Gedanke ihm selbst absurd vorkam.

»Ich habe dir von dem großen Feuer in London erzählt. Es gab einen Kampf, und Meruhe wurde verletzt. Ziemlich schlimm verletzt. Wir hätten sie niemals gehen lassen dürfen. Nicht in dem Zustand, in dem sie war.«

»Und warum habt Ihr es dann getan?«

Andrej lachte humorlos, und Corinna sah ihn verletzt an.»Habe ich etwas Falsches gesagt?«

»Nein«, antwortete Andrej. »Das hat nichts mit dir zu tun. Du kannst es nicht wissen, aber wenn sich Meruhe einmal etwas in den Kopf gesetzt hat, dann gibt es auf der ganzen Welt nur einen einzigen Menschen, der sie noch davon abbringen kann. Und das ist Meruhe selbst.«

»Nicht einmal Ihr oder Euer großer Freund?«

»Nicht einmal ich oder mein großer Freund«, bestätigte Andrej.

Corinna dachte angestrengt über diese Worte nach, bevor sie nickte. »Dann muss diese ... Meruhe ... eine wirklich interessante Frau sein.«

»Das ist sie«, bestätigte Andrej. In seiner Stimme schwang eine Düsternis mit, die ihn selbst erschreckte.

Corinnas zierliche Hand glitt erneut über den Tisch und tastete nach seinen Fingern, und diesmal zog er den Arm nicht zurück, sondern ließ die Berührung zu. Überrascht stellte er fest, dass sie seltsam wohltuend war.

Eine Weile saßen sie einfach schweigend da, dann sagte Corinna leise: »Was Eure Freundin angeht, kann ich Euch nicht helfen, aber vielleicht …«

»Vielleicht?«, fragte Andrej, als sie nicht weitersprach.

»… vielleicht was Euren Sohn angeht«, sagte Corinna leise. »Ich will Euch keine falsche Hoffnung machen, und wahrscheinlich ist es sowieso nur Unsinn, aber – « Sie verstummte erneut, wich plötzlich seinem Blick aus und versuchte die Hand zurückzuziehen, aber diesmal war es Andrej, der sie festhielt.

»Was ist Unsinn?«, drängte er.

»Was Ihr mir gestern Nacht erzählt habt«, antwortete das Mädchen, seinen Blick immer noch meidend. Andrej meinte ihr anzusehen, dass sie es längst bedauerte, das Thema angeschnitten zu haben. Sie sprach erst nach einem Zögern weiter.

»Die Geschichte hat mir keine Ruhe gelassen. Ich weiß selbst nicht, warum, aber ich musste immer wieder daran denken. Vielleicht weil ich gespürt habe, wie sehr es Euch zu schaffen macht. Heute Morgen jedenfalls habe ich mit einem der anderen Mädchen darüber gesprochen, und sie hat mir eine seltsame Geschichte erzählt.« Sie schüttelte den Kopf. »Wahrscheinlich wollte sie sich nur wichtig machen. Das tun sie oft, wisst Ihr? Kaum erzählt eine von uns eine Geschichte, erfindet die andere sofort eine neue, um sie zu übertrumpfen.«

»Was für eine Geschichte?«, fragte Andrej. Sein Herz klopfte.

»Die Geschichte von einem sonderbaren Jungen, der vor einem knappen Jahr hier in der Stadt aufgetaucht sein soll«, antwortete Corinna. »Eines sehr kranken Jungen, den drei unheimliche schwarze Frauen gebracht haben sollen.«

Andrejs Herz schlug plötzlich noch härter, und sein Mund war mit einem Male so trocken, dass er Mühe hatte zu sprechen. »Dieses Mädchen, das dir diese Geschichte erzählt hat«, sagte er stockend. »Kannst du mich zu ihr bringen?«

»Nein«, antwortete Corinna. »Aber ich kann Euch zeigen, wo sie den Jungen hingebracht haben.«

Kapitel 3

Wenn es etwas gab, das Andrej zutiefst verabscheute, dann waren es Schiffe. Er hatte einen gar nicht geringen Teil seines Lebens auf Schiffen verbracht, als einfacher Matrose, Galeerensklave, Kapitän oder Kanonier, einmal sogar als Kommandant einer noch nicht einmal kleinen Flotte. Doch immer noch hasste er es, nur auf ein paar beunruhigend dünnen Lagen Holz zu stehen, unter denen ein schwarzer Abgrund lauerte, egal ob die Entfernung zum Meeresboden nun nur wenige Fuß oder auch etliche Meilen maß. Er war stets angespannt und gereizt, wenn er sich an Bord eines Schiffes befand, und atmete immer zutiefst erleichtert auf, wenn er den Fuß wieder auf festen Boden setzte.

Auch das Schiff, auf dem er sich jetzt aufhielt, machte da keine Ausnahme – auch wenn es gar kein Schiff war, sondern eher ein Boot, und streng genommen nicht einmal das, sondern eine *Gondola*, wie die Einheimischen die sonderbaren Gefährte nannten, mit denen sie die Wasserstraßen ihrer Heimatstadt befuhren. Er war nur noch nicht ganz sicher, ob er auch dieses Mal wieder wie gewohnt erleichtert würde aufatmen können, wenn sie ihr Ziel erreicht hatten, denn wenn man es wirklich ganz genau nahm, dann war ja diese ganze Stadt nichts anderes als ein bizarres Schiff aus Stein, das auf unzähligen hölzernen Beinen aus dem Wasser ragte.

Sie waren jetzt seit einer Woche hier, und dennoch empfand er vor allem Verwirrung beim Anblick einer kompletten Stadt, die direkt aus dem Meer herausgewachsen zu sein schien wie die Zinnen eines mythischen Reiches, das lange vor den Zeiten der Menschen in den Tiefen des Ozeans versunken war und nun in einem endlosen magischen Moment wieder aus dem Vergessen auftauchte. Viele Gebäude hatten weiße Linien, die, wie mit einem riesigen Lineal gezogen, die Höchststände verschiedener Hochwasser der Vergangenheit anzeigten. In manchen Wänden hatten sich Schimmel und Fäulnis eingenistet, die zumindest seinem und Abu Duns feinem Geruchssinn nicht verborgen blieben, und er mutmaßte, dass es hinter so mancher prachtvollen Fassade nicht besser aussah. Dennoch wusste dieser Teil der Stadt noch immer zu beeindrucken.

Ein gedämpfter Knall ertönte, gefolgt von einem nicht annähernd so gedämpften Fluch in einer Sprache, die seit fünfhundert Jahren ausgestorben war, zusammen mit allen, die sie gesprochen hatten, und Andrej musste nicht einmal hinsehen, um zu wissen, dass Abu Duns Schädel schon wieder unliebsame Bekanntschaft mit einer der niedrigen Brücken gemacht hatte, die die schmalen Kanäle in scheinbar unendlicher Zahl überspannten. Er sparte sich jeden Kommentar dazu, genau wie den Versuch, eine Antwort auf die Frage zu finden, warum Abu Dun darauf beharrte, im Bug der schlanken Gondel zu stehen, statt sich hinzusetzen, wie Corinna und er es getan hatten. Abu Dun war eben Abu Dun, so einfach war das.

»Es ist jetzt nicht mehr sehr weit«, sagte Corinna in einem mitfühlenden Ton, der die Frage obsolet werden ließ, ob man ihm sein Unbehagen ansah. »Nur noch ein paar Abzweigungen, und wir sind da.«

Andrej nickte nur, aber Abu Dun knurrte: »Und wo ist dieses *da?«*

»Ich muss zuerst noch mit einer Freundin sprechen«, antwortete Corinna. »Aber keine Sorge. Es dauert nicht lange.«

»Hast du nicht behauptet, du wüsstest, wo der Junge ist?«, erkundigte sich der Nubier misstrauisch und zog hastig den Kopf ein, als er einen Schatten aus den Augenwinkeln gewahrte und die Gondel unter einer weiteren steinernen Brücke hindurchglitt. Als er sich wieder aufrichtete, saß sein Turban ein wenig schräg auf seinem Kopf. Ein entgegenkommender Gondoliere beschwerte sich lautstark bei ihrem Fahrer, da ihre beiden Gefährte gefährlich nahe aneinander vorbeischrammten.

»Das weiß ich auch«, antwortete Corinna. »Aber man kommt nicht so ohne Weiteres hinein. Ich werde eine ganze Menge Gefallen einfordern müssen, um euch Zutritt zu verschaffen … vor allem dir, schwarzer Mann.«

»Mir bricht das Herz«, spottete Abu Dun. »Wie können wir diese Großzügigkeit nur wiedergutmachen?«

»Lass es gut sein, Pirat«, seufzte Andrej. Abu Dun zog eine Grimasse und durchbohrte abwechselnd ihn und Corinna mit Blicken, war aber wenigstens still. Andrej fragte sich, wer von ihnen nun eigentlich übertrieb: Der Nubier mit seiner unverhohlenen Feindseligkeit oder er mit seinem großen Vertrauen zu einem Straßenmädchen, das er gerade einmal ein paar Stunden kannte und das ihn noch dazu bestohlen hatte. So viel Vertrauensseligkeit war sonst gar nicht seine Art.

Nur um auf andere Gedanken zu kommen, drehte er sich auf der unbequemen Bank zur Seite und betrachtete das bunte

Treiben beiderseits des schmalen Kanals. Trotz Abu Duns hartnäckigem Bohren hatte Corinna sich beharrlich geweigert, auch nur eine Andeutung über ihr Ziel zu machen, und Andrej begann allmählich zu verstehen, warum. Nachdem ihr eigenes Quartier zumindest in unangenehmer Nähe der *Sacca Fisola* lag, hatte er zumindest etwas Besseres erwartet. Zwar waren die Häuser hier größer, die Menschen besser gekleidet (und genährt), und alles wirkte insgesamt sauberer und fröhlicher ... aber zugleich auch schmuddeliger – ein passenderes Wort dafür fiel ihm nicht ein. Sie hatten drei Gondoliere angesprochen, bevor sich der erste bereit erklärt hatte, sie zu fahren.

Was natürlich auch an Abu Duns Anwesenheit liegen mochte – und seinem Gesichtsausdruck, der noch finsterer war als gewohnt.

Immerhin waren die Wege breit und einigermaßen gepflegt, und das Treiben war hier nicht nur im übertragenen, sondern auch im wortwörtlichen Sinne bunt: Viele Häuser waren mit Fahnen, Blumen oder farbigen Tüchern geschmückt, und aus mehr als einer offen stehenden Tür drang laute Musik. Mancherorts herrschte ein solches Gedränge, dass es ihn wunderte, nicht den einen oder anderen Passanten ins Wasser fallen zu sehen, und auch die Kleidung der meisten Menschen war farbenfroh – selbst die Uniform der Soldaten, von denen es für Andrejs Geschmack vielleicht ein bisschen zu viele gab.

»Ist es hier immer so?«, fragte er.

»Ja«, antwortete Corinna. »Aber im Moment sind alle ein bisschen aufgeregt. Die letzten Vorbereitungen für den *Carnevale*, wenn du verstehst.«

Andrej nickte zwar, war aber nicht ganz sicher, ob er tatsächlich verstand. Er hatte zwar von diesem Fest gehört, bei dem sich die halbe Stadt in mehr oder weniger bizarre Verkleidungen hüllte und etliche Tage lang feierte, aber nie den Grund für diesen seltsamen Brauch erfahren und sich auch nicht dafür interessiert. Er mochte solcherlei Volksbelustigungen nicht, und nach Feiern war ihm schon gar nicht zumute. Er verzichtete darauf, eine der Fragen zu stellen, die Corinna mit ihrer Antwort so offensichtlich hatte herausfordern wollen, sondern sah dem scheinbaren Chaos beiderseits des Kanals eine Weile schweigend zu, ehe er seinen Blick schließlich von dem fröhlichen Treiben losriss und sich wieder an Corinna wandte.

»Wo sind wir hier?«, fragte er.

»Die *Carampane*«, antwortete Corinna.

»Aha«, sagte Andrej, sah sich noch einmal langsam um und fragte dann: »Und was heißt das?«

»Das wollt Ihr nicht wissen«, behauptete Corinna lachend. »Obwohl ich mir vorstellen könnte, dass es Euch gefällt.«

Abu Dun feixte nun ganz unverhohlen und drehte sich so abrupt ganz zu ihnen herum, dass das zerbrechliche Bötchen prompt zu schwanken begann, und Abu Dun instinktiv die Arme ausstreckte, um die Balance zu halten, woraufhin die Gondel noch heftiger zu schaukeln begann und möglicherweise sogar ganz aus dem Gleichgewicht geraten wäre, hätte der Gondoliere nicht hastig seine lange Stange in den schlammigen Kanalgrund gerammt und das Gefährt damit vor dem Kentern bewahrt. Man musste des Italienischen nicht mächtig sein, um die Bedeutung des Wortschwalls zu begreifen, mit dem er den nubischen Hünen überschüttete.

»Vielleicht setzt du dich besser doch hin«, sagte Andrej. »Nichts gegen dich als Galionsfigur, aber vielleicht doch an einem größeren Schiff.«

Abu Dun ließ sich in den Bug des Schiffchens plumpsen, sodass es erneut bedrohlich ins Wanken geriet, was den Gondoliere zu einem erneuten Temperamentsausbruch veranlasste.

Corinna beruhigte ihn mit einigen wenigen Worten, die Andrej genauso wenig verstand wie die Schimpfkanonade des Mannes. Immerhin verstummte dieser und stakte mit finsterem Gesicht weiter.

»Was hast du ihm gesagt?«, fragte Andrej. »War das eine Art Zauberspruch?«

»Einer der immer und überall funktioniert«, sagte Corinna und blinzelte Abu Dun schalkhaft zu. »Ich glaube, in deiner Heimat nennt man ihn *Bakschisch*.«

Abu Dun sah finster auf sie herab. »Woher willst du wissen, wo meine Heimat ist?«

Corinna gab mit einem Seufzen auf. Sie deutete nach rechts, auf eine der zahllosen gemauerten Treppen, die nach oben führten. »Wir sind auch schon fast da.«

Sie bat den Gondoliere anzulegen und stand mit einem Geschick auf, als wäre sie nicht nur an Bord eines dieser winzigen schwankenden Gefährte geboren, sondern auch aufgewachsen. Leichtfüßig sprang sie von Bord, noch bevor das Boot ganz angelegt hatte, und hüpfte so schnell die Treppe hoch, dass Andrej beinahe damit rechnete, dass sie auf Nimmerwiedersehen in der Menge untertauchte. Oben angekommen blieb sie jedoch stehen, drehte sich nach ihnen um und bedeutete ihnen aufgeregt, ihr zu folgen. Andrej kam der Einladung nach, doch als Abu Dun das Boot ebenfalls verlassen wollte, vertrat ihm der Gondoliere den Weg und begann aufgeregt mit seiner Stange zu fuchteln.

»Wir müssen die Fahrt noch bezahlen«, sagte Corinna.

Andrej griff automatisch an seinen Gürtel und erinnerte sich erst dann daran, wo sich sein Geldbeutel jetzt befand. Als er Abu Dun jedoch einen auffordernden Blick zuwarf, hob dieser nur die Arme und machte ein hilfloses Gesicht.

»Das könnte jetzt ein bisschen schwierig werden«, grinste der Nubier. »Wie es der Zufall will, sind wir bestohlen worden, Signorina, und zurzeit völlig mittellos.«

Andrej wollte ihn gerade scharf zurechtweisen, als das Mädchen ihn mit einer müden Geste zum Schweigen brachte und tief seufzend unter ihren Mantel griff, um eine weitere Geldbörse hervorzuziehen. Andrej fragte sich, wie viele davon sie noch in ihrem Besitz hatte – und wem sie wohl gehört haben mochten.

»Das ist wirklich großmütig von Euch, Signorina«, spöttelte Abu Dun. »Und vergesst nicht das *Bakschisch*. Gute, alte Bräuche sollte man ehren.«

Corinna schnitt ihm eine Grimasse, kramte aber gehorsam in ihrem Beutel und bezahlte den Gondoliere, und seinem Gesichtsausdruck nach zu schließen sogar äußerst großzügig.

»Allmählich frag ich mich, ob es wirklich so klug von mir gewesen ist, auf mein Gewissen zu hören und noch einmal zu euch zurückzukommen«, seufzte sie. »Die Sache kommt mich allmählich teuer.«

»Dann bringt uns zu Eurer *Freundin*, geschätzte Signorina, und Ihr seid uns sogleich wieder los und könnt zu Eurem gewohnten gottesfürchtigen Leben zurückkehren«, sagte Abu Dun. »Ansonsten bleiben wir noch ein bisschen.«

Das Mädchen war immerhin klug genug, nichts mehr darauf zu erwidern. Umständlich verstaute sie ihren Geldbeutel wieder unter dem Mantel und schlug dann die Kapuze nach vorne. »Ihr müsst hier auf mich warten«, sagte sie. »Dort hinten ist ein Gasthaus. Ich treffe euch dort in wenigen Minuten.«

»Und wer sagt uns, dass du wirklich zurückkommst?«, fragte Abu Dun.

»Niemand«, antwortete Corinna. »Aber wenn ich das nicht vorhätte, warum wäre ich dann überhaupt erst zu euch zurückgekommen?«

Das schien sogar Abu Dun zu überzeugen, auch wenn er sich alle Mühe gab, es sich nicht anmerken zu lassen. Er schwieg und beschränkte sich darauf, der jetzt wieder vermummten Gestalt nachzublicken, bis sie in der Menschenmenge verschwunden war.

Andrej tat dasselbe, die Stirn runzelnd wie der Nubier, wenn auch aus einem anderen Grund, denn er hatte etwas bemerkt, das Abu Dun in seinem Bemühen, den Missmutigen zu spielen, vielleicht entgangen war. Sowohl vor als auch hinter ihnen quoll die Straße geradezu über vor Menschen, die mit tausenderlei Dingen beschäftigt und zum Großteil sichtbar guter Laune waren, aber seltsamerweise kam ihnen niemand nahe. Wer konnte, machte bei ihrem Anblick unauffällig kehrt und ging in eine andere Richtung, und wenn ihm das nicht möglich war, dann passierte er sie in großem Abstand, selbst wenn er dazu anhalten und erst andere vorübergehen lassen musste. Abu Dun und er waren wie zwei Felsen in einem bunten Strom, um den herum sich das Wasser teilte, ohne seine Oberfläche zu benetzen. Für sie war es nichts Ungewohntes. Abu Dun überragte ausnahmslos jeden hier mindestens um Haupteslänge, und seine nachtschwarze Kleidung und das gleichfarbene Gesicht machten ihn auch nicht gerade vertrauenerweckender. Doch was er in vielen Gesichtern las – zumindest in denen, die nicht hastig gesenkt oder in eine andere Richtung gewendet wurden –, das war mehr als Scheu und Erstaunen oder das instinktive Erschrecken beim

Anblick des schwarzen Riesen. In mehr als einem Augenpaar las er Feindseligkeit, manchmal Angst und in dem einen oder anderen Blick auch beides.

Auch in dem Arme-Leute-Viertel, in dem sie Unterkunft gefunden hatten, fielen sie mit ihren kostbaren Kleidern und den wertvollen Waffen auf, weckten aber vermutlich vor allem Neid und Begehrlichkeit, und die gehörige Abreibung, die er Corinnas *Verehrern* verpasst hatte, trug vermutlich auch nicht dazu bei, sich beliebter zu machen.

Hier jedoch, in diesem wohlhabenderen Viertel, sollte das eigentlich anders sein. Denn Venedig war eine Stadt, die seit Jahrhunderten vom Handel mit fremden Völkern lebte (wenn sie nicht gerade Krieg gegen sie führte) und deren Anblick gewohnt war; auch den noch weit exotischerer Erscheinungen als der eines sieben Fuß großen nubischen Hünen.

»Irgendetwas ist hier …«, begann er, und Abu Dun fiel ihm ins Wort: »Vielleicht sollten wir doch in dieses Gasthaus gehen, von dem deine neue Herzensdame gesprochen hat.«

»Sie ist nicht meine Herzensdame«, sagte Andrej scharf.

»Dann kümmert sie sich eben um ein anderes Körperteil.« Abu Dun hob ungerührt die Schultern. Dann tat er so, als überliefe ihn ein Schauder. »Mir ist jedenfalls kalt. Jemand hat mir einmal erzählt, dass es hier immer warm sein soll, aber er hat gelogen – oder es gibt noch ein anderes Venedig in einem anderen Teil der Welt. Ich würde mich nicht wundern, wenn es gleich zu schneien begönne.«

Das war zweifellos übertrieben, aber kalt war es tatsächlich. Die Luft roch leicht nach Schnee, auch wenn Andrej sicher war, dass es nicht schneien würde, und vom Wasser stieg ein eisiger Hauch auf, der ihn die Kälte noch mehr fühlen ließ, vor allem jetzt, wo Abu Dun ihn darauf aufmerksam gemacht hatte. »Es ist Januar«, sagte er nur.

»Ja, und kalt wie im tiefsten Winter im Land der Nordmänner«, sagte Abu Dun. Er zog eine Grimasse.

»Komm. Ich bin es leid, angestarrt zu werden, und ich habe wenig Lust, hier festzufrieren. Ich lade dich auf einen Krug Bier ein. Vielleicht bekommen wir ja hier eines, das auch danach schmeckt.«

»Du lädst mich ein?«, fragte Andrej. »Von meinem eigenen Geld? Wie großzügig.«

»So bin ich nun mal«, feixte Abu Dun. »Du kennst mich doch.«

Und aus ebendiesem Grund erwiderte Andrej nichts darauf, sondern signalierte Abu Dun nur mit einem knappen Nicken seine Zustimmung, woraufhin sich der Nubier umwandte und vorausging, um ihnen mit der puren Präsenz seiner breitschultrigen Gestalt einen Weg durch die dichte Menschenmenge zu bahnen.

Der Weg – obwohl nur ein knappes Dutzend Schritte weit – geriet zu einem Spießrutenlauf. Niemand kam ihnen auch nur nahe. Männer und Frauen, die zufällig ihren Weg kreuzten, hatten es so eilig, ihnen auszuweichen, dass sie mit anderen zusammenstießen oder einen grotesken Stolperschritt machten, was Andrej belustigt hätte, wenn die Woge der Furcht und – ja, fast schon Hass, die ihnen entgegenschlug, nicht beinahe mit Händen zu greifen gewesen wäre. Hätte er es nicht besser gewusst, er hätte geschworen, dass viele dieser Menschen Abu Dun nicht zum ersten Mal sahen – und einen guten Grund hatten, ihn zu fürchten.

Was für ein Unsinn!

Das Gasthaus, das Corinna ihnen genannt hatte, wäre von außen nicht einmal als ein solches erkenntlich gewesen, hätte die

Tür nicht offen gestanden, sodass Gelächter und die Stimmen ausgelassener Zecher auf die Straße hinausdrangen. Abu Dun und er steuerten einen freien Tisch im hinteren Teil des düsteren Raumes an, von dem aus sie den Eingang im Auge behalten konnten, ohne selbst sofort gesehen zu werden. Als sie sich setzten, standen zwei schon halb betrunkene Burschen am Nachbartisch auf und hockten sich demonstrativ ans andere Ende des Raumes. Andrej hielt ganz instinktiv den Atem an, doch zu seiner Erleichterung tat Abu Dun so, als wäre ihm gar nichts aufgefallen, und hob nur die Hand, um dem Wirt zuzuwinken. Der Mann bedachte sie zwar mit einem finsteren Blick, rührte sich aber nicht hinter seiner Theke hervor.

»Ja, das sieht mir ganz nach einem Etablissement aus, in dem deine neue Freundin verkehren würde«, sagte Abu Dun.

Andrej schwieg. Er hätte gerne widersprochen, aber ihm wollte einfach kein gutes Argument einfallen.

»Und was tun wir jetzt hier?«, fuhr Abu Dun – auf Arabisch – fort. »Außer *nichts* zu trinken, meine ich?«

»Hattest du mich nicht auf einen Krug Bier eingeladen?«, fragte Andrej.

»Eben«, antwortete Abu Dun. »Ich zahle …«

»Mit meinem Geld.«

»… und du holst die Getränke.«

Andrej stand wortlos auf und ging zur Theke. Der Wirt sah ihm mit steinernem Gesicht entgegen, doch sein flackernder Blick und die pochende Ader an seinem Hals verrieten ihn.

»Was muss man tun, um hier zwei Krüge Bier zu bekommen?«, fragte Andrej.

»Solche wie Ihr?« Der Mann schob kampflustig die Unterlippe vor. »Nichts.«

»Wir bekommen es umsonst?«, fragte Andrej lächelnd.

»Solche wie Ihr bekommen hier gar nichts.«

»Solche wie wir«, wiederholte Andrej ruhig. Dann schwieg er. Wartete einfach ab und schwieg. Bis der Wirt schließlich wieder das Wort ergriff. »Was wollt Ihr hier? Wollt Ihr mir das Geschäft verderben?«

»Eigentlich wollen wir hier nur etwas trinken«, antwortete Andrej freundlich. »Vor allem mein Freund da hinten ist sehr durstig. Ihr wisst, wen ich meine? Den großen finsteren Kerl, der so aussieht, als könnte er deine ganze Schankstube in Stücke schlagen, ohne auch nur aufzustehen.«

Der Wirt starrte erst ihn an, dann Abu Dun, und schließlich rang er sich zu einem widerwilligen Nicken durch. »Zwei Krüge Bier«, sagte er. »Setzt Euch! Ich bringe sie.«

Andrej ging zum Tisch zurück, wo Abu Dun ihn mit einem Blick begrüßte, von dem er nicht ganz sicher war, ob er spöttisch oder eher verächtlich war. »Was hast du ihm gesagt?«, fragte er.

»Dass du durstig bist«, antwortete Andrej. »Und wirklich unleidlich wirst, wenn du nichts zu trinken bekommst.«

Abu Dun verzog nur knapp die Lippen, eine Reaktion, die Andrej beunruhigte. Situationen wie diese hatten sie hundertmal erlebt – tausendmal, wenn er ehrlich war. Man reiste nicht mit einem Mann wie Abu Dun, erst recht nicht in Zeiten wie diesen, durch ganz Europa, ohne Anfeindungen gewohnt zu sein. Abu Dun gab sich Mühe, sich nichts anmerken zu lassen, und das sehr geschickt, doch Andrej kannte ihn einfach zu gut, um nicht hinter seine Stirn zu blicken. Der Nubier brodelte innerlich vor Zorn, und das war nun wirklich ungewöhnlich.

Sie schwiegen sich an, bis der Wirt kam – nach erstaunlich kurzer Zeit – und zwei nur halb gefüllte Krüge (ohne Schaum) vor ihnen auf den Tisch knallte. »Wohl bekomms!«, sagte er. »Das geht aufs Haus. Trinkt aus und verschwindet.«

»Auf ein Wort«, sagte Andrej.

»Kaum.« Der Wirt wollte gehen, doch Abu Dun machte eine Bewegung mit dem linken Fuß, zu schnell, um sie zu erkennen, die aber zur Folge hatte, dass sich der Stuhl daneben selbstständig machte und den Mann mit solcher Wucht in den Kniekehlen traf, dass dieser auf den Stuhl sackte und erstaunt den Mund aufriss.

Andrej sah aus den Augenwinkeln, wie sich einer der Burschen, die sich gerade so demonstrativ weggesetzt hatten, halb von seinem Platz erhob und dann wieder zurücksank, als sein Begleiter ihm die Hand auf den Unterarm legte und den Kopf schüttelte.

»Keine Sorge«, fuhr Andrej mit einem falschen Lächeln fort, »wir wollen deine Zeit nicht über Gebühr in Anspruch nehmen. Mein durstiger Freund und ich haben nur eine oder zwei Fragen, dann verschwinden wir wieder.«

Der Wirt war klug genug, nichts zu sagen.

»Wir sind hergekommen, weil wir gehofft hatten, hier einen Freund zu treffen«, begann Andrej. »Eine Freun*din*, um genau zu sein.«

Der Wirt schwieg. Pure Angst flackerte in seinem Blick. Andrej zeigte mit dem Kopf auf Abu Dun hin und fuhr fort: »Wenn sie hier gewesen wäre, dann würdest du dich bestimmt an sie erinnern. Sie sieht aus wie mein Freund hier … nur nicht so hässlich, versteht sich.«

»Versteht sich«, sagte Abu Dun. Der Wirt wurde noch ein bisschen nervöser.

»So jemand … war nicht hier«, sagte er. »Wie Ihr es sagt: Ich würde mich daran erinnern, wenn es so wäre.«

»Zweifellos«, knurrte Abu Dun.

»Was ... wolltet Ihr denn von dieser Fremden?«, fragte der Wirt.

Andrejs Blick ließ den des Mannes nicht los, aber ihm entging dennoch nicht, dass ihr Tisch mittlerweile in den Mittelpunkt der allgemeinen Aufmerksamkeit gerückt war. Er konnte die feindseligen Blicke, mit denen Abu Dun und er gemustert wurden, beinahe körperlich spüren, und es war mit einem Male so still, dass man die berühmte Stecknadel hätte fallen hören können.

»Ihr nur ein paar Fragen stellen«, erwiderte Andrej. »Vielleicht dieselben wie dir ... du hast gerade gesagt, dass solche wie wir hier nicht gerne gesehen wären. Was hast du damit gemeint, solche wie wir?« Er wies mit dem Kopf zu Abu Dun. »Solche wie *er?*«

Der Blick des Mannes folgte seiner Geste und hielt Abu Duns durchdringendem Starren erstaunlich lange stand. Dann schüttelte er den Kopf. »Wo einer herkommt und welche Farbe seine Haut hat oder an welchen Gott er glaubt, interessiert mich nicht«, sagte er.

Andrej glaubte ihm. »Gut«, seufzte er. »Noch einmal zu unserer Freundin. Hast du sie gesehen oder nicht?«

Der Wirt wandte den Blick von Abu Dun ab und schwieg.

»Es muss ungefähr ein halbes Jahr her sein, dass sie durch diese Gegend gekommen ist«, fuhr Andrej fort. »Vielleicht etwas weniger.«

»So jemand war nicht hier«, antwortete der Mann trotzig. »Daran würde ich mich erinnern.«

»Und du wüsstest es, wenn sie in der Stadt gewesen wäre«, hakte Andrej nach. »Eine schwarze Frau, die einen Knaben bei sich hatte. Vielleicht auch einen jungen Mann.«

»Gewiss«, antwortete der Wirt. »Ich hätte davon gehört, aber das habe ich nicht. Und auch sonst niemand.« Er raffte sichtbar all seinen Mut zusammen, sah Abu Dun an und stand dann mit einem Ruck auf. »Und jetzt trinkt Euer Bier aus und geht.«

Tatsächlich griff Abu Dun nach seinem Krug, nippte daran und verzog angewidert das Gesicht. Dann streckte er den Arm aus und drehte den Krug, sodass sich sein Inhalt platschend auf den Boden ergoß. Zornige Blicke gingen in ihre Richtung, und es wurde noch stiller.

»Deinem Freund scheint es nicht zu schmecken«, sagte der Wirt nervös.

»Er ist Muselmane«, erwiderte Andrej, äußerlich ruhig, hinter der Maske aber vollkommen perplex … und mehr als nur ein wenig alarmiert. »Sein Glaube verbietet ihm den Genuss von Alkohol. Aber du hast doch gesagt, dass es dir gleich ist, wo einer herkommt und an welchen Gott er glaubt, oder?«

Der Wirt starrte die Pfütze aus – tatsächlich schalem – Bier an, dann die Flecken auf seinen Schuhen und schließlich wieder Andrej. Er schwieg, aber in seinen Augen blitzte die schiere Mordlust auf. Andrej hörte, wie hinter ihnen Stühle scharrten. Niemand stand auf – noch nicht. Er fragte sich, wie weit Abu Dun es noch treiben wollte, und vor allem, *warum*.

»Es wäre uns etwas wert, einen Hinweis auf unsere Freunde zu erhalten«, sagte er. »Und in einem Gasthaus machen Neuigkeiten doch schnell die Runde, oder nicht?«

Der Wirt sagte immer noch nichts, sondern blickte mit steinernem Gesicht auf die Bierpfütze und seine besudelten Schuhe hinab. Andrej konnte regelrecht spüren, wie in Abu Dun ein Entschluss heranreifte, und spannte sich an, um schlimmstenfalls eingreifen zu können. Nicht, dass er sich große Chancen ausrechnete. Wenn der sieben Fuß große Nubier einmal richtig wütend wurde, dann brauchte es schon etwas vom Kaliber eines Schiffsgeschützes, um ihn aufzuhalten. Und vielleicht wäre es tatsächlich jetzt schon zur Katastrophe gekommen, hätten nicht in diesem Moment zwei weitere Männer das Gasthaus betreten und zielsicher ihren Tisch angesteuert. Beide waren groß und ebenso farbenfroh wie elegant gekleidet, und Andrej musste nicht zweimal hinsehen, um zu wissen, dass sie die Degen und Dolche an ihren Gürteln nicht nur zur Zierde trugen.

»Signore Delãny?«, wandte sich der ältere an Andrej.

Andrej nickte, und der Mann drehte sich zu dem Gastwirt um und machte eine knappe Geste, die Andrej eher befehlend als beruhigend vorkam. »Es ist in Ordnung, Antonio. Das sind Freunde der Signorina. Sie hat uns geschickt, um sie abzuholen.«

»Freunde?« Der Wirt maß sie – vor allem Abu Dun – auf eine wenig freundschaftliche Weise und schürzte die Lippen. »Dann richtet der Signorina doch aus, dass sie bei der Auswahl ihrer Freunde ein bisschen sorgsamer vorgehen könnte.«

Er war auch klug genug, sich sofort auf dem Absatz herumzudrehen und hinter seiner Theke zu verschwinden. Der Dunkelhaarige wandte sich auf dieselbe halb besänftigende, halb befehlende Art an Abu Dun und ihn. »Folgt mir. Bitte!«

Das letzte Wort, fand Andrej, war ihm wie etwas Ungewohntes über die Lippen gekommen.

»Und wohin?«

Der Mann antwortete erst, nachdem sie aufgestanden und ihm und seinem Begleiter wieder hinaus in die Kälte gefolgt waren. »Ich soll euch zum *Dottore* bringen, mehr weiß ich nicht«, sagte er. »Und keine weiteren Fragen beantworten.«

Andrej wusste nicht genau, was er von dieser Antwort halten

sollte. Die beiden Burschen gefielen ihm nicht, insbesondere der größere, schweigsame, der bisher kein einziges Wort gesprochen hatte und Abu Dun für keinen Moment aus den Augen ließ. Seine Hand lag auf dem Gürtel, unmittelbar neben dem Degen.

»Wo ist Corinna?«, fragte Andrej.

»Wer?«

»Eure Signorina«, sagte Abu Dun. »Die, die dich angeblich geschickt hat.«

»Ich weiß nicht, von wem Ihr redet«, behauptete der Mann. »Ihr Name ist nicht Corinna, und selbst wenn er es wäre, so stünde es uns nicht zu, sie damit anzusprechen.« Er drehte sich demonstrativ zu Andrej um. »Man hat mich gewarnt, dass Euer Freund schwierig sei. Wollt Ihr nun den *Dottore* sehen oder nicht?«

Andrej überlegte tatsächlich noch einen kurzen Moment. Der Vorschlag, diese beiden Fremden zu einem unbekannten Ort und einem *Dottore* zu begleiten, von dessen Existenz sie vor einer Minute noch nicht einmal gewusst hatten, behagte ihm nicht. Was, wenn es eine Falle war?

Trotzdem nickte er, und sein sonderbarer Führer wandte sich ohne ein weiteres Wort um und ging mit schnellen Schritten voraus. Sie eilten zurück zur gleichen Treppe, auf der sie aus dem Kanal gekommen waren. Wo vorhin jedoch die schlanke Gondel gelegen hatte, erwartete sie jetzt ein plumpes Ruderboot, das sicher Platz für ein Dutzend Passagiere geboten hätte und in dieser Umgebung nicht nur wie ein Fremdkörper wirkte, sondern auch seltsam feindselig. Tatsächlich entdeckte Andrejs kundiges Auge sofort eine Halterung in der Rumpfmitte, in der mit wenigen Handgriffen ein Mast befestigt werden konnte, und eine kniehohe metallene Gabel am Bug, in die eine Muskete oder auch eine kleine Kanone passte. Obwohl der Gedanke absurd war, war er sich dennoch beinahe sicher, so etwas wie ein kleines Kriegsschiff zu sehen, das eigens für den Einsatz auf den schmalen Kanälen der Stadt konstruiert worden war.

Beiläufig registrierte er eine außergewöhnlich große Gondel, die in einiger Entfernung auf dem moderigen Wasser des Kanals lag und von ihrem Gondoliere mit einiger Mühe auf der Stelle gehalten wurde. Schwarz, ein gutes Stück größer als die meisten anderen und mit dezenten goldenen Verzierungen versehen, schien sie ihm so gar nicht in diese Umgebung zu passen, doch der Gedanke entglitt ihm, bevor er ihn auch nur ganz ergreifen konnte.

Der ältere ihrer beiden Begleiter sprang in das Boot hinab, ohne den Umweg über die Treppe zu nehmen, balancierte das heftige Schwanken des Rumpfs mit einer unbewussten, aber geschickten Bewegung sofort aus und sah auffordernd zu ihnen hoch. Doch Andrej rührte sich nicht.

»Wohin fahren wir?«, fragte er. »Eure Signorina wollte uns hier treffen.«

»Der Weg ist nicht weit.« Der Mann wiederholte seine auffordernde Geste und wirkte nun verärgert. Wer immer er sein mochte, begriff Andrej, er war es nicht gewohnt, dass seine Anweisungen nicht sofort und widerspruchslos ausgeführt wurden. »Wir können zu Fuß gehen, wenn Ihr darauf besteht, aber das wäre nicht klug. Fremde sind im *Arsenale* nicht gerne gesehen.«

Vor allem Fremde wie Euer Freund, fügte sein Blick hinzu, so deutlich, dass Andrej für einen ganz kurzen Moment nicht einmal sicher war, ob er es nicht doch laut ausgesprochen hatte. Ebenso meinte er regelrecht hören zu können, wie Abu Duns Laune noch weiter sank, und ging rasch die drei Stufen zur Wasserlinie hinab und trat dann mit einem raschen Schritt in das flachrumpfige Boot hinein. Das Schaukeln verstärkte sich, als Abu Dun ihm folgte und sich einen Spaß daraus machte, sich so heftig auf die schmale Sitzbank fallen zu lassen, dass das Holz bedrohlich knirschte. Als auch ihr zweiter Begleiter an Bord kam, fiel Andrej ein weiterer Unterschied zu den allgegenwärtigen Gondeln auf: Die beiden Männer nahmen Platz und tauchten zwei Ruder ins Wasser, wodurch sich ihr Boot zwar sehr viel schneller bewegte als die kleineren Gefährte, aber für Unmut und einen Chor ärgerlicher Rufe, Beschwerden und Flüche sorgte, der ihnen folgte, nahmen sie doch nahezu die gesamte Breite des Kanals in Anspruch.

Andrej fiel allerdings auch auf, dass sich der Ausdruck auf den Gesichtern der meisten Gondoliere in eine Mischung aus Schrecken und ängstlichem Respekt verwandelte, während sie sie passierten, und auch ihre Verwünschungen deutlich leiser wurden und zum Großteil ganz verstummten. Abu Duns Anblick schien eine beeindruckende Wirkung auszuüben.

Falls es tatsächlich der Anblick des nubischen Riesen war.

Andrej kamen mehr und mehr Zweifel daran, während sich das Boot rücksichtslos durch die engen Kanäle zwängte und die schlanken Gondeln zwang, ihnen so weit auszuweichen, dass die sorgsam polierten Rümpfe mit einem hässlichen Geräusch an der gemauerten Wand des Kanals entlangschrammten.

Zum ersten Mal nahm er ihre beiden wortkargen Begleiter genauer in Augenschein. Ihrer auffälligen Kleidung hatte er bisher kaum eine Bedeutung beigemessen, aber vielleicht war das ein Fehler gewesen. Dass die Menschen in dieser Stadt eine Vorliebe für kräftige Farben und einen gewissen Prunk hatten, war auch hier beiderseits des Ufers unübersehbar, obwohl sie sich ganz gewiss nicht in einer der vornehmeren Gegenden der Stadt aufhielten (er nahm sich vor, sich zu erkundigen, was *Carampane* bedeutete), aber Kleidung und vor allem Auftreten dieser beiden unterschieden sich von dem der anderen Bewohner dieses Stadtteils.

Er fragte sich, wie er es bisher hatte übersehen können. Auch die beiden Männer waren farbenfroh gekleidet und wenig dezent, aber ihre Kleidung war edler und von ungleich besserer Qualität als das meiste, was er beiderseits des Kanals sah. Ihre Degen, die sie ganz bewusst so trugen, dass sie selbst unter den schweren Mänteln noch deutlich zu sehen waren, wirkten auf den ersten Blick wie der teure Zierrat angeberischer eitler Gecken, aber Andrej kannte sich zu gut aus, um sich täuschen zu lassen. In dem vermeintlichen Tand erkannte er robuste Waffen von ausgezeichneter Qualität, wie sie ihm in dieser Art noch nicht untergekommen waren, seit sie in Venedig weilten. Zusammen mit den aufmerksam-prüfenden Blicken, mit denen insbesondere der Größere sie maß, und der rücksichtslosen Art, mit der sie sich fortbewegten, gab das Andrej Anlass zu Rückschlüssen, die ihm ganz und gar nicht gefielen.

»Was meint ihr eigentlich in dieser wunderschönen Stadt, wenn ihr sagt: *nicht sehr weit?*«, knurrte Abu Dun, nachdem sie eine Weile durch die Kanäle gepflügt waren und ein gutes halbes Dutzend Beinahe-Kollisionen verursacht hatten – von den vielen zerschrammten Gondeln und tobsüchtigen Gondoliere ganz zu schweigen.

»Wir müssen die breiteren Kanäle nehmen«, antwortete der Ältere, ohne im Mindesten auf Abu Duns scharfen Ton zu reagieren. »Der kürzere Weg ist zu schmal für das Boot. Aber es wird gleich besser. Nur noch einen Moment Geduld.«

Und als wäre das ein Stichwort gewesen, glitt das Boot nun

tatsächlich unter einer letzten geschwungenen Brücke hindurch und ins offene Wasser der Lagune hinaus. Aus dem ruhigen Dahingleiten des Bootes wurde ein sachtes Schaukeln, als es in die kaum sichtbare, aber dennoch starke Dünung geriet, und es wurde schlagartig noch kälter. Andrej fragte sich, ob er sich nicht doch getäuscht hatte, als er Abu Duns Sorge, es könne schneien, so einfach abgetan hatte. Immerhin war es Januar, der kälteste Monat des Jahres in einem der kältesten Jahre, an die sich die Menschen in dieser Stadt zurückerinnerten.

Unwillkürlich sah er nach links, aufs offene Meer hinaus, und obwohl ihm der Anblick nicht neu war, erschreckte er ihn. Allein von hier aus sah er mindestens ein Dutzend Schiffe, und er wusste, dass es noch mehr waren – und noch sehr viel mehr werden würden. Die Stadt rüstete zum Krieg, wieder einmal. Sie tat es langsam, nicht mehr annähernd so effizient und tödlich wie in der Zeit, als sie noch eine Großmacht gewesen war, die den Lauf der Welt wesentlich mitbestimmte und diesen Namen auch verdiente, aber wieder einmal würde Blut fließen, ohne dass die allermeisten derer, denen es gehörte, wussten, warum.

Bei diesem Gedanken überkam Andrej eine Bitterkeit, die ihn überraschte. Abu Dun und er hatten in mehr Kriegen gekämpft, als die meisten Menschen auch nur kannten, und er hatte schon vor Jahrhunderten aufgehört, die Leben zählen zu wollen, die er mit eigener Hand ausgelöscht hatte. Aber das hier war … Es gelang ihm nicht, das Gefühl in Worte zu fassen. Aber es war auch nicht das erste Mal, dass ihm diese seltsamen Überlegungen kamen, die so gar nicht zu ihm passen wollten.

»Dort vorn.« Ihr Führer wies mit dem Kopf auf das Meer hinaus, wo Andrejs Blick an einem wuchtigen Umriss hängen blieb, der vor langer Zeit einmal vielleicht ein beeindruckender

Turm gewesen sein mochte. Jetzt war nur noch ein trauriger Rest davon geblieben, der Andrej aber eine Menge über seine frühere Bedeutung verriet. Das hier musste vor langer Zeit einmal eine mächtige Festung gewesen sein, die sich auf festem Boden erhoben hatte, nicht auf dem morastigen Untergrund, auf dem der Großteil der bizarren Lagunenstadt balancierte.

»Dort wohnt der *Dottore?«,* fragte Abu Dun.

»Im *Palazzo Stronzo*?« Der Größere lachte. »Niemand *wohnt* dort.«

»Palazzo was?«, wiederholte Abu Dun, den Dummkopf spielend.

»Wir sind gleich da, dann könnt Ihr ihn selbst fragen«, sagte der andere Mann. In den Worten lag ein scharfer Verweis an seinen Begleiter. Daher bedeutete Andrej Abu Dun mit einer verstohlenen Geste, still zu sein, bedankte sich mit einem schlichten Kopfnicken für die Auskunft und sah noch einmal zu der unheimlichen Turmruine hin, bevor sein Blick rasch, aber sehr aufmerksam über die Gebäude längs des Ufers tastete. Er begann zu ahnen, was ihr Führer mit seiner kryptischen Bemerkung gemeint hatte. Vom Prunk und der Großzügigkeit der Stadt, die sie bisher kennengelernt hatten, war hier nicht mehr viel zu sehen. Auch hier herrschten ein reges Treiben und emsige Geschäftigkeit, aber niemand war bunt gekleidet, und er hörte auch keine Musik oder ausgelassenes Gelächter. Auf halbem Wege zwischen ihnen und dem zerbrochenen Turm befand sich die kleinste Werft, die er jemals gesehen hatte, und auch aus anderen Gebäuden und Schuppen drangen emsiges Hämmern und Sägen und Hantieren. Die Häuser waren klein und zum größten Teil schäbig, die dem Meer zugewandten Fassaden von Wind und Salzwasser gezeichnet.

»Baut ihr eure eigene Flotte, um die Stadt zu verteidigen, falls die bösen Muselmanen zurückschlagen?«, witzelte Abu Dun.

Der größere ihrer beiden Begleiter sah ihn nur böse an, aber der andere antwortete ruhig: »Die meisten Boote sind für die Muschelfischer, oder sie fahren zu den Inseln. Aber wir sind gleich da.«

»Und dann können wir den *Dottore* selbst fragen, ich weiß«, seufzte Andrej.

Allmählich wurde er wirklich neugierig auf diesen Mann.

Kapitel 4

Vielleicht war alles falsch gewesen, von Anfang an. Vielleicht war die Leere, die er in diesen dunklen Augen sah, der Preis, den das Schicksal ihm für den Frevel abverlangte, sich ihm widersetzt zu haben.

Es war fast auf den Tag genau ein Jahr her, dass er das letzte Mal in dieses Gesicht geblickt hatte, aber der Anblick hatte nichts von seinem Schrecken verloren. Er war älter geworden, obwohl das doch eigentlich unmöglich war. Statt eines Knaben erblickte er einen schönen Jüngling, der seine allerbesten Jahre erst noch vor sich hatte. Seit jener furchtbaren Nacht, in der sie nebeneinander auf dem Turm gestanden hatten, um auf das brennende London hinabzusehen, schienen für Marius fast ebenso viele Jahre vergangen zu sein wie für ihn Monate. Doch das allein war es nicht, was ihn erschreckte.

Es war die Leere. In den Augen des Dämons, der ihn in seinen Träumen heimsuchte, war ein böses, ein *unrechtes* Leben, ein verzehrendes Feuer, das nicht sein sollte. In diesen aber war nichts als eine schreckliche, alles verzehrende Leere, die sich wie Säure in seine Seele brannte und einen Schmerz darin weckte, den er sich in all den unzähligen Jahren seines Lebens zuvor nicht einmal hatte vorstellen können.

Damals, in jener schrecklichen Feuernacht in London hatte er nichts als Hass gespürt, später war dann Bitterkeit hinzugekommen, die nach und nach zu Resignation geworden war. Doch der Hass war immer in ihm lebendig geblieben.

Damals hatte er geglaubt, an diesem Hass zerbrechen zu müssen.

Doch das, was er jetzt sah, war noch tausendmal schlimmer, als wäre aus Traum Realität und aus Realität Traum geworden, sodass das, was einst sein Fleisch und Blut gewesen war, nun auf ewig in den Abgründen des Nachtmahrs gefangen war und er einer leeren Hülle gegenübersaß, die atmete und deren Herz schlug, aber in Wahrheit nicht mehr war als eine menschengroße Puppe, die aß, wenn man ihr zu essen gab, trank, wenn man ihr Wasser reichte, und es zuließ, dass man sie wusch, ihr Haar kämmte, ihre Finger-, und Zehennägel schnitt und ihr dann und wann saubere Kleider anzog. Aber war das Leben?

»Wie lange ist er schon so?«

Es war nicht Andrej, der diese Frage stellte, sondern Abu Dun, und es verging eine geraume Weile, bevor er eine Antwort erhielt.

»Seit man ihn hergebracht hat. Seit einem halben Jahr. Fünf Monate, wenn ich es mir recht überlege ... vielleicht ein bisschen mehr.«

Die Stimme der ältlichen Schwester, die diese Worte gesprochen hatte, zitterte vor Furcht. Andrej fragte sich, wem diese Furcht wohl gelten mochte: Dem schwarzen Riesen, der mit seiner hünenhaften Gestalt die kleine Kammer beinahe zu sprengen schien, ihm selbst, wusste er doch nur zu gut, dass sein Anblick zurzeit nicht mehr Vertrauen erweckte, oder dem blassen Jüngling mit dem weit bis über die Schultern fallenden glatten weißen Haar.

Doch nicht nur die schreckliche Leere in diesen dunklen Augen machte ihm Angst, sondern viel mehr noch das Wissen, wozu dieser engelsgleich aussehende Junge fähig war.

Es war sein Sohn, sein eigen Fleisch und Blut, und doch wusste er manchmal nicht, ob dieser Knabe mit dem Engelsgesicht überhaupt noch ein *Mensch* war. Vielleicht hatte er ja ein Ungeheuer gezeugt, und das Schicksal hatte ihn nur zu diesem einen Zweck erschaffen. Was, wenn auch er nicht mehr als ein Spielball der uralten Mächte war, von denen die Menschen glaubten, sie wären Götter, ohne auch nur zu ahnen, welch finstere und zerstörerische Kraft ihnen innewohnte?

Er wollte etwas sagen – irgendetwas, und sei es vollkommen sinnlos, nur um diese drückende Wortlosigkeit zu beenden, aber seine Stimme verweigerte ihm den Dienst.

»Was ist passiert?«, fragte Abu Dun.

Schwester Innozenz (sie hieß wirklich so, was Abu Dun auf dem Weg hierher Anlass zu einigen derben Scherzen – in seiner Muttersprache – gegeben hatte, bis sie die Kammer betraten und ihnen beiden das Lachen verging) maß ihn mit misstrauischem Blick und fragte: »Passiert?«

»Passiert«, wiederholte Abu Dun, in ganz sacht verändertem Ton, der der Barmherzigen Schwester klarmachte, wie wenig ihm ihre Absicht gefiel, Zeit zu gewinnen. Wozu auch immer.

»Etwas muss ihm zugestoßen sein. Als wir den Jungen das letzte Mal gesehen haben, da war er noch nicht in diesem Zustand. War er krank, oder hatte er einen Unfall?«

»Wir haben ihn nach bestem Wissen gepflegt!« Schwester Innozenz funkelte den schwarz gekleideten Hünen so herausfordernd an, als wäre sie es, die ihr Gegenüber um gleich drei Haupteslängen überragte und fünfmal so viel wog, und nicht umgekehrt. »Was willst du damit sagen, Muselmane? Dass wir unseren Pflichten nicht nachkommen? Er bekommt die beste Medizin und das beste Essen, und der *Dottore* ist der beste Arzt in der ganzen Stadt, wenn nicht im ganzen Land! Und meine Schwestern und ich schließen ihn in jedes unserer Gebete ein! Und …«, sie wandte sich Beistand suchend, aber auch vorwurfsvoll an Andrej, »… jeden Sonntag halten wir eine Messe nur für ihn, genau so, wie Ihr es gewünscht habt!«

Andrej konnte sich nicht erinnern, einen solchen Wunsch geäußert zu haben, weder Meruhe noch sonst jemandem gegenüber. Ganz im Gegenteil. Er war sich sogar sicher, es nicht getan zu haben. Wenn es etwas gab, das seinem Sohn helfen konnte, dann war es ganz gewiss nicht ein Gott, an den sie beide niemals geglaubt hatten.

Trotzdem riss er seinen Blick endlich vom erstarrten Antlitz seines Sohnes los und zwang ein entschuldigendes Lächeln auf seine Lippen. »Ich muss mich für meinen Freund entschuldigen, Schwester«, sagte er, die Tatsache ignorierend, dass Innozenz' linke Augenbraue beim Klang des Wortes *Freund* missbilligend nach oben rutschte. »Er hat es nicht so gemeint. Er ist fremd in Eurem Land und Eurer Sprache noch nicht in dem Maße mächtig, wie es wünschenswert wäre.«

Abu Dun zog vielsagend die Stirn kraus. Schwester Innozenz funkelte Andrej zornig an. Abu Dun hatte nicht nur flüssig Italienisch gesprochen, sondern auch weitaus akzentfreier als die meisten, denen sie bisher in diesem Land begegnet waren, die gestrenge Schwester eingeschlossen.

»Wollt Ihr Euch über mich lustig machen, Signore Delãny?«, fragte sie spröde.

»Andrej«, verbesserte sie Andrej und schüttelte heftig den Kopf. »Und ich wollte Euch gewiss nicht verspotten, Schwester.

Es ist nur so, dass Abu Dun zwar die Sprache gut beherrscht, sich in der Wahl der Worte aber manchmal noch nicht sicher genug ist. Er wollte Euch gewiss nicht beleidigen.«

»Ach?« Die Barmherzige Schwester dachte angestrengt über diese Bemerkung nach und maß den Nubier dann mit einem milderen, wenn auch nicht angenehmeren Blick.

»Abu Dun?«, fragte sie dann. »Das bedeutet so viel wie *Vater des Todes*, nicht wahr?«

Abu Dun sah die schmalschultrige Ordensschwester verblüfft an. »Ihr … sprecht Arabisch?«

»Das eine oder andere Wort«, bestätigte Innozenz – in einem Arabisch, das nahezu so akzentfrei und fließend war wie Abu Duns Italienisch. »Ich habe mein halbes Leben als Missionarin in deiner Heimat verbracht, schwarzer Mann, und auch wenn es mir nicht gelungen ist, so viele Seelen auf den rechten Weg zu bringen, wie ich es mir gewünscht hätte, so habe ich in dieser Zeit doch zumindest deine Sprache gelernt.«

Und vermutlich hatte sie jedes Wort verstanden, das Abu Dun im Zusammenhang mit ihrem Ordensnamen und dessen wortwörtlicher Bedeutung gemacht hatte, dachte Andrej. Wahrscheinlich konnte Abu Dun noch von Glück sagen, dass sie ihm nicht die Augen ausgekratzt oder gleich für eine Neuauflage der römischen Inquisition gesorgt hatte, um höchstpersönlich die Fackel an seinen Scheiterhaufen zu halten. Er wusste zwar, dass es bei Abu Duns nachtschwarzer Haut unmöglich war, meinte aber dennoch aus den Augenwinkeln zu sehen, wie der Nubier erbleichte.

»Du hast einen nicht besonders christlichen Namen, schwarzer Mann«, bemerkte sie noch.

»Das mag daran liegen, dass mein Vater, von dem ich diesen

Namen habe, kein Christ war«, antwortete Abu Dun liebenswürdig.

»Aber ist es bei euch Muselmanen denn nicht üblich, euch selbst einen Namen zuzulegen?«, fragte Schwester Innozenz.

»Ganz recht«, antwortete Abu Dun. »Doch das muss nicht unbedingt etwas mit dem wirklichen Betragen dessen zu tun haben, der sich diesen Namen ausgesucht hat. Manchmal ist es sogar genau umgekehrt, *Schwester Innozenz*.«

Die Ordensschwester sog scharf die Luft zwischen den Zähnen ein. Andrej deutete rasch ein Kopfschütteln an und warf Abu Dun einen fast beschwörenden Blick zu, auf den der Nubier mit einem ebenso stummen Verziehen der Lippen reagierte, so schnell, dass es vermutlich auch Schwester Innozenz entging, obwohl sie ihm immer noch ins Gesicht sah. Abu Dun hatte diesen kindischen Streit wohl nur vom Zaun gebrochen, um ihn aufzuheitern, aber in dieser Schreckenskammer war kein Platz für Scherze. Nicht einmal, wenn sie gut gemeint waren.

Die Augen der streitbaren Ordensschwester blitzten kampfeslustig, doch in diesem Moment wurde die Tür geöffnet, und eine weitere Gestalt kam herein, obwohl das Verlies schon für sie kaum genug Platz bot.

Auf den ersten Blick hätte man sie für eine weitere Schwester halten können, nur dass sie statt eines grauen Gewandes einen schwarzen Mantel trug, der noch vor Kälte dampfte. Sie musste den Turm gerade erst betreten haben. Selbst neben der kleinwüchsigen Innozenz wirkte sie noch fast zierlich. Andrej wusste, in welches Gesicht er blicken würde, noch bevor sie die Arme hob, um mit einer anmutigen Geste die Kapuze zurückzuschlagen. Auch Schwester Innozenz schien nicht im Mindesten überrascht.

Was Andrej umso mehr überraschte. Er kannte die Ordensschwester nicht, aber allein ihr bisheriges Verhalten (und gewisse Vorurteile, die auf schlechten Erfahrungen beruhten) hatte ihn erwarten lassen, dass Corinna, die – schmeichelhaft ausgedrückt – eine Person zweifelhafter Reputation war, ihre Missbilligung finden musste.

Doch Innozenz wirkte nicht nur erfreut, Andrej hatte für einen winzigen Moment das Gefühl, dass sie sich gerade noch beherrschen konnte, einen Hofknicks oder das hier geläufige Äquivalent zu machen.

»Signorina Co…«, begann sie, doch Corinna unterbrach sie mit einer Geste, die vielleicht eine Spur zu hastig war, um nicht erschrocken zu wirken.

»Schwester Innozenz! Ich freue mich ja so, Euch endlich einmal wiederzusehen.«

Sie umarmte Innozenz stürmisch, löste sich dann schnell wieder von ihr und fuhr mit entschuldigender Miene fort: »Ich weiß, ich hätte mich schon viel früher einmal wieder melden müssen, und es tut mir leid. Ich bin eine unmögliche Person. Ich hoffe, Ihr könnt mir noch einmal verzeihen, wenn ich Euch Besserung gelobe.«

»Aber ich bitte – «, begann Innozenz leicht verwirrt, und Corinna brachte sie erneut zum Schweigen, indem sie auf Andrej deutete: »Ich sehe, Ihr habt meinen guten Freund Andrej schon kennengelernt?«

Schwester Innozenz sagte jetzt nichts mehr, aber ihr Blick sprach Bände. Anscheinend war der Wirt nicht der Einzige, der insgeheim der Meinung war, dass Corinna bei der Auswahl ihrer *Freunde* etwas sorgfältiger vorgehen könnte.

Das Mädchen drängelte sich mit einiger Mühe an Abu Dun

vorbei, stellte sich auf die Zehenspitzen, um Andrej einen Kuss auf die Wange zu hauchen, und drehte sich dann herum, um auf Marius hinunterzusehen. Der Junge hatte auf ihr Eintreten ebenso wenig reagiert wie auf alles andere. Er starrte einfach durch sie hindurch. Andrej las Neugier in ihrem Gesicht, aber auch sachte Verwunderung, aus der nach einem kurzen Augenblick Mitgefühl wurde, und eine Trauer, deren Ehrlichkeit und Tiefe ihn überraschten.

»Das ist Marius?«, fragte sie.

Andrej nickte wortlos und behielt Marius' Gesicht aufmerksam im Auge. Auch der Klang seines Namens bewirkte keine Reaktion. Corinna ließ sich in die Hocke sinken und streckte die Hand aus, wie um sein Gesicht zu berühren.

»Nicht!« Andrej hielt ihre Hand so eilig fest, dass er ihr wehtat, denn ihre Mundwinkel zuckten. Vor allem aber las er Überraschung in ihren Augen. Misstrauen flackerte auf, das aber auch sofort wieder erlosch.

Er lockerte seinen Griff, ließ aber nicht ganz los, sondern drückte ihren Arm weiter herunter, schüttelte den Kopf und zwang sie dann mit sanfter Gewalt, nicht nur wieder aufzustehen, sondern auch einen Schritt vor Marius zurückzuweichen.

»Andrej?«, fragte sie verwirrt.

»Entschuldige«, sagte Andrej. »Es ist nur –« Er suchte nach Worten, fand sie nicht und rettete sich in die wohl unzureichendste Antwort, nämlich ein angedeutetes Schulterzucken. Aus Hilflosigkeit wandte er sich wieder an Schwester Innozenz.

»Was ist meinem Sohn zugestoßen?«, fragte er. »War jemand hier und hat mit ihm gesprochen?«

»Euer *Sohn?«* Andrej hätte sich am liebsten selbst auf die Zunge gebissen. Marius – selbst jetzt und auf so unheimliche Weise gealtert – war zwar deutlich jünger als er, ging aber dennoch höchstens als sein jüngerer Bruder durch und kaum als sein Sohn. Einmal ganz davon abgesehen, dass zwischen ihnen nicht die geringste äußere Ähnlichkeit bestand.

»Ich habe früh angefangen«, sagte er kühl.

»Und ich habe mir vielleicht den falschen Teil der Welt ausgesucht, um mich um verlorene Seelen zu kümmern«, antwortete die Ordensschwester. »Und um Eure Frage zu beantworten, Signore Delãny: Niemand war hier. Es war genau so, wie ich es gesagt habe: Er war schon so, als er zu uns gebracht wurde. Wir haben alles für ihn getan, was wir konnten. Meine Schwestern und ich haben für sein Seelenheil gebetet. Ich allein habe mehr als ein Dutzend Kerzen für ihn angezündet, und der *Dottore* hat ihn allein drei Mal zur Ader gelassen!«

»Na, wenigstens habt ihr ihn damit nicht umgebracht«, knurrte Abu Dun. Andrej wünschte, er würde seine abweisende Haltung aufgeben.

Schwester Innozenz würdigte den Nubier nicht einmal einer Antwort, aber der Blick, mit dem sie Corinna streifte, war vorwurfsvoll.

»Das ist alles, was ich Euch sagen kann«, beharrte sie. »Ich bin mir keiner Verfehlung bewusst, Gott ist mein Zeuge. Und wenn Euch das nicht genügt, könnt Ihr gerne mit dem *Dottore* selbst reden.«

»Das wollten wir ohnehin«, brummte Abu Dun.

»Ich bin überzeugt, dass Ihr und Eure Schwestern allen Euren Pflichten nachgekommen seid«, sagte Andrej rasch. »Ich weiß um die Krankheit meines Sohnes und auch, dass sie die Ärzte vor ein Rätsel stellt. Ich war nur überrascht, dass es so schnell ging. Ich dachte, uns bliebe noch etwas mehr Zeit.«

Schwester Innozenz setzte zu einer geharnischten Antwort an, und wieder war es Corinna, die schlichtend eingriff. »Habt ein wenig Nachsicht mit Andrej«, sagte sie rasch. »Welchen Vater würde es nicht berühren, seinen Sohn so zu sehen. Wenn er ein wenig zur Ruhe gekommen ist, wird er verstehen, dass er hier in guten Händen ist.«

»Er ist in Gottes Händen«, antwortete Innozenz verteidigend. Und selbstverständlich ließ es sich Abu Dun nicht nehmen, in abfälligem Ton zu erwidern: »Wenn Euer Gott von der Existenz dieses Jungen wüsste, würde er persönlich von seiner Wolke heruntersteigen und die Sache erledigen, Schwester.«

»Unser Gott, schwarzer Mann?«, gab Innozenz spitz zurück. »Und ich dachte bisher immer, wir haben denselben Gott.«

Andrej verdrehte seufzend die Augen und trat rasch zwischen die beiden so ungleichen Kampfhähne, bevor der eine dem anderen an die Kehle ging oder sie sich gegenseitig die Augen auskratzten – wobei er sich fragte, wer von beiden wohl den ersten Schritt machen würde.

»Bitte«, sagte er, gleichermaßen an sie beide gewandt. »Nicht hier.«

Die Ordensschwester wandte sich in ihrem heiligen Zorn nun ihm zu, da ergriff Corinna das Wort. »Andrej hat recht, Schwester Innozenz«, sagte sie sanft, aber auch auf eine Art, die keinen Widerspruch zuließ, vielleicht gerade weil so rein gar nichts Befehlendes in ihrer Stimme war. »Der Junge hat schon genug Leid erdulden müssen. Lasst uns draußen weiterreden. Und du, schwarzer Mann«, wandte sie sich in schärferem Ton an Abu Dun, »solltest dich schämen! Such dir einen Gegner in deiner Größe, wenn dir nach Streiten zumute ist.«

»Ich dachte, das hätte ich«, sagte Abu Dun.

Corinna rollte in gespieltem Entsetzen die Augen und war zu Andrejs Erleichterung klug genug, den albernen Disput nicht fortzusetzen. Stattdessen bedachte sie den Nubier mit einem strafenden (und Schwester Innozenz mit einem fast flehenden) Blick und drehte sich dann zu Marius um. Sie versuchte nicht noch einmal, ihn zu berühren, aber ihr Blick wurde weich, und wieder glaubte Andrej in ihren Augen eine Anteilnahme und Trauer zu lesen, die ihm unangemessen schien, ja, sogar so etwas wie einen Stich absurder Eifersucht in ihm auslöste.

»Er ist … sehr schön«, sagte Corinna. »War seine Mutter auch so schön?«

»Nicht so schön wie du«, hörte sich Andrej antworten; mit einer Stimme, die nicht ihm gehörte. Die Wahrheit war: Er wusste es nicht mehr. Wie beinahe jeder, den er gekannt und geliebt hatte, war auch Marius' Mutter tot, und das seit so langer Zeit, dass er nicht nur ihr Gesicht vergessen hatte, sondern auch beinahe ihren Namen. Das war erschreckend.

»Ihr schmeichelt mir, Herr«, sagte Corinna, ohne den Blick von dem Jungen zu lösen. In die Trauer und das Mitgefühl mischte sich nun etwas anderes, etwas, das er für Neugier hätte halten können.

»Die Signorina hat recht«, sagte Innozenz. »Lasst uns draußen weiterreden. Der *Dottore* wollte ohnehin noch mit euch sprechen, und der arme Junge braucht Ruhe.«

Der *arme Junge* saß seit einem halben Jahr in diesem Loch von kaum fünf auf fünf Schritten fest, in dem Abu Dun selbst ohne seinen gewaltigen Turban Mühe hatte, aufrecht zu stehen, und in dem es so erbärmlich stank, dass er Mühe hatte zu atmen, dachte Andrej bitter, und vermutlich bekam er nichts von dem mit, was rings um ihn herum vorging oder mit ihm geschah. Aber er bekundete der Ordensschwester trotzdem mit einem wortlosen Nicken seine Zustimmung, denn plötzlich ertrug er den Anblick dieses leeren Gesichts und der erloschenen Augen nicht mehr.

Warum hast du mir das angetan, Vater?

»Ganz wir Ihr meint, Schwester«, sagte er. Seine Stimme war noch immer rau, und er hatte das Gefühl, sich zu jedem einzelnen Wort überwinden zu müssen. Schwester Innozenz wandte sich gehorsam zur Tür, und Andrej wollte ihr gerade folgen, als er eine Spiegelung in Abu Duns dunklen Augen wahrnahm und dass Corinna erschrocken die Hand vor den Mund schlug. Er fuhr mit einer Bewegung herum, die schneller war, als dass ein Auge ihr hätte folgen können, zog seine Waffe und bemerkte erst dann seinen Irrtum: Es war nicht Marius, der sich bewegt hatte. Der Junge saß noch immer genauso reglos da wie seit einem halben Jahr, den Blick ins Leere gerichtet und die Hände mit gepolsterten Eisenringen aneinandergefesselt, damit er sich nicht wundscheuerte.

Die Bewegung, die er in Abu Duns Augen gesehen hatte, war nicht die seine gewesen, sondern die von etwas Kleinem und Struppigem, das nun über ihn hinweghuschte und in einem Loch in der Wand verschwand. Ein rosafarbener nackter Schwanz, wie eine zuckende Peitschenschnur, verschmolz mit den Schatten.

»Eine Ratte?«, fragte Abu Dun – auf Arabisch, worauf Schwester Innozenz ihn mit Blicken durchbohrte. Doch der Nubier fuhr, wieder ins Italienische wechselnd, unbeeindruckt fort: »Ja, das passt. Ich glaube, Ihr habt die Wahrheit gesagt, Schwester. Anscheinend sorgt Ihr wirklich gut für alles hier. Die Ratte jedenfalls sah sehr wohlgenährt aus.«

»Das Tier ist vollkommen harmlos«, antwortete Innozenz in leicht trotzigem Ton.

Abu Dun wollte antworten, aber Andrej kam ihm zuvor. *»Das* Tier?«

»Am Anfang haben wir sie verjagt«, antwortete Innozenz, jetzt widerwillig. Andrej vermutete zuerst, dass sie Marius nur ansah, um seinem Blick auszuweichen, doch dann fiel ihm die Weichheit auf, die noch nicht da gewesen war, als sie Abu Dun und ihn angesehen hatte, und die ihn an den Ausdruck in Corinnas Augen erinnerte. Sie sorgte sich wirklich um den Jungen. Der Gedanke sollte ihn beruhigen, tat es aber nicht.

»Irgendwann ist uns aufgefallen, dass es immer dasselbe Tier war. Sie tut ihm nichts. Manchmal scheint es mir sogar, als täte das Tier ihm gut.«

»Gut?«, wiederholte Corinna. »Es ist eine Ratte!«

»Ich … bin nicht sicher«, antwortete Schwester Innozenz ausweichend, »aber vielleicht … vielleicht ist sie ja so etwas wie sein Freund.«

»Eine *Ratte?*«, ächzte Abu Dun.

Schwester Innozenz sah Andrej an, nicht Abu Dun, als sie mit fester Stimme antwortete. »Jemand anders gab es ja nicht, der sich um ihn kümmerte.«

»Außer Euch«, sagte Abu Dun.

»Es war gewiss nicht meine Idee, den armen Jungen in Ketten zu legen und hier einzusperren«, versetzte Schwester Innozenz, ohne dass ihr Blick den Andrejs losließ. »Wollt Ihr jetzt den *Dottore* sehen, Signore Delãny?«

Andrej nickte zwar erleichtert, wandte sich aber trotzdem noch einmal der weißhaarigen Gestalt auf dem Bett zu und versuchte, ihren Blick einzufangen, obwohl er doch genau wusste, dass es ihm nicht gelingen würde.

Als Corinna fragte: »Andrej?«, begriff Andrej mit sachtem

Erschrecken, wie lange er reglos dagestanden und Marius angestarrt hatte. Er bedeutete ihr mit einer Geste zu schweigen, ging in die Knie und tat genau das, woran er sie eben fast gewaltsam gehindert hatte: Unendlich behutsam streckte er sowohl die Hand als auch seine geistigen Fühler aus.

Marius' Haut fühlte sich kalt an und so glatt und leblos wie Porzellan, und wenn da noch so etwas wie ein Bewusstsein war, dann hatte es sich so tief unter die Leere zurückgezogen, dass er nicht einmal mehr ein Echo davon spürte. Die Angst befiel ihn, dass das einzig Lebendige, was von seinem Sohn noch existierte, das Ungeheuer aus seinen Träumen war und er sich nur einer Hülle gegenübersah, einem grässlichen seelenlosen Golem, der nur noch aus dem einzigen Grund existierte, ihn zu verhöhnen und den Pfeil aus Schmerz noch tiefer in sein Herz zu treiben. Brennende Nässe füllte plötzlich seine Augen, und er wollte Marius' Hand loslassen. Doch nun war es, als hielten die schmalen Finger des Knaben seine Hand mit einer eisernen Kraft fest, der er nichts entgegenzusetzen hatte.

»Andrej?«, fragte Corinna noch einmal. Jetzt klang sie fast ein bisschen ängstlich.

»Es ist ... alles in Ordnung«, brachte er mühsam heraus. Nichts, aber auch rein gar nichts war *in Ordnung*, und auch der Klang seiner eigenen Stimme vermochte den Bann nicht zu brechen. Er war in etwas gefangen, das ihm unbekannt war, etwas unerträglich Grauenhaftem. Wie gelähmt saß er da und blickte in Marius' leeres Gesicht und seine seelenlosen Augen, und zugleich war da ein anderes Augenpaar, dunkler und verzehrender, wie zwei Feuerräder, die aus den tiefsten Tiefen der Hölle emporgestiegen waren, um ihn zu verbrennen, und eine Stimme wehte herauf: *Warum hast du mich alleingelassen? So lange. So unendlich lange.*

Er konnte nicht sagen, ob er geschrien hatte. Seine Kehle schmerzte, vielleicht aber auch wegen der Anstrengung, mit der er gegen die Tränen gekämpft hatte. Abu Dun jedoch sah ihn alarmiert an, und die beiden Frauen ein wenig erschrocken.

Schwester Innozenz räusperte sich. »Wenn ... Ihr mir dann folgen würdet, Signori. Der *Dottore* wartet, und meine Schwestern und ich haben noch viel zu tun.«

Ohne seine Antwort abzuwarten, fuhr sie auf dem Absatz herum und stürmte so forsch aus dem Raum, dass Abu Dun hastig zur Seite trat, um nicht umgerannt zu werden. Kopfschüttelnd sah der nubische Riese ihr nach, bedachte Andrej noch mit einem weiteren, dieses Mal besorgten Blick und folgte ihr.

Andrej löste Marius' Finger behutsam von seinen, stand auf und wollte dem Nubier folgen, verhielt aber noch einmal, als er Corinnas Blick begegnete. In ihm las er ein so tief empfundenes Mitgefühl, dass es sich wie eigener Schmerz anfühlen musste.

Ihre Hand berührte seinen Arm so leicht wie der Flügelschlag eines Schmetterlings, und doch so wohltuend, dass er schauderte. »Willst du darüber reden?«, fragte sie.

»Ja«, antwortete Andrej. »Aber nicht hier.«

Mit einem Ruck wandte er sich zum Gehen um. Er wartete zwar, bis das Mädchen vor ihm die Zelle verlassen hatte, verbot es sich aber selbst, sich an der Tür noch einmal zu Marius herumzudrehen, sondern machte nur einen raschen Schritt zur Seite, damit Schwester Innozenz die Tür schließen und einen Riegel vorlegen konnte, der ihm fast zu schwer erschien, um von ihren schmalen Händen bewegt zu werden. Befriedigt stellte er fest, dass die Barmherzige Schwester nicht nur ihre selbst gewählte Aufgabe sehr ernst nahm, sondern auch die Anweisungen, die ihr bezüglich ihres seltsamen Patienten gegeben worden waren.

Schließlich wusste er am besten, wozu dieser Jüngling mit den engelhaften Zügen fähig war.

Sie folgten Innozenz eine kurze Treppe aus dem Keller heraus (dessen bloße Existenz in dieser Stadt ihn überrascht hatte). Oben angekommen, drehte sie einen Schlüssel in einem schweren Vorhängeschloss, dessen Bügel so gut geölt war, dass selbst Andrejs scharfe Ohren nur ein ganz leises Klicken wahrnahmen.

»Es ist eine Schande«, murmelte sie, während sie den Schlüssel in einer der zahlreichen Taschen ihrer Schwesterntracht verschwinden ließ. Es klirrte, als trüge sie darin noch andere Dinge aus Metall. Möglicherweise scharfe.

»Was ist eine Schande?«, fragte Corinna.

»Was man diesem Jungen antut«, antwortete Schwester Innozenz, allerdings an Andrej gewandt und in vorwurfsvollem Ton. »Er wird dort unten gefangen gehalten wie ein gefährliches Tier!«

»Und das aus gutem Grund«, sagte Abu Dun. Corinna zog die Braue hoch.

»Er liegt in Ketten, jede einzelne Stunde an jedem einzelnen Tag, den Gott hat werden lassen«, sagte Schwester Innozenz. Ihre Augen loderten vor Zorn. »Er ist hinter zwei Türen eingesperrt, und er sieht nie das Licht des Tages! Niemand darf mit ihm reden oder ihn auch nur anrühren! Was hat dieser arme Junge getan, um eine solche Strafe zu verdienen?«

Abu Dun warf ihm einen warnenden Blick zu, und auch Andrejs innere Stimme – ebenso wie sein Verstand – schrien ihm zu, jetzt besser nichts mehr zu sagen, aber er konnte nicht anders. *Warum, Vater? Was habe ich dir getan?*

»Gar nichts«, sagte er, wie zur Antwort auf beide Fragen. »Mein Sohn hat sich nichts zuschulden kommen lassen, weder nach den Gesetzen der Menschen noch nach denen Gottes. Aber das ändert nichts daran, dass er gefährlich ist. Er hat schlimme Dinge getan. Sehr schlimme Dinge. Aber es ist nicht seine Schuld.« Wenn jemand die Schuld daran trug, was aus Marius geworden war, dann er. Aber wie hätte er es wissen können? »Dennoch muss man die Menschen vor ihm schützen.«

»Und ihn auch vor sich selbst, nicht wahr?«

»Woher wisst Ihr das, Schwester?«, fragte Abu Dun scharf.

»Weil es derselbe gotteslästerliche Unsinn ist, den auch der *Dottore* immer redet!«, antwortete Innozenz, plötzlich aufgebracht. »Einen armen Jungen, den man vor sich selbst schützen muss! Das ist Häresie! Dieses Kind ist unschuldig!«

»Und das wisst Ihr genau?«, fragte Abu Dun. »Hat Gott es Euch gesagt, Schwester?«

»Gott hat uns nicht so geschaffen, dass wir uns selbst etwas zuleide tun! Der Mensch wird unschuldig geboren, und alles Schlechte, was er tut, kommt ganz allein von ihm selbst!«

»Und alles Gute ganz allein von Gott«, fügte Abu Dun mit einem bedächtigen Kopfnicken hinzu. »Eine etwas einseitige Theorie, will mir scheinen ... aber ich werde darüber nachdenken.«

Schwester Innozenz setzte zu einer noch schärferen Entgegnung an, doch da erklang hinter Andrej eine leise, tadelnde Stimme: »Euer Vertrauen in Gott in Ehren, Schwester, aber wenn er nicht wollte, dass wir unser Leben selbst gestalten, warum hätte er uns dann wohl einen freien Willen gegeben?«

Andrej und der Nubier wandten sich gleichzeitig um und sahen sich einem schmalbrüstigen alten Mann gegenüber, der kaum größer war als die Ordensschwester, aber mindestens noch einmal zwanzig Jahre älter. Er hatte gütige Augen, fand Andrej, aber auch ein Gesicht, das nicht nur von Alter gezeichnet war, sondern auch von einem vagen Schmerz, der im Laufe viel zu vieler Jahre zu einem Misstrauen gegen alles und jeden geführt hatte. Zwar lächelte er, als er auf Andrej zutrat und zuerst ihm und dann Abu Dun die Hand entgegenstreckte, und Andrej spürte auch, dass dieses Lächeln nicht gespielt war. Doch zugleich nahm er auch eine Reserviertheit wahr, die nicht feindselig, dennoch aber präsent war.

»Signore Delãny, nehme ich an. Mein Name ist Scalsi. Allessandro Scalsi.« Dass er Abu Dun nicht mit Namen ansprach, musste nichts bedeuten – das taten die wenigsten, selbst die nicht, die um die wirkliche Bedeutung von Abu Duns Namen wussten –, doch er wich auch Abu Duns Blick aus, was der Nubier mit einem ärgerlichen Stirnrunzeln quittierte.

»Dottore Scalsi«, fügte Schwester Innozenz hinzu. Scalsi sah fast schuldbewusst aus, und erst dann hörte Andrej den tadelnden Ton in Innozenz' Stimme – der ganz eindeutig dem Doktor galt, nicht ihnen.

Der Arzt ließ einen gleichermaßen verwirrten wie tadelnden Blick in die Runde schweifen, wobei er jetzt auch Abu Dun ansah, wandte sich dann aber Corinna zu, und seine Miene veränderte sich augenblicklich. Mit ehrlicher Freude trat er auf sie zu und ergriff ihre ausgestreckte Rechte mit beiden Händen, eine fast großväterlich anmutende, warme Geste. »Signorina! Wie schön, Euch endlich wieder einmal hier zu sehen! Was haben wir Euch getan?«

»Nichts, mein lieber *Dottore*«, antwortete Corinna. »Ich bin es, die sich entschuldigen muss, Euch so lange vernachlässigt zu haben. Ich habe schon zu Schwester Innozenz gesagt, dass ich Besserung gelobe.« Sie setzte ein schuldbewusstes Gesicht auf. »Es muss ein Jahr her sein.«

»Mindestens«, bestätigte Scalsi. Er ließ endlich Corinnas Hand los und drohte ihr spielerisch mit dem Finger. »Aber lasst das nicht zu einer schlechten Angewohnheit werden, Contessa. Ich bin ein alter Mann. Wenn ihr mich nur noch im Jahresabstand besucht, dann könnte jedes Treffen unser letztes sein.«

»Jetzt übertreibt aber nicht«, erwiderte Corinna und drohte nun ihrerseits ihrem greisen Gegenüber mit dem Zeigefinger. »So alt seid Ihr nun auch noch nicht, Dottore. Wir werden noch öfter Gelegenheit haben, miteinander zu reden, als Euch lieb ist. Ihr wisst doch, wie schwatzhaft ich sein kann. Aber jetzt solltet Ihr mit meinem Freund Andrej reden, denke ich. Er hat einen weiten Weg auf sich genommen, um Euch zu sehen.«

Scalsi machte keinen Hehl aus seiner Enttäuschung, wandte sich aber dennoch wieder zu Andrej um. Das Lächeln auf seinem Gesicht erlosch.

»Ja, zweifellos. Ihr habt Euren Sohn schon gesehen, Signore Delãny?«

Es war eine rhetorische Frage, auf die Andrej auch nur mit einem angedeuteten Nicken reagierte, aber Abu Dun knurrte:

»Ja, und auch seinen Freund, die Ratte.«

Scalsi runzelte die Stirn, und sein Mund wurde zu einem dünnen, faltigen Strich. Dann warf er einen nachdenklichen Blick auf die geschlossene Tür hinter Andrej, enthielt sich aber jeglichen Kommentars, und auch Andrej selbst beließ es bei einem mahnenden Blick auf Abu Dun und schloss sich Scalsi an, als dieser sich umwandte und den Raum verließ, um in den winzigen Innenhof der Turmruine hinauszutreten.

Andrej blinzelte abermals ins helle Licht der Sonne, das nach dem Dämmerlicht der winzigen unterirdischen Zelle wie mit dünnen Nadeln in seine Augen stach. In der Helligkeit empfand er die plötzliche Kälte besonders intensiv. Neben ihm schlang auch Abu Dun ganz instinktiv den schwarzen Mantel enger um die Schultern. Dennoch konnte er schlagartig besser atmen, als hätte ihm dort drinnen etwas die Luft genommen. Und es war nicht der Gestank und die erdrückende Enge des unterirdischen Kerkers gewesen.

»Sie wurden von unserem Kommen benachrichtigt?«, fragte Andrej. *Aber von wem?*

Scalsi nickte knapp und schüttelte dann gleich den Kopf. »Ich habe Euch erwartet«, sagte er. »Um ehrlich zu sein, habe ich schon viel eher mit Eurem Kommen gerechnet. Was hat Euch aufgehalten?«

Andrej wollte antworten, doch Abu Dun kam ihm auch jetzt wieder zuvor. »Vielleicht der Umstand, dass wir nach einem Spital gesucht haben und nicht nach ...« Er sah sich demonstrativ missbilligend um, *»dem hier.«*

Scalsi ließ sich nicht dazu herab, ihn anzusehen, antwortete aber trotzdem: »Das hier war einmal ein Gefängnis«, sagte er ungerührt. »Aber das ist lange her.«

»Es ist dennoch ein seltsamer Ort«, sagte Andrej.

Scalsi hob auf eine Art die Schultern, die es überflüssig werden ließ, eigens auszusprechen, wie wenig ihn diese Einschätzung interessierte. Dennoch antwortete er auch jetzt wieder und machte eine einladende Geste auf eine schmale Tür auf der anderen Seite des Hofes. »Früher einmal war dies Teil eines Kerkers, und später diente es wohl auch als Folterkammer und Hinrichtungsstätte. Ein dunkler Ort aus der dunklen Zeit, um den sich noch dunklere Geschichten ranken.«

Er zuckte abermals mit den Schultern, als wollte er auch ganz sichergehen, dass Andrej verstand, wie gleichgültig ihm die Geschichte dieses Ortes war. »Ihr dürft nicht alles glauben, was die Leute reden.«

»Und Ihr haltet es für eine gute Idee, an einem solchen Ort ein Spital zu betreiben?«, fragte Abu Dun. »Das *ist* doch ein Spital, oder?«

»Es ist vor allem kalt«, mischte sich Corinna ein. »Warum besprechen wir das alles nicht in Eurem Büro, *Dottore?* Dort gibt es wenigstens einen Kamin.«

»Selbstverständlich, Contessa«, sagte Scalsi erschrocken. »Verzeiht. Wie dumm von mir.«

Er eilte unerwartet leichtfüßig los, öffnete die Tür, auf die er gerade gedeutet hatte, und verschwand in der Dunkelheit dahinter.

»Contessa?« Andrej hielt Corinna fest, als sie dem Arzt folgen wollte.

»Oh, das.« Corinna lachte. »Der *Dottore* ist ein unverbesserlicher alter Charmeur. Für ihn ist jede Frau eine Contessa. Mindestens.« Sie versuchte sich loszumachen, und nach einem Augenblick ließ Andrej es auch zu. »Lassen wir den armen Dottore nicht unnötig warten. Er ist immer schrecklich beschäftigt ... und es ist wirklich kalt.«

Andrej wartete, bis sie Scalsi gefolgt war und auch Schwester Innozenz den Hof durch eine andere Tür verlassen hatte, schüttelte aber auch fast unmerklich den Kopf, als sich Abu Dun ebenfalls in Bewegung setzen wollte. »Was soll das, Pirat?«, fragte er scharf, dennoch im Flüsterton. »Warum bist du so feindselig?«

»Weil hier etwas nicht stimmt«, antwortete Abu Dun. »Und erzähl mir nicht, dass es dir nicht aufgefallen ist! Sieh dich doch hier um! Meruhe würde den Jungen doch niemals in einem solchen ... *Loch* lassen!«

Andrej konnte schwerlich widersprechen. Er versuchte es trotzdem. »Sie wird ihre Gründe gehabt haben.«

»Ach?«, sagte Abu Dun. »Nenn mir einen.«

Andrej zuckte die Achseln und hoffte, dass Abu Dun ihm seine wahren Gefühle nicht ansah. Dass hier »etwas nicht stimmte«, war eine schon fast groteske Untertreibung. Dass er hier draußen nicht nur das Gefühl hatte, sondern tatsächlich freier atmen konnte, lag nicht nur an der stickigen Luft und der Enge des Kellers. Dieses Gebäude machte ihm Angst oder flößte ihm zumindest Unbehagen ein.

»Fragen wir den *Dottore*«, sagte er. »Vielleicht weiß er mehr.«

»Ja, ganz gewiss.« Abu Dun schlug sich mit der flachen Hand gegen die Stirn, dass es klatschte. »Warum ist mir das nicht selbst eingefallen? Wo er doch ein so liebenswürdiger alter Mann ist!«

Doch Andrej beeilte sich nur, Corinna und dem greisen Arzt zu folgen, die in einem winzigen Raum hinter der Tür auf sie warteten. Hier drinnen war es nicht so stickig wie in Marius' Kellerverlies, aber womöglich noch dunkler – erst recht, als Abu Dun, der hinter ihm eingetreten war, die Tür schloss, um die Kälte auszusperren. Es gab keine Fenster, und das einzige Licht kam von einer kleinen Sturmlaterne, die Scalsi in der rechten Hand trug und so tief hielt, dass sie Corinnas und sein Gesicht von unten beleuchtete, was nicht nur seinen Zügen ein fast dämonisches Aussehen verlieh, sondern auch denen Corinnas.

»Gehen wir in mein Arbeitszimmer«, sagte Scalsi. »Dort kann ich Euch alles erzählen, was ich über den Jungen weiß. Ich fürchte nur, allzu viel wird es nicht sein.«

Scalsis Spital war eigentümlich. Schlecht riechend, wenn auch auf eine Art, die Andrej nicht wirklich einordnen konnte, schien es zu jenen – gar nicht einmal seltenen – Gebäuden zu gehören, deren Inneres größer war, als der äußere Anschein vermuten ließ. Außerdem konnte es seine Vergangenheit nicht verhehlen: Während der Arzt sie durch einen niedrigen Gang ohne Fenster führte, dessen Wände so dick waren, dass man es spüren konnte, schien ein dumpfes Raunen aus allen Richtungen zugleich auf sie einzustürmen und ein vages Gefühl von Kummer, als hätte der ehemalige Kerker eine Stimme bekommen, um all das Leid auszudrücken, das seine Mauern gesehen hatten.

Und es erging nicht nur ihm so. Abu Dun konnte nicht verhehlen, wie unwohl er sich hier fühlte. Etwas Böses beherrschte dieses Gebäude. Andrej war an vielen schlimmen Orten gewesen – Schlachtfelder, Hinrichtungsstätten und Siechenhäuser und andere und noch viel üblere Plätze, von deren Existenz die meisten Menschen nicht einmal etwas ahnten –, aber das hier war auf seine ganz eigene Art ... grauenvoll.

Scalsi führte sie eine kurze Treppe hinauf und deutete nach rechts, auf eine Tür am Ende des Ganges, doch Abu Dun schüttelte den Kopf und wies in die entgegengesetzte Richtung. Auch dort endete der Gang nach wenigen Schritten vor einer massiven Tür, und auch hier gab es keine Fenster.

»Was ist dort?«, fragte er.

Andrej konnte dem Arzt ansehen, dass er auch jetzt wieder überlegte, ob der Nubier überhaupt den Atem für eine Antwort wert war. Schließlich deutete er eine Bewegung an, die sich mit viel gutem Willen als Schulterzucken deuten ließ. »Nichts, was du sehen willst, schwarzer Mann.«

Abu Dun sog hörbar die Luft durch die Nase ein, und Andrej sagte rasch: »Aber immerhin erwartet Ihr von mir, dass ich Euch das Leben meines Sohnes anvertraue.«

»Habt Ihr das nicht schon vor einem halben Jahr?«

Andrej wollte auffahren, doch er wollte sich nicht von Abu Duns Gereiztheit anstecken lassen. »Ihr habt recht, Doktor«, sagte er kühl. »Wir haben Geschichten über diesen Ort gehört. Beunruhigende Geschichten.«

Das war glattweg gelogen. Tatsächlich hatten sie vor weniger als einer Stunde ja noch nicht einmal gewusst, dass es dieses Spital gab, und schon gar nicht, dass Marius sich hier befand – aber konnte der angebliche Arzt das wissen?

Und wirklich, Scalsi sah einen Augenblick lang irritiert aus, aber Andrej begriff rasch, dass dies wohl dem Umstand geschuldet war, dass er Abu Duns Partei ergriff. »Wie Ihr wünscht«, sagte er schließlich. »Aber es wird Euch nicht gefallen.«

»Gibt es denn eine Krankheit, deren Anblick einem Mann gefallen sollte?«, fragte Abu Dun.

Wie nicht anders zu erwarten, ignorierte Scalsi die Worte des Nubiers, doch nun mischte sich Corinna ein. »Zeigt es ihm, Dottore! Er wird es verstehen.«

Scalsi sah nicht begeistert aus, zog aber dennoch einen Schlüssel aus der Manteltasche und trat an ihm vorbei, um die Tür zu entriegeln. Er musste einen Gutteil seiner Kraft aufwenden, um sie zu öffnen. Selbstverständlich rührte Abu Dun keinen Finger, um ihm zu helfen. Ein Schwall abgestandener Luft schlug ihnen entgegen, gesättigt mit Schwärze und einem intensiven Geruch nach Krankheit und Tod. Andrej musste sich beherrschen, um nicht angeekelt das Gesicht zu verziehen, und Abu Dun versuchte es erst gar nicht.

»Ich habe gesagt, es wird Euch nicht gefallen«, sagte Scalsi, während er zur Seite trat, um den Weg freizugeben, und zugleich seine Lampe hob.

»Ich warte hier«, sagte Corinna. Sie klang nervös.

Der Gang vor ihnen war breiter, aber so dunkel, dass selbst seine scharfen Augen nur Schemen erkannten. Es gab auf jeder Seite drei niedrige, mit schweren Eisenbändern verstärkte Türen, kaum anderthalb Meter hoch und aus drei Zoll dicken Eichenbohlen mit gerade einmal handflächengroßen Gucklöchern, die zusätzlich vergittert und ausnahmslos geschlossen waren. Die Tür gleich hinter dem Eingang stand offen, sodass Andrej einen Blick in die winzige Zelle dahinter werfen konnte, ein Viereck mit einem Sack voller fauligem Stroh in einer Ecke. Alles war feucht, und der Gestank, den Wände und Decke und Boden verströmten, war nahezu unerträglich.

Und schlimmer noch war das, was ihm seine Sinne über die Zellen verrieten, deren Türen geschlossen waren: Da war ein Wimmern und Weinen, ein Wehklagen und stummes Schluchzen, aber auch Geschrei und zorniges Kreischen und Gebrüll, und an mehr als einer Tür wurde von innen mit den Fäusten gehämmert und mit Fingernägeln gekratzt, als hätten diejenigen, die dahinter eingesperrt waren, auf geheimnisvolle (und doch unmögliche) Weise gespürt, dass sie nicht mehr allein waren. Es war gerade einmal ein halbes Dutzend Türen, doch was in seinen Ohren und seiner Seele widerhallte, das war das Wehklagen Tausender gepeinigter Seelen, als höre er nicht nur das Weinen derjenigen, die jetzt hier eingesperrt waren, sondern auch die Klagen all der Unzähligen, deren Leid zuvor in den Stein, der sie umgab, gesickert war.

Scalsi trat an die gegenüberliegende Tür, bedeutete ihm mit einer fast unwilligen Geste, ihm nachzukommen, und öffnete dann die vergitterte Klappe. Übelkeit erregender Gestank schlug ihnen entgegen, gefolgt von einem Geräusch wie dem Knurren eines wütenden Tieres, das dahinter eingesperrt war. Abu Dun verzog angeekelt das Gesicht, gehorchte aber Scalsis befehlendem Wink als Erster und beugte sich weit genug vor, um durch die Klappe zu sehen. Das Knurren hinter der Tür wurde lauter und klang jetzt eher wie ein fauchendes Bellen.

Nach einer Weile und mit nach wie vor steinerner Miene trat der Nubier zurück und bedeutete Andrej, seinen Platz einzunehmen. Andrej gehorchte, und gleichzeitig streckte er seine geistigen Fühler aus und tastete nach dem Bewusstsein auf der anderen Seite der Tür.

Er hätte nicht sagen können, was schlimmer war: das, was er sah, oder das, was er spürte.

Er fühlte einen verheerten Geist, ein Bewusstsein, das in die Hölle geschleudert worden war und seit tausend Ewigkeiten Qualen litt, sodass es schon lange zu keinen anderen Empfindungen mehr fähig war als Hass und Wut und Zorn und mörderischer Eifersucht auf alles, was dachte und fühlte und *nicht* litt. Andrejs Geist prallte vor diesem Bewusstsein zurück wie eine Hand, die glühender Kohle zu nahe gekommen ist. Plötzlich war ihm, als habe er sich besudelt und mit einer üblen Krankheit angesteckt. Denn seine Augen zeigten ihm einen heruntergekommenen nackten Mann, der fünfzig Jahre alt sein konnte, ebenso gut aber auch schon achtzig, oder erst dreißig. Er hatte rückenlanges, strähnig-verdrecktes Haar, einen ungepflegten Bart und faulende Zähne. Von seinem Gesicht war wenig mehr zu erkennen als der schmerzverzerrte Ausdruck. Irgendwann einmal musste dieser Mann eine stattliche Erscheinung gewesen sein, jetzt war er fast bis zum Skelett abgemagert. Seine Haut starrte vor Dreck und war mit Pusteln und entzündeten Stellen ebenso übersät wie mit schlecht verheilten Wunden und alten Narben. Der Gestank, den die bejammernswerte Gestalt verströmte, nahm ihm den

Atem – was daran liegen mochte, dass der Gefangene sich mit seinem eigenen Kot und Urin beschmiert hatte. Als er Andrejs ansichtig wurde, warf er sich mit einem schrillen Heulen vor und wurde nach kaum einem Schritt von den schweren Ketten zurückgerissen, die ihn an die Wand fesselten. Er begann zu schreien, unartikulierte Laute der Wut, die etwas in Andrej berührten und ihn sich vor Entsetzen krümmen ließen.

»Warum ist er nackt?«, fragte Abu Dun.

»Das ist Giacomo«, sagte Scalsi, ohne zunächst auf Abu Duns Frage einzugehen, an Andrej gewandt. Beiläufig fragte er sich, was der Arzt eigentlich damit beabsichtigte – wollte er herausfinden, wie lange er den Nubier noch reizen konnte, bevor dieser ihm den Arm auskugelte? »Niemand weiß, wie er wirklich heißt oder was seine Geschichte ist oder wo er herkommt. Er wurde vor drei Jahren hergebracht. Jemand hat ihn an Händen und Füßen gefesselt und einfach vor das Tor gelegt. Seither kümmern sich Innozenz und ihre Barmherzigen Schwestern um ihn.«

»Kümmern?«, spie Abu Dun verächtlich hervor. »Das nennt Ihr *kümmern?«*

»Wäre er nicht hier, dann wäre er schon lange tot«, fuhr Scalsi unbeeindruckt fort. »Jemand hätte ihn erschlagen, sei es nur, um sein eigenes Leben zu retten, oder er wäre verhungert oder hätte sich selbst etwas angetan.«

Sein Blick streifte nun doch – kurz – Abu Duns Gesicht, und für genau diesen winzigen Moment erschien etwas in seinen Augen, das Andrej ganz und gar nicht gefiel. »Und nackt und gefesselt ist er, weil er sich selbst jeden Fetzen vom Leib reißt, den man ihm anzuziehen versucht, und demjenigen, der den Versuch wagt, auch gleich das Fleisch von den Knochen.«

»Es ist eines Menschen nicht würdig, so leben zu müssen«,

beharrte Abu Dun. »So würde ich nicht einmal ein gefährliches Tier halten!«

Scalsis Gesicht verfinsterte sich. »Bist du Arzt, schwarzer Mann?«

»Nein«, antwortete Abu Dun. »Ihr?«

Jetzt flammte blanker Hass in Scalsis Augen auf. An Andrej gewandt sagte er: »Sagt Eurem Freund, dass es mir keine Freude bereitet, einen Menschen so zu sehen.«

»Warum sagt Ihr es ihm nicht selbst?«

»Ich habe den Eid des Hippokrates geschworen, Delãny«, fuhr Scalsi fort, seine Antwort und den dezent darin verborgenen Hinweis auf Abu Duns Existenz ignorierend, »und ich nehme diesen Eid ernst. Es bricht mir das Herz, einen Menschen so leiden zu sehen und genau zu wissen, dass es nichts gibt, was ich oder irgendein anderer Arzt auf der Welt für ihn tun könnte.«

»Warum zwingt Ihr ihn dann, weiter so zu vegetieren?«, fragte Abu Dun.

»Glaubst du nicht, ich hätte schon hundertmal daran gedacht, sein Martyrium zu beenden?«, fragte Scalsi bitter. »Aber wäre das eine Lösung?« Er beantwortete seine eigene Frage mit einem heftigen Kopfschütteln. »Ich habe einen Eid geschworen, Leben zu bewahren, nicht zu zerstören.«

»Das nennst du Leben?«, fragte Abu Dun.

»Ich studiere ihn«, fuhr Scalsi unbeeindruckt fort. »Ich versuche, seine Leiden zu lindern, wenn ich ihn schon nicht heilen kann. Und wenn ich auch das nicht kann, dann kann ich ihn vielleicht untersuchen und so späteren Generationen von Ärzten ermöglichen, späteren Generationen von Kranken zu helfen.«

»Wie nobel«, sagte Abu Dun.

Scalsi schloss die Klappe, und aus dem Kettenrasseln und Kreischen des Wahnsinnigen wurde ein Wispern, das nur noch für Andrejs und Abu Duns scharfe Ohren zu hören war. Erst dann antwortete der Arzt: »Hör auf, von Dingen zu reden, von denen du nichts verstehst, schwarzer Mann!«

»Aber tut das denn hier nicht jeder?«, erkundigte sich Abu Dun in nun beinahe liebenswürdigem Tonfall.

Der Arzt starrte ihn an, setzte zu einer Antwort an und stürmte dann doch wortlos davon.

Andrej betrachtete die anderen Türen. Nachdem Scalsi gegangen war und die Laterne mitgenommen hatte, erkannte selbst er nicht mehr als rechteckige Flecken, wie schwarze Schlünde in der Dunkelheit. Etwas Schreckliches lauerte an diesem Ort, das spürte er.

»Hör endlich auf«, sagte Andrej müde. »Wir brauchen diesen Mann. Marius braucht ihn.«

»Womit soll ich aufhören?«, fragte Abu Dun unschuldig. »Er hat gefragt, und ich habe geantwortet. Hätte ich den guten *Dottore* vielleicht belügen sollen?«

Andrej gab auf und ging mit schnellen Schritten hinter dem Arzt her.

Scalsis Arbeitszimmer befand sich noch eine Etage höher im letzten intakten Stockwerk des verfallenen Turms. Doch trotz der dicken Wände zog es erbärmlich, und die Kälte war längst hereingekrochen und ließ ihren Atem zu grauem Dampf vor den Gesichtern werden. Wie Corinna es gesagt hatte, verfügte der Raum über den Luxus eines Kamins, in dem ein knisterndes Feuer brannte. Aber es war viel zu klein, um der Kälte tatsächlich Einhalt gebieten zu können, und auch das wenige Licht, das die spärlichen Flammen verbreiteten, focht einen aussichtslosen Kampf gegen die Dunkelheit, die einfach zu diesem Gebäude zu gehören schien. Das einzige Fenster war mit einem groben Lappen zugestopft worden und ließ allenfalls eine blasse Ahnung des Tageslichts durch, das von außen gegen die uralten Mauern drängte.

Schweigend hatte Scalsi sie heraufgeführt, und schweigend nahm er nun hinter einem Schreibtisch Platz, dessen gewaltige Ausmaße geradezu winzig wirkten, weil sie unter einem Wust aus Büchern, Pergamentrollen und eng bekritzelten Blättern verschwanden. Auch das Zimmer war zwar groß, wirkte jedoch klein, denn sein Bewohner hatte es bis in den letzten Winkel mit Regalen, Schränken und Tischen mit allerlei Krempel vollgestopft, dessen Zweck Andrej zum größten Teil nicht einmal zu erraten vermochte. Es gab keinen Besucherstuhl, sondern nur einen zusätzlichen Schemel vor dem Kamin, auf dem Corinna wortlos Platz genommen und die Hände ausgestreckt hatte, um sie über den knisternden Flammen zu wärmen. Andrej vermutete, dass ihr sonderbarer Gastgeber ihnen auch dann keinen Platz angeboten hätte, hätte es einen gegeben. Er trieb seine Unhöflichkeit sogar noch auf die Spitze, indem er eine Zeit lang in dem Papierberg vor sich grub und eine von zahlreichen Schubladen seines Schreibtisches öffnete, um ein einzelnes Blatt herauszunehmen, das er so eingehend studierte, als hätte er nicht nur ganz vergessen, dass er nicht allein war, sondern als hinge sein Leben davon ab.

»Andrej Delãny und Abu Dun«, sagte er schließlich, bedachte sie beide mit einem sehr langen, prüfenden Blick und legte das Blatt dann in die Schublade zurück. »Die Beschreibung scheint zu stimmen, die Euer Freund mir gegeben hat … wie war doch gleich sein Name? Ihr wisst, wen ich meine. Diesen großen Burschen mit dem blonden Haar.«

»Sein Name ist Meruhe«, antwortete Andrej, »und er ist eine große Frau mit rotem Haar und einer Haut, die ebenso schwarz ist wie die Abu Duns.«

»Und ihre beiden Dienerinnen sehen genauso aus«, fügte Abu Dun hinzu. »Nur ohne Haare.«

Zum allerersten Mal erschien die Andeutung eines Lächelns auf Scalsis Lippen, wenn auch nur, um genauso rasch wieder zu erlöschen. »Ihr seid anscheinend wirklich die, die Eure Freundin mir avisiert hat.«

»Habt Ihr daran gezweifelt?«, fragte Abu Dun.

»Ich kenne Euch nicht«, erwiderte Scalsi gelassen. »Man hat mir zwei Fremde angekündigt, auf die Eure Beschreibung zu passen scheint. Einen großen Mann mit einer auffälligen Tätowierung und einen Schwarzen, der größer ist als der Dom der Markuskirche. Aber ich habe auch strikte Anweisung erhalten, Eure Identität zu verifizieren.«

»Weriwas?«, fragte Abu Dun.

Corinna lachte leise, aber Scalsi tat ihm nicht den Gefallen zu lächeln. »Ich habe mich die ganze Zeit gefragt, welches Geheimnis den armen Jungen wohl umgeben mag.«

»Geheimnis?«, wiederholte Andrej. Hinter ihm bewegte sich Abu Dun unruhig, und auch Corinna sah auf und legte die Stirn in Falten.

Scalsi lächelte ein freudloses Lächeln. »Viele unserer Schutzbefohlenen umgibt ein Geheimnis, das nichts mit dem zu tun hat, was ihrem Körper oder ihrer Seele zugestoßen ist, wenn Ihr versteht, was ich meine«, antwortete er umständlich.

»Nein«, sagte Andrej. Plötzlich lag eine Spannung in der Luft, die von vollkommen anderer Art war als noch vor einem Augenblick. Ohne hinzusehen, wusste er, dass auch Corinna aufmerksam in ihre Richtung blickte.

»Dies ist nicht nur eine Heimstatt für die, die krank im Geiste sind«, antwortete Scalsi. »Ich habe Euch den bedauernswerten Giacomo gezeigt, und es gibt noch andere wie ihn – arme Menschen, denen Gott eine harte Prüfung auferlegt hat. Wenigstens würde Schwester Innozenz es so ausdrücken. Die Krankheit mancher unserer Patienten besteht einzig und allein darin, zur falschen Zeit und von der falschen Mutter geboren worden zu sein, oder vom falschen Vater gezeugt. Wenn Ihr versteht, was ich meine. Euer Sohn wurde mir anvertraut.«

»Wofür Ihr äußerst großzügig entlohnt wurdet, nehme ich an.«

»Zweifellos«, antwortete Scalsi und schüttelte den Kopf. Andrej hatte das unheimliche Gefühl, dass diese Bewegung eine Entsprechung in den Schatten fand, wie ein lautloses Huschen. »Aber es geht nicht um Geld … nicht nur jedenfalls. Mich fasziniert die Krankheit Eures Sohnes.«

»Fasziniert?«, wiederholte Abu Dun. In seiner Stimme schwang eine Drohung mit.

»Vom rein wissenschaftlichen Standpunkt aus«, sagte der Arzt rasch. »Sagt mir, Andrej: Ist er wirklich Euer Sohn?«

»Weil er mir so wenig ähnlich sieht?« Andrej fragte sich, was Scalsi einfiel, ihm eine solche Frage zu stellen. Und wieso er sich überhaupt auf dieses Gespräch einließ. Vielleicht wahrte er nur noch die Fassung, weil Corinna bei ihnen war und er ihre bohrenden Blicke spürte.

»Ich habe den Jungen gründlich untersucht«, antwortete Scalsi. »Und ohne Euch zu nahe treten zu wollen, Andrej – aber als Arzt fällt es mir schwer zu glauben, dass dieser Knabe wirklich Euer leiblicher Sohn ist, vor allem jetzt, wo ich Euch vor mir sehe.«

»Ach?«

»Er ist ein vollkommen anderer Typus als Ihr«, sagte Scalsi.

»Seine Mutter kam aus dem Norden«, antwortete Andrej und fragte sich erneut, warum er diesem Mann Rede und Antwort stand.

Überhaupt hatte sich Scalsi verändert in dem Moment, in dem sie das Zimmer betreten hatten. Missmutig und überheblich war er noch immer, doch wie er so hinter seinem gewaltigen Schreibtisch und der Wehrmauer aus Büchern und Papier saß, gab er Andrej das Gefühl, sich in einen armen Sünder verwandelt zu haben, der vor den Richtertisch zitiert worden war. Dieser Effekt wurde von Scalsi ganz bewusst inszeniert, das wusste er, was ihm leider nicht half, sich ihm zu entziehen. Und Abu Dun schien es ganz ähnlich zu ergehen.

»Dieser Junge ist der Sohn eines Edelmannes«, fuhr Scalsi ruhig fort. »Er ist ausgezeichnet genährt. Er hat keine einzige Narbe, nicht den kleinsten Makel. Wenn Ihr mich fragt, dann hat er in seinem ganzen Leben noch keine Stunde gearbeitet, und trotzdem befindet sich sein Körper in perfekter Verfassung.« Er legte eine nachdenkliche Kunstpause ein. »Tatsächlich habe ich niemals jemanden gesehen, der dem Idealbild eines gesunden jungen Mannes so sehr entspricht. Stünde es in meiner Macht, einen vollkommenen Menschen zu erschaffen, so würde er vermutlich aussehen wie *Euer Sohn*, Andrej Delãny.«

Andrej entging keineswegs, wie eigenartig er die Worte *Euer Sohn* betonte. Er fragte sich, was Scalsi wohl sagen würde, wüsste er, unter welchen Umständen er den Jungen kennengelernt hatte – ein halb verhungertes Kind voller Narben und Grind und von Krankheiten gezeichnet, das von Diebstählen und kleinen Betrügereien gelebt und oft genug streunende Katzen und Ratten gefangen hatte, um überhaupt etwas zu essen zu haben. Stattdessen jedoch fragte er nur: »Und?«

»Umso erschreckender erscheint mir das, was seinem Geist widerfahren ist«, fuhr Scalsi fort. »Ich hatte die Hoffnung, dass Ihr mir eine Frage beantworten könnt, die mir schon seit einer Weile Kopfzerbrechen bereitet.«

»Kopfzerbrechen«, grollte Abu Dun. »Das Wort gefällt mir.« Andrej hörte das Knacken seiner Knöchel, als er die Faust ballte.

»Und welche wäre das?«, fragte er rasch.

»Ob sein Zustand vielleicht der Preis ist, den man für Perfektion zahlen muss«, antwortete Scalsi. »Könnt Ihr mir sagen, was ihm zugestoßen ist?«

Abu Dun kam Andrej zuvor. »Nein. Er war gesund, als wir ihn das letzte Mal gesehen haben.«

Scalsi lachte abfällig. »Zweifellos … weshalb mir Eure schwarze Freundin ja auch strengste Anweisungen erteilt hat, ihn in Ketten zu legen, nicht wahr? Ihn nur in Gegenwart mindestens zweier bewaffneter Männer zu füttern und zu waschen und ihn sofort zu betäuben, sollte irgendetwas Ungewöhnliches geschehen … wobei sie sich nicht die Mühe gemacht hat, mich darüber aufzuklären, was dieses Ungewöhnliche sein könnte.«

»Diese Anweisungen mögen Euch seltsam erscheinen«, sagte Andrej, »aber glaubt mir einfach, sie haben einen guten Grund. Der Junge ist gefährlich.«

»Für wen?«

»Für jeden, der ihn unterschätzt«, polterte Abu Dun. Er begann, unruhig im Raum auf und ab zu gehen, verfolgt von

Scalsis misstrauischen Blicken. »Dieses harmlose Kind hat Menschen getötet, Doktor. Und es wird weitertöten, wenn es die Gelegenheit dazu bekommt. Das muss Euch genügen.«

Andrej sah Scalsi an, wie wenig ihm das genügte. Er klaubte ein schon halb beschriebenes Blatt von einem der zahlreichen Stapel vor sich und klappte mit der anderen Hand den Deckel eines schweren silbernen Tintenfässchens auf. »Und wie wünscht Ihr nun, dass wir weiter mit *Eurem Sohn* verfahren, Andrej Delãny?«

»Darüber habe ich noch nicht endgültig entschieden«, antwortete Andrej und verfluchte sich im Stillen selbst für den unsicheren Klang seiner Stimme. Was war das für eine Macht, die dieser sonderbare Mann über ihn ausübte?

Scalsi tauchte eine Feder in das Tintenfässchen und begann einen Satz zu Ende zu schreiben, den er vielleicht schon vor Tagen unterbrochen hatte. »Unsere Übereinkunft galt für ein halbes Jahr«, sagte er, plötzlich in fast desinteressiertem Ton, »das nun beinahe verstrichen ist. Ihr müsst verstehen, wie aufwendig seine Pflege ist. Wir mussten eigens ein halbes Dutzend Männer einstellen, um ihn rund um die Uhr zu bewachen, wie es Euer Wunsch war. Innozenz und ihre Barmherzigen Schwestern haben sehr viel zusätzliche Arbeit mit ihm …«

»Die vielen Kerzen, die sie seinetwegen anzünden müssen, nicht wahr?«, knurrte Abu Dun.

Scalsi kritzelte unverdrossen weiter, ohne von seinem Blatt aufzusehen. »… und auch die Medizin, die ich ihm auf Anweisung Eurer Freundin hin verabreichen soll, ist sehr teuer. Es ist nicht leicht, die Zutaten zu besorgen.«

»Aber Ihr gebt sie ihm regelmäßig?« Abu Dun war an eines der überladenen Regale getreten und nahm unschlüssig dies und das zur Hand, nur um es sofort wieder zurückzulegen. »Bitte fass nichts an!«, sagte Scalsi, ohne auch nur aufzublicken. »Es mag nicht den Anschein für dich haben, aber es gibt hier ein Ordnungssystem.«

»Wo?«, erkundigte sich Abu Dun.

»Und um deine Frage zu beantworten: Der Junge bekommt seine Medizin zweimal täglich, genau wie es in den Anweisungen eurer schwarzen Freundin stand. Obwohl ich das Rezept eingehend studiert habe und der Meinung bin, dass es keinerlei gesundheitsfördernde Ingredienzen enthält ... abgesehen von einem leichten Beruhigungsmittel. Darf ich fragen, wozu es gut ist?«

»Das dürft Ihr«, antwortete Abu Dun. Und schwieg.

»Ich verstehe«, sagte Scalsi. »Nun, Andrej, es ist Euer Sohn und somit auch Eure Entscheidung, wie Ihr mit ihm verfahrt. Ich habe mich penibel an meine Anweisungen gehalten. Darüber hinaus kann ich Euch nicht sagen, was geschehen ist. Ich kenne mich ein wenig mit den Verwirrungen des Geistes aus, denn immerhin studiere ich sie seit Jahren. Manchmal frage ich mich sogar, ob wir es mit unserer angeblichen Hilfe nicht nur schlimmer machen.« Nun sah er doch auf, wartete vergebens auf eine Antwort und fuhr schließlich fort: »Es wäre hilfreich zu wissen, gegen welche Krankheit ich eigentlich kämpfe.«

»Keine, gegen die Eure Medizin etwas ausrichten könnte«, sagte Abu Dun.

»Bitte leg das weg!« Scalsi machte eine unwillige Geste, als Abu Dun ein schweres und in uraltes Leder gebundenes Buch zur Hand nehmen wollte, und bespritzte dabei seine Papiere und Aufzeichnungen mit unzähligen schwarzen Tintenpunkten. »Und wenn es wirklich so ist, schwarzer Mann, dann lass mich dir dieselbe Frage stellen, die du mir gerade stellen wolltest: Warum habt ihr seinem Leiden kein Ende bereitet?«

Kopfschüttelnd wandte er sich wieder an Andrej und beantwortete seine eigene Frage. »Weil er Euer Sohn ist und niemand gezwungen sein sollte, über das Leben seines eigenen Kindes zu richten. Doch Ihr solltet Euch fragen, was gnädiger ist.«

»*Dottore*, bitte!«, sagte Corinna. Sie klang entsetzt, zumindest aber fassungslos, doch Andrej sah nicht zu ihr hin. *Ihr solltet Euch fragen, was gnädiger ist* … Als ob er das nicht getan hätte, an jedem einzelnen Tag des zurückliegenden Jahres! Andrej schwieg.

»Ich verstehe«, sagte Scalsi. »Wie gesagt: Es ist Euer Sohn, und es steht mir nicht zu, Eure Entscheidung zu kritisieren.« Er schrieb weiter.

»Wo finden wir Meruhe?«, fragte Andrej, nachdem er den Arzt einige Atemzüge lang verwirrt angestarrt und erst langsam begriffen hatte, dass er offensichtlich vorhatte, Abu Dun und ihn schlichtweg zu ignorieren.

Scalsi hob – widerwillig – den fragenden Blick von seinem Blatt. *»Scusi?«*

»Die Frau, die meinen Sohn hergebracht hat.«

»Das weiß ich nicht«, antwortete Scalsi. »Habt ihr Euch denn nicht irgendwo mit ihr verabredet?«

»Doch«, sagte Abu Dun. »Hier.«

»Das hier ist ein Spital, kein Wirtshaus«, erwiderte Scalsi kühl. Seine Schreibfeder kratzte erneut über das Papier, ohne dass er hinsah. »Jetzt, wo Ihr es sagt, erinnere ich mich, dass Schwester Innozenz mir davon erzählt hat. Sie hat wohl tatsächlich den Wunsch geäußert, hier auf Euch warten zu dürfen … was wir natürlich ablehnen mussten.«

»Natürlich«, grollte Abu Dun.

»Wir brauchen hier keine Fremden«, sagte Scalsi ungerührt. »Sie würden nur alles durcheinanderbringen und uns bei unserer Arbeit stören.«

»Und wohin ist sie gegangen?«, fragte Andrej.

»Das weiß ich nicht«, behauptete Scalsi. »Uns wurde der Junge übergeben, die vereinbarte Summe und ein Blatt mit Anweisungen, wie wir mit ihm zu verfahren haben, und das ist alles, was ich Euch sagen kann.«

»Darf ich es sehen?«, fragte Andrej.

Scalsi runzelte ärgerlich die Stirn und kritzelte unbeirrt weiter, öffnete aber zugleich auch mit der anderen Hand die Schublade und zog dasselbe Blatt heraus, das er gerade schon einmal konsultiert hatte. Schweigend reichte er es Andrej, der nur einen flüchtigen Blick darauf warf.

»Das ist nicht Meruhes Handschrift«, sagte er.

»Natürlich nicht«, erwiderte Scalsi gelassen. »Weder ich noch irgendein anderer außer Schwester Innozenz ist des Arabischen mächtig. Sie hat ihr ihre Anweisungen diktiert. Ihr könnt dieses Schreiben mitnehmen, wenn Ihr es wünscht. Ich kenne es ohnehin auswendig.«

Abu Dun trat mit zwei schnellen Schritten neben Andrej, nahm ihm das Blatt aus der Hand und studierte es einen Moment länger als Andrej zuvor. »Und auch nicht Meruhes Wortwahl«, sagte er dann. »Das soll sie diktiert haben?«

»Du kannst das lesen?«, fragte Scalsi.

»Und nicht nur das«, erwiderte Abu Dun liebenswürdig, legte das Blatt aus der Hand und nahm stattdessen wahllos eines der Bücher auf, die sich auf Scalsis Schreibtisch stapelten. Er klappte es auf, las zwei Sätze in fließendem Latein vor und schloss es wieder, um erst dann einen Blick auf den Einband zu werfen.

»Ein gutes Buch, das eine Menge Weisheit enthält«, sagte er. »Aber ich ziehe das Original in Altgriechisch vor. Diese Übersetzung ist mangelhaft.«

Scalsi überwand seine Überraschung erstaunlich schnell, riss ihm das Buch aus der Hand und warf es so wuchtig auf den Stapel zurück, dass der ganze Turm bedrohlich ins Wanken geriet und vielleicht sogar umgestürzt wäre, hätte Abu Dun ihn nicht hastig festgehalten und mit einiger Mühe wieder ausbalanciert.

»Wohin ist sie gegangen?«, fragte Abu Dun.

»Das weiß ich nicht«, beharrte Scalsi. »Mir wurde gesagt, dass jemand kommt, der mir weitergehende Anweisungen überbringt, dann ist sie weitergezogen. Ich weiß nicht, wohin. Vielleicht fragt ihr in der Stadt nach. Groß genug ist sie ja.«

»Von da kommen wir gerade«, sagte Abu Dun. »Wir suchen seit einer Woche nach ihr. Niemand hat sie gesehen.«

»Nun, wie dem auch sei.« Scalsi hob betont beiläufig die Schultern und senkte die Feder wieder auf das Papier. »Für Unterbringung und Pflege Eures Sohnes ist vorerst bezahlt, und selbstverständlich könnt Ihr jederzeit kommen, um ihn zu besuchen. Und wenn die Herren mich jetzt entschuldigen würden. Ich habe noch zu arbeiten.«

Kapitel 5

Die Dämmerung senkte sich bereits wieder über die Stadt, als sie das Gasthaus erreichten. Jetzt, im Januar, waren die Tage kurz, und im gleichen Maße, in dem sich der Himmel grau färbte, wurde es kälter. Von dem von Abu Dun prophezeiten Schnee war immer noch nichts in Sicht, aber ihr Atem erschien nun auch hier draußen als grauer Dunst in der Luft. Andrejs Fingerspitzen und Gesicht prickelten vor Kälte, sodass er erleichtert aufatmete, als sie die Gaststube betraten. Das Licht war so trüb und die Luft so schlecht, wie Andrej es in Erinnerung hatte, aber es war wenigstens warm.

Das Schankzimmer war ungewohnt gut gefüllt. Drei der vier Tische, die in dem engen Raum gerade noch Platz hatten, waren besetzt. Als sie eintraten, wandte sich ihnen fast ein Dutzend Gesichter zu, und für einen Moment wurde es vollkommen still. Die Blicke meidend, deutete Andrej nur ein knappes Nicken in die Runde an und schlug seinen Mantel zurück, während sie den einzigen frei gebliebenen Tisch ansteuerten – den, an dem Abu Dun und er immer zu sitzen pflegten, als hätte der Wirt ihn eigens für sie frei gehalten.

Das allgemeine Geschnatter und Lachen der Zecher hob wieder an, als sie sich setzten, und Andrej verzichtete ganz bewusst darauf, auch nur ein einziges Wort verstehen zu wollen. Dennoch kam er nicht umhin zu bemerken, dass sich die meisten Gespräche (und auch die eine oder andere abfällige Bemerkung) nur um den Nubier und ihn drehten, von ebenso scheuen wie abfälligen Blicken ganz zu schweigen, mit denen sie bedacht wurden. Er ignorierte beides, hob die Hände vor den Mund, um seine Fingerspitzen mit seinem Atem aufzuwärmen, und wollte den Wirt an den Tisch winken, doch der Mann kam ihm zuvor, indem er bereits zwei Krüge Bier brachte, auf dem sogar noch Schaum war – soweit sich Andrej erinnerte, das erste Mal, seit sie in diese Nobelherberge gezogen waren.

»Und ich dachte schon, Ihr kommt nicht mehr«, sagte er. »Gerade an einem Tag wie heute. Wo ist Eure entzückende Begleitung, Andrej? Kommt sie noch nach? Soll ich einen dritten Krug bringen?«

»Sie hatte noch zu tun«, antwortete Abu Dun knapp.

Tatsächlich hatte Corinna sie nur noch einige wenige Schritte weit begleitet, bevor sie sich unter einem fadenscheinigen Vorwand verabschiedet hatte und in dem Labyrinth schmaler Gässchen des *Arsenal* verschwunden war, was Andrej mit einer Mischung aus Bedauern und Erleichterung registriert hatte. Erleichterung, weil er jetzt einfach hatte allein sein wollen und selbst Abu Duns Nähe nur schwer akzeptierte. Bedauern, weil er eine Menge Fragen über den *Dottore* und sein bizarres Spital hatte, die er ihr nur zu gerne gestellt hätte.

»Zweifellos«, bestätigte der redselige Wirt mit einem anzüglichen Grinsen, aber auch mit beiden Händen auf die Krüge deutend. »Lasst es euch schmecken! Das geht aufs Haus. Und alles andere auch, was ihr heute noch trinkt.«

Der Mann kannte Abu Dun nicht, dachte Andrej, sonst hätte

er dieses Angebot gewiss nicht gemacht. Laut sagte er: »Und wie kommen wir zu der Ehre, wo Ihr doch unseretwegen so viel Ärger hattet?«

»Ärger?« Der Gastwirt machte ein überraschtes Gesicht und schüttelte so heftig den Kopf, dass ... irgendetwas ... aus seinem schmutzigen Haar flog und in Andrejs Krug landete. »Aber ich bitte Euch! Etwas Besseres konnte mir gar nicht passieren! Was Ihr getan habt, hat sich im ganzen Viertel herumgesprochen. Seht Euch doch nur um! Ich kann mich kaum retten vor Gästen, die den ganzen Tag über kommen und alles über diesen fantastischen Kampf hören wollen!«

»So viel zum Thema ›unauffällig bleiben‹«, knurrte Abu Dun auf Arabisch.

»Übertreibt es nicht«, erwiderte Andrej, an beide gewandt. »Es waren nur ein paar dahergelaufene Halunken.«

»Fünf, um genau zu sein«, sagte der Wirt. »Und Ihr habt es ihnen richtig gezeigt! Die Leute hier mögen es nicht, wenn fremdes Gesindel in unser Viertel kommt, um Ärger zu machen.«

»Fremdes Gesindel?«, fragte Abu Dun und rückte seinen bereits perfekt sitzenden Turban zurecht. Andrej schob unauffällig seinen Krug ein Stück von sich weg. Irgendetwas zappelte in dem gelblichen Schaum, der knisternd in sich zusammensank. Eigentlich schade, dachte Andrej. Ihm war nicht nach Alkohol, aber es war das erste wirklich frische Bier, das sie bekamen, seit sie in dieser Stadt waren.

»Oh nein, damit meine ich nicht Euch«, sagte der Wirt hastig, »sondern die Kerle, die Signore Andrej Mores gelehrt hat!«

Abu Dun grunzte missgelaunt, aber Andrej vergewisserte sich: »Sie waren also noch nie zuvor hier?« Etwas an diesem Umstand störte ihn, auch wenn es nur ein vages Gefühl war.

»Ich habe sie noch nie gesehen«, bestätigte der Wirt.

»Und das Mädchen?«, hakte Abu Dun nach.

»Die hübsche Signorina?« Der Mann entblödete sich – natürlich – nicht, Andrej auf anzügliche Art zuzublinzeln, und schüttelte dann den Kopf. »Ich habe sie hier noch nie gesehen, aber das muss nichts heißen. Wenn der *Carnevale* vor der Tür steht, verirren sich auch solche aus den feinen Gegenden zu uns, die man sonst nie hier sehen würde.«

»Leute aus der *Carampane*«, vermutete Abu Dun, und Andrej runzelte die Stirn. War die *Carampane* nicht das Prostituiertenviertel? Und wenn ja: Was sollte diese blöde Anspielung dann? Der Wirt starrte Abu Dun an, als frage er sich, ob ihn sein Gast vielleicht auf den Arm nehmen wollte, und rettete sich schließlich in ein ganz und gar unechtes Lachen. »Ja, solche auch. Aber auch wirklich vornehme Signori und Signorine.«

»Und unsere Signorina ist ja nun wirklich etwas Besonderes, oder?«, stichelte Abu Dun.

Das Feixen des Gastwirtes wurde noch einmal anzüglicher. »Etwas Besonderes mit Sicherheit«, griente er. »Fragt sich nur, in welcher Beziehung.«

»Du kennst sie also doch«, sagte Abu Dun, bekam auch jetzt wieder ein heftiges Kopfschütteln zur Antwort – und das zappelnde Etwas in Andrejs Bier Gesellschaft. »Nein, sie war niemals hier. Eine so feine Dame würde sich normalerweise niemals zu so armen Leuten wie uns verirren.«

Andrej schob seinen Bierkrug über den Tisch und machte eine auffordernde Geste. Abu Dun sah ihn erstaunt an.

»Ich bin nicht so durstig«, sagte Andrej. »Ich glaube, ich habe gestern ohnehin zu viel getrunken. Vielleicht bleibe ich heute bei Wasser.«

»Du hast das Mädchen also noch niemals hier gesehen«, vergewisserte sich Abu Dun noch einmal.

»Daran würde ich mich erinnern«, bestätigte der Wirt.

»Weil du Damen zweifelhaften Rufs nicht in deinem Etablissement duldest«, vermutete Abu Dun.

Falls der Wirt die Spitze bemerkt hatte, überging er sie. »Weil sich die feinen Herrschaften normalerweise nicht hierher verirren.«

»So besonders kam sie mir gar nicht vor«, sagte Abu Dun. »Ich finde, sie hat sogar den einen oder anderen unfeinen Zug an sich.«

Andrej warf ihm einen giftigen Blick zu, und der Wirt schüttelte noch einmal den Kopf. »Habt Ihr ihre gepflegten Hände nicht bemerkt und ihr prachtvolles Haar und die reine Haut?«, fragte er. »Oh nein, ich weiß nicht, wer diese entzückende Signorina war … gewiss niemand, der reich und adelig geboren wurde oder in einem Palazzo lebt, aber ich bin sicher, sie geht in einigen ein und aus. Vor allem in gewissen Zimmern.« Er grinste Andrej schmierig an. »Ihr habt einen guten Geschmack, Signore.«

»Hm«, machte Andrej.

»Und du willst das Bier wirklich nicht?«, vergewisserte sich Abu Dun, griff aber vorsichtshalber schon einmal nach dem Krug, bevor Andrej es sich vielleicht doch noch anders überlegen konnte.

»Dann bringe ich Euch einen Chianti«, sagte der Wirt eifrig. »Den besten, den ich habe. Den habt Ihr Euch verdient.«

»Und zugleich den einzigen, den er vermutlich hat«, murmelte Abu Dun, als sich der Mann abwandte und in Schlangenlinien zwischen den überfüllten Tischen die Theke ansteuerte. »Ich hoffe nur, er ist dir auch fein genug.«

Andrej wechselte wieder ins Arabische, und seine Stimme wurde schärfer und auch lauter. »Das reicht, Pirat. Wenn ich mich richtig erinnere, habe ich mich bei deinen Frauengeschichten meist zurückgehalten.«

»Ich hatte es ja auch nie mit so feinen Damen aus der besseren Gesellschaft zu tun«, stichelte der Nubier unverdrossen weiter. Er schien aber auch selbst zu spüren, dass er den Bogen zu überspannen drohte, denn er hob besänftigend die rechte Hand. Mit der anderen setzte er den erbeuteten Bierkrug an und nahm einen gewaltigen Schluck, wie Andrej nicht ohne eine gewisse Schadenfreude registrierte. Etwas Kleines bewegte sich zwischen seinen Zähnen, als er sich den Schaum von den Lippen wischte und fortfuhr: »Nein, im Ernst, Hexenmeister. Kommt es dir nicht selbst ein wenig komisch vor?«

»Dass du neidisch auf mich bist? Seit wann wäre das etwas Neues?«

»Ich werde immer misstrauisch, wenn etwas zufällig geschieht«, antwortete Abu Dun. Er trank einen weiteren Schluck, aber der schwarze Fleck blieb auf seinen Zähnen.

»Weißt du, warum es in jeder Sprache der Welt das Wort *Zufall* gibt?«, erwiderte Andrej gereizt. Er wusste sehr wohl, worauf der Nubier hinauswollte, und auch, dass er vermutlich nicht falsch mit seiner Vermutung lag. »Weil es eben doch so etwas wie Zufall gibt.«

Abu Dun legte den Kopf auf die Seite und sah ihn nun beinahe mitleidig an, fuhr aber trotzdem fort: »Und rein zufällig verirrt sich eine Dirne aus den besseren Kreisen in dieses von Ratten verseuchte Viertel, gerade als wir mit unserem Latein am Ende sind und ernsthaft überlegen aufzugeben. Rein zufällig lässt sie sich genau mit dir ein.« Er machte ein grüblerisches Gesicht.

Seine linke Augenbraue hob sich, als erwarte er energischen Widerspruch, doch Andrej betrachtete fasziniert den kleinen schwarzen Punkt, der auf Abu Duns strahlend weißen Zähnen ganz besonders gut zur Geltung kam und nun winzige Beinchen und Flügel bekam. Deshalb fuhr er nach einer Weile fort: »Ich will dir nicht zu nahe treten, Hexenmeister, aber unser Wohltäter hat recht, was unsere Kleidung angeht. Und was uns selbst betrifft, wohl auch. Wir haben schon bessere Zeiten erlebt. Du bist ein gut aussehender Mann – fast so gut wie ich –, aber zurzeit gehen wir allerhöchstens als gut aussehende Tagelöhner durch.«

»Einer von uns nicht einmal das«, sagte Andrej, doch Abu Dun ignorierte ihn.

»Eine Dirne dieser Preisklasse würde einem wie uns nicht einmal gestatten, ihren nackten Knöchel zu sehen, von allem anderen ganz zu schweigen.«

»Vielleicht ist sie ja eine Tochter aus gutem Haus, die auf ein Abenteuer aus war«, sagte Andrej. Wie hatte Scalsi sie genannt? *Contessa?* Aber dann dachte er wieder daran, was sie oben in der Dachstube mit ihm gemacht hatte, und schob den Gedanken als lächerlich von sich.

»Eine nette Idee«, antwortete Abu Dun. »Solche Fantasien hatte ich auch mal. Damals war ich zehn oder elf, glaube ich.«

»Worauf willst du hinaus?«, fragte Andrej. Als ob er die Antwort nicht längst wüsste – oder sich dieselbe Frage nicht auch schon gestellt hätte!

»Ganz zufällig bestiehlt sie dich, bekommt prompt ein schlechtes Gewissen und kommt reumütig zurück, um dir alles zu beichten. Und dann wird sie auf dem Weg hierher überfallen und schafft es gerade noch bis in deine starken Arme, damit du sie retten kannst!« Abu Dun schnaubte. »Gerade im richtigen

Moment, damit du den tapferen Recken spielen kannst, der sie aus höchster Not befreit!« Er schnalzte laut und abfällig. »Sie waren zu *fünft,* Hexenmeister!«

»Und?«

»Es war zu leicht.«

»Zu leicht?« Andrej ächzte. »Was war deiner Meinung nach zu leicht? Das Messer, das ich beinahe in den Rücken bekommen hätte, oder der Umstand, dass ich noch drei Tage lang Blut pinkeln werde?«

»Wirst du nicht«, sagte Abu Dun.

»Nein«, räumte Andrej ein. »Werde ich nicht. Aber du weißt genau, was ich meine.«

»Und du weißt, was *ich* meine«, erwiderte Abu Dun gereizt. »Sie haben sich entweder zurückgehalten, oder sie haben gewusst, dass sie dich nicht verletzen können. Welche Erklärung ist dir lieber?«

Keine. Andrej schwieg.

»Und als wäre das noch nicht genug, drehen wir seit einer Woche jeden Stein in dieser Stadt um, ohne auch nur einen Schritt weitergekommen zu sein, und ausgerechnet sie kennt jemanden, der jemanden kennt, der weiß, wo wir Marius finden.« Abu Dun trank einen weiteren Schluck Bier. »Das sind ein paar Zufälle zu viel für meinen Geschmack.«

»Und was genau willst du mir damit sagen?«

»Ganz genau das, was du dir auch schon selbst gesagt hast«, antwortete Abu Dun. »Was zum Teufel tun wir hier eigentlich noch? Wir haben Marius gefunden. Sag mir einen einzigen vernünftigen Grund, warum wir nicht den Jungen nehmen und noch heute von hier verschwinden sollten!«

»Damit er noch mehr Menschen tötet?«

»Der Junge ist *dein Sohn*, Andrej«, erwiderte Abu Dun. »Und sie halten ihn dort unten wie ein Tier! Bei Allah, sein einziger Freund ist eine *Ratte*!«

»Meruhe wird sich etwas dabei gedacht haben«, antwortete Andrej. »Und du weißt, was passiert, wenn er frei ist.«

»Meruhe ist nicht hier!«, schnappte Abu Dun, den letzten Satz einfach nicht beachtend, wie er es mit allem tat, was ihm nicht passte. »Sie hat den Jungen bei diesem angeblichen Arzt gelassen, und sie mag ihre Gründe dafür gehabt haben. Wir können sie nicht fragen.«

»Dann sollten wir dafür sorgen, dass wir es können«, antwortete Andrej missgestimmt.

»Wenn du mir sagst, wo sie ist«, sagte Abu Dun. »Dein neuer Freund, dieser nette alte Doktor, weiß es ja anscheinend auch nicht.«

»So freundlich, wie du zu ihm warst, hätte ich dir auch nicht mehr verraten«, antwortete Andrej.

»Er weiß nichts«, behauptete Abu Dun.

»Hat er dir das gesagt, als ich gerade einmal nicht hingehört habe?«

»Er ist ein arroganter, menschenverachtender alter Mistkerl«, antwortete Abu Dun, »aber er hat die Wahrheit gesagt. Ich hätte es gemerkt, wenn er gelogen hätte. Und du auch, wenn du nicht – «

Er verstummte, sah mit einem Mal betroffen aus und hob dann hastig seinen Krug, um einen diesmal sehr langen Schluck zu nehmen. Als er ihn nach einer kleinen Ewigkeit wieder absetzte, war der schwarze Fleck von seinen Zähnen verschwunden. »Es tut mir leid«, sagte er. »Entschuldige.«

Als Andrej nichts erwiderte, setzte er den Krug noch einmal

an, trank aber dieses Mal nicht und stellte ihn sofort wieder ab. Er druckste noch eine Weile herum, dann riss er sich so weit zusammen, dass er ihm in die Augen blicken konnte. »Das war taktlos von mir«, sagte er mit veränderter Stimme. »Es tut mir leid. Es muss hart für dich gewesen sein, Marius so zu sehen.«

Das war es gewesen, und Andrej bildete sich nicht ein, den Schrecken in seinem ganzen Umfang bisher begriffen, geschweige denn überwunden zu haben. Doch darum ging es im Augenblick nicht. »Du willst nicht hierbleiben?«, fragte er behutsam.

»Wozu?«, wollte Abu Dun wissen. »Um mir den Karneval anzusehen? Pah! Wir haben Marius gefunden. Ich schlage vor, wir holen den Jungen und bringen ihn nach Konstantinopel, genau wie Meruhe es vorgeschlagen hat.«

»Eine gute Idee«, lobte Andrej. »Binden wir ihn doch einfach auf dem Marktplatz fest wie einen streunenden Hund und hoffen, dass ihn jemand mitnimmt und füttert?«

»Du weißt, was ich meine«, sagte Abu Dun, jetzt wieder in leicht gereiztem Ton.

»Wir müssen Meruhe und die beiden Mädchen finden«, antwortete Andrej. Es irritierte ihn, den Nubier überhaupt darauf hinweisen zu müssen, und zugleich fragte er sich, ob hier vielleicht der wahre Grund für das sonderbare Verhalten lag, das Abu Dun nun schon seit Monaten an den Tag legte. Sie hatten niemals wirklich darüber gesprochen, schon weil er gespürt hatte, dass der Nubier nicht über dieses Thema reden wollte, aber Andrej war dennoch sicher, dass Abu Dun nie ganz verwunden und vielleicht nicht einmal endgültig akzeptiert hatte, dass Meruhe sich für ihn entschieden hatte. Immerhin waren die nubische Königin und er zusammen gewesen, bevor sie Andrej kennengelernt hatte. Eifersucht war Abu Dun ebenso fremd wie Andrej, zumal auch die Liebe zwischen ihm und der rothaarigen Unsterblichen längst zu Freundschaft geworden war und sich ihre Wege schon vor mehr als einem Jahrhundert getrennt hatten.

Aber vielleicht täuschte er sich ja auch. »Hast du es mir eigentlich jemals verziehen?«, fragte er.

»Was?« Abu Dun spielte perfekte Verständnislosigkeit, aber Andrej durchschaute ihn.

»Meruhe.«

»Blödsinn!«, polterte Abu Dun.

»Ist es das?«, beharrte Andrej.

»Wir hatten schon mehr als einmal dieselbe Frau«, sagte Abu Dun. »Ein- oder zweimal sogar gleichzeitig, wenn ich mich richtig erinnere.«

»Du weißt, wovon ich spreche.« Als Abu Dun ihn nur anfunkelte, fuhr Andrej fort: »Was nimmst du mir übel? Dass sie sich für mich entschieden hat oder dass wir nicht zusammengeblieben sind?«

»Wer erträgt es schon, ein Jahrhundert lang mit demselben Menschen zusammen zu sein?«, antwortete Abu Dun.

»Du«, erwiderte Andrej. »Mit mir, und sogar noch sehr viel länger.«

»Und wer sagt dir, *dass* ich es ertrage?«, gab Abu Dun zurück. Es klang wie ein Scherz, und in seinen Augen blitzte es auch spöttisch auf, doch Andrej spürte, dass da noch mehr war.

»Mir ist nicht nach Scherzen zumute«, sagte er.

»Und wenn, wären sie schlecht«, brummte Abu Dun. »Ich halte es für Zeitverschwendung, noch länger hierzubleiben. Wenn Meruhe hier wäre, hätten wir sie längst gefunden oder wenigstens etwas über sie gehört. Venedig ist eine große Stadt, aber Meruhe ist niemand, den man so schnell vergisst. Lass uns den

Jungen nehmen und von hier verschwinden! Am besten noch heute … oder spätestens morgen.«

Andrej wollte antworten, schluckte die Worte aber dann wieder hinunter, als der Wirt zurückkam und nicht nur einen weiteren Krug Bier brachte, sondern auch eine bauchige Karaffe, die einen dunkelroten und stark riechenden Wein enthielt.

»Mein bester Chianti«, sagte er strahlend, während er sie vor ihm auf dem Tisch abstellte. Das dazugehörige Glas grub er aus seiner Schürzentasche und war sogar so fürsorglich, es mit der Manschette seines Hemdes auszuwischen. »Er wird Euch munden, da bin ich sicher. Einen solchen Tropfen bekommt Ihr nicht einmal im Palast des Dogen.«

»Das glaube ich dir aufs Wort«, spöttelte Abu Dun.

Verletzt sah der Wirt ihn an, schenkte Andrej aber nur ein umso strahlenderes Lächeln und schenkte ihm ein. Da er keine Anstalten machte, wieder zu gehen, nahm Andrej all seinen Mut zusammen, kostete den Wein und erlebte eine Überraschung. Er war köstlich.

»Ausgezeichnet«, lobte er.

Der Wirt strahlte, blieb aber weiter stehen, und Abu Dun polterte: »Was ist denn noch?«

»Habt Ihr Euch mein Angebot von heute Morgen überlegt?«, fragte der Wirt.

»Die Arbeit am Hafen?« Andrej verneinte. »Das ist nichts für uns.«

»Und wir verlassen die Stadt bald«, fügte Abu Dun unaufgefordert hinzu. »Vielleicht schon morgen.«

»Morgen?« Der Wirt nutzte die Gelegenheit, einen Stuhl zurückzuziehen und sich uneingeladen darauf niederzulassen. »Das könnte schwierig werden.«

»Warum?«, fragte Andrej.

»Man merkt, dass Ihr zum ersten Mal hier seid. In ein paar Tagen beginnt der *Carnevale.* Wenn ihr die Stadt nicht zu Fuß verlassen oder schwimmen wollt, werdet Ihr Probleme haben, von hier wegzukommen. Zurzeit wollen alle *in* die Stadt, nicht hinaus.«

Abu Duns Miene wurde finster, aber Andrej sagte: »Es muss doch ein Schiff geben, das von hier ablegt.«

»Nicht in absehbarer Zeit«, erwiderte der Wirt. Er versuchte angemessen betrübt auszusehen, aber es gelang ihm nicht. »Die Kriegsvorbereitungen, Ihr versteht? Sie konfiszieren jedes Schiff, das größer ist als eine Gondel, und auch die, die nicht kriegstauglich sind, werden zumeist erst nach dem *Carnevale* wieder auslaufen … sobald die Matrosen wieder nüchtern genug sind, um nicht sofort ins Wasser zu fallen. Und die wenigen, die sich nicht für den *Carnevale* interessieren –«

Andrej sollte nie erfahren, was der Mann meinte, denn in diesem Moment erscholl aus der Küche ein gellender Schrei. Blitzartig sprang Abu Dun auf und über den Tisch und lief los, wobei er zwei oder drei der anderen Zecher (mitsamt dem Wirt) über den Haufen rannte. Andrej jagte kaum weniger schnell hinter ihm her, warf sich durch die Tür und prallte auf der anderen Seite mit solcher Wucht gegen den breiten Rücken des Nubiers, dass ein weniger starker Mann als Abu Dun wohl von den Füßen gerissen worden wäre. Selbst der nubische Riese wankte, gab aber nur ein unwilliges Knurren von sich.

Andrej fand mit einiger Mühe sein Gleichgewicht wieder, trat um den Nubier herum und erstarrte dann genau wie dieser.

Der Anblick war … bemerkenswert. Der Schrei hatte ganz wie der eines Menschen in blanker Todesangst geklungen, und genau den dazu passenden Ausdruck las er auch auf dem Gesicht der Frau, die vor ihm stand. Genauer gesagt stand sie sogar ein Stück *über* ihm, versuchte mit rudernden Armen ihr Gleichgewicht zu halten und hätte sich vermutlich im nächsten Augenblick den Hals gebrochen, wäre Abu Dun nicht endlich aus seiner Starre erwacht und hätte sie von dem Stuhl heruntergehoben, auf den sie in ihrer Panik gesprungen war. Etwas floh auf schnellen Pfoten vor ihnen, und Andrej sah gerade noch einen rosafarbenen nackten Schwanz hinter dem Herd verschwinden.

»Eine Ratte?«, fragte er erstaunt.

»Die … die größte Ratte, die ich … die ich jemals zu Gesicht bekommen habe!«, stammelte die Frau. »Und sie hat mich angegriffen!« Sie zitterte noch immer am ganzen Leib. Andrej konnte ihre Furcht riechen.

»Hat sie dich gebissen?«, fragte er.

»Nein!« Die Frau schüttelte heftig den Kopf und maß ihn zugleich mit einem Blick, als hätte er ihr ein ehrenrühriges Angebot gemacht. »Aber das hätte sie, wenn ich mich nicht auf den Stuhl gerettet hätte! Ganz gewiss! Ich habe es in ihren Augen gelesen!«

»Red keinen solchen Unsinn, Weib!« Der Wirt drängte sich hinter Abu Dun herein und sah sich alarmiert um, wirkte zugleich aber auch verstimmt. Hinter ihm erschienen weitere neugierige Gesichter, und Andrej warf die Tür kurzerhand ins Schloss. »Es war nur eine Ratte! Die gibt es überall!«

Und vor allem in dieser Küche, dachte Andrej. Mit wenigen Schritten ging er um den Herd herum und hielt ohne große Hoffnung nach der Ratte Ausschau, die die arme Frau so erschreckt hatte, aber natürlich war sie verschwunden. Dafür sah er mehr von der Küche, als ihm lieb war. Es tat ihm jetzt noch weniger leid, Abu Dun sein Bier überlassen zu haben.

»Aber ich sage die Wahrheit!«, protestierte die Frau mit einem Unterton von Hysterie. »Sie hat mich angesehen! Ich meine nicht einfach nur so oder zufällig, sondern ... als hätte sie es auf mich abgesehen! Sie wollte meinen Tod, das konnte ich in ihren Augen lesen! Gewiss hätte sie mich umgebracht, wenn diese beiden tapferen Männer nicht gekommen wären! Mein eigener Mann befand es ja nicht für nötig, mich zu verteidigen!«

»Jetzt reicht es aber, Weib!«, fuhr ihr Mann sie an. »Geh und schau, ob du irgendeine nützliche Arbeit findest, statt unsere Gäste mit deinem Unsinn zu erschrecken!«

»Das ist kein Unsinn!«, behauptete seine Frau. »Das war keine normale Ratte! Kein Tier hat solche Augen, das weiß ich! Gewiss hat der Teufel selbst sie geschickt!«

»Allerhöchstens wenn er schon einmal von deinem Essen probiert hat«, polterte der Wirt. »Und jetzt verschwinde, Weib, bevor ich es mir anders überlege und dir die Tracht Prügel verabreiche, die dir zusteht! Scher dich nach draußen und kümmere dich um die anderen Gäste!«

Sie ging, und der Mann wandte sich entschuldigend an Andrej. »Bitte verzeiht. Sie ist ein hysterisches Weib, ich weiß.«

»Sie ist nicht die Einzige, die Angst vor Ratten hat«, sagte Abu Dun, und der Mann pflichtete ihm mit einem heftigen Nicken bei und schüttelte dann beinahe noch heftiger den Kopf.

»Es hat schon immer viele gegeben, aber seit einer Weile sind sie zu einer richtigen Plage geworden!« Er sah sich missmutig um, lachte unecht und blickte dann zuerst Abu Dun und danach Andrej Beifall heischend an, begriff irgendwann, dass er diesen nicht bekommen würde, und wollte weiterreden, als aus der Gaststube aufgeregte Stimmen drangen, am lautesten die seiner Frau. Unverzüglich ergriff er die Gelegenheit, das immer unangenehmer werdende Gespräch zu beenden, und stürmte hinaus. Andrej setzte dazu an, ihm zu folgen, doch Abu Dun legte ihm rasch die Hand auf die Schulter.

»Die Ratte«, sagte er.

»Was soll damit sein?«, fragte Andrej, als der Nubier nicht weitersprach, sondern ihn nur besorgt ansah. »Hat sie Rauch und Schwefel gespuckt, oder hatte sie ein umgedrehtes Kreuz auf der Stirn?«

Abu Dun blieb ernst. »Die arme Frau ist vielleicht nicht ganz so hysterisch, wie ihr Mann behauptet«, sagte er. »Ich habe das Vieh gesehen. Irgendetwas stimmte wirklich nicht mit ihm!«

Er hielt anklagend den Zeigefinger in die Höhe, und jetzt war es Andrej, der erstaunt die Augen aufriss. Die dazugehörige Wunde war längst wieder verschwunden, aber auf Abu Duns Fingerkuppe glänzte ein einzelner dunkelroter Blutstropfen.

»Sie hat dich gebissen?« Andrejs Grinsen verschwand wie weggezaubert. Er kannte Abu Dun gut genug, um zu wissen, dass sein plötzlich besorgter Ton nicht gespielt war. Den Kratzer konnte er kaum gespürt haben, doch das war nicht der Grund für seine Besorgnis.

»Immerhin hat sie dir nicht gleich den Arm abgerissen.«

»Die Frau sagt die Wahrheit«, antwortete Abu Dun. »Die Ratte hat sich …«

Er suchte nach Worten, hob aber dann nur die Schultern und wedelte anklagend mit dem blutigen Finger. »… merkwürdig verhalten. Nicht richtig. Ich habe es ja gar nicht richtig sehen können, aber es kam mir auch so vor, als hätte dieses Vieh einfach nur dagestanden und sie lauernd angestarrt. So etwas tun

Ratten nicht. Sie beobachten keine Menschen, um sie dann anzugreifen – wenn sie sich bedroht fühlen, flüchten sie lieber.«

»Vielleicht war sie krank«, vermutete Andrej.

»Ja, vielleicht«, sagte Abu Dun, doch zögernd und nicht, als würde er wirklich daran glauben.

Kapitel 6

Diesmal war der Traum anders. Auch in dieser Nacht träumte er wieder von Marius. Es begann wie immer: Er war auch jetzt wieder im Borsatal und hatte in stummer Verzweiflung dagesessen und um seinen Sohn geweint, und auch jetzt stand er irgendwann auf, um zu seinem Pferd zu gehen, und machte auf halbem Weg wieder kehrt, als er ein Geräusch hörte und sich gegen einen Schrecken wappnete, gegen den er sich nicht wappnen konnte, hatte er ihn doch in schon so vielen Nächten heimgesucht, ohne auch nur einen Deut an Stärke zu verlieren.

Er beobachtete, wie sich das schäbige Holzkreuz zur Seite neigte, das er mit eigenen Händen zusammengebaut hatte, wie die furchtbare Gestalt aus dem Grab kroch und auf ihn zuwankte, und auch jetzt hörte er wieder die entsetzlichen Worte, die sich wie ätzende Säure in seine Seele brannten und Narben darauf hinterließen, die nie ganz verheilen würden.

Warum hast du mir das angetan, Vater?

Aber ich habe es doch nicht gewusst, wimmerte er. Wie hätte ich es denn wissen können?

Der Traum sollte jetzt enden. Aber er tat es nicht. Etwas geschah, ein weiterer Schritt dorthin, wo der Wahnsinn wohnte.

Heute ging der Traum weiter. Als sein Sohn näher kam, zerfloss sein Gesicht zu einer grotesken Verhöhnung jeglichen menschlichen Antlitzes, grauenhafter noch, als jeder Albtraum es sein durfte. Maden regten sich unter seiner Haut, krochen zusammen und bildeten dicke Geschwüre und Pusteln, die mit einem widerlichen Geräusch platzten und den Gestank von Verwesung freisetzten und von dickflüssigem Eiter, der wie widernatürliche Tränen über das verheerte Antlitz lief. Geschmolzenes Fleisch tropfte von seinen Händen und Armen und gab den Blick auf bleiche Knochen frei, die schon brüchig zu werden begannen.

Sieh, was du mir angetan hast, Vater!

Die Hände kamen näher, und er wollte zurückprallen, schreien, laufen, irgendetwas tun, denn er wusste mit vollkommener Sicherheit, dass er sterben würde, wenn diese grässlichen Hände ihn berührten, sowohl hier im Traum als auch in der realen Welt. Doch er war zu keiner Regung fähig. Selbst seine Stimme verweigerte ihm den Dienst.

Sieh dir an, was du mir angetan hast. Deinem eigenen Sohn. SIEH ES DIR AN!

Andrej hatte dem Willen des Knaben nichts entgegenzusetzen. Er wollte es nicht. Er wollte nicht wissen, was die Zeit und er selbst seinem Kind angetan hatten, aber sein Widerstand brach zusammen, er sah hin und schrie so gellend auf, dass dieser Schrei allein genügte, die Fesseln des Albtraums zu sprengen und ihn in die Wirklichkeit zurückzuspeien.

Mit einem Schrei fuhr er hoch, versuchte vergeblich, zu atmen und einen klaren Gedanken zu fassen, und sank wieder auf die Seite. Etwas zerbrach. Rings um ihn erlosch die Wirklichkeit, und schwarze Schatten lieferten sich ein verbissenes Ringen, aber der Traum gewann – wenigstens im allerersten Moment. Er ließ ihn nicht los. Die Stimme war fort, aber er spürte noch immer den Blick dieser erloschenen Augen, und statt eines wandelndem Golems aus brodelnder Verwesung sah er sich einer zusammengesunkenen Gestalt auf einem harten Bett gegenüber, mit Ketten an die Wand gebunden und in einem anderen Gefängnis, dessen Wände härter waren, schwärzer und erstickender und unüberwindlicher.

Andrej zog die Knie an den Leib, umschlang sie mit beiden Armen und begann leise zu wimmern. Schweiß bedeckte nicht nur seine Stirn, sondern seinen ganzen Körper, und tief in ihm wühlte der Schmerz. Die Luft stank so faulig, dass er nicht mehr richtig atmen konnte, und da war ein Klirren und Scharren wie von silberfarbenen Ketten, die sich in weiches Fleisch scheuerten, und eisenharten Krallen, die über Stein scharrten. Er schmeckte Blut. Das stumme Ringen von Traum und Wirklichkeit ging weiter, und Andrej spürte mit entsetzlicher Klarheit, wie die Vision endgültig die Oberhand zu gewinnen begann und ihn weiter und weiter auf den Rand eines bodenlosen schwarzen Abgrundes zuzerrte, aus dem es kein Entkommen mehr geben würde. Hätte er die Wahl gehabt, zu leben oder zu sterben, er hätte den Tod gewählt. Aber nicht einmal dieser Ausweg blieb ihm.

»Seid Ihr wach, Herr?«

Andrej drehte mit einem so heftigen Ruck den Kopf, dass die schmale Gestalt in der Tür erschrocken zurückprallte. Die Angst, die immer noch in ihm wühlte, benebelte seinen Blick, sodass ihr Gesicht zerfloss, zu einer Fratze aus eiterndem Fleisch wurde, mit Augen wie schwarze Feuerräder, und unter ihren Umrissen bewegte sich etwas anderes, wie zusätzliche haarige Gliedmaßen, die Gestalt annehmen wollten und es dann doch nicht konnten. *Sieh es dir an! So lange! So unendlich lange!*

Mit einer gewaltigen Willensanstrengung drängte Andrej den Horror zurück, und aus der Schreckensgestalt im Türrahmen wurde der schmale Umriss der Wirtin, die sich nur deshalb nicht den Schädel am niedrigen Türsturz anschlug, weil sie ihm mit einer Bewegung auswich, die ihr schon vor einem halben Menschenleben in Fleisch und Blut übergegangen war. Er konnte hören, wie schnell ihr Herz schlug. Sie war der Panik nahe.

»Ich … ich habe geklopft, aber Ihr habt nicht geantwortet.«

»Schon gut«, murmelte Andrej. Seine Stimme war undeutlich, weil sich seine Zunge immer noch weigerte, seinem Willen ganz zu gehorchen, war sie doch nicht mehr als ein Klumpen aus faulendem Fleisch in seinem Mund.

Andrej begriff die Gefahr, sich endgültig in dem Albtraum zu verlieren, verscheuchte die Schreckensvision mit einer gewaltigen Willensanstrengung und atmete tief ein. Die Luft schmeckte immer noch ein wenig faulig, und er hatte das Gefühl, seine Lungen und seine Kehle mit etwas Klebrigem zu besudeln, wie ein letzter Gruß des Albtraumes. Doch das war nichts gegen das Entsetzen zuvor.

»Entschuldigt«, sagte er, immer noch ein wenig atemlos. Sein Puls raste. »Ich wollte Euch nicht erschrecken. Es ist alles in Ordnung.«

Er bekam keine Antwort, aber er spürte den Zweifel in ihrem Blick und fügte hinzu: »Ein schlechter Traum.«

»Ich dachte, dass … dass ich etwas gehört hätte«, sagte die Wirtin ausweichend, und mit einer Stimme, die kaum mehr als ein erschrockenes Flüstern war. »Geräusche. Schreie vielleicht. Aber … aber ich muss mich wohl getäuscht haben.«

»Nein, das habt Ihr nicht.« Andrej wollte aufstehen, besann

sich gerade noch rechtzeitig darauf, dass er unter der zerschlissenen Decke nackt war, und sah stattdessen in ihre Richtung. »Wie gesagt: Ich muss wohl einen Albtraum gehabt haben. Wirres Zeug, aber schlimm.«

»Das tut mir leid«, sagte die Wirtin, ebenso verlegen wie ehrlich. Nervös fuhr sie sich mit dem Handrücken über das Kinn und wusste mit einem Male nicht mehr, wohin mit ihrem Blick. »Verzeiht!«

»Da gibt es nichts zu verzeihen. Ihr habt mir einen Gefallen getan, als Ihr mich aufwecktet.« Andrej sah zu dem schmalen Fenster über seinem Kopf hoch und stellte ohne besondere Überraschung fest, dass draußen noch finstere Nacht herrschte. Kein einziger Stern war am Himmel zu sehen. Trotzdem fügte er hinzu: »Ich wollte ohnehin nicht so lange schlafen.«

Am liebsten hätte er *nie wieder* geschlafen. Nicht jetzt, wo er wusste, was auf der anderen Seite, in seinen Träumen, auf ihn wartete. *Aber woher hätte er es wissen sollen?*

»Es ist ... Mitternacht, Herr«, antwortete die Wirtin verstört.

»Ich weiß«, log Andrej. »Aber ich brauche nicht viel Schlaf.«

Mitternacht? Er sah sich in der winzigen Dachkammer um. Wo war Abu Dun?

Als hätte sie seine Gedanken gelesen, sagte die Wirtin: »Euer Freund wartet unten auf Euch. Er hat mich geschickt. Da ... ist jemand, der mit Euch sprechen will.«

Jetzt? Andrej sah wieder zu Tür hin und versuchte, im Gesicht der Frau zu lesen. Es war zu dunkel dazu, doch so, wie sie die Worte gesprochen hatte, vermutete er, dass dieser *Jemand* kein gern gesehener Gast in ihrem Haus war. Er nickte aber nur wortlos, richtete sich weiter auf und sah sie so lange stumm an, bis sie endlich begriff und die Tür hinter sich ins Schloss zog.

Andrej blieb reglos sitzen und wartete darauf, dass der dumpfe Druck hinter seiner Stirn nachließ. Das geschah nicht, und auch der faulige Geschmack blieb auf seiner Zunge. Der Traum war hartnäckig. Für dieses Mal hatte er seinen Biss verloren, aber etwas von ihm war immer noch da, wie eine schwarze Spinne, die unsichtbar im Zentrum ihres Netzes lauerte und nur auf einen Moment der Unaufmerksamkeit wartete, in dem sie ihn anspringen und ihre Klauen erneut in ihn schlagen konnte.

Andrej versuchte, über diesen Gedanken zu lachen, aber das machte es eher schlimmer. Schließlich schlug er die Decke zurück, stand auf und zog sich rasch an. Während er die schmale Treppe hinuntereilte, lauschte er auf Geräusche von unten, vernahm aber nichts. Die letzten Gäste mussten schon vor einer geraumen Weile gegangen sein.

Auch die Gaststube war dunkel. Auf der Theke brannte eine einzelne Kerze, deren winzige Flamme aber gerade einmal für eine doppelt handgroße Pfütze aus Licht reichte, die den übrigen Raum nur noch dunkler erscheinen ließ. Die Tür stand offen, und Andrej meinte, eine vage Bewegung draußen auf der Straße wahrzunehmen. Vielleicht war da auch eine Stimme, aber er war nicht ganz sicher.

Die Wirtin deutete stumm zur Tür und folgte ihm mit einem Blick, von dem er nicht sagen konnte, ob er wegen der nächtlichen Störung tadelnd oder eher besorgt war. Vorsichtshalber bedeutete ihr Andrej zurückzubleiben und trat durch die Tür. Seine Hand senkte sich auf den Schwertgriff am Gürtel, ohne dass er sich der Bewegung bewusst war. Draußen wartete jedoch nichts Bedrohliches auf ihn, sah man von einer riesenhaften schwarzen Gestalt ab, deren bloßer Anblick so manchen tapferen Mann zu Tode erschreckt hätte. Abu Dun verzog jedoch keine

Miene, und auch Andrej runzelte nun leicht beunruhigt die Stirn und fragte: »Was ist los?«

»Besuch«, antwortete der Nubier in sonderbarem Ton und wies mit dem Kopf nach links. »Wenn ihr das Zimmer braucht, sag es mir einfach. Ich gehe dann in der Zeit ein bisschen spazieren.«

Abu Duns boshafte Bemerkung wäre gar nicht nötig gewesen. Corinna war ein gutes Dutzend Schritte entfernt, und ihr Gesicht lag auch jetzt wieder im Schatten ihrer Kapuze, die sie weit nach vorn gezogen hatte. Doch er wusste sofort, dass sie es war.

Es war seltsam: Ein Teil von ihm war zutiefst enttäuscht gewesen, dass Corinna weder an jenem Abend zurückgekommen war, an dem sie sie zu Scalsi und damit auch Marius gebracht hatte, noch am nächsten oder dem darauffolgenden Tag. Nun freute er sich über die Maßen, sie endlich wiederzusehen, doch zugleich … schrak er auch innerlich vor ihr zurück, ohne zu wissen, warum, aber so heftig, dass er etliche Sekunden lang einfach nur dastand und sie anstarrte.

»Corinna«, sagte er schließlich nur.

Das Mädchen machte einen einzelnen Schritt in seine Richtung, blieb dann wieder stehen und schlug die Kapuze auf dieselbe anmutige Art zurück, die ihn schon einmal so sehr irritiert hatte. »Immerhin erinnerst du dich noch an meinen Namen«, sagte sie spöttisch. »Obwohl es schon so lange her ist.«

»Drei Tage.«

»Ich glaube, jetzt legt Ihr es wirklich darauf an, mich zu verletzen, Signore Delãny«, antwortete sie spöttisch und kam nun endgültig näher. »Die meisten Männer brauchen drei Jahre, um mich zu vergessen – mindestens –, und manchen gelingt es ihr Leben lang nicht.«

»Vor allem, wenn du einfach verschwindest und dich nicht mehr meldest«, antwortete Andrej. »Wo bist du gewesen? Es gibt da noch ein paar Fragen, weißt du?«

»Nein«, antwortete Corinna, in ganz leicht schnippischem Ton, der aber auch schon wieder aus ihrer Stimme verschwunden war, als sie weitersprach. »Aber ich nehme an, es geht um deinen Sohn.«

»Ihr seid tatsächlich mindestens ebenso scharfsinnig wie schön, Signorina«, sagte Abu Dun spöttisch. »Wie habt Ihr das nur so schnell erraten?«

Andrej holte Luft, um ihn in seine Schranken zu weisen, doch Corinna kam ihm zuvor. »Das habe ich jetzt wohl verdient, schwarzer Mann«, sagte sie. »Aber vielleicht kann ich es ja wiedergutmachen.«

»Du weißt etwas über Marius?«, fragte Andrej.

»Nein«, antwortete Corinna. Sie kam noch näher, und Andrej sah etwas unter ihrem Mantel flüchtig aufblitzen, ein kostbares Schmuckstück, das sie bei ihrem ersten Zusammentreffen noch nicht getragen hatte. »Aber vielleicht über eure Freundin.«

Andrej spürte, wie Abu Dun hinter ihm plötzlich aufmerksam wurde, und auch er fuhr leicht zusammen. »Meruhe?«, fragte er.

»Wenn das ihr Name ist.«

Abu Dun trat mit einem einzigen Schritt neben ihn und überragte nicht nur Andrej, sondern vor allem Corinna wie ein schwarzer, drohender Berg. »Was weißt du über Meruhe?«

»Auch nicht mehr als ihren Namen«, antwortete Corinna, ohne sich auch nur im Mindesten von Abu Duns drohendem Gebaren beeindrucken zu lassen. »Aber ich habe jemanden mitgebracht, der euch vielleicht weiterhelfen kann.«

Sie drehte sich um, hob die Hand und rief mit etwas lauterer

Stimme: »Du kannst jetzt kommen, Balean. Keine Angst, niemand tut dir etwas!«

Eine weitere Gestalt löste sich aus den Schatten und kam mit zögerndem Schritt näher. Andrej spürte Angst, aber auch noch etwas, das er nicht einordnen konnte.

Es war ein magerer Junge von vielleicht neun oder zehn Jahren, in wenig mehr als Lumpen gekleidet und mit schulterlangem schmutzigem Haar. Seine Augen waren so groß vor Angst, dass sie schier aus den Höhlen zu quellen schienen, und an seinem schmutzigen Hals pochte eine Ader.

»Das sind Andrej Delãny und Abu Dun, von denen ich dir erzählt habe«, sagte Corinna. »Du musst keine Angst vor ihnen haben.«

»Muss er nicht?«, fragte Abu Dun.

Andrej warf dem Nubier einen warnenden Blick zu. Er war Abu Duns derbe Scherze gewohnt, solange sie sich kannten, aber seit einer Weile wurden seine Bemerkungen härter, und es gab Momente, in denen er ganz und gar nicht mehr sicher war, ob seine Worte wirklich nur scherzhaft gemeint waren.

»Nein, das musst du nicht«, sagte Andrej rasch. »Dein Name ist Balean?«

Ängstlich deutete der Junge ein Nicken an. Andrej ließ sich in die Hocke sinken und streckte die Hand aus, erreichte damit aber nur, dass Balean erschrocken zurückprallte und erst wieder stehen blieb, als Corinna ihm beruhigend die Hand auf die Schulter legte.

»Andrej sagt die Wahrheit«, sagte sie rasch. »Niemand tut dir etwas, keine Angst!« Sie machte eine auffordernde Geste zu Abu Dun. »Das ist der Mann, von dem ich dir erzählt habe. Erkennst du ihn wieder?«

»Kaum«, knurrte Abu Dun.

Balean sah aus großen Augen zu dem schwarzen Koloss hoch und schien all seinen Mut aufbieten zu müssen, um nicht die Flucht zu ergreifen, nickte aber dann und schüttelte gleich darauf den Kopf.

»Er sieht aus wie sie«, sagte er, »aber er ist größer.«

»Abu Dun ist größer als jeder«, antwortete Andrej schon fast automatisch. Das entsprach auch durchaus der Wahrheit, aber das Lächeln, das bei Bemerkungen wie diesen gewöhnlich über seine Lippen huschte, wollte diesmal nicht kommen.

»Und ich glaube, es war eine Frau«, fügte der Junge hinzu.

»Hatte sie rotes Haar?«, fragte Abu Dun.

»Das weiß ich nicht«, antwortete Balean. Seine Stimme zitterte ganz sacht, und Andrej konnte ihm ansehen, welche Überwindung es ihn kostete, Abu Duns Blick standzuhalten. Aber es gelang ihm, seine Furcht unter Kontrolle zu bringen, und Andrej zollte dem Mut dieses Jungen Respekt. Er hatte gestandene Männer gesehen, die unter Abu Duns Blick zusammengebrochen waren. Nicht dieses halb verhungerte Kind.

»Sie hatten … solche Tücher auf dem Kopf.«

»Tücher?«

»Er meint deinen Turban«, sagte Andrej, ohne Baleans Gesicht auch nur für einen Sekundenbruchteil aus den Augen zu lassen. »Und ihr Gesicht? Konntest du ihr Gesicht erkennen?«

»Nicht viel davon. Aber es war schwarz. Richtig schwarz, meine ich, nicht braun wie die meisten.«

»Eine Nubierin«, sagte Andrej auf Arabisch.

»Meruhe oder eine ihrer Dienerinnen«, bestätigte Abu Dun in derselben Sprache. An den Jungen gewandt und wieder auf Italienisch fuhr er fort: »Wo hast du sie gesehen, und wann?«

»Das darf ich nicht sagen, und – «

Abu Duns Hand zuckte so schnell vor, dass Andrej die Bewegung nicht einmal wirklich sah, mit der er den Jungen an der Jacke packte und mit nur einer Hand von den Beinen riss, bis sich ihre Gesichter auf gleicher Höhe befanden.

»Wo?!«, fauchte er.

»Abu Dun? Bist du verrückt?« Andrej war mit einem Satz bei ihm, drückte seinen Arm herunter und schob den Jungen hinter sich, wo Corinna ihn empfing und schützend in die Arme schloss. »Was ist in dich gefahren, Pirat? Hast du den Verstand verloren?«

Abu Dun sah auf ihn hinab, als dächte er ernsthaft darüber nach, ihn zu schlagen, verzog aber dann nur abfällig die Lippen. »Ganz wie du meinst, Hexenmeister«, sagte er. »Dann rede du mit ihm. Du kennst dich ja ohnehin besser mit Kindern aus.«

Andrej musste sich beherrschen, um ihm nicht die Faust ins Gesicht zu schlagen, und hätte Corinna nicht in diesem Moment etwas zu Balean gesagt, hätte er es vielleicht sogar getan.

So ließ er sich abermals in die Hocke sinken und sah den Jungen an. Er beging nicht den Fehler, noch einmal die Hand auszustrecken oder auch nur irgendetwas zu tun, was dem Kind als bedrohlich erscheinen konnte.

»Nimm es ihm nicht übel!«, sagte er unbeholfen. »Die Frau, von der du erzählt hast, ist eine gute Freundin von ihm. Er macht sich große Sorgen um sie, und deshalb ist er ein bisschen nervös, verstehst du?«

Balean starrte ihn nur aus Augen an, die noch einmal größer geworden zu sein schienen und jetzt vollkommen schwarz vor Angst waren, aber Corinna sagte: »Ich habe zwei Tage gebraucht, um Balean zu finden, Andrej. Und Stunden, um ihn davon zu überzeugen, dass er euch vertrauen kann.« Sie funkelte zuerst Abu Dun, dann – beinahe noch zorniger – ihn an. »Vielleicht war das ja ein Fehler.«

Andrej lächelte den Jungen beruhigend an, richtete sich dann wieder auf und bemühte sich um einen möglichst ruhigen Ton, als er sich zu Abu Dun umdrehte. Zugleich wechselte er wieder in eine Sprache, die weder Corinna noch der Junge verstanden. Doch seine Worte waren nicht so sanftmütig wie sein Ton.

»Jetzt reiß dich zusammen, Pirat, oder verschwinde, und ich rede allein mit dem Jungen! Was ist los mit dir? *Willst* du nicht, dass wir sie finden?«

»Schon wieder ein Zufall, wie?«, spottete Abu Dun. »Unglaublich! Man sollte ein neues Wort dafür erfinden, meinst du nicht?«

Statt auf den Spott des Nubiers zu reagieren, wandte sich Andrej wieder nach dem Jungen um. »Du weißt also, wo unsere Freundin ist?«

Der Junge starrte ihn nur weiter an.

»Es tut mir wirklich leid, Balean«, sagte er. »Abu Dun ist sonst nicht so, glaub mir.«

»Ich nehme an, sonst benimmt er sich noch schlimmer«, sagte Corinna spitz. Sie schnaubte zornig, aber ihre Hände blieben auf Baleans Schultern liegen, und Andrej war nicht sicher, ob es wirklich nur eine beruhigend gemeinte Berührung war. »Der Junge weiß nicht, wo eure Freundin ist, und wenn sein Vater wüsste, dass er hier ist, würde er ihn wahrscheinlich halb totprügeln. Und so dankt ihr es ihm?« *Und mir*, fügte ihr Blick hinzu.

»Wenn er nichts weiß, warum ist er dann hier?«, fragte Abu Dun.

»Weil er jemanden kennt, der mit dieser Frau gesprochen hat.«

»Ist das wahr?«, fragte Andrej.

Balean nickte. Er schwieg weiter, und Andrej spürte, dass er längst weggelaufen wäre, hätte Corinna ihn nicht festgehalten.

»Und noch ein richtig großer Zufall«, sagte Abu Dun. Corinna ignorierte ihn, ebenso wie Andrej.

»Ich habe ihm versprochen, dass ihm nichts passiert«, sagte Corinna, »und dass niemand erfährt, dass er mit euch gesprochen hat.« Sie machte ein ärgerliches Gesicht. »Und dass er eine Belohnung bekommt.«

»Allzu groß wird sie nicht ausfallen«, murrte Abu Dun.

»Du bekommst deine Belohnung«, sagte Andrej rasch. »Und ich verspreche dir, dass niemand erfährt, dass du mit uns gesprochen hast.«

Der Junge warf einen fast flehenden Blick in Corinnas Gesicht hinauf. Erst als sie ihm mit einem aufmunternden Lächeln zunickte, sah er Andrej wieder an.

»Du hast diese Frau also gesehen«, sagte der.

»Zwei«, antwortete der Junge. »Es waren zwei, aber ich habe nicht mit ihnen gesprochen.«

»Aber du weißt, wer mit ihnen gesprochen hat?«, fragte Andrej.

»Und worüber?«, fügte Abu Dun hinzu.

»Mein Onkel«, antwortete Balean nervös. »Onkel Enrico. Ich weiß nicht, worum es ging, aber er war sehr wütend, als sie wieder weg waren. Und ich … ich glaube, er hatte auch ein bisschen Angst.«

»Wann war das?«, fragte Andrej.

Balean hob unglücklich die Schultern. »Es ist schon lange her«, sagte er stockend.

So ungefähr ein halbes Jahr, vermutete Andrej. Für ein Kind

in seinem Alter tatsächlich eine sehr lange Zeit. Er überlegte kurz, dann fragte er: »Bringst du uns zu deinem Onkel Enrico?«

Balean schwieg.

»Ich verrate ihm nicht, was du uns erzählt hast«, sagte Andrej.

Balean starrte ihn weiter an, und endlich begriff er. Mit einem lautlosen Seufzen löste er den Geldbeutel von seinem Gürtel und hielt ihm den Jungen hin. Viel war ohnehin nicht mehr darin, aber alles, was sie noch besaßen. Aus den Augenwinkeln sah er Abu Duns verärgertes Stirnrunzeln, dann verschwand der Beutel auch schon so schnell in Baleans Jackentasche, als hätte er ihn weggezaubert.

»Bringst du uns hin?«, fragte er.

»*Wir* bringen euch hin«, sagte Corinna an seiner Stelle. »Der Junge hat mir sein Vertrauen geschenkt, und ich passe auf ihn auf.«

»Wie du meinst.« Andrej stand auf. »Ist es weit?«

»Im *Arsenale*«, antwortete Corinna. »Nicht einmal weit vom Spital des *Dottore* entfernt. Aber wir werden zu Fuß gehen müssen. So spät in der Nacht bekommen wir kein Boot mehr.«

»Ein Spaziergang in einer lauen Sommernacht und noch dazu in angenehmer Begleitung«, knurrte Abu Dun. »Was will man mehr?«

In den zurückliegenden vier Tagen waren sie diesen Weg täglich gegangen, aber niemals war er ihm so weit vorgekommen und niemals so … unwirklich. Allein ihre beschränkten Mittel hatten es ihm verboten, ein Boot zu mieten und die örtlichen Wucherpreise zu zahlen, die nicht nur (zumindest für Ausländer) exorbitant hoch waren, sondern auch noch mit jedem Tag höher kletterten, den der *Carnevale* näher kam. So waren sie zu

Fuß gegangen und hatten als kleine Dreingabe einmal mehr die sonderbare Feindseligkeit zu spüren bekommen, die ihnen die Menschen in dieser Stadt entgegenbrachten: finstere Blicke und ein böses Getuschel hinter ihrem Rücken, das vor allem Abu Dun galt. Davon war jetzt nichts mehr zu spüren, doch der Marsch in das Arbeiter- und Hafenviertel gestaltete sich auch jetzt kein bisschen erbaulicher; fast hatte die Stadt selbst nun die Rolle ihrer Bewohner übernommen, um sie ihre Ablehnung spüren zu lassen. Die Dunkelheit zwischen den schmalbrüstigen Häusern kam ihm tiefer vor, als sie sein sollte, ihre Schritte erzeugten zu laute und zu lang nachhallende Echos, und er meinte, die Gegenwart von … etwas zu spüren, das in den Schatten lauerte und sie aus gierigen Augen beobachtete. Natürlich wusste er: Da war nichts, abgesehen vielleicht von ein paar Ratten oder einer Katze, die Jagd auf diese machte – und selbst wenn da etwas gewesen wäre, so gab es in der ganzen Stadt vermutlich nichts, was Abu Dun und ihm wirklich gefährlich werden konnte.

Doch mit jedem Schritt fühlte er sich unwohler. Er begann zu ahnen, was es hieß, die Dunkelheit zu fürchten, vielleicht zum ersten Mal in seinem Leben. Und diese Erkenntnis war vielleicht noch beunruhigender als die Dunkelheit selber.

Sie mussten eine Unzahl Brücken überqueren, die schmaler und auch schäbiger wurden, je weiter sie sich dem *Arsenale* näherten, und am Schluss wichen sie auch von der Strecke ab, die Abu Dun und er zum *Palazzo Stronzo* genommen hatten, was Andrej aber nicht verwunderte – schließlich lebte der Junge hier und kannte sich in den schmalen Sträßchen besser aus.

Nach einer Weile aber fiel ihm auf, dass weder Corinna noch Balean auch nur mit einem Wort erwähnt hatten, wohin sie gingen – aber was immer ihr Ziel war, sie näherten sich ihm nicht auf dem kürzesten Weg, sondern folgten dem lang gestreckten Bogen, den die Uferstraße beschrieb – wenn man das zerbröckelnde Band aus jahrhundertealtem Kopfsteinpflaster denn Straße nennen wollte. Bevor Andrej den Jungen fragen konnte, kam ihm Abu Dun zuvor. »Wohin führst du uns eigentlich, Bürschchen?«, knurrte er.

»Zu Enrico, meinem Onkel«, antwortete der Junge. »Ihr wolltet doch mit ihm sprechen, oder?«

»Werd nicht frech, Junge!«, polterte Abu Dun. »Wir kennen den Weg, und das ist auf jeden Fall nicht der kürzeste!«

»Aber der sicherste«, antwortete Balean, indem er Abu Dun einen unsicheren Blick über die Schulter hinweg zuwarf. »Und der sauberste. Ich will nicht, dass sich die Signorina ihr kostbares Kleid ruiniert. Und Ihr Eure teuren Schuhe.«

Abu Dun blickte finster, und Andrej hatte Mühe, ein Grinsen zu unterdrücken. Allmählich begann ihm der Junge zu gefallen.

»Wir sind auch schon da.« Balean blieb stehen und zeigte mit flatternder Hand in die Dunkelheit vor sich.

»Hier?«, wiederholte Abu Dun zweifelnd, bekam aber keine Antwort, denn Balean war bereits so lautlos wie ein Schatten verschwunden. Selbst Corinna wirkte verdutzt.

Andrej konnte den zweifelnden Blick des Nubiers durchaus verstehen. Wäre die Nacht nicht so schwarz und mondlos gewesen, hätten sie die Turmruine des *Dottore* von hier aus vermutlich sehen können. Jetzt erstreckte sich links von ihnen nur die endlose schwarze Wasserebene der Lagune, und in den drei anderen Richtungen umgaben sie die schwarzen Silhouetten größtenteils leer stehender Gebäude. Es war nahezu vollkommen still, und nirgendwo brannte ein Licht. Das allein überraschte ihn nicht. Sie waren oft genug hier gewesen, um zu wissen, dass in diesen Häusern nur wenige Menschen lebten. Dies war das Viertel der kleinen Schiffswerften, Netzknüpfer und Handwerker, und die meisten der kleinen Manufakturen schlossen bei Sonnenuntergang. Dennoch war es ihm beinahe zu still. Etliche der Arbeiter mussten in ihren Werkstätten leben, und selbst zu dieser späten Stunde hätte noch irgendjemand wach sein müssen.

Aber als er lauschte, hörte er rein gar nichts.

»Kommt dir das auch ein ganz kleines bisschen komisch vor?«, flüsterte Abu Dun. »Oder ist auch das wieder nur ein *Zufall*?«

»Der Junge riskiert eine Menge, um Euch zu helfen«, sagte Corinna. Anscheinend hatte Abu Dun doch nicht so leise gesprochen, wie er geglaubt hatte.

»Und dabei ist er so uneigennützig«, fügte Abu Dun hinzu.

Corinna drehte sich nun ganz zu ihnen um und maß den Nubier mit einem verächtlichen Blick. »Ich habe lange gebraucht, um sein Vertrauen zu gewinnen, schwarzer Mann. Es wäre nett, wenn Ihr es nicht sofort wieder zerstören würdet.«

Abu Dun schob kampflustig die Unterlippe vor, schüttelte aber dann nur den Kopf und entfernte sich ein paar Schritte, gerade weit genug, um Corinna glauben zu lassen, er wäre außer Hörweite.

»Dein Freund ist ein sonderbarer Mann«, sagte sie auch prompt und mit gesenkter Stimme.

»Ja, so könnte man es ausdrücken.« Andrej seufzte. »Manchmal ist er sogar noch sonderbarer als sonderbar.«

»Und du bist sicher, dass er dein Freund ist?«

»Eigentlich schon«, antwortete Andrej. »Er ist seit ein paar Tagen etwas gereizt, aber das ist eigentlich gar nicht seine Art, glaub mir.«

»Das tue ich.« Corinna sah zu Abu Dun hinüber, der fast mit

den Schatten der Nacht verschmolzen war. »Es hätte auch nicht gepasst.«

»Was?«

»Dass du mit einem Mann wie Abu Dun befreundet bist«, sagte sie. *»Diesem* Abu Dun.«

Das traf ins Schwarze. Andrej sah nun ebenfalls zu Abu Dun hin, und obwohl seine Augen ungleich schärfer waren als die Corinnas, hatte er zuerst beinahe Mühe, ihn zu sehen. Dann begriff er, dass er ihn zwar *sah*, aber ihn nicht *erkannte*. Was, wenn sie recht hatte und Abu Dun vielleicht schon lange nicht mehr der Mann war, den er zu kennen glaubte?

Andrej war beinahe erleichtert, in diesem Augenblick ein Geräusch zu hören und eine Gestalt hinter Corinna aus den Schatten hervortreten zu sehen, gleich darauf gefolgt von einer zweiten, dritten und vierten. Ohne sich umzusehen, wusste er, dass hinter ihnen noch einmal mindestens dieselbe Anzahl von Männern aufgetaucht war. Sie waren bewaffnet, und es war eine Falle.

Selbstverständlich war es eine Falle.

»Enrico?«, fragte er trotzdem.

Er bekam nicht sofort eine Antwort, aber Abu Dun trat mit zwei schnellen Schritten wieder neben ihn, schlug seinen Mantel zurück und legte die Hand auf den Schwertgriff. Die stumme Front drohender Schatten kam weiter näher, wurde aber langsamer.

»Was geht denn hier vor?«, fragte Corinna. Sie klang empört, aber auch erschrocken. »Wir wollten mit – «

Die Männer blieben stehen. Abu Dun machte eine Bewegung, wie um seine Waffe zu ziehen, und zwei der vier Gestalten vor ihnen wichen hastig nach rechts und links und hielten plötzlich Musketen in den Händen, die sie auf Abu Dun und ihn anlegten.

»Die Waffen weg!«, sagte eine scharfe Stimme. »Legt eure Schwerter auf den Boden!«

Nach einem ganz kurzen, aber gefährlichen Moment des Zögerns spürte er, wie sich Abu Dun entspannte – was ihn aber keineswegs beruhigte. Rasch löste Andrej seinen Gürtel und ließ ihn fallen. Es klirrte, und dann noch einmal und sehr viel lauter, als auch Abu Duns gewaltiger Krummsäbel zu Boden fiel.

»Was soll denn das?«, empörte sich Corinna. »Wir sind gekommen, um – «

Einer der beiden anderen Männer schlug sie. Nicht sehr fest – das helle Klatschen verriet ihm, dass es nicht mehr als eine leichte Ohrfeige war, mit dem einzigen Zweck, sie zum Schweigen zu bringen – aber Corinna schlug mit einem halblauten Schrei die Hand vor das Gesicht und trat zwei Schritte zurück. Andrej sagte ruhig: »Wenn du das noch einmal tust, töte ich dich.«

»Wie melodramatisch«, sagte dieselbe Stimme, die ihn gerade aufgefordert hatte, die Waffe abzulegen. Enrico, vermutete er zumindest. Corinna wich mit zwei weiteren Schritten ganz zu ihnen zurück und presste sich zitternd an ihn, wie ein Kind, das instinktiv Schutz bei einem Erwachsenen sucht.

Schritte näherten sich. Einer der Männer, die hinter ihnen aufgetaucht waren, trat rasch neben ihn und stieß seinen Degen mit einem Fußtritt davon. Auf der anderen Seite versuchte ein zweiter dasselbe mit Abu Duns gewaltigem Krummsäbel. Andrej konnte ein schadenfrohes Grinsen nicht ganz unterdrücken, als sich der Säbel zwar kaum bewegte, der Bursche aber ein schmerzerfülltes Zischen ausstieß und auf einem Bein davonhüpfte.

»Geh zur Seite!« Der Schatten, zu dem die Stimme gehörte, machte eine herrische Geste, und nun richteten sich beide Gewehrläufe auf Abu Dun. Als der Nubier ihm fast unmerklich zunickte, machte Andrej zwei vorsichtige Schritte zur Seite, wobei er Corinna mit sich zog. Er spürte ihre Verwirrung und ihre Angst und konnte hören, wie schnell ihr Herz schlug. Sie war ebenso überrascht wie er. Eine Falle, sicherlich, aber sie hatte nichts davon gewusst.

»Bist du Enrico?«, wandte er sich an den Redeführer. »Wir müssen mit dir sprechen.«

Er bekam keine Antwort, aber der Mann trat abermals näher, sodass Andrej jetzt sein Gesicht erkennen konnte. Er hatte kurz geschnittenes dunkles Haar. Er war älter, als Andrej erwartet hatte, und seine Kleidung war ebenso wie die Baleans gepflegt, aber ärmlich. Trotz des großen Altersunterschiedes war die Familienähnlichkeit zwischen ihnen nicht zu übersehen. Sein Blick huschte kurz über Andrejs Gesicht und heftete sich dann – verändert – auf Abu Dun.

»Ich glaube, hier liegt ein Missverständnis vor«, begann Andrej und sprach dann nicht weiter, als er begriff, dass Enrico ihm gar nicht zuhörte. Er konzentrierte sich ganz auf Abu Dun, und auch die anderen Gestalten rückten nun näher, um den Nubier einzukreisen. Mit Ausnahme eines einzelnen Mannes, der noch immer mit einer Muskete in seine ungefähre Richtung zielte, aber ebenfalls Abu Dun ansah, schien niemand mehr von Corinna und ihm Notiz zu nehmen.

Andrej zog überrascht die Brauen zusammen, als er das Gesicht desjenigen erkannte, der Corinna geohrfeigt hatte. Es war kein Mann, wie er angenommen hatte, sondern eine Frau, vielleicht etwas jünger als Enrico, aber mit derselben unübersehbaren Familienähnlichkeit, und anders als in Enricos Augen stand in ihren blanker Hass geschrieben. Dann erschien ein weiterer, etwas kleinerer Umriss neben ihr, und er erkannte Balean. So viel dazu, dass der Junge sie hergebracht hatte, ohne dass seine Familie etwas davon erfahren durfte.

»Ist er das, Gina?«, fragte Enrico, indem er auf Abu Dun deutete. Er hielt etwas in der Hand, das Andrej bisher für einen Speer oder eine altertümliche Hellebarde gehalten hatte. Jetzt sah er, dass es sich um eine Art Mistgabel mit nur zwei auf sonderbare Weise gebogenen, aber äußerst spitzen Zinken handelte.

»Er gehört zu ihnen, da bin ich ganz sicher!«, antwortete die Frau aufgebracht. »Bringt ihn um! Tötet ihn! Er gehört zu diesem Mörderpack!«

Und als wolle sie sich auf den Nubier stürzen, hob sie die Arme, doch Enrico hielt sie mit einer raschen Bewegung zurück.

»Ist das wahr?«, fragte er, an Abu Dun gewandt. »Gehörst du zu denen, die meinen Schwager getötet haben?«

»Ich habe niemanden getötet«, antwortete Abu Dun gelassen. »Zumindest keine Schwäger, und schon gar nicht in dieser Stadt.«

Enrico machte einen weiteren Schritt in seine Richtung und zielte mit den Spitzen seiner hölzernen Forke nun genau auf Abu Duns Gesicht. Auch die anderen Gestalten rückten dichter heran und bauten sich mit finsteren Mienen rings um den nubischen Riesen auf, um ihn mit ihren diversen – zumeist improvisierten – Waffen in Schach zu halten. Gewalt lag nun wie etwas Greifbares in der Luft.

»Antworte, Kerl!«, sagte Enrico barsch. »Und rühr dich nicht! Oder doch, gib mir einen Grund, dich abzustechen!«

»Tu es!«, verlangte Gina. »Das ist einer von ihnen! Bringt ihn um!«

Einer der anderen Männer versuchte, sie zurückzuhalten, doch in ihren Händen blitzte plötzlich eine schartige Klinge auf, und er handelte sich nur eine hässliche Schramme auf dem Handrücken ein, die sofort zu bluten begann. Andrej spannte sich, als er sah, wie Abu Dun sich nun der Frau zuwandte und in seinen Augen ein Ausdruck erschien, den Andrej nur zu gut kannte. Die Männer verstanden die Bewegung falsch, wie er vermutet hatte. Abu Dun behielt jedoch zu seiner Erleichterung (und sachter Überraschung) die Nerven und versuchte nicht einmal, sich zur Wehr zu setzen, als er von gleich vier Männern an den Armen gepackt wurde, während sich die Forke nun seiner Kehle näherte.

»Bringt ihn um!«, schrie Gina. Sie schwang ihr Messer, und gewiss hätte sie auch versucht, diesen Wunsch eigenhändig in die Tat umzusetzen, hätten sie nicht jetzt gleich zwei Männer festgehalten, während Enrico ihr mit sanfter Gewalt die Waffe entrang. Mit der anderen Hand drückte er noch immer die Mistgabel an Abu Duns Kehle.

»Beruhige dich, Gina!«, sagte er. Sein Blick tastete kurz über Andrejs Gesicht und konzentrierte sich dann wieder auf Abu Dun. »Erst soll er uns noch ein paar Fragen beantworten. Dann sehen wir weiter.«

Die Spitzen der Forke drohten sich nun in Abu Duns Hals zu bohren. Jeder andere Mann an seiner Stelle hätte spätestens jetzt den Kopf nach hinten gebogen, um der heimtückischen Waffe zu entgehen. Nicht so Abu Dun. Er starrte sein Gegenüber nur an.

»Es muss sich um einen Irrtum handeln«, sagte Andrej rasch. »Ich nehme an, ihr verwechselt uns.«

»Er gehört zu ihnen!«, schrie die Frau. »Seht ihn euch doch an!« Ihre Stimme war schrill und drohte überzuschnappen, aber es war nicht nur schierer Hass, den Andrej darin hörte, sondern auch ein verzehrender Schmerz, ebenso schlimm wie der, den er selbst tief in seiner Brust spürte. Unauffällig schob er Corinna zur Seite und dann hinter sich, um sie nötigenfalls mit seinem eigenen Körper zu schützen. Noch sah es aus, als behielte Abu Dun die Nerven, aber er wusste auch, wie unberechenbar der Nubier sein konnte, und er wollte hier keine Toten. Schon gar nicht wollte er, dass Corinna etwas geschah.

»Du wirst uns jetzt sagen, wer du bist und was du hier zu suchen hast!«, fuhr Enrico fort. »Und sag die Wahrheit, das rate ich dir! Wir merken, wenn du lügst!«

»Mein Name ist Abu Dun«, antwortete Abu Dun, »und ich suche hier gar nichts. Ich bin nur auf der Durchreise und wollte in ein Gasthaus und schlafen, das ist alles. Ich wusste nicht, dass ich eure Erlaubnis dafür brauche. Wenn ich eure Sitten verletzt oder eure Götter beleidigt habe, dann tut es mir leid. Das wollte ich nicht.«

»Werd nicht frech, Kerl!«, sagte Enrico drohend. Um seinen Worten Nachdruck zu verleihen, ruckelte er an seiner Waffe, und das vielleicht etwas zu heftig, denn nun quoll ein einzelner Blutstropfen aus Abu Duns Kehle und versickerte im schwarzen Stoff seines Mantels. Im Gesicht des Nubiers zuckte kein Muskel, aber Enrico zog die Mistgabel hastig wieder ein Stück zurück. Andrej schien es, als habe es ihm leidgetan, den Nubier verletzt zu haben. Trotzdem fuhr er in unverändert scharfem Ton fort: »Vielleicht brauche ich auch gar keinen Grund, um dich zu töten!«

»Das solltet Ihr Euch vielleicht doch noch einmal überlegen, mein Freund«, sagte Andrej rasch. »Jemanden zu töten ist ein ziemlich endgültiger Entschluss.«

»Sag das deinem schwarzen Freund hier«, antwortete Enrico, doch Andrej fuhr mit einem Kopfschütteln fort: »Es ist genau so, wie Abu Dun sagt. Wir sind fremd in dieser Stadt und kennen weder Eure Sitten noch Eure Gebräuche oder Gesetze. Aber ich nehme dennoch an, dass es selbst hier verboten ist, Fremde *einfach so* zu töten.«

Sämtliche Angreifer blickten nun in seine Richtung – zumindest die, die nicht damit beschäftigt waren, Abu Dun und die tobende Frau festzuhalten. Andrej spürte, wie ihre Gefühle regelrecht explodierten. Dies war kein wütender Mob, sondern nur eine Handvoll Menschen, die Angst hatten. Doch das machte sie nur noch gefährlicher.

»Wer bist du?«, sagte Enrico endlich. Die Spitzen seiner Forke wiesen nun in seine Richtung, auch wenn sie dabei so heftig zitterten, dass er Mühe hatte, sein Werkzeug überhaupt noch zu halten. Ein Blutstropfen schimmerte rot darauf. Der Anblick erinnerte Andrej an etwas. Etwas, das er gesehen und schon wieder vergessen hatte. Aber es war wichtig.

»Andrej«, antwortete er. »Mein Name ist Andrej Delãny. Das da ist Abu Dun. Wir reisen zusammen.«

»Dann ist dieser Kerl dein Freund?«

»Bringt ihn um!«, schrie Gina weiter. »Gebt mir mein Messer zurück, damit ich ihm die Kehle durchschneiden kann!«

Andrej sah kurz in ihre Richtung. Erst glaubte er, dass auch Abu Dun auf sie hinabblickte, dann erkannte er seinen Irrtum: Der Nubier starrte nicht sie, sondern den Mann neben ihr an und, um ganz genau zu sein, den immer noch blutenden Schnitt auf dessen Hand.

»Sind das die beiden?« Enrico wandte sich an Balean, der abwechselnd ihn und Abu Dun aus großen Augen anstarrte und nervös nickte.

»Er hat gesagt, dass sie zusammengehören«, bestätigte er. »Er hat nach den schwarzen Frauen gefragt und gesagt, sie wären seine Freunde.«

»Und du hast uns belogen, Bürschchen«, grollte Abu Dun. »Gib uns unser Geld zurück!«

Eine lächerliche Forderung für einen Mann in seiner Situation. Enrico blinzelte auch nur verständnislos, aber Balean griff tatsächlich unter seine Jacke, zog den Geldbeutel hervor und warf ihn dem Nubier so wuchtig vor die Füße, dass er aufplatzte und sein Inhalt klimpernd in alle Richtungen davonrollte.

»Ist das wahr?«, fragte Enrico an Andrej gewandt. »Ihr kennt diese Frauen?«

»Es spielt doch gar keine Rolle, ob er sie kennt oder nicht!« Gina schluchzte jetzt. »Seht ihn euch doch nur an! Er sieht genau so aus wie sie! Er gehört zu ihnen!«

»Ich weiß nicht, was hier geschehen ist«, sagte Andrej ruhig. Abu Dun hatte den Blick immer noch fest auf den blutigen Schnitt geheftet. »Aber ich bin sicher, dass es eine Erklärung gibt. Erzählt mir, was geschehen ist.«

»Hört nicht auf ihn!«, schluchzte Gina. »Ihr müsst euch den schwarzen Teufel doch nur ansehen!«

Statt den »schwarzen Teufel« anzuschauen, senkte Enrico seine Forke endgültig und sah jetzt beinahe verlegen aus. »Sie ... waren nicht dabei?«, wandte er sich erneut an Balean.

Der Junge schüttelte heftig den Kopf. »Nein. Aber er hat gesagt, dass sie Freunde sind.«

»Da hört ihr es!«, begehrte Gina auf. »Er gibt es sogar zu!« Und mit einer trotz allem überraschenden Bewegung riss sie sich los, stürzte sich auf den Nubier und begann, mit den Fäusten auf seine Brust einzutrommeln. Andrej hielt nicht nur in Erwartung dessen, was kam, die Luft an, sondern spannte sich auch. Abu

Dun überraschte ihn jedoch abermals, indem er sich nicht einmal zu verteidigen versuchte, sondern nur stoisch auf die Frau hinabsah. Erst als sie auch noch auf sein Gesicht einschlug, hob er die Hand und umschloss fast sanft ihre beiden Gelenke mit einer seiner gewaltigen Pranken. Es war Balean, der die Katastrophe auslöste, denn er kreischte: »Fass meine Mutter nicht an!«

Der Junge stürzte sich auf den nubischen Riesen, urplötzlich ein winziges Messerchen mit einer schartigen Klinge in der Hand haltend, das er Abu Dun ohne das mindeste Zögern in den Oberschenkel rammte. Der Nubier knurrte vor Zorn wie ein gereizter Hund, ließ Ginas Arme los und versetzte dem Knaben einen Stoß mit der flachen Hand, der diesen meterweit zurückstolpern und dann schwer auf dem harten Kopfsteinpflaster aufschlagen ließ. Dann geschah alles gleichzeitig – und schlimmer, als Andrej es erwartet hatte.

Andrej sah, wie sich gleich vier Angreifer auf Abu Dun stürzten und auch Enrico seine Forke wieder hochriss und herumwirbelte, registrierte gleichzeitig eine Bewegung aus den Augenwinkeln und stieß Corinna aus dem Weg. Er duckte sich unter dem Gewehrkolben weg, der nach seinem Kopf gestoßen wurde, und aus der gleichen Bewegung heraus, in der er herumwirbelte und dem Burschen die Faust in den Leib rammte, trat er nach hinten aus und zertrümmerte Enricos Forke, bevor er sie Abu Dun in den Leib rammen konnte. Er hörte, wie Abu Dun vor Wut brüllte, doch da ging er auch schon unter dem Ansturm von gleich zwei Männern zu Boden und wurde von mehreren so harten Faustschlägen getroffen, dass Andrej sich mit aller Macht zurückhalten musste, um nicht seinerseits mit seiner ganzen gewaltigen Kraft zuzuschlagen und womöglich einen von ihnen zu verkrüppeln oder gar zu töten. Wahrscheinlich würde es sich dieses Mal nicht vermeiden lassen, dachte er erschrocken, denn die Übermacht war einfach zu groß … aber er wollte wenigstens nicht der Erste sein, an dessen Händen Blut klebte.

So verschaffte er sich lediglich mit zwei, drei kraftvollen Bewegungen Luft, stieß einen besonders hartnäckigen Gegner wuchtig genug von sich herunter, dass dieser mit wild rudernden Armen drei Schritte zurücktaumelte und dann mit einem gewaltigen Platschen im eiskalten Wasser der Lagune verschwand, und sprang auf die Füße.

Um ein Haar hätte er erleichtert aufgeatmet, denn der Kampf war praktisch schon vorbei, noch bevor er richtig begonnen hatte, und es sah sogar so aus, als wäre es ohne Tote abgegangen. Abu Dun stand schon wieder, und die meisten Angreifer – Enrico eingeschlossen – befanden sich auf einem mehr oder weniger chaotischen Rückzug und rannten oder humpelten davon, so schnell sie nur konnten. Hätten sie es mit Gegnern zu tun gehabt, die auch nur ein wenig Erfahrung in einem echten Kampf besaßen, dann hätte diese Geschichte ein wirklich böses Ende nehmen können, dachte Andrej, denn die Übermacht ihrer Feinde mochte sogar für ihn und Abu Dun zu groß gewesen sein. Aber es waren einfache Handwerker oder Fischer, die allenfalls Erfahrung in der einen oder anderen Wirtshausschlägerei hatten. Schon Abu Duns unerwartet heftiger Widerstand musste die meisten von ihnen so erschreckt haben, dass sie gar nicht erst auf die Idee kamen, ihre improvisierten Waffen einzusetzen, sondern ihr Heil lieber in der Flucht suchten. Was dem einen oder anderen vermutlich das Leben rettete.

Andrej sah rasch zu Balean hin, und aus seiner Erleichterung wurde schnell Entsetzen. Der Junge lag immer noch und auch noch immer in derselben Haltung, in der er gestürzt war. Gina kniete neben ihrem Sohn und versuchte ihn wach zu rütteln, wobei sie mit schriller Stimme immer wieder seinen Namen schrie.

»Hör auf damit!«, sagte Andrej. »Du wirst ihn nur noch mehr –«

Er vernahm ein erschrockenes Keuchen, und Andrej brach mitten im Wort ab und fuhr herum, die Hände hochgerissen und darauf gefasst, sich erneut zu verteidigen.

Er wurde nicht angegriffen, dafür bot sich ihm ein grausiger Anblick.

Nicht alle Angreifer waren geflohen. Gut die Hälfte der Männer hatte sich lediglich ein paar Schritte weit zurückgezogen und starrte entsetzt auf Abu Dun, der einen ihrer Kameraden gepackt und auf den Rücken geworfen hatte. Während er diesen mit dem linken Knie niederhielt, hatte er die rechte Hand mit gespreizten Fingern auf dessen Gesicht gepresst, als wollte er dessen Kopf in den Boden hineindrücken, aber Andrej wusste auch, was er wirklich tat.

Es dauerte eine Weile, bis er sich eingestehen wollte, was er da sah. Abu Dun wollte den Mann nicht umbringen, jedenfalls nicht so, wie Enrico und die anderen glauben mussten. Andrej sah das Blut auf der zerschnittenen Hand, mit der er verzweifelt um sich schlug und den schwarzen Koloss von sich hinunterzustoßen versuchte. Er konnte es riechen, und auch in ihm erwachte die uralte Gier, doch der lähmende Schrecken überwog.

Es war der Vampyr in Abu Dun, der erwacht war und der das Leben des Mannes nahm!

»Abu Dun!«, keuchte er entsetzt. »Was tust du da?« Dann schrie er, so laut er konnte: *»Um Gottes willen, Pirat, hör auf!«*, und warf sich mit aller Macht gegen den Nubier, um ihn von seinem wehrlosen Opfer herunterzuzerren.

Es war, als wäre er gegen einen Fels geprallt. Abu Dun gab nur ein unwilliges Knurren von sich, presste den Mann mit nur noch größerer Gewalt gegen den Boden und versetzte Andrej mit der anderen Hand einen Stoß, der ihn zwei Schritte weit zurück und gegen eine Wand schleuderte.

Etwas knallte. Eine winzige Wolke aus Staub und Blut explodierte aus Abu Duns Rücken, und ein tiefes, gepeinigtes Stöhnen entrang sich seiner Kehle. Der Nubier wankte, ließ aber immer noch nicht von seinem Opfer ab, und Andrej spürte sogar über die Entfernung hinweg, wie eine unsichtbare Macht in die Seele des Mannes hineingriff und nach seiner Lebenskraft tastete, um sie aus ihm herauszureißen und der des Vampyrs in Abu Dun hinzuzufügen.

Fast schon verzweifelt stieß Andrej sich von der Wand ab, um sich auf Abu Dun zu stürzen und ihn von seinem Opfer wegzuzerren, und möglicherweise wäre es ihm dieses Mal sogar gelungen, hätte ihn nicht in diesem Moment irgendetwas in der Seite getroffen und ihn zu Boden geschleudert. Er fiel, kam mit einer blitzartigen Rolle wieder auf die Beine und sah den Schatten einen Sekundenbruchteil zu spät. Ein Gewehrkolben traf ihn mit solcher Wucht im Gesicht, dass er zurück und erneut gegen die Wand taumelte und schließlich benommen in die Knie ging. Den Tritt gegen seinen Magen, der ihn endgültig zusammenbrechen ließ, spürte er kaum noch.

Andrej verlor nicht das Bewusstsein, nahm aber alles nur noch wie durch einen Vorhang aus dicker schwarzer Watte wahr. Schreie gellten. Wieder krachte ein Musketenschuss, und diesmal schrie der Nubier vor Schmerz auf, schlug beide Hände vor das Gesicht und kippte nach hinten, als sich gleich mehrere Männer auf ihn warfen.

Sie mussten aufhören, dachte Andrej verzweifelt. Selbst die

Musketenkugeln würden den Nubier nur ein paar Augenblicke aufhalten, und wenn er erst wieder halbwegs bei Sinnen war, würde er wie ein Dämon über die ahnungslosen Männer kommen und ein Blutbad anrichten, wenn nicht Schlimmeres.

Allein die Vorstellung gab ihm die Kraft, die unsichtbaren Fesseln der Benommenheit zu sprengen und sich hochzustemmen. Der Kolbenhieb, der diesmal gezielter seine Schläfe traf, wäre hart genug gewesen, um einem normalen Menschen den Schädel zu zertrümmern.

Auch jetzt verlor er nicht das Bewusstsein, schlitterte aber nun endgültig in einen Abgrund aus Schwärze und Pein, in dem Geräusche und Bilder nur noch verzerrte Echos aus einem bizarren Traum zu sein schienen. Die Schreie wurden lauter, und die Muskete entlud sich zum dritten Mal und jetzt, wie es schien, unmittelbar neben seinem Ohr mit solchem Getöse, dass er vor Schmerz aufschrie. Er ahnte mehr, als er sah, wie Abu Dun zurücktaumelte und dann wie ein gefällter Baum auf die Seite kippte. Schatten führten einen irren Tanz ringsum auf. Er hörte Schreie, Schritte, wurde gepackt und herum- und hart auf den Rücken geworfen. Dann trafen Tritte und Schläge seine Brust, sein Gesicht und seinen Hals und seinen Unterleib, doch er spürte sie kaum noch, denn er konzentrierte sich ganz darauf, den Schmerz auszublenden und die diversen Verletzungen tief in seinem Körper zu heilen. Ganz gleich wie, er musste wieder zu Kräften kommen, bevor Abu Dun ihm zuvorkam und er all diesen Dummköpfen hier die Köpfe abriss.

Immerhin gelang es ihm, sich auf den Rücken zu rollen und halb auf die Ellbogen zu stemmen, dann stieß ihn ein Fußtritt zurück, und sein Hinterkopf knallte mit solcher Gewalt gegen den Stein, dass er kurze Zeit nur rote Blitze sah. Ihm wurde übel.

Als sich sein Blick klärte, schwebte Enricos Gesicht über ihm, verzerrt zu einer Grimasse aus Zorn, aber auch abgrundtiefem Schrecken. Die zerbrochene Forke hatte er wieder aufgehoben und zielte mit den Zinken auf seine Augen.

»Und jetzt sagst du mir, wer du bist und was du mit diesem schwarzen Teufel zu tun hast«, sagte er drohend, »oder ich schicke dich auf der Stelle zu ihm!«

Andrej las in seinen Augen, wie bitter ernst diese Worte gemeint waren, schüttelte aber nur benommen den Kopf und versuchte, den hölzernen Zinken auszuweichen, die seinen Augen unbarmherzig folgten. Wenn der Bursche ihm das Ding in den Schädel rammte, konnte das durchaus seinen Tod bedeuten.

Er musste einen Mundvoll halb geronnenes Blut (und einen abgebrochenen Zahn) hinunterschlucken, bevor er auch nur einen Laut herausbekam. »Verschwindet!«, nuschelte er undeutlich. »Lauft weg, solange es noch geht!«

Das musste Enrico so absurd vorkommen, dass er gar nicht darauf antwortete. »Sag mir einen einzigen Grund, dich nicht zu töten!«, zischte er. »Und was hast du mit diesem schwarzen Hund zu schaffen?«

Seltsam – aber Andrej hatte das sichere Gefühl, dass er es ernst meinte, sowohl mit seiner Drohung als auch mit seinem fast verzweifelten Wunsch, ihn *nicht* töten zu müssen.

Aber dafür war jetzt keine Zeit. Er hörte ein Rascheln, dann einen überraschten Aufschrei und einen ungläubigen Ausruf. »Der Kerl lebt immer noch!«

Das letzte Wort ging halb im Krachen einer weiteren Muskete unter, unmittelbar gefolgt von einem zweiten Knall, und als Andrej ungeachtet der drohenden Zinken den Kopf drehte, sah er gerade noch, wie Abu Dun, der sich wieder aufgerappelt hatte, wie von einem Fausthieb getroffen gegen die Wand taumelte und abermals zusammenbrach.

»Fesselt ihn!«, befahl Enrico. »Wenn er noch einmal aufsteht, dann schlagt ihm den Kopf ab!« Ohne auch nur Atem zu holen, versetzte er Andrej einen Tritt, der ihm noch eine Rippe brach, und fuhr mit bebender Stimme fort: »Und du wirst mir jetzt sagen, was das zu bedeuten hat! Was ist das für eine Teufelei? Bring die Zähne auseinander, Kerl, oder ich schlage sie dir ein!«

Andrej konnte ihm ansehen, dass er diese Drohung nur zu gerne auf der Stelle wahr gemacht hätte – und sei es nur aus Angst –, doch er kam auch jetzt nicht dazu zu antworten. Hinter ihm wurde ein qualvolles und zugleich unendlich wütendes Grunzen laut, und dann erschallte ein ganzer Chor ebenso entsetzter wie ungläubiger Schreie.

Abu Dun wankte schon wieder auf die Füße. Einer der Männer war tatsächlich mutig – oder auch dumm – genug, ihn anzuspringen, doch der Nubier schleuderte ihn nur mit einer fast beiläufigen Bewegung zu Boden und machte einen schwerfällig tapsenden Schritt. Andrej konnte seinen Schmerz spüren und seine tobende Wut, aber auch, wie sehr ihm die Musketenkugeln zu schaffen machten. Aber wie lange noch? Ein paar Augenblicke?

Andrej warf all seine Bedenken über Bord, drückte sich auf den linken Ellbogen hoch und griff mit der anderen Hand nach der Forke, deren Spitzen nur noch einen Fingerbreit von seinen Augen entfernt waren. Mit einem Ruck entriss er sie ihrem Besitzer, schleuderte sie weg und stemmte sich noch ein Stück weiter in die Höhe, um ganz aufzustehen, doch auch dieses Mal gelang es ihm nicht. Enrico starrte zwar fassungslos auf seine plötzlich leeren Hände, aber einer der anderen Männer reagierte dafür umso schneller und trat ihm gegen die Kehle, sodass ihm die Luft wegblieb und er würgend zurücksank. Hinter ihm richtete sich Abu Dun wie ein zorniger Bär zu seiner vollen Größe auf und hob auch ganz wie ein solcher beide Arme – zweifellos, um den erstbesten Mann zu packen und einfach in Stücke zu reißen. Etwas Dunkles und irgendwie Rauchiges senkte sich über ihn und zerrte ihn abermals zu Boden.

Es war ein Netz, das gleich drei Männer mit vereinten Kräften herbeigeschleppt und mit dem Mut der Verzweiflung über ihn geworfen hatten. Unter normalen Umständen hätte es ihn vermutlich nicht einmal große Anstrengung gekostet, es einfach zu zerreißen, aber Abu Dun war angeschlagen, fast von Sinnen vor Wut und desorientiert. Statt sich zu befreien, verstrickte er sich immer nur noch tiefer in die engen Maschen, und seine Gegner ließen ihm keine Zeit, wieder zur Besinnung zu kommen. Ein halbes Dutzend weiterer Kolbenstöße prasselte auf ihn herab, selbst dann noch, als er längst aufgehört hatte, sich zu bewegen. Weitere Männer schleppten Seile herbei, mit denen sie den Nubier zusätzlich fesselten, dann wurde er von gleich vier Männern gepackt und zum Kai geschleppt, wo sie ihn ohne das mindeste Zögern ins Wasser warfen. Andrej konnte hören, dass er wie ein Stein unterging.

»Und jetzt zu dir!« Enrico zerrte ihn auf die Füße, stieß ihn gegen die Wand und griff dann mit beiden Händen zu, als Andrej sofort wieder in die Knie ging. »Wer ist dieser Kerl – der Teufel persönlich? Und was hast du mit ihm zu tun?«

Er schlug ihm ins Gesicht, und Andrej war sich sicher, dass er das auch weiter tun würde, ganz egal was er antwortete. Also nahm er noch zwei oder drei weitere Hiebe hin, verdrehte die Augen und ließ sich an der rauen Wand in seinem Rücken zu

Boden sinken, als Enrico seinen Griff ein wenig lockerte. Prompt traf ihn ein weiterer Fußtritt in die Seite, und wahrscheinlich wäre auch noch mehr und Schlimmeres gefolgt, hätte sich in diesem Moment nicht eine scharfe Stimme eingemischt: »Hört sofort damit auf!«

Noch ein weiterer Schlag traf ihn, diesmal ins Gesicht und so hart, dass seine Ober- und Unterlippe aufplatzten und er erneut sein eigenes Blut schlucken musste, dann geschah für die Dauer von zwei oder drei Herzschlägen gar nichts, bis er eine sachte Berührung auf der Wange fühlte. Als er die Augen aufschlug, blickte er in ein schmales Gesicht, das eine erschreckende Ähnlichkeit mit dem seines Sohnes hatte.

»Es tut mir leid, Andrej«, sagte Corinna. »Das wollte – « Sie brach ab, biss sich auf die Unterlippe und drehte dann schnell den Kopf, um zu Enrico hochzusehen. In ihren Augen flammte es wütend auf. »Was soll das? Er hat euch nichts getan!«

»Er gehört zu ihnen, oder?«, fragte Enrico.

»Sieht er etwa so aus?«, fuhr Corinna ihn an. »Heilige Mutter Gottes, was seid ihr – blind oder nur närrisch vor Rachedurst? Sieht er etwa *schwarz* aus?«

Enrico schwieg. Er sah trotzig aus, fand Andrej, aber auch ein wenig schuldbewusst. Aber es kostete ihn zu viel Kraft, bei Bewusstsein zu bleiben, um diesen Gedanken weiterzuverfolgen oder gar über Corinnas Worte nachzudenken.

»Es tut mir leid, Andrej«, sagte Corinna noch einmal und jetzt wieder an ihn gewandt. »Das alles ist … irgendwie außer Kontrolle geraten. So hätte es nicht enden dürfen.«

Andrej versuchte vergeblich zu verstehen, was sie meinte. Er hatte Schmerzen, und allein der Gedanke an das, was Abu Dun zugestoßen war, brachte ihn an den Rand der Panik; und auch die Vorstellung eines vor Wut schnaubenden Abu Duns, der sich gerade aus seinem nassen Grab befreite, trug nicht gerade zu seiner Beruhigung bei.

»Verschwindet«, murmelte er schwach. »Bringt euch … in Sicherheit!«

Verständnislos sah Corinna ihn mit großen Augen an, während Enrico für einen Moment nachgerade misstrauisch wirkte. Andrej drehte rasch den Kopf und suchte nach dem verletzten Jungen und seiner Mutter, nutzte die Gelegenheit aber auch, um sich einen raschen Überblick zu verschaffen. Enricos Männer kehrten nach und nach zurück. Zwei von ihnen standen mit angelegten Gewehren am Ufer und schienen darauf zu warten, dass der gefesselte Nubier wieder auftauchte. Etliche andere standen hilflos da. Auf allen Gesichtern las er die gleiche Mischung aus Verwirrung und blankem Entsetzen.

»Balean?«, fragte er.

Corinna schüttelte so heftig den Kopf, dass ihr Haar flog. »Er ist verletzt, aber nicht schlimm«, sagte sie. »Er wird es überstehen.«

»Gut«, sagte Andrej.

Dann stieß er sich ab, schleuderte Enrico und auch den Mann neben ihm zu Boden und rannte mit weit ausgreifenden Sprüngen los.

Es waren vielleicht vier, fünf Schritte bis zum Wasser, und seine Flucht kam wohl so überraschend, dass niemand wirklich begriff, was er tat. Ein einzelner Gewehrschuss krachte, doch die Kugel verfehlte ihn, und noch bevor der zweite Schütze auf ihn anlegen konnte, tauchte er mit einem eleganten Hechtsprung ins schwarze Wasser der Lagune.

Kapitel 7

Das Wasser war so kalt, dass ihm der Schock des Eintauchens beinahe das Bewusstsein geraubt hätte. Sein Herz machte einen Satz, blieb für etliche Sekunden ganz stehen und hämmerte dann unregelmäßig und viel zu schnell weiter. Für einen Moment verlor er vollkommen die Orientierung. Seine Lungen schrien bereits nach Luft, weil er vor seinem verzweifelten Sprung ins Wasser nicht tief genug eingeatmet hatte, doch statt an die Oberfläche zurück schwamm er mit den beiden ersten Zügen nur noch tiefer und berührte schon fast den schlammigen Grund der Lagune, bevor er seinen Irrtum bemerkte und kehrtmachte. Auf halbem Wege sauste etwas an seinem Gesicht vorbei und zog eine schnurgerade Perlenkette aus silbernen Luftblasen hinter sich her. Doch Atemnot und Kälte machten ihm schon jetzt so sehr zu schaffen, dass es nur noch eine Frage von Augenblicken war, bevor er tatsächlich das Bewusstsein verlieren und sich zu Abu Dun auf den Meeresgrund gesellen würde. Daher blieb ihm nur darauf zu hoffen, dass die Männer einfach blindlings ins Wasser feuerten und diese eine Kugel ihn nur zufällig beinahe getroffen hätte. Wenn nicht, war es möglicherweise um ihn geschehen.

Der Gedanke weckte Trotz in ihm. Er hatte immer gewusst,

dass es Feuerwaffen sein würden, die eines Tages sein Schicksal besiegelten, und sie allein schon deshalb zutiefst verabscheut, aber auch gefürchtet. Aber doch nicht hier, nicht jetzt! Ganz gewiss konnte das Schicksal nicht so grausam sein, Abu Dun und ihn von ein paar dahergelaufenen Tagedieben töten zu lassen, statt ihnen ein Ende auf dem Schlachtfeld zu bereiten, wie es Kriegern wie ihnen zustand.

Dabei begriff Andrej sehr wohl, dass sich seine Sinne bereits zu verwirren begannen. Auf dem allerletzten Stück glaubte er einen weißen Schemen neben sich im Wasser zu sehen, etwas wie ein bleiches Gesicht, von einem diabolischen Heiligenschein fahlen Haars umweht, das ihn anstarrte, als warte es darauf, dass er zu ihm käme, für immer, in einen Kerker, dessen Wände höher und undurchdringlicher waren, als jede von Menschenhand geschaffene Mauer es sein konnte. Doch gerade als er spürte, wie ihn das Bewusstsein endgültig verließ und seine Kräfte erlahmten, brach er durch die Wasseroberfläche und konnte endlich wieder atmen.

Nur einen Sekundenbruchteil später traf ihn ein Schlag mit der Wucht eines neuerlichen Kolbenstoßes im Gesicht. Etwas Riesiges und Dunkles wuchs über ihm hoch und versuchte, ihn abermals unter Wasser zu drücken. Andrej hätte geschrien, hätte er nicht mit gierigen Zügen ein- und ausgeatmet, riss aber dennoch ganz instinktiv die Arme hoch, um sich zu verteidigen. Er traf irgendetwas, das so hart war wie Stein und seine Knöchel aufriss, warf sich zur Seite und spürte einen zweiten dumpfen Schlag gegen die Schulter, bevor sich das Chaos hinter seiner Stirn wenigstens so weit beruhigte, dass er begriff, was tatsächlich geschah. Niemand hatte ihn geschlagen oder versuchte gar, ihn zu ertränken. In seiner Panik war er der Kaimauer zu nahe gekommen und hatte sich Gesicht und Hände am rauen Stein aufgeschürft – das war alles.

Er hatte schlichtweg Glück gehabt. Über ihm polterten Schritte und waren aufgeregte Stimmen zu hören, die durcheinanderschrien. Einer der Männer hatte eine Fackel entzündet, die rote Halbmonde über das Wasser huschen ließ, und als die beiden Musketen sich erneut mit einem nahezu synchronen Knall entluden, der noch in der halben Stadt zu hören sein musste, stießen zwei grellorangefarbene Blitze ins Wasser hinab. Aber es war wohl so, wie er gehofft hatte: Die Männer sahen ihn nicht, sondern schossen einfach aufs Geratewohl, und so unglaublich es ihm auch selbst schien, keiner von ihnen kam auf die Idee, den letzten Schritt bis ganz an die Kaimauer heran zu tun und einen Blick nach unten zu werfen. Hätte er noch einen Beweis gebraucht, dass er es nicht mit Kriegern oder gedungenen Mördern zu tun hatte, dann wäre es wohl das gewesen. Sie waren einfach nur Dummköpfe, denen ihr eigenes Tun einen solchen Schrecken eingejagt hatte, dass sie kaum noch zu einem klaren Gedanken fähig waren.

Andrej hoffte inständig, dass das auch so blieb. Er war nicht in der Verfassung zu kämpfen. Nicht gegen eine solche Übermacht und nicht, ohne einen oder auch mehrere töten zu müssen, um die anderen hinlänglich zu entmutigen – und das wollte er immer noch nicht. Trotz allem glaubte Andrej nicht, dass die Männer Abu Dun und ihn wirklich hatten umbringen wollen. Auch mit Gewalt musste man umgehen können, sonst neigte sie nur allzu leicht dazu zu eskalieren.

Zwei weitere Schüsse – diesmal in größerem Abstand – wurden abgegeben, und die Stimmen und Schritte wurden noch einmal lauter. Er erkannte Corinnas Stimme, die immer noch sehr erregt klang, ohne aber zu verstehen, was sie sagte; dann sah er Metall über sich schimmern, und etwas versank mit einem lauten Klatschen nur eine Armeslänge neben ihm im Wasser, unmittelbar gefolgt von einem zweiten und noch einmal deutlich schwereren Gegenstand, der wie ein Stein unterging. Abu Duns Waffengurt und sein eigener. Andrej wunderte sich, dass die Männer die kostbaren Waffen einfach so wegwarfen, ließ sich aber wieder tiefer ins Wasser gleiten, als sich nun doch eine der Gestalten über ihm vorbeugte und ihre Fackel hob. Das rote Licht kam ihm fast bis auf eine Handspanne nahe und huschte dann in die andere Richtung davon. Wären seine Lippen nicht unter Wasser gewesen, hätte er vermutlich erleichtert aufgeatmet.

Zugleich aber fragte er sich, wie lange er es hier noch aushalten konnte. Die Kälte war grausam und schien mit jedem Moment nur noch schlimmer zu werden. Längst war jedes Gefühl aus seinen Fingern und Zehen gewichen. Seine Muskeln waren verkrampft und schmerzten höllisch, und sein Herz pumpte nur mit großer Mühe das Blut durch seine Adern. Wenn er sich jetzt schnitt, dachte er matt, würden vermutlich rote Eissplitter aus der Wunde rieseln.

Zeit verging, vermutlich nur wenige Minuten, die ihm aber wie ebenso viele Stunden vorkamen, in denen er sich wassertretend und um jeden Atemzug ringend gegen die raue Wand in seinem Rücken presste und in denen er beständig erwartete, doch noch entdeckt zu werden. Seine Kraft hätte noch gereicht, unter Wasser wegzuschwimmen und sich in Sicherheit zu bringen, aber das wagte er nicht, schon aus Angst, die Stelle nicht mehr zu finden, an der die Männer Abu Dun ins Wasser geworfen hatten. So blieb ihm nichts anderes übrig, als sich in Geduld zu fassen und zu hoffen, dass er nicht erfror, bevor sie endlich verschwanden.

Zumindest seinem Gefühl nach fehlte nicht mehr viel dazu, als es über ihm endlich stiller wurde. Die Fackel erlosch, und kurz darauf entfernten sich auch die Stimmen. Andrej ließ vorsichtshalber noch Zeit verstreichen, bevor er sich herumdrehte und die Arme ausstreckte, um nach der Kaimauer zu greifen.

Doch als er links von sich Geräusche hörte, ließ er sich hastig wieder ins Wasser zurücksinken. Als schwarzer Schatten löste sich nur einen Steinwurf entfernt ein Boot von der Kaimauer, einen halben Atemzug darauf gefolgt von einem zweiten. Ruder wurden ins Wasser getaucht, und die beiden kleinen Schiffchen entfernten sich beinahe lautlos. Das Klappern seiner eigenen Zähne jedenfalls kam ihm deutlich lauter vor.

Andrej wartete, bis das Echo der Ruderschläge mit den Lauten der Nacht verschmolzen war, wappnete sich innerlich gegen die Dunkelheit und die Kälte, die ihn nun erwarteten, und sog seine Lungen noch einmal voll Luft, bevor er all seinen Mut zusammennahm und tauchte.

Er brauchte vier Anläufe, um Abu Dun zu finden. Das Wasser war so kalt, dass er das Gefühl hatte, sich durch flüssiges Feuer zu bewegen. Es war zwar nur gute drei Meter tief, aber schon eine Handspanne unter der Oberfläche pechschwarz, sodass er allein auf seine tastenden Hände angewiesen war. Das Netz und die Seile, mit denen der Nubier gefesselt war, waren äußerst stabil, und seine Finger vor Kälte längst gefühllos und ungelenk, und ihm fehlte die Kraft, die Stricke einfach zu zerreißen. Er musste weitere drei Mal zur Oberfläche zurückkehren und Luft holen, bevor es ihm gelang, seinen Waffengurt in dem knietiefen Morast auf dem Meeresgrund zu finden und den Dolch herauszuziehen, und dann noch zwei Mal, um die Maschen des stabilen Netzes weit genug zu zerschneiden.

Andrej war klar, dass seine Kräfte nicht mehr ausreichten, um Abu Dun auf die Kaimauer zu hieven, aber er erinnerte sich an die beiden Boote, deren Abfahrt er beobachtet hatte, drehte den Nubier auf den Rücken und zog ihn hinter sich her, während er mit immer mühsamer werdenden Bewegungen losschwamm.

Die Strecke war nicht weit. Unter normalen Umständen hätte er sie unter Wasser schwimmend zurücklegen können, ohne auch nur einmal zum Luftholen auftauchen zu müssen, jetzt aber war er nicht einmal mehr sicher, es überhaupt zu schaffen. Und er wusste schon gar nicht, was ihn dort erwartete.

Das Glück war ihm ein zweites Mal hold, obwohl er nicht darauf zu hoffen gewagt hatte. Aus dem Schatten, auf den er zuhielt, wurde ein wuchtiges steinernes Gebäude mit einem zum Wasser hin offen stehenden Tor – vielleicht ein Bootshaus oder eine der zahlreichen kleinen Werften, die so typisch für dieses Viertel waren. Andrej schwamm hinein und entdeckte einen schmalen hölzernen Steg nahezu auf Höhe der Wasserlinie. Er spürte, dass seine Kräfte nun nachließen. Irgendjemand hatte ihm einmal gesagt, dass Erfrieren ein angenehmer Tod sei, aber dieser Jemand wusste es ganz offensichtlich nicht aus eigener Erfahrung. Mit letzter Kraft und schwer keuchend zog Andrej Abu Dun auf den Steg hinauf und dann auf festen Boden. Allein der mit Wasser voll gesogene Mantel des nubischen Riesen war schwer wie Blei, von seinem Besitzer ganz zu schweigen.

Zu Tode erschöpft ließ sich Andrej neben ihm zu Boden sinken, schloss die Augen und konzentrierte sich für endlose Minuten auf nichts anderes als tief ein- und auszuatmen und sein Herz mit purer Willenskraft zum Weiterschlagen zu zwingen. Er wollte nichts mehr, als sich in die warme Umarmung einer erlösenden Ohnmacht sinken zu lassen, und zugleich hatte er fast schon panische Angst vor dem, was jenseits der Schwärze auf ihn warten mochte. Und das war nicht alles: Abu Dun hätte längst wieder aufwachen müssen, ertrunken oder nicht, und obwohl Andrej im Moment selbst um sein Leben kämpfte, überwog doch die Sorge um seinen Freund. Matt und noch immer mit vor Schmerz zusammengebissenen Zähnen stemmte er sich in eine halbwegs sitzende Position hoch und sah in Abu Duns Gesicht.

Doch statt erleichtert aufzuatmen, schrak er zusammen, als er die schreckliche Leere in Abu Duns Augen sah. Schmerz und Schwäche waren augenblicklich vergessen.

»Pirat?«, fragte er. Er bekam keine Antwort, aber etwas flackerte tief in Abu Duns Blick, noch kein Erkennen, aber immerhin ein schwaches Echo davon.

»Abu Dun?«, fragte er noch einmal und etwas lauter. Sein Herz schlug schon wieder hart, und ein bitter-metallischer Geschmack lag auf seiner Zunge. Da war etwas in Abu Dun, das ihn erschreckte. Eine Dunkelheit, die er nicht kannte.

»Ist alles in – «, begann er.

»Neun«, murmelte Abu Dun. »Neun Mal, Hexenmeister. Dann habe ich aufgehört zu zählen.«

Andrej verstand nicht gleich. »Neun Mal was?«, fragte er.

»Ich bin neun Mal ertrunken, Andrej«, antwortete Abu Dun. »Hintereinander.« Es gelang ihm, das Flackern seines Blicks unter Kontrolle zu bekommen und zu Andrej aufzusehen. »Bist du schon einmal ertrunken, Hexenmeister?«

Auf diese rhetorische Frage erwartete er weder eine Antwort, noch bekam er eine. Jeder von ihnen hatte dieses Martyrium schon erlitten – mehr als einmal – und wusste, wie grässlich es war … aber neun Mal hintereinander? Andrej versuchte sich gar nicht erst vorzustellen, wie das sein mochte. Wortlos schüttelte er den Kopf.

»Mehr als neun Mal, Andrej«, flüsterte Abu Dun. Allmählich kehrte das Leben in seine Augen zurück, aber sein Blick ging geradewegs durch Andrej hindurch, und er sprach mit einer Stimme, wie er sie noch nie von ihm gehört hatte. »Irgendwann konnte ich nicht mehr zählen. Es war so … so entsetzlich. Ich weiß jetzt, was ihr Christenmenschen meint, wenn ihr über die Hölle sprecht. Es ist kein Feuer, Hexenmeister. Es ist Wasser.« Er hustete, wälzte sich mühsam auf die Seite und hustete noch einmal und qualvoller, bevor aus dem Husten ein würgendes Erbrechen wurde.

»Es tut mir leid«, sagte Andrej. Es war ehrlich gemeint, klang aber sogar in seinen eigenen Ohren billig. Beinahe hoffte er, dass Abu Dun es nicht gehört hatte. Er fühlte sich so hilflos, dass es fast wehtat.

»Wo warst du, Andrej?«, fuhr Abu Dun fort, sich wieder zu ihm herumdrehend, aber immer noch geradewegs durch ihn hindurchstarrend, den Blick auf einen Punkt im Nichts fixiert, dort, wo unsagbares Grauen wohnte. »Ich habe auf dich gewartet, Andrej, aber du bist nicht gekommen.«

»Es ging nicht schneller«, sagte Andrej. »Es tut mir leid, wirklich. Ich kann mir vorstellen, was du durchgemacht hast.«

»Nein«, antwortete Abu Dun. »Kannst du nicht.« Er versuchte sich aufzusetzen, aber das Gewicht seines nassen Mantels zog ihn zurück. Keuchend stemmte er sich dennoch hoch, schlug die Beine unter und ließ die Schultern hängen. Selbst in dieser Haltung war zu erkennen, dass er ein großer Mann war, aber sie schien seine Schwäche nur noch zu unterstreichen.

»Wir … sollten von hier verschwinden«, sagte Andrej. »Jemand könnte die Schüsse gehört haben und herkommen. Ich habe keine Lust auf neugierige Fragen.«

»Wie lange braucht eine Kette aus Eisen, um durchzurosten?«, fragte Abu Dun unvermittelt.

Verwirrt sah Andrej ihn an.

»Erinnerst du dich an den Daimon?«, murmelte Abu Dun, immer noch mit leiser, brüchiger Stimme und weiter mit gesenktem Blick.

»Auf Malta?« Andrej nickte. »Ja. Das ist lange her.«

»Mehr als hundert Jahre«, flüsterte Abu Dun. »Wir haben ihn in Ketten gelegt und ins Meer geworfen, weil wir uns keinen anderen Rat wussten …«

»Weil er es verdient hatte!«

»… und dann haben wir ihn vergessen«, fuhr Abu Dun mit einer Stimme fort, in der nun ein neuer, schrecklicher Ton mitschwang, der Andrej einen eisigen Schauer über den Rücken jagte. »Bete, dass er uns auch vergessen hat, Andrej!«

»Warum?«

»Irgendwann werden seine Ketten durchrosten, und ich bete zu Allah, dass er bis dahin vollkommen den Verstand verloren hat und sich nicht mehr an uns erinnert, Hexenmeister, denn wenn nicht, dann wird er die ganze Welt einreißen, um unser habhaft zu werden.«

»Dann sollten wir vielleicht nach Malta zurückkehren und eine Schiffsladung Felsen auf ihn abwerfen«, schlug Andrej mit einem angedeuteten und verunglückten Lächeln vor. »Stein rostet nicht.«

»Er wird uns finden, Andrej«, sagte der Nubier. »Und er wird –«

Etwas raschelte, und Andrej fuhr mit einer fließenden Bewegung hoch und herum und riss den Dolch in die Höhe, um ihn zu schleudern, und –

Die Zeit blieb stehen.

Die Welt zerbarst, als wäre sie ein täuschend echt auf Glas gemaltes Bild, das vom Hammerschlag eines zornigen Riesen getroffen wurde. Was blieb, war Schwärze auf der anderen Seite des Bootshauses und darin eine kindergroße, bleiche Gestalt, die ihn aus schwarzen Augen anstarrte – seine persönliche Nemesis, die mit einem einzigen Schritt über den Abgrund des Wahnsinns hinweg in seine Welt getreten war, um ihn endgültig zu zerstören.

Vater. Ich habe auf dich gewartet, aber du bist nicht gekommen. Warum hast du mich alleingelassen?

Andrej schrie auf, riss den Dolch erneut in die Höhe und legte all seine gewaltige Kraft in diesen einen Wurf, obwohl er wusste, dass keine Waffe dieser oder irgendeiner Welt eine Kreatur töten konnte, die nie gelebt hatte und nur im dunkelsten aller Abgründe existierte, dem, der in seiner eigenen Seele lauerte.

Vielleicht war der Schrecken einfach zu groß, sodass seine Hand zitterte, vielleicht lähmte die Kälte auch seine Muskeln und nahm ihm die gewohnte Treffsicherheit, und möglicherweise begriff auch irgendetwas in ihm im allerletzten Moment seinen Irrtum und versetzte der Waffe einen Drall in eine andere Richtung. Der Dolch wurde ein silberner Blitz und verfehlte sein Ziel, wenn auch nur so knapp, dass er eine von Corinnas schwarzen Locken abtrennte, bevor er sich hinter ihr bis zum Heft in das morsche Mauerwerk bohrte.

Corinna schrie auf, zuckte zur Seite und zurück und hob die Hand ans Gesicht. Sie betrachtete ihre Finger, als könne sie nicht glauben, kein Blut darauf zu gewahren. Dann drehte sie mit einem Ruck den Kopf herum und starrte ihn aus aufgerissenen Augen an.

»Andrej«, flüsterte sie. »Aber was …?« Sie stockte, und ihre Augen wurden noch größer. »Aber wieso …?«

Andrej spürte die Gefahr mehr, als dass er die Bewegung registrierte, fuhr auf dem Absatz herum und stieß Abu Dun die flache Hand mit solcher Kraft vor die Brust, dass der Nubier mit einem überraschten Grunzen wieder zurücksank. »Nein!«, sagte er scharf. »Es ist alles ganz anders! Ich erkläre es dir später, Corinna.«

Ihr Blick war fest auf Abu Dun gerichtet. »Aber wieso …?«, hauchte sie. »Er … er ist noch am Leben. Wieso lebt er noch? Das ist unmöglich!«

Abu Dun versuchte noch einmal, sich aufzurappeln, sank aber erneut mit einem fast überraschten Keuchen wieder zurück.

»Aber wie kann er … wie kann er noch leben?«, flüsterte Corinna. Ihre Augen schienen noch größer zu werden, und ihr Gesicht hatte auch noch das allerletzte bisschen Farbe verloren. Andrej sah, dass ihre Hände zu zittern begannen.

»Er hatte Glück«, sagte er schnell und wusste sofort, wie fadenscheinig sich diese Erklärung anhören musste. »Da ist ein Hohlraum unter dem Kai, in dem sich wohl eine Luftblase gebildet hatte. Aber ich hätte nicht eine Minute später kommen dürfen.«

»Du hast ihn …?« Corinna versagte die Stimme. Sie versuchte, den Blick von Abu Duns Gesicht loszureißen, doch es gelang ihr nicht. Auch der Nubier starrte wortlos zu ihr hoch. Mord stand in seinen Augen geschrieben.

»Aber wie?«, stammelte Corinna. Ihre Hände zitterten stärker. »Es ist nicht möglich. Er ist tot! Er muss tot sein!«

»Jemand wird tot sein«, bestätigte Abu Dun. »Bald.«

»Wir müssen hier weg«, sagte Andrej rasch, nur um sie beide zum Schweigen zu bringen. Da war noch immer etwas in Abu Dun, was ihn erschreckte, und es wurde stärker. Eine Düsternis, so als wäre die vollkommene Schwärze seiner Haut nun gleichsam in seine Seele gekrochen und würde nun jedwedes Licht und alles Leben darin ersticken. Und Corinna, die im Moment nur fassungslos und schockiert war, mussten irgendwann Zweifel kommen ob Andrejs hastig improvisierter Ausrede.

»Was tust du überhaupt hier?«, herrschte er sie daher an, bewusst grob, damit sie nicht auf die Idee kam, sich selbst (und ihm) Fragen zu stellen, auf die er keine Antworten hatte. Noch während er sprach, ging er an ihr vorbei und zog das Messer aus der Wand. Die Klinge war gebrochen, mit solcher Wucht hatte er es geschleudert, und er las in Corinnas Augen, dass ihr auch das nicht entging.

»Ich hätte dich umbringen können, ist dir das eigentlich klar? Du hast einfach nur Glück, noch am Leben zu sein.«

»Ich … ich hatte Angst um dich«, antwortete Corinna. Ihr Blick irrte unstet zwischen dem zerbrochenen Dolch in seiner Hand und seinem Gesicht hin und her, und ganz allmählich gesellte sich Furcht zu der Verwirrung und der Verständnislosigkeit in ihren Augen. Eine Furcht, aus der etwas anderes und Schlimmeres werden würde, wie Andrej nur zu gut wusste. Er hatte diesen Ausdruck zu oft gesehen. »Ich dachte, du wärst ertrunken. Sie haben auf dich geschossen, und das Wasser ist so kalt, dass – «

»Ich habe schon Schlimmeres überstanden«, antwortete Andrej, immer noch bewusst barsch. Er baute sich in beinahe drohender Haltung vor ihr auf und wedelte mit dem Messer. »Du musst lebensmüde sein, Kind. Du hast gesehen, was hier passiert ist? Ist dir nicht für eine Sekunde der Gedanke gekommen, ich könnte dich für einen von ihnen halten?«

Corinna starrte ihn an, und er konnte in ihren Augen lesen, dass ihr dieser Gedanke tatsächlich kam, aber erst jetzt.

»Wenn du das nächste Mal in die Kirche gehst«, fuhr er fort, »dann solltest du eine Kerze anzünden, um dich bei deinem Schutzengel zu bedanken.« Wieder hob er das Messer. »Normalerweise verfehle ich mein Ziel nicht.«

»Schick sie weg, Hexenmeister!«, sagte Abu Dun hinter ihm auf Arabisch. »Solange ich mich noch beherrschen kann.«

Corinna konnte die Worte nicht verstanden haben, aber sie wirkte trotzdem noch verängstigter, denn der gefährliche Klang in seiner Stimme war ihr sicher nicht entgangen, und sie wusste ihn zu deuten.

Andrej ließ sie nicht aus den Augen, als er in derselben Sprache antwortete: »Sie wird es uns erklären, da bin ich sicher. Gib ihr eine Chance! Und mir.«

»Was hat er gesagt?«, fragte Corinna. Unsicher machte sie einen Schritt in Abu Duns Richtung und blieb abrupt wieder stehen, als der Nubier mit einem Ruck den Kopf hob und sie anstarrte.

»Ich … es ist nicht meine Schuld, das müsst ihr mir glauben! Ich wusste nicht, was sie vorhatten!«

»Was hatten sie denn vor?«, erkundigte sich Andrej. Er sah Corinna immer noch fest an, lauschte aber auch aufmerksam auf jedes noch so winzige Geräusch hinter sich, bereit, sofort einzugreifen, sollte Abu Dun aufspringen, um etwas Dummes zu tun. Nicht dass er sich einbildete, ihn tatsächlich aufhalten zu können, wenn er es wirklich ernst meinte. Kein Mensch auf dieser Welt konnte das.

»Ich weiß es nicht«, antwortete Corinna. »Ich wusste auch nicht, dass …« Sie fuhr sich nervös mit dem Handrücken über das Kinn und kämpfte mit den Tränen. Dann sah Andrej ihr an, wie sie sich einen Ruck gab. Mit plötzlich fester Stimme sprach sie weiter.

»Ich kenne den Jungen nicht. Ich habe ihn heute das erste Mal gesehen. Aber ich habe von ihm und seiner Familie gehört.«

»Von wem?«, fragte Andrej. »Und was?«

»Was wird das jetzt?«, fragte Corinna. »Ein Verhör?« Ihre Augen blitzten zornig auf, doch der Ärger erlosch auch genau so schnell wieder, wie er gekommen war. »Verzeiht!«, sagte sie. »Ihr wärt beinahe getötet worden. Da habt ihr wohl ein Recht darauf, mir ein paar Fragen zu stellen.«

Andrej schwieg.

»Eines der anderen Mädchen hat mir von ihnen erzählt«, fuhr sie fort. »Sie sind Muschelfischer von einer der Inseln.«

»Von welcher?«, fragte Andrej, bekam aber nur eine Mischung aus Kopfschütteln und Schulterzucken zur Antwort.

»Das weiß ich nicht. Aber sie stellen seit Monaten Fragen.«

»Was für Fragen?«

Corinnas Blick huschte unruhig durch den Raum und wich nicht nur dem Andrejs aus, sondern vor allem dem Abu Duns. »Sie suchen nach zwei schwarzen Frauen. Frauen, die aussehen wie dein Freund. Aber ich wusste nicht, warum, bitte glaub mir. Niemand wusste es!«

»Anscheinend hat es ein Unglück gegeben.«

»Sie haben Baleans Vater getötet«, sagte Corinna. »Das hat mir Enrico gesagt, bevor sie weggegangen sind. Aber ich habe es vorher nicht gewusst, das müsst ihr mir glauben! Ich hätte euch niemals hergebracht, wenn ich das gewusst hätte!«

»Was hast du denn gewusst?«, fragte Andrej.

»Nur das, was ich gerade gesagt habe«, beharrte Corinna. »Ich wollte doch nur helfen!«

»Ja«, knurrte Abu Dun, diesmal auf Italienisch. »Das müsste von Rechts wegen auf einer ganzen Menge Grabsteine stehen.«

»Aber ich wollte wirklich nur – «, begann Corinna erneut, und Abu Dun unterbrach sie mit einem abfälligen Schnauben und streckte die Hand aus, um sich von Andrej aufhelfen zu lassen.

Andrej wusste nicht, ob er tatsächlich so schwach war oder sich nur so anstellte, um ihn zu ärgern, aber er musste jedes bisschen Kraft aufbieten, das er hatte, um den schwarzen Koloss auf die Beine zu ziehen.

»Und jetzt lass uns verschwinden«, sagte er. »Bevor uns am Ende wirklich noch jemand findet.«

»Da wäre nur noch eine Kleinigkeit.« Abu Dun schüttelte sich wie ein nasser Hund, sodass Corinnas Haar und Gesicht benetzt wurde und auch ihr Kleid einige Spritzer abbekam.

»Und was?«

»Unsere Waffen«, antwortete Abu Dun, Corinnas hochgezogene Brauen und ihren leicht vorwurfsvollen Blick ignorierend. »Sie liegen noch im Wasser.«

»Und?«

»Und ich habe für heute genug gebadet«, sagte der Nubier. »Und auch für morgen und den Tag danach und den darauffolgenden.«

Andrej seufzte und versuchte sich damit zu trösten, dass ihm wohl kaum noch kälter werden konnte, als ihm sowieso schon war.

Er täuschte sich.

Kapitel 8

Auch wenn er nur wenig Schlaf brauchte, wachte er doch am nächsten Tag erst gegen Mittag auf, mit dumpfen Gliederschmerzen, einem schlechten Geschmack im Mund und den Kopf voll wirrer Erinnerungen, die zum Großteil gar keine waren, sondern bloße Traumfetzen. Im ersten Moment und noch bevor er die Augen öffnete, empfand er nichts als eine absurde Erleichterung. Denn die Träume waren schlimm gewesen, hatten aber wenigstens nichts mit seinem Sohn zu tun gehabt, dafür umso mehr mit Kälte und Dunkelheit – und sehr viel Wasser.

Die Erleichterung hielt an, bis er die Augen aufschlug und feststellte, dass er wieder in seinem Zimmer war und die Sonne beinahe senkrecht am Himmel stand. Er hatte Mühe, sich zu erinnern, wie er hierhergekommen war und was seither geschehen war oder ob überhaupt irgendetwas geschehen war, was das Erinnern lohnte.

Etwas kitzelte an seiner Wange. Andrej drehte den Kopf und sah, dass es etwas gab, an das er sich gern erinnerte, auch wenn es ihm zuerst nicht recht gelingen wollte.

Als hätte sie seinen Blick gespürt, schlug Corinna die Augen auf und schenkte ihm ein ebenso müdes wie warmes Lächeln.

»Und ich dachte schon, du wirst gar nicht mehr wach«, sagte sie. »Guten Morgen … auch wenn es ja eigentlich schon guten Tag heißen müsste.«

»Bist du schon lange wach und beobachtest mich?«, fragte er.

»Vielleicht eine Stunde«, antwortete Corinna, stützte sich auf den Ellbogen und strafte sich selbst Lügen, als sie die Zähne aufeinanderbiss, um ein Gähnen zu unterdrücken. Er konnte sehen, wie sich die Muskeln an ihrem Hals anspannten, und ihre langen tiefschwarzen Wimpern waren verklebt vom Schlaf.

»Und warum?«, fragte er trotzdem.

»Weil ich dich gerne betrachte«, antwortete das Mädchen. »Vor allem, wenn du schläfst.«

Andrej nickte und forschte in seinem Gedächtnis. Er wusste immer noch nicht, was Erinnerung an tatsächlich Geschehenes war und was bloßes Strandgut, das der Traum zurückgelassen hatte. Was war los mit ihm? War es etwa die Angst, in ein blasses Engelsgesicht mit weißem Haar und schwarzen Augen zu blicken, wenn er sich tatsächlich zwang, sich zu erinnern?

»Gibt es … irgendetwas, woran ich mich erinnern müsste?«, fragte er.

Corinna sagte erst gar nichts, dann zog sie einen Schmollmund und versetzte ihm einen derben Knuff mit dem Ellbogen, der wirklich wehtat – selbst ihm.

»He!«, protestierte er.

»Stell dich nicht so mädchenhaft an«, schalt ihn Corinna. »Für einen so großen, tapferen Krieger wie dich kann das doch nicht schlimm sein.«

»Auch große, tapfere Krieger spüren Schmerz«, sagte Andrej.

»Ich hoffe doch, Schmerz ist nicht alles, was sie spüren«, erwiderte Corinna.

»Hm«, machte Andrej.

»Hm?«, wiederholte das Mädchen, sah ihn so durchdringend an, dass er ihrem Blick nur mit Mühe standhielt, und zog dann erneut eine beleidigte Schnute. »Also gut, das nehme ich dann mal als Kompliment«, sagte sie schließlich.

»Du bist … ein seltsamer Mann, Andrej«, fuhr Corinna fort.

»Ich weiß«, antwortete Andrej.

»Weil man dir das schon öfter gesagt hat, nehme ich an«, vermutete Corinna. »Aber das meine ich nicht. Du bist so ganz anders als die anderen.«

Andrej sparte sich die Frage, von welchen anderen sie sprach. »Weil ich nicht so gut bezahle?«

»Wenn man es genau nimmt, hast du gar nicht bezahlt«, erwiderte Corinna.

»Vielleicht nicht viel, aber – «

»Ich habe dir deinen Geldbeutel zurückgebracht«, erinnerte sie ihn. »Die beiden Münzen, die du mir am Abend zuvor gegeben hast, habe ich wieder hineingetan.«

»Weil ich so gut war?«

Corinna zog die linke Augenbraue hoch und verzichtete darüber hinaus darauf, seine Worte zu kommentieren. Sie deutete lediglich ein Kopfschütteln an, schlug die Decke ganz zurück und rollte sich kurzerhand über ihn hinweg, um aus dem Bett zu kommen und sich nach ihren Kleidern zu bücken. Andrej fiel erneut das wertvolle Collier auf, das sie trug, und das nicht minder kostbare Armband. Sie musste einige wirklich großzügige Kunden haben.

»Wo ist Abu Dun?«, fragte er. Er blieb auf der Bettkante sitzen, statt ganz aufzustehen, und konnte ein eisiges Frösteln nicht unterdrücken, als seine nackten Fußsohlen den Boden berührten. Das intensive Licht der Mittagssonne, das durch das Fenster über seinem Kopf hereinfiel, suggerierte eine Wärme, die es nicht gab. Er nahm auch noch Corinnas Decke und schlang sie sich um die Schultern, aber es half nicht viel. Die Kälte rief auch wieder die Erinnerung an die vergangene Nacht wach, den Kampf, das eisige Wasser und die Angst um Abu Dun.

»Er ist schon sehr früh weggegangen«, antwortete Corinna, während sie sich – aufreizend langsam, wie es ihm vorkam – anzuziehen begann. »Aber er hat sich tadellos benommen, keine Sorge. Ich muss gestehen, dass ich mich in ihm getäuscht habe. Ich habe ihn für einen Barbaren ohne Manieren gehalten, aber damit habe ich ihm wohl Unrecht getan. Er hat die ganze Zeit diskret auf seinem Stuhl gesessen und kein Wort gesagt.«

Andrej richtete sich kerzengerade auf und starrte sie an, und das Mädchen hielt seinem Blick mit todernster Miene stand und begann dann schallend zu lachen. »Nein, keine Sorge. Er hat nebenan geschlafen. Ich musste gar nichts sagen ... oder wäre es dir lieber gewesen, wenn er neben dir gelegen und ich ihn aufgewärmt hätte?« Andrej erwiderte nichts. Es gab Dinge, über die er nicht gerne sprach. Wie schon nach der ersten gemeinsamen Nacht von Schamhaftigkeit erfüllt, schlüpfte er unter der Decke in seine Hose und verzog das Gesicht, als er feststellen musste, dass sie immer noch klamm und kalt war. So feucht, wie es hier drinnen war, würde es wahrscheinlich bis zum nächsten Frühjahr dauern, bevor sie endgültig trocknete.

»Und du bist ganz sicher, dass du die nassen Kleider wieder anziehen willst?«, erkundigte sich Corinna. Es war nicht das erste Mal, dass ihm auffiel, was für eine ausgezeichnete Beobachterin sie war. »Du wirst dir noch den Tod holen.«

»Ich werde nicht krank«, antwortete Andrej, bemerkte ihr

verblüfftes Blinzeln und fügte hastig hinzu: »So schnell, meine ich.«

»Habe ich Euch schon gesagt, dass Ihr ein ganz erstaunlicher Mann seid, Andrej Delãny?«, fragte Corinna spöttisch.

»Mehrmals.« Andrej schlüpfte in seine Stiefel, die so nass und kalt waren, dass er kaum hineinkam und sich seine Zehen auf der Stelle wieder verkrampfen wollten.

»Und dass Ihr allmählich ausseht wie ein Landstreicher?«, fuhr sie in unverändert spöttischem Ton fort. »Ihr solltet Euch neue Kleider zulegen.«

»Unsere Reisekasse – «, begann Andrej und brach dann ab, als sie in ihrer Manteltasche grub und ihm einen schäbigen Lederbeutel reichte, der ihm wohlbekannt war.

»Ich habe alles eingesammelt, was ich in der Dunkelheit finden konnte«, sagte sie. »Üppig ist es nicht, aber besonders viel war ja auch vorher nicht drin.«

»Wie du ja bestens weißt.«

Corinna überging die Spitze. »Ich kenne einen Schneider, der euch gute Preise machen wird«, sagte sie. »Und ich kann euch etwas leihen, wenn es nicht reicht.«

»Lieber nicht«, sagte Andrej, während er sein immer noch nasses Hemd in die Höhe hielt und schon einmal vorsorglich bei dem Gedanken schauderte, den durchweichten Fetzen auf der Haut zu spüren. Corinna hatte recht, seine äußere Erscheinung ließ wirklich zu wünschen übrig.

»Weil es gegen deine Ehre geht, dir Geld von einer Frau zu borgen?«

»Weil borgen auch immer heißt, dass man etwas zurückgeben muss«, antwortete Andrej. »Wir bleiben nicht mehr lange genug dafür in der Stadt.«

»Und du bleibst ungern jemandem etwas schuldig. Wie ich es mir gedacht habe: ein echter Ehrenmann«, seufzte Corinna, als hätte er etwas Verwerfliches gesagt. »Aber du könntest es abarbeiten.«

»Und ich dachte, das hätte ich schon.«

»Nicht so.« Corinna grinste schelmisch. »Aber für einen Mann wie dich habe ich immer Verwendung. Du könntest meine Kleider bügeln, einige Botengänge machen, den einen oder anderen säumigen Schuldner verprügeln …« Sie hob die Schultern. »Es wird sich schon eine geeignete Tätigkeit finden.«

Andrej schlüpfte schließlich doch in sein nasses Hemd. Als er sich nach seinem nicht minder feuchten Mantel bückte, beobachtete er, wie Corinna, die die Gelangweilte spielte, ihm aber in Wahrheit bei jedem seiner Handgriffe aufmerksam zusah, fragend die Stirn runzelte, als sie das winzige runde Loch im Stoff gewahrte, nur ein kleines Stück unter seiner rechten Schulter.

Er konnte sich nicht erinnern, getroffen worden zu sein, was aber angesichts des Chaos der zurückliegenden Nacht nichts zu bedeuten hatte. Er war nahe daran, einfach so zu tun, als habe er ihr Erstaunen nicht bemerkt, entschied sich aber dann doch dafür, den Mantel am ausgestreckten Arm vor sich auszubreiten.

»Das nennt man Glück«, sagte er. »Einen Fingerbreit weiter nach links, und du hättest Abu Dun aufwärmen müssen.«

Corinna blieb ernst. Sie betrachtete das Einschussloch, und er konnte ihr ansehen, dass sie sich vergeblich darüber klar zu werden versuchte, wie es kam, dass derjenige, der in diesem Mantel gesteckt hatte, noch am Leben war.

»Dein Freund ist getroffen worden«, sagte sie nachdenklich. »Mindestens zweimal.«

»Er hatte Glück«, antwortete Andrej. Er schlang den feuchten Mantel um die Schultern. »Ich habe mich immer über seine Manie lustig gemacht, sich so dick anzuziehen, dass man ihn für die Mumie eines seiner Vorfahren halten könnte. Jetzt hat es ihm wohl das Leben gerettet.«

Corinna blickte zweifelnd, sodass sich Andrej bemüßigt fühlte hinzuzufügen: »Diese alten Musketen haben keine nennenswerte Durchschlagskraft.«

Doch der Zweifel im Blick des Mädchens wurde noch größer. »Du willst mir weismachen, dass sein Mantel eine Gewehrkugel aufgehalten hat?«

»Nicht zu vergessen Abu Duns natürlichen Panzer«, feixte Andrej. »Die eine oder andere Speckschwarte ... du verstehst nicht viel vom Kampf, oder?«

»Sollte ich?«

Statt direkt zu antworten, zupfte Andrej spielerisch an ihrem Dekolleté. »Dein Unterkleid ist aus Seide, nicht wahr? Ist sie von guter Qualität?«

»Das will ich hoffen«, antwortete sie verwirrt. »Jedenfalls war sie teuer genug. Warum?«

»Solltest du jemals in die Verlegenheit geraten, um dein Leben kämpfen zu müssen, mach es nass«, antwortete er. »Nasse Seide hält sogar einer Messerklinge stand ... mit ein bisschen Glück. Und wenn sie nicht gerade von jemandem wie Abu Dun geschwungen wird.«

Corinna sah nach wie vor wenig überzeugt aus, aber sie bohrte nicht weiter, sondern streifte nur ihrerseits ihren Mantel über und folgte ihm zur Tür und aus dem Zimmer. Andrej warf einen raschen Blick in die benachbarte Kammer, deren Tür weit offen stand, stellte aber nur fest, dass sie ebenso leer wie in chaotischer

Unordnung war. Vermutlich war Abu Dun schon seit Langem unten und tat sein Möglichstes, um die Vorräte der Wirtsleute zu vertilgen. So schnell, dass Corinna ihm kaum folgen konnte, eilte er die steile Treppe hinab, fand sich in einer leeren Gaststube wieder und steuerte die offen stehende Tür zur Küche an.

Von Abu Dun war auch hier keine Spur. Nur die Wirtin stand am Herd und rührte in einer eisernen Pfanne. Andrej konnte nicht erkennen, was sie enthielt, aber der Geruch erinnerte ihn an den Geschmack dessen, was hier im Allgemeinen kredenzt wurde.

»Euer Freund ist nicht hier«, sagte sie, ohne ihr alchemistisches Experiment zu unterbrechen oder sich gar zu ihm umzudrehen. »Er ist schon vor Stunden fortgegangen.«

Corinna erschien hinter ihm in der Tür, und die Wirtin musste wohl das Eintreten einer weiteren Person gespürt haben, denn sie wandte sich nun doch um, und eine steile Falte erschien auf ihrer Stirn, die jedes weitere Wort überflüssig werden ließ.

»Hat er gesagt, wohin er geht?«, fragte Andrej rasch.

Die Wirtin schüttelte den Kopf, ohne Corinna aus den Augen zu lassen. »Er hat nur nach den Muschelfischern gefragt.«

»Und wo finde ich die?« Andrej fragte sich, warum er eigentlich überrascht war. Schließlich kannte er Abu Dun lange genug.

»Es gibt kein …« Sie suchte einen Moment nach dem richtigen Wort. »… Muschelfischerviertel, wenn Ihr das meint«, sagte sie schließlich. »Und jetzt im Winter sind viele von ihnen ohnehin nicht in der Stadt. Es ist zu kalt, um aufs Wasser hinauszufahren. Das habe ich ihm gesagt, und daraufhin ist er gegangen. Ich weiß nicht, wohin.«

»Vielleicht kann ich es ja herausfinden«, schlug Corinna vor.

»Ja, darauf wette ich«, sagte die Wirtin spitz. »Ich nehme an, Ihr kennt eine Menge Männer in der Stadt.«

Corinna sah leicht verdutzt aus, revanchierte sich aber zu Andrejs Erleichterung nicht mit einer ähnlich scharfen Bemerkung, sondern zuckte nur mit den Achseln und wandte sich um. »Ich warte dann draußen auf dich.«

Andrej sah ihr nach, bis sie die Gaststube verlassen hatte, suchte vergeblich nach einem versöhnlichen Wort und wollte dann mit einem stummen Nicken gehen.

»Auf ein Wort, Signore Andrej«, bat die Wirtin.

Andrej blieb stehen und sah sie immer noch schweigend an.

»Die Signorina«, begann die Frau unsicher, »sie hat hier übernachtet.«

»Das ist richtig«, bestätigte Andrej. »Wenn es um die Kammer geht, in der Abu Dun geschlafen hat, ich zahle selbstverständlich dafür.«

»Sie stand ohnehin leer, und das spielt gar keine Rolle. Aber dieses Signorina … sie passt nicht hierher. Ich möchte nicht, dass sie wiederkommt.«

Statt auszusprechen, was ihm auf der Zunge lag, fragte Andrej nur: »Warum? Weil sie das ist, was sie ist?«

»Eine Dirne? Das interessiert mich nicht. Aber sie … sie passt nicht hierher. Nicht zu uns. Sie bringt Unruhe in mein Haus. Die anderen Gäste reden schon.«

»Worüber?«

»So feine Herrschaften und einfache Leute wie wir, das geht nicht zusammen. Ich kann Euch verstehen, denn sie ist ein wirklich hübsches Ding, und Ihr seid ein Mann in den besten Jahren, aber ich will Euch trotzdem bitten, sie nicht noch einmal mitzubringen.«

»Ganz wie Ihr wünscht«, antwortete Andrej steif, nickte ihr kühl zu und beeilte sich nun, Corinna nach draußen zu folgen.

Ihm war, als wäre es über Nacht noch einmal kälter geworden, was aber wohl eher an den klammen Kleidern liegen mochte, die er trug. Corinna wartete am Ende der kurzen Straße auf ihn, sah aber nicht in seine Richtung, sondern betrachtete mit geneigtem Kopf scheinbar konzentriert die Fassaden der ärmlichen Häuser, die die schmale Straße säumten. Auf den ersten Blick sah es so aus, als suche sie nach etwas Bestimmtem, vielleicht jemandem, aber schon im nächsten Moment war Andrej nicht einmal mehr so sicher. Er dachte zurück an die Worte der Wirtin, und mit einem Male kamen sie ihm gar nicht mehr so falsch vor.

»Es ist nicht die Gegend, in der du sonst arbeitest, was?«, fragte er geradeheraus.

»Wie kommst du darauf?«

»Du siehst aus, als wärst du … eine andere Umgebung gewohnt.«

»Es scheint ziemlich schwierig zu sein, etwas vor dir geheim zu halten«, sagte Corinna.

Was umgekehrt nicht der Fall war, dachte Andrej, zwang sich aber trotzdem zu einem schiefen Lächeln. »Muss ich mir jetzt Sorgen machen? Unseretwegen, meine ich?«

»Unseretwegen?«

»Immerhin lebe ich hier.«

»Vorübergehend, nehme ich an, und durch widrige Umstände bedingt«, sagte Corinna. »Und außerdem: Findet man nicht auch die prachtvollsten Diamanten stets dort in der Erde, wo es am dunkelsten und schmutzigsten ist?«

»Ich gebe auf«, seufzte Andrej. »Was Schmeicheleien angeht, seid Ihr mir überlegen, Signorina.«

»Und nicht nur, was Schmeicheleien angeht«, erwiderte Corinna lachend. Sie deutete mit dem Kopf zum Kanal. »Ich weiß nicht, wo diese Muschelfischer zu finden sind, aber ich kann noch einmal mit dem Mädchen reden, das mich mit Balean zusammengebracht hat.«

»Vertrauenswürdige Verbündete sind immer wertvoll«, sagte Andrej spöttisch.

Er sah, wie ihre Augen zornig aufblitzten, aber sie antwortete trotzdem und mit ruhiger Stimme: »Sie kann uns sicherlich sagen, wo wir seine Familie finden. Ich nehme doch an, dass Abu Dun auf der Suche nach ihnen ist. Ich an seiner Stelle würde es tun.«

Ja, dachte Andrej und unterdrückte ein eisiges Frösteln. Das würde wohl jeder. Aber kaum jemand wäre imstande, das zu tun, was Abu Dun vielleicht tat, wenn er ihn nicht vorher fand und aufhielt.

Kapitel 9

Wie es aussah, dachte er missmutig, würde er Corinnas Angebot, ihnen finanziell unter die Arme zu greifen, vielleicht doch noch annehmen müssen. Dies war nun bereits das dritte Boot, das sie mieteten, und obwohl Corinna mit einer Hartnäckigkeit gefeilscht hatte, die jeder Marktfrau aus Abu Duns Heimat zur Ehre gereicht hätte, war sein Geldbeutel bereits spürbar leerer geworden, nachdem er die Überfahrt bezahlt hatte. Mit der Bezahlung der Rückfahrt würde sich ihre Barschaft tatsächlich halbiert haben. Dabei wusste er noch nicht einmal, ob sein Geld gut angelegt war.

Als er die Ansammlung der von Wind und Salzwasser angenagten, ärmlichen Bretterbuden betrachtete, zu denen der schmale Steg führte, kamen ihm ernsthafte Zweifel. Sie waren auf der Suche nach Muschelfischern, und auch wenn er keine rechte Vorstellung von diesem Beruf hatte, so schienen in diesen Verschlägen doch keine Menschen zu leben oder auch nur einmal gelebt zu haben.

»Soll ich warten, Signore?«, erkundigte sich der Bootsführer, der sie hergebracht hatte, ein Mann von gut sechzig Jahren, der so dürr war, dass sich Andrejs Gewissen rührte, weil er sich von ihm über das eisige Wasser rudern ließ. Das Gefühl verging allerdings rasch, als er ihnen die Summe nannte, die er für seine Dienste verlangte.

»Ich bin … nicht ganz sicher«, antwortete er ausweichend. »Einen Moment Geduld noch.«

Im Grunde glaubte er zu wissen, dass sie den Jungen und seine Familie auch hier nicht finden würden. Corinna hatte sie noch einmal zurück in die *Carampane* gebracht (und damit in das bedeutendste Rotlicht-Viertel der Stadt, wie er inzwischen wusste) und war dann wieder für eine geraume Weile verschwunden. Andrej hatte diese Zeit nicht in einem Gasthaus wartend verbracht, sondern frierend draußen in der Kälte. Gefühlt waren es sicherlich mehrere Stunden gewesen, in Wahrheit wohl nicht einmal eine halbe. Auch heute herrschte dasselbe fröhliche Treiben und Lärmen und Kommen und Gehen wie bei seinem ersten Besuch. Die Musik kam ihm heute sogar lauter vor, und es gab eindeutig noch mehr Farben in Form von bunten Tüchern und Markisen und sogar eine Anzahl bunter Blumen, über deren Herkunft zu dieser Zeit des Jahres er sich vergeblich den Kopf zerbrochen hatte. Doch heute trafen ihn zwar neugierige, manchmal auch kritische, wenn nicht gar misstrauische Blicke, die vermutlich seinem abgerissenen Aussehen galten. Aber die offene Feindseligkeit fehlte, die Abu Dun und ihm noch vor Kurzem entgegengeschlagen war.

Oder um genauer zu sein: Abu Dun.

»Signore?« Die Stimme des Fährmanns riss ihn aus seinen Grübeleien, wofür er im ersten Moment fast dankbar war. Wenngleich auch nur so lange, bis er das gierige Funkeln in dessen Augen gewahrte. »Ich warte gerne auf Euch, aber wenn es lange dauert, muss ich Euch einen Aufschlag berechnen. Wenn ich tatenlos hier herumsitze, entgeht mir eine andere Fahrt.«

»Schon gut, du kannst fahren.« Corinna tauchte zwischen den Bretterbuden auf und wedelte unwillig mit der Hand. »Wir benötigen deine Dienste nicht mehr.«

Der Fährmann sah sich demonstrativ um. »Aber es ist kein anderes Boot da. Wie wollt ihr zurückkommen?«

»Wenn es sein muss, schwimmen wir eben.« Corinna ergriff Andrej kurzerhand am Arm und zerrte ihn hinter sich her. Sie wirkte verstimmt.

»Schwimmen?«, wiederholte Andrej.

»Warum nicht? Ich dachte, das wären genau die Temperaturen, bei denen du am liebsten badest«, witzelte Corinna, wurde aber auch sofort wieder ernst und ging rasch noch ein paar Schritte weiter, bis sie außer Hörweite des Fährmanns waren. Andrej konnte hören, wie er mit einem Klatschen die Ruder ins Wasser tauchte.

»Der Kerl wollte uns übervorteilen«, sagte sie. »So etwas mag ich nicht.«

»Aber –«

»Ich habe sie gefunden«, fuhr Corinna fort, und Andrej vergaß den missmutigen Fährmann augenblicklich. »Die Frau, mit der ich gerade gesprochen habe, kennt den Jungen.«

»Balean?«

Corinna nickte. »Er lebt mit seiner Familie in einem alten Hof, nicht einmal weit von hier. Sie hat ihn heute noch gesehen.«

»Und du weißt, wo das ist?«

»Ich bringe dich hin.«

»Kommt nicht infrage«, sagte Andrej. »Erklär mir den Weg!«

»Sie werden mir nichts tun«, beharrte Corinna. »Wenn sie das wollten, hätten sie es schon gestern Nacht tun können.«

»Ich werde nicht mit dir diskutieren«, sagte Andrej ruhig. »Es ist zu gefährlich. Du kannst mir den Weg beschreiben, aber ich kann mich auch selbst durchfragen, wenn es sein muss.«

»Ganz wie du meinst«, erwiderte Corinna schnippisch. »Aber die Leute hier sind nicht sehr gesprächig, und eigentlich mögen sie keine Fremden. Niemand wird mit dir reden. Ach ja, und da ist noch etwas.«

»Abu Dun ist hier«, vermutete Andrej. Eigentlich war es mehr als eine Vermutung. Jetzt, einmal darauf aufmerksam geworden, spürte er die Nähe eines anderen Unsterblichen. Noch sehr weit entfernt und noch sehr schwach, aber er war da.

»Noch nicht lange, und ganz bestimmt hat ihm niemand den Weg beschrieben«, bestätigte sie. »Aber ja, ich denke, er ist hier. Eine der Frauen hat eine Andeutung gemacht. Und ich konnte spüren, dass sie Angst hatte.« Corinna sah ihn mit dem unschuldigsten Augenaufschlag an, den er jemals gesehen hatte. »Wollen wir uns noch ein bisschen streiten, oder gehen wir weiter und versuchen ein paar Leben zu retten?«

Andrej gab nach. Sie hatte ja recht. In der Zeit, in der sie sich hier wie die Kinder herumzankten, starben vielleicht Menschen. »Also gut«, grollte er. »Aber du tust genau das, was ich sage, hast du das verstanden?«

Corinna nickte.

»Und über das hier reden wir noch«, fügte er hinzu.

Jetzt versuchte Corinna, Zerknirschung zu heucheln, wenn auch mit wenig Erfolg. »Wie Ihr befehlt, Sahib.«

Andrej starrte sie an. »Was … hast du gesagt?«, fragte er stockend.

»Sahib«, wiederholte Corinna. »Nennt dich nicht dein großer schwarzer Freund immer so?«

»Schon, aber er –«

»Ich dachte, das bedeutet so etwas wie Freund.« Corinna blinzelte. »Tut es das nicht?«

»Nicht unbedingt«, antwortete Andrej. Das hatte sie ganz gewiss nicht geglaubt, aber auch darüber würden sie später sprechen. »Wohin?«

Corinna sah ihn zweifelnd an, machte dann aber gehorsam eine Geste in eine Richtung. »Es ist nicht sehr weit, aber wir sollten uns trotzdem beeilen. Dein Freund ist schon eine ganze Weile hier, wenn ich mich nicht täusche.«

Sie eilten los, Corinna auf dem letzten Stück so schnell, dass er Mühe hatte, nicht zurückzufallen. Nachdem sie die Reihe aus baufälligen Schuppen und Bootshäusern hinter sich gebracht hatten, veränderte sich die Umgebung. Es war, als würden sie einen Schritt zurück in die Vergangenheit tun, fünfzig oder auch dreihundert Jahre zurück. Die Gegend hatte nicht mehr die mindeste Ähnlichkeit mit der modernen Stadt, in deren Sichtweite sie sich immer noch befanden. Vor ihnen lag eine schmale, nicht ganz gerade Straße, die früher einmal gepflastert gewesen war, jetzt aber zum größten Teil aus Schlamm und halb gefrorenem Morast bestand. Das Aussehen der Häuser passte zum Zustand der Wege. Irgendwann einmal waren sie wohl im typisch südländischen Stil weiß verputzt und mit ordentlichen roten Dachziegeln gedeckt gewesen, aber die Zeit hatte sichtlich ihren Tribut gefordert. Von den meisten Fassaden war die Farbe längst abgeblättert, und zahlreiche Dächer waren mit Holz oder auch Stroh notdürftig geflickt. Und trotzdem wirkte der Anblick nicht schäbig oder gar abstoßend, sondern auf eine angenehme Weise vertraut – und auf seltsame und schwer in Worte zu fassende Art freundlicher als das Labyrinth aus schmutzigen Straßen und nicht minder schmutzigen Kanälen, aus dem sie gerade kamen. Die unerwartet wenigen Menschen, die er sah, waren einfach, aber zweckmäßig gekleidet, statt so farbenfroh (und zum Großteil unpraktisch) wie die meisten Venezianer, denen er bisher begegnet war. Auch hier wurde er neugierig gemustert, wenngleich auch auf eine andere Art. Etwas wie eine fühlbare Gelassenheit hatte die Stelle der allgemeinen Hektik eingenommen, die den Rest der Stadt auszeichnete. Es gefiel ihm.

»Ist es hier immer so ruhig?«, fragte er.

»Nur im Winter«, antwortete Corinna. »In ein paar Wochen geht die Arbeit auf den Feldern wieder los, und im Moment sind auch viele in der Stadt, um sich während des *Carnevale* eine Arbeit zu suchen, oder auch einfach nur zu feiern. Aber im Sommer könntest du hier keinen Schritt tun, ohne irgendwem auf die Füße zu treten.«

Sie hatten eine Abzweigung erreicht, und Corinna blieb stehen, um sich nachdenklich umzublicken. »Dort entlang«, sagte sie schließlich und deutete nach links. Die Geste wirkte nicht so überzeugt, wie Andrej es sich gewünscht hätte.

»Glaube ich«, fügte sie noch hinzu.

Das hatte Andrej jetzt nicht hören wollen, schluckte aber eine Erwiderung hinunter und bedeutete ihr mit einer jetzt ganz bewusst ungeduldigen Kopfbewegung weiterzugehen. Abu Dun war hier, das spürte er nun ganz deutlich, und ihnen blieb nicht mehr viel Zeit.

Längst machte Andrej sich Vorwürfe, nicht schon am vergangenen Abend mit Abu Dun gesprochen zu haben. Immerhin hatte nicht viel gefehlt, und ihre Angreifer hätten ihn umgebracht – oder ihm ein noch schlimmeres Schicksal bereitet. Und der Nubier war niemand, der rasch vergab.

Als sie noch zweimal abbogen, musste Corinna nichts sagen, um in Andrej den Verdacht zu wecken, dass sie sich ihrer Sache nicht einmal annähernd so sicher war, wie sie ihn, und möglicherweise auch sich selbst, glauben machen wollte. Immer wieder sah sie sich auf eine Art um, die sie für verstohlen halten mochte, und einmal machte sie sogar kehrt und ging ein paar Schritte weit den Weg zurück, den sie gekommen waren.

»Vielleicht sollte ich doch nach dem Weg fragen«, schlug er vor.

Corinna dankte ihm den Vorschlag mit einem giftigen Blick und einer knappen und jetzt ganz eindeutig befehlenden Geste. »Warte hier!«, sagte sie, klopfte an die Tür des nächstbesten Hauses und trat ein, ohne auf eine Antwort zu warten. Andrej dachte kurz daran, die Gelegenheit zu nutzen und einfach auf eigene Faust weiterzumachen, entschied sich aber dann dagegen. Er traute sich durchaus zu, Baleans Familie und damit Abu Dun auch ohne Hilfe zu finden, aber nicht unbedingt vor ihr, falls sie in diesem Haus die gewünschte Auskunft bekam.

Seine Geduld wurde auf die Probe gestellt. Er hörte Corinnas Stimme und die einer zweiten Frau. Sie sprachen Italienisch, aber zu schnell und zu leise, als dass er sie hätte verstehen können. Allerdings war nicht zu überhören, dass es sich um keine besonders freundschaftliche Unterhaltung handelte. Auch fiel ihm erneut der befehlsgewohnte Ton in Corinnas Stimme auf. Nicht wie der Ton eines Soldaten, der seine Untergebenen zusammenbrüllt, aber doch der eines Menschen, der keinen Widerspruch duldet. Vielleicht wäre es doch ratsam herausfinden, wer dieses Mädchen wirklich war.

Andererseits spielte es auch keine Rolle mehr, dachte er, und ein flüchtiges Gefühl von Melancholie überkam ihn, bevor er es fast erschrocken wieder verscheuchte. Es wurde Zeit, dass sie dieser sonderbaren Stadt den Rücken kehrten, und er würde Corinna nicht wiedersehen. Sie war ein wirklich hübsches Mädchen, und er empfand auch etwas für sie ... aber nicht genug, um hierzubleiben. Er musste Abu Dun finden, bevor dieser große Tölpel etwas Unbedachtes tat, und dann würde er auf seinen eigenen Rat hören und von hier verschwinden.

Vielleicht hatte er ihn sogar schon gefunden.

Andrej spürte eine Bewegung hinter sich, fuhr herum und sah gerade noch einen Schatten hinter dem nächsten Haus verschwinden, zu schnell, um ihn selbst mit seinen scharfen Sinnen zu erfassen. Er hatte nur einen flüchtigen Eindruck von etwas sehr Großem und Dunklem mit wehenden Umrissen.

Abu Dun? Was machte der denn hier?

Ohne den Namen des Nubiers zu rufen, rannte er hinter ihm her, stürmte um die Ecke und sah wieder nur einen Schatten, der hinter der nächsten Biegung verschwand, beschleunigte seine Schritte aber nur noch mehr. Es gab nur sehr wenig, worin er Abu Dun körperlich überlegen war, aber Laufen gehörte eindeutig dazu.

Nur noch ein kurzes Stück hinter dem Nubier erreichte er auch die nächste Abzweigung, bog ab und rannte noch zwei oder drei Schritte weiter, bevor er doch langsamer wurde und schließlich enttäuscht stehen blieb.

Vor ihm endete der Stadtteil. Es gab noch zwei Häuser auf der rechten und eines auf der linken Seite, dahinter war der Boden trotz des von Raureif bedeckten Matsches als fruchtbare Ackerkrume zu erkennen, die nur auf das Erwachen des Frühlings wartete. Wo er die Gestalt des flüchtenden Nubiers erwartete, erhob sich die erste Baumreihe einer ordentlich gepflanzten Obstplantage, die sich so weit erstreckte, wie er sehen konnte.

Abu Dun dorthin zu folgen wäre sinnlos gewesen. Trotz seiner Größe vermochte sich der nubische Riese nicht nur vollkommen lautlos zu bewegen, sondern hinterließ auch keine Spuren, wenn er es nicht wollte.

Doch warum lief Abu Dun vor ihm davon?

Enttäuscht (und ein bisschen ärgerlich auf sich selbst, dass er sich so leicht hatte übertölpeln lassen) ging er zurück. Corinna stand vor der Tür und erwartete ihn mit missbilligender Miene.

»Ich dachte, ich hätte etwas gesehen«, sagte er, bevor sie den Mund öffnen konnte. »Aber ich muss mich wohl getäuscht haben.«

»Dafür war ich umso erfolgreicher«, antwortete sie in leicht schnippischem Ton. »Wir sind auf dem richtigen Weg. Der Hof liegt gleich hinter der Apfelplantage. Sie muss ganz hier in der Nähe sein.«

»Ich weiß, wo das ist«, sagte Andrej, erfreute sich ganz ungeniert an ihrem verblüfften Blick und lief dann los – gerade so schnell, dass sie mithalten konnte, wenn auch mühsam.

Die Insel Sant Erasmo, die von den Einheimischen auch Garteninsel genannt wurde, machte ihrem Namen alle Ehre. Die Obstplantage war deutlich größer als so manches Dorf, durch das sie auf dem Weg in die Stadt gekommen waren, und selbst jetzt im Winter ein fast undurchdringliches Dickicht, sodass er mehr als einmal in Versuchung war, seine Waffe zu ziehen und sich den Weg mit Gewalt frei zu hacken. Danach schlossen sich Reihen um Reihen ordentlich auf den Frühling vorbereiteter Äcker und Beete von fast schon absurden Ausmaßen an, auf denen Gemüse, Feldfrüchte, aber auch Blumen angepflanzt wurden, wie Corinna ihm auf dem Weg hierher verraten hatte.

Worauf sie ihn nicht vorbereitet hatte, war die schiere Größe Sant Erasmos – auch wenn er sich jetzt sagte, dass er sich das eigentlich hätte denken können: Immerhin versorgte diese eine Insel einen Großteil der Stadt mit Lebensmitteln. Die schlafenden Felder schienen sich meilenweit zu erstrecken, und der Hof, von dem Corinna gesprochen hatte, war mindestens eine Meile entfernt, wenn nicht zwei, sodass er beinahe nicht glauben konnte, dass sie sich tatsächlich auf einer Insel befanden.

»Und du bist sicher, dass Baleans Familie dort lebt?«, fragte er.

Corinna blickte missmutig auf ihre Schuhe hinab, die der schlammige Weg, auf den sie auf der anderen Seite der Apfelplantage gelangt waren, ruiniert hatte. »Jedenfalls hat man mir das gesagt. Der Hof steht schon seit Jahren leer, und niemand hat etwas dagegen, wenn sie den Winter hier verbringen, bis sie ihre Arbeit wieder aufnehmen können. Die Leute hier sind sehr gastfreundlich.«

Während er Corinnas Worten lauschte, ließ er seinen Blick noch einmal aufmerksam über die brachliegenden Felder schweifen. Von Abu Dun war weit und breit nichts zu sehen, auch wenn er seine Anwesenheit nach wie vor zu spüren glaubte. Da war etwas. Das intensive Gefühl, angestarrt zu werden.

»Dann wartest du hier auf mich«, sagte er, vielleicht eine Spur barscher, als er eigentlich beabsichtigt hatte.

»Kommt nicht infrage«, erwiderte Corinna auch prompt und wedelte mit ihrem ruinierten rechten Schuh. »Bis du zurück bist, bin ich wahrscheinlich bis zum Hals im Morast versunken. Außerdem seid Ihr nicht meine Gouvernante, Signore Delãny«, sagte sie wie ein verstocktes Kind, das seine Suppe nicht essen will. »Ganz, wie Ihr meint, Signorina«, erwiderte er. »Dann folgt mir einfach.«

Und damit schlug er seinen Mantel zurück und rannte los, so schnell er konnte.

Corinna fiel so bald zurück, dass ihr empörter Ausruf sein Ohr kaum noch erreichte. Andrej empfand kindische Schadenfreude, als er über die Schulter zu ihr zurücksah und sah, wie sie mit finsterer Miene hinter ihm herstapfte. Vermutlich konnte sie noch von Glück sagen, wenn sie sich nur ihre Schuhe ruinierte.

Als er den Blick wieder nach vorne wandte, gewahrte er einen gewundenen Trampelpfad zwischen den Feldern vor sich und ging darauf zu. Wieder auf festerem Boden zurück, beschleunigte er seine Schritte noch mehr, und das, was Corinna als Bauernhof bezeichnet hatte, kam nun rasch näher – im Grunde nicht mehr als ein lang gestrecktes eingeschossiges Haus mit winzigen Fenstern und einem spitzen Dach, das auf einer Seite eingesunken und niemals richtig repariert worden war. Eine Anzahl kleinerer Nebengebäude, die sich in noch schlechterem Zustand befanden, drängte sich wie eine Herde verängstigter Jungtiere um die schäbige Ruine, und vor langer Zeit musste es auch einmal eine steinerne Einfriedung gegeben haben, von der jetzt nur noch knöchelhohe Reste zu sehen waren. Andrej war noch gute hundert Schritte entfernt, als er auch schon begriff, dass er zu spät kam.

Auf halber Strecke zwischen der Mauer und dem Haus lag der Kadaver eines großen Hundes, dem jemand das Genick gebrochen hatte. Die Tür zum Haus war eingeschlagen worden und hing schräg in den Angeln. Lärm drang aus dem Haus: Schreie, ein dumpfes Poltern, hastige Schritte und das Scharren von Metall, das über Stein oder Holz schrammte.

Andrej fluchte ungehemmt und wäre in seiner Hast beinahe über den toten Hund gestolpert. Mit einem ausgreifenden Schritt fand er sein Gleichgewicht wieder, stürzte mehr durch die Tür, als er lief, und sah seine schlimmsten Befürchtungen nicht nur bestätigt, sondern übertroffen.

Der Raum, der das gesamte Innere des Hauses einnahm, glich einem Schlachtfeld. Wenn es einmal eine Einrichtung gegeben hatte, so lag sie nun in Trümmern, und er erblickte gleich drei Männer, die reglos am Boden lagen oder sich vor Schmerz krümmten. Die Füße eines vierten (den er voller Schrecken als Enrico identifizierte) strampelten in fast einem halben Meter Höhe über dem Boden, weil Abu Dun den unglückseligen Mann am ausgestreckten Arm vor sich hielt. Die andere Hand des Nubiers war zur Faust geballt und holte genau in diesem Augenblick aus, um in Enricos Gesicht zu krachen und es zu zermalmen.

»Abu Dun!«, schrie Andrej. »Nicht!«

Er wartete nicht, ob Abu Dun auf seine Warnung reagierte, sondern war mit einem Satz bei ihm und versuchte seinen Arm zurückzureißen, wobei er allerdings selbst mit nach vorne geschleudert wurde. Immerhin traf die Faust den Muschelfischer nicht, sondern streifte nur seine Schulter. Andrej hörte trotzdem den trocken knirschenden Laut, mit dem das Gelenk aus der Pfanne sprang, und einen Sekundenbruchteil später Enricos gequälten Schrei.

Abu Dun schüttelte ihn ab, ließ ein gereiztes Knurren hören und warf Enrico quer durch den Raum, sodass er auf eines der letzten stehen gebliebenen Möbelstücke fiel und es unter sich zermalmte.

»Du kommst spät, Hexenmeister«, knurrte er. »Und du mischst dich in Dinge, die dich nichts angehen!«

Andrej rappelte sich auf, las in Abu Duns Augen, dass der

gefährliche Moment vorüber war, und warf einen raschen Blick in die Runde, bevor er sich wieder dem Nubier zuwandte. Erst jetzt bemerkte er zwei weitere Gestalten, die sich angstvoll in die entfernteste Ecke zurückgezogen hatten: Gina und den Jungen. Balean war vor Schrecken erstarrt und sah, aus aufgerissenen Augen und ohne zu blinzeln, zu dem tobenden Nubier hoch, der ihm wie ein Dämon aus einer fremden Welt vorkommen musste, der ohne Vorwarnung über sie gekommen war. Auch in den Augen der Frau las er nichts als Furcht, aber auch eine Entschlossenheit, die ihm zu denken gab.

»Was geht hier vor?«, herrschte er Abu Dun an. »Bist du verrückt geworden?«

Abu Dun würdigte ihn keiner Antwort, sondern schürzte nur abfällig die Lippen, sah sich einen Moment lang stirnrunzelnd in dem verwüsteten Zimmer um und bückte sich dann, um einen wimmernden Mann am Arm in die Höhe zu ziehen. Andrej erkannte sein Gesicht wieder, hielt instinktiv den Atem an und machte sich innerlich bereit, nötigenfalls einzugreifen, doch der Nubier beließ es dabei, sein wehrloses Opfer so hart gegen die Wand zu schubsen, dass es in gekrümmter Haltung stehen blieb.

»Es tut mir leid, wenn ich gegen Eure Sitten verstoßen haben sollte, Signore«, sagte er böse. »Ich bin fremd hier, müsst Ihr wissen, und ich habe mich nur anzupassen versucht.«

»Abu Dun, bitte!«, sagte Andrej.

Der schwarze Riese ignorierte ihn, bückte sich abermals und hob eine Muskete auf. Der Geruch von verbranntem Schießpulver stieg Andrej in die Nase. »Das gehört Euch, glaube ich.«

Und damit brach er das altertümliche Gewehr ohne sichtbare Anstrengung entzwei. »Oh, nun habe ich es kaputt gemacht«, sagte Abu Dun mit geheucheltem Bedauern. »Das wollte ich nicht.«

»Jetzt hör verdammt noch mal endlich auf!«, sagte Andrej scharf. »Was soll das? Was haben diese Leute dir getan?«

Abu Dun wedelte mit der Hälfte der zerbrochenen Muskete herum. Die andere warf er mit solcher Kraft eine Handbreit neben dem Gesicht des Mannes an die Wand, dass Putz und Steinsplitter flogen. »Auf mich geschossen?«, antwortete er in fragend naivem Tonfall.

»Ja, und anscheinend hat er nicht gut genug gezielt!«, fauchte Andrej. Er riss Abu Dun den verbogenen Lauf aus der Hand, warf ihn zu Boden und postierte sich wie zufällig so, dass er zwischen ihm und dem verletzten Mann stand – vielleicht ein Fehler, denn der nubische Riese machte nun seinerseits einen halben Schritt und ragte drohend über ihm auf. Und etwas ganz und gar Unglaubliches geschah: Er kannte Abu Dun seit Jahrhunderten und vermochte auch dann in seinem Gesicht zu lesen, wenn sich scheinbar nichts regte, und jetzt sah er, dass Abu Dun für den Bruchteil eines Atemzuges bereit war, sich auf ihn zu stürzen. Ganz einfach, weil da plötzlich etwas in ihm erwachte, das töten wollte, egal wen.

»Abu Dun«, murmelte er auf Arabisch. »Pirat! Komm zu dir.«

»Geh aus dem Weg«, grollte der Nubier. »Geh zur Seite, oder –«

»Oder was?« Andrejs Hand senkte sich auf den Schwertgriff.

»Hört auf, Signori, ich bitte euch!« Enrico stemmte sich mit schmerzverzerrtem Gesicht in die Höhe, schlug die Hand gegen die linke Schulter und sog zischend die Luft zwischen den Zähnen ein, bevor er mit zitternder Stimme fortfuhr: »Ich bitte Euch, hört auf, Andrej. Euer Freund hat recht. Es war … unsere Schuld.«

Abu Duns Augen wurden schmal. Er sagte nichts, doch Andrej konnte fast körperlich spüren, wie sich sein Zorn auf ein neues Ziel fokussierte. Seine Hand schloss sich fester um den Griff des Degens, obwohl er wusste, wie wenig diese Waffe gegen den sieben Fuß großen Koloss ausrichten würde.

»Abu Dun! Was geschieht mit uns?«, fragte er leise.

Zwei, drei schier endlose Atemzüge lang starrte Abu Dun Enrico aus brennenden Augen an, und Andrej konnte ihm ansehen, wie sich etwas änderte und er mit einem Male vor sich selbst erschrak. Dann fuhr er ohne ein Wort herum und stürmte aus dem Haus. Die Reste der Tür, die ihm im Weg waren, zertrümmerte er mit einem beiläufigen Fausthieb.

»Was ist hier passiert?«, wandte Andrej sich an Enrico. »Er hat euch angegriffen? Warum?«

»Ja«, antwortete der Fischer, biss sich auf die Unterlippe und schüttelte ungelenk den Kopf. »Ich weiß nicht, was er wollte. Er hat den Hund erschlagen und die Tür eingetreten, und Marco hat die Nerven verloren und auf ihn geschossen. Es ging alles ganz schnell.«

Andrej sah kurz zu Marco hin, der mittlerweile an der Wand zu Boden gesackt war und aus großen Augen das Gewehr anstarrte, das Abu Dun so mühelos in Stücke gebrochen hatte. Er fragte sich, wieso ein angeblich harmloser Fischer eine schussbereite Muskete im Haus hatte. Wäre er nur eine halbe Minute später gekommen …

»Warum sprichst du mit diesem Teufel?«, fragte Gina. »Er hat deinen Bruder umgebracht!«

Andrej war ebenso überrascht wie erschrocken, als er ihre Stimme hörte, denn es war nicht einmal eine Spur von Furcht darin, sondern nur blanker Hass. »Sie sind Teufel, beide! Die

Hölle selbst hat sie geschickt! Er ist tot! Er muss tot sein! Du hast ihn doch selbst erschossen!«

»Abu Dun hat Glück gehabt«, sagte Andrej rasch und mit eindringlicher Stimme an Enrico gewandt, »großes Glück. Da war eine Luftblase unter dem Pier, in der er atmen konnte. Wäre das nicht so, wäre er jetzt tot, und ich würde persönlich dafür sorgen, dass ihr alle den Rest eures Lebens im Kerker verbringt. Bedankt euch beim Schicksal und bei Gott.«

»Was für ein Unsinn!« begehrte Gina auf. »Du hast doch gesehen, wie er – «

»Halt den Mund, Gina!«, unterbrach Enrico sie. Seine Stimme bebte. Schweiß bedeckte seine Stirn, obwohl es sehr kalt war. »Wir hätten das nicht tun dürfen. Signore Delãny hat recht. Sei froh, dass nichts passiert ist.«

»Das sind keine Menschen!«, begehrte Gina auf. »Wie können sie noch am Leben sein?«

»Du sollst jetzt endlich den Mund …«, begann Enrico, brach dann mit einem schmerzerfüllten Zischen ab und drückte die Hand auf die verletzte Schulter.

»So machst du es nur schlimmer.« Andrej trat mit zwei schnellen Schritten hinter ihn und ergriff seinen Arm, während er die andere Hand auf seinen Rücken legte. Bevor Enrico begriff, was er tat, renkte er ihm die Schulter mit einem Krachen wieder ein, das noch draußen vor dem Haus zu hören sein musste und Enricos jähen Schmerzensschrei verschluckte.

»Lass ihn in Ruhe!«, kreischte Gina, sprang mit unerwarteter Behändigkeit hoch, wobei sie Balean einfach zu Boden stieß, und warf sich mit erhobenen Fäusten auf Andrej. Er drehte den Kopf zur Seite, um nicht im Gesicht getroffen zu werden, und versuchte ihre Handgelenke zu ergreifen, doch Enrico packte blitzschnell ihr Haar, riss ihr brutal den Kopf in den Nacken und zerrte sie weg.

»Jetzt ist es aber genug, Weib!«, brüllte er. »Hör endlich auf! Du hast uns schon genug Ärger eingehandelt! Muss erst noch jemand sterben, bis du endlich Vernunft annimmst?«

Er stieß sie derb gegen die Wand, sodass sie beinahe gestürzt wäre, und funkelte sie so zornig an, dass sie es nicht einmal mehr wagte, Luft zu holen. Dann drehte er sich zu Andrej um. »Bitte verzeiht, Andrej. Können wir draußen reden?«

Andrej machte einen Schritt zurück. Vorher aber wandte Enrico sich noch einmal und mit jetzt wieder finsterer Miene an seine Schwägerin. »Kümmere dich um Marco und die anderen! Und gnade dir Gott, wenn du uns auch nur nachkommst!«

Sie verließen das Haus. Abu Dun stand in einiger Entfernung da und starrte sie finster an, und sie entfernten sich ein Stück weit in die entgegengesetzte Richtung. Hinter ihnen stürmte Balean aus dem Haus, gab einen entsetzten Laut von sich und fiel neben dem toten Hund auf die Knie. Aus den Augenwinkeln sah Andrej, dass auch Corinna näher kam.

»Erzähl mir, was geschehen ist«, verlangte er.

»Euer Freund hat die Tür eingetreten und –«

»Nicht heute«, sagte Andrej. »Und sag die Wahrheit. Es ist auch in deinem Interesse.«

Enrico sah ihn unsicher an und begann seine Schulter zu massieren, die noch immer höllisch schmerzen musste. »Ich war nicht dabei, und es ist auch schon ein halbes Jahr her.«

»Dann erzähl mir, was du weißt«, verlangte Andrej. »Und jetzt sag nicht, nichts. Ihr hättet uns um ein Haar umgebracht. So etwas tut man nicht wegen nichts.«

Enrico wich seinem Blick aus und sah unsicher zu Abu Dun.

»Ich weiß«, gestand er nach einer Weile. »Und es tut mir leid, bitte glaubt mir. Ich habe mir große Vorwürfe gemacht, dass ich es nicht verhindert habe.«

»Mir bricht das Herz«, unterbrach ihn Andrej kalt. »Warum sagst du das nicht Abu Dun?« Dabei tat ihm der Mann im Grunde leid. Er spürte seine Angst und auch, dass sein Bedauern ehrlich gemeint war. Aber trotzdem konnte er von Glück sagen, dass er noch am Leben war.

»Viel kann ich Euch nicht erzählen«, antwortete der Fischer nervös. »Es war mein Bruder. Er … hat sich mit dieser Frau eingelassen.«

»Welcher Frau?«

»Ich habe sie zuvor noch nie gesehen. Niemand hat das. Sie waren fremd hier und wollten nur ein paar Vorräte für die Reise kaufen.«

»Welche Reise?«

Es war nicht Andrej, der diese Frage stellte, doch er fuhr genau wie der Fischer fast erschrocken zusammen, als Abu Dun wie aus dem Nichts neben ihnen auftauchte. Er hatte bemerkt, dass der Nubier sich ihnen genähert hatte. Und natürlich hatte der jedes Wort gehört.

»Das … das weiß ich nicht, Signori«, antwortete Enrico unsicher. »Sie haben nur gesagt, dass sie von hier fortgehen wollen und Proviant für eine Reise brauchen. Gepökeltes Fleisch und Gemüse und – «

»Und dann haben sie deinen Bruder angesprochen?«, unterbrach ihn Andrej. Abu Duns Geduld neigte sich spürbar ihrem Ende zu.

»Nein.« Enrico zögerte einen Moment, als wäre es ihm unangenehm weiterzusprechen. »Es war … anders herum. Er war mein Bruder, und man soll nicht schlecht über Tote reden, aber er war ein schlimmer Weiberheld. Kein Rock war vor ihm sicher, und das hat ihm schon eine Menge Ärger eingebracht, auch mit seiner Frau. Wahrscheinlich hätte sie ihn eines Tages umgebracht, wenn es anders gekommen wäre.«

»Diese Frauen«, drängte Abu Dun, »wie haben sie ausgesehen?«

»So wie Ihr«, antwortete Enrico, nachdem er den Nubier mit einem Blick von Kopf bis Fuß gemustert hatte, der ganz gewiss nicht nötig gewesen war. »Nicht so groß, aber sie waren genauso gekleidet, und ihre Gesichter waren genauso schwarz.«

»Alle beide?«, vergewisserte sich Andrej.

Enrico brachte das Kunststück fertig, gleichzeitig zu nicken und den Kopf zu schütteln. »Es waren drei.«

Andrej tauschte einen vielsagenden Blick mit Abu Dun. »Und sie waren alle gleich?«

»Nein«, antwortete Enrico nervös. »Die eine war …anders. Ich weiß nicht, wieso.«

»Sie hatte anderes Haar«, vermutete Abu Dun.

»Das konnte ich nicht erkennen«, erwiderte der Fischer. »Es war … etwas mit ihrem Gesicht. Ihren Augen. Aber ich weiß nicht, was.«

»Meruhe«, sagte Abu Dun.

Andrej gewahrte einen Schemen hinter ihm – Corinna, die nun mit schnellen Schritten näher kam. »Weiter«, sagte er. »Und beeil dich.«

Auch der Fischer sah kurz in Richtung des näher kommenden Mädchens, fuhr aber gehorsam und sich einer schnelleren Sprechweise befleißigend fort: »Viel mehr kann ich Euch nicht sagen. Gina und mein Bruder hatten wieder einmal Streit an jenem Abend. Ich glaube, es ging darum, dass er der Fremden schöne Augen gemacht hat. Irgendwann ist er wütend aus dem Haus gerannt, und Gina hat ihm noch nachgerufen, dass sie ihm den Tod wünscht.«

»Und den hat er ja dann auch gefunden.«

Enrico nickte, und ein Schatten huschte über sein Gesicht, als wäre ein großer Vogel vor der Sonne vorbeigeflogen. »Und sie macht sich auch große Vorwürfe deshalb. Natürlich weiß jedermann, dass das Unsinn ist, aber sie gibt sich trotzdem die Schuld an seinem Tod.«

»Und was ist wirklich geschehen?«

»Das weiß ich nicht«, behauptete Enrico. »Sie haben ihn am nächsten Morgen in der Apfelplantage gefunden. Er war einfach tot, versteht Ihr? Nur so, ich meine, er war …«

Als er nicht weitersprach, half Andrej ihm auf die Sprünge: »Er hatte keine Verletzung, willst du sagen. Niemand hat ihm die Kehle durchgeschnitten oder ihm das Genick gebrochen oder so etwas.«

»Ja.« Ganz flüchtig flackerte Misstrauen in seinen Augen auf und erlosch beinahe sofort wieder. Trotzdem fragte er: »Woher wisst Ihr das?«

»Weil du es gerade selbst gesagt hast«, polterte Abu Dun. »Dass er nicht verletzt war.«

Corinna schloss nun mit wenigen weit ausgreifenden Schritten zu ihnen auf. Sie war sichtlich außer Atem und von Kopf bis Fuß mit Schlamm bespritzt, setzte aber trotzdem dazu an, eine empörte Frage zu stellen, doch Andrej wandte sich mit erhobener Stimme an den Fischer:

»Wenn das alles so war, wie du sagst, warum habt ihr dann gestern versucht, uns umzubringen?«

Der unsichere Blick in Abu Duns Richtung, den Enrico sich

nicht verkneifen konnte, machte recht deutlich, dass der Anschlag wohl nicht, wie von Andrej behauptet, ihnen beiden gegolten hatte. Dennoch antwortete er hastig: »Das war nicht unsere Absicht, ich schwöre es bei meiner Seele! Balean ist zu uns gekommen und hat von einem schwarzen Mann gesprochen, und wir wollten nur mit ihm reden, das ist die Wahrheit.«

»Mit einer Muskete in der Hand?«, fauchte Abu Dun.

»Und worüber?«, fragte Andrej, schon um Enrico die Peinlichkeit einer Antwort zu ersparen, die er nur schwer geben konnte.

»Gina«, antwortete Enrico unbehaglich. »Meine Schwägerin. Sie wollte ihn sehen. Das ist alles. Ich war dagegen, aber sie hat darauf bestanden. Vielleicht hat sie gehofft, von ihm etwas über diese Frauen zu erfahren.« Abu Dun und er hatten ihn praktisch in die Zange genommnen, aber es gelang ihm trotzdem, ihren beiden Blicken auszuweichen. »Wir hatten nicht vor, jemandem etwas anzutun, das müsst Ihr mir glauben. Es ist … einfach so passiert!«

»Einfach so?«, rief Corinna ungläubig. Andrej sah sie überrascht an. Er hatte angenommen, sie würde die Partei des Fischers ergreifen. »Du meinst, ihr hättet fast einfach so einen Menschen umgebracht?« Sie warf einen fast verlegenen Blick zu Andrej hoch. »Zwei.«

»So etwas passiert«, sagte der rasch, bevor er sich wieder an Enrico wandte. »Diese schwarzen Frauen, wohin sind sie gegangen?«

»Das weiß niemand«, antwortete Enrico. »Wir haben sie gesucht, aber sie waren nicht mehr da. Seither hat sie niemand mehr gesehen.«

»Welche Frauen?«, mischte sich Corinna ein. »Was ist mit ihnen?«

»Nichts«, sagte Andrej rasch. »Es war genau so, wie ich es gesagt habe: ein schlimmes Missverständnis. Tu mir einen Gefallen und kümmere dich um den Jungen.« Er wies mit dem Kopf auf Balean, der nur ein paar Schritte entfernt kniete und über dem toten Hund weinte. »Er braucht Trost. Sein Hund ist ums Leben gekommen.«

»Ums Leben gekommen.« Corinna maß zuerst ihn und dann Abu Dun aus flammenden Augen. »Ja, so kann man es auch nennen.« Aber sie drehte sich gehorsam um und ging zu Balean hin, um ihm sanft die Hand auf die Schulter zu legen. Er hob nicht den Blick.

Enrico trat unbehaglich von einem Fuß auf den anderen. »Das gestern Nacht ...«, begann er unsicher, und Andrej unterbrach ihn. »Wir nehmen es dir nicht übel. Niemand wird etwas davon erfahren. Aber du solltest mit deiner Schwägerin sprechen. Sie wird euch noch alle in Schwierigkeiten bringen.«

»Das werde ich«, versprach Enrico. »Und ich werde auch niemandem etwas von dem verraten, was heute passiert ist.«

»Was ist denn passiert?«, erkundigte sich Abu Dun harmlos.

Enrico sah ihn verschreckt an, und Andrej sagte rasch: »Da wäre nur noch eine Sache. Ihr seid doch Fischer, oder?«Enrico nickte, und Andrej fügte hinzu: »Dann hast du doch bestimmt auch ein Boot.«

Kapitel 10

Schwester Innozenz persönlich erwartete sie am Tor und öffnete ihnen die schmale Schlupftür darin, noch bevor Abu Dun die Hand an die Tür heben und anklopfen oder sie auch kurzerhand einschlagen konnte – so schlecht gelaunt, wie er auf dem ganzen Weg hier heraus gewesen war, hätte es Andrej nicht einmal gewundert. Jetzt jedoch wirkte er verdutzt, und Andrej erging es kaum besser, als sie sich unversehens der kleinwüchsigen Ordensschwester gegenübersahen.

Enrico hatte sie nicht nur gehorsam zurückgerudert, sondern sich auch schon fast übereifrig angeboten, sie so nahe an ihr Gasthaus heranzubringen, wie es ihm mit seinem plumpen Boot auf den schmaler werdenden Kanälen möglich war. Doch Andrej hatte sein Angebot ebenso höflich wie bestimmt abgelehnt. Sosehr er Corinnas Gegenwart auch genoss, hatte er auch zwei- oder dreimal nach Vorwänden gesucht, sie wegzuschicken, was sie hingegen geflissentlich ignoriert hatte.

»Signore Delãny.« Die Barmherzige Schwester zog die schmale Tür ganz auf, machte aber keine Anstalten, den Durchgang frei zu geben, sondern maß zuerst Abu Dun mit einem sehr langen und finsteren Blick und dann ihn kaum weniger unfreundlich. Erst als sie Corinna gewahr wurde, erschien zumindest die Andeutung eines Lächelns in ihren von Falten umrandeten Augen, erlosch aber schnell wieder, als sie sich abschließend wieder zu Abu Dun umwandte und den Kopf in den Nacken legte.

»Mein Freund, der Vater des Todes«, sagte sie spöttisch. »Ich hoffe doch, du bist allein gekommen, schwarzer Mann, und hast deine Verwandtschaft nicht mitgebracht.«

»Die väterlicherseits?« Abu Dun schlug mit der flachen Hand auf den riesigen Krummsäbel an seinem Gürtel. »Wie Ihr seht, Schwester, trage ich sie stets bei mir. Ich habe sie nur festgebunden, damit sie beim Anblick einer Christenseele nicht von selbst aus der Scheide springt. Christenblut lässt sich so schwer abwaschen.«

»Worin Ihr zweifellos Erfahrung habt, Heide«, konterte Innozenz und wandte sich mit zwar strafender, aber doch freundlicherer Miene an Andrej. »Ihr kommt spät, Signore Delãny. Ich hatte schon Angst, Ihr würdet gar nicht mehr auftauchen.«

»Wir wurden aufgehalten«, antwortete Andrej, der nicht wenig erstaunt war. Schwester Innozenz hatte es sich zwar nicht nehmen lassen, ihn an jedem einzelnen der zurückliegenden Tage persönlich zu Marius zu bringen, aber dabei kein Wort mit ihm gesprochen, sodass er bisher davon ausgegangen war, sie würde seine Besuche missbilligen. Hatte er sich getäuscht?

»Aufgehalten, so?« Schwester Innozenz trat immer noch nicht zur Seite, sondern musterte ihn mit höchster Missbilligung. »Und ich möchte wetten, Ihr habt auch nicht besonders viel Zeit und müsst gleich wieder fort. Aber wahrscheinlich kann Euer Sohn noch froh sein, dass sein Vater an einem Tag wie diesem die Zeit findet, ihn zu besuchen. Und lasst mich raten: Ihr werdet auch in den kommenden Tagen keine Gelegenheit haben herzukommen.«

Andrej verstand nicht einmal im Ansatz, wovon sie sprach, wollte aber keine weitere Zeit damit verschwenden, sondern machte nur eine auffordernde Geste zur Tür, die sie immer noch blockierte. »Bringt Ihr mich jetzt zu ihm?«

Auch noch der Rest von Freundlichkeit wich aus Innozenz' Blick. »Ganz wie Ihr es wünscht, Signore Delãny.« Sie trat zurück und gab den Weg frei.

»Habt Ihr auf uns gewartet, Schwester Innozenz?«, fragte er, während sie in den kleinen Innenhof der Turmruine traten und darauf warteten, dass sie die Tür genauso umständlich wieder hinter sich verriegelte, wie sie sie aufgeschlossen hatte. Andrej kamen diese Vorkehrungen hoffnungslos übertrieben vor. Das Tor war so alt und morsch wie der gesamte Turm. Man musste nicht über die Kraft eines Abu Dun verfügen, um es mit der bloßen Faust einzuschlagen.

»Nehmt Ihr Euch jetzt nicht zu wichtig?«, fragte Innozenz.

»Ich wundere mich nur«, antwortete Andrej. Voller Unbehagen sah er sich um. Das uralte Gemäuer hatte bei keinem seiner Besuche etwas von seiner unheimlichen Ausstrahlung verloren, aber heute erschien sie ihm sogar noch stärker. Es fiel ihm fast schwer zu atmen. Vielleicht lag es am Licht, überlegte er. So kurz, wie die Tage zu dieser Jahreszeit waren, war die Sonne schon wieder hinter dem zerbröckelnden Rand der Turmruine verschwunden, und die Schatten wurden länger. Doch auch das Licht hatte sich verändert, auf seltsame Weise, als würde etwas fehlen, dessen Existenz man erst bemerkte, wenn es nicht mehr da war. Und es war deutlich kühler, als es sein sollte.

Andrej verscheuchte den Gedanken und führte seinen begonnenen Satz zu Ende. »Bisher musste ich immer klopfen und eine Weile warten, bis ich eingelassen wurde. Jetzt könnte man den Eindruck gewinnen, Ihr hättet nach mir Ausschau gehalten.«

Er rechnete fest mit einer spitzen Antwort, doch Innozenz ließ nur den Schlüssel in der Tasche verschwinden und bedeckte sie mit der flachen Hand, wie um sich davon zu überzeugen, dass er auch wirklich darin war. Oder ihn zu beschützen. »Ich war ein paarmal am Tor«, gestand sie. »Und ja: Ich habe auf Euch gewartet. Der Junge war unruhig, und ich hatte Angst, dass es nur schlimmer wird. Ihr tut ihm nicht gut, Signore.«

»Charmant wie immer«, sagte Abu Dun.

Schwester Innozenz ignorierte ihn und steuerte mit überraschend schnellen Schritten die Tür auf der anderen Hofseite an. »Folgt mir. Wir sollten den armen Jungen nicht noch länger warten lassen. Er ist schon ganz aufgeregt.«

Aufgeregt? Andrej tauschte einen fragend überraschten Blick mit Abu Dun, bekam aber nur ein Schulterzucken zur Antwort. Nun hatte er es umso eiliger, der Barmherzigen Schwester zu folgen und die schmale Treppe hinter ihr hinabzulaufen. Überraschenderweise bewegte sie sich so schnell, dass er sich nicht wie üblich zurückhalten musste, sondern ganz im Gegenteil beinahe Mühe hatte, mit ihr Schritt zu halten.

Der niedrige Gang war heller als bei seinen letzten Besuchen. An den Wänden brannten jetzt gleich mehrere Fackeln, in deren Schein zwei ärmlich gekleidete Männer mit strähnigem Haar und schmutzigen Gesichtern damit beschäftigt waren, den Boden zu säubern und frisches Stroh auszubringen. Die Luft duftete nicht gerade, roch aber nicht mehr annähernd so schlecht wie bisher.

»Das war die Idee des Dottore«, sagte Innozenz, der sein überraschter Blick nicht entgangen war. »Er war der Meinung, wir sollten es hier unten ein wenig … wohnlicher gestalten.«

Andrej ließ ihre Erklärung unkommentiert, und Abu Dun war voll und ganz damit beschäftigt, die beiden Männer mit ihren Besen und Eimern zu mustern – alles andere als freundlich. Andrej stellte mit einem Gefühl vager Sorge fest, dass es sich bei einem von ihnen um einen wahren Riesen handelte. Er war nicht annähernd so massig und stark wie Abu Dun (von seiner Gesundheit gar nicht zu reden), aber fast ebenso groß, und er kannte den Nubier nun weiß Gott gut genug, um zu wissen, wie dieser auf Männer reagierte, die seiner Statur nahekamen.

Schwester Innozenz kramte einen anderen Schlüssel aus der Tasche und nestelte ihn ins Schloss, ohne hinzusehen, drehte ihn aber noch nicht um. »Vielleicht ist es nicht gut, wenn zu viele zu ihm hineingehen«, sagte sie. »Der arme Junge ist schon aufgeregt genug.«

»Aufgeregt?« Abu Dun hatte offenbar doch zugehört. »Was hat er getan? Laut gehustet oder zweimal in einer Minute geblinzelt?«

»Man kann auch erregt sein, ohne etwas zu sagen oder sich zu bewegen«, belehrte ihn Innozenz, sah Andrej dabei aber weiter mit großem Ernst an. »Ich weiß nicht genau, was ich von Euch halten soll, Signore Delãny. Ein Teil von mir möchte Euch verachten, wie es einem Mann zusteht, der sich so wenig um sein eigen Fleisch und Blut zu scheren scheint, wie Ihr es tut. Und ein anderer Teil sagt mir, dass Ihr im Grunde Eures Herzens ein guter Mensch seid, auch wenn Euch ein dunkles Geheimnis umgibt.«

»Vielleicht ist ja beides wahr«, antwortete Andrej.

»Ich bitte Euch nur um eines«, fuhr Innozenz fort. »Fügt diesem armen Jungen nicht noch mehr Leid zu, als er ohnehin schon ertragen muss.« Sie hob rasch die Hand, obwohl er gar nicht vorgehabt hatte zu widersprechen. »Ich habe nicht vergessen, was Ihr über ihn gesagt habt. Dass er gefährlich ist und schreckliche Dinge getan hat. Vielleicht ist das sogar die Wahrheit. Aber ich fühle auch, dass er tief in seinem Inneren nichts als ein verängstigtes Kind ist, dem großes Leid zugefügt wurde und das sich nach Liebe sehnt.«

»Hat er das gesagt?«, spöttelte Abu Dun. Innozenz würdigte ihn keines Blickes, aber einer der beiden Männer – der größere – unterbrach seine Tätigkeit und sah den Nubier finster an.

»Ich werde ihm nicht wehtun«, versprach Andrej.

Das schien Innozenz zu genügen. Sie drehte den Schlüssel, entfernte das Vorhängeschloss und zog zuerst den Riegel zurück, dann die schwere Tür auf.

Gebückt betrat er die Zelle, wartete, bis Abu Dun ihm gefolgt war, und schüttelte dann den Kopf, als Corinna sich ihnen anschließen wollte. Enttäuschung malte sich auf ihrem Gesicht, aber sie zog sich schweigend zurück.

Andrej zog die Tür hinter ihr zu und betrachtete lange die weißhaarige Gestalt auf dem Bett. Das blasse Licht der kleinen Sturmlaterne, die die Zelle beleuchtete, ließ Marius' Gesicht noch fahler erscheinen, und sein Haar glänzte, als wäre es weiß lackiert. Er hatte weder auf ihr Eintreten reagiert, noch war in seinen Augen etwas zu erkennen, das an Leben erinnerte. Dennoch wechselte Andrej erneut die Sprache und sagte mit gesenkter Stimme und auf Deutsch: »Wir müssen reden, Pirat.«

Abu Duns Blick flog zwischen Marius und Andrej hin und her. Er schwieg, und in dem Dämmerlicht war es Andrej unmöglich, in seinem Gesicht zu lesen. »Du hattest recht«, begann Andrej nach kurzem Zögern. »Wir hätte Marius nicht in Meruhes Obhut geben dürfen. Ich muss Abbitte leisten.«

»Warum erzählst du mir nicht etwas, das ich noch nicht weiß«, knurrte Abu Dun. Natürlich genoss er die Situation, und Andrej war klar, dass er sie bis zum Letzten auskosten würde.

»Wir verschwinden von hier«, fuhr er fort. »Gleich morgen früh. Ich sage dem Dottore Bescheid, damit er alles vorbereitet. Sobald es hell wird, holen wir Marius und machen uns auf den Weg nach Konstantinopel.«

»Kommen wir da nicht gerade her?«, wollte Abu Dun wissen.

»Ist das nicht offensichtlich?«, gab Andrej leise zurück. Als Abu Dun keine Anstalten machte, darauf zu antworten, fuhr er deutlich lauter fort: »Mein Sohn geht hier vor die Hunde, Abu Dun. Wir müssen irgendetwas tun. Und da ist Konstantinopel die beste Anlaufstelle für uns – schließlich treffen dort Abend- und Morgenland aufeinander, dort gibt es Ärzte und Heiler, die einen viel tieferen Einblick in die Abgründe des Seins haben als irgendwo sonst!«

Abu Dun nickte. »Es ist doch immer wieder die Weisheit des Morgenlandes, die lockt.«

»Mich lockt die Aussicht auf Heilung für Marius«, antwortete Andrej ernsthaft. »Wir müssen jemanden auftreiben, der ihm *wirklich* helfen kann.«

»Und Meruhe?«, fragte Abu Dun.

Hatten sie jetzt endgültig die Rollen getauscht? »Du hast die Fischer gehört. Es ist ein halbes Jahr her, dass irgendjemand sie gesehen hat. Sie sind nicht mehr in der Stadt. Und selbst wenn, finden wir sie nicht.«

»Vielleicht finden sie ja uns«, sagte Abu Dun, sah aber dabei nicht ihn, sondern den Jungen an, als erwarte er von Marius eine Antwort, nicht von Andrej.

»Das hätten sie längst, wenn sie es wollten«, beharrte Andrej. »Es gibt keinen Grund mehr, noch länger in dieser Stadt zu bleiben.« Er deutete auf Marius. »Deine Freundin Innozenz hat recht. Der Junge leidet.«

»Und das hat er dir gesagt?«, vermutete Abu Dun spöttisch.

»Nein«, antwortete Andrej, so ruhig, wie er es gerade noch konnte. »Aber ich besuche ihn jetzt seit vier Tagen. Sie sagt die Wahrheit. Er leidet, wenn ich bei ihm bin.«

»Du tust ihm eben nicht gut«, witzelte Abu Dun. »Genau wie die Barmherzige Schwester es sagt. Vielleicht hörst du besser auf sie.«

Andrej funkelte ihn an, und Abu Dun schlug breit feixend vor: »Dann komm einfach nicht mehr her.«

Das machte Andrej wütend. Nicht, was er gesagt hatte, denn eine sarkastische Antwort hatte er von dem Nubier erwartet. Es war die Art, wie er es gesagt hatte. Ohne dass sich sein Tonfall änderte, war aus einem derben Scherz bitterer Ernst geworden.

Schon um Abu Dun nicht anzufahren, wechselte er das Thema und stellte ihm eine Frage, die er in Gegenwart Enricos und später Corinnas nicht zu stellen gewagt hatte. »Warum bist du zu den Fischern hinausgefahren? Wolltest du sie umbringen?«

»Wenn ich das gewollt hätte, dann wären sie jetzt tot«, erwiderte Abu Dun gelassen. »Ich wollte die Wahrheit wissen, und die haben wir auch erfahren.« Er zuckte mit den Schultern und stieß dabei mit dem Turban an die Zellendecke. Es raschelte, und das Geräusch schien in dem engen Raum seltsam lange in der Luft zu hängen, länger, als es sollte, wie ein Echo. »Das mit dem Hund tut mir leid.«

Andrej zog es vor, nichts darauf zu sagen. Vielleicht lag es an diesem Gebäude, versuchte er sich selbst einzureden. Dies war ein Ort, an dem Kranke wie Verstoßene gehalten wurden, vom Schicksal Gestrafte, deren Schmerzen niemand sehen wollte, niemand ertragen konnte. Andrej glaubte den dunklen Schatten aus Verzweiflung, Einsamkeit und Leid zu spüren, der über alldem hier lag, als wolle er die hier unglücklich Eingesperrten ersticken.

Als hätte er seine Gedanken gelesen, sagte Abu Dun: »Und wenn er es ist?«

Marius? Tatsächlich hatte auch Andrej schon – gegen seinen Willen – darüber nachgedacht. Aber wie konnte dieser in Ketten gelegte Junge auch nur irgendetwas tun, außer ihn in seinen Träumen heimzusuchen? Und wahrscheinlich nicht einmal das, denn die einzigen Gespenster, die ihn wirklich quälten, waren in seiner eigenen Seele.

»Unsinn«, widersprach er, wenn auch zögernd und nicht überzeugt. Abu Dun verzog nur abfällig die Lippen, was Andrejs dumpfen Groll zusätzlich schürte.

»Gehst du und holst Scalsi?«, bat er mühsam beherrscht.

»Selbstverständlich, Sahib«, erwiderte Abu Dun leutselig. »Kann ich dem Herren vielleicht noch etwas bringen? Etwas zu essen oder einen Krug Bier?«

»Warm«, bestätigte Andrej, »und ohne Schaum. So wie wir es gewohnt sind.«

Abu Dun starrte ihn zwar noch einen Moment lang missmutig an, verließ dann aber ohne ein weiteres Wort die Zelle. Andrej drehte sich wieder zu Marius um.

Der Junge hatte sich nicht gerührt, seit sie hier hereingekommen waren. Sein Blick ging nach wie vor ins Leere, und hätte er es nicht besser gewusst, dann hätte er geschworen, dass er die ganze Zeit über nicht einmal geatmet hatte, geschweige denn geblinzelt. Mit einem Male fühlte sich Andrej befangen und wusste weder, was er sagen, noch, was er denken sollte.

Statt vor ihm in die Hocke zu gehen, wie er es die letzten Male getan hatte, um ihn schweigend anzusehen und auf irgendeine Regung in diesen leeren Augen zu warten, ließ er sich neben dem Jungen auf die Kante der harten Pritsche sinken. Der Junge reagierte auch auf seine unmittelbare Nähe nicht und atmete so flach, dass es kaum noch zu sehen war.

Lange Minuten saß Andrej still da und zermarterte sich vergeblich den Kopf auf der Suche nach etwas, das er sagen konnte, und sei es noch so unsinnig, aber die Worte wollten nicht kommen. Es war, als scheue sich etwas in ihm, Marius direkt anzusprechen – und dabei hatte er doch das Gefühl, dass er nur das richtige Wort finden müsse, und der Junge würde aus seiner Starre erwachen.

Aber vielleicht war es ja auch genau das, was er fürchtete. Vielleicht würde ja etwas sehr, sehr Schlimmes passieren, wenn Marius erwachte.

Etwas raschelte, so leise, dass ein normales Ohr es gar nicht wahrgenommen hätte, und zugleich spürte er eine Bewegung hinter sich. Um Marius nicht zu erschrecken, drehte er nur langsam den Kopf und zog dann überrascht die Brauen zusammen.

Hinter dem Jungen war eine Ratte erschienen. Sie war nicht besonders groß und sah auch nicht wild aus, sondern so gepflegt und harmlos wie ein Haustier, und auch genauso wohlgenährt. Zuerst saß sie einfach nur da und blickte Andrej aus ihren ebenso dunklen wie beunruhigend klugen Augen an, dann schien sie zu dem Schluss zu kommen, dass keine Gefahr von ihm ausging. Sie trippelte weiter, sprang auf Marius' Schoß und machte Anstalten, es sich bequem zu machen – wie eine Hauskatze, die darauf wartete, gestreichelt zu werden. Spontan streckte Andrej den Arm aus, um sie zu verscheuchen, hielt dann aber inne, als er sich daran erinnerte, was Schwester Innozenz bei seinem ersten Besuch über dieses Tier erzählt hatte.

»Gut, dass du das nicht tust«, sagte eine Stimme von der Tür her. Andrej sah auf und gewahrte einen vertrauten Schatten, der sich schwarz gegen den hellen Hintergrund der Tür abhob, als wäre er mit einem Messer aus der Farbe der Nacht herausgeschnitten worden. Corinna fuhr auf die ihr eigene liebenswert spöttische Art fort: »Nicht dass ich mir nicht gerne immer wieder an dir zu schaffen mache, aber ich bin keine Krankenschwester, und das Ergebnis wäre wahrscheinlich nicht besonders zufriedenstellend.«

Sie kam näher und wies mit dem Kopf auf die Ratte, die nun sie auf dieselbe sonderbare Art ansah wie zuvor Andrej. »Sie beißt.«

»Ach ja?« War es möglich, dass das Geschöpf begriff, dass von ihm die Rede war?, dachte Andrej beunruhigt. Jedenfalls wandte es genau in diesem Moment den Kopf und sah nun wieder ihn an, und die Tasthaare an seiner spitzen Schnauze begannen nervös zu zittern. »Schwester Innozenz behauptet, sie wäre harmlos.«

»Soweit es ihn angeht, stimmt das auch«, sagte Corinna. »Ich weiß es von Innozenz. Sie tut Marius nichts zuleide, aber so ziemlich jeden anderen hier hat sie schon gebissen – von den Männern, die ihn waschen und ankleiden, bis zu Doktor Scalsi selbst. Sie soll sogar eure schwarzen Freundinnen attackiert haben, gleich am ersten Tag. Seltsam, nicht? Fast, als würde sie ihn verteidigen, wie ein treuer Hund seinen Herrn.«

Ungläubig musterte Andrej die Ratte. Das Tier musste wohl genug von der allgemeinen Aufmerksamkeit gehabt haben, denn es stand fast gemächlich auf und trollte sich, um in seinem Versteck in der Wand zu verschwinden.

»Es ist traurig, dass er nur dieses Tier zum Spielkameraden hat«, sagte Corinna. Sie setzte sich neben ihn, und obwohl sie im Vergleich zu Andrej praktisch nichts wog, ächzte das hölzerne Bett nun unter der zusätzlichen Last.

»Viele Spielkameraden wird er hier schwerlich finden«, sagte Andrej.

»Ja, das ist ein schlimmer Ort.« Corinnas Finger krochen über seinen Oberschenkel und legten sich auf seine Hand. Nach einem kurzen Moment zog er den Arm dann beinahe erschrocken weg – gerade weil die Berührung so angenehm war. »Aber es ist trotzdem gut, dass es ihn gibt. Wer würde sich sonst um all diese armen Menschen kümmern?«

Andrej musste an das denken, was er in jenem schrecklichen Korridor weiter oben gesehen – und vor allem gefühlt! – hatte. »Mir gefällt er nicht.«

»Mir auch nicht«, gestand Corinna. »Der Dottore hat sich zu Recht beklagt, dass ich ihn so selten besuche, und ich habe geantwortet, dass ich wenig Zeit habe. Das ist auch die Wahrheit … aber wahr ist auch, dass mir dieser Ort Angst macht. Ich weiß, das gilt für jeden Ort, an dem man mit Krankheit und dem Wissen um die eigene Sterblichkeit konfrontiert wird – jedenfalls sagt man das ja –, aber dieses Spital ist irgendwie anders.«

»Ich weiß, was du meinst«, sagte Andrej.

»Und du lässt ihn trotzdem hier?«

»Nicht mehr lange.«

»Ihr wollt ihn mitnehmen, wenn ihr nach Konstantinopel geht?«

Andrej sah sie überrascht an. »Du hast mir gar nicht gesagt, dass du Deutsch sprichst.«

»Und dass ich scharfe Ohren habe«, bestätigte Corinna. »Und

sie werden sogar schärfer, je leiser einer spricht, damit ich ihn nicht verstehe.« Sie machte eine Kopfbewegung zur Tür und fuhr mit einem leisen Lachen fort: »Eine alte Frauenkrankheit, unter der wir fast alle leiden. Nur reden wir nicht gerne darüber. Aber des Deutschen bin ich nicht mächtig.«

Andrej blickte zweifelnd, und Corinna zog spöttisch die Augenbrauen hoch. »Das Wort Konstantinopel klingt in allen Sprachen gleich.«

»Du hast offensichtlich ein paar von den Sprachen noch nicht gehört, die in Abu Duns Heimat gesprochen werden.«

»Und du hast erzählt, dass eure Freundin ihn nach Konstantinopel bringen wollte«, fuhr Corinna ungerührt fort.

»Du bist nicht nur schön, sondern auch klug«, sagte Andrej, aber Corinna sah ihn an, als hätte er eine abfällige Bemerkung gemacht, statt eines Kompliments. Ein unangenehmes Schweigen breitete sich zwischen ihnen aus.

»Warum haben sie ihn hiergelassen«, fragte sie schließlich mit einem nachdenklichen Blick in Marius' Gesicht, »wenn sie wirklich so sehr um sein Wohl besorgt gewesen sind, wie du es gesagt hast?«

Andrej wusste, worauf sie hinauswollte, und er wollte nicht darüber sprechen, antwortete aber trotzdem mit einem Achselzucken. »Vielleicht hatten sie keine andere Wahl.«

Corinna dachte nach. »Du wolltest mir erzählen, was ihm zugestoßen ist«, sagte sie schließlich. »Aber du hast es nicht getan. Oder willst du nicht« – sie sah wieder kurz zu Marius hin, und erneut fiel Andrej die schon fast gespenstische Ähnlichkeit zwischen Corinna und ihm auf – »hier darüber reden?«

Beinahe hätte er ganz automatisch den Kopf geschüttelt, aber dann drehte er sich nur herum und sah seinen Sohn an. Dass er puppengleich dasaß und auf nichts reagierte, was um ihn herum geschah, hieß nicht, dass er auch nichts hörte … Vielleicht ließ ihn das Ungeheuer, das seine Träume tyrannisierte, ja in Ruhe, wenn er sich ihm endlich stellte. Und wo wäre ein besserer Ort dafür als hier?

»Es ist lange her«, sagte er. »Sehr lange.«

»Als er noch ein Kind war«, vermutete Corinna. Andrej nickte, und Corinna legte erneut ihre Hand auf seine. Diesmal ließ er die Berührung nicht nur zu, sondern genoss sie, spendete sie ihm doch Trost.

»Es waren schlimme Zeiten damals«, begann er. »Es war Krieg. Es gab einen großen Kampf, und er wurde verletzt. Sehr schlimm verletzt. Ich habe ihn gefunden, aber ich bin zu spät gekommen. Er war tot.«

»Tot?«, wiederholte sie verwirrt.

»Ich dachte, er wäre tot«, antwortete Andrej mit leiser werdender, zitternder Stimme. Die Worte beschworen einen Schrecken herauf, dessen er kaum Herr wurde. Aber wenn er ihm jetzt nicht ins Gesicht sah, wann dann? »Er war so schlimm verletzt, und ich konnte sein Herz nicht mehr schlagen hören. Also … also habe ich ihn begraben.«

Es dauerte eine Weile, bis Corinna wirklich begriff, was er gesagt hatte. »Aber er war noch am Leben!«, hauchte sie entsetzt. »Du hast ihn –?«

»Lebendig begraben, ja.« Seine Hand schloss sich so fest um Corinnas Finger, dass er ihr wehtun musste, aber sie versuchte nicht, sich seinem Griff zu entziehen.

»Das ist … entsetzlich«, flüsterte sie. »Und wie … wann hast du es …?«

»Gemerkt?«, fragte Andrej, als ihre Stimme versagte. Er schüttelte den Kopf. Sein Blick ließ Marius' Gesicht nicht los. Nichts regte sich darin, und doch schien da plötzlich eine Bewegung zu sein, deren Grund er erst begriff, als er die brennende Nässe in seinen Augen spürte.

»Gar nicht. Ich bin weggegangen, so schnell und so weit ich konnte.«

»Dann hat er sich selbst aus dem Grab befreit?«, flüsterte Corinna. Andrej nickte, und dieses Mal verging noch mehr Zeit, ehe sie weitersprach. »Und wie lange hat es gedauert?«

»Ich weiß es nicht«, antwortete Andrej. »Zu lange. Er ist herausgekommen, irgendwie. Vielleicht hatte er Hilfe. Ich habe es nie erfahren.«

»Und seitdem ist er so?«

»Seitdem hasst er mich«, antwortete Andrej. »Ich habe ihn lange nicht mehr gesehen. Viele Jahre. Ich dachte, er wäre tot, aber das war er nicht. Er war am Leben und ist …« Er suchte nach Worten und fand nicht die richtigen. »… zu dem geworden, was er jetzt ist. Er hasst mich. Wie könnte es auch anders sein, nach dem, was ich ihm angetan habe?«

»Aber du hast es doch nicht gewusst!«

»Und?«, fragte Andrej bitter. »Ändert das etwas?«

Was erwartete er – dass sie ihm widersprach oder ihm gar die Absolution erteilte? Wie hätte sie das gekonnt, und wie hätte er dieses Geschenk annehmen können?

Sie tat nichts von alledem, sondern ergriff seine Hand nun auch mit der Linken, und ihr Blick wurde weich. »Vielleicht ist es gar nicht er, der dich hasst, sondern du selbst«, flüsterte sie. »Warum hast du mir nicht davon erzählt?«

Weil es nichts war, worauf er besonders stolz sein konnte? Das wäre die Wahrheit gewesen, aber es hätte auch so billig geklungen, dass er die Worte nicht über die Lippen gebracht hätte.

»Das muss entsetzlich gewesen sein«, sagte Corinna. »Wie hast du es ertragen, all diese Jahre?«

Wie hatte Marius es ertragen?, fragte er sich, gab sich aber auch gleich selbst die Antwort: gar nicht!

Corinna ließ seine Hand los, schlang die Arme um seinen Hals und versuchte ihn zu küssen, doch Andrej schob sie mit sanfter Gewalt weg. »Nicht hier.«

Sie war nicht verletzt. Ihr Blick wurde weich, und alles, was er in ihren Augen las, war tief empfundenes Mitleid. »Das verstehe ich«, sagte sie, aber nun gesellte sich auch noch Trauer zu dem Ausdruck in ihren Augen. »Werdet ihr … gleich fortgehen? Noch heute, meine ich?«

»Morgen, sobald es hell wird.« Er hätte sie gerne belogen, brachte es aber nicht übers Herz. »Da sind noch ein paar Vorbereitungen zu treffen. Aber wir müssen ihn von hier wegbringen. Hier wird sich sein Zustand nur noch weiter verschlimmern.«

»Dann bleibt uns noch eine Nacht«, sagte Corinna mit einem traurigen Lächeln. »Das ist weniger, als ich gehofft hatte. Aber besser als nichts … und wer weiß? Vielleicht kann ich dich ja doch überreden, noch ein wenig zu bleiben.«

»Wer weiß«, sagte Andrej.

Sie beide wussten, dass das nicht geschehen würde. Trotzdem zwang sich Corinna zu einem neuerlichen Lächeln und sagte: »Ich werde jedenfalls mein Möglichstes tun, um dich davon zu überzeugen, das verspreche ich dir.«

»Ich freue mich darauf.« Andrej lachte. »Aber nicht hier.«

Er stand auf, streckte ihr mit gespielter Galanterie die Hand entgegen, um ihr aufzuhelfen, und deutete mit der anderen zur Tür. »Vielleicht sollten wir nachsehen, ob Abu Dun und Schwester Innozenz noch am Leben sind.«

»Oder wenigstens einer von beiden«, bestätigte Corinna. Sie ließ sich von ihm aufhelfen – was ganz und gar nicht nötig gewesen wäre, sie aber zugleich sichtbar genoss –, machte erst einen Schritt auf die Tür zu, drehte sich dann noch einmal um. Andrej begriff beinahe zu spät, was sie vorhatte, als sie sich in die Hocke sinken ließ und die Hand nach Marius' Gesicht ausstreckte, um ihn zärtlich an der Wange zu berühren.

Andrej riss sie so derb zurück, dass sie mit einem erschrockenen kleinen Schrei das Gleichgewicht verlor und hart auf dem Hinterteil landete. »Rühr ihn nicht an!«, keuchte er.

Corinna sah ihn aus tränennassen Augen an. Sie hatte sich wehgetan, und das nicht wenig. »Aber was …?«, rief sie.

»Niemals, hast du das verstanden?«, unterbrach sie Andrej. »Ganz gleich, was auch passiert, rühr ihn niemals an!«

Corinna sagte nichts, aber in ihren Augen erschien ein Ausdruck, der ihn wie ein Messerstich traf. Angst. Angst vor ihm. Als er die Hand erneut ausstreckte, um ihr aufzuhelfen, ignorierte sie sie dieses Mal und stemmte sich aus eigener Kraft auf die Füße.

»Das hat wehgetan, Signore Delãny«, beschwerte sie sich mit scherzhaft weinerlicher Stimme. »Wenn es einen blauen Fleck gibt, dann werdet Ihr dafür bezahlen!«

Ihr war ebenso wenig nach Scherzen zumute wie ihm, dessen war er sich sicher, aber er wusste den Versuch zu schätzen. »Für beschädigte Ware?«, erwiderte er todernst. »Das muss ich mir überlegen … und sie erst einmal gründlich inspizieren, bevor ich eine endgültige Entscheidung treffe.«

»Ich bestehe darauf«, sagte Corinna.

Sie verließen die Zelle, und das angedeutete Lächeln wich wieder von Andrejs Lippen, als er die Tür zuschob und Marius dabei noch einmal ins Gesicht sah, das noch immer genauso leer und erstarrt war wie am Anfang. Ob er wohl gehört hatte, was er Corinna erzählt hatte, diese Geschichte, die wahr und trotzdem so weit von der Wirklichkeit entfernt war? Und ob er ihm verzeihen konnte?

So lange, Vater. So unendlich lange.

Er schloss die Tür, legte den Riegel vor und sah sich nach Schwester Innozenz um, damit sie ihm das Vorhängeschloss reichte, konnte sie aber so wenig entdecken wie Abu Dun. Nur die beiden Männer waren nach wie vor damit beschäftigt, den Boden zu säubern. Andrej hatte den Eindruck, dass sie nicht nennenswert von der Stelle gekommen waren. Oder um es anders auszudrücken: Eigentlich gab es hier gar nichts für sie zu tun. Der Boden war so sauber, wie ein Boden es eben war, den so gut wie nie jemand betrat, und auch das frische Stroh, das sie ausbrachten, war lediglich ein wenig trockener als das alte.

Vielleicht nur, um Corinna nicht ansehen zu müssen, bedachte er die beiden Männer mit einem nachdenklichen Blick, dann trat er an eine der drei anderen identischen Türen heran. Sie war verriegelt, aber anders als an Marius' Zelle gab es hier kein Vorhängeschloss, sodass er den Riegel zurückschieben und sie öffnen konnte. Der Raum dahinter kam ihm vor wie eine Kopie von Marius' Gefängnis, nur dass auf dem Bett keine Strohsäcke lagen. Er spürte, dass diese Zelle schon seit langer Zeit verwaist war.

Die Geräusche hinter ihm verstummten. Die beiden Burschen hatten ihre Arbeit eingestellt und blickten Andrej an. Der kleinere gab eine Folge unartikulierter, aber aufgeregter Laute von sich, während der größere nur glotzte. Andrej tastete behutsam nach dem Bewusstsein der Männer und stellte fest, dass es ebenso leer war wie die Gesichter, hinter denen es sich verbarg. Anscheinend, dachte er, hatte der gute Dottore eine Möglichkeit gefunden, seine Schutzbefohlenen zu beschäftigen und zugleich das Geld für Arbeitskräfte einzusparen. Aus einem Grund, den er selbst nicht genau benennen konnte, beunruhigte ihn dieser Gedanke.

Er trat an die nächste Tür, öffnete sie und fand eine weitere fensterlose und seit einer Ewigkeit verlassene Zelle. Das Blubbern und Schnattern hinter ihm wurde lauter, und als er sich der vierten und letzten Tür nähern wollte, hörte er schlurfende Schritte, und der größere der beiden Männer vertrat ihm den Weg. Sein Gesicht mit den hängenden Zügen war wie eine Maske, aber seine Augen funkelten aufgeregt.

»Nicht«, brachte er undeutlich hervor. »Der Dottore will das nicht.«

Andrej war überrascht, den Burschen – noch dazu in einem ganzen und halbwegs korrekten Satz – reden zu hören, und musterte ihn genauer. Er war tatsächlich fast so groß wie Abu Dun, und Andrej wusste nur zu gut, wie unglaublich stark Menschen wie er sein konnten. Dennoch stellt er keine Gefahr dar, weder für ihn noch für sonst jemanden. In diesem muskelbepackten Berg lebte der Geist eines Kindes, eines gutmütigen Kindes. Andrej spürte Aufregung, aber keinen Zorn oder gar Heimtücke.

»Ist ja schon gut«, sagte er, hob die Hand und schob den Burschen fast sanft aus dem Weg, was ihn unerwartet große Anstrengung kostete. Er war tatsächlich noch stärker, als Andrej ohnehin schon angenommen hatte.

Dennoch trat er an die Tür heran, öffnete sie und wollte nur einen flüchtigen Blick in den dahinterliegenden Raum werfen, doch irgendetwas ließ ihn zögern. Etwas war hier anders als in den anderen Zellen, ohne dass er sagen konnte, was.

»Tut es lieber nicht, Andrej«, sagte Corinna. Tatsächlich war das Schnattern und Glucksen lauter geworden und klang jetzt aufgebracht. Doch Andrej achtete nicht darauf, sondern trat mit einem großen Schritt ganz in die Zelle hinein und sah sich um. Es gab kein Bett oder den obligaten Eimer, und auf dem Boden lag frisches Stroh, als warte dieser Raum nur auf einen neuen Bewohner. Es roch beinahe frisch, soweit es an einem Ort wie diesem überhaupt möglich war, und ein wenig feucht.

Nachdenklich ließ sich Andrej auf ein Knie herabsinken und grub die Fingerspitzen in die frische Strohschicht. Der steinerne Boden darunter war kühl und feucht und roch, als hätte ihn jemand sorgfältig mit Seifenlauge gereinigt. Dennoch vermochte der Geruch das süßliche Aroma von Blut nicht ganz zu überdecken. Und jetzt, einmal darauf aufmerksam geworden, roch er auch noch andere und schlimmere Dinge. Tod und Gewalt und grässliche Geschehnisse, die erst vor kurzer Zeit hier stattgefunden hatten. Jemand war hier gestorben, und es war kein leichter Tod gewesen. Beinahe glaubte er einen lautlos gellenden Schrei zu hören und ein unsichtbares Augenpaar zu sehen, das schwarzen Feuerrädern gleich im Nichts schwebte und sich an diesem Schmerz weidete.

»Was ist hier passiert?«, fragte er.

Erwartungsgemäß bekam er keine Antwort. Stattdessen erklang hinter ihm ein erschrockenes Keuchen, und Andrej sprang gerade im richtigen Moment und Winkel auf, um von Corinna getroffen und von den Füßen gerissen zu werden. Instinktiv schloss er sie in die Arme und hielt sie fest, damit sie sich nicht verletzte, schlug aber selbst so hart mit dem Hinterkopf auf dem Stein auf, dass er die berühmten Sterne sah.

»Nicht so eilig, Contessa«, sagte er. »Das ist nicht der richtige Ort, um – «

Er brach im gleichen Moment ab, in dem die Tür zufiel und sie von vollkommener Schwärze eingehüllt wurden. Ohne Corinna loszulassen, stand er auf, stellte sie behutsam auf die Füße und überzeugte sich rasch davon, dass sie auch sicher stand, bevor er zur Tür ging. Sie war verschlossen, obwohl er das Geräusch des Riegels nicht gehört hatte, und rührte sich auch nicht, als er mit beiden Händen dagegendrückte.

»Was ist passiert?«, fragte er.

Corinna bewegte sich raschelnd in der Dunkelheit. »Dieser große Kerl hat mich einfach gepackt und hier hereingestoßen«, beschwerte sie sich.

Andrej schlug mit der flachen Hand kräftig gegen die Tür, aber sie zitterte nicht einmal. »Macht auf!«, rief er. »Auf der Stelle! Das ist nicht witzig!« Er bekam keine Antwort, und erst recht wurde die Tür nicht geöffnet. Wahrscheinlich drang seine Stimme nicht einmal durch das dicke Holz. Dennoch versuchte er es noch einmal: »Lasst uns raus! Der Dottore wird das nicht gutheißen!«

Auch jetzt erfolgte keine Reaktion, und Andrej spielte einen Moment lang ernsthaft mit dem Gedanken, die Tür kurzerhand einzutreten, entschied sich aber dann dagegen. Wahrscheinlich hatte sich dieses zu groß geratene Kind nur einen Spaß gemacht, und er sah keinen Sinn darin, ihm noch mehr Ärger zu bereiten. Er würde einfach abwarten, bis Abu Dun zurückkam und sie befreite. Auch wenn er sich die bissigen Kommentare des Nubiers schon jetzt lebhaft vorstellen konnte.

Er hörte, wie Corinna sich rasch irgendwo hinter ihm bewegte, dann folgte wieder atemlose Stille.

»Andrej«, sagte Corinna.

»Ich weiß«, erwiderte Andrej. »Ich spüre es auch.«

Kapitel 11

Es war, als hätte etwas den Raum betreten. Andrej wusste, dass es unmöglich war. Selbst der flüchtige Blick, den er in die Runde geworfen hatte, hatte ihm gezeigt, dass es keinen zweiten Eingang gab, nicht einmal ein Fenster. Dennoch spürte er mit fast körperlicher Intensität, dass sie nicht länger allein waren. Jemand war hier. Etwas. Etwas sehr Altes, sehr Mächtiges und sehr Gefährliches.

Ohne auch nur eine weitere Sekunde zu vergeuden, wandte er sich wieder der Tür zu und rammte den Handballen in Höhe des Riegels dagegen. Das Holz ächzte hörbar, und die gesamte Tür zitterte, erwies sich aber dennoch als weit widerstandsfähiger, als er angenommen hatte. Er wich einen halben Schritt zurück und versuchte es diesmal mit einem Fußtritt.

Das Schloss zerbarst mit einem Laut wie ein Peitschenknall, und die Tür flog auf und mit solcher Gewalt gegen die Wand, dass eine der geschmiedeten Angeln brach. Ein überraschter Schrei erklang, und ein Schatten huschte davon.

Andrej fuhr auf dem Absatz herum, ergriff Corinnas Arm und zerrte sie mit sich aus der Zelle. Die Dunkelheit hinter ihr … bewegte sich, als wäre da etwas Großes und unsagbar Finsteres, das nach ihr hatte greifen wollen und sie nur um Haaresbreite verfehlte.

Draußen im Gang war der kleinere der beiden Männer gegen die gegenüberliegende Wand gestolpert und starrte ihn aus weit aufgerissenen Augen an. Seine Hände umklammerten den Stiel seines Besens, als wäre er das Letzte, was ihn noch in der Welt der Lebenden hielt. Der Größere war zu Boden gegangen und glotzte ihn fassungslos an. Seine linke Hand, deren Gelenk er mit der anderen umklammerte, blutete heftig. Wahrscheinlich hatte ihn die Tür getroffen.

Andrej zog Corinna rasch ein paar Schritte zur Seite, überzeugte sich mit einem Blick in ihr Gesicht davon, dass sie zumindest innerhalb der nächsten Sekunden nicht in Panik ausbrechen würde, und wandte sich dann zornig an die beiden Männer. Den Blick in die jetzt weit offen stehende Zelle vermied er sorgfältig.

»Was sollte das?«, fuhr er sie an. »Findet ihr das etwa spaßig?«

»Niemand darf da rein«, sagte der große Bursche. Seiner Stimme war anzuhören, dass er mit den Tränen kämpfte. »Das hat der Dottore verboten!«

»Und deshalb ...« Andrej kämpfte seinen Zorn mit einiger Mühe nieder und zwang sich, ruhiger weiterzusprechen. »Was ist in dieser Zelle passiert?«

»Das darf ich nicht sagen«, antwortete der Mann.

»Weil der Dottore es dir verboten hat«, vermutete Andrej, wartete das zögerliche Nicken seines Gegenübers ab und fuhr dann sanfter, aber in bewusst ermahnendem Ton fort: »Aber er hat doch bestimmt nicht gesagt, dass ihr uns einschließen sollt, oder? Weil ja niemand wissen darf, was da drinnen passiert ist.«

Ein neuerliches Nicken. Andrej machte ein angestrengt nachdenkliches Gesicht. »Aber wenn ich erzähle, dass du die hübsche Signorina und mich dort eingesperrt hast, dann wird er auch wissen, dass wir sein Geheimnis kennen, und sehr böse auf dich werden.«

»Aber er hat doch gesagt – «

»Ich weiß«, unterbrach ihn Andrej. »Aber hab keine Angst. Ich werde dich nicht verraten. Und deinen Freund auch nicht. Das bleibt unser Geheimnis, das verspreche ich dir. Aber dafür musst du auch etwas für mich tun.«

»Und … was?«, fragte der Bursche misstrauisch.

»Du musst mir verraten, was in diesem Raum passiert ist. Wenn du das tust, dann sage ich dem Dottore nicht, was du gemacht hast.«

Der Mann dachte einen Moment lang angestrengt stirnrunzelnd über diesen Vorschlag nach und nickte dann bedächtig. »Das versprichst du?«

»Mein Ehrenwort.« Andrej legte sich die rechte Hand aufs Herz.

»Da war Blut«, antwortete der Große. »Ganz viel Blut. Und ein Mann, der war tot. Aber er war ganz schlimm tot. Wir haben alles weggemacht, aber es war ganz schlimm, und der Dottore hat gesagt, dass wir keinem etwas sagen dürfen.«

»Das werde ich auch nicht«, versprach Andrej. »Keine Angst. Es bleibt unser Geheimnis.« Er ließ dem Mann noch Zeit, in seinem Gesicht zu lesen und sich davon zu überzeugen, dass er die Wahrheit sagte, dann nahm er eine der Fackeln von der Wand, trat wieder an die Tür heran und schwenkte sie. Rotes Licht huschte durch den winzigen steinernen Würfel. Abgesehen von der fast unheimlichen Illusion von Leben, das der Fackelschein erweckte, war die Zelle leer.

»Schaurig, nicht?« Corinna war neben ihn getreten und wagte es genauso wenig wie er, noch einmal ganz in diesen unheimlichen Raum hineinzugehen. »Und ich hätte geschworen, dass ich etwas gehört habe. Und gespürt.« Sie schauderte übertrieben. »Wahrscheinlich bin ich nur ein hysterisches altes Weib.«

»Du bist nicht alt«, antwortete Andrej, während er die Fackel ein weiteres Mal und noch langsamer schwenkte. Das feurige Licht huschte zitternd hin und her, enthüllte auch noch den letzten Winkel und zeigte ihm, dass die Zelle tatsächlich leer war.

»Danke! Das heißt dann wohl, dass ich hysterisch bin«, seufzte Corinna. Dann, nach einer kurzen Weile: »Hast du noch mehr Kinder, Andrej?«

»Jedenfalls nicht dass ich wüsste«, antwortete er. »Warum?«

»Nach dem, was ich gerade gehört habe, glaube ich, dass du ein wirklich guter Vater sein könntest«, sagte Corinna. Sie lachte leise. »Wenn auch wahrscheinlich der reine Albtraum für deine Kinder.«

Andrej fand nicht, dass dies der passende Moment (oder gar die Umgebung) für solche Gespräche war, und schwieg. In diesem Augenblick hörte er Schritte hinter sich, und eine aufgebrachte Stimme, die rief: »Was zum Teufel geht hier vor?«

Andrej trat aus der Zelle heraus, hielt die Fackel so, dass die Flammen möglichst weit von Corinnas Gesicht entfernt waren. Abu Dun, Schwester Innozenz und der Dottore waren am anderen Ende des schmalen Korridors erschienen, und sowohl Scalsi als auch die Barmherzige Schwester beschleunigten mit empörten Mienen ihre Schritte, während Abu Dun beinahe gemächlich hinter ihnen hertrottete und die so radikal veränderte Szenerie allenfalls mit geringem Interesse musterte.

»Ich habe gefragt, was vorgefallen ist!«, herrschte Scalsi sie an.

»Eine gute Frage«, erwiderte Andrej. »Ich wollte gerade dieselbe stellen, ist das nicht ein Zufall?« Er machte eine Kopfbewegung, um hinter sich zu deuten. »Was ist hier passiert?«

»Ein … ein Unfall« Scalsi war einer der schlechtesten Lügner, dem Andrej jemals begegnet war, aber auch sehr zornig. Mit wenigen schnellen Schritten war er bei dem verwundeten Mann, der noch immer mit weit aufgerissenen Augen dasaß und Andrej ebenso ängstlich wie beinahe flehend anstarrte, untersuchte flüchtig seine immer noch blutende Hand und versuchte dann, dem viel größeren und sicherlich doppelt so schweren Burschen auf die Beine zu helfen – was ihm zwar gelang, aber einigermaßen komisch aussah. Erst dann – und in kein bisschen weniger barschem Ton – fügte er hinzu: »Und ich wüsste auch nicht, was Euch das anginge, Signore Delãny!«

»Mein Sohn befindet sich hier«, erinnerte Andrej überflüssigerweise. »Wenn es hier also einen Toten gegeben hat, dann geht mich das sehr wohl etwas an, Dottore.« Sein Blick streifte Abu Duns Gesicht und sah, dass dieser zwar in einigen Schritten Abstand haltgemacht hatte und Scalsi und den großen Mann neben ihm scheinbar nachdenklich betrachtete, aber Andrej wusste sehr wohl, was er wirklich anstarrte. Es war das Blut auf dessen Hand. Nicht einmal besonders viel: Seine Knöchel waren zerschrammt, und ein Splitter hatte sich in seinen Handrücken gebohrt und ihm eine eher harmlose Fleischwunde zugefügt. Aber auch er konnte den Geruch des Blutes wahrnehmen, diese sachte, aber unendlich süße Verlockung. In Abu Duns Augen war eine Gier erschienen, die ihm nicht gefiel.

»Ist alles in Ordnung?«, fragte er.

Der Nubier nickte, und Andrej wandte sich wieder an den Arzt. »Noch einmal: Was ist hier passiert?«

Schwester Innozenz wollte etwas sagen, verstummte aber dann, als sie seinem Blick begegnete, und Scalsi schien regelrecht zu schrumpfen, fasste sich aber auch erstaunlich schnell wieder und sah ihn fest an, auch wenn Andrej spürte, welch große Überwindung es ihn kostete.

»Wie ich es sagte: Ein schreckliches Unglück. Eine wirklich schlimme Sache, aber ich kann Euch versichern, dass Euer Sohn nicht in Mitleidenschaft gezogen wurde und wohl auch gar nichts davon gemerkt hat.«

»Das reicht mir nicht«, sagte Andrej. Und er spürte auch, dass der Mann nicht die Wahrheit sagte.

»Es gab …« Scalsi verlor seine Selbstsicherheit ebenso schnell wieder, wie sie gekommen war. Er wich Andrejs Blick aus und begann, sich unruhig auf der Stelle zu bewegen.

»Wirklich, es war ein schreckliches Unglück, nicht mehr.«

»Ein Unglück.« Abu Dun kam näher und machte ein abfälliges Geräusch, aber sein Blick fixierte weiter die blutende Hand des Verletzten. »Was genau ist denn geschehen? Ist sein Pferd durchgegangen, oder hat ihn ein Blitzschlag aus heiterem Himmel getroffen?«

»Dein Spott ist unangebracht, schwarzer Mann«, sagte Scalsi. »Ich sage es gerne noch einmal: Es war ein Unglück, an dem niemand die Schuld trifft. Und wenn, dann allerhöchstens mich. Der Mann in dieser Zelle war tobsüchtig, und wir haben beschlossen, ihn hier herunterzubringen und in Ketten zu legen, zu seiner eigenen Sicherheit und der der anderen. Ich selbst habe seine Fesseln überprüft, und ich war sicher, dass sie halten würden. Irgendwie ist es ihm gelungen, seine Ketten zu lösen und sich selbst zu töten. Es war kein schöner Anblick, und ich mache mir schwere Vorwürfe, nicht besser auf ihn achtgegeben zu haben, aber es ist nun einmal geschehen, und ich kann es nicht wieder rückgängig machen.«

»Wie bedauerlich«, sagte Abu Dun böse. Er kam einen weiteren Schritt näher, und Andrej versuchte sich unauffällig so zu postieren, dass er das Blut auf der Hand des Mannes nicht sehen konnte, was ihm aber nicht gelang. Etwas geschah, und es war ganz und gar nicht gut. Sie mussten hier heraus. Schnell.

»Wie dem auch sei«, sagte er rasch, und bevor Scalsi etwas erwidern konnte, was Abu Dun Anlass zu einer weiteren Spitze gab – ganz egal, was es auch sein mochte. »Wir sind nur gekommen, um Euch davon zu unterrichten, dass wir Venedig morgen früh verlassen werden. Und wir nehmen Marius mit.«

Scalsi wirkte regelrecht schockiert. »Morgen?«

»In aller Frühe«, bestätigte Andrej. »Ich möchte Euch bitten, alles Notwendige zu veranlassen, damit wir ihn bei Sonnenaufgang abholen können.«

»Aber so schnell ...«, stammelte Scalsi, brach ab und schüttelte den Kopf. Mühsam beherrscht setzte er neu an. »Ich weiß nicht, ob das so rasch möglich ist.«

»Wisst Ihr überhaupt, was Ihr Eurem Sohn damit antut, Signore Delãny?«, mischte sich Schwester Innozenz ein, die ihre Überraschung überwunden hatte und sich nun auf ihre gewohnte Art empörte. »Das ist unverantwortlich!«

»Unverantwortlich wäre es, ihn weiter hierzulassen«, antwortete Andrej kühl. »Ich danke Euch für alles, was Ihr getan habt, Schwester, und Euch auch, Doktor Scalsi, aber mein Entschluss steht fest. Wir sehen uns dann morgen früh.«

Er warf Abu Dun und Corinna einen auffordernden Blick zu und drehte sich rasch um, und vielleicht wäre alles gut gegangen und nichts geschehen, wenn nicht der Dottore, der sich offenbar daran erinnerte, wer er war, unerwartet schnell seine Sprache wiedergefunden hätte.

»Das geht nicht!«, sagte er. »Hört Ihr, was ich sage? Das geht nicht!« Mit einem überraschend schnellen Schritt vertrat er Andrej den Weg und gab sich zumindest Mühe, Autorität zu verströmen. »Hört Ihr? Ich verbiete es!«

Andrej beschloss, nicht zu antworten, und machte einen halben Schritt zur Seite, um um Scalsi herumzugehen, als eine kräftige Hand, die nach süßem Blut roch, sich auf seine Schulter legte und ihn unsanft zurückriss. »Der Dottore hat gesagt, er verbietet es!«

Andrej griff, ohne auch nur hinzusehen, nach dem zu der Hand gehörigen Gelenk, verdrehte es mit einem harten Ruck und brachte den Mann aus dem Gleichgewicht, sodass dieser gegen die Wand stolperte und beinahe gestürzt wäre.

»Dann also bis morgen früh, Dottore«, sagte er und wollte endgültig gehen, kam aber auch diesmal kaum einen Schritt weit.

»Der Dottore hat es verboten!«, heulte der Mann und machte Anstalten, sich mit erhobenen Fäusten auf ihn zu stürzen.

Andrej empfing ihn mit einem Hieb in den Leib, der ihm den Atem nahm und ihn endgültig in die Knie brechen ließ, ohne ihn zu verletzen, und begriff einen Sekundenbruchteil zu spät, dass er den zweiten Mann vergessen hatte.

Hinter ihm splitterte Holz, als dieser seinen Besenstiel über dem Knie entzweibrach und mit dem zerborstenen Ende wie mit einer heimtückischen Waffe auf ihn losging. Andrej wich dem Angriff mit einem raschen Schritt zur Seite aus, und der Bursche stürzte an ihm vorbei und zielte nun – vielleicht sogar unabsichtlich – auf Abu Duns Gesicht. Der Nubier wich dem ersten Stoß sogar noch aus, doch als der Mann mit einem schrillen Jaulen herumfuhr und seinen Besenstiel nun wie eine Keule schwang, um ihm den Schädel zu zertrümmern, empfing er ihn mit einem

Schlag seines Handballens, der so schnell war, dass ihn außer Andrej vermutlich nicht einmal jemand sah.

Zu hören war er dafür umso deutlicher. Ein dumpfes Knacken ertönte, als würde ein uralter Balken zerbrechen. Der Besenstiel klapperte zu Boden, gefolgt von seinem Besitzer, der auf die Seite rollte und Blut erbrach, bevor er qualvoll, aber sehr schnell erstickte. Er war bereits tot, als Scalsi und fast im gleichen Moment auch Schwester Innozenz ihren Schrecken überwanden und neben ihm auf die Knie fielen. Corinna hatte die Hand vor den Mund geschlagen und stand da wie erstarrt.

»Er ... er ist tot!«, stammelte Scalsi. Sein Kopf flog in den Nacken, und er starrte Abu Dun aus weit aufgerissenen Augen an. »Du ... du hast ihn umgebracht!«

»Habe ich das?« Abu Dun zuckte gleichmütig mit den Achseln. »Mir kam es so vor, als hätte er versucht, mich umzubringen und ich hätte mich nur verteidigt.«

»Du hast ihn umgebracht!«, beharrte Scalsi. »Einfach so, mit einem einzigen Schlag!«

»Ich hätte auch zweimal zuschlagen können«, erwiderte Abu Dun. »Hätte das etwas geändert?«

Der große Bursche begann plötzlich mit einer schrillen Kinderstimme zu weinen, und Abu Dun drehte mit einem Ruck den Kopf und sah ihn an. Tatsächlich aber, dachte Andrej schaudernd, sah er seine Hand an und das rote Blut darauf. Seine Nüstern blähten sich wie die eines Bluthundes, der Witterung aufnimmt.

»Warte oben auf uns, Abu Dun«, sagte er rasch.

Abu Dun sah weiter die blutbesudelte Hand an, und dann war da plötzlich noch etwas, etwas, das nicht von ihm kam. Etwas, das mit jedem Atemzug stärker wurde. Gewalt lag in der Luft. Mord und eine schlechte, abgrundtief schwarze Erwartung.

»Abu Dun!« Jetzt schrie Andrej fast. »Geh! Ich regle das hier!«

Der Nubier starrte den Mann noch einen endlosen, schweren Herzschlag lang an, aber dann hob er mit einem Ruck den Kopf und verzog die Lippen zu der bösen Karikatur eines Lächelns. »Ganz wie Ihr wünscht, Sahib«, sagte er, drehte sich auf dem Absatz herum und stapfte hinaus.

Andrej wartete, bis er am oberen Ende der Treppe verschwunden war und die Tür zuschlug, bevor er sich wieder zu Scalsi und der Barmherzigen Schwester umdrehte. »Das tut mir leid, Doktor«, sagte er. »Das hätte nicht passieren dürfen. Aber ich glaube, ich weiß jetzt, was Ihr meintet, als Ihr sagtet, es habe ein Unglück gegeben.«

»Seid Ihr ein so herzloses Ungeheuer, oder tut Ihr nur so?«, fragte Schwester Innozenz. »Dieser Mann ist tot! Euer Heidenfreund hat ihn umgebracht!«

»Er hat sich nur verteidigt«, antwortete Andrej. Selbst wenn er sich auch anders hätte wehren können. Aber seltsam: Irgendetwas sagte ihm, dass es nicht Abu Duns Schuld war. Nicht allein.

»Dieser Mann hat niemandem etwas getan!«, begehrte Innozenz auf. »Wir – «

Scalsi legte ihr die Hand auf die Schulter und brachte sie damit zum Schweigen. »Es ist gut, Schwester«, sagte er. »Signore Delãny hat recht. Der Muselmane hat sich nur verteidigt.«

»Sein Name ist Abu Dun«, sagte Andrej.

»Abu Dun, ja«, bestätigte Scalsi. »Es war nur ein Unglücksfall. Schlimm, aber so etwas passiert, gerade an einem Ort wie diesem.« Alles Gefühl war aus seinem Gesicht verschwunden. Als er sich an den großen Mann wandte, klang seine Stimme, als spiele er eine Harfe aus kaltem Glas. »Bring ihn nach oben, Claudio. Wir schaffen ihn später zur Insel.«

»Ist … alles gut, Dottore?«, fragte Claudio.

»Alles ist gut«, bestätigte Scalsi. »Es ist nicht deine Schuld. Du hast alles richtig gemacht. Bringt ihn nach oben und bereitet das Boot vor. Und Ihr, Signore Delãny …«, er wandte sich an Andrej, »… dürft versichert sein, dass morgen bei Sonnenaufgang alles bereit ist.«

Kapitel 12

Er wartete noch eine Weile, bevor er Abu Dun folgte. Corinna hatte die ganze Zeit über nichts gesagt. Sie wich seinem Blick aus, doch es gelang ihr, ihre wahren Gefühle zu verhehlen. Sie war noch immer kreidebleich, und ihre Bewegungen wirkten abgehackt und gezwungen, als müsse sie sich selbst auf etwas so Einfaches wie das Gehen konzentrieren. Ein- oder zweimal setzte sie an, etwas zu sagen, brachte dann aber die Kraft (oder den Mut) doch nicht auf und starrte wieder an ihm vorbei auf einen Punkt im Nichts. Andrej war fast froh. Er hätte nicht gewusst, was er antworten sollte, hätte sie ihn in diesem Moment auf Abu Duns unfassbares Verhalten angesprochen.

Der Nubier wartete im winzigen Innenhof des Turmes auf ihn, sicher nicht zufällig so weit von der schmalen Tür entfernt. Sein Gesicht war wieder zu einer schwarzen Maske erstarrt, und er reagierte auch nicht, als er das Geräusch der Tür und dann das ihrer Schritte hörte.

»Bleib hier«, sagte Andrej, wartete Corinnas Reaktion nicht ab und eilte mit schnellen Schritten auf den Nubier zu. Abu Dun wandte den Kopf und sah ihn scheinbar gleichmütig an. Andrej wusste nicht einmal, ob dieser Ausdruck tatsächlich nur aufgesetzt war: Der Tod – auch das Töten! – gehörte seit Jahrhunderten zu ihrem Leben dazu. Dennoch erschreckte ihn der Anblick. Abu Dun gefiel sich darin, den tumben Riesen zu spielen, dem ein Menschenleben nichts bedeutete, aber die Wahrheit war eher das genaue Gegenteil.

»Was ist in dich gefahren?«, fuhr er ihn auf Arabisch an. »Hast du den Verstand verloren? Du hast den Mann vollkommen grundlos umgebracht!«

»Es war ganz so, wie Ihr es gesagt habt, Sahib«, antwortete Abu Dun kalt, auf Italienisch und so laut, dass Corinna es verstehen musste. »Es war ein Unfall.«

»Solche Unfälle passieren dir nicht, Pirat«, beharrte Andrej. »Du wolltest diesen Mann töten. Und ich will jetzt wissen, warum!«

»Er hat mich angegriffen«, erwiderte Abu Dun. »Du hast es doch gesehen – oder waren deine Gedanken so mit deiner neuen Gespielin beschäftigt, dass du keine Augen mehr für etwas anderes hattest?«

Ohne hinzusehen, wusste Andrej, dass seine Gespielin leicht zusammenfuhr. Es kostete ihn Überwindung, sich weiter zu beherrschen. »Du weißt ganz genau, was ich meine«, sagte er, leiser und immer noch auf Arabisch. »Was ist los mit dir?«

Abu Dun maß ihn mit einem langen, verächtlichen Blick von Kopf bis Fuß, knurrte ein einzelnes Wort, das Andrej nicht verstand, und wandte sich dann brüsk zum Gehen. Er machte sich nicht die Mühe, das Schloss zu öffnen, sondern zertrümmerte es mit einem beiläufigen Schlag und bückte sich durch die auffliegende Tür hinaus. Schon aus Gewohnheit wollte Andrej ihm hinterhereilen, um ihn zur Rede zu stellen, machte aber nur einen Schritt und kehrte dann wieder um, um zu Corinna zurückzugehen. Diesmal war er es, der ihrem Blick auswich.

»Es tut mir wirklich leid«, begann er. »Ich wollte nicht, dass du das mit anhören musst.« Das war wahrscheinlich das Dümmste, was er überhaupt hatte sagen können, aber auch das Erste, was ihm einfiel. Er war nicht einmal sicher, ob sie die Worte gehört hatte. Unruhig trat sie auf der Stelle. Ihre Hand knetete etwas Schwarzes, das er nicht genau erkennen konnte, und in ihrem eben noch schreckensstarren Gesicht lieferten sich jetzt Entsetzen und Beherrschtheit einen stummen, ungleichen Kampf.

»Das … das war schrecklich«, flüsterte sie schließlich. »Ich wusste nicht, dass es so leicht ist.«

Leicht? »Was?«

»Einen Menschen zu töten«, antwortete sie. »Er hat ihn … kaum berührt.«

»Abu Dun ist sehr stark«, sagte Andrej. »Manchmal glaube ich, er weiß selbst nicht, wie stark. Ich glaube nicht, dass er es so wollte.«

Corinna maß ihn mit einem langen, schwer zu deutenden Blick, der immer noch von Schrecken erfüllt war, aber jetzt auch auf eine sonderbare Art wieder warm. »Du bist wirklich ein guter Freund, Andrej.«

»Wie meinst du das?«

»So, wie ich es sage.« Corinnas Hände wrangen weiter den schwarzen Stoff. »Du hast genau wie ich gesehen, was er getan hat, und du versuchst immer noch, ihn in Schutz zu nehmen.«

Vielleicht gerade, weil sie recht hatte, wollte Andrej nicht darüber reden. Er würde mit Abu Dun sprechen müssen, bald, aber nicht jetzt und nicht hier. Und nicht mit ihr über ihn. Vergeblich zerbrach er sich den Kopf darüber, was er nun sagen sollte, blickte dann wieder auf ihre Hände hinab und runzelte die Stirn. »Was hast du da?«

Corinna hob eine Hand und sah sie mit einem Ausdruck an, als stelle sie sich dieselbe Frage, zuckte dann mit den Achseln und hielt sie ihm entgegen. »Das habe ich in der Zelle gefunden«, sagte sie. »Ich weiß nicht, was es ist.«

Sie hob abermals die Schultern und machte Anstalten, ihr Fundstück einfach wegzuwerfen, doch Andrej griff rasch nach ihrem Handgelenk und hielt es fest. Auf Corinnas ausgestreckter Handfläche lag ein schwarzer Stofffetzen, nicht einmal halb so groß wie ein Taschentuch und offensichtlich grob aus einem größeren Stück herausgerissen. Andrej nahm ihn mit spitzen Fingern, betrachtete ihn von allen Seiten und rieb das Tuch schließlich prüfend zwischen Daumen und Zeigefinger. Es fühlte sich genau so an, wie er erwartet hatte, und ein eisiger Schauer rann über seinen Rücken.

»Was hast du?«, fragte Corinna.

»Das ist ... nichts.« Doch er hörte selbst, wie wenig überzeugend er klang. Corinna sah ihn misstrauisch an und streckte dann die Hand aus, als wolle sie ihm das Tuch wieder wegnehmen, aber das ließ er nicht zu. »Es sieht aus wie der Mantel, den dein Freund trägt«, stellte sie fest.

Es sah nicht nur so aus. Es war der gleiche Stoff, vielleicht nicht auf demselben Webstuhl gefertigt, wohl aber im gleichen Teil der Welt, und Andrej war sich darüber im Klaren, wie lächerlich es gewesen wäre, diese Tatsache zu leugnen. Er versuchte es trotzdem. »Sicherlich nichts als ein Zufall.«

»Ich habe es in der Zelle gefunden«, sagte Corinna nachdenklich. Ganz allmählich erlosch der Ausdruck von Schrecken auf ihrem Gesicht und machte Wachsamkeit Platz, die Andrej so sehr traf, als gelte sie ihm. Und vielleicht tat sie das ja tatsächlich. »Es lag auf dem Boden. Im Stroh.«

»Das hat nichts zu bedeuten«, sagte Andrej, vielleicht eine Spur grober, als er beabsichtigt hatte, und ganz gewiss nicht auf eine Art, die Corinnas Argwohn zerstreuen würde. Rasch steckte er den Fetzen ein und war froh, in diesem Moment das Geräusch der Tür hinter sich zu hören.

Schwester Innozenz trat ins Freie, mit erstaunlichem Erfolg bemüht, ihn nicht zur Kenntnis zu nehmen. Corinna dagegen bedachte sie mit einem vorwurfsvollen Blick, ging wortlos an ihnen beiden vorüber und steuerte die kurze Treppe auf der anderen Seite des Hofes an. Ihr folgte der Dottore, der sich genau andersherum verhielt, als hätten sie es vorher abgesprochen: Er ignorierte Corinna, warf Andrej einen Blick zu, der ihm Anlass zur Sorge gegeben hätte, wäre Scalsi einen Meter größer und bewaffnet gewesen. Auch er sagte nichts, ging aber nicht hinter der Barmherzigen Schwester her, sondern zog die Tür noch weiter auf, da ihm der große Bursche folgte, der den Leichnam seines Kameraden auf den Armen trug. Er wankte sichtlich unter seinem Gewicht, was Andrej endgültig bewies, dass er zwar ob seiner Größe beeindruckend kräftig wirkte, es aber nicht war. Rasch trat er hinzu und nahm ihm den Toten ab.

»Was habt Ihr vor?«, fragte Scalsi scharf.

»Das Mindeste, was ich tun kann«, antwortete Andrej. »Ich helfe euch.« Er wandte sich an Claudio. »Wohin?«

Der Mann streifte Doktor Scalsi mit einem scheuen, fragenden Blick und reagierte erst, als dieser nach einem Moment des Zögerns nickte. Wortlos und in weit größerem Abstand, als notwendig gewesen wäre, ging er an Andrej vorbei, um das Tor einer niedrigen Remise zu öffnen, die ein Gutteil der linken Hofseite einnahm. Andrej folgte ihm ebenso schweigend und steuerte den niedrigen Leiterwagen an, der hinter dem Tor zum

Vorschein kam. Er lud den Leichnam auf dem Wagen ab und verbarg ihn unter einer der schmutzigen Decken, die darauf lagen. Dann wartete er, bis der Mann die Tür wieder geschlossen und sich so schnell entfernt hatte, dass es einer Flucht gleichkam.

»Es tut mir wirklich leid«, sagte er, wieder an Scalsi gewandt. »Und meinem Freund auch. Ich bin sicher, dass er das nicht beabsichtigt hatte.« Aber stimmte das auch?

»Niemand wird etwas davon erfahren«, antwortete Scalsi kühl. Er war direkt neben Corinna stehen geblieben und brachte das Kunststück fertig, Andrej an- und gleichzeitig durch ihn hindurchzusehen. »Macht Euch keine Sorgen.«

»Das tue ich nicht«, erwiderte Andrej und schluckte mit Mühe die Erwiderung hinunter, die ihm noch auf der Zunge lag. Scalsis Verhalten irritierte ihn. Der Mann war schockiert und entsetzt über das, was er gerade hatte mit ansehen müssen, aber dennoch reagierte er merkwürdig. Auch jetzt hob er nur die Schultern und wartete offenbar darauf, dass Andrej endlich ging.

Aber das konnte er nicht. Nicht jetzt, wo er wusste, was Corinna in der Zelle gefunden hatte. Mit einer Kopfbewegung auf die geschlossene Scheunentür hinter sich fragte er: »War er ein Patient?«

»Ja«, antwortete Scalsi und hob abwehrend die Hände. »Oder vielleicht sollte ich sagen, ein … Schutzbefohlener. Eine weitere Seele, die mir anvertraut wurde und die ich nicht beschützen konnte.«

Andrej fragte sich, ob Scalsi wirklich so empfand oder ob er es vielleicht nur sagte, um ihn zu treffen. Wenn ja, hatte er Erfolg.

»Macht Euch keine Vorwürfe«, fuhr Scalsi fort. »Er war ein

schlechter Mensch, immer auf Streit aus und meistens betrunken. Niemand wird Fragen stellen, und niemand wird ihn vermissen.«

»Er hatte keine Familie?«, vergewisserte sich Andrej.

»Das weiß ich nicht. Jedenfalls hat er niemals eine erwähnt, und nie hat jemand nach ihm gefragt. Und selbst wenn, dann ist sie wahrscheinlich froh, dass er nicht zurückkommt.«

»Und wohin bringt Ihr ihn jetzt?«, wollte Andrej wissen.

»Auf die Insel«, erwiderte Scalsi.

Wieder musste sich Andrej beherrschen, um nichts Unhöfliches zu sagen. In einer Stadt, die aus nichts anderem als mehr als einhundert Inseln bestand, war das nicht die Antwort, die er hatte hören wollen. Trotzdem nickte er und sagte, so ruhig er konnte: »Dann werden wir euch helfen. Das ist das Mindeste, was wir tun können.«

»Was?«, fragte Scalsi. Er sah nicht begeistert aus.

»Dafür Sorge zu tragen, dass er ein christliches Begräbnis bekommt«, erwiderte Andrej.

»Aber Ihr –«, begann Scalsi, doch Andrej gab ihm keine Gelegenheit, den Satz zu Ende zu sprechen, sondern eilte durch die aufgebrochene Tür hinaus, um nach Abu Dun zu suchen.

Der Nubier hatte sich bereits ein gutes Stück entfernt und ging jetzt in eher gemächlichem Tempo weiter. Andrej musste zwei- oder dreimal mit zunehmender Lautstärke seinen Namen rufen, bevor der Nubier stehen blieb und sich missmutig zu ihm umdrehte. In unmittelbarer Nähe von Scalsis Turmruine waren keine weiteren Gebäude, so als hielten die Menschen einen instinktiven Abstand zu dem Schrecken ein, der hinter den uralten Mauern lauerte. Doch jetzt, als sie sich den ersten Behausungen näherten, klang ihm die Warnung im Ohr, dass

Fremde hier nicht gern gesehen waren. Obwohl niemand in Sichtweite war, meinte Andrej die misstrauischen Blicke, mit denen sie beobachtet und eingeschätzt wurden, fast körperlich spüren zu können. Und zweifellos wurde jedes Wort, das sie hier sprachen, belauscht.

»Verdammt, warte!«, sagte er schwer atmend, als er Abu Dun endlich eingeholt hatte.

»Oh, verzeiht«, sagte Abu Dun böse. »Ich habe ganz vergessen, dass es ja bald Nacht ist. Ich wollte Euch nicht zumuten, allein bei Dunkelheit nach Hause zu gehen, Sahib.« Er neigte demütig den Kopf. »Mein Fehler.«

Andrej ignorierte den höhnischen Ton, sah ihn nur ärgerlich an und zog dann den Stofffetzen aus der Tasche, den Corinna ihm gegeben hatte. Abu Dun betrachtete ihn ungefähr so begeistert, als hielte er eine hässliche Spinne auf der Handfläche und nicht nur ein Stück schwarzes Tuch, wartete sichtlich auf ein Wort der Erklärung und fragte schließlich: »Und?«

»Das lag in der Zelle, in der es den Toten gegeben hat«, antwortete Andrej.

Zu stur, um sich eine Regung anmerken zu lassen, betrachtete Abu Dun das Tuch weiter, streckte schließlich mit allen Anzeichen von Widerwillen die Hand aus und nahm es mit so spitzen Fingern auf, als handle es sich um etwas ganz besonders Unappetitliches. Aber schließlich hatte er wohl selbst genug von seinen eigenen Albernheiten, drehte es ein paarmal hin und her und roch schließlich daran.

»Blut«, sagte er.

»Und nicht wenig«, bestätigte Andrej.

»Es ist nur ein paar Stunden alt«, fügte der Nubier hinzu. Sein Interesse war geweckt, ganz egal, wie sehr er auch immer noch versuchte, sich das nicht anmerken zu lassen. »Das habt ihr in der Zelle neben der deines Sohnes gefunden?«

»Scalsis Unfall«, sagte Andrej. »Ja.«

»Der gute Doktor ist uns eine Erklärung schuldig«, sagte Abu Dun. Er roch noch einmal an dem Stoff, schloss dann so fest die Hand darum, als versuche er ihn zu zerdrücken und fuhr dann auf dem Absatz herum, wie um augenblicklich loszustürmen und – seine Ankündigung (vermutlich unter Zuhilfenahme seiner Fäuste) augenblicklich in die Tat umzusetzen. Doch Andrej hielt ihn mit einer raschen Bewegung zurück.

»Warte!«, sagte er.

Abu Dun riss sich brüsk los, blieb aber gehorsam stehen und sah nur stumm auf ihn hinab.

»Verrätst du mir, was du jetzt vorhast?«, fragte Andrej.

Abu Dun schwenkte den schwarzen Fetzen. »Den guten Doktor fragen, wo der Rest davon ist.«

»Ja, und ich kann mir auch ungefähr vorstellen, wie die Befragung aussehen wird«, antwortete Andrej kopfschüttelnd. »Komm mit, aber überlass das Reden mir, hast du das verstanden?«

»Bitte vergebt Eurem unwürdigen Diener, Sahib«, sagte Abu Dun eisig. »Aber vielleicht ist es doch besser, wenn Ihr nicht nur das Reden übernehmt, sondern auch alles andere. Nicht, dass ich am Ende noch etwas Dummes tue.« Und damit machte er auf dem Absatz kehrt und stürmte davon.

Kapitel 13

Die Tage waren nun kurz, und der Himmel hatte schon einen größeren Anteil an Grau als an irgendeiner anderen Farbe. Auf dem Wasser wehte ein eisiger Wind, und selbst Andrej konnte die schweren Ruder mittlerweile nur mit großer Anstrengung bewegen. Sein Atem bildete Dampf vor seinem Gesicht, und spätestens wenn die Sonne ganz untergegangen war, würde die feuchte Kälte ihnen in die Kleider kriechen, sodass er sich Sorgen um Corinnas Gesundheit zu machen begann, deren dünner Mantel ihr allenfalls Schutz vor neugierigen Blicken bot. Er hätte auf sich selbst hören und sie nicht mitnehmen sollen, dachte er. Oder noch besser: auf Abu Dun. Dann wäre er jetzt gar nicht erst in dieser verfluchten Stadt.

Während er mit Abu Dun geredet hatte, hatte sich der Dottore einfach mit seinem verbliebenen Helfer und dem Leichnam aus dem Staub gemacht. Misstrauisch geworden hatte Andrej die Verfolgung aufgenommen und sich mächtig in die Riemen legen müssen, um Scalsi nicht ganz aus den Augen zu verlieren. Das war ihm auch bis eben noch gelungen, doch nun hatten sie den Dottore an der Küste der kleinen Insel verloren, die dieser vermutlich anlief. Die Friedhofsinsel.

»Dort drüben.« Corinna hob die Hand unter dem Mantel

hervor und deutete auf ein lang gestrecktes Gebäude am Ufer, vielleicht noch zwei- oder dreihundert Meter entfernt, dessen Umrisse von der hereinbrechenden Dämmerung bereits aufgelöst wurden. Man konnte dennoch erkennen, wie beeindruckend und groß es war. Nach Andrejs Dafürhalten schien es nicht wirklich in diesen Teil der Welt zu passen, sondern erinnerte ihn eher an einen alten griechischen Tempel oder eine der monumentalen Bauten, wie er sie aus Abu Duns Heimat kannte. Aber es war ein festes Gebäude auf festem Grund, und diese beiden Eigenschaften waren es, die ihn zurzeit am meisten interessierten.

Dennoch griff er noch beherzter in die Riemen, um das letzte Stück möglichst rasch zurückzulegen, und korrigierte den Kurs des kleinen Bootes. Ihm schien, als würde es mit jedem Augenblick kälter, und auch die Dünung hatte in den letzten Minuten spürbar zugenommen – was der Tatsache geschuldet war, dass die Flut eingesetzt hatte und die Friedhofsinsel im Gegensatz zu den meisten anderen tatsächlich eine Insel war und ein gutes Stück weit draußen in der Lagune lag – noch nicht wirklich im offenen Meer, aber dennoch zu weit draußen, als dass es ihm angeraten schien, sich mit einer solchen Nussschale von Boot dort hinzuwagen.

Außerdem war ihm gerade wieder eingefallen, wie sehr er Schiffe verabscheute.

Wieder irrte sein Blick nach Westen und damit zu der schmalen Landzunge, hinter der Scalsis Boot verschwunden war. Er versuchte sich einzureden, dass Scalsi und sein schlichter Begleiter ihn unmöglich gesehen haben konnten. Das Boot, mit dem der Dottore aufgebrochen war, war schon seit einer ganzen Weile nicht mehr zu sehen, und er hatte auch vorher einen Abstand eingehalten, in dem selbst seine scharfen Augen das Boot nur noch als winzigen dunklen Punkt ausmachten, der auf den schmutzigen trüben Wellen hüpfte. Dennoch blieb er nervös. Wenn Scalsi bemerkte, dass er verfolgt wurde, konnte er genauso gut kehrtmachen und in ihre Nobelherberge zurückgehen, um sich Abu Duns schadenfrohe Kommentare anzuhören.

Er sprang auf den schmalen Kiesstrand hinab, noch bevor das Boot knirschend darauf zum Stillstand gekommen war. Mit kraftvollen Bewegungen zog er es noch ein weiteres Stück auf den Strand hinauf (das fehlte ihm noch, dass das Boot abtrieb und er womöglich bis zum Morgengrauen auf einer Insel festsaß, die in Wahrheit nichts als ein einziger großer Friedhof war!) und streckte erst dann die Hand aus, um Corinna von Bord zu helfen. Wie üblich ignorierte sie seine angebotene Hilfe und trat mit einem weit ausgreifenden Schritt auf den Kiesstrand hinab, der dennoch genauso elegant aussah wie fast alles, was sie tat. Sie sah sich mit demonstrativer Missbilligung um.

»In spätestens einer Stunde geht die Sonne unter, Signore Delãny«, sagte sie. »Wenn Ihr eine Führung zu den Sehenswürdigkeiten der Stadt wünscht, warum dann nicht bei Tage … und noch dazu ausgerechnet heute?«

Sehenswürdigkeiten? Andrej sah sich ebenso um wie sie und mit kaum weniger zur Schau gestellter Missbilligung. Was er sah, war ein ganz normaler Strand, der von niedrigen Bäumen und einer Mauer aus verwilderten Büschen gesäumt wurde. Wäre das große Gebäude nicht gewesen, das ihn aus der Nähe betrachtet mehr denn je an einen tausend Jahre alten griechischen Tempel und nicht an eine Kirche erinnerte, hätte diese Insel genauso gut in einem Teil der Welt liegen können, den noch keines Menschen Fuß zuvor betreten hatte. Andrej meinte, die Verlassenheit dieses Ortes beinahe mit Händen greifen zu können. Er war auf unzähligen Friedhöfen gewesen und hielt sie für eine gute Einrichtung, boten sie den Hinterbliebenen doch einen Ort, an dem sie um ihre Toten trauern und ihrer in gebührender Umgebung gedenken konnten. Aber mit dieser Insel hier verhielt es sich etwas anders. Die Idee, eine ganze Insel diesem Brauch zu widmen, war ebenso praktikabel wie schlicht, genau so, wie er es von den Verwaltern einer Stadt wie Venedig erwartet hatte, aber es gelang ihm einfach nicht, die Eleganz dieser Lösung auch zu würdigen. Eine ganze Insel den Toten zu überlassen erschien ihm … unangemessen.

»Willst du hier auf mich warten oder lieber dort drinnen?« Er deutete auf das mit Säulen geschmückte Gebäude in zwanzig Schritt Entfernung. »Dort ist es wärmer.«

»Du willst eine hilflose junge Frau ganz allein nachts auf einem Friedhof zurücklassen?«

»In einer Kirche und am Rand eines Friedhofs«, verbesserte er Corinna. *Hilflos?* »Und erzähl mir jetzt nicht, du hättest Angst, allein und bei Dunkelheit.«

»Und wenn es so wäre?«

»Würde ich sagen, dass Ihr mich beschwindelt, Signorina«, antwortete Andrej, lächelte flüchtig und bemühte sich gleich darauf, umso ernster zu klingen. »Ich möchte, dass du auf mich wartest. Ich dachte, das hätten wir geklärt, bevor wir losgefahren sind, um dem *Dottore* ein bisschen auf die Finger zu schauen.«

»Um genau zu sein, hast du es vorgeschlagen, und ich habe gar nichts dazu gesagt«, antwortete Corinna – was übrigens voll und ganz den Tatsachen entsprach. Er hatte sehr deutlich gemacht, dass er überhaupt nur unter dieser Bedingung damit einverstanden war, dass sie ihn begleitete, und sie hatte – natürlich –

nicht darauf reagiert ... was, wie er mittlerweile wusste, nichts anderes hieß, als dass sie nicht einmal im Traum daran dachte, ihm zu gehorchen.

»Ich werde nicht mit dir darüber diskutieren«, sagte er, wohl wissend, dass er bereits verloren hatte.

»Dann ist es ja gut«, erwiderte Corinna lächelnd. »Gehen wir. Du brauchst meine Hilfe, und das weißt du genauso gut wie ich. Ohne mich findest du den guten Dottore nie. Diese Insel ist ziemlich groß.«

»Also gut«, seufzte Andrej. »Dann sag mir, wohin wir gehen.«

»Dorthin.« Corinna lächelte spöttisch und nickte in die Richtung, in die sie ohnehin unterwegs waren. »Ich spiele gerne weiter das kleine Dummchen für dich, wenn das dem tapferen Recken schmeichelt, und vielleicht bin ich es sogar, wer weiß? Aber so dumm bin ich nun auch wieder nicht. Ich weiß, wie schnell du laufen kannst.«

»Nein«, sagte Andrej. »Weißt du nicht.«

»Ein Grund mehr, mein kleines Geheimnis für mich zu behalten, ehe du mich wieder schnöde im Stich lässt.« Corinna hakte sich bei ihm unter. »Warum sagst du mir nicht, was dein Geheimnis ist, Andrej? Vertraust du mir nicht?«

»Warum sagt Ihr mir nicht, wer Ihr wirklich seid, Contessa?«, fragte Andrej.

»Contessa?« Corinna seufzte. »Oh ja, der gute Dottore. Ich frage mich wirklich, warum wir ihm auf diese Insel nachfahren müssen.«

Andrej zögerte. Es gab einen Grund, der schwerer wog als alles andere: Er traute dem Mann nicht, der seinen Sohn in Gewahrsam genommen hatte. »Weil ich auch wissen will, wer der Dottore wirklich ist«, sagte er laut. »Erst dann kann ich unsere weiteren Schritte entscheiden.« Er winkte ab, als Corinna etwas dazu sagen wollte. »Aber jetzt erst einmal zu Euch, Contessa. Welch edlem Geschlecht entstammt Ihr?«

Corinna lachte leise. »Manchmal wünschte ich mir, ich entstammte wirklich einem edlen Geschlecht. Dann müsste ich mir mein Geld nicht so mühsam verdienen … aber wahrscheinlich würde es auch nicht so viel Spaß machen. Apropos.« Sie legte den Kopf in den Nacken, um zu ihm hochzusehen. »Dir ist doch hoffentlich klar, dass du mir etwas schuldig bist.«

»Bin ich das?«

»Ich gehe mit dir nachts auf einem Friedhof spazieren und helfe dir, einen der wenigen Männer zu bespitzeln, die mir wirklich vertrauen, und ich weiß nicht einmal genau, warum – statt in der Stadt zu sein und eine Menge Geld zu verdienen. Gerade heute.«

Das sagte sie jetzt zum zweiten Mal, und nun erinnerte er sich, dass auch Schwester Innozenz vorhin eine ganz ähnliche Bemerkung gemacht hatte. »Was ist denn heute so Besonderes?«, fragte er.

»Heute ist der schmutzige Donnerstag«, antwortete Corinna.

Andrej überlegte kurz und schüttelte dann den Kopf. »Heute ist nicht Donnerstag.«

»Ich weiß. Man nennt ihn auch nur so.« Corinna kicherte. »Und die Betonung liegt auch nicht auf Donnerstag, wenn du verstehst.«

»Ich fürchte«, seufzte Andrej.

»Jedenfalls beginnt morgen der *Carnevale*«, fuhr Corinna fort. Sie hatten die niedrige Böschung erklommen, und Corinna steuerte eine Lücke in der sonst nahezu undurchdringlichen Mauer aus dornigem Gebüsch und blattlosen Bäumen an, und das eindeutig zu zielsicher, um weiter behaupten zu können, sie wäre noch nie oder auch nur selten hier gewesen. »Heute und in den nächsten drei Tagen kann ein fleißiges Mädchen wie ich mehr Geld verdienen als den ganzen Rest des Jahres. Hast du dir schon Gedanken darüber gemacht, wie du meine Schadenersatzansprüche befriedigen willst?«

»Irgendetwas wird mir schon einfallen«, versprach Andrej. »Wohin?«

Corinna folgte seinem Gedankensprung sofort. Sie blieb stehen, ließ seinen Arm los und sah sich scheinbar unschlüssig um. Schließlich deutete sie erneut nach vorn. Andrej verlängerte den Kurs in Gedanken, der zu einem Punkt führte, den er auch ohne ihre Anweisung angesteuert hätte – der anderen Seite der Landzunge, hinter der Scalsis Boot verschwunden war. Er vermutete, dass es dort einen kleinen Hafen gab, und sah seine Annahme auch wenige Minuten später bestätigt – nur dass der Hafen alles andere als klein war und das Boot, mit dem Scalsi und sein Begleiter gekommen waren, das mit Abstand kleinste, das hier vor Anker lag.

Allerdings war weder von seinen Passagieren etwas zu sehen, noch sah oder spürte Andrej irgendein anderes menschliches Leben. Eine Anzahl bescheidener Gebäude flankierte den kleinen Hafen, den die Natur in den Strand gegraben hatte, aber in keinem einzigen brannte Licht.

»Vielleicht solltest du wirklich hier warten«, sagte Andrej. Etwas an dieser vermeintlich so friedvollen Szenerie gefiel ihm nicht. Er spürte eine Bedrohung, die er aber weder orten noch greifen konnte.

»Ja, vielleicht«, sagte Corinna.

Andrej wartete darauf, dass sie weitersprach, aber das tat sie nicht, sondern sah ihn nur lächelnd (und herausfordernd) an, und Andrej gab endgültig auf. Letzten Endes war es ihre Entscheidung – und ihr Leben. »Wohin?«, fragte er abermals.

»Das weiß ich nicht«, antwortete Corinna. Er starrte sie ungläubig an und wollte gerade auffahren, als sie fortfuhr: »Aber ich nehme an, dass er den armen Burschen irgendwo auf dem Armenfriedhof beisetzen wird. Ich glaube nicht, dass es irgendjemanden gibt, der für sein Begräbnis zahlt.«

So weit war Andrej auch schon gekommen. Er nickte ein wenig unwillig. »Und wo finde ich den?«

»Indem Ihr mir einfach folgt, Signore Delãny«, feixte Corinna.

Andrej seufzte tief und tat, was sie von ihm verlangte. Welche andere Wahl hatte er schon? Die Friedhofsinsel war tatsächlich sehr groß. Vielleicht nicht wirklich so riesig, wie Corinna behauptet hatte, aber auch entschieden zu groß, um einfach auf gut Glück loszustürmen. »Also gut. Aber ich meine es ernst, Corinna. Mir wäre wohler, wenn du hier auf mich warten würdest.«

»Ich weiß«, antwortete Corinna und lächelte nur. Andrej gab auf. »Aber du bleibst an meiner Seite …«

»… und ich tue genau, was du verlangst«, fiel ihm Corinna ins Wort. »Ich verspreche es, bei allem, was mir heilig ist.«

Andrej war nicht sicher, ob es überhaupt etwas gab, was Corinna heilig war, winkte sie aber nur näher heran. Corinna schien wohl zu begreifen, dass sie alles erreicht hatte, was sie in diesem Augenblick erreichen konnte, und machte eine knappe Kopfbewegung nach links. Andrej hatte das Gefühl, ziemlich willkürlich.

Selbst Corinna schien trotz ihrer aufgesetzten Fröhlichkeit die Ablehnung zu spüren, die dieser Ort allem entgegenbrachte, was lebte und atmete. Sie alberte zwar noch eine Weile herum, wurde aber immer leiser und einsilbiger, und auf dem letzten Stück sagte sie schließlich gar nichts mehr und antwortete nur noch auf direkte Fragen.

Obwohl der Weg – wie ihm hinterher klar wurde – nicht einmal besonders weit war, kam er ihm doch endlos vor. Vielleicht weil die Friedhofsinsel, genau wie Sant Erasmo, ganz und gar nicht seinen Erwartungen entsprach. Es war kein einheitlicher großer Gottesacker, sondern eine Ansammlung der unterschiedlichsten Friedhöfe verschiedenster Religionen, die sich um ebenso unterschiedliche Kapellen, Synagogen und Tempel gruppierten, voneinander getrennt durch schmale Alleen oder Büsche oder auch nahtlos ineinander übergehend – eine unheimliche Landschaft aus Kreuzen und Grabsteinen, kleinen Mausoleen oder schlichten Gräbern, die allenfalls mit schmucklosen Holztafeln gekennzeichnet waren, wenn überhaupt.

Zumindest seinem Gefühl nach mussten sie das kleine Eiland einmal zur Gänze durchquert haben, als Corinna endlich langsamer wurde und dann auf eine kleine Kapelle nur noch ein Stück vor ihnen deutete, die in der immer rascher verblassenden Dämmerung etwas sonderbar Abweisendes hatte, als verlöre sie mit dem schwächer werdenden Licht des Tages ihre Bestimmung.

»Hier beginnt der Armenfriedhof«, flüsterte sie, doch die Dunkelheit gab ihren Worten zusätzliches Gewicht, sodass er ihre Angst hörte, so als fürchte sie etwas, das zwischen den Gräbern lauern mochte. »Ich nehme an, dass wir den Dottore hier finden.«

Das musste sie nicht annehmen. Gleich neben der verfallenen Kapelle stand ein zweirädriger Karren, den er vor einer Stunde schon einmal gesehen hatte – in dem kleinen Schuppen in Scalsis

Spital. Und da waren Geräusche, sehr leise, aber für sein feines Gehör dennoch wahrnehmbar. Statt auf den Leiterwagen deutete er jedoch auf die Kapelle.

»Da ist jemand.«

Corinnas zweifelnder Blick flog zwischen dem kleinen Gebäude und ihm hin und her. Sie wollte etwas sagen, doch Andrej ging bereits weiter und legte wie zufällig die Hand auf den Schwertgriff, was sie auf der Stelle zum Schweigen brachte.

Auch aus der Nähe betrachtet bot die Kapelle einen Anblick des Verfalls. Wie er erwartet hatte, gab es nur zwei schmale, vergitterte Fenster. Die Tür hing zwar ein wenig schief in den Angeln, sah aber dennoch äußerst stabil aus. Mit einiger Mühe zog er sie auf, spähte in den dunklen Raum dahinter und erblickte genau das, was er erwartet hatte, nämlich eine Menge Staub und sonst nichts.

»Und?«, spöttelte Corinna hinter ihm. »Irgendwelche versteckte Unholde, gegen die Ihr mich verteidigen müsst, mein tapferer Recke?«

»Nein, aber es ist ... interessant«, antwortete Andrej. »Sieh selbst.«

Gehorsam, aber misstrauisch trat sie neben ihn und versuchte, das staubige Zwielicht mit Blicken zu durchdringen. »Da ist niemand.«

»Doch«, antwortete Andrej, legte ihr die Hand auf die Schulter und schob sie durch die Tür. »Du.«

Und noch bevor sie begriff, trat er einen Schritt zurück, zog die Tür zu und verkantete sie mit einem entschlossenen Ruck.

»He!«, drang Corinnas protestierender Ausruf durch das morsche Holz. »Was fällt dir ein?«

Andrej wartete, bis sie etliche Male vergebens an der morschen Klinke gerüttelt und ihn dadurch überzeugt hatte, dass sie auch wirklich gut verwahrt war, dann antwortete er: »Macht es Euch bequem, Signorina. Und keine Angst. Ich hole Euch auf dem Rückweg wieder ab!«

»Das wagst du nicht!«, giftete Corinna. »Ich warne dich, Andrej Delãny! Du machst sofort die Tür auf, oder ich schwöre dir, dass ich …«

Andrej hörte vorsichtshalber nicht mehr hin, um zu erfahren, was für ein schlimmes Schicksal sie ihm zugedacht hatte (er würde es früh genug herausfinden), sondern wandte sich rasch ab und ging.

Die Geräusche, die er gerade schon einmal gehört hatte, wiesen ihm zuverlässig den Weg. Dennoch bewegte er sich nur einige Schritte weit, bevor er abermals stehen blieb und mit der Dunkelheit verschmolz. Vor ihm bewegten sich Schatten, aber es waren zu viele. Drei, wenn nicht mehr, die offensichtlich damit beschäftigt waren, in dem hart gefrorenen Boden ein flaches Grab auszuheben. Sie schienen noch nichts von seiner Anwesenheit bemerkt zu haben, was ihm immerhin bewies, dass Abu Dun nicht bei ihnen war – was er insgeheim befürchtet hatte. Auf die vielleicht zwanzig Schritte, die sie noch voneinander trennten, hätte der Nubier nicht nur seinen Atem, sondern selbst seinen Herzschlag gehört.

Je länger er hinsah, desto weniger Sinn schien das zu ergeben, was er erblickte. Es waren tatsächlich drei Gestalten (obwohl er ganz sicher war, nur Scalsi und seinen tumben Begleiter in dem kleinen Boot gesehen zu haben), von denen zwei mit Graben beschäftigt waren, während die dritte einfach dastand und die Arbeit der anderen zu überwachen schien, vielleicht auch Anweisungen gab.

Aber wozu?

Andrej warf noch einen raschen Blick über die Schulter – nur um sicherzugehen, dass Corinna ihm nicht doch nachgekommen war –, dann richtete er sich auf, schlug den Mantel zurück und überwand das letzte Stück mit wenigen schnellen Schritten. Nebenbei bemerkte er, dass die Männer kein neues Grab aushoben, sondern eine Grabstelle öffneten, die offensichtlich erst vor kurzer Zeit angelegt worden war. Eigentlich ein perfektes Versteck, um einen Leichnam loszuwerden, ohne dass irgendjemand Fragen stellte.

»Guten Abend, die Herren«, sagte er ruhig. »Darf ich fragen, was hier vor sich geht?«

Hätte sich der Tote in diesem Moment aufgerichtet, um aus eigener Kraft in das geschändete Grab hinabzuklettern, hätte der Schrecken auch nicht größer sein können. Einer der Burschen fuhr mit einem keuchenden Schrei herum und erstarrte zur sprichwörtlichen Salzsäule, um ihn aus aufgerissenen Augen anzuglotzen. Andrej registrierte wenig überrascht, dass es Claudio war, aber um diesen Burschen würde er sich später kümmern. Jetzt galt seine ganze Aufmerksamkeit erst einmal dem dritten Mann, der auf der anderen Seite des flachen Grabes stand und ihn ansah.

Falls es ein Mann war. Oder überhaupt ein Mensch. Weder des einen noch des anderen konnte er vollkommen sicher sein, dazu war seine Ausstrahlung zu … seltsam.

»Aber wer … was tut Ihr …?« Andrej erkannte im allerersten Moment nicht einmal Scalsis Stimme, geschweige denn sein Gesicht, das vor Schmutz starrte. Sein Atem ging pfeifend, und Andrej konnte hören, wie schnell und mühsam sein Herz schlug. Erst danach sah er die kurzstielige Hacke, mit der der alte Mann versucht hatte, dem vom Frost erneut steinharten Boden zu Leibe zu rücken.

»Was tut Ihr hier, Signore Delãny?«, fragte Scalsi noch einmal und mit noch immer zitternder, jetzt aber schon wieder fester Stimme. Sein Zorn war nicht gespielt. »Spioniert Ihr uns nach?«

Statt zu antworten, versuchte Andrej die dritte Gestalt auf der anderen Seite des Grabes mit Blicken zu fixieren, was ihm aber aus irgendeinem Grund nicht gelang. Die Dunkelheit und der verblassende Tag lieferten sich ein lautloses Ringen, das Farben verwischte, Umrisse auflöste, sodass er, obschon sie nicht mehr als ein Dutzend Schritte entfernt stand, nur eine ungefähre Gestalt erkannte, eine seltsam flatternde Silhouette von annähernd seiner eigenen Größe, die einen breitkrempigen Hut trug, wie er schon seit einem guten Jahrhundert aus der Mode gekommen war. Das Gesicht darunter sah merkwürdig verzerrt, verschwommen aus, aber es gelang Andrej einfach nicht zu sagen, was ihn davon abhielt, es zu erkennen.

»Was geht hier vor?«, fragte er scharf. »Was tut Ihr hier?«

Die unheimliche Gestalt rührte sich nicht, sondern starrte ihn nur an, aber für den unfreiwilligen Totengräber waren seine Worte offensichtlich das Signal, endlich aus seiner Starre zu erwachen. Er ließ die Schaufel fallen und stürmte los, direkt auf ihn zu. Andrej trat fast gelassen einen halben Schritt zur Seite und empfing ihn mit einem Schlag mit dem Handrücken, der ihn einen halben Salto vollführen und dann auf dem Rücken wieder in das geschändete Grab zurückschlittern ließ. Der Schlag war so hart gewesen, dass seine Hand summte. Er fragte sich, ob er den Kiefer des Mannes gebrochen hatte, sah aber nicht einmal hin, sondern ließ den unheimlichen Fremden nicht für eine Sekunde aus den Augen. Seine Umrisse wogten und zitterten weiter, was an seinem absonderlichen Kleid lag, das aus einem hauchdünnen Seidenstoff zu bestehen schien, der in einem Wind flatterte, den es gar nicht gab. Andrej ging noch näher und blieb schließlich am Rand des aufgebrochenen Armengrabs stehen. Durchdringender Verwesungsgestank schlug ihm entgegen und noch eine Spur von etwas anderem, Wildem. Etwas raschelte. Struppiges Fell rieb aneinander, mit einem Geräusch, als würde ein Draht über einen anderen gezogen, und er konnte die Blicke winziger tückischer Augen mit fast körperlicher Intensität spüren.

Andrej versuchte angestrengt, das Gesicht unter dem breitkrempigen Hut zu erkennen. »Wer seid Ihr?«, fragte er. Als ob er das nicht längst wusste.

Natürlich bekam er keine Antwort, doch die unheimliche Gestalt trat einen Schritt zurück.

»Bleibt stehen«, sagte er drohend. »Ihr werdet mir ein paar Fragen beantworten.«

»Signore Delãny, was tut Ihr hier?«, ereiferte sich Scalsi. Mit einem Mut, den Andrej sicherlich bewundert hätte, wäre er in der Verfassung gewesen, auch nur einen einzigen Gedanken daran zu verschwenden, vertrat er ihm den Weg und versuchte sogar, ihn an der Jacke zu ergreifen, doch Andrej schob ihn einfach zur Seite.

»Meruhe?«, fragte er.

Die Gestalt wich einen weiteren Schritt zurück. Andrej spürte eine Bewegung hinter sich und fuhr eher verärgert als wirklich erschrocken herum, darauf gefasst, Claudio zu erblicken, der sich wieder hochgerappelt hatte, um seinem unheimlichen Herrn beizustehen – oder sogar Corinna, der es irgendwie doch gelungen war, sich aus ihrem improvisierten Gefängnis zu befreien.

Stattdessen sah er sich einer ganz in Schwarz gekleideten Gestalt gegenüber, die ihn mit ihrem kunstvoll gebundenen Turban ein gutes Stück überragte.

»Abu …?«

Die Gestalt rammte ihm den Handballen mit solcher Gewalt vor die Brust, dass er den Boden unter den Füßen verlor und rücklings in das offene Grab geschleudert wurde. Wuchtig genug, um ihm vermutlich auch noch ein paar Rippen zu brechen, landete er auf dem bewusstlosen Claudio, blieb eine Sekunde lang reglos liegen und schnappte nach Luft wie ein Fisch auf dem Trockenen. Als er endlich wieder Luft bekam, war in seinem Mund der Geschmack von Blut, und jeder einzelne Atemzug wurde von einem heftigen Stechen in seiner Brust begleitet. Etwas Kleines mit scharfen Krallen huschte über sein Gesicht und floh mit einem erschrockenen Quieken, als er sich benommen auf die Ellbogen hochstemmte. Alles drehte sich um ihn. Der Schlag war nicht hart genug gewesen, um ihm das Bewusstsein zu rauben, aber er hatte ihm mindestens zwei oder drei Rippen gebrochen, die jetzt bei jedem Atemzug tief in sein Fleisch bissen. Er brauchte ein paar Augenblicke, in denen sich sein Körper regenerierte und die zerbrochenen Knochen wieder zusammenwachsen konnten, bevor sie sich noch tiefer in seine Brust bohrten, wenn er sich aufrappelte.

Andrej schüttelte den Kopf, um die Benommenheit loszuwerden, erreichte damit aber eher das Gegenteil. Das Blut rauschte in seinen Ohren, und die riesige Gestalt verschwamm immer wieder vor seinen Augen. Trotz allem war er aber mehr verwirrt als zornig. Derbe Scherze war er von Abu Dun gewohnt, auch solche, die anderen nachhaltig die Gesundheit oder gar das Leben gekostet hätten, aber dieser Hieb war ernst gemeint gewesen. Andrej stemmte sich weiter hoch, spuckte Blut und biss die Zähne zusammen, um ein Stöhnen zu unterdrücken.

»Verdammt, Pirat«, brachte er mühsam hervor, »bist du verrückt geworden?« *Wie kam er überhaupt hierher?*

Der riesige Schatten über ihm legte den Kopf auf die Seite, sah noch einen Atemzug lang schweigend auf ihn herab und verschwand dann mit einem einzigen Schritt rückwärts in der Dämmerung.

Umständlich stemmte Andrej sich weiter hoch, trat auf etwas Weiches, das auf eine widerwärtige Art unter seinem Gewicht nachgab, und machte einen so hastigen Schritt zur Seite, dass er auf dem unsicheren Untergrund prompt ausglitt und den Arm ausstrecken musste, um nicht erneut zu stürzen. Hinter ihm kam Claudio stöhnend wieder zu sich und versuchte aufzustehen. Andrej ließ seine üble Laune ohne die Spur eines schlechten Gewissens an ihm aus, indem er ihm, ohne auch nur hinzusehen, den Ellbogen gegen die Stirn rammte.

Die Gestalt war gerade dabei, mit schnellen Schritten in der Dämmerung zu verschwinden, als Andrej aus dem Grab herausstieg. Abu Dun schien wie vom Erdboden verschluckt. Erst nach einem Augenblick meinte Andrej einen dunklen Schemen zu erkennen, der lautlos hinter dem Fremden her eilte, lief um das Grab herum und folgte den beiden Schatten mit schnellen Schritten.

»Wenn Ihr jetzt nicht stehen bleibt, dann – «

Diesmal war er darauf vorbereitet, dass Abu Dun wie aus dem Nichts vor ihm auftauchte, um ihm den Weg zu vertreten. Umso erstaunter war er, dass er, als er blitzschnell zur Seite sprang, sich auch dort Abu Dun gegenübersah, der lautlos wie ein Gespenst aus der Dunkelheit auftauchte. Seine Überraschung war so groß, dass er nicht einmal versuchte, einem neuerlichen Stoß mit dem Handballen auszuweichen, mit dem der schwarze Riese ihn diesmal zwar nicht ganz niederwarf, der ihn aber immerhin auf ein Knie sinken ließ und ihm abermals den Atem nahm.

Mehr aus Überraschung als gelähmt von dem halbherzigen Schlag blieb er einige Sekunden lang auf den Knien hocken, schüttelte schließlich die Benommenheit ab und richtete sich weit langsamer wieder auf, als nötig gewesen wäre. Die beiden Gestalten, vor denen er stand, waren natürlich nicht Abu Dun in doppelter Ausführung, hätten aber auf den ersten Blick durchaus als seine Doppelgänger durchgehen können, abgesehen davon vielleicht, dass sie nicht ganz so groß waren wie er und nicht annähernd so massig. Dennoch waren beide hochgewachsen und trugen knöchellange schwarze Mäntel und gleichfarbene Turbane. Und auch ihre Gesichter – von denen allerdings nur ein schmaler Streifen über den Augen sichtbar war – waren von derselben nachtschwarzen Farbe wie das des Nubiers.

»Nefatili?«, fragte Andrej überrascht. »Kalili?«

Weder die zuerst Angesprochene noch ihre Schwester antworteten, doch das mussten sie auch nicht. Andrej hätte sie auch erkannt, wenn ihre Gesichter vollkommen verhüllt gewesen wären.

Ein Klappern ließ ihn aufsehen. Er sah, wie die Gestalt mit einer sonderbar anmutigen Bewegung weiter in die verblassende Dämmerung zurückwich.

»Warte!«, rief er. »Das ist ein Missverständnis! Ich will nur mit dir reden! Meruhe!«

Andrej machte einen Schritt in ihre Richtung, und sofort vertraten ihm die beiden nubischen Kriegerinnen in einer synchronen Bewegung den Weg, als wäre die eine tatsächlich nichts als das Spiegelbild der anderen.

»Was soll das?«, fragte Andrej. »Erkennt ihr mich etwa nicht? Ich bin es!«

Weder Kalili noch Nefatili antworteten, doch als Andrej einen weiteren Schritt machte, zog die eine ihr Schwert und die andere schlug ihren Mantel zurück und legte die Hand auf den Griff des Krummsäbels, den sie darunter am Gürtel trug.

Es war Andrej unmöglich zu sagen, wer wer war. Die beiden Kriegerinnen ähnelten sich wie eineiige Zwillinge – und waren es vermutlich auch. Es war ihm noch nie gelungen, sie auseinanderzuhalten. Er war nicht einmal sicher, ob Meruhe es je gekonnt hatte.

»Was soll das?«, fragte er noch einmal. »Ich bin es, Andrej! Und ich will nur mit ihr reden, das ist alles.«

Als einzige Antwort zog auch die zweite Kriegerin ihr Schwert. Ganz instinktiv wollte Andrej seine eigene Waffe ziehen, doch er besann sich anders. Dadurch wäre die Situation nur eskaliert. Der Umstand, nur zwei Frauen – noch dazu Sterblichen – gegenüberzustehen, verleitete ihn keine Sekunde lang dazu, sie zu unterschätzen. Meruhe hatte die beiden Kriegerinnen nicht von ungefähr zu ihren Leibwächterinnen gemacht. Selbst für ihn stellten die Schwestern ernst zu nehmende Gegnerinnen dar. Aber er war nicht hier, um mit ihnen zu kämpfen.

»Also nur, falls ihr es vergessen haben solltet«, sagte er mit einem nervösen Lächeln, »wir stehen eigentlich auf derselben Seite.«

Er war nicht überrascht, dass er keine Antwort bekam. Damit hatte er gerechnet. Aber Meruhe war mittlerweile in der Dämmerung verschwunden, und auf dem hart gefrorenen Boden würden selbst seine scharfen Augen keine Spuren mehr finden. »Warum läuft sie weg?«, fragte er besänftigend. »Ich bin es, Andrej! Warum redet ihr nicht mit mir?«

Er machte einen Schritt, und die beiden Nubierinnen griffen ihn an – wieder vollkommen synchron.

Das Schwert der einen stieß nach seiner Kehle, während der Krummsäbel der anderen blitzartig nach unten auf sein Knie zielte. Doch Andrej trat noch schneller und gerade weit genug zurück, um beide Hiebe ins Leere gehen zu lassen, schlug das nach seiner Kehle züngelnde Schwert aus der Hand seiner Besitzerin und fegte die andere mit einem Fußtritt von den Beinen. Eine zweite geschickte Bewegung ließ auch ihre Waffe davonschlittern, dann sprang er zurück und hob abwehrend die Hände.

»Hört auf!«, rief er. »Ihr wisst, dass ihr mich nicht besiegen könnt!«

Wenn sie es wussten, dann interessierte es sie wohl nicht. Die beiden Kriegerinnen verschwendeten keine Zeit damit, ihre Schwerter wieder aufzunehmen, sondern zogen stattdessen ihre Dolche und begannen, ihn leicht geduckt und mit halb ausgebreiteten Armen zu umkreisen. Andrej wusste, was nun kam; schließlich hatte er den beiden selbst beigebracht, wie sie einen Gegner gemeinsam so attackieren konnten, dass ihm praktisch keine Chance blieb, sie abzuwehren.

Wie es aussah, war er ein guter Lehrmeister gewesen.

Es gelang ihm, dem Dolchstoß der einen Kriegerin auszuweichen und ihr zugleich einen Schlag mit dem Handrücken zu versetzen, der sie benommen zurückstolpern ließ. Die Klinge der anderen aber zog eine brennende Linie aus purem Schmerz über seinen Unterarm, die für den Bruchteil eines Atemzuges abbrach und sich dann an seiner Flanke fortsetzte, wo die Schneide den Stoff seines Mantels ebenso mühelos teilte wie Haut und Fleisch darunter.

Andrej keuchte vor Schmerz, warf sich instinktiv zur Seite und bezahlte diesen Fehler mit einer weiteren klaffenden Schnittwunde in seinem Oberschenkel, die für ihn nicht wirklich bedrohlich war, aber höllisch wehtat und – was viel schlimmer war – ihn langsamer machte. Blut floss in Strömen über sein Bein, und der wütende Hieb, mit dem er der Kriegerin die Waffe aus der Hand zu schlagen versuchte, ging ins Leere.

Wie zur Strafe traf ihn ein Fußtritt der anderen Kriegerin so hart in den Rücken, dass er hilflos nach vorn stolperte und um ein Haar in das schon wieder hochgerissene Messer seiner momentanen Gegnerin gestürzt wäre. Doch es gelang ihm gerade noch, der Klinge auszuweichen, indem er sie mit der bloßen Hand umschloss und zur Seite bog, wobei er sich einen bis auf den Knochen reichenden Schnitt zuzog. Er schlug mit der Faust nach ihrem Kinn und verfehlte sie. Statt sie niederzuschlagen, streifte seine Faust nur die Schulter der Kriegerin, wirbelte sie aber trotzdem herum und ließ sie haltlos ein paar Schritte zurücktaumeln.

Andrej gab sich mit diesem kleinen Sieg zufrieden und fuhr auf dem Absatz herum, als ihn ein brutaler Fußtritt an der Schläfe traf. Schmerz explodierte hinter seiner Stirn. Benommen taumelte er zurück, machte eine rein automatische Abwehrbewegung und spürte, dass er etwas traf. Zumindest wurde er mit einem schmerzerfüllten Grunzen belohnt – und der Tatsache, dass ihn in den nächsten zwei oder drei Sekunden kein Schlag mehr traf.

Mit einer puren Willensanstrengung blendete er den Schmerz aus, registrierte eine Bewegung aus den Augenwinkeln und reagierte auch jetzt, ohne nachzudenken. Wieder spürte er einen grausamen Schmerz, als die Dolchklinge seinen Unterarm durchbohrte, aber Andrej schwang den Arm mit solcher Gewalt zurück, dass die Waffe ihrer Besitzerin einfach aus den Fingern gerissen wurde. Andrej nutzte den Sekundenbruchteil der Überraschung, die er in ihren Augen erkannte, indem er ihr mit der anderen Hand einen Hieb in den Leib versetzte. Verzweifelt schnappte sie nach Luft und fiel auf die Knie. Andrej stolperte zurück und nahm ganz bewusst einen weiteren und noch härteren Drehtritt in den Leib in Kauf, der zwar fest genug war, ihm die Luft aus den Lungen zu treiben, ihm aber auch die Gelegenheit gab, die Angreiferin beim Fuß zu packen und diesen mit einem Ruck zu verdrehen. Die Kriegerin stieß einen überraschten, schrillen Schrei aus, drehte sich in der Luft einmal um ihre Achse und verstummte mit einem Keuchen, als sie mit vernichtender Wucht auf dem Boden aufschlug.

Wäre dies ein normaler Kampf gewesen, hätte er diesen Augenblick, als er kurz Luft hatte, genutzt, um seine beiden Gegnerinnen zu töten, und sich hinterher die Zeit genommen, zu leiden und sich selbst zu bedauern.

Aber dieser Kampf war kein gewöhnlicher Kampf, und die beiden nubischen Kriegerinnen waren nicht seine Feinde. Statt es zu beenden, wich er rasch um einige weitere Schritte zurück, biss die Zähne zusammen und zog das Messer aus seinem Unterarm. Eine Woge von Übelkeit folgte, und als sich die klebrigen Schleier von seinen Augen hoben, stemmten sich die beiden Nubierinnen bereits wieder in die Höhe – auch jetzt in einer bizarr synchronen Bewegung.

»Hört jetzt … auf«, stieß er atemlos hervor. Selbst das Sprechen fiel ihm schwer. Ein heftiges Schwindelgefühl plagte ihn, und der Schnitt in seinem Oberschenkel blutete zwar nicht mehr, tat aber noch immer so weh, dass er nicht wirklich gehen, sondern nur humpeln konnte.

»Hört auf«, sagte er. »Bitte. Ich will euch nicht verletzen, aber wenn ihr weitermacht, dann muss ich es.«

Die beiden Kriegerinnen schienen weniger Hemmungen als er zu haben. Andrej wusste, wie hart er sie getroffen hatte, aber dennoch begannen sie erneut, ihn zu umkreisen. Eine bewegte sich nicht ganz so geschmeidig wie die andere. Andrej vermutete, dass er ihr die Schulter ausgerenkt hatte, wenn nicht gebrochen. Aber das machte sie kaum weniger gefährlich.

Andrej war fünf Mal so stark wie ein normaler Mensch und mindestens zehn Mal so schnell, aber seine beiden Gegnerinnen waren keine gewöhnlichen Menschen – Sterbliche zwar, deren Fleisch blutete, wenn man es schnitt, und deren Knochen brachen und nicht binnen weniger Augenblicke wieder zusammenwuchsen, aber sie waren die Besten der Besten, Kriegerinnen, die es ohne Mühe mit einem halben Dutzend Gegner aufgenommen hätten, gleich ob mit oder ohne Waffen, und die er selbst ausgebildet hatte.

Er hatte keine Chance. Die beiden Kriegerinnen waren schneller als er, leichtfüßiger und entschlossener und vor allem skrupelloser, und sie kämpften, obwohl sie Sterbliche waren, als hätten sie nichts zu verlieren. Ihre Schläge und Tritte hagelten auf Andrej herab, trafen seine Oberschenkel, seine Knie und Hüftknochen und seinen Kopf. Finger stocherten nach seinen Augen und seiner Kehle, und Ellbogen und Handballen, die mit der dreifachen Wucht eines Fausthiebes trafen, hämmerten auf seine Muskeln ein und raubten ihm mit jedem Mal ein winziges bisschen mehr Kraft. Ihm blieb keine Wahl.

Andrej befreite sich mit einem einzigen, weit ausholenden Schlag aus dem doppelten Angriff, sprang ein gehöriges Stück zurück und riss das Schwert aus dem Gürtel. Die schlanke Klinge zuckte hoch und zur Seite, drehte sich im letzten Moment und traf die Kriegerin mit der flachen Seite und mit solcher Gewalt, dass sie wie vom Blitz getroffen zusammenbrach und Blut aus ihrem Mund, ihrer Nase und den Ohren schoss. Andrej wirbelte herum, hieb nach der zweiten Kriegerin und verfehlte sie, nutzte aber ihr instinktives Zurückweichen, um ihr einen Tritt gegen die Kniescheibe zu versetzen, der sie zu Boden sinken ließ. Noch bevor sie ganz stürzte, schlug Andrej ihr den Schwertknauf mit solcher Wucht gegen die Stirn, dass sie halb bewusstlos nach hinten kippte.

Damit waren auch seine Kräfte erschöpft. Andrej taumelte zurück, sank auf die Knie und ließ das Schwert fallen. Er brauchte für einen Moment all seine Kraft, um nicht in einen Zustand völliger Erschöpfung zu versinken. Gegen einen Feind anzutreten, den man schonen wollte, war anstrengender als ein tödlich gemeinter Angriff.

Und es war noch nicht vorbei. Andrej beobachtete mit resigniertem Entsetzen, wie die beiden Nubierinnen schon wieder hochkamen. Beide hatten sichtbare Mühe, und ihre Bewegungen hatten ihre Eleganz und Mühelosigkeit verloren. Sie wankten, aber in der Hand der einen blitzte schon wieder ein Messer, dessen Klinge rot war von seinem Blut.

Müde griff Andrej nach seinem Schwert, rammte die Spitze in den Boden und stemmte sich auf der Klinge in die Höhe. Er wollte es nicht, aber die beiden Kriegerinnen ließen ihm wohl keine andere Wahl, als sie zumindest hart genug zu treffen, um sie von einem weiteren Angriff auf ihn abzuhalten – der durchaus damit enden konnte, dass sie ihn in Stücke schnitten.

Als hätten die beiden Nubierinnen seine Gedanken gelesen, ließen sie einander los und wichen wieder ein Stück weit auseinander, vermutlich, um ihn auch jetzt aus zwei unterschiedlichen Richtungen zugleich anzugreifen. Andrej suchte nach festem Stand und dachte fieberhaft über eine Taktik nach, die ihn nicht zwang, sie allzu schwer zu verwunden.

Wie sich zeigte, musste er es nicht. Die beiden Kriegerinnen täuschten einen gleichzeitigen Angriff vor, prallten dann jedoch mitten in der Bewegung zurück, um mit einer Behändigkeit in der Dämmerung zu verschwinden, die selbst Andrej überraschte.

Dann stand er einen Moment einfach nur da und glotzte, bevor er endlich mit einem Fluch aus seiner Starre erwachte, das Schwert in seine Umhüllung zurückrammte und hinter den flüchtenden Kriegerinnen herstürzte. Vielleicht ein Dutzend Schritte weit – dann verschmolzen zuerst die Schritte der einen mit den Geräuschen der Nacht, dann auch die der zweiten. Nur einen Augenblick später hörte er ein Scharren und dann den typischen Laut, mit dem ein Ruder ins Wasser getaucht wird.

Wütend auf sich selbst, nicht genau das vorausgesehen zu haben, versuchte Andrej noch schneller zu laufen und kam nur mit Müh und Not (und heftig rudernden Armen) zum Stehen, als der Boden vor ihm plötzlich abbrach und gute drei Meter tiefer zu einem kaum armbreiten Strand aus grobem Kies wurde. Das Licht reichte gerade noch aus, um das schlanke Boot zu erkennen, das mit schon fast unheimlicher Schnelligkeit davonschoss.

Zuerst war Andrej ernsthaft versucht, die Verfolgung fortzusetzen. Er war ein ausgezeichneter Schwimmer und würde vermutlich selbst ein von zwei Ruderern angetriebenes Boot einholen können, wenn er sich wirklich anstrengte … aber was dann? Die beiden Kriegerinnen würden ihm wohl schwerlich an Bord helfen und sich bei ihm entschuldigen, ihn zu diesem unfreiwilligen Bad gezwungen zu haben.

Von Meruhe selbst ganz zu schweigen.

Falls es Meruhe gewesen war. Aber wer sonst sollte es sein?

Andrej blieb so lange reglos stehen, bis das Boot vollends in der Dämmerung verschwunden war, nutzte die Zeit, um sich nach Kräften über sich selbst zu ärgern. Dann machte er kehrt und ging zu Scalsi und seinem Gehilfen zurück.

Er hatte ein paar Fragen an den guten Doktor.

Kapitel 14

Als Andrej zurückkam, kniete Scalsi neben dem geöffneten Grab und bemühte sich um seinen verletzten Gehilfen. Die Dunkelheit hinter ihm bewegte sich, als wären die Schatten zum Leben erwacht, um Andrej zu belauern. Vielleicht waren es aber auch nur die Gespenster seiner außer Rand und Band geratenen Fantasie. Seine Hand blutete immer noch, also ballte er sie zur Faust und presste sie unauffällig so an die Seite, dass es in der Dunkelheit nicht sofort auffiel. An seinen zerschnittenen Kleidern und dem Blut darauf konnte er nichts ändern.

Andrejs Sorge erwies sich jedoch als überflüssig. Scalsi sah nicht einmal zu ihm hoch, sondern bemühte sich weiter um den Verletzten. Andrej sah bewusst nicht hin, registrierte aber trotzdem das Blut, sehr viel Blut, sowohl auf Scalsis Händen als auch auf Claudios Gesicht, dessen Atem rasselnd und schwer ging.

»Rollt ihn auf die Seite«, befahl er, »damit er nicht an seinem eigenen Blut erstickt!«

Scalsi starrte ihn beinahe hasserfüllt an, tat aber trotzdem, wie ihm geheißen, und drehte den Verletzten auf die Seite. Claudio begann zu weinen wie ein verängstigtes Kind, übergab sich würgend auf Scalsis Schoß und Hände und heulte dann noch lauter weiter.

»Ihr habt ihm den Kiefer gebrochen«, sagte Scalsi. »Er wird sterben. Und ich dachte, Ihr wärt anders als diese schwarzen Bestien.«

»Er stirbt nicht«, antwortete Andrej bewusst rüde. Was er getan hatte, nagte an ihm, aber er ließ nicht zu, dass sein schlechtes Gewissen seine Handlungen beeinflusste. »Und schon gar nicht daran … und wen habt Ihr mit den schwarzen Bestien gemeint, Dottore?«

Scalsi sah zum ersten Mal wirklich zu ihm hoch. Beinahe glaubte Andrej, so etwas wie Erschrecken in seinen Augen zu erkennen. Aber vielleicht war es auch nur Furcht. Scalsi war Arzt und sollte den Tod gewohnt sein, auch das Sterben … aber vielleicht nicht das Töten. Nicht so. So endlos ihm selbst der Kampf auch vorgekommen war, hatte er in Wahrheit doch nur wenige Augenblicke gedauert. Der Dottore wäre nicht der erste Mann, der im Angesicht einer solchen Explosion brutaler Gewalt zusammenbrach. Scalsi schwieg.

»Abu Dun ist nicht hier«, fuhr Andrej fort. »Und er hat auch nichts«, er deutete mit dem Kopf auf das aufgebrochene Grab, »damit zu tun.«

Scalsi sagte immer noch nichts, und der Schrecken in seinem Gesicht war keinen Deut schwächer geworden. Andrej setzte dazu an, ihn anzuherrschen, überlegte es sich aber dann anders und wandte sich in der Hocke um, um das geschändete Grab, das er gerade schon unfreiwillig erkundet hatte, noch einmal in Augenschein zu nehmen. Er sprang hinein, und als er behutsam mit der unversehrten Hand in der lockeren Erde grub, stieß er schon bald auf grobes Sackleinen, in den ein lebloser Körper gehüllt war. Er musste nicht fragen, er wusste auch so, was er da gefunden hatte.

»Ihr habt mich belogen, Dottore«, sagte er. »Ihr habt behauptet, die schwarze Frau nur ein einziges Mal gesehen zu haben, aber das war nicht die Wahrheit, habe ich recht?«

Scalsi Augen waren fast schwarz vor Angst. Andrej war schon beinahe zu dem Schluss gekommen, dass er auch jetzt nicht antworten würde, doch dann sagte er: »Aber ich durfte nichts sagen. Sie hat gedroht, mich zu töten und jeden anderen in unserem Spital auch.«

»Und darum habt Ihr zugelassen, dass sie Menschen umbringen?«, fragte Andrej empört. Er wollte nicht darüber nachdenken, was Scalsis Worte wirklich bedeuteten.

»Aber das haben sie nicht!«, protestierte Scalsi. »Niemandem ist etwas angetan worden!«

Andrej blickte in das Grab hinab, und Scalsi fuhr leiser, aber jetzt verzweifelt fort: »Wir wussten nicht, was dort geschieht, das ist die Wahrheit!«

»Ich verstehe«, sagte Andrej verächtlich. »Ihr habt nur die Leiche weggebracht, nicht wahr?«

»Wir haben nichts zu verbergen!«, protestierte Scalsi. »Es war schrecklich, was passiert ist. Aber … es … es war genau so, wie ich es gesagt habe. Ein Unfall. Ich war von allen am meisten entsetzt, das müsst Ihr mir glauben!«

»Muss ich das?«, fragte Andrej angewidert.

»Ich sage die Wahrheit«, beharrte Scalsi, entweder mit dem Mut der Verzweiflung oder weil es tatsächlich so war. »Niemandem sollte je etwas geschehen. Ich wusste nicht, was in dieser Zelle vorgeht!«

»Und es hat Euch auch nicht interessiert?« Andrej hielt Scalsis Blick unerbittlich fest und suchte nach der Lüge darin, aber alles, was er spürte, war Verwirrung und eine so große Angst, dass sie alles andere auslöschte. Vielleicht war ganz tief darunter doch noch etwas anderes, aber er konnte es nicht greifen, und bereits im nächsten Moment war es auch schon wieder fort.

»Ihr werdet mir jetzt alles erzählen«, sagte er, »die ganze Geschichte, von Anfang an. Und es sollte die Wahrheit sein, Dottore, oder ich verspreche Euch, dass Ihr diese Insel nicht mehr verlassen werdet.«

Andrej fragte sich, was er tun würde, falls diese Drohung nichts bei Scalsi bewirkte. Er mochte den Mann nicht und hatte ihn nie gemocht, aber er konnte auch unmöglich Gewalt anwenden, um ihn zum Reden zu bringen. Zum einen war dies nicht seine Art, zum anderen war der Mann bereits so eingeschüchtert, dass sein Herz einfach stehen bleiben und er buchstäblich vor Angst sterben konnte, wenn er ihm noch weiter zusetzte.

»Es war genau so, wie ich es Euch und Eurem schwarzen Freund gesagt habe«, beharrte Scalsi. »Eure Freundin und ihre beiden Dienerinnen haben den Jungen zu mir gebracht und mir Geld gegeben und auch präzise Anweisungen, wie mit ihm zu verfahren sei, und ich habe mich streng daran gehalten. Danach sind sie gegangen.«

»Aber sie sind zurückgekommen.«

»Nicht oft«, beteuerte Scalsi. »Vielleicht einmal im Monat oder sogar seltener.«

»Um was zu tun?«

»Das weiß ich nicht. Sie waren unten bei Eurem Sohn. Vielleicht haben sie mit ihm gesprochen, vielleicht auch nicht. Niemand von uns war je dabei, auch ich nicht. Aber manchmal haben wir Laute aus den angrenzenden Zellen gehört.«

»Schreie«, vermutete Andrej, doch Scalsi schüttelte erschrocken den Kopf. »Laute. Seltsame Laute, vielleicht auch ein bisschen unheimlich, aber mehr nicht. Niemandem wurde Schaden zugefügt.«

»Und woher wollt Ihr das wissen, wenn Ihr nicht dabei wart?«

»Weil ich sie gefragt habe. Wofür haltet Ihr mich, Signore Delãny? Ich bin Arzt.«

»Ihr habt wen gefragt?«

»Die Patienten in den angrenzenden Räumen. Sie haben mir versichert, dass in letzter Zeit niemand bei ihnen war!« Andrej zeigte auf das Grab. »Ihr wollt behaupten, Meruhe hätte diesen Mann getötet?«

»Das weiß ich nicht«, antwortete Scalsi. Seine Augen waren immer noch weit vor Angst, und seine Stimme bebte, aber dennoch war da zugleich auch eine neue Kraft darin, die Andrej davon überzeugte, dass er die Wahrheit sagte. Oder es wenigstens glaubte.

»Sie haben uns weggeschickt, wie auch zuvor. Aber danach war dieser arme Mann tot. Claudio sagt, er hätte einen Schrei gehört, aber ich weiß nicht, ob das stimmt.«

»Waren sie bei ihm?«

»Nein.« In Scalsis Stimme war jetzt Trotz zu hören. Er fand seine Fassung erstaunlich schnell wieder, fand Andrej. »Die Zelle war verschlossen, und es gibt nur einen einzigen Schlüssel.«

Eine verschlossene Tür würde Meruhe oder die beiden Kriegerinnen kaum daran hindern können, einen Raum zu betreten, dachte Andrej, und das auch ohne Spuren zu hinterlassen. Aber trotz dem, was er gerade erlebt und schmerzhaft genug am eigenen Leib zu spüren bekommen hatte, weigerte er sich noch immer zu glauben, dass es sich so abgespielt hatte, wie der Arzt behauptete. Er kannte Meruhe seit mehr als einem Jahrhundert und wusste nur zu gut, was für eine erbarmungslose Kriegerin sie sein konnte, wenn die Umstände es von ihr verlangten … aber eine Mörderin?

Statt Scalsi mit einer weiteren Frage zuzusetzen, zog er seinen Dolch und schlitzte den Sack mit einer entschlossenen Bewegung auf. Der Leichnam, der darunter zum Vorschein kam, war in schmuddelige Fetzen gehüllt und fast zum Skelett abgemagert, aber das hatte er erwartet, nachdem er einen von Scalsis Patienten gesehen hatte.

Was er nicht erwartet hatte, war der Anblick seines Gesichts. Oder dessen, was noch davon übrig war.

Es war beileibe nicht der erste Tote, den er sah, und ganz gewiss auch nicht der erste gewaltsam ums Leben Gekommene, dennoch saß er ein paar Sekunden lang einfach nur da und sah in das verheerte Antlitz hinab. Er musste schon angestrengt überlegen, um sich daran zu erinnern, wann er das letzte Mal etwas Schrecklicheres gesehen hatte.

Das Gesicht des Mannes war … verschwunden, eine bessere Beschreibung fiel ihm nicht ein. Wo die Augen sein sollten, starrten ihn leere Höhlen an, die mit braunen Seen aus geliertem Blut gefüllt waren. Die Nase war halb zerstört, als hätte jemand mit einem stumpfen Messer darauf eingehackt, und die Lippen zerfetzt, sodass der Mund zu einem ewigen Totenkopf-Grinsen erstarrt war. Hier und da schimmerte weißer Knochen durch die zerschundene Haut, und die Schlagader an seinem Hals war aufgerissen.

»Er hat sich die Zunge abgebissen«, sagte Scalsi, »und dann versucht, sie hinunterzuschlucken. Daran ist er wohl erstickt.«

»Wer hat ihm das angetan?«, murmelte Andrej schockiert.

Statt zu antworten, machte Scalsi nur eine knappe Kopfbewegung, und Andrej beugte sich ein zweites Mal über den Toten und besah sich seine Hände.

Sie waren so schmutzig und dürr wie die gesamte Gestalt, mit verschorfter Haut und abgebrochenen Fingernägeln, unter denen sich Haarreste gesammelt hatten und etwas, das Andrej erst für Schmutz hielt, bis er roch, dass es eingetrocknetes Blut war. Die Splitter der Nägel steckten im aufgerissenen Fleisch seiner Wangen.

Andrej saß einfach da und starrte das unglaubliche Bild an.

Scalsi ersparte es ihm, angemessene Worte zu finden, als er sagte: »Er hat sich das selbst angetan, Signore Delãny. Es ist meine Schuld. Ich wusste, dass dieser arme Mann eine Gefahr für sich selbst darstellte, und habe ihn in Ketten legen lassen. Aber nicht sicher genug.«

»Damit konntet Ihr nicht rechnen«, antwortete Andrej. Sein Mund war so trocken, dass er ein paarmal schlucken musste, um zu sprechen. Was hatte Scalsi gerade gesagt? Der Mann hatte sich die Zunge abgebissen und war daran erstickt?

»Aber das wäre meine Aufgabe gewesen«, antwortete Scalsi. »Ich wäre es ihm schuldig gewesen. Er … er hat sich selbst die Augen ausgerissen! Warum tut ein Mensch so etwas?«

Weil er etwas sieht, das zu schrecklich ist, um seinen Anblick zu ertragen, dachte Andrej. Laut sagte er: »Sagt Ihr es mir, Dottore.«

Scalsi hob nur die Schultern und beugte sich wieder über seinen verletzten Gehilfen, um irgendetwas an seinem Gesicht zu tun, was diesem vermutlich kein bisschen half, dem lauten Schluchzen nach zu schließen.

»Sie haben verlangt, dass ich ihn hierherbringe. Und niemandem etwas sage. Auch Euch nicht.«

»Ganz besonders mir nicht«, vermutete Andrej.

Scalsi hob abermals die Schultern, hörte endlich auf, Claudio zu malträtieren, und sagte leiser und in verändertem Tonfall: »Wenn Ihr nicht gekommen wärt, dann hätten sie Claudio und mich auch getötet, nicht wahr?«

Ganz bestimmt nicht, dachte Andrej beinahe empört. Aber dann wurde ihm klar, wie sich die Situation für Scalsi dargestellt haben mochte. Egal ob nun ein guter oder schlechter, er war Arzt, kein Krieger, und vermutlich erinnerte er sich vor allem an die Angst, die er in diesen wenigen Augenblicken ausgestanden hatte.

»Wie kommt Ihr darauf?«, fragte er.

»Die Frau«, antwortete Scalsi. »Die, die vor Euch geflohen ist … sie hat Claudio angewiesen, das Grab tief auszuheben. Viel tiefer als notwendig. Ich habe mir nichts dabei gedacht, aber …« Er atmete hörbar ein und zwang sich, Andrej fest anzusehen. »Es war für Claudio und mich gedacht, habe ich recht?«

Andrej bezweifelte das, und sei es nur, weil er sich immer noch weigerte zu glauben, dass Meruhe zu einer solchen Handlungsweise fähig war. Seine Antwort bestand trotzdem nur aus einem Schulterzucken.

»Werdet Ihr mir helfen?«, fragte Scalsi.

»Sobald die Sonne aufgeht, kommen Abu Dun und ich zu Euch und holen Marius ab«, versprach er. Falls er Abu Dun bis dahin wiedergefunden hatte. Und falls sie bis dahin noch am Leben waren. Denn sie alle waren in Gefahr, das spürte er ganz deutlich.

»Mehr kann ich wohl nicht erwarten«, sagte Scalsi. »Ich hätte Euch von Anfang an die Wahrheit sagen sollen. Es tut mir leid.«

Um nicht antworten zu müssen, steckte Andrej umständlich den Dolch ein und schloss den zerschnittenen Sack, so gut es ging, wieder über dem Toten. Als er damit begann, mit den bloßen Händen Erde auf den Leichnam zu schaufeln, gesellte sich Scalsi wortlos zu ihm. Sie bedeckten den Toten mit einer dünnen Erdschicht, bevor sie den Leichnam des Mannes dazulegten, den Abu Dun am Morgen erschlagen hatte.

Wenig zufrieden betrachtete Andrej das Ergebnis, aber er tröstete sich damit, dass dies schließlich der Armenfriedhof war und hier wohl niemand unnötige Fragen stellen würde.

Und außerdem konnte es ihm vollkommen gleich sein, ob die Schändung entdeckt wurde.

Als sich Scalsi zu Claudio hinabbeugte und unbeholfen versuchte, ihn auf die Beine zu ziehen, steigerte sich das Schluchzen des armen Burschen zu einem gepeinigten Heulen, das noch am anderen Ende der Lagune zu hören sein musste. Aber nicht nur aus diesem Grund griff Andrej rasch zu, legte sich den Arm des Mannes um die Schultern, berührte mit der freien Hand den Nervenknoten in seinem Nacken und drückte rasch zu. Claudio verdrehte erleichtert seufzend die Augen und erschlaffte in seinem Griff.

»Keine Angst«, sagte Andrej schnell, und noch bevor Scalsi wirklich erschrecken konnte. »Er ist nur bewusstlos. So hat er wenigstens keine Schmerzen.« Wenn auch nur im Moment. Die nächsten Wochen – wenn nicht Monate – würden die Hölle für den armen Kerl werden, sofern er sie überhaupt überlebte, und Andrejs schlechtes Gewissen meldete sich nun mit Nachdruck. Schließlich war er es gewesen, der diesem armen Kerl den Kiefer gebrochen hatte.

»Ich trage ihn«, sagte er. »Und ich zeige Euch auch, wie Ihr seine Wunde versorgen müsst, um ihm das Schlimmste zu ersparen. Wir nehmen mein Boot.«

»Ihr seid mit einem Boot hier?«, erwiderte Scalsi.

Nein, ich bin geschwommen … oder wie der Sohn Eures Gottes über das Wasser gewandelt, hätte Andrej um ein Haar laut gesagt, doch er wusste, dass Scalsi unter Schock stand. Vermutlich hatte er im Augenblick Mühe, sich an seinen eigenen Namen zu erinnern.

»Ja«, sagte er. »Und ich bin auch nicht allein. Corinna ist bei mir.«

»Die Contessa?« Scalsi wirkte ein bisschen entsetzt. »Sie ist hier? Wo?«

»Sie … ähm … wartet in der Kapelle auf mich«, antwortete Andrej. Er versuchte, Claudios Gewicht auf seiner Schulter zu verlagern, und lud sich den großen Burschen schließlich einfach auf die Arme. Scalsi staunte noch mehr, als ihm Andrejs Kraft bewusst wurde. Aber das war ihm mittlerweile gleich. Was immer der Arzt auch später über die Ereignisse dieser Nacht erzählen mochte … wer würde ihm schon glauben?

Bevor Scalsi noch eine weitere Frage stellen konnte, setzte Andrej sich in Bewegung und ging schnell genug voraus, dass der Dottore gerade noch mit ihm Schritt halten konnte.

Corinnas Stimme war schon von Weitem zu hören. Andrej ging unwillkürlich schneller, sodass der Arzt nun tatsächlich zurückfiel und erst wieder zu ihm aufschloss, als er den bewusstlosen Claudio vorsichtig ins Gras neben die verkeilte Tür legte. Sein schlechtes Gewissen meldete sich erneut und nunmehr unüberhörbar, als ihm klar wurde, in welche Gefahr er Corinna gebracht hatte, allein weil er sie auf diese Insel mitgenommen hatte. Rasch öffnete er die Tür, trat vorsichtshalber einen Schritt zurück und wurde von Corinna erwartungsgemäß mit einem Schwall wüster Beschimpfungen und Vorwürfe empfangen, der dann jedoch mitten im Wort abbrach, als sie die reglose Gestalt zu seinen Füßen bemerkte und im gleichen Augenblick wohl auch das Blut auf seinen Kleidern und Händen.

»Heilige Jungfrau Maria, was ist passiert?«, fragte sie, ließ sich rasch in die Hocke sinken und streckte die Hand nach Claudio aus. Andrej hielt sie mit einem fast erschrockenen Griff zurück, was ihm einen zornigen Blick einbrachte, aber noch bevor sie ihm weitere Vorwürfe machen konnte, mischte sich Scalsi ein:

»Ein Unfall, Contessa. Ein schreckliches Unglück. Er ist verletzt, aber es sieht schlimmer aus, als es ist.«

Andrej war ein wenig überrascht, dass Scalsi ihm beistand. Corinnas zweifelnder Blick machte auch klar, was sie von dieser Behauptung hielt.

»Ein Unfall?« Sie sah auf Claudios blutverschmiertes Gesicht hinab, das selbst jetzt noch, da er bewusstlos war, vor Schmerz zuckte und bereits anzuschwellen begann, dann maß sie Andrej mit einem sehr langen, von einem kritischen Stirnrunzeln begleiteten Blick und verzog spöttisch die Lippen.

»Ein Unfall«, sagte sie noch einmal. »Er muss wirklich schlimm gewesen sein, Andrej. Bist du in ein Messer gefallen – ungefähr zwei Dutzend Mal?«

»Aber es war wirklich nur – «, begann Scalsi, aber Andrej brachte ihn mit einer raschen Geste zum Verstummen.

»Ich glaube, es hat keinen Sinn, der Contessa etwas vormachen zu wollen, Dottore«, sagte er, zwar an Scalsi gewandt, aber ohne Corinna auch nur eine Sekunde aus den Augen zu lassen, und, ganz wie er es erwartet hatte, fuhr sie beim Klang des Wortes Contessa leicht zusammen. »Es gab … da wohl ein kleines Missverständnis.«

»Missverständnis?« Corinnas Stirnrunzeln vertiefte sich noch. »Mit Messern?«

»Wir sind überfallen worden«, sagte Scalsi. »Wenn Signore Delãny nicht gekommen wäre, dann wären wir jetzt vielleicht tot.«

»Überfallen? Von wem?« Corinna war nicht die Einzige, die Scalsi ehrlich überrascht ansah. Andrej hatte sich auf dem Weg zur Kapelle den Kopf zerbrochen, um sich eine Ausrede für seinen unübersehbaren Zustand einfallen zu lassen, die auch nur einen Hauch von Glaubwürdigkeit besaß, hatte aber keine gefunden, und dass es nun ausgerechnet Scalsi war, der seinetwegen log, erstaunte ihn. Falls er es tat. Wenn, dann war er sehr überzeugend.

»Das weiß ich nicht, Contessa«, behauptete Scalsi. »Sie waren zu zweit, und sie haben nichts gesagt. Vielleicht Räuber, die auf unsere Wertsachen aus waren.«

Corinna sagte nichts, aber Andrej konnte sich denken, was sie von der Behauptung hielt, es gäbe Räuber, die die Trauernden auf einem Armenfriedhof überfielen, noch dazu an einem Tag wie heute. Sie maß den Dottore nur mit einem langen, strafenden Blick, der auf seine Art mehr ausdrückte, als alle Worte es hätten tun können. Dann sah sie angestrengt in die Dunkelheit hinter ihnen und wandte sich schließlich ganz zu Andrej um. Sie musterte seine Hände und sein Gesicht, auf denen nicht nur Claudios Blut allmählich einzutrocknen begann, und seine zerfetzte Kleidung, und Schrecken verdrängte den Ärger in ihren Augen.

»Keine Angst!«, sagte Andrej rasch. »Mir ist nichts passiert.«

Corinna hatte sichtlich Schwierigkeiten, das zu glauben. Ihre Finger zeichneten den langen Riss in seinem Mantel nach und tasteten schließlich über seine Jacke, wo die Dolchklinge seinen Arm durchbohrt hatte. Der Stoff war – auf beiden Seiten – zerfetzt und immer noch nass von seinem Blut, und nun erschien etwas vollkommen Neues und fast Beunruhigendes in ihren Augen. Selbst in der nächtlichen Dunkelheit musste sie erkennen, dass die Haut darunter unversehrt war. »Ich hatte Glück«, sagte Andrej hastig. »Es waren Dummköpfe, die nicht mit einer ernsthaften Gegenwehr gerechnet haben.«

»Glück?« Corinna sprach das Wort auf eine Art aus, als höre sie es zum ersten Mal.

»Vielleicht mehr als nur Glück«, antwortete er mit einem schiefen Lächeln. »Vielleicht hat Gott ja seine schützende Hand über mich gehalten, weil er der Meinung war, dass für einen Tag genug Blut geflossen ist.«

»Du bist nicht verletzt?«, vergewisserte sie sich, in einem Ton, der ihm klarmachte, dass das Thema damit noch nicht ausgestanden war.

»Nicht einen Kratzer«, bestätigte Andrej.

»Das … fällt mir schwer zu glauben, Signore Delãny«, murmelte Corinna, warf noch einen Blick auf seinen Arm und gab sich dann sichtbar einen Ruck, um mit einem nervösen Lächeln und veränderter Betonung fortzufahren: »Ich werde später nachsehen, ob das stimmt. Sehr gründlich.«

Kapitel 15

Es war der letzte Traum von seinem toten Sohn, den er in diesem Haus haben würde, aber auch der schlimmste. Wie immer war er sich bewusst, nur zu träumen, und wie immer nahm dieses Wissen dem Nachtmahr nichts von seinem Schrecken. Die Ereignisse der zurückliegenden Nacht fügten dem Horror nur noch eine neue Facette hinzu, begann er doch zu ahnen, bisher nur an der Oberfläche des Entsetzens gerührt zu haben, ohne von den Abgründen, die tief darunter lauerten, etwas zu wissen.

Er stand in seinem Zimmer am Fenster, durch das er im Traum nicht den Himmel sah, sondern die Straße. Von unten sah Marius zu ihm herauf, umgeben von Dunkelheit, sodass Andrej sein Gesicht nicht wirklich erkennen konnte. Trotzdem wusste er, dass er es war. Die Straße war auf unheimliche Weise lebendig geworden, bewegte sich in alle Richtungen zugleich, beobachtete ihn aus Millionen funkelnder schwarzer Augen.

Du hast gedacht, ich finde dich nicht, wisperte die Stimme hinter seiner Stirn. *Aber du kannst dich nicht vor mir verstecken. Ich habe dich gefunden. Und jetzt wirst du lernen, was Ewigkeit bedeutet. Sie dauert lange, Vater. So unendlich lange.*

Auch jetzt wollte er wieder schreien und konnte es nicht. Die kindergroße Gestalt mit dem weißen Haar kam näher, ohne sich zugleich von der Stelle zu rühren. Die lebendig gewordene Straße aus zitterndem Braun teilte sich vor ihren Füßen und schloss sich hinter ihr wieder, brodelnd und raschelnd und an Mauern und Türen scharrend. Er konnte ihr Gesicht jetzt deutlicher erkennen, obgleich es übersät war mit schwarzen, krabbelnden Wesen, die sich in seine Haut und das zerfallende Fleisch darunter fraßen. Der Gestank von Verwesung und Fäulnis wehte durch das geschlossene Fenster zu ihm herauf und nahm ihm den Atem. Hautfetzen und Fleisch lösten sich in großen Brocken von Gesicht und Händen der entsetzlichen Gestalt, und das einstmals so schöne Haar fiel in Strähnen aus, die sich auflösten, noch bevor sie den Boden berühren konnten. Sein Sohn Marius hatte dieses Haar nie gehabt, so wenig wie das engelsgleiche Gesicht, das diese zerstörte Fratze einmal gewesen war, doch der Traum vermischte nicht nur Realität und Wahnsinn, sondern zeigte zugleich auch die Wahrheit hinter den Dingen. Denn der Körper, den er in das Grab gelegt hatte, war schon vor Jahrhunderten zerfallen.

Auch das Ding, das an seiner Stelle aus dem Grab herausgekrochen war, zerfiel, und für einen Augenblick klammerte er sich mit der Kraft der Verzweiflung an die Hoffnung, dieses Martyrium würde enden, sobald die geträumten Würmer den geträumten Körper zur Gänze aufgezehrt hatten, doch dann hörte er ein böses Lachen. *Wenn die Ewigkeit endet. Und nicht einmal dann. So lange werde ich bei dir sein. Du musst keine Angst vor der Einsamkeit haben, Vater. Ich werde sie mit dir teilen. Die Ewigkeit und einen Tag.*

Die Gestalt und die lebende Straße zu ihren Füßen kamen näher, und dann war das Fenster plötzlich verschwunden, und eine massive Wand aus schwarzen Steinquadern nahm seinen

Platz ein. Es war vollkommen dunkel. Nicht ein einziger Lichtstrahl durchbrach die Schwärze, und dennoch (und ohne sich umdrehen zu müssen) sah er, dass sich auch die übrigen Wände in schwarzes Mauerwerk verwandelt hatten, ohne Fenster und Türen, ohne auch nur einen Spalt, der breit genug gewesen wäre, eine Messerklinge hineinzuschieben, und dasselbe galt auch für Boden und Decke.

Die Ewigkeit, Vater. Und einen Tag.

Die Wände begannen, sich auf ihn zuzubewegen, und die Decke senkte sich, lautlos und so langsam, dass es weder zu hören noch wirklich zu sehen war. Sein Herz begann zu rasen. Saurer Speichel sammelte sich unter seiner Zunge. Die Schatten rückten näher, erdrückten ihn, ohne dass er erkannte, woher sie kamen. Andrej wusste, was Angst war, und er vermochte nicht nur damit umzugehen, sondern sich ihre Kraft sogar zunutze zu machen. Aber diese körperlose Finsternis und das bloße Wissen um die näher kommenden Wände waren mehr, als er ertrug. Er hätte geschrien, hätte der Traum ihm nicht die Gewalt über seine Stimme und den Rest seines Körpers genommen und ihn dazu verdammt, hilflos dazustehen, dem Gefühl, bei lebendigem Leibe begraben zu werden, ausgeliefert, für die Ewigkeit und noch einen Tag.

Ich komme zu dir, Vater. Du brauchst die Einsamkeit nicht zu fürchten.

Da war ein bleicher Schemen, der plötzlich in der Dunkelheit erschien, flackernd wie ein Gespenst aus sterbendem Licht, und dann zu einer schmalen Gestalt mit blutverkrustetem weißem Haar und einem zerstörten Gesicht wurde und, genau wie die Wände, näher kam, ohne sich wirklich zu bewegen. *Du musst die Einsamkeit nicht fürchten, Vater. Ich komme zu dir.*

Und das tat er. Gelähmt vor Schrecken, außerstande, auch nur einen Finger zu rühren oder zu schreien, musste Andrej zusehen, wie die Traumgestalt auf ihn zuraste. Auf einmal war ihr schreckliches Gesicht dem seinen so nahe, dass er den mit Fäulnis gesättigten Atem riechen und die Hitze des verzehrenden schwarzen Feuers spüren konnte, die in seinen Augen brannte. *Ich komme zu dir, Andrej!*

Andrej schrie auf, zerbrach mit der puren Kraft seines Willens die Ketten des Albtraums und schleuderte das Ungeheuer von sich. Aus der gleichen Bewegung heraus sprang er hoch in eine leicht geduckte, grätschbeinige Abwehrhaltung, die Arme schützend vor Brust und Gesicht erhoben und die Hände zu Krallen geformt und nach außen gedreht.

»Also, ich kenne ja eine Menge sonderbarer Stellungen, aber die ist mir neu«, murmelte Corinna benommen, während sie sich unsicher in eine halb sitzende – und wenigstens halbwegs züchtige – Stellung hochrappelte. »Wenn du mich allerdings dabei schlagen musst, dann will ich sie vielleicht doch nicht lernen.«

Als Andrej sie verstört ansah, erlosch das verwirrte Lächeln auf ihrem Gesicht und wich einem Ausdruck von Betroffenheit. »Ist alles in Ordnung?«

»Ja«, antwortete Andrej mit einer Stimme, die ihn Lügen strafte.

»Selbstverständlich«, sagte Corinna. »Deshalb hast du wohl auch geschrien und um dich geschlagen?« Anmutig glitt sie aus dem Bett, bückte sich nach der Decke, die er von sich geschleudert hatte, und wickelte sich hinein wie in einen Mantel. Auf einmal spürte Andrej, wie kalt es war, und er bekam prompt eine Gänsehaut. Erst dann kam er auf die Idee, endlich seine alberne Position aufzugeben und die Arme sinken zu lassen. Corinna wirkte erleichtert.

»Geschrien?«, vergewisserte er sich. »Was?«

»Unsinniges Zeug«, antwortete sie. »Was man eben im Schlaf so schreit, wenn man einen Albtraum hat … es war doch wieder ein Albtraum, oder?«

»Und du?«

»Ich?« Corinna zog eine Schnute. »Nachdem Ihr endlich von mir abgelassen habt, Signore Delãny, habe ich geschlafen wie ein Stein … aber es hätte mich nicht gewundert, wenn ich schlecht geträumt hätte nach der vergangenen Nacht. Tatsächlich wundere ich mich, dass du nicht noch viel mehr und viel schlimmere Träume hast. Amüsierst du dich immer so, Andrej? Auf Friedhöfen, meine ich, und in Gesellschaft von Geistern?«

»Nur wenn ich kleine Mädchen beeindrucken will«, antwortete Andrej.

»Und?«, wollte Corinna wissen. »Ist es dir gelungen?«

Andrej war nicht danach, sich auf ein Geplänkel einzulassen. Er wollte sich zum Fenster wenden, nur um sich davon zu überzeugen, dass es noch da und nicht etwa zu einer Wand aus schwarzem Stein geworden war – aber albern oder nicht, sein Mut reichte dazu nicht aus. Stattdessen wollte er nach seinen Kleidern neben dem Bett greifen, als es an der Tür klopfte, ziemlich laut und ziemlich energisch, und die Stimme der Gastwirtin durch das dünne Holz drang: »Signore Delãny. Macht auf!«

Andrej tauschte einen ebenso fragenden wie resignierten Blick mit Corinna, verdrehte die Augen und machte sich auf den Weg zur Tür, kehrte aber dann noch einmal um, als Corinna sich laut räusperte, und schlang sich die Decke um die Hüften. Er öffnete die Tür einen Spaltbreit und blickte in das ebenso übernächtigte wie missmutige Gesicht seiner Zimmerwirtin.

»Signore Delãny«, begann sie, während sie sich auf die Zehenspitzen stellte, um über seine Schulter ins Zimmer hineinzublicken. »Da ist – «

»Ich weiß, was Ihr sagen wollt«, fiel ihr Andrej ins Wort, selbst ein wenig erstaunt, wie müde, zugleich aber auch ungehalten seine Stimme klang. »Die Signorina hat heute noch einmal bei mir übernachtet. Ich weiß, dass ich Euch versprochen habe, dass – «

»Das war nicht zu überhören.« Jetzt war es die Wirtin, die ihn unterbrach, und das mit sichtlichem Genuss. »Aber das meine ich nicht, auch wenn ich nicht umhinkann, Euch zu sagen, wie enttäuscht ich bin, Eurem Wort nicht vertrauen zu können. Aber da ist jemand, der Euch dringend zu sprechen wünscht.«

Andrej sah nun doch zum Fenster. Draußen war es noch dunkel. Die Dämmerung war noch nicht einmal angebrochen. »Jetzt?«

»Jetzt«, bestätigte sie. »Und ich möchte Euch bitten, zu ihnen zu gehen, bevor sie auch noch die anderen Gäste aufwecken. Euer schwarzer Freund ist bereits unten.«

Sie hatte keine anderen Gäste, wie Andrej sehr wohl wusste (und er wusste auch, dass sie wusste, dass er es wusste), aber er nickte nur knapp. »Sagt ihnen, dass ich gleich da bin!«

»Das will ich hoffen«, erwiderte sie. »Und über diese andere Geschichte …«

»… reden wir noch«, beendete Andrej den Satz, schloss die Tür und drehte sich mit einem übertriebenen Seufzen wieder zu Corinna.

»Ihr bringt mich in Schwierigkeiten, Signorina«, sagte er. »Das ist Euch doch hoffentlich klar.«

»Und das mit dem größten Vergnügen«, bestätigte sie und

machte einen leicht ungeschickten Hofknicks. »Immer wieder gerne zu Diensten.«

Andrej hätte gerne gelacht, aber es gelang ihm nicht. Der Traum wartete immer noch darauf, ihn bei der geringsten Unaufmerksamkeit zu überwältigen. Er zog sich an, schlang seinen inzwischen hoffnungslos zerfetzten Mantel um sich und musste sich noch einige Augenblicke gedulden, in denen er Corinna mit großem Vergnügen dabei zusah, wie sie sich ebenfalls ankleidete. Es war ein sonderbares Gefühl, angenehm, aber auch verwirrend. Corinna und er hatten in den wenigen Tagen, die er sie jetzt kannte, so ziemlich alles miteinander getan, was ein Mann und eine Frau miteinander tun können, aber ihr bei etwas so Alltäglichem zuzusehen war auf eine bisher unvertraute Art ... beruhigend. Es bereitete ihm einfach Freude, sie zu betrachten, wie sie sich vorbeugte und ihre knöchelhohen Schuhe zuband oder sich das bestickte Tuch um die Schultern legte.

»Du erwartest Besuch zu dieser frühen Stunde?«, fragte sie, als sie fertig war. »Habe ich Grund, eifersüchtig zu sein?«

Andrej konnte nur die Schultern heben. »Gehen wir nach unten und sehen nach!«

Corinna drückte ihm einen spielerischen Kuss auf die Wange (wozu sie sich auf die Zehenspitzen stellen musste), aber Andrej entging nicht der scheue Blick, mit dem sie seine zerfetzten Kleider und die dunklen Flecken auf seinem Hemd musterte. Dennoch verließen sie das Zimmer ohne ein weiteres Wort und machten sich auf den Weg nach unten. Corinna folgte ihm so dichtauf, dass er ihren Atem im Nacken spürte, als sie die steile Treppe hinuntergingen. Von unten drangen undeutliche Stimmen an sein Ohr: Abu Duns Knurren und noch eine andere, klarere – und sehr markante – Stimme. Andrej ging noch zwei weitere Stufen, bis ihm auffiel, dass Corinna ihm nicht mehr folgte, sondern stehen geblieben war. Überrascht drehte er sich zu ihr um und sah, dass sie sogar noch ein Übriges getan und wieder eine Stufe hinaufgegangen war. Corinna kam seiner Frage zuvor. »Ich … ich habe etwas in deinem Zimmer vergessen«, behauptete sie. »Geh schon einmal vor. Ich komme gleich nach.«

Und damit wandte sie sich vollends um und lief so schnell die Treppe hinauf, dass ihm keine Gelegenheit mehr blieb, sie noch einmal zurückzurufen, selbst wenn er es gewollt hätte. Ein seltsames Verhalten, dachte er. Und ein bisschen beunruhigend.

Noch beunruhigender war allerdings der Tonfall, den er mittlerweile in Abu Duns Stimme hörte. Vielleicht sollte er sich später über Corinna wundern und eingedenk der Gereiztheit, die Abu Dun in den letzten Tagen gezeigt hatte, erst einmal dafür sorgen, dass der Nubier nichts tat, was ihnen wirklichen Ärger einbrachte.

Die Szene, die ihn erwartete, als er den Fuß der schmalen Treppe erreicht hatte, ließ ihn überrascht innehalten.

Sie waren zu viert, Abu Dun und die Gastwirtin nicht mitgerechnet. Zwei trugen blaurote Uniformen mit Säbel und Muskete und blitzenden Helmen, wie er sie schon oft in dieser Stadt gesehen hatte. Sie waren sichtbar nervös. Ebenso wie der dritte Mann, der Zivil trug, wenn auch von außergewöhnlich guter Qualität. Die vierte Gestalt schließlich reichte Abu Dun gerade bis zur Brust, hatte schulterlanges, dunkles Haar, in dem nicht die Zeit, wohl aber der Kummer die ersten grauen Strähnen hinterlassen hatte, und ein schmales Gesicht, das in dem flackernden Kerzenlicht jünger aussah als gestern und heute keine Spur von Angst mehr zeigte, wohl aber eine große Entschlossenheit. Um den Hals hatte sie eine Kette mit einem schweren goldenen Kreuz, die sie gestern noch nicht getragen hatte. Er hatte den Raum kaum betreten, da fuhr sie schon herum und stieß mit dem ausgestreckten Zeigefinger wie mit einer Waffe nach Abu Duns Brust, als hätte sie nur darauf gewartet, dass ihr Publikum endlich komplett war.

»Das ist er!«, schrie sie. »Das ist der Mörder, von dem ich Euch erzählt habe! Der Teufel hat ihn geschickt, um uns alle zu vernichten! Und ganz gewiss spioniert er für die Türken! Ihr müsst ihn verhaften! Auf der Stelle, das verlange ich!«

Abu Dun legte nur die Stirn in Falten und kreuzte die Arme vor der Brust. Mehr musste er auch nicht tun, um die beiden nervösen Soldaten in Alarmbereitschaft zu versetzen. Mit seinem gewaltigen schwarzen Turban berührte er fast die Decke, und seine mächtigen Pranken sahen so aus, als könne er mit ihnen die Köpfe der beiden Burschen umschließen, wenn es sein musste. Außerdem strahlte er einen stillen Zorn aus, der jeden in seiner unmittelbaren Nähe instinktiv auf Abstand gehen ließ.

Andrej schob Gina einfach zur Seite und wandte sich an den elegant gekleideten Mann. Dessen Hände kneteten die Krempe eines vornehmen Hutes, als versuche er mit aller Kraft, sie abzureißen, doch seine Nervosität war nur gespielt.

»Ich bin Andrej Delãny«, sagte er. »Und das ist Abu Dun. Ihr wolltet uns sprechen, mein Freund?«

Der »Freund« kam bei seinem scheinbar ängstlichen Gegenüber offensichtlich nicht besonders gut an, denn er begann jetzt, auch noch unruhig von einem Fuß auf den anderen zu treten. Einer der Gendarmen – oder was immer sie auch sein mochten – setzte dazu an, die Muskete von der Schulter zu nehmen, besann sich aber hastig eines Besseren, als Abu Duns linke Augenbraue weit genug an seiner Stirn nach oben rutschte, um fast unter seinem Turban zu verschwinden.

»Verhaftet ihn!«, wiederholte Gina. »Der schwarze Teufel da hat meinen Mann umgebracht!«

»Deinen Hund nicht zu vergessen«, fügte Abu Dun hinzu. Andrej wünschte, er hätte das nicht gesagt.

»Ist das wahr?«, fragte ihr Besucher. Er hatte aufgehört, seinen Hut zu malträtieren, und sah Andrej fest in die Augen.

»Diese Entscheidung überlasse ich Euch, Signore ...?«

»Rezzori«, antwortete der Mann. »Frederico Rezzori. Ist es wahr, was die Signora behauptet?«

Andrej wedelte mit der Hand. »Entscheidet selbst. Wenn Abu Dun den Mann dieser Signorina tatsächlich umgebracht hätte, glaubt Ihr wirklich, wir wären dann noch hier?«

Rezzori maß Abu Dun mit einem langen abschätzenden Blick.

»Ich verlange, dass Ihr ihn festnehmt!«, beharrte Gina.

Rezzori seufzte. Andrej sah ihm an, dass er sich weit weg von hier wünschte, sehr weit weg. »Vielleicht sollten wir uns alle erst einmal beruhigen«, schlug Rezzori vor – obwohl sich mit Ausnahme Ginas eigentlich niemand wirklich echauffierte. »Immerhin sind es schwere Vorwürfe, die man da gegen Euren Freund erhebt, Signore Delãny.«

Andrej machte eine Geste Richtung Tisch, auf dem noch die Reste des gestrigen Gelages standen. »Warum setzen wir uns nicht und besprechen die ganze Angelegenheit in Ruhe?«

»Den Teufel werde ich tun und mich mit diesem gottlosen Heiden an einen Tisch setzen!«, begehrte Gina auf. »Ich verlange, dass er auf der Stelle festgenommen wird! Er gehört ins Gefängnis oder besser gleich auf den Scheiterhaufen!«

Abu Dun maß sie mit einem langen Blick. »Kennst du zufällig

eine gewisse Schwester Innozenz«, fragte er, »oder bist du gar mit ihr verwandt?«

Andrej sah kurz zur Treppe, obwohl er nicht damit rechnete, dass Corinna ihm nachkam. Auch wenn es sein sonderbarer Besucher bisher nicht für nötig befunden hatte, sich richtig vorzustellen, so war ihm doch klar, dass er es mit dem Vertreter einer Behörde oder öffentlichen Institution zu tun hatte, dem natürlichen Feind also von Frauen wie Corinna – solange er ihre Dienste nicht selbst in Anspruch nahm, verstand sich.

»Verhaftet ihn!«, verlangte Gina erneut. »Legt ihn in Ketten, auf der Stelle!«

»In Ketten legen«, wiederholte Abu Dun. Er musterte die beiden Soldaten herablassend. »Warum versucht ihr es nicht?«

Rezzori seufzte wieder, dann wandte er sich an seine beiden Begleiter: »Geleitet die Signora hinaus«, wies er sie mit einer entsprechenden Geste an, »und wartet dort. Es dauert nicht lange.«

Die beiden Männer nahmen die heftig protestierende Gina in die Mitte und führten sie aus der Gaststube, unübersehbar froh, Abu Duns Nähe zu entkommen. Als die Tür laut hinter ihnen zufiel, atmete Rezzori tief durch und drehte sich zu Andrej um. Er schwieg, und das so lange, bis Andrej verstand.

»Gehst du nach oben und holst unser Gepäck, Abu Dun?«, bat er. »Es wird bald hell, und ich möchte pünktlich aufbrechen.«

Zu Andrejs Erstaunen drehte Abu Dun sich ohne den mindesten Widerspruch um und ging die Treppe hinauf.

Rezzori wartete, bis er ihn außer Hörweite glaubte, und sagte dann ruhig: »Das ganze Haus ist umstellt, Signore.«

»Und Ihr meint, das wäre nötig?«

»Sagt Ihr es mir«, verlangte Rezzori.

Andrej schüttelte den Kopf. »Nein.« Sollte Rezzori diese Antwort doch selber deuten. Doch der erwiderte nichts, sondern setzte sich. Auch Andrej nahm Platz.

Rezzori griff gedankenverloren nach etwas von dem, was gestern Abend auf dem Teller der Zecher zurückgeblieben war, und ließ es dann fast erschrocken wieder fallen, als ihm klar wurde, was er gerade zu essen im Begriff stand.

»Der Muselmane ist Euer Freund?«, fragte er. »Darf ich fragen, wie lange Ihr ihn schon kennt?«

»Sehr lange«, antwortete Andrej. Rezzori hätte gewiss laut gelacht, hätte er ihm gesagt, wie lange schon.

»Und Ihr vertraut ihm?«

Als Andrej nicht antwortete, wechselte Rezzori das Thema. »Ihr seid also seit einer guten Woche in der Stadt. Verratet Ihr mir, wo Ihr herkommt?«

»Aus Konstantinopel.«

»Konstantinopel.« Rezzori machte ein beeindrucktes Gesicht. »Eine prachtvolle Stadt, sagt man.«

»Und weit weg von hier.«

»Ja.« Rezzori legte den Kopf auf die Seite und sah ihn nachdenklich an, vielleicht auch leicht lauernd. »Darf ich fragen, wie Ihr und Euer Freund hergekommen seid? Die Reise durch diesen Teil der Welt ist im Moment nicht ungefährlich.«

»Wann wäre sie das jemals gewesen?«, gab Andrej zurück, bevor er Rezzoris Frage beantwortete. »Mit einem Schiff.« Unaufgefordert fügte er hinzu: »Es heißt Paloma. Ich weiß nicht, ob es noch im Hafen liegt, aber wenn, dann werden Euch der Kapitän und die Mannschaft sicherlich bestätigen, wo wir an Bord gegangen sind. Einen Mann wie Abu Dun vergisst man so schnell nicht.«

»So wenig wie Euch, Signore. Zumindest erinnert sich der

Kapitän der Paloma noch gut. Sie liegt draußen in der Lagune, und ich fürchte, das wird sie auch noch eine ganze Weile. Das Schiff wurde für die Flotte requiriert. Der Kapitän war nicht begeistert.«

»Ihr habt mit ihm gesprochen?«

»Schon gestern«, bestätigte Rezzori.

»Gestern schon.« Andrej nickte anerkennend. »Ich weiß zwar immer noch nicht genau, wer Ihr seid, Signore Rezzori, aber auf jeden Fall scheint Ihr mir ein Mann von großem Weitblick zu sein, wenn Ihr einer Anschuldigung schon nachgeht, bevor sie überhaupt ausgesprochen worden ist.«

Rezzori lächelte, aber seine Augen blieben ernst, dennoch aber nicht unfreundlich. »Seid Ihr denn so sicher, dass ich nur wegen dieser Anschuldigung hier bin?«

»Weshalb sonst?« Andrej wären auf Anhieb ein halbes Dutzend guter Gründe eingefallen, angefangen mit dem Verdacht, der ihm als Erstes und ganz spontan gekommen war, als er Rezzori und seine beiden bewaffneten Begleiter gesehen hatte. Vielleicht hatte es sich der gute Dottore ja doch noch anders überlegt, und Rezzori war gekommen, um mit ihm über das Schicksal eines gewissen Patienten aus seinem Spital zu reden.

»Es sind schlimme Zeiten, Signore Delãny«, fuhr Rezzori nach einer Pause fort. »Ich weiß, Ihr könntet jetzt sagen, das sind sie immer, und damit hättet Ihr auch vollkommen recht – aber die Republik rüstet zum Krieg, und die Menschen sind nervös. Und misstrauisch, vor allem Fremden gegenüber.«

»Und umso mehr, je dunkler ihre Haut ist.«

»Und umso mehr, je dunkler ihre Haut ist«, bestätigte Rezzori ungerührt. »Und die Haut Eures Freundes ist sehr dunkel.« Er seufzte. »Ihr habt mich gefragt, warum ich hier bin, Signore

Delãny, und ich glaube, ich bin Euch eine ehrliche Antwort schuldig: Ihr seid seit einer Woche hier, und das ist nicht unbemerkt geblieben. Venedig ist eine große Stadt, doch Ihr habt es gerade selbst gesagt: Euer Freund ist ein Mann, den man so schnell nicht vergisst.«

»Und was genau wollt Ihr mir damit sagen?«, fragte Andrej, gleich um mehrere Grade kühler.

»Oh, nichts«, beeilte sich Rezzori zu versichern. Er nahm seinen Hut wieder in die Hand und drehte ihn. »Nur, dass Euer Freund und Ihr eine Menge Fragen gestellt habt. Fragen, die die Leute nervös machen.«

Andrej musste sich beherrschen, um nicht aufzufahren. »Wir suchen nach jemandem, und das ist nur schwer möglich, ohne Fragen zu stellen.«

»Ich bitte Euch, Signore.« Rezzori legte den Hut aus der Hand beiseite und hob besänftigend die Hände. »Ich meine es gut mit Euch, glaubt mir. Wäre das nicht so, würden wir diese Unterhaltung nicht führen.«

»Oder jedenfalls nicht hier. Stattdessen lägen wir in Ketten, und Ihr hättet eine glühende Zange in der Hand.«

Abu Dun hatte sich wieder einmal einen Spaß daraus gemacht, sich lautlos anzuschleichen – ein Kunststück, mit dem er angesichts seiner enormen Größe und scheinbaren Schwerfälligkeit andere immer wieder in Erstaunen versetzte. Auch Rezzori machte da keine Ausnahme und sah nun zum ersten Mal verwirrt aus und nicht, als hätte er jede mögliche Antwort auf jede denkbare Frage schon parat.

Abu Dun trampelte laut näher und warf einen abgewetzten Seesack auf den Tisch, der, abgesehen von dem, was sie beide am Leibe trugen, ihre gesamte weltliche Habe enthielt. Dabei nickte er Andrej verstohlen zu. Andrej hoffte, dass das bedeutete, dass Corinna nicht mehr oben in seinem Zimmer war.

»Es ist gut, dass Ihr kommt, Signore.« Rezzori machte eine Kopfbewegung auf den freien Stuhl neben Andrej. Doch der Nubier folgte nicht seiner Aufforderung. »Wir haben gerade über Euch gesprochen.«

»Habt Ihr das?«, grollte Abu Dun. Seine Hand lag wie zufällig gleich neben dem Schwertgriff, und Rezzori sah die gewaltige Waffe einen Moment lang stirnrunzelnd an, bevor er antwortete.

»In der Tat. Die Signora, die gerade hinausgegangen ist, hat einige Vorwürfe gegen Euch vorgebracht.«

»Zum Beispiel?«, fragte Abu Dun.

»Zum Beispiel behauptet sie, Ihr wärt ein Hexer und mit dem Teufel im Bunde.«

»Was sie zweifellos beweisen kann«, sagte Abu Dun. Er streckte die Hand aus, um den Teller zu nehmen, an dem sich Rezzori gerade beinahe vergriffen hätte, und begann, genüsslich zu mampfen.

»Zum Beispiel behauptet sie auch, Ihr wärt unsterblich und unverwundbar«, sagte Rezzori. »Sie sagt, Ihr wärt von etlichen Kugeln getroffen worden, ohne auch nur mit der Wimper zu zucken.«

Abu Dun leckte sich schmatzend die Finger, stellte den Teller betont vorsichtig wieder auf den Tisch und schlug den Mantel zurück. Bedächtig grub er in den Falten seines schwarzen Gewandes und förderte schließlich eine leicht zusammengedrückte Bleikugel zutage, die er mit spitzen Fingern vor Rezzori auf den Tisch legte.

»Um einen wahren Krieger Allahs aufzuhalten, bedarf es schon ein wenig mehr als das da«, sagte er.

Rezzori betrachtete nachdenklich zuerst die deformierte Kugel, dann sehr viel länger Abu Duns schwarzes Gewand, dessen Stoff tatsächlich so dick und schwer war, dass es so mancher als Kettenhemd bezeichnet hätte. Jedenfalls wog es genauso viel.

»Das scheint mir tatsächlich eine hinreichende Erklärung zu sein«, sagte er endlich, klang aber nicht zufrieden, sondern beinahe schon enttäuscht.

»Und wo wir schon einmal dabei sind« – Abu Dun hatte einen weiteren Teller erspäht, der noch nicht ganz leer war, und angelte ihn sich mit einer raschen Bewegung vom Tisch – »ist es in eurer famosen Stadt erlaubt, auf Fremde zu schießen, solange ihre Haut nur schwarz genug ist?«

»Selbstverständlich nicht«, erwiderte Rezzori ungerührt. Rezzori wandte sich wieder Andrej zu. Freundlich lächelnd fragte er: »Habt Ihr gefunden, was Ihr bei Dottore Scalsi gesucht habt, Signore Delãny?«

»Nein«, antwortete Andrej knapp.

Rezzori sah Abu Dun eine Weile interessiert dabei zu, wie er auch noch den zweiten Teller mit kalten Essensabfällen leerte, und schob ihm dann einen dritten zu, den er am anderen Ende des Tisches erspäht hatte. Ein Lächeln huschte über seine glatt rasierten Züge, aber Andrej war plötzlich nicht mehr im Entferntesten zum Lachen zumute. Er hatte das Gefühl, dass sie alle längst ein Spiel spielten, dessen Regeln er nicht kannte.

»Eine interessante Waffe habt Ihr da.« Rezzori deutete auf Abu Duns Schwert. »Darf ich sie mir ansehen?«

Zu Andrejs nicht geringem Erstaunen zog Abu Dun die Waffe ohne das mindeste Zögern aus der Scheide und hielt sie so, dass Rezzori sie am Griff entgegennehmen konnte. Ein schadenfrohes Grinsen machte sich auf seinem Gesicht breit, als Rezzori hastig auch mit der anderen Hand zupackte und trotzdem nicht verhindern konnte, dass die Klinge nach unten sackte und sich nahezu auf Fingerdicke ins harte Holz der Tischplatte grub.

»Eine beeindruckende Waffe«, sagte er.

Andrej zog sein eigenes Rapier aus dem Gürtel und legte es unaufgefordert ebenfalls auf den Tisch. »Darum wolltet Ihr mich doch gerade bitten, oder?«

»Wer weiß?«, erwiderte Rezzori, unterzog aber auch Andrejs Klinge einer kurzen Inspektion und wandte seine Aufmerksamkeit dann wieder dem riesigen Krummsäbel des Nubiers zu.

»Das ist ein wirklich beeindruckendes Stück Stahl«, sagte er. »Und sehr tödlich.«

»Ist es in dieser famosen Stadt verboten, Waffen zu tragen?«, fragte Abu Dun

»Verboten?« Rezzori schüttelte den Kopf. »Nein, natürlich nicht. Was wäre das für eine Stadt, in der es einem aufrechten Mann nicht erlaubt ist, eine Waffe zu besitzen?«

»Haltet Ihr uns denn für aufrechte Männer?«, fragte Andrej.

»Wenn ich das wüsste«, erwiderte Rezzori und zog die Augenbrauen hoch. »Ich halte Euch auf jeden Fall für Männer, die viel mehr sind als das, was sie zu sein vorgeben.«

»Davon gibt es viele.«

»Und viele Männer haben Waffen«, erwiderte Rezzori ungerührt, »vor allem auf Reisen, und wenn sie unterwegs in unsicheren Ländern sind, so wie Ihr. Aber dies sind nicht irgendwelche Waffen. Es sind die Waffen von Kriegern.« Er lächelte weiter, aber sein Blick wurde härter. »Seid Ihr Krieger?«

»Krieger.« Andrej tat so, als müsse er einen Moment über die Bedeutung dieses Wortes nachdenken. »Es mag sein, dass wir uns das eine oder andere Goldstück als Söldner verdient haben, aber Krieger …?« Er schüttelte den Kopf. »Nein. Die Zeiten, in denen die Welt Bedarf an Kriegern hatte, sind schon lange vorbei. Heute braucht man nur noch Soldaten.«

»Warum fragt Ihr?«, wollte Abu Dun wissen.

Rezzori runzelte die Stirn, und auch Andrej musste sich beherrschen, um den Nubier nicht besorgt anzusehen. In Abu Duns Stimme war ein drohender Unterton.

»Ich weiß gerne, mit wem ich es zu tun habe«, antwortete Rezzori nach einem kurzen Zögern. Er strich noch einmal mit den Fingerspitzen über die Schneide von Abu Duns Schwert und stand dann auf.

»Es gibt da dennoch ein paar Umstände, die einer weiteren Überprüfung bedürfen«, sagte er. »Dürfte ich Euch bitten, mich und meine Männer zu begleiten?«

»Ich nehme an, ein Nein als Antwort werdet Ihr nicht gelten lassen?«, fragte Andrej.

Rezzori lächelte.

Kapitel 16

Der Raum ähnelte in mancher Beziehung der finsteren Zelle, in der er Marius vorgefunden hatte, und war nur eine Winzigkeit größer. Zwar gab es hier ein Fenster, doch das war kaum breiter als eine Hand und ließ nur einen blassgrauen Streifen Licht herein, das die Tristesse des Raumes nur noch betonte, statt ihm Lebendigkeit zu verleihen. Es war kalt, was nicht nur an den niedrigen Temperaturen draußen lag, sondern vor allem an der Feuchtigkeit innerhalb der Wände und an dem erlittenen Grauen der früheren Insassen, das noch immer wie ein schlechter Geruch in der Luft hing. Das Stroh auf dem Boden war trocken und offensichtlich erst kurz vor seiner Ankunft ausgebracht worden, und dasselbe galt für die zerschlissenen Decken auf dem gemauerten Sims, der als Bett diente. Aber alles andere hier war feucht, als wäre Nässe über so viele Jahre in die gemauerten Wände und den Boden eingedrungen, dass sie zu einem festen Bestandteil des Steins geworden war.

Der Zellentrakt befand sich auf einem Niveau, das die Bewohner dieser Stadt mit dem ihnen eigenen Optimismus wahrscheinlich ebenerdig nannten – was nichts anderes hieß, als dass er bei jedem der mehr oder weniger regelmäßigen Hochwasser, die Venedig heimsuchten, geflutet wurde. Wenn Andrej die dunklen Linien an den Wänden richtig deutete, reichte es vermutlich bei jedem zweiten oder dritten Mal bis zur Höhe des gemauerten Bettes hinauf. Immerhin würden ihn hier nicht die Schreie lang Verstorbener quälen, denn in diesen Zellen würde wohl kaum jemand lange genug bleiben, um sein Leben zu beenden – was nicht bedeutete, dass der Ort dazu gedacht war, seinen Bewohnern auch nur das mindeste Wohlbehagen zu bereiten. Wenn er genau hinhörte, konnte Andrej das Stöhnen und Wehklagen anderer Gefangener vernehmen, die in den benachbarten Zellen saßen. Alles hier erinnerte tatsächlich ein wenig an Scalsis Narrenturm, nur dass dieses Gebäude ganz gewiss nicht dazu diente, um Menschen zu helfen.

Zum wiederholten Male sah Andrej zu dem schmalen Fenster unter der Decke hoch und versuchte, die Tageszeit einzuschätzen. Die feuchte und leere Zelle, die bedrückende Erinnerung an Marius, die ihm bis in diesen vergitterten Raum gefolgt war, und die beklemmenden Szenen aus seinen Albträumen, die an seinem Verstand wie mit scharfen Rattenzähnen nagten, hatten seinen ansonsten so präzisen Zeitsinn durcheinandergebracht.

Seit er hereingebracht worden war, hatte der Streifen aus grauem Licht seinen Winkel verändert, was ihn zumindest vermuten ließ, dass er schon seit Stunden hier war.

Abu Dun und er waren wortlos übereingekommen, sich widerstandslos festnehmen zu lassen – denn um nichts anderes hatte es sich bei Rezzoris Einladung gehandelt –, bis sie herausgefunden hätten, was man ihnen vorwarf. Doch nun war er nicht mehr sicher, ob es wirklich die richtige Entscheidung gewesen war. Dies war nicht das erste Gefängnis, in dem er saß, und jeder Versuch, ihn durch Isolation, Kälte oder Hunger zu brechen, war von vornherein zum Scheitern verurteilt. Aber er machte sich Sorgen um Abu Dun. Gereizt und zornig, wie der Nubier seit Tagen war, mochte er vielleicht zu dem Schluss kommen, dass es an der Zeit war zu gehen, und Andrej graute vor dem, was dann geschehen mochte. Es war seltsam: Er war schon so lange mit dem Nubier zusammen, dass er längst aufgehört hatte, die Jahre zu zählen, und doch war es, als würde ihm jetzt zum allerersten Mal klar, wie gefährlich Abu Dun wirklich war. Er musste an den vergangenen Abend denken, an die beiden nubischen Kriegerinnen und die Leichtigkeit, mit der sie mit ihm gespielt hatten. Um sie tatsächlich zu besiegen, hätte er sie verletzen oder gar töten müssen, und das war eine Option, die er bei Abu Dun schlichtweg nicht hatte … davon abgesehen, dass er bezweifelte, es überhaupt zu können.

Aber was waren das eigentlich für Gedanken?

Andrej erschrak, vor allem über sich selbst. Abu Dun war sein Freund, und mehr, viel mehr noch: Er war der Mensch, mit dem er die letzten drei Jahrhunderte seines Lebens geteilt hatte. Es gab absolut keinen Grund, warum sie plötzlich Feinde werden sollten.

Und er wollte es auch nicht.

Schritte näherten sich, und Andrej setzte sich auf der gemauerten Bank auf und ließ die Schultern nach vorn sinken, den verstörten Gefangenen mimend, der darauf wartete zu erfahren, warum er hier war. Er tat so, als müsse er blinzeln, als die Tür nach außen schwang und Licht hereinströmte.

»Mitkommen!«, befahl eine barsche Stimme. Die Tür schwang weiter auf, und Andrej gewahrte den Umriss eines zweiten Mannes, der dort draußen wartete, und hörte das Geräusch, mit dem eine Waffe gezogen wurde. Immerhin, dachte er spöttisch, musste er nicht befürchten, dass man ihm nicht den notwendigen Respekt entgegenbrachte.

Nicht, dass er sich darüber gefreut hätte.

Andrej verließ die Zelle und folgte dem Wächter über den niedrigen Arkadengang, an dem sich ein knappes Dutzend gleichartiger Türen reihte. Die meisten waren geschlossen und zusätzlich mit schweren Riegeln gesichert, was wohl bedeutete, dass sie allesamt belegt waren. Wenn dies das einzige Gefängnis war, das Venedig hatte, dann mussten seine Bewohner wohl außergewöhnlich gesetzestreu sein.

Wahrscheinlicher war allerdings, dass es sich um ein ganz besonderes Gefängnis handelte …

Andrej war nahe daran, seine beiden Begleiter danach zu fragen, sparte sich aber den Atem. Die beiden sahen nicht aus wie Männer, die gerne und viel sprachen.

Sie überquerten den kleinen Innenhof, dessen Zentrum eine sonderbare Konstruktion bildete, die ein Brunnen sein konnte oder auch ein finsteres Loch, in das man unglückliche Gefangene warf, und gingen eine kurze Treppe hinauf. Die Tür an ihrem oberen Ende lag noch nicht auf Höhe der nächsten Etage, dennoch aber ein gutes Stück oberhalb des Zellengangs. Jemand hatte diese architektonische Herausforderung angenommen, weil er offensichtlich wenig Wert darauf legte, ebenso nasse Füße zu bekommen wie die Bewohner der Zellen ringsum.

Der Raum, in den er geführt wurde, ähnelte jedoch schon auf beklemmende Weise der Zelle, in der er die letzten Stunden verbracht hatte, war jedoch noch kleiner, und es gab kein gemauertes Bett und kein Fenster, dafür aber eine zweite Tür auf der anderen Seite, gerade einmal zwei Schritte entfernt. Rüde wurde er in den Raum gestoßen. Die Tür fiel ins Schloss. Er hörte, wie ein schwerer Riegel vorgelegt wurde, und erwartete nun, die andere Tür aufgehen zu sehen.

Stattdessen hörte er aufgeregte Stimmen, die durch das dicke Holz drangen. Obgleich zu schnell gesprochen wurde, als dass er die Worte hätte verstehen können, war doch zu hören, dass die Unterhaltung, die dort stattfand, ganz gewiss keine freundschaftliche war, wenngleich sie lange dauerte.

Andrej identifizierte Rezzoris Stimme, die tatsächlich sehr erregt klang. Selbst als die aufgeregten Stimmen endlich verstummten, verging noch eine ganze Weile, in der nichts geschah – eine kleine Ewigkeit, in der seine Fantasie mehr als genug Gelegenheit hatte, die wildesten Kapriolen zu schlagen. Beinahe hätte er erleichtert aufgeatmet, als die Tür endlich geöffnet wurde.

Doch nicht Rezzori erschien, sondern ein sehr großer und ausgesprochen muskulöser Mann, der ihn mit einem wohl über Jahre hinweg geübten einschüchternden Blick musterte. Andrej hätte ihm mühelos standhalten können, zog es aber vor, das stumme Duell nach nur ein paar Sekunden vermeintlich aufzugeben und dem wortlosen Winken des Burschen zu folgen.

»Signore Delãny.« Rezzori saß hinter einem mit aufwendigen Schnitzereien verzierten Schreibtisch von beeindruckender Größe, der völlig leer war und vermutlich dem einzigen Zweck diente, seinen Besitzer noch beeindruckender wirken zu lassen. Als Andrej eintrat, stand er auf, machte aber keine Anstalten, um das Möbel herum- und auf ihn zuzukommen, sondern deutete nur mit einer knappen Geste auf einen zweiten Stuhl auf der anderen Seite des Tisches. Darüber hinaus war der Raum praktisch leer.

»Ich muss mich bei Euch entschuldigen. Es lag nicht in meiner Absicht, Euch so lange warten zu lassen, aber an einem Tag wie heute …« Rezzori hob mit einem Seufzen die Schultern. »Ihr versteht sicher.«

Nein, Andrej verstand nicht, aber da er wusste, dass Rezzori keine Antwort erwartete, beließ er es bei einem kurzen Nicken und nahm ohne ein weiteres Wort auf dem Stuhl Platz, den Rezzori ihm bedeutet hatte. Er sah deutlich unbequemer aus als der gepolsterte Sessel, auf den sich Rezzori nun wieder sinken ließ, und war auch niedriger – ein wirklich erbärmlicher Trick, um jedem, der hier saß, das Gefühl zu geben, wortwörtlich auf einem Arme-Sünder-Stuhl gelandet zu sein. Andrej nahm an, dass nahezu jeder dieses Vorhaben durchschaute – und es trotzdem bei den allermeisten seinen Zweck erfüllte.

Erwartungsvoll sah er Rezzori an. Rezzori starrte zwar ausdruckslos zurück, aber Andrej spürte doch die Erregung, die sich hinter dieser Maske verbarg. Rezzori war aus irgendeinem Grund zutiefst verärgert.

»Wo ist Abu Dun?«, fragte Andrej, als er schließlich einsah, dass Rezzori das Schweigen nicht von sich aus brechen würde.

»Ich lasse Euren Begleiter gleich holen, Andrej«, antwortete Rezzori. Unwillkürlich fragte sich Andrej, ob der Wechsel zu dieser vertrauteren Anrede Zufall war oder etwas zu bedeuten hatte – und wenn ja, was. »Aber ich würde es vorziehen, zuerst mit Euch allein zu sprechen. Falls es Euch nichts ausmacht.«

Das kam ganz auf die Fragen an, die er ihm stellen wollte. Andrej schüttelte den Kopf. »Natürlich nicht.«

Rezzori sah überrascht aus. Er nickte dem Mann, der Andrej hereingebracht hatte, wortlos zu, woraufhin dieser genauso wortlos den Raum verließ. »Ihr seid also seit einer Woche in Venedig«, begann Rezzori. Er legte beide Hände flach nebeneinander auf die polierte Tischplatte. »Warum?«

Spätestens jetzt war aus einer Unterhaltung ein Verhör geworden, doch Andrej beschloss, gute Miene zum bösen Spiel zu machen. Wenigstens am Anfang. »Wisst Ihr das nicht längst?«, fragte er trotzdem.

Vielleicht war er damit schon einen Schritt zu weit gegangen, denn nun blitzte Ärger in Rezzoris Augen auf, wenn auch nur für einen Moment, dann hatte er sich wieder unter Kontrolle. »Möglicherweise«, sagte er.

»Aber Ihr möchtet herausfinden, ob das, was Ihr gehört habt, mit dem übereinstimmt, was ich Euch möglicherweise erzähle«, sagte Andrej langsam.

Als Rezzori ihn nur anstarrte, fuhr Andrej fort: »Ich habe meinen Sohn gesucht.«

»Und in Doktor Scalsis Spital gefunden.« Rezzori klang ungeduldig. »Ich habe davon gehört und auch, in welch bedauernswertem Zustand Ihr ihn angetroffen habt. Das tut mir aufrichtig leid. Aber Ihr seid nicht nur seinetwegen hier, nehme ich an?«

»Nicht nur«, sagte Andrej zögernd. »Ihr habt mit dem Dottore gesprochen?«

»Er hat mir von Euren drei Freundinnen erzählt, ja.«

Endlich begann Andrej zu verstehen, worauf er hinauswollte. »Und jetzt habt Ihr mit Gina und ihrer Familie gesprochen und glaubt, die drei Frauen hätten etwas mit dem Tod ihres Mannes zu tun?«

»Haben sie?«, fragte Rezzori.

»Glaubt Ihr denn etwa dieser bedauernswerten Frau?«

»Nein, das tue ich nicht. Aber er war nicht der einzige«, sagte Rezzori.

»Der einzige was?«

Rezzoris Blick wurde lauernd.

»Der einzige Tote, Andrej«, sagte er. »Auch wenn es bis jetzt nur Gerüchte sind.«

»Was für Gerüchte?«

»Die Leute reden«, antwortete Rezzori. Sein Blick ließ Andrej nicht los. Er tat so, als rede er einfach drauflos, aber in Wahrheit wartete er darauf, dass Andrej sich verriet. »Ihr wisst, wie das ist.«

»Weiß ich das?«

»Es sollte mich wundern, wenn nicht«, erwiderte Rezzori. »Wenn man so lange mit einem Mann wie Eurem schwarzen Freund zusammen ist, dann sollte man wissen, wie die Leute auf seinen Anblick reagieren.«

»Und darüber reden wir auch gerade, nicht wahr?«, vermutete Andrej. »Über Abu Dun.«

»Hätten wir denn einen Grund, über Euren Freund zu reden?«, wollte Rezzori wissen. »Ihr habt mir dargelegt, dass Ihr erst seit wenigen Tagen in der Stadt seid, und soweit ich das überprüfen konnte, scheint das auch die Wahrheit zu sein.«

»Warum bin ich dann hier?«

»Wie gesagt: Gerüchte.« Rezzori machte eine wegwerfende Handbewegung. »Dieser Muschelfischer war nicht der einzige. Es heißt, sie hätten mehrere Männer getötet, und noch mehr sollen verschwunden sein, unter … sagen wir ›seltsamen Umständen‹. Ihr wisst, wie das ist: Irgendetwas Schlimmes geschieht, und die Menschen erzählen es weiter. Und es wird jedes Mal ein bisschen schlimmer und dramatischer, bis die Geschichte am Schluss dann schlicht absurd ist … aber ein wahrer Kern ist dennoch fast immer darin.«

»Und nun glaubt Ihr, Meruhe und ihre beiden Dienerinnen hätten diesen Mann getötet … oder diese Männer.«

»Ihr kennt also sogar ihren Namen?«

»Das habe ich nie bestritten«, antwortete Andrej. »Abu Dun und ich sind auf der Suche nach ihnen.«

»Und?«, fragte Rezzori. »Wenn Ihr diese Frau kennt ... traut Ihr ihr zu, die Männer getötet zu haben?«

Gestern Nacht noch hätte Andrej über diese Frage einfach nur gelacht. Aber jetzt zögerte er, vielleicht nur eine Winzigkeit, und doch so lange, dass es Rezzori aufgefallen sein musste. »Ihr habt es selbst gesagt«, antwortete er ausweichend. »Die Leute reden viel dummes Zeug.«

»Und sie sind nervös«, fügte Rezzori mit einem Schulterzucken hinzu. »Ich kann sie verstehen, Andrej, und ich hoffe, dass Ihr auch mich versteht. Es sind schwierige Zeiten. Die Menschen fürchten sich vor dem Krieg, der vielleicht kommt. Sie erzählen Geschichten von drei geheimnisvollen fremden Frauen, die Menschen töten oder verschwinden lassen, und dann erscheint Ihr und Euer Freund, der genau so aussieht wie sie. Wollt Ihr es ihnen übel nehmen, dass sie ihm mit Misstrauen begegnen?«

Das wäre immerhin eine Erklärung für die scheinbar so grundlose Feindseligkeit, die Abu Dun in dieser Stadt entgegengeschlagen war, dachte Andrej. Aber keine Erklärung für Rezzoris Verhalten.

»Nein«, sagte er. »Abu Dun entstammt demselben Volk, das ist wahr, aber deshalb trifft ihn noch lange keine Schuld an dem, was geschehen ist – oder auch nicht.« Er wurde zornig, und er hatte auch keine Lust mehr, diesen Zorn zu verhehlen. »Was tun wir hier eigentlich, Signore Rezzori? Bin ich verhaftet? Und wenn ja, warum?«

Rezzori sah ihn lange und nur noch mühsam beherrscht an. Seine Augen wurden schmal, und genau wie Andrej versuchte er jetzt gar nicht mehr, seine wahren Gefühle zu verhehlen.

»Ginge es nach mir, ja«, sagte er kalt. »Ich habe nichts gegen Euch persönlich, Andrej, oder Euren Freund. Aber ich bin für die Sicherheit dieser ganzen Stadt verantwortlich und für die jedes einzelnen Mannes und jeder Frau, die in ihren Mauern leben. Wenn ich ungerecht sein muss, um dieses Ziel zu erreichen, dann muss ich das eben sein.«

»Aber es geht nicht nach Euch«, vermutete Andrej.

Rezzori schüttelte ruckartig den Kopf. »Ihr habt einflussreiche Freunde, Signore Delãny«, sagte er. »Man hat mich angewiesen, Euch auf freien Fuß zu setzen, solange es keinen eindeutigen Beweis gibt, dass Ihr mit diesen Zwischenfällen irgendetwas zu tun habt.« Er machte eine ruppige Bewegung zur Tür. »Ihr könnt gehen.«

Andrej rührte sich nicht. »Und Abu Dun?«

»Überspannt den Bogen nicht, Signore Delãny«, sagte Rezzori. »Ginge es nach mir, dann würdet auch Ihr diesen Raum nur in Ketten verlassen. Was Euch angeht, so sind mir die Hände gebunden, ob es mir gefällt oder nicht. Aber Euer Gönner hat sich nur für Euch eingesetzt. Euer Freund wird hierbleiben müssen, fürchte ich.« Er lächelte kühl. »Seht es positiv, Andrej. Wahrscheinlich ist das hier zurzeit der sicherste Ort in der ganzen Stadt für Euren Freund.«

»Und wer ist dieser mächtige Freund, dessen Willen sogar Ihr Euch beugen müsst?«, fragte Andrej. Er ahnte, wer sein geheimnisvoller Gönner war … und konnte es sich zugleich dann doch nicht vorstellen.

»Woher sollte ich das wissen, wenn selbst Ihr es nicht wisst?«, fragte Rezzori. »Ich habe einen Befehl erhalten, den ich befolge, das ist alles. Aber Ihr solltet Euch dennoch nicht zu sicher fühlen. Manchmal ändern sich die Dinge schneller, als man glaubt, wisst Ihr?«

Andrej beschloss, diese nicht einmal mehr im Ansatz verhüllte

Drohung zu ignorieren. »Und wie genau lauten Eure Befehle«, fragte er, »Abu Dun betreffend, meine ich?«

»Ich wüsste nicht, was sie Euch angingen«, antwortete Rezzori unfreundlich, fuhr dann aber trotzdem fort: »Aber bitte: Euer Freund bleibt bis nach dem *Carnevale* in Gewahrsam. Ich habe den Befehl, Euch und ihn danach bis zur Grenze zu begleiten und dafür zu sorgen, dass Ihr Venedig unbeschadet verlassen könnt. Zusammen mit Eurem Sohn.«

»Das halte ich für keine gute Idee«, sagte Andrej.

»Dafür zu sorgen, dass Ihr die Stadt unbeschadet verlassen könnt?«

Wenn Rezzori sich vorgenommen hatte, ihn zu provozieren, musste er sich schon etwas Besseres einfallen lassen. »Abu Dun so lange hier einsperren zu wollen. Er ist nicht sehr geduldig.«

»Da wäre er nicht der Erste«, erwiderte Rezzori kühl. »Wir verfügen über eine gewisse Erfahrung, was das angeht.«

Das glaubte Andrej gerne. Aber er hatte ganz gewiss keine Erfahrung mit einem Gefangenen wie Abu Dun. »Dann lasst mich wenigstens mit ihm reden«, sagte er.

»Wozu?«

»Vielleicht, um es ihm leichter zu machen«, antwortete Andrej. »Und Euch und Euren Leuten. Abu Dun lässt sich ungern einsperren. Euch kann nicht daran gelegen sein, mehr Ärger als unbedingt notwendig zu haben. Ich kann ihn sicher davon überzeugen, sich für wenige Tage zu gedulden.«

Jetzt las er Hass in Rezzoris Augen – oder wenigstens etwas, das er dafür hielt. Er musste an die zornigen Stimmen denken, die er gerade durch die Tür gehört hatte. Wenn Rezzori auch nur halbwegs der Mann war, für den er ihn hielt, dann nahm er ihm diese Niederlage persönlich übel.

Seltsamerweise machte ihm das Rezzori eher sympathischer. Wenn auch nicht viel.

»Irgendetwas sagt mir, dass ich Euch nicht trauen sollte, Signore Delãny«, sagte Rezzori. »Ist dieses Gefühl berechtigt?«

»Nein«, antwortete Andrej. »Oder vielleicht doch, wenn auch anders, als Ihr glaubt.« Er stand – unaufgefordert – auf. »Es ist alles sehr viel komplizierter, als Ihr auch nur ahnt. Darf ich jetzt Abu Dun sehen?«

Rezzori dachte einen schier endlosen Moment über seine Frage nach und reagierte schließlich mit einer Bewegung, die irgendwo zwischen einem Schulterzucken und einem trotzigen Nicken lag. »Ich lasse Euer Gepäck und Eure Waffen bereitlegen. Und lasst Euch nicht zu viel Zeit.«

Und damit stand er auf und stürmte hinaus, um Andrej allein zu lassen, wenn auch nur für wenige Augenblicke. Schwere Schritte näherten sich, und derselbe Mann, der ihn hereingeführt hatte, erschien in der Tür und bedeutete ihm wieder mit einer wortlosen Geste, ihm zu folgen.

Abu Duns Zelle lag am Ende desselben Ganges, auf dem auch er festgehalten worden war, und wie es aussah, musste sich auch der Nubier nicht über mangelnden Respekt beklagen: Vor seiner Zelle standen gleich zwei Männer, der eine auf eine hoffnungslos veraltete, aber beeindruckende Hellebarde gestützt, der andere mit einer Muskete bewaffnet, die aber nicht einmal geladen war. Andrej heuchelte dennoch den Beeindruckten, und die beiden Männer gaben den Weg frei.

Die Zelle war tatsächlich etwas Besonderes. Hinter der Tür aus schweren Bohlen empfing ihn ein Gitter aus daumendicken rostigen Eisenstäben, das vermutlich selbst Abu Duns gewaltigen Körperkräften standgehalten hätte (wäre er ein normaler Mensch gewesen). Auch das Fenster war vergittert, obwohl es kaum groß genug war, um zwei geballte Fäuste nebeneinander hindurchzuschieben. Der Nubier saß mit untergeschlagenen Beinen auf dem Boden und schien zu schlafen; jedenfalls zeigte er nicht die mindeste Reaktion, als Andrej eintrat. Erst als sein wortkarger Führer die Zelle verlassen und das Gitter sorgsam wieder hinter sich verriegelt hatte, hob er den Kopf und öffnete scheinbar träge die Augen. »Oh«, sagte er. »Hoher Besuch. Sind sie schon dabei, den Scheiterhaufen aufzuschichten?«

»Sprich Arabisch«, sagte Andrej in der benannten Sprache.

Abu Dun schnaubte nur abfällig und bedachte ihn mit einem Blick, über dessen genaue Bedeutung Andrej lieber erst gar nicht nachdachte, wechselte aber dennoch gehorsam in seine Muttersprache. »Hat dir unser freundlicher Gastgeber mittlerweile verraten, was man uns vorwirft?«

»Nichts«, antwortete Andrej. »Im Gegenteil. Du bist zu deinem eigenen Schutz hier. Schwarze Männer in noch schwärzeren Kleidern sind in dieser Stadt nicht gerne gesehen. Er fürchtet wohl, dass es dem Ruf Venedigs schaden könnte, wenn dir etwas zustößt.«

»Ja«, knurrte Abu Dun. »Das nenne ich mal eine originelle Ausrede. Wir sind also weiter Gefangene. Wie lange?«

»Bis nach dem *Carnevale*«, antwortete Andrej. Nach einem kurzen Zögern fügte er hinzu: »Und nicht wir.«

Abu Dun zog nur wortlos die linke Augenbraue hoch, sodass Andrej hastig fortfuhr: »Vielleicht stimmt es ja.«

»Dass mein Leben in Gefahr ist?« Abu Dun schnaubte abfällig. »Wie überaus fürsorglich. Da fühle ich mich doch gleich viel sicherer.«

Andrej zögerte abermals. Bisher hatte er noch keine Gelegenheit gehabt, Abu Dun von seinem Zusammentreffen mit Meruhe und ihren beiden Dienerinnen zu erzählen, und irgendetwas warnte ihn, es jetzt zu tun. Aber es widerstrebte ihm auch, den Nubier anzulügen. Ganz davon abgesehen, dass er es vermutlich gar nicht gekonnt hätte.

»Sie sind hier«, sagte er. »Meruhe und die beiden Mädchen. Ich habe sie gestern Abend getroffen.«

Abu Dun maß ihn mit einem spöttischen Blick. »Und ich dachte schon, deine kleine Freundin hätte es besonders eilig gehabt, dir die Kleider vom Leib zu reißen.«

»Ich meine es ernst«, antwortete er. »Vielleicht haben diese verrückte Frau und ihre Familie ja recht. Sie haben mich angegriffen.«

»Und du lebst noch?« Abu Dun schürzte anerkennend die Lippen. »Da habe ich dich wohl unterschätzt, Hexenmeister.«

»Etwas stimmt nicht mit ihnen«, beharrte Andrej. »Ich habe versucht, mit Meruhe zu sprechen, aber sie hat mir nicht einmal zugehört. Ich glaube, sie hätten den Dottore und seinen Gehilfen getötet, wenn ich nicht da gewesen wäre.«

»Was für ein schrecklicher Verlust für die Menschheit«, sagte Abu Dun böse.

Andrej überlegte kurz, ihm auch zu berichten, was Scalsi ihm über die seltsamen Geschehnisse in der Zelle neben der von Marius erzählt hatte, entschied sich aber dann dagegen. Abu Duns Reaktion war verwirrend. Zum ersten Mal seit unendlich langer Zeit vermochte er nicht zu sagen, was hinter der Stirn des Nubiers vorging. »Du erwartest von mir, dass ich vier Tage Däumchen drehe?«

»Natürlich nicht«, erwiderte Andrej. »Ich bitte dich nur, nichts Unüberlegtes zu tun, das ist alles.«

»Mach dir keine Sorgen«, sagte Abu Dun ernst. »Ich habe mir bereits sehr gründlich überlegt, was ich tun werde.«

»Ich gehe von hier aus zu Scalsi und bereite alles vor«, sagte Andrej entschlossen. »Wir verlassen die Stadt, und das noch heute. Ich suche einen Weg, wie wir mit Marius verfahren, und dann reisen wir ab.«

»Und Meruhe?«

»Das weiß ich nicht«, sagte Andrej ehrlich. »Aber es wird nicht besser, wenn wir hierbleiben und abwarten, was sie als Nächstes tun. Ich versuche, einen Wagen zu besorgen. Oder auch einen Platz auf einem Schiff.«

Er hörte selbst, wie das klang, und Abu Dun antwortete auch prompt: »Auf einem der vielen Schiffe, die gerade nicht auslaufen, meinst du?«

Da es nicht viel gab, was er darauf hätte erwidern können, versuchte Andrej es gar nicht erst. »Gib mir nur dein Wort, dich zu gedulden«, sagte er. »Ich gehe von hier aus zu Scalsi und treffe alle notwendigen Vorbereitungen. In ein paar Stunden bin ich wieder zurück.«

»Bring mir einen Kuchen mit«, sagte Abu Dun. »Mit einer Feile drin«, worauf Andrej pflichtschuldig lächelte.

Gerade als das Gitter geöffnet wurde und er den Raum verlassen wollte, rief ihn Abu Dun noch einmal zurück. »Hexenmeister?«

»Pirat?«

»Seit wann laufen wir vor einem Kampf davon?«, fragte Abu Dun.

Darauf wusste Andrej erst recht keine Antwort.

Er murmelte nur noch einen Gruß auf Arabisch, trat durch die Tür und sah mit versteinertem Gesicht zu, wie der Posten zuerst das Gitter und dann die schwere Holztür schloss, die er zusätzlich noch mit einem schon fast absurd schweren Riegel sicherte.

Er kam sich vor wie ein Verräter.

Kapitel 17

Rezzoris Männer hatten ihm zwar nicht seinen Besitz zurückgegeben, aber immerhin seinen Degen und ihn nur wenige Augenblicke später unsanft auf die Straße hinausbefördert, wo zwei in kostbare Kleider gehüllte Männer bereits auf ihn warteten.

Es gab keinen Zweifel, dass sie seinetwegen da waren. Mit ihrer Aufmachung passten sie nicht im Mindesten in die schmutzige Gasse. Immerhin stand Andrej auf festem Stein und schaukelte nicht auf dem faulig riechenden Wasser der Kanäle, aber das war dann auch schon das einzig Angenehme, mit dem seine Umgebung aufwarten konnte. Einen der beiden Männer erkannte er wieder: Es war der schweigsame, der Abu Dun und ihn am ersten Morgen ins Spital zu Scalsi gebracht hatte.

Andrej fragte sich, warum er nicht schon längst darauf gekommen war. »Ich nehme an, Ihr sollt mich zu meinem unbekannten Wohltäter bringen?«, fragte er.

Seinem grauhaarigen Gegenüber war nicht anzusehen, ob er den Spott in diesen Worten zur Kenntnis nahm. »Wenn Ihr mir folgen wollt, Signore Delãny«, sagte er nur.

»Und wohin?« Andrej rührte sich nicht von der Stelle.

»Es ist nicht weit, Signore«, antwortete der Dunkelhaarige.

Sein Begleiter sah Andrej nur misstrauisch (und aus sicherem Abstand) an und schwieg. Auch er kam ihm vage bekannt vor, aber er konnte nicht sagen, woher. »Und meine ... mein Herr hat mir verboten, Euch mehr zu sagen.«

»Was für eine Überraschung.« Andrej bedeutete den beiden Männern mit einer fast resignierten Geste vorauszugehen.

Es war tatsächlich nicht besonders weit, und schon bald wurde der Weg wieder zu einem schmalen Streifen, neben dem das brackige Wasser eines der zahllosen Kanäle floss, die die Stadt unterteilten. Obwohl sich das Gefängnis in einem Seitenflügel des Dogenpalastes und somit des größten Gebäudes der ganzen Stadt befand, war der Kanal so schmal, dass die prachtvoll verzierte schwarz-goldene Gondel kaum hineinzupassen schien.

Andrej stockte und fragte sich gleich darauf, warum eigentlich – es hätte ihn eher überrascht, wenn ein schlichteres Gefährt auf ihn gewartet hätte.

Sein Führer blieb dicht neben ihm stehen und machte eine auffordernde Geste mit der Linken. Die andere Hand lag ganz und gar nicht zufällig auf dem Schwertgriff. »Bitte, Signore. Wir warten hier.« In seiner Stimme lag vielleicht noch keine Drohung, aber eindeutig eine Warnung.

Wortlos ging Andrej weiter, trat behutsam in das Boot hinab, das unter seinem Gewicht heftig zu schaukeln begann, und öffnete – vielleicht zu hastig – die Tür des ebenfalls ganz in glänzendem Schwarz und Gold gehaltenen Aufbaus, der gut die Hälfte der gesamten Bootslänge in Anspruch nahm.

»Contessa«, sagte er nicht sonderlich verwundert. »Was war ich nur für ein Dummkopf.«

»Ich werde mich hüten, Euch zu widersprechen, Signore Delãny«, antwortete Corinna. »Und darüber hinaus finde ich es ungehörig, mir so die Freude zu verderben. Könnt Ihr nicht wenigstens so tun, als wärt Ihr überrascht?«

»Das bin ich«, antwortete Andrej, zog die Tür hinter sich zu und ließ sich auf die gepolsterte Bank auf der anderen Seite sinken, bevor er hinzufügte: »Dass ich es nicht schon sehr viel früher gemerkt habe.«

»Und außerdem bist du ein unmöglicher Mensch«, sagte Corinna, bedachte ihn mit einem scheinbar ärgerlichen Blick und schlug dann mit der flachen Hand gegen die Decke. Das Boot bebte sacht, als die beiden Männer ebenfalls in den Rumpf hinabsprangen, und nur wenige Augenblicke später setzte sich die Gondel mit einem sanften Ruck in Bewegung.

»Sie haben dir doch nichts getan, oder?«, fragte Corinna.

»Das hätte Signore Rezzori nicht gewagt«, antwortete Andrej. »Ich vermute aus Angst, dass er es dann mit dir zu tun bekommt.«

»Und das mit Recht«, erwiderte sie – mit einem Blick und einem spöttischen Lächeln, in dem doch gerade genug Ernst lag, dass Andrej sich fragte, ob er sie womöglich immer noch unterschätzte.

Und möglicherweise auch jetzt nicht einmal eine Ahnung davon hatte, wer sie wirklich war.

Das Boot zitterte heftiger, und Andrej spürte, wie etwas unter dem flachen Rumpf entlangschrammte und es erst nach ein paar Augenblicken und fast widerwillig freigab. Er zog die bestickte Gardine vor dem Fenster zurück, sah aber nichts als von Schimmelflechten überzogenes Mauerwerk, das dicht genug vorüberglitt, um es mit dem ausgestreckten Arm zu berühren. »Wohin bringt Ihr mich, Contessa?«, fragte er.

»Zum Palazzo meiner Familie«, antwortete Corinna. »Und

hör auf, mich Contessa zu nennen. Selbst wenn ich es wäre, würde ich es nicht mögen, und ich bin es nicht.«

»Obwohl der Dottore es doch so hartnäckig behauptet?«

»Meine Familie ist sehr wohlhabend, und sie verfügt auch über einen gewissen Einfluss in der Stadt«, antwortete Corinna. »Aber wir sind nicht adelig und waren es auch nie. Dies ist Venedig, Andrej. Hier muss man Macht nicht erben.«

»Das ist immer noch keine Antwort auf die Frage, wer du wirklich bist.«

»Soweit ich mich erinnere, hast du sie noch gar nicht gestellt«, antwortete sie.

Und das tat Andrej auch jetzt nicht, jedenfalls nicht sofort. Stattdessen lehnte er sich auf der bequem gepolsterten Bank zurück und betrachtete sie aufmerksamer. Das Mädchen hatte sich verändert, so sehr, dass er es vielleicht nicht einmal erkannt hätte, wäre es auf der Straße an ihm vorbeigegangen. Die ihm wohlbekannten unzähligen verspielten winzigen Löckchen waren heute anders frisiert und wurden von einem schmalen Diadem gebändigt, in dem kostbare Edelsteine glitzerten. Corinna trug ein elegantes Kleid mit ebenso aufwendigen wie teuren Stickereien, das ihm aber vor allem auffiel, weil es das mit Abstand züchtigste Kleidungsstück war, in dem er sie jemals gesehen hatte. Darüber lag ein noch kostbarerer Mantel. Ganz offenbar zeigte sie den Reichtum ihrer Familie gern.

»Gefällt dir, was du siehst?«, fragte sie.

»Dein Kleid?« Andrej schüttelte den Kopf. »Nein.«

»Soll ich es ausziehen?« Corinna lächelte.

Andrej blieb jedoch ernst. »Eigentlich habe ich nur eine einzige Frage, Signorina«, sagte er übertrieben förmlich. »War das alles nur ein Spaß für dich?«

»Spaß gemacht hat es auch, ja«, sagte Corinna. Andrej verspürte einen Stich.

»Wolltest du nur einmal ausprobieren, wie es mit einem Barbaren ist?«, fragte er spröde und ganz bewusst mit der Absicht, sie zu verletzen.

Allerdings gelang es ihm entweder nicht, oder sie war eine noch sehr viel bessere Schauspielerin, als er ohnehin schon glaubte. Sie machte zwar ein betroffenes Gesicht, doch ihre Augen funkelten spöttisch. »Für einen Mann mit so vielen Geheimnissen reagiert Ihr ziemlich empfindlich, wenn auch andere welche haben, Signore«, sagte sie spitz.

»Du weißt nicht, worauf du dich da eingelassen hast, Corinna«, sagte er. »Abu Dun und ich spielen hier kein Spiel.«

»Genauso wenig wie ich«, antwortete sie. »Falls es deinem angeschlagenen Stolz hilft, Andrej – ich wusste vom ersten Moment an, wer du bist.« Sie beugte sich vor, um nach seiner Hand zu greifen, doch Andrej zog sie schnell zurück. »Und immerhin habe ich dir geholfen – nur falls du vergessen haben solltest, wer dich zum Dottore und damit zu deinem Sohn geführt hat.«

Das hatte er nicht. »Und meine nächste Frage wäre gewesen, warum du das getan hast?«, sagte er.

»Und ich beantworte sie dir auch«, erwiderte Corinna. »Genau wie alle anderen. Aber nicht hier. Wenn wir in unserem Palazzo sind – «

»Dafür habe ich keine Zeit«, fiel ihr Andrej ins Wort. »Ich muss zu Scalsi. Abu Dun und ich verlassen die Stadt heute noch, und wir nehmen Marius mit.«

Corinnas Blick verdüsterte sich für einen Moment, aber sie hatte sich auch fast sofort wieder in der Gewalt. »Es ist kein großer Umweg«, sagte sie. »Dort zeige ich dir etwas, und ich möchte, dass du mit jemandem redest. Wenn du danach immer noch gehen willst, dann lasse ich dich zu Scalsis Spital bringen. Und ich sorge auch dafür, dass man deinen Freund freilässt.«

Womit sie zugab, dass das auch schon jetzt in ihrer Macht stünde, aber Andrej verzichtete darauf, diese Erkenntnis laut auszusprechen.

»Eine Stunde, länger dauert es nicht. Du brauchst mehr Zeit, wenn du zu Fuß zum Arsenale gehst.«

»Und wenn ich dein Angebot ausschlage, dann muss ich zu Fuß gehen?«

»Aber das wäre doch ziemlich albern, oder?«, fragte Corinna.

»Und außerdem auch noch kindisch und ziemlich dumm«, bestätigte Andrej.

Corinna machte ein nachdenkliches Gesicht. »Ja, das klingt, als könnte es mir gefallen.«

»Also gut.« Andrej seufzte. Tief. »Eine Stunde. Aber keinen Augenblick mehr.«

Corinna hatte, wie Andrej feststellte, die Wahrheit gesagt: Der Palazzo ihrer Familie war tatsächlich nur einige Minuten entfernt. Andrej blieb nur wenig Zeit, das beeindruckende Gebäude zu bewundern, denn die Gondel fuhr nur noch ein kurzes Stück auf dem breiteren Wasserweg und bog dann in einen Kanal ein, der an jeder Seite vielleicht noch einen Fingerbreit Platz bot – Andrej vermutete, dass die Gondel eigens gebaut worden war, um ihn gerade noch befahren zu können –, und glitt dann durch ein mit Schnitzereien reich verziertes Tor, das sich hinter ihnen wie von Geisterhand wieder schloss.

Andrej zeigte sich angemessen beeindruckt, was nicht einmal zur Gänze geschauspielert war. Das Boot glitt in ein mit Marmor eingefasstes Becken und kam auf den Zoll genau vor einer dreistufigen Marmortreppe zum Halten, sodass sie trockenen Fußes nach oben gelangten. Ihre beiden Begleiter folgten ihnen gerade noch nahe genug, um nicht bedrohlich zu wirken, aber auch nicht einmal annähernd weit genug, ihn ihre Gegenwart vergessen zu lassen. Wenn sie tatsächlich Corinnas Leibwächter waren, wie er inzwischen vermutete, dann erfüllten sie ihre Aufgabe gut – wenn auch alles andere als dezent.

Aber vermutlich sollten sie das auch gar nicht.

Dieser Gedanke führte zu einem anderen. Er blieb stehen, drehte sich zu den beiden Männern um und maß den zweiten Burschen mit einem nachdenklichen Blick. »Ich hoffe, ich habe Euch nicht zu sehr wehgetan«, sagte er. »Wenn ich gewusst hätte …«

Der Mann wich Andrejs Blick aus. »Ich weiß nicht, wovon Ihr sprecht, Signore.« Da Andrej ihn nicht unnötig in Verlegenheit bringen wollte, setzte er nicht nach, doch als sie den Raum verließen, um eine schmale Treppe hinaufzugehen, raunte er Corinna zu: »Dir muss entweder wirklich viel an einem kleinen Abenteuer gelegen sein, oder deine Bediensteten sind dir nicht viel wert.«

Corinna bedachte ihn mit einem schrägen Blick. »Also, um ehrlich zu sein, hatte ich ihnen befohlen, dir nicht allzu wehzutun.«

»Hattest du?«

»Ja«, seufzte Corinna. »Aber ich danke dir trotzdem, dass du keinen von ihnen getötet hast. Und keine Angst um Franco. Ich habe den besten Arzt der Stadt kommen lassen, um sein gebrochenes Handgelenk zu versorgen. Er wird wieder vollkommen gesund.«

Als Corinna die Tür am Kopf der Treppe öffnete, vergaß Andrej die Frage, die ihm auf der Zunge gelegen hatte, und staunte.

Nachdem bereits die Anlegestelle mit Marmor ausgekleidet war, hatte er mit etwas Beeindruckendem gerechnet, aber die Halle, die sie betraten, war von schlichtweg gigantischen Ausmaßen. Auf dem mit kostbarem Mosaik gefliesten Boden hätte sich so manches Haus, in dem er in seinem langen Dasein gelebt hatte, schlicht verloren. Marmorne Säulen, dicker als die meisten Bäume, trugen eine gewaltige Kuppeldecke, und das farbige Glas zahlreicher großer Fenster verwandelte das Sonnenlicht in flirrende Regenbogen, die dem Raum fast etwas Märchenhaftes verliehen.

»Ihr habt nicht übertrieben, Contessa«, sagte er. »Das ist eindrucksvoll.«

»Na, das ist ja wohl auch das Mindeste, was ich von Euch erwarten kann, nachdem Ihr mir schon meine erste Überraschung verdorben habt«, neckte ihn Corinna. »Und das ist noch längst nicht alles. Wartet ab, bis Ihr die eigentliche Überraschung seht, die ich für Euch vorbereitet habe, Signore Delãny.« Sie lachte, aber Andrej spürte auch die Unsicherheit, über die dieses Lachen hinwegtäuschen sollte.

»Komm!« Corinna hakte sich bei ihm unter. »Ich zeige dir meine Zimmer. Ich wette, sie gefallen dir besser als deine Dachkammer in der Fisola.«

Sie hakte sich bei ihm unter und hüpfte los wie ein übermütiges Kind. Andrej stolperte hinter ihr her auf die gewaltige Freitreppe am anderen Ende der Halle zu. Eine junge Frau in der Kleidung einer Zofe kam ihnen entgegen und blieb auf halber Höhe der Treppe stehen, um einen tiefen Knicks zu vollführen. Corinna lächelte ihr zu und zog ihn nur noch ungestümer mit sich. Hinter ihnen donnerten die schweren Stiefel der beiden Männer auf den Marmorstufen, die ihrer Herrin getreulich, aber eine Winzigkeit langsamer folgten. Die Männer fielen zurück, und auch das war gewiss kein Zufall.

Sie gingen einen langen Flur entlang, dessen Dimensionen und Ausstattung jedem Schloss zur Ehre gereicht hätten. Weitere Bedienstete kamen ihnen entgegen und wichen Corinna und ihm in respektvollem Bogen aus oder blieben gar stehen, um sich zu verbeugen. Andrej fragte sich abermals, wer Corinna wirklich war und welche Stellung ihre Familie in dieser Stadt innehatte. Schließlich war seine Geduld erschöpft. Er blieb stehen. »Du wolltest mir etwas zeigen?«

Corinna ging weiter – wenn auch langsamer – und deutete auf eine große, zweiflügelige Tür am Ende des breiten Korridors; wie es Andrej vorkam, eine halbe Meile entfernt. »Dort«, sagte sie. »Geduldet Euch nur noch einen kleinen Moment, Signore Delãny. Ich verspreche Euch, es lohnt sich.«

Andrej warf einen Blick über die Schulter zurück, bevor er ihr widerwillig folgte. Die beiden Wächter waren weiter zurückgefallen, behielten ihn aber dennoch aufmerksam im Auge, und die Hand des Grauhaarigen lag nach wie vor auf dem Schwertgriff. Erst jetzt fiel Andrej auf, dass er keinen zierlichen Spielzeugdegen trug, wie sie in dieser Stadt allgemein in Mode waren, sondern ein kurzes Schwert mit breiter Klinge, das ihm mehr über den kämpferischen Ehrgeiz dieses Mannes verriet, als dieser ahnen mochte.

Auch die Tür am Ende des Korridors öffnete sich wie von selbst, als Corinna sie fast erreicht hatte, doch dieses vermeintliche Wunder fand eine Erklärung, als Andrej ihr folgte und ein kahlköpfiges altes Männchen in einer zerschlissenen Livree entdeckte, das alle Mühe hatte, die schweren Türflügel überhaupt zu bewegen. Schwer schnaufend und mit gesenktem Haupt zog er die Tür hinter sich wieder zu, und sie waren allein.

Andrej drehte sich einmal im Kreis und nickte Corinna anerkennend zu. Auch dieser große Raum war luxuriös möbliert – zugleich aber so verspielt, als hätte sich seine Bewohnerin nicht entscheiden können, ob es nun noch das Zimmer eines jungen Mädchens oder schon das einer erwachsenen Frau sein sollte. Es gab mehrere bequeme Sitzgelegenheiten, Tische und verspielte kleine Schränkchen, aber auch ein riesiges Himmelbett, dessen Baldachin mindestens drei Meter hoch war, wenn nicht mehr, und gleich daneben ein kunstvoll gestaltetes, offenes Puppenhaus. In einem gewaltigen Kamin an der gegenüberliegenden Wand prasselte ein großes Feuer, das den Raum mit anheimelnder Wärme erfüllte und Andrej erst im Nachhinein spüren ließ, wie kalt es draußen gewesen war. Vielleicht zum ersten Mal, seit sie in dieser Stadt angekommen waren, roch die Luft nicht nach fauligem Wasser und Abfällen, sondern angenehm und frisch nach Blüten, die er nicht einordnen konnte. Und da war noch etwas, ein ganz sachter Duft, den er sofort mit der Erinnerung an Corinnas warme Umarmung und das Gefühl ihrer seidigen Haut unter seinen Fingern in Verbindung brachte.

»Willkommen in meinem bescheidenen Zuhause, Signore Delãny.« Corinna vollführte eine spielerische anderthalbfache Pirouette, an deren Ende sie mit ausgebreiteten Armen stehen blieb und ihn so voll Stolz ansah, dass er beinahe resigniert den Kopf geschüttelt hätte. Sie war eindeutig eine Frau, die alles hatte, was eine Frau brauchte, um einen Mann zu betören, und doch war sie wie ein kleines Mädchen, das einem neuen Freund stolz seine Schätze zeigte. Und genau das war es, was er so sehr an ihr liebte.

»Du lebst hier ganz allein?«, fragte er.

Er konnte es ihr ansehen, dass sie etwas anderes hatte hören wollen, doch sie versuchte, ihre Enttäuschung zu verhehlen, und hob nur mit einem schiefen Lächeln die Schultern. »Mit einem halben Hundert Zofen, Dienern, Köchen und Schranzen … oh ja, und meine beiden grimmigen Gouvernanten nicht zu vergessen, die draußen vor der Tür stehen und über meine Tugend wachen.«

»Wenn das tatsächlich ihre Aufgabe ist«, sagte Andrej, »dann haben sie kläglich versagt.«

»Das will ich doch hoffen!« Corinna lachte. »Schließlich bezahle ich sie fürstlich dafür, sich jeden Tag neue harmlose Erklärungen dafür einfallen zu lassen, wo ich gewesen bin und was ich getan habe.«

»Damit dein Vater und deine Mutter nicht erfahren, womit du deine Zeit wirklich verbringst?«, vermutete Andrej. Er fragte sich, warum er Zeit mit diesem Geplänkel vergeudete. Selbst jetzt, wo ihm eigentlich der Sinn nach anderem stehen sollte, genoss er Corinnas bloße Gegenwart, auch wenn es beileibe nicht der richtige Moment war.

Und wie es aussah, waren es auch nicht die richtigen Worte gewesen. Corinnas Stirn umwölkte sich. »Oh, ich verstehe«, sagte sie spitz. »Du glaubst, ich wäre ein kleines Mädchen, das mit einem goldenen Löffel im Mund geboren worden ist und den Reichtum seiner Eltern benutzt, um sich ein schönes Leben zu machen?«

Selbst wenn es so gewesen wäre, wäre es ihm egal. Trotzdem fragte er: »Bist du das nicht?«

Corinna hob nur die Schultern, aber er hatte den Eindruck, sie verletzt zu haben. Ärgerlich streifte sie den Mantel ab und ließ ihn einfach zu Boden fallen. Andrej wartete darauf, dass sie ihm nun endlich verriet, warum sie ihn hierhergeführt hatte. Stattdessen legte sie nur den Kopf schräg und sah ihn auf eine Art an, die ihn in jedem anderen Augenblick erfreut hätte. Aber auch dafür war jetzt keine Zeit.

»Du wolltest mir etwas Bestimmtes zeigen«, erinnerte er sie schließlich.

Corinna sah ihn weiter an, auf eine Art, die ihn verwirrte, dann nickte sie bedächtig, seufzte noch einmal tief und kam wieder zu ihm zurück, um auf halber Armeslänge vor ihm stehen zu bleiben.

»Vielleicht mache ich jetzt einen Fehler«, sagte sie. »Versprichst du, mir nicht böse zu sein?«

»Das kommt ganz darauf an, welchen Fehler du gerne begehen möchtest«, antwortete Andrej.

Corinna seufzte erneut, kam noch näher, um sich auf die Zehenspitzen zu stellen und zärtlich seine Wange zu küssen. Andrej hob die Hände, um sie mit sanfter Gewalt wegzuschieben, solange er es noch konnte, doch selbst seine übermenschlich schnelle Reaktion kam zu spät. In Corinnas Hand blitzte scharfer Stahl, dann fuhr ein reißender Schmerz durch seine Wange. Er schrie überrascht auf, prallte zurück und fühlte warmes Blut, als er die Hand vor das Gesicht schlug.

»Was … was soll das?« Er senkte die Hand und betrachtete das frische, helle Rot auf seinen Fingerspitzen. Die Wunde brannte, als hätte jemand einen glühenden Draht durch sein Gesicht gezogen, doch der Schmerz erlosch nahezu im gleichen Moment schon wieder. Für eine Sekunde war Andrej hin- und hergerissen zwischen schierer Wut, Verwirrung und Schrecken. Er verstand nicht, was Corinna getan hatte – geschweige denn, warum.

Dann sah er in ihr Gesicht und begriff.

Corinna war einige schnelle Schritte zurückgewichen und starrte ihn an. Ihre Hand öffnete sich, und das winzige Messerchen, das zwischen ihren Fingern verborgen gewesen war, fiel mit einem hellen Klirren zu Boden. Blut schimmerte auf der rasiermesserscharfen Klinge. Ihre Augen weiteten sich, als der Schnitt auf seiner Wange zuerst zu bluten aufhörte und sich dann schloss.

»Warum hast du das getan?«, murmelte er. Als ob diese Frage noch nötig gewesen wäre! Er las die Antwort in ihren Augen – und hätte sie schon viel früher erkennen können, hätte er sich nur die Mühe gemacht hinzusehen. Trotzdem fügte er noch hinzu: »Bist du verrückt geworden?«

Für einen schier endlosen Augenblick konnte er ihr ansehen, wie nahe sie daran war, unter Entsetzen und Furcht zusammenzubrechen. Doch stattdessen kam sie wieder näher. Ohne ein Wort zu sagen, streckte sie den Arm aus, griff nach seiner Hand, die er erneut auf die blutende Wange gepresst hatte, und zwang sie mit sachter Gewalt nach unten.

»Ich wusste es«, flüsterte sie. »Ich wollte es nicht glauben, aber ich … ich wusste es.«

Andrej ergriff sie bei den Schultern, um sie abermals von sich wegzuschieben, doch diesmal leistete sie Widerstand, so sehr, dass er ihr vermutlich hätte wehtun müssen, und das brachte er nicht über sich.

»Du hättest das nicht sehen sollen«, sagte er. Er war nicht zornig. Der Schmerz war erloschen, und alles, was er empfand, war jene Mischung aus Trauer, Bedauern und Resignation, die er nur zu gut kannte.

Also war es wieder einmal vorbei. Diesmal hatte das flüchtige Glück gerade eine Woche gedauert – ein einzelnes Staubkorn in dem gewaltigen Sandsturm, den das Leben eines Unsterblichen darstellte. In seinem Schmerz schien es ihm, als würden die Momente, in denen er einfach nur Mensch sein, einfach nur lieben konnte, kürzer und die Trauer, wenn es vorbei war, jedes Mal schlimmer.

»Es tut mir leid.«

Corinna ließ ihn nun von sich aus los, machte einen halben Schritt zurück und starrte in sein Gesicht. Ihr Blick suchte die Wunde, die nicht mehr da war. Etwas erwachte in ihren Augen, das sich tausendmal tiefer in sein Herz bohrte, als die kleine Messerklinge in sein Fleisch geschnitten hatte. Dieser Schmerz, das wusste er, würde nicht vergehen.

»Ich glaube, es ist besser, wenn ich jetzt gehe«, sagte er. »Vergiss, was du gesehen hast. Es ist besser für dich, glaub mir.«

Das Mädchen sah ihn nur weiter mit demselben undeutbaren Blick an, doch als Andrej sich endgültig abwenden und gehen wollte, holte es ihn mit einem schnellen Schritt ein, legte die Hand auf seinen Unterarm und schüttelte so heftig den Kopf, dass er stehen blieb. Immer noch, ohne ein einziges Wort zu sagen, schlang sie die Arme um seinen Hals, zog ihn zu sich herab und küsste ihn.

Und plötzlich war nichts wichtiger als ihr warmer Körper in seinen Armen und die süße Berührung ihrer Lippen.

Kapitel 18

Ungewöhnlich genug, dass er eingeschlafen war, nachdem sie sich geliebt hatten, doch zum ersten Mal seit ihrer Ankunft in der Stadt hatte er nicht einmal geträumt – und wenn doch, dann erinnerte er sich wenigstens nicht mehr daran. Er erwachte mit dem absurden Gefühl, ein schlechtes Gewissen haben zu müssen, ohne es aber zu haben, und dem sicheren Wissen, viel zu lange geschlafen zu haben – mindestens eine Stunde, wenn nicht länger. Auf seinem rechten Arm lag eine federleichte Gestalt und kuschelte sich an seine Seite. Er spürte, dass er beobachtet wurde. Als er die Augen aufschlug, begegnete er Corinnas Blick.

»Und ich dachte schon, du wirst gar nicht mehr wach«, sagte sie. »Bist du so erschöpft? Du willst mir doch nicht etwa weismachen, dass ein verwöhntes kleines Mädchen wie ich einen so großen Helden wie dich geschafft hat?«

»Das solltest du doch besser wissen als ich«, antwortete er, immer noch ein wenig benommen und auf eine angenehme Weise müde. Am liebsten hätte er die Augen gleich wieder geschlossen.

»Und ob«, bestätigte Corinna. »Und wenn mich meine Erinnerung nicht gänzlich täuscht, dann hast du mich die ganze Arbeit machen lassen und dich selbst so gut wie gar nicht gerührt. Also erzähl mir nicht, du wärst müde.«

Andrej erinnerte sich an die Stunde, bevor er eingeschlafen war, und musste der Ehrlichkeit halber nicken. »Das stimmt«, sagte er. »Und ich finde, du hast das ganz gut gemacht.«

»Ganz gut?!«

»Vielleicht musst du noch ein bisschen üben, aber du hast Talent«, sagte Andrej. »Ich könnte mich daran gewöhnen.«

»Ja, darauf wette ich.« Corinna streckte ihm die Zunge heraus, setzte sich mit einem Ruck auf und zog dann in scheinbarer Schamhaftigkeit das dünne Seidenlaken bis zu den Schultern hoch.

»Warum hast du mich nicht geweckt?«, fragte er.

»Weil ich dir gerne beim Schlafen zusehe«, antwortete Corinna. »Man lernt eine Menge über einen Mann, wenn man ihn beim Schlafen beobachtet, wusstest du das nicht?«

»Ich beobachte selten Männer beim Schlafen.«

»Aber das solltest du«, sagte sie ernsthaft. »Ich weiß zum Beispiel, dass du dieses Mal nicht von deinem Sohn geträumt hast.«

Andrej nickte überrascht. »Ist das noch eines Eurer verborgenen Talente, Signorina?«, fragte er. »Könnt Ihr meine Gedanken lesen?«

Statt zu antworten, fragte Corinna: »Könnte ich es, wenn ich so wäre wie du?«

»Nein.« Andrej setzte sich auf und war kurz versucht, sie in die Arme zu schließen, drehte sich dann aber um, um die Beine vom Bett zu schwingen. Er fröstelte, als er die trotz des hoch lodernden Kaminfeuers kalten Fliesen an den Fußsohlen spürte.

»Und es wäre auch gar nicht nötig gewesen.« Es raschelte, als zarte Seide von nicht minder zarter Haut glitt. Er schauderte erneut, als sie sich hinter ihn kniete und er das Kitzeln ihres Haars im Nacken spürte und ihren warmen Atem an seinem Hals.

»Du hast das erste Mal, seit ich dich kenne, wirklich friedlich ausgesehen.«

»Vielleicht war ich einfach nur erschöpft«, sagte er.

Corinna schüttelte heftig den Kopf, und das Kitzeln in seinem Nacken wurde stärker. Zärtlich küsste sie seine Wange, genau dort, wo ihn die Messerklinge getroffen hatte und keine Narbe war.

»Wirst du mir jetzt verraten, was dein Geheimnis ist?«, fragte sie.

»Kennst du es denn nicht schon?«

»Ich weiß, was du nicht bist«, antwortete sie. »Aber ich weiß nicht, was du bist.«

»Doch das ist schon mehr, als du wissen solltest.«

»Wie dramatisch«, sagte Corinna. Sie biss ihm spielerisch ins Ohrläppchen, und Andrej drehte schnell den Kopf weg. Spöttisch fuhr sie fort: »Musst du mich jetzt töten, wo ich dein großes Geheimnis entdeckt habe?«

Sie versuchte ihn erneut auf die Wange zu küssen, doch er wehrte sie ab und hielt zugleich ihre Hand fest. »Nein, das muss ich nicht«, sagte er sehr ernst, »und das werde ich auch nicht. Aber du hast dennoch großes Glück. So manch anderer meiner Art hätte dich getötet.«

»Dann gibt es also noch mehr wie dich? Und wie deinen Freund?«

»Ja«, antwortete Andrej. »Nicht sehr viele, aber es gibt noch andere.« Bevor sie noch weitere Fragen stellen und er ihr noch mehr Antworten geben konnte, ließ er ihr Handgelenk los und stand auf. Er schlang sich die Decke um die Hüften, bevor er an den prasselnden Kamin trat. Die Flammen verströmten eine schon fast unangenehme Wärme, und dennoch fror er mit einem

Mal. Er ließ sich in die Hocke sinken und streckte die Arme aus, bis seine Finger die gierig züngelnden Flammen beinahe berührten.

»Und was … seid ihr?«, fragte Corinna zögernd. Andrej versuchte den seltsamen Ton in ihrer Stimme zu deuten, doch es gelang ihm nicht. Angst, was sonst?

»Ich weiß es nicht«, antwortete er leise und ohne zu ihr zurückzusehen. »Keiner von uns weiß es. Wir altern nicht, und wir sterben nicht. Wenigstens nicht so wie ihr. Und es ist nur sehr schwer möglich, uns zu töten. Aber keiner weiß wirklich, warum das so ist. Manche von uns behaupten, es zu wissen, aber das ist nicht wahr. Niemand weiß es. Ich weiß nicht einmal, ob es ein Geschenk oder ein Fluch ist.«

Er konnte hören, wie Corinna aufstand und näher kam, aber auf halber Strecke stehen blieb. »Keine Fragen mehr«, sagte er. »Bitte!«

Nach kurzem Zögern ging Corinna schweigend weiter, ließ sich neben ihm in die Hocke sinken und streckte wie er die Arme aus, schrak aber dann mit einem Keuchen zurück, lange bevor ihre Finger den Flammen auch nur halb so nahe kamen wie die Andrejs.

»Sei lieber vorsichtig«, sagte er.

»Du bist ein schlechtes Beispiel, Andrej«, erkläre Corinna mit einem nervösen Lächeln. »Das passiert dir sicher oft.«

»Was?«

»Dass die Leute, wenn sie nur genug Zeit in deiner Gesellschaft verbringen, vergessen, dass sie nicht unverwundbar sind wie du?«

»Als du mich vorhin geschnitten hast«, erwiderte Andrej beinahe sanft, »habe ich da geblutet?« Und dann streckte er die

Hand direkt in die lodernden Flammen, bis ihm der Gestank von schmorendem Fleisch in die Nase drang und der Schmerz ihm die Tränen in die Augen trieb. Er zog die Hand zurück und zeigte ihr seine mit roten Brandblasen übersäte Hand. Corinna riss die Augen auf, als zuerst die Brandblasen und dann die intensive Rötung seiner Haut verschwanden. »Und wir fühlen auch Schmerz, genau wie jeder andere. Man gewöhnt sich nie daran.«

Corinna griff nach seinem Arm und berührte seine nun wieder unversehrten Fingerspitzen mit den Lippen. Der Schauer, der jetzt über seinen Rücken rieselte, hatte nichts mehr mit der Kälte zu tun, die sich im Gefolge der Wärme des Kaminfeuers heranschlich. »Tu das nicht!«, sagte er ernst – obwohl alles in ihm darum flehte, dass sie nicht aufhören möge, weder jetzt noch morgen oder überhaupt irgendwann.

»Gefällt es dir nicht?«, fragte sie.

»Ich muss gehen«, sagte er. »Glaub mir, ich wünsche mir nichts mehr, als bei dir bleiben zu können, aber es geht nicht. Du hast ja selbst miterlebt, was hier alles passiert ist, seitdem wir angekommen sind. Du wärst in Gefahr und viele andere Menschen auch.«

»Ich habe keine Angst«, sagte Corinna trotzig. »Und alles andere wird sich schon fügen.«

Andrej schloss einen Herzschlag lang die Augen. Er glaubte, Marius vor sich zu sehen, so nah und plastisch, als stünde er ihm gegenüber. *Vielleicht finden wir ja wirklich in Konstantinopel jemanden, der dir helfen kann*, dachte er. Laut sagte er nur: »Ich muss fort.«

»Und du kommst nicht zurück«, sagte sie traurig.

Andrej schüttelte wortlos den Kopf und rechnete mit Widerspruch, aber sie nickte nur traurig und sah in die Flammen, an denen sie sich gerade fast verbrannt hätte. »Beantwortest du mir noch eine allerletzte Frage?«, bat sie. »Sagst du mir, wie alt du wirklich bist?«

Nachdem er ihr nun schon so viel anvertraut hatte, kam es darauf vermutlich auch nicht mehr an. Und wer würde ihr schon glauben? »Über dreihundert Jahre«, sagte er.

»Dreihundert Jahre.« Corinna stand auf. »Das ist eine lange Zeit. Da musst du viele junge Frauen kennengelernt haben – Frauen, die wie ich kaum zwanzig waren und dann älter und älter wurden, während du selbst einfach immer der Gleiche geblieben bist. Und da soll ich dir wirklich glauben, dass du tief in deinem Herzen etwas für mich empfindest?«

Andrej drehte sich in der Hocke um, um zu ihr hochzusehen. Er schwieg. Corinna wandte sich abrupt ab, aber nicht schnell genug, um den Schmerz zu verbergen, der sich plötzlich auf ihren Zügen zeigte.

»Du bist doch noch so jung«, sagte er. »Du solltest jeden Tag genießen. Es ist schnell vorbei – egal, wie lange man auch immer lebt. Genieße den Augenblick, Corinna!«

Corinna erwiderte nichts, und Andrej fragte sich, ob sie seine Worte überhaupt gehört hatte. Sie war an das übergroße Puppenhaus getreten, mit dem Rücken zu ihm. Doch er musste ihr Gesicht nicht sehen, um zu vermuten, dass sie weinte.

Behutsam stand er ebenfalls auf und trat neben sie, war aber taktvoll genug, sie nicht anzusehen.

»War das deines?«, fragte er.

»Es ist noch gar nicht so lange her, dass ich damit gespielt habe«, bestätigte Corinna. Sie streckte die Hand aus, um das beinahe mannsgroße Puppenhaus zu berühren, doch dann schien es, als wagte sie es nicht. Andrej sah jetzt, dass sie doch nicht weinte. Aber ihr Gesicht war so starr, dass der Anblick ihn beinahe noch mehr schmerzte. Er folgte ihrem Blick zu dem lebensgroßen Gemälde, das über dem Puppenhaus an der Wand hing. Es war von der Hand eines wirklich begnadeten Künstlers ausgeführt, kostbar gerahmt und zeigte eine vielköpfige Familie, vermutlich die Corinnas.

»Wenn ich ehrlich bin, dann tue ich es auch heute noch manchmal. Es ist … wie eine kleine Welt, die ganz allein mir gehört.«

Genau genommen war es auch ihre Welt, dachte Andrej. Es handelte sich um eine nahezu perfekte Kopie des Palazzo bis hin zu jedem einzelnen Möbelstück – zumindest von den Räumen, die er kannte: die Anlegestelle, die riesige Eingangshalle, die Treppe und das Zimmer, in dem sie sich gerade befanden. Als er sich vorbeugte und genauer hinsah, entdeckte er sogar ein winzig kleines Exemplars des Puppenhauses, vor dem sie gerade standen.

»Das ist eine fantastische Arbeit«, lobte er.

»Er hat fast zwei Jahre daran gearbeitet«, antwortete Corinna mit leiserer und jetzt weicher Stimme. »Ich habe ihn die ganze Zeit aufgezogen und immer behauptet, er würde niemals damit fertig werden oder es wäre so hässlich, dass er sich nicht traut, es jemandem zu zeigen. Er hat es die ganze Zeit über versteckt, weißt du? Das Zimmer, in dem er gearbeitet hat, war immer verschlossen. Niemand durfte es betreten, keiner der Diener, ich nicht, noch nicht einmal mein Vater. Aber eines Tages war es fertig, und alle waren furchtbar stolz. Mein Vater am allermeisten. Wir haben manchmal tagelang nichts anderes getan, als damit zu spielen.« Sie streckte nun doch die Hand aus und nahm zwei winzige Püppchen heraus, die vermutlich sie und ihren Bruder darstellten. Ihre Finger zitterten.

»Ist das dein Bruder?« Andrej deutete auf das Porträt, das zwar perfekt, aber auch einfallslos ausgeführt war: Ein ernst dreinblickender Mann fortgeschrittenen Alters, der in der Pose eines Generals auf einem gepolsterten Stuhl saß und sich redliche Mühe gab, jeden niederzustarren, der in seine lebensecht in Öl gemalten Augen blickte; seine deutlich jüngere Frau, aufrecht hinter ihm stehend, und die beiden Kinder in der Pose spielender Hündchen zu seinen Füßen. Als das Bild gemalt worden war, konnte sie höchstens fünf Jahre alt gewesen sein, aber Andrej erkannte Corinna dennoch zweifelsfrei wieder.

»Dein Bruder sieht dir sehr ähnlich«, sagte er.

»Wir waren Zwillinge«, antwortete Corinna. »Wir waren uns immer sehr ähnlich. Manchmal haben wir uns einen Spaß daraus gemacht, die Kleider zu tauschen, und die Diener haben die meiste Zeit nicht einmal gewusst, wer von uns nun wer ist. Ich glaube, manchmal hatte selbst meine Mutter Mühe, es zu erkennen.«

»Waren?«, fragte Andrej.

»Ich war die Ältere«, fuhr Corinna fort. »Nur ein paar Minuten, aber ich habe ihn immer damit aufgezogen, dass er ja nur mein kleiner Bruder ist. Er ist immer fuchsteufelswild geworden, wenn ich die große Schwester herausgekehrt habe.«

»Was ist passiert?«, fragte Andrej.

»Sie haben ihn erschlagen«, sagte Corinna. »Mein Vater und ich waren bei Dottore Scalsi an dem Tag, an dem deine drei schwarzen Freundinnen und dein Sohn dort angekommen sind.«

»Meruhe?« Andrej wollte nicht glauben, was er hörte. »Aber das ist doch Unsinn!«

»Seit meine Mutter gestorben ist, war kein Rock mehr vor

meinem Vater sicher«, fuhr Corinna fort, als hätte er gar nichts gesagt. »Er hat deine Freundin gesehen und ihre beiden Begleiterinnen auch. Sie war sehr schön. Ihr rotes Haar und dieses schwarze Gesicht ... ich glaube, kein Mann hätte ihr widerstehen können.« Sie drehte langsam den Kopf, um zu ihm hochzusehen. »Sie ist ... eine von euch, habe ich recht?«

»Sie ist wie ich«, bestätigte Andrej. *Und mehr. Unendlich viel mehr.*

»Mein Vater hat ihr sofort Avancen gemacht, doch sie hat ihn abgewiesen. Jedenfalls hat er das behauptet. Aber am nächsten Morgen war mein Bruder ganz aufgeregt und machte Andeutungen.«

»Was für Andeutungen?«

»Andeutungen eben.« Corinna sah wieder das Bild an, und nun glitzerten doch Tränen in ihren Augen. Aber ihr Gesicht blieb vollkommen unbewegt, und ihre Stimme sank zu einem Flüstern herab. »Was Jungen in diesem Alter eben reden, wenn sie sich interessant machen wollen. Jedenfalls habe ich das gedacht. Dass es der wichtigste Abend seines Lebens wird und dass er an diesem Tag zum Mann werden würde. Ich dachte, er wollte sich nur interessant machen, und habe ihn noch damit aufgezogen.«

»Aber so war es nicht.«

»Nein«, antwortete Corinna. Am Abend sind Vater und er weggegangen, aber sie sind nicht zurückgekommen.«

»Und?«, fragte Andrej, als sie nicht weitersprach.

»Meinen Bruder haben sie drei Tage später gefunden«, antwortete sie. »Drüben auf San Michele.«

»Der Friedhofsinsel?« Andrej war alarmiert.

»In einem Armengrab. Sie hätten ihn nie gefunden, wäre der

Totengräber nicht zu faul gewesen, ein Grab auszuheben. Er hatte einen Toten zu begraben, für den niemand bezahlte –«

»Und da hat er beschlossen, ihn in ein gerade ausgehobenes Grab zu legen, und dabei festgestellt, dass vor ihm schon ein anderer auf dieselbe Idee gekommen ist«, sagte Andrej.

Wenn Corinna sich wunderte, woher er das wusste, dann ließ sie es sich nicht anmerken. »Sie haben ihn verscharrt wie einen toten Hund«, sagte sie. »Ich habe ihn kaum erkannt. Sie … sie müssen ihn gefoltert haben. Sein Gesicht …«

Ihre Stimme versagte. Auch Andrej musste sich überwinden weiterzusprechen. Aber er musste ihr die Frage stellen. »Er hatte keine Augen mehr?«

Corinna nickte, wieder ohne Erstaunen zu zeigen, den Blick fest auf das Gemälde gerichtet. »Ich will es nicht«, sagte sie, »aber ich muss mir immer verstellen, wie er gestorben ist. Du träumst von deinem Sohn, Andrej, aber ich träume von meinem Bruder. Manchmal höre ich seine Schreie.«

»Und dein Vater?«, fragte Andrej.

Corinna legte die beiden Puppen in den nachgebauten Palazzo zurück. »Ich bringe dich zu ihm«, sagte sie. »Zieh dir etwas an!«

Sie ging zum Bett, begann ihre Kleider einzusammeln, die in wilder Unordnung darum und darauf verstreut waren, so wie er sie ihr vom Leib gerissen hatte, und kleidete sich an. Andrej rührte sich nicht; er starrte sie nur an. Seine Augen brannten. Es dauerte lange, bis er die Kraft fand zu fragen: »Dann war das alles nur gespielt? Du hast mir die ganze Zeit über nur etwas vorgemacht?«

»Am Anfang, ja«, gestand sie. »Ich habe von dir und deinem Freund gehört. Einem schwarzen Mann, der genauso aussieht wie die drei Mörderinnen, und seinem Freund. Von zwei Fremden, die Fragen stellen. Am Anfang wollte ich euch einfach nur töten lassen, dich und Abu Dun, aber dann … dann begann ich zu hoffen, dass ihr mich vielleicht zu ihnen führt.«

»Und deshalb hast du dich an mich herangemacht?«

»Du erschienst mir als das kleinere Übel, nachdem ich dich und Abu Dun gesehen hatte«, antwortete sie, »und das sogar wortwörtlich.«

Andrej wäre beinahe aufgefahren, doch dann sah er das Glitzern in ihren Augen. Sie hatte überraschend schnell zu ihrem schelmischen Ton zurückgefunden. Er wusste nicht, ob ihm das gefiel.

»Es tut mir leid«, fuhr Corinna fort. »Ich weiß, es fällt dir schwer, mir zu glauben, aber es ist die Wahrheit. Ich habe versucht, dich zu hassen, aber ich … ich konnte es nicht. Nicht nachdem wir …«

»Willst du mir erzählen, du hättest dich in mich verliebt?«, sagte Andrej, doch weniger feindselig als eigentlich beabsichtigt.

»Und du?«, fragte sie.

Immerhin habe ich dich nicht belogen, wollte er sagen. Aber er tat es nicht, denn es hätte nicht nur billig geklungen, sondern wäre auch nicht die Wahrheit gewesen.

Schweigend zog er sich an, schlang sich als Letztes den zerfetzten Mantel um die Schultern und stellte erneut fest, in was für einem erbarmungswürdigen Zustand sich seine Kleidung befand. Er hatte nie sonderlichen Wert auf seine äußere Erscheinung gelegt, aber nun sah er aus wie ein Bettler.

Als hätte sie nun doch seine Gedanken gelesen – und vielleicht waren sie ja deutlich auf seinem Gesicht zu erkennen –, maß sie ihn einen Moment lang mit schräg gehaltenem Kopf und hob dann die Hand. »Warte!«

Mit schnellen Schritten ging sie zur Tür und wechselte einige halblaute Worte mit einem der Männer draußen.

»Nur einen Moment«, sagte sie, als sie zurückkam.

»Hast du deshalb dafür gesorgt, dass nur ich aus dem Gefängnis entlassen werde und Abu Dun nicht?«, fragte er. »Du täuschst dich in ihm, glaub mir. Er hat nichts mit dem zu tun, was hier geschehen ist. So wenig wie ich.«

»Du überschätzt meine Macht, Andrej. Rezzori ist niemand, der sich etwas befehlen ließe, nicht einmal von mir.«

»Dann hat er mich nur gehen lassen, weil er zutiefst von meiner Unschuld überzeugt ist«, sagte Andrej spöttisch.

»Er ist der Oberste der Signori«, erwiderte Corinna. »Er selbst hat damals die Untersuchung geleitet, um die Mörder meines Bruders zu fassen, und er hat es nicht verwunden, dass er erfolglos war.«

Nachdem er Rezzori kennengelernt hatte, wunderte das Andrej nicht im Geringsten. Er wusste nicht, wer die »Signori« waren, von denen Corinna sprach, aber er kannte Männer wie ihn zur Genüge, um zu wissen, dass er sein Versagen als persönlichen Affront des Schicksals betrachtete.

»Er war ein guter Freund meines Vaters, und er glaubt wohl, uns etwas schuldig zu sein«, sagte sie. »Aber mit deiner Freilassung ist mein Kredit bei ihm erschöpft. Ich kann nichts für Abu Dun tun.«

»Und du würdest es auch nicht, wenn du es könntest?«

»Macht es einen Unterschied, was ich antworte?«, fragte Corinna. Andrej nickte, doch Corinna drehte sich brüsk um und starrte wieder das Puppenhaus an.

Für eine Weile herrschte bedrückendes Schweigen. Corinna wandte ihm weiter den Rücken zu, und Andrej versuchte vergeblich, sich seiner eigenen Gefühle klar zu werden. Natürlich war er erschrocken, zutiefst verwirrt und enttäuscht, und doch war er nicht wirklich zornig auf sie. Und wie auch, konnte er ihren Schmerz doch nur zu gut nachempfinden?

Als es an der Tür klopfte, wechselte Corinna erneut ein paar Worte mit jemandem, den Andrej nicht sehen konnte, und kam dann mit einem Stapel säuberlich zusammengelegter Kleider auf den Armen zurück.

»Sie gehören Antonio, einem unserer Diener«, sagte sie. »Er hat ungefähr deine Statur. Zieh sie an! Bitte!«

»Weil ich deinem Vater so nicht unter die Augen treten kann?«

»Er ist ein altmodischer Mann, der großen Wert auf den äußeren Schein legt«, bestätigte sie. »Davon abgesehen bietest du wirklich keinen sehr erbaulichen Anblick ... wenigstens nicht, wenn du angezogen bist.«

Andrej lächelte nicht einmal. Eigentlich mochte er ihre anzügliche Art, aber zum ersten Mal störte es ihn. Vielleicht weil er spürte, dass es auch zum ersten Mal nicht echt war.

Beinahe schon misstrauisch betrachtete er die Kleider, die Corinna vor ihm auf dem zerwühlten Bett ablegte. Sie waren von guter Qualität – eigentlich schon von außergewöhnlich guter Qualität, bedachte man, dass sie einem Diener gehörten – und entsprachen weniger seinem eigenen als vielmehr dem hier in der Stadt allgemein gültigen Geschmack: lederne Pluderhosen, die an der Seite und vorne geckenhaft geschnürt waren, ein weißes Hemd mit albernen Rüschen und weißen Stickereien, dazu eine Weste, eine Jacke mit ebenfalls bauschigen, geschnürten Ärmeln und protzigen Knöpfen, die schwer genug aussahen, um tatsächlich aus Gold zu sein, und spitze Schuhe, denen er auf den ersten Blick (und mit großer Erleichterung) ansah, dass sie zu klein für ihn waren. Sich von einer Frau beschenken zu lassen ging gegen seinen Stolz, weshalb er im ersten Moment nahe daran war, ihr Angebot rundheraus abzulehnen. Aber dann sagte ihm seine Vernunft, dass jetzt nicht der rechte Moment für Stolz war.

Außerdem hatte sie recht: Er sah aus wie jemand, der einem besonders hartnäckigen Dieb mehr als ein Dutzend Mal zum Opfer gefallen war.

Widerstrebend zog er sich um, wobei er die lächerlich spitzen Schuhe zur Seite stellte, in denen man nach seinem Dafürhalten ohnehin allerhöchstens tanzen konnte (wenn man nichts dagegen hatte, sich zum Narren zu machen), und strafte auch die genauso affige Kappe mit Missachtung. Sie hatte nicht nur eine groteske Form, sondern war auch von schreiend roter Farbe – sie kam ihm irgendwie bekannt vor, aber er kam nicht drauf, woher. Corinna zog die Augenbrauen hoch, als er die Kopfbedeckung zurück auf das Bett warf, sagte jedoch nichts, schüttelte aber missbilligend den Kopf, als er sich noch einmal auf die Bettkante setzte, um sich in seine durchnässten und zerschrammten Stiefel zu zwängen. Erst als er sich den zerfetzten Mantel abermals wieder umlegen wollte, hielt sie ihn mit einer fast schon herrisch wirkenden Geste davon ab, ging erneut zur Tür und bedeutete ihm, ihr zu folgen.

Andrej gehorchte. Draußen standen, ganz wie er es erwartet hatte, die beiden Männer, die sie nicht nur aus dem Gefängnis hierherbegleitet, sondern offensichtlich auch die ganze Zeit auf dem Gang gewartet hatten. Andrej fragte sich, ob die Tür einigermaßen schalldicht war, und wusste zugleich, dass diese Hoffnung töricht war. Corinna bedeutete dem Grauhaarigen, seinen Umhang abzustreifen und ihn ihm zu reichen.

»Das geht jetzt aber zu weit«, murmelte er peinlich berührt.

Seinen finsteren Blicken nach zu schließen, schien der Grauhaarige ihm zuzustimmen, doch Corinna winkte nur ärgerlich ab. »Wenn es Euer schlechtes Gewissen beruhigt, Signore Delãny«, sagte sie spöttisch, »er bekommt einen neuen Mantel von mir. Ihr müsst mit einem gebrauchten vorliebnehmen. Ihr seht also, er macht das eindeutig bessere Geschäft.«

Zögernd nahm Andrej das Kleidungsstück entgegen und stellte dabei fest, dass es nicht nur von ausgezeichneter Qualität, sondern auch erfreulich warm war, sodass er vielleicht zum ersten Mal seit Wochen nicht mehr frieren würde, sobald er das Haus verließ. Er legte es aber nicht an, sondern machte eine Kopfbewegung auf das Schwert an der Hüfte seines Gegenübers. »Brauchst du vielleicht auch noch eine neue Waffe, mein Freund?«, fragte er.

Er las die Antwort auf seine Frage ganz deutlich in den Augen des Mannes, und auch Corinna wirkte sehr überrascht, umso mehr, als Andrej, ohne zu zögern, seinen Gürtel wieder abschnallte und mit dem des Grauhaarigen tauschte. Auf den ersten Blick schien er ein schlechtes Geschäft gemacht zu haben, denn das schlanke Rapier, mit dem er bewaffnet war, war aufwendig gearbeitet und hatte einen Griff und eine Parierstange, mit der ein talentierter Kunstschmied vermutlich sein Meisterstück abgelegt hatte, während die Waffe des Grauhaarigen einfach nur ein plumpes Schwert ohne überflüssigen Zierrat war, nicht einmal so lang wie sein Unterarm und mit einem runden Knauf, der sonderbar deplatziert wirkte. Aber es war eine Waffe, kein Spielzeug, und Andrej las in den Augen des anderen, dass er ihn für den Tausch hasste.

»Keine Sorge, mein Freund«, sagte er. »Du bekommst es zurück.«

Der Mann gab ihm keine Antwort. Er schnallte sich den Gurt nicht um, sondern gab sich redliche Mühe, ihn in der Faust zu zerdrücken, und fragte dann: »Braucht Ihr vielleicht noch neue Schuhe, Signore?«

Andrej tat ihm den Gefallen, sein Schuhwerk scheinbar nachdenklich zu mustern, und schüttelte dann den Kopf. »Ich fürchte, sie würden mir nicht passen. Aber vielen Dank für das Angebot.«

Bevor der andere antworten und das Gespräch vollends albern werden konnte (oder auch gefährlich), löste Corinna den Moment mit einer Geste auf, die Andrej endgültig klarmachte, wie sehr sie es gewohnt war, in diesem Haus zu befehlen – und ganz und gar nicht, dass diese Befehle nicht befolgt wurden. »Gehen wir zu meinem Vater«, sagte sie. An den Grauhaarigen gewandt, fügte sie hinzu: »Er erwartet uns.«

Dessen Blick machte deutlich, wie wenig er diesen Worten glaubte, aber er widersprach nicht, sondern trat nur mit einem angedeuteten Nicken zur Seite, sodass sie ihren Weg fortsetzen konnten, die breite Treppe hinunter und durch die sonnendurchflutete Halle, bis sie vor einer riesigen Tür anhielten. Derselbe gebrechliche alte Diener, der ihnen schon oben aufgemacht hatte, hielt davor Wache und machte auch keine Anstalten, den Weg freizugeben, bis Corinna einige geflüsterte Worte mit ihm getauscht hatte. Und auch dann maß er Andrej zuerst mit einem sehr langen und skeptischen Blick, bevor er sich umwandte und die Tür mit solcher Mühe öffnete, dass Andrej die Hand hob, um ihm zu helfen.

Corinna schüttelte hastig den Kopf. »Nicht«, sagte sie leise. »Das ist so ziemlich alles, wozu er noch gut ist. Du willst ihm doch nicht seinen Lebensinhalt nehmen?«

Gehorsam lächelte Andrej flüchtig, doch ihre Worte irritierten ihn. Sie sollten nach gutmütigem Spott klingen und waren es auch, und dennoch erschrak er über die unterschwellige Verachtung, die er darin zu hören glaubte – und fast im gleichen Augenblick über sich selbst. Es war das zweite Mal binnen kurzer Zeit, dass er wider Willen schlecht über Corinna dachte. Sie war kein Engel, das wusste er. Sie war nicht unfehlbar. Aber bisher hatte er sie einfach so sehen wollen. Hatte allein der Umstand, dass sie sein Geheimnis entdeckt hatte, den Zauber schon zerstört?

Seine Gedanken mussten sich wohl deutlicher auf seinem Gesicht widerspiegeln, als ihm klar war, denn Corinna sah ihn mit verändertem Blick an und fragte sehr ernst: »Habc ich etwas gesagt, das dich verletzt hat?«

Andrej schüttelte rasch den Kopf und war beinahe erleichtert, als der greise Diener zurückkam und ihnen mit einer wortlosen Geste bedeutete einzutreten. Corinna bedankte sich mit einem Lächeln, das warm genug war, um Andrej seinen Gedanken von eben bedauern zu lassen, ging an ihm vorbei und flüsterte: »Überlass mir das Reden, Andrej.«

Spätestens seit sie den Palazzo betreten hatten, schien das sowieso außer Frage zu stehen, und Corinna gab ihm auch jetzt keine Gelegenheit zu widersprechen. Kaum hatten sie die Tür durchschritten, wurde sie schneller, sodass er ein Stück zurückfiel und erst einmal damit beschäftigt war, wieder zu ihr aufzuholen. Hinter ihm fiel die gewaltige Tür dumpf ins Schloss, aber er hörte auch schlurfende Schritte und ein leises, rasselndes Atmen. Der greise Diener kam ihnen nach.

Während er sich bemühte, Corinna einzuholen, ohne wirklich zu rennen, sah er sich unauffällig um und stellte fest, dass der Raum eine schon beinahe perfekte Kopie dessen war, in dem er die letzte Stunde verbracht hatte, bis hin zu den kostbaren Möbeln und den großen, kunstvoll gestalteten Bleiglasfenstern. Die Bilder an den Wänden zeigten andere Motive, und es gab kein Puppenhaus, doch damit waren die Unterschiede auch schon beinahe erschöpft. Andrej fragte sich, warum das so war – hatte Corinna versucht, etwas nachzuahmen, oder wollte sie etwas ersetzen, das dennoch unwiederbringlich verloren war?

Es gab noch einen Unterschied: Vor dem riesigen Kamin, in dem auch hier ein gewaltiges Feuer prasselte, stand ein gewaltiger Ohrensessel mit goldenen Verzierungen, in dem ein weißhaariger Mann saß, den er von dem Bild oben in Corinnas Zimmer her kannte.

Nur dass er aussah, als wäre er um mindestens hundert Jahre gealtert.

»Andrej, das ist mein Vater«, erklärte Corinna überflüssigerweise. Theatralisch deutete sie auf Andrej. »Vater, das ist Andrej Delãny, von dem ich dir erzählt habe.«

Andrej horchte auf. Hatte sie nicht gerade erst erzählt, welche Mühe ihre beiden grimmigen Begleiter damit gehabt hatten, sich ständig neue Ausreden für ihre tage- und nächtelange Abwesenheit einfallen zu lassen?

Der weißhaarige Alte deutete ein Nicken an, das man für Überheblichkeit hätte halten können, das in Wahrheit aber wohl einfach nur ein Zeichen seiner Schwäche war. Selbst diese Bewegung schien ihm Mühe zu bereiten.

Andrej war verwirrt und auch erschrocken. Das Bild in Corinnas Zimmer hatte einen Mann von allerhöchstens vierzig Jahren gezeigt, einen sehr harten und sicher alles andere als sympathischen Mann, der aber vor Lebenskraft und Energie strotzte. Und doch zeigte es eindeutig denselben Mann, dem er nun gegenüberstand – es war sogar derselbe Sessel, in dem er saß.

Andrej erinnerte sich nicht, jemals einen älteren Menschen gesehen zu haben. Sein Haar war schlohweiß und trotz allem noch voll, doch es hing ihm in ungepflegten Strähnen ins Gesicht und bis weit über die Schultern hinab. Auch seine Augenbrauen und der ungeschickt gestutzte Backenbart waren von derselben Farbe. Seine Augen waren trüb, aber nicht auf eine Art, als könnten sie die Welt ringsum nicht mehr richtig erkennen, sondern als wüssten sie nichts mehr mit ihr anzufangen. Die Lippen waren schmal und ausgetrocknet und das ganze Gesicht eine Landschaft aus Runzeln und Falten, manche davon so tief, als wären sie mit einem Messer hineingeschnitten. Die kostbaren Kleider, die der Mann trug, hingen um seine ausgemergelte Gestalt, und seine Hände, deren Fingernägel schmutzig und seit wohl einem halben Jahr nicht mehr geschnitten worden waren, erinnerten an die Klauen eines Greifvogels. Der Anblick schnürte ihm die Kehle zu, zumal er nun wusste, wie dieser Mann noch vor wenigen Jahren ausgesehen hatte. Vielleicht sogar vor wenigen Monaten.

»Was ist ihm zugestoßen?«, fragte er erschrocken.

Corinna warf ihm einen mahnenden Blick zu, zwang ein – fast – überzeugendes Lächeln auf ihr Gesicht und wandte sich wieder an ihren Vater. »Du erinnerst dich doch an Signore Delãny? Wir haben ihn letzten Monat kennengelernt, auf dem Empfang des Conte Mezzara.«

Die trüben Augen sahen zu ihm hoch, durch ihn hindurch, und die gesprungenen Lippen formten lautlose Worte in einer Sprache, die nur er allein verstand.

»Signore.« Als Andrej eine knappe Verbeugung machte, versuchte der Blick der erloschenen Augen vergeblich, dieser kleinen Bewegung zu folgen.

»Conte Delãny«, murmelte er. »Ja, ich erinnere mich. Es war ein schönes Fest. Habt Ihr meine Tochter schon kennengelernt? Sie und ihr Bruder sind unser ganzer Stolz.«

»Eure Tochter ist wunderschön, Signore«, sagte Andrej. »Ich fühle mich geehrt, sie kennenlernen zu dürfen.«

So etwas wie ein Lächeln erschien auf den verheerten Zügen des Alten, aber nur, um fast augenblicklich wieder zu erlöschen und einem Ausdruck tiefer Verwirrung Platz zu machen. »Besuch?«, murmelte er. »Wer ist dein Gast, Corinna?«

Corinna lächelte nur milde, aber sie warf Andrej einen so verzweifelten Blick zu, dass er sich dem alten Mann weiter näherte und ihm schließlich die Hand auf die Stirn legte, um nach seinem Bewusstsein zu tasten. Eine eigentlich vergebliche Geste, denn er konnte nichts für den alten Mann tun und auch seine Gedanken nicht wirklich lesen. Doch er hatte das Gefühl, dass Corinna es von ihm erwartete.

Tatsächlich … fühlte er etwas, aber es war nicht das Chaos, das er erwartet hatte, sondern eine schreckliche Leere, als blicke er in einen bodenlosen Abgrund. Fast erschrocken zog er die Hand wieder zurück.

»Kannst du ihm helfen?«, flüsterte Corinna.

Andrej schüttelte traurig den Kopf. »Ich bin kein Zauberer, Corinna«, sagte er. Und wahrscheinlich hätte er selbst dann nichts mehr für ihren Vater tun können. Er hatte eine Vorstellung, was dem bedauernswerten Mann zugestoßen sein mochte, aber sie war zu vage – und vor allem zu schrecklich –, um sie in Worte zu kleiden. Plötzlich wurde ihm klar, dass sie ihn vielleicht nur aus diesem einzigen Grund hierhergebracht hatte, und er fühlte sich elend.

»Was ist mit ihm passiert?«, fragte er leise.

Fast zärtlich ergriff Corinna die schmale Hand ihres Vaters und hielt sie so behutsam fest, als hätte sie Angst, sie zu zerbrechen, deutete aber dann nur ein Kopfschütteln an. Mit der freien Hand wies sie zum Fenster.

Andrej ging hin, insgeheim froh, der Nähe dieses bedauernswerten alten Mannes zu entkommen. Was mit ihm geschehen war, barg die Vorahnung von etwas noch viel Schlimmerem, das noch kommen würde.

Schon um diesen Gedanken zu vertreiben, blickte er aus dem Fenster. Das Glas war von guter Qualität und offensichtlich dick genug, um dem Ansturm der Kälte zu trotzen, doch so unsauber gegossen, dass er alles auf der anderen Seite nur verzerrt und wie aus einem sonderbar falschen Winkel sah – auf eine Art, die einen schwindeln ließ, wenn man zu lange hinschaute. Der Palazzo lag an einem der breitesten Kanäle der Stadt – schon beinahe ein kleiner Fluss – und genau gegenüber dem berühmten Markusplatz. Durch das Glas hindurch waren die prachtvollen Gebäude nur als verschwommene Schemen zu erkennen, aber Andrej sah trotzdem, dass sich der Platz in Erwartung der kommenden Feierlichkeiten schon jetzt mit Menschen zu füllen begann. Vermutlich würde die Hälfte von ihnen schon betrunken sein, bevor der *Carnevale* richtig begann.

»Wer ist der nette junge Mann, den du mitgebracht hast, Kind?«, hörte er den alten Mann fragen.

Corinna antwortete etwas, das er nicht verstand, so wenig wie die Antwort des alten Mannes. Aber er hörte den nörgelnden Tonfall, in dem er sprach, den Ton eines verstockten Kindes, das seinen Willen nicht bekam. Was immer dem alten Mann zugestoßen sein mochte, Andrej war nicht sicher, dass er tatsächlich Glück hatte, noch am Leben zu sein.

Es verging noch eine geraume Weile, bis er den Schatten einer Bewegung auf dem farbigen Glas bemerkte und Corinna neben ihn trat. »Er schläft jetzt«, sagte sie. »Er schläft sehr viel, seit … seit es geschehen ist, und manchmal vergisst er sofort, worüber wir eben gesprochen haben. An manchen Tagen ist er ganz klar, aber meistens ist er so wie jetzt. Manchmal erkennt er nicht einmal mehr mich.«

»Hast du einen Arzt kommen lassen?«

Andrej schämte sich fast für diese Frage, aber Corinna schien sie ihm nicht übel zu nehmen. »Ein halbes Dutzend. Die besten. Aber sie können ihm nicht helfen. Er ist so seit jenem Abend, als mein Bruder und er weggingen. Ein Gondoliere hat ihn erkannt und hergebracht, aber auch er konnte nicht sagen, was ihm zugestoßen ist.« Sie atmete so tief ein, dass es fast wie ein unterdrücktes Schluchzen klang – was es vermutlich auch war. »Was glaubst du, wie alt er ist?«

Andrej dachte noch einmal an das Gemälde in Corinnas Zimmer und beschloss vorsichtshalber, nicht zu antworten, um ihr nicht noch mehr wehzutun.

»Er wird im Sommer vierundfünfzig«, fuhr Corinna fort. »Ich weiß, er sieht viel älter aus. Einer der Ärzte, die hier waren, hat gesagt, er hätte noch niemals einen älteren Menschen gesehen. Als er wegging, da war er ein stolzer und starker Mann, Andrej. Ich glaube, er war fast so stark wie du, und es gab nichts, wovor er Angst gehabt hätte. Und am nächsten Morgen war er … so.«

»Und du glaubst, Meruhe hätte ihm das angetan?«

»Rezzoris Signori haben Erkundigungen eingezogen. Es heißt, mein Bruder und er wären zuletzt in Begleitung zweier schwarzer Frauen gesehen worden. Und es sind auch noch andere verschwunden. Manche hat man wiedergefunden, einfach tot, ohne eine Wunde oder auch nur einen Kratzer. Aber die meisten sind nie wieder aufgetaucht. Und oft wurden deine …«, sie verbesserte sich, »zwei geheimnisvolle schwarze Frauen in der Nähe gesehen.«

»Und?«, fragte er, als sie nicht weitersprach, sondern nur ihr eigenes geisterhaftes Spiegelbild in der Scheibe anstarrte.

»Es heißt, sie hätten sie verhext. Ich glaube, sie haben sie verhext. Sie haben meinen Bruder und all die anderen getötet und meinem Vater die Hälfte seiner Jahre gestohlen.«

»Du weißt schon, wie sich das anhört, oder?«, fragte er vorsichtig.

Corinna reagierte nicht verletzt oder gar zornig. Sie nickte nur sehr langsam. »Ungefähr so, als würde ich dir von einem Mann erzählen, der nicht altert und dessen Wunden schneller verheilen, als man sie ihm schlagen kann.«

»Ich weiß, was du jetzt glaubst«, sagte er. Ihre Blicke trafen sich in der verzerrenden Spiegelung. »Aber so funktioniert es nicht. Wir ernähren uns nicht von gestohlenem Leben.«

Das war eine Lüge, und er wusste, dass sie sie durchschaute. Aber sie schwieg.

Andrej wollte sie in die Arme schließen oder sie wenigstens berühren, um ihr auf diese Weise Trost zu spenden, aber mit einem Male konnte er es nicht mehr. Da war etwas zwischen ihnen, was es zuvor nicht gegeben hatte. Vielleicht war auch etwas, das es zuvor gegeben hatte, nun nicht mehr da.

»Es tut mir leid«, sagte er, »wirklich. Aber ich kann deinem Vater nicht helfen. Was ich gerade gesagt habe, ist wahr, Corinna. Ich bin kein Zauberer.«

»Wenn ich das glauben würde, dann wärst du jetzt schon tot.« Corinna runzelte die Stirn, als müsse sie über ihre eigenen Worte nachdenken, und verbesserte sich dann mit einem schiefen Lächeln: »Also gut, wahrscheinlich wohl eher die Männer, die ich damit beauftragt hätte, dich zu töten.«

»Jetzt enttäuscht Ihr mich, Signorina«, antwortete Andrej. »Braucht Ihr wirklich Hilfe, um einen Mann zu töten?«

»Einen Mann?« Corinna schüttelte den Kopf. »Nein. Aber dich?«

Darauf sagte Andrej gar nichts mehr. In Anbetracht der schrecklichen Gestalt, die hinter ihnen in einem Sessel saß und schlief, wäre es ihm geschmacklos vorgekommen, wie gewohnt mit ihr herumzualbern. Doch kaum hatte er diesen Gedanken gedacht, da wurde ihm auch schon klar, dass die Wahrheit viel simpler war und viel schlimmer.

Sie hatten ihre Unschuld verloren. Das verspielte Mädchen, das den Ritter auf dem weißen Pferd getroffen hatte, und den einsamen Wanderer, der seine verlorene Jugend und seine Lebendigkeit neu entdeckt hatte, gab es nicht mehr. Sie hatten sich verändert, ohne dass er hätte sagen können, wann und wie. Doch er spürte: Etwas war zu Ende gegangen. »Das Einzige, was ich für dich tun kann, ist das, was ich ohnehin vorhatte«, sagte er leise.

»Du willst gehen«, sagte Corinna.

»Noch heute«, bestätigte Andrej. »Es wird aufhören, das zumindest kann ich dir versprechen.«

Doch nicht einmal das konnte er, wenn er ganz ehrlich war. Er begann zu verstehen, was hier wirklich geschah, aber noch war es nicht mehr als eine Ahnung, viel zu diffus, um sie in Worte zu fassen. Und vielleicht irrte er sich auch.

Vielleicht wurde es nicht besser, wenn er Marius nahm und mit ihm nach Konstantinopel ging. Vielleicht wurde es schlimmer, weil das, was durch Meruhes und Marius' Anwesenheit begonnen hatte, schon längst nicht mehr aufzuhalten war. Aber wie hätte er ihr das sagen können?

Denn ganz gleich, wie sehr es ihn empörte, dass Corinna ihn benutzt hatte, in Wahrheit konnte er sich selbst nicht verzeihen, sie zu enttäuschen.

»Und es gibt nichts, womit ich dich überreden könnte, noch eine Weile hierzubleiben?«

»Eine Weile?«

»Nicht lange«, antwortete sie. »Vielleicht zwanzig Jahre.«

»Oder auch fünfzig.«

Jetzt berührte er sie doch, aber so, wie er ein weinendes Kind berührt hätte, um ihm Trost zu spenden. Und mehr, dachte er bitter, war es jetzt nicht. Was immer auch zwischen ihnen gewesen sein mochte, es war nicht mehr da, und sie spürten es beide.

»Du würdest es nicht ertragen, Corinna«, sagte er sanft. »Glaub mir!«

»Ich?« Corinna griff nach seiner Hand und presste sie mit schon fast verzweifelter Kraft an ihre Wange. Er ließ es zu, doch als sie versuchte, seine Fingerspitzen mit den Lippen zu berühren, zog er den Arm zurück.

Es war nicht das erste Mal, dass er dieses Gespräch führte, aber es war ihm noch nie so schwergefallen.

»Du«, bestätigte er. »Glaub mir, ich weiß, du glaubst, ich würde es nicht ertragen, dir dabei zuzusehen, wie du älter und älter wirst, zu einer reifen Frau und schließlich zu einer alten Frau, aber das ist es nicht. Es ist genau anders herum. Du würdest es nicht ertragen.«

»Unsinn!«, schnaubte Corinna. »Ich bin …«

»Noch keine zwanzig«, fiel ihr Andrej ins Wort, ganz bewusst mit kalter, fast schon schneidender Stimme. Er hasste sich selbst dafür, aber er musste ihr jetzt wehtun, um ihr zukünftiges Leid zu ersparen. »Im Moment bin ich älter als du, ein Mann, dessen Aufmerksamkeit dir schmeichelt.«

»Den ich liebe!«, sagte Corinna empört.

»In zehn oder fünfzehn Jahren werden wir gleich alt sein«, fuhr er unbarmherzig fort. »Und weitere zehn oder fünfzehn Jahre, dann werde ich jünger sein als du. Und ich werde es bleiben, mit jedem Tag, der vergeht, ein bisschen mehr. Würdest du es ertragen, deiner eigenen Sterblichkeit ins Auge zu sehen, und das an jedem einzelnen Tag dieses Lebens?«

Zu seiner Überraschung sah ihn Corinna nur an und sagte kein Wort. Vielleicht gerade deshalb konnte er nicht anders, als fortzufahren: »Du würdest mich hassen, Corinna, es würde keine fünfzig Jahre dauern, bis es so weit wäre. Vielleicht tue ich dir jetzt weh, und vielleicht wirst du mich für eine Weile dafür verabscheuen – aber ich habe nicht das Recht, dir dein Leben zu stehlen.«

»Was für eine beeindruckende Rede«, antwortete Corinna. »Hast du lange gebraucht, um sie dir zurechtzulegen?«

»Nein«, antwortete Andrej leise. »Ich habe es erlebt, mehr als einmal.« Einen kurzen Moment lang hielt Corinna die Maske aus gerechtem Zorn noch aufrecht, aber dann füllten sich ihre Augen mit Tränen. »Dann musst du ein sehr einsamer Mann sein, Andrej.«

Vielleicht ist das der Preis der Unsterblichkeit ... hätte er beinahe gesagt. Aber ihm wurde gerade noch rechtzeitig klar, wie theatralisch das geklungen hätte – auch wenn es die Wahrheit war. So lächelte er nur bitter.

»Dann war es das also, zwischen uns?«, fragte Corinna. Sie versuchte zu lachen, und Andrej musste zugeben, dass sie talentiert war – jeden anderen außer ihm hätte sie wahrscheinlich überzeugt. Er erwiderte nichts.

»Und du würdest … nicht noch einmal mit mir nach oben gehen«, fragte sie, »als Abschied sozusagen?«

Das meinte sie nicht ernst. Vielleicht glaubte sie, jung, wie sie war, in einem Moment wie diesem so etwas sagen zu müssen. Andrej beschloss, ihr die Peinlichkeit einer Antwort zu ersparen.

Auch fehlten ihm die Worte. Corinna war gewiss nicht das erste junge Ding, in das er sich verguckt hatte. Im Laufe seines langen Lebens hatte er Dutzende von Frauen gekannt und geliebt, und mit einigen davon war er länger zusammen gewesen, als Corinna überhaupt lebte … und doch war sie anders.

In sie war er nicht verliebt. Er liebte sie.

Aber das durfte nicht sein. Den beiden einzigen Frauen, die er in all den Jahrhunderten seines endlosen Lebens wirklich geliebt hatte, hatte er den Tod gebracht. Ein drittes Mal würde er es nicht ertragen.

»Darf ich dich trotzdem noch um einen letzten Gefallen bitten?«, fragte er.

»Das kommt darauf an«, antwortete sie, ganz in der Art eines verstockten Kindes, das seinen Willen nicht bekommt. Doch dann lenkte sie schnell ein. »Natürlich. Welchen?«

»Dein Freund Rezzori«, sagte er. »Bitte ihn, Abu Dun freizulassen. Meinetwegen soll er uns eine bewaffnete Eskorte mitgeben, die uns bis zur Stadtgrenze begleitet, wenn er sicher sein will, dass wir auch wirklich gehen.«

»Heute?« Corinna sah ihn an, als hätte er etwas vollkommen Absurdes vorgeschlagen.

»Es kann nur in seinem Sinn sein«, sagte Andrej. »Ein Problem weniger.«

»Du weißt nicht, was du da verlangst«, antwortete Corinna. »In ein paar Stunden steht die ganze Stadt kopf. Morgen um diese Zeit ist er wahrscheinlich froh, wenn die Hälfte seiner Signori noch am Leben und in der Lage ist, aus eigener Kraft auf ihren Beinen zu stehen.« Sie schüttelte heftig den Kopf. »Und Rezzori ist nicht mein Freund. Er hat meinem Wunsch entsprochen, dich freizugeben, aber nur, weil er der Meinung ist, meiner Familie etwas schuldig zu sein. Mehr wird er keinesfalls tun.«

»Versuch es trotzdem!«, bat Andrej.

»Andrej, ich …« Corinna stockte und beugte sich vor, bis ihre Stirn fast das farbige Glas vor ihrem Gesicht berührte. »Wie es aussieht, kannst du ihn gleich selbst fragen.«

Kapitel 19

Andrej sah auf den Kanal hinab, wo gleich zwei Boote über den breiten Wasserlauf auf den Palazzo zusteuerten, wobei sie sich wenig um die Tatsache scherten, dass sie etliche Gondoliere zu hektischen Ausweichmanövern zwangen, als sie rücksichtslos ihren Kurs schnitten.

Andrej fragte sich, wie Corinna den Signori eigentlich erkannt haben wollte. Selbst seine überaus scharfen Augen sahen durch das Glas nur Schemen. Vielleicht war es die Rücksichtslosigkeit, mit der die beiden Boote herankamen, gewesen. Andrej jedenfalls verriet sie viel über den Charakter des Mannes.

»Was hat das zu bedeuten?«, fragte er.

»Das weiß ich nicht«, antwortete Corinna. Sie klang besorgt. »Aber vermutlich nichts Gutes. Komm!« Hastig wandte sie sich vom Fenster ab und ging zur Tür. Der alte Mann in seinem Lehnstuhl hob den Kopf. »Corinna. Warum stellst du mir deinen Besuch nicht vor? Das ist nicht sehr höflich von dir. So haben wir dich nicht erzogen.«

Corinna eilte wortlos an ihm vorbei und in die große Halle hinaus, blieb dann aber nach zwei Schritten wie angewurzelt stehen und drehte sich zu Andrej herum. »Diese Geschichte gefällt mir nicht«, sagte sie. »Vielleicht ist es es besser, wenn ich erst einmal allein mit ihm spreche. Geh nach oben in mein Zimmer und warte dort auf mich.«

»Soll ich so lange mit dem Puppenhaus spielen?«

»Ich meine es ernst.« Corinnas Stimme klang jetzt scharf. Sie war es nicht gewohnt, Widerspruch zu hören. »Rezzori kommt nicht ohne Grund hierher, und schon gar nicht mit so vielen Signori. Lass mich mit ihm reden!«

»Wer zum Teufel ist dieser Kerl eigentlich?«, fragte Andrej. »Und wer sind diese Signori?«

»Die Signori di Notte?«, fragte Corinna und schüttelte heftig den Kopf. »Glaub mir, das willst du nicht wissen.« Sie schien noch mehr sagen zu wollen, fuhr dann aber in jetzt fast flehendem Ton fort: »Vielleicht ist es besser, wenn er dich nicht sofort sieht. Ich möchte nicht, dass sich mein Vater unnötig aufregt.«

Ihr Vater, dachte Andrej, würde Rezzori mit großer Sicherheit nicht einmal erkennen. Aber er sah Corinna an, dass ihre Nervosität nicht nur gespielt war. Sie hatte Angst, und es gelang ihr nicht mehr, sie zu überspielen.

Zumindest in diesem Punkt hatte sie die Wahrheit gesagt: Rezzori war nicht ihr Freund. Daher wandte er sich um und lief mit schnellen Schritten die Treppe hinauf, ging aber nicht in das Zimmer am Ende der langen Galerie, sondern blieb hinter einer der großen Marmorsäulen stehen, sodass er den größten Teil der Halle überblicken konnte, ohne selbst sofort gesehen zu werden.

Corinna redete mit ihren beiden Leibwächtern. Er konnte nicht verstehen, was sie sagte, aber der Grauhaarige wirkte angespannt. Seine Hand lag auf dem Schwertgriff. Es vergingen nur wenige Augenblicke, bis an der großen Tür geklopft wurde – oder eher, dachte Andrej beunruhigt, bis mit Fäusten gegen die Tür gehämmert wurde, und zwar mit sehr wenig Geduld.

Corinna nickte dem anderen Mann zu, der die Tür öffnete, gerade als zum zweiten Mal und noch ungeduldiger dagegengeschlagen wurde.

Die Tür flog so wuchtig auf, dass der Mann zurückstolperte und um ein Haar das Gleichgewicht verloren hätte. Rezzori würdigte ihn keines Blickes, sondern stürmte an ihm vorbei mit zornigen Schritten auf Corinna zu. Er sah aus, als wollte er sie augenblicklich packen und wegschleifen. Hinter ihm drängte noch ein knappes Dutzend weiterer Bewaffneter herein, und draußen vor dem Palazzo standen, wie Andrej erkennen konnte, noch mehr Männer. Rezzori war ganz offensichtlich nicht zu einem Freundschaftsbesuch gekommen – es sei denn, es gehörte in dieser Stadt zum guten Ton, eine kleine Armee zu einem solchen mitzubringen.

»Signore Rez…«, begann Corinna, und Rezzori fiel ihr in schneidendem Ton ins Wort: »Wo ist er?« Gleichzeitig traten je zwei seiner Männer hinter Corinnas Beschützer, während der Rest der Männer in der großen Halle ausströmte, und das so schnell und präzise, dass Andrej nicht anders konnte, als ihrer militärischen Disziplin Anerkennung zu zollen.

»Ich fürchte, ich verstehe nicht genau, wovon – «, begann Corinna, und Rezzori unterbrach sie erneut und scharf: »Ihr versteht mich sehr wohl, Contessa. Andrej Delãny. Wo ist er?«

»Das weiß ich nicht«, antwortete Corinna. »Hattet Ihr ihn denn nicht in Verwahrung genommen?«

Selbst über die Entfernung hinweg konnte er Rezzori ansehen, wie schwer es ihm fiel, wenigstens äußerlich die Beherrschung zu wahren. »Ihr versteht mich sehr wohl, Contessa«, sagte er. »Eure Diener haben ihn hierhergebracht, und er hat das Haus bisher noch nicht verlassen.«

»Ihr lasst mein Haus beobachten?«, empörte sich Corinna.

Rezzori ging nicht einmal darauf ein. »Ruft Ihr ihn und erspart uns die Peinlichkeit, das gesamte Haus durchsuchen zu müssen, oder soll ich meine Männer losschicken?«

»Ihr vergreift Euch im Ton, Signore«, antwortete Corinna, nun ebenfalls hörbar kühler. »Habt Ihr vergessen, in wessen Haus Ihr hier …?«

Rezzori schnitt ihr das Wort mit einer rüden Geste ab, mit der er wohl zugleich seinen Leuten einen Befehl bestätigte, den er ihnen vorher schon gegeben haben musste, denn etliche von ihnen rissen Türen auf und stürmten immer zu zweit in die dahinterliegenden Zimmer. Der erschrockene Schrei einer Frau erklang, und kurz darauf die zornige Stimme eines Mannes, die aber nach kaum einem Satz abrupt abbrach. Andrej trat rasch hinter der Säule hervor und sagte laut: »Das wird nicht nötig sein, Signore Rezzori.«

Der Signore fuhr herum und warf den Kopf in den Nacken. Gleich drei seiner Männer lösten sich von ihren Plätzen, um ihm entgegenzueilen, hielten jedoch sofort wieder inne, als Rezzori die Hand hob.

»Das wird nicht nötig sein«, sagte Andrej noch einmal. Schnell, aber ohne Hast ging er die Treppe hinab und schlug den Mantel zurück, sodass alle die Waffe an seiner Seite sehen konnten, aber auch, dass sich seine Hände nicht einmal in der Nähe des Schwertgriffes befanden. »Ihr wolltet mit mir reden, Signore Rezzori? Es gibt keinen Grund, einer Dame gegenüber unhöflich zu werden. Ich bin hier.«

Rezzori starrte ihn nur an, und am Fuße der Treppe nahmen ihn drei Männer in Empfang. Sie machten zwar keinen Versuch, ihn zu ergreifen oder auch nur zu entwaffnen, eskortierten ihn aber mit weniger als einem Schritt Abstand, und Andrej konnte spüren, wie angespannt sie waren. »Verratet Ihr mir auch den Grund Eures überraschenden Besuchs?«

Zwei Schritte vor Rezzori blieb Andrej stehen. Erst jetzt fiel ihm auf, dass er mit der gleichen Art von Uniform wie seine Begleiter bekleidet war, nur dass sich daran eine Menge mehr Gold und blitzende Streifen befanden und er als Einziger keine Waffe trug.

Er maß Andrej mit einem langen Blick von Kopf bis Fuß und wieder zurück, bis schließlich sein Blick an der Schwertklinge an seinem Gürtel hängen blieb. »Ihr habt Euch neu eingekleidet, wie ich sehe?«, fragte er.

Schweigend zog Andrej – sehr vorsichtig – das Schwert und reichte es dem Mann neben sich. Rezzori wirkte fast enttäuscht.

»Was wollt Ihr hier?«, fragte Andrej.

Statt zu antworten, warf Rezzori ihm einen ärgerlichen Blick zu und sah dann Corinna missbilligend an. Er hob die Schultern. »Wo seid Ihr in den letzten beiden Stunden gewesen, Signore Delãny?«

»Haben Euch das Eure Spione nicht berichtet?«, fragte Andrej lächelnd.

»Er war die ganze Zeit hier, oben in meinem Zimmer«, sagte Corinna.

»Vielleicht möchte ich das nur noch einmal aus Eurem Mund hören«, sagte Rezzori. Er schien betroffen.

»Es ist genau so, wie die Contessa sagt«, antwortete Andrej kühl. »Ich war hier. Und jetzt hätte ich gerne gewusst, was dieser Überfall zu bedeuten hat.«

Rezzori starrte ihn so feindselig an, als wäre er fest davon überzeugt, es nur lange genug tun zu müssen, bis er jede Antwort bekam, die er hören wollte, selbst die auf Fragen, die er noch gar nicht gestellt hatte. Schließlich wandte er sich mit einem nachdenklichen Blick wieder an Corinna. »Und das ist also die Wahrheit?«, fragte er. »Er war die ganze Zeit über in Eurem Zimmer?«

»Und nicht nur dort«, antwortete Corinna böse.

Rezzori schürzte abfällig die Lippen. »Diese Art zu reden passt nicht zu Euch, Signorina«, sagte er, »und Euer Vater wäre sehr traurig, könnte er Euch jetzt hören.«

»Mein Vater«, antwortete Corinna, »wird vor allem empört sein, wenn ich ihm erzähle, wie unmöglich Ihr Euch gerade betragt. Und das werde ich, darauf gebe ich Euch mein Wort.«

Rezzori wirkte wenig beeindruckt. »Ich muss Euch dennoch auffordern, mich zu begleiten, Signore Delãny.«

»Das ist ja wohl – «, begehrte Corinna auf, aber Andrej brachte sie mit einer raschen Handbewegung zum Schweigen.

»Warum?«

Rezzori dachte unübersehbar darüber nach, ob er überhaupt antworten sollte. »Warum nicht?«, sagte er schließlich. »Wenn Ihr mir hinterher etwas über Euren Freund erzählt.«

»Abu Dun? Was ist mit ihm?«

»Das frage ich Euch, Signore Delãny«, gab Rezzori lauernd zurück. »Ihr hattet mir Euer Wort gegeben, dass er keinen Fluchtversuch unternimmt.«

Ganz so war es nicht gewesen, aber Andrej verzichtete darauf, Rezzori auf dieses Detail aufmerksam zu machen, sondern bedeutete ihm nur mit einem Nicken fortzufahren.

»Er ist geflohen«, vermutete er.

»Und hat zwei meiner Männer dabei schwer verletzt«, bestätigte Rezzori. »Ein Mann, der nichts zu befürchten und ein reines Gewissen hat, tut so etwas nicht.«

»Und was hat Andrej damit zu tun?«, fragte Corinna.

»Signore Delãny«, verbesserte Rezzori betont, »ist ein Fremder in unserer Stadt. Ein Mann, in dessen Umgebung sich einige seltsame Dinge zugetragen haben. In seiner und der Umgebung seines Freundes. Und nun ist dieser Freund aus unserem Gewahrsam geflohen, unter, sagen wir, merkwürdigen Umständen. Merkwürdig genug auf jeden Fall, um ihm noch einige Fragen zu stellen.«

»Und deshalb fallt Ihr mit einer ganzen Armee in mein Haus ein?«, fragte Corinna.

Rezzori würdigte sie nicht einmal eines Blickes, und Andrej konnte sich recht gut verstellen, warum Rezzori Abu Duns Flucht, wie er sagte, »merkwürdig« fand, und auch, warum er anschließend gleich mit einem Dutzend schwer bewaffneter Männer hier angerückt war. »Ich begleite Euch gern«, sagte er.

»Das wirst du ganz bestimmt nicht tun!«, begehrte Corinna auf. »Du weißt nicht, wer die Signori sind!«

Ihre Warnung war überflüssig. Andrej hatte keineswegs vor, sich in Rezzoris Gewalt zu begeben. Doch das würde er Rezzori sicher nicht auf die Nase binden. »Es wird sich alles aufklären«, sagte er trotzdem. »Ich glaube, dass Signore Rezzori ein aufrechter Mann ist, der nur seine Pflicht tut. Wenn ich ihm dabei helfen kann, dann tue ich das gerne.« Er nickte Rezzori auffordernd zu. »Wir können gehen.«

Rezzori konnte seine Verblüffung nicht verbergen. Vielleicht war es aber auch die Enttäuschung, weil Andrej es ihm so leicht machte. Er nickte widerwillig, trat einen halben Schritt zurück und machte eine einladende Geste. Hinter ihnen erscholl ein gellender Schrei, gefolgt von dem dumpfen Krachen, mit dem eine der großen Türen aufgesprengt wurde und mit solcher

Wucht gegen die Wand krachte, dass Putz und Holzsplitter flogen. Einer von Rezzoris Männern torkelte rücklings aus dem Raum, schlug die Hände vor das Gesicht und fiel dann gurgelnd nach hinten. Hellrotes Blut sprudelte zwischen seinen Fingern hervor, und hinter ihm erklang ein dumpfes Poltern. Ein neuerlicher, noch gellenderer Schrei ertönte. Er kam aus dem Zimmer, in dem sie Corinnas Vater getroffen hatten.

Andrej war nicht der Erste, der losrannte, aber der Erste, der durch die Tür stürmte.

Der Raum bot einen Anblick der Verwüstung. Ein Gutteil der Möbel war zerschlagen. Eines der großen Ölgemälde war von der Wand gerissen und der Rahmen zerbrochen und mindestens eines der kostbaren Buntglasfenster zerborsten. Unzählige Glasscherben lagen fast geometrisch angeordnet auf dem Boden verteilt, und Feuchtigkeit und eisiger Wind fauchten herein und ließen prasselnde Funkenschauer aus dem Kaminfeuer explodieren. Andrej kam gerade rechtzeitig, um den Tod eines zweiten Angehörigen der Signori mitzuerleben.

Der Mann stand einer Gestalt gegenüber, die geradezu grotesk ausgesehen hätte, wäre sie nicht zugleich so grauenhaft gewesen: ausgemergelt bis auf die Knochen, in Lumpen gekleidet und so sehr stinkend, dass man es selbst über die Distanz von einem Dutzend Schritten hinweg riechen konnte. Und Andrej kannte sie.

»Giacomo?«, flüsterte er. Erschrocken – und fassungslos – blieb er stehen, vielleicht nur für den Bruchteil eines Augenblicks, doch so unmerklich dieses Zögern auch sein mochte, es reichte, um das Schicksal des Signori zu besiegeln. Der Mann warf Andrej einen verwirrten Blick zu, und die Schreckensgestalt nutzte die winzige Ablenkung, sich mit einem schrillen Kreischen auf ihn zu stürzen.

Der Soldat riss blitzschnell sein Rapier in die Höhe, sodass sich die Klinge mit einem hörbaren Knirschen durch die Schulter seines Angreifers grub, doch im gleichen Sekundenbruchteil zerfetzten die schartigen Fingernägel des Wahnsinnigen auch schon seine Kehle. Noch bevor der unglückselige Mann zusammenbrach und unter qualvollen Zuckungen starb, hatte Andrej die Gestalt erreicht und riss sie zurück.

Wenigstens versuchte er es.

Der Mann war unglaublich stark. Als Andrej ihn herumzerrte und zu Boden schleudern wollte, traf ihn dessen Handrücken so hart im Gesicht, dass Andrej zurückstolperte und um sein Gleichgewicht kämpfen musste. Ganz instinktiv griff er nach dem Schwert, das noch in der Schulter des Wahnsinnigen steckte, und wurde mit einem unmenschlich schrillen Heulen belohnt. Mit einem hellen Knacken brach die Klinge des Rapiers. Alles ging so unglaublich schnell, dass jegliche Bewegung und Geräusche zu einer einzigen Sekunde puren Entsetzens zu verschmelzen schienen. Und sie fand kein Ende.

Etwas knallte. Nur einen Fingerbreit unter dem abgebrochenen Degen, der aus der Schulter der grässlichen Kreatur ragte, explodierte eine winzige Wolke aus Blut und rotem Rauch. Die Wucht der Kugel reichte noch, Andrej wie von einem Fausthieb getroffen zurückstolpern zu lassen, selbst nachdem sie den ausgemergelten Körper des Wahnsinnigen durchschlagen hatte.

Der Angreifer taumelte nicht. Er stieß lediglich ein Heulen aus, so laut und schrill, als würde es keiner menschlichen Kehle entstammen, fuhr abermals herum und hob mit einem neuerlichen Heulen die Arme, die skelettdürren Hände mit den tödlichen Fingernägeln zu Krallen geformt, von denen noch das Blut seines letzten Opfers tropfte.

Andrej sprang ihn an, und diesmal war er auf die übermenschliche Kraft des Wahnsinnigen vorbereitet. Er packte ihn einfach, riss ihn an beiden Armen hoch und schleuderte ihn dann gegen die Wand. Das schrille Heulen wurde zu einem schmerzerfüllten Keuchen, mit dem die Luft aus seinen geschundenen Lungen entwich, als sie von seinen gebrochenen Rippen durchbohrt wurden. Er sackte zu Boden und hinterließ eine glitzernde, schmierig-rote Spur auf der kostbaren Seidenbespannung der Wände.

Sofort begann er, sich wieder in die Höhe zu stemmen.

Andrej war zu perplex, um schnell genug zu reagieren. Eine kostbare Sekunde lang stand er nur da und starrte das unglaubliche Bild an, und wahrscheinlich war es genau dieser eine Atemzug, der auch noch einem dritten von Rezzoris Signori das Leben kostete, denn zwei der Bewaffneten waren leichtsinnig genug, durch die Tür zu stürzen und den vermeintlich Wehrlosen ergreifen zu wollen.

Dass er alles andere als wehrlos war, begriffen sie erst, als es zu spät war.

Die kaum noch menschliche Gestalt stieß ein durchdringendes und sonderbar zwitscherndes Heulen aus. Ihr rechtes Bein stand in so falschem Winkel ab, als wäre das Gelenk plötzlich in die entgegengesetzte Richtung gedreht worden, der Kopf pendelte haltlos hin und her.

Nichtsdestotrotz riss sie ihren linken Arm los und rammte einem der Männer die gespreizten Mittel- und Zeigefinger mit solcher Gewalt in die Augen, dass dieser einen halben Schritt zurücktaumelte und dann wie vom Blitz getroffen tot zu Boden fiel.

Der zweite Signori erstarrte in schierem Entsetzen und hätte vermutlich im nächsten Moment ebenso sein Leben ausgehaucht, hätte sich Andrej nicht endlich aus seiner Erstarrung gelöst. Mit einem einzigen Schritt war er bei der Kreatur, riss sie in die Höhe und an sich heran und brach ihr mit einem zornigen Ruck das Genick.

Trotzdem bäumte sich das Wesen (es gelang Andrej nicht, von ihm weiter als Mensch zu denken) noch einmal in seinem Griff auf, erschlaffte dann endlich, und was immer auch Lebensähnliches in seinen Augen gewesen sein mochte, flackerte noch einmal wütend auf und erlosch.

Andrej ließ los. Der Körper fiel leblos und wie der sprichwörtliche nasse Sack zu Boden, rollte zur Seite und entleerte im Sterben auch noch seine Blase, wie der stechende Geruch bewies.

Andrej prallte angeekelt einen Schritt zurück und wäre gerne noch weiter zurückgewichen, hätte sich da nicht etwas Hartes und sehr Spitzes in seinen Rücken gebohrt.

»Keine Bewegung, Signore Delãny«, sagte Rezzori. »Wenn Ihr Euch auch nur rührt, seid Ihr tot.«

Andrej bezweifelte das, hob aber trotzdem gehorsam die Hände auf Schulterhöhe und machte – vorsichtig – einen Schritt zur Seite. Die stählerne Spitze folgte seiner Bewegung, bohrte sich aber wenigstens nicht tiefer zwischen seine Schulterblätter.

»Zurück!«, befahl Rezzori. Seine Stimme schien ruhig, bebte aber unter der Oberfläche vor Anspannung. »Und rührt Euch nicht!«, fügte er noch einmal hinzu.

Andrej trat pflichtschuldig einen weiteren Schritt zur Seite, dann bedeutete Rezzori zweien seiner Männer, sich um die reglose Gestalt am Boden zu bemühen. Die beiden Toten bedachte er lediglich mit einem desinteressierten Blick, in dem allenfalls jenes Maß an professionellem Bedauern lag, das ein Handwerker einem zerbrochenen Werkzeug zollen mochte. »Ich nehme an, ein weiterer guter Freund von Euch, der normalerweise ganz harmlos ist, Signore Delãny?«, fragte er kalt.

»Ich kenne den Mann nicht«, antwortete Andrej. »Und bevor Ihr fragt, ich weiß auch nicht, warum er hier ist.«

»Und seinen Namen habt Ihr auch nur erraten«, vermutete Rezzori. Andrej sah erst jetzt, dass er eine plumpe einschüssige Pistole in der Hand hielt, deren Lauf er genau auf sein Gesicht gerichtet hatte.

»Ich habe ihn einmal gesehen«, antwortete Andrej. »Aber da war er an die Wand seiner Zelle in Doktor Scalsis Spital gekettet.«

Rezzori setzte gerade zu einer verärgerten Antwort an, als hinter ihnen ein spitzer Schrei erklang. Andrej und Rezzori fuhren gleichzeitig herum und erblickten Corinna, die neben ihrem Vater auf die Knie gefallen war.

Andrej vergaß die Schwertspitze in seinem Rücken und war mit zwei schnellen Schritten bei ihr.

Corinnas Vater lag mit weit aufgerissenen Augen auf der Seite. Auf seinen Lippen hatte sich rosafarbener Schaum gebildet, und seine Kehle war so präzise durchschnitten wie mit einem Rasiermesser.

»Corinna, ich …«, begann Andrej, brach dann aber ab und wollte sich neben ihr in die Hocke sinken lassen, doch Rezzori ließ es nicht zu. Seine Pistole grub sich unsanft in Andrejs Seite, und auch die Schwertspitze war wieder da. Behutsam richtete er sich auf und hob vorsichtshalber erneut die Hände.

»Es tut mir leid, Signorina«, sagte Rezzori kühl, aber zugleich auch ehrlich. »Ich gebe Euch mein Wort, dass wir den Schuldigen finden und seiner gerechten Strafe zuführen werden.«

Andrej starrte ihn beinahe fassungslos an, aber er sprach nicht aus, was ihm dazu auf der Zunge lag. Rezzori sagte das nicht aus Grausamkeit oder um Corinna zu verhöhnen – er glaubte wirklich, dass diese Worte sie trösten würden.

»Aber warum … warum hat er das …« Corinnas Stimme versagte. Sie streckte die Hand nach dem Gesicht ihres Vaters aus und erstarrte dann, als hielten sie unsichtbare Fesseln zurück. Tatsächlich konnte Andrej sehen, welch gewaltige Anstrengung es sie kostete, sich schließlich doch vorzubeugen und die Augen des Toten zu schließen.

»Warum hat er das getan?«, flüsterte sie noch einmal. »Er war doch harmlos. Er … er hat doch niemandem etwas zuleide getan.«

»Wer hier was getan hat, wird sich noch zeigen, Signorina«, antwortete Rezzori. »Aber zuerst werde ich Euren Freund befragen, Signore Delãny.« Die Waffe bohrte sich tiefer in Andrejs Seite. »Und dieses Mal würde ich ihm raten, die Wahrheit zu sagen.«

Andrej war versucht, die Pistole zu nehmen und sie Rezzori in eine beliebige Körperöffnung zu schieben, bevor er abdrückte, doch dann stand Corinna auf und gab ein leises, wimmerndes Seufzen von sich. Tränen liefen über ihr Gesicht, und sie war so bleich wie eine Tote. Aber ihr Gesicht war vollkommen reglos, und ihre Stimme so hart und schneidend wie geschliffener Stahl, als sie sich an Rezzori wandte.

»Reden Sie keinen Unsinn, Signore Rezzori«, sagte sie kalt. »Sie waren dabei. Sie haben gesehen, was passiert ist. Oder suchen Sie nur einen Verantwortlichen, um Ihre eigene Unfähigkeit zu verschleiern?«

Rezzoris Gesichtsfarbe begann, sich der Corinnas anzugleichen, doch er kam nicht zu Wort. »Dieser Mann ist aus Scalsis

Narrenturm entflohen und hierhergekommen. Er hat vier Eurer Männer getötet und meinen Vater, und hätte Andrej ihn nicht aufgehalten, dann hätte er noch mehr von Euren Männern umgebracht, vielleicht auch mich oder Euch. Ist das Eurer Aufmerksamkeit vielleicht entgangen?«

»Signorina, ich – «, begann Rezzori, doch Corinna fiel ihm scharf ins Wort: »Andrej und ich werden jetzt zu Scalsi gehen und ihn fragen, wie dieser gefährliche Kranke aus seiner Obhut entkommen konnte, und ich hoffe für ihn, dass er eine überzeugende Antwort auf diese Frage hat. Ihr könnt uns begleiten, wenn Ihr es wünscht, Signore. Und Eure Signori auch – wenigstens die, die noch am Leben sind.«

Rezzori nahm die Spitze hin, ohne mit der Wimper zu zucken, antwortete aber nun auch kühler. »Ich werde mit dem Dottore reden, Contessa, aber ich kann nicht erlauben, dass Ihr Euch in Gefahr begebt. Und was Signore Delãny angeht, so muss ich darauf bestehen, ihn zumindest einstweilen in Gewahrsam zu nehmen.«

Andrej drehte sich fast gelassen zur Seite, nahm dem Mann hinter sich den Degen aus der Hand und brach ihn ohne sichtbare Anstrengung entzwei. Der Soldat schnappte nach Luft und riss erschrocken die Augen auf, als Andrej ihm die beiden Hälften zurückgab und sich dann zu Rezzori wandte, um dessen Pistole zu mustern, als überlege er, damit dasselbe zu tun. Was der Wahrheit auch ziemlich nahe kam.

»Andrej!« Corinna hob nicht nur besänftigend die Hand, sondern trat vorsichtshalber auch mit einem schnellen Schritt zwischen Rezzori und ihn. »Bitte!«

»Contessa, ich muss darauf bestehen – «, begann Rezzori, nur um auch jetzt wieder unterbrochen zu werden.

»Ihr habt Andrejs Wort, dass er mit Euch kommen und alle Eure Fragen beantworten wird. Aber ich gehe jetzt zu Scalsi und frage ihn, was geschehen ist, und ich möchte, dass er mich begleitet. Oder seid Ihr bereit, persönlich für meine Sicherheit zu garantieren, Signore?«

Rezzori sah zuerst sie an, dann den Leichnam des Wahnsinnigen und schließlich das zerbrochene Rapier, das der verblüffte Soldat noch immer in den Händen hielt. »Ich habe Euer Wort als Ehrenmann, Signore Delãny?«, wandte er sich schließlich an Andrej.

Worauf auch immer. Andrej nickte.

Kapitel 20

Als sie das Arsenal erreichten und aus den Booten stiegen, bestand Rezzoris Armee immerhin noch aus acht Mann – ihn selbst nicht mitgerechnet –, denn er hatte Corinnas Palazzo tatsächlich umstellen lassen. Andrej hatte kein Wort darüber verloren, so wenig wie Corinna, aber er hatte ihr angesehen, dass sie diesen Umstand sehr wohl zur Kenntnis genommen hatte und das letzte Wort darüber noch nicht gesprochen war.

Venedig hatte sich verändert. Was ihm schon am Morgen und auf dem Weg zu Corinnas Palazzo aufgefallen war, registrierte er nun umso deutlicher: Die gesamte Stadt vibrierte vor Erregung. Überall wurde gehastet und gearbeitet, Dinge wurden hin- und hergetragen, Boote be- und entladen – die letzten Vorbereitungen für den ersten Abend des *Carnevale*. Die Vorfreude war zu spüren, eine kribbelnde Energie, die nicht einmal vor der einschüchternden Präsenz der Signori haltmachte.

Die Fahrt zum Arsenal verlief schweigend. Rezzori hatte einen seiner Männer zurückgelassen, der sich um die Toten kümmern sollte. Corinna hatte darauf bestanden, ihren grauhaarigen Leibwächter mitzunehmen – was Andrej wenig begeisterte. Schon Corinna bei dieser Unternehmung mitzunehmen ging ihm gegen den Strich, da wollte er nicht noch auf ihren Aufpasser aufpassen müssen.

Doch hatte er sich – wohlweislich – den Atem gespart, Corinna von ihrem Entschluss abbringen zu wollen.

Die Boote fuhren so nah an die Turmruine an der Kaimauer heran, dass eine einzige heftigere Welle ausgereicht hätte, sie gegen den harten Stein zu schmettern, an dem die Ruder jetzt nur entlangkratzten. Auf dem letzten Stück wurden sie langsamer, und Andrej fragte sich, ob es wirklich Zufall war, dass sie dasselbe winzige Bootshaus ansteuerten, in dem er Abu Dun aus dem Wasser gezogen hatte. Rezzori bedachte ihn jedenfalls mit einem stummen Blick, der zumindest Zweifel daran aufkommen ließ.

Andrej aber trat mit einem so raschen Schritt aus dem Boot, dass Rezzori erst zum Protest ansetzte, als er schon längst auf sicherem Boden stand und die Hälfte seiner Männer damit beschäftigt war, das heftige Schaukeln des Bootes auszugleichen.

Rezzori beließ es denn auch lediglich bei einem zornigen Blick, den Andrej mit einem herzlichen Lächeln und einer leichten spöttischen Verbeugung beantwortete. Dann streckte er den Arm aus, um auch Corinna auf den Steg hinaufzuhelfen. In ihren Augen blitzte es belustigt auf, bevor sie mit eleganten Bewegungen alleine aus dem Boot stieg.

Andrej hatte Mühe, ein schadenfrohes Grienen zu unterdrücken, war aber zugleich auch verwirrt. Wenn er bedachte, dass sie vor weniger als einer Stunde neben ihrem toten Vater gekniet hatte, hatte sie ihre Trauer erstaunlich schnell überwunden.

»Ihr bleibt hinter mir, Contessa«, sagte Rezzori grob, als er (als Letzter) aus dem Boot stieg und seine Signori mit unwilligen

Gesten herumscheuchte, um sie militärisch präzise Aufstellung nehmen zu lassen.

»Nichts anderes hatte ich vor«, antwortete Corinna lächelnd, während sie neben Andrej und vor ihrem grauhaarigen Leibwächter Aufstellung nahm. Rezzoris Augen schossen zornige Blitze in ihre Richtung, aber er enthielt sich jeglichen Kommentars und fuhr nur zornig auf dem Absatz herum und stürzte aus dem Schuppen.

Andrej spürte sofort, dass etwas nicht stimmte. Es war zu ruhig. Das Arsenal war eine typische Fischer- und Handwerkergegend, die zu dieser Stunde vor Geschäftigkeit nur so summen sollte. Dass dem nicht so war, hatte er schon vom Wasser aus gesehen, es aber auf den besonderen Tag geschoben und vermutet, dass sich so ziemlich jedermann schon auf dem Weg zur Hauptinsel befand, zum *Carnevale.* Vielleicht auch, dass die meisten Werkstätten heute geschlossen waren, damit sich ihre Inhaber angemessen vorbereiten und sich ausgeschlafen in den *Carnevale* stürzen konnten, um sich nach Kräften zu betrinken.

Rings um sie herum rührte sich nichts. Sämtliche Türen waren geschlossen, und vor etlichen Fenstern waren die Läden vorgelegt. Viel alarmierender aber war das, was ihm sein feines Gehör und seine anderen scharfen Sinne verrieten. Die Häuser ringsum waren tatsächlich verlassen, und das in einem Umkreis von mindestens hundert Schritten.

»Was ist mit dir?«, fragte Corinna plötzlich. Andrej warf ihr einen fragenden Blick zu. »Du wirkst nervös.«

Kannte sie ihn schon so gut? »Es ist zu still.«

»Das ist normal«, sagte Corinna. »Sie sind wahrscheinlich schon alle unterwegs. Oder schlafen sich aus, um sich danach umso heftiger betrinken zu können.«

Jetzt wurde Corinna ihm langsam unheimlich, sprach die junge Frau doch nahezu wörtlich das aus, was er gerade gedacht hatte. Andrej hob jedoch nur leicht die Schultern und sah sich noch einmal um. Es blieb dabei: Es war so still, als hätte etwas nicht nur alle Menschen, sondern jegliches Leben aus diesem Teil der Stadt vertrieben.

Rezzori verfügte vielleicht nicht über seine Sinne, schien die unheimliche Veränderung aber auf eine andere Weise ebenso deutlich zu spüren. Er gab sich zwar redliche Mühe, sich seine wahren Gefühle nicht anmerken zu lassen, vermochte aber zumindest Andrej nicht über seine zunehmende Nervosität zu täuschen. Bis sie die Turmruine erreicht hatten, hatte auch der letzte seiner Männer seine Muskete von der Schulter genommen und sie schussbereit gemacht.

Rezzori blieb vor dem wie immer verschlossenen Tor stehen und hob die Hand, um zu klopfen, ließ den Arm dann aber wieder sinken und bedeutete Andrej mit einer ruppigen Geste, es für ihn zu tun.

Andrej gehorchte, wenn auch erst nach kurzem Zögern und mit demselben unguten Gefühl, das ihn auf dem ganzen Weg vom Bootshaus begleitet hatte. Anders als in den schmalen Straßen, durch die sie gekommen waren, spürte er Leben in Scalsis Narrenturm, aber irgendetwas daran stimmte nicht, irritierte ihn, ohne dass er hätte sagen können, was. Doch er schob den Gedanken beiseite. Selbstverständlich stimmte etwas mit diesem Leben nicht. Wäre es anders gewesen, dachte er, wäre es wohl kaum nötig gewesen wäre, es hinter diesen uralten Mauern einzusperren.

Also klopfte er umso nachdrücklicher an die schmale Schlupftür, die daraufhin mit einem erbärmlichen Quietschen nach innen schwang – ungefähr eine Handspanne weit, dann kippte sie um und schlug mit gewaltigem Getöse auf dem Boden auf.

Andrej war mit einem einzigen Satz durch die Tür und hatte die Waffe gezogen, noch bevor das Echo des Aufpralls ganz in dem winzigen Innenhof verklungen war. Schatten flohen lautlos in alle Richtungen, und irgendetwas Großes und ungemein Böses schien sich dicht unter der trügerischen Oberfläche der Realität zu regen.

»Bleibt stehen, Delãny!«, befahl Rezzori hinter ihm. Andrej musste sich nicht umdrehen, um zu wissen, dass sich die Musketen nun wieder auf ihn gerichtet hatten.

Aber das war nicht der alleinige Grund, aus dem er nach nur einem einzigen weiteren Schritt stehen blieb und sich umsah. Vielleicht zum ersten Mal kam ihm Schwester Innozenz nicht entgegengeeilt, um ihn mit der einen oder anderen spitzen Bemerkung und vorwurfsvollen Blicken zu begrüßen. Doch da war noch etwas: Er spürte so etwas wie das Echo vergangenen Schreckens. Gewalt. Etwas war hier geschehen, vor noch nicht allzu langer Zeit und mit explosiver Wucht.

Fast schon widerwillig wandte er sich zu Rezzori und den anderen um und stellte ohne Überraschung fest, dass es nicht sein energisches Anklopfen gewesen war, das der Tür den Garaus gemacht hatte. Vielmehr war sie mit schierer Gewalt aus den morschen Angeln gesprengt und anschließend offenbar mühsam wieder in den Rahmen gestellt worden.

Andrej sagte nichts dazu, aber die Sorge nagte noch heftiger an ihm. Er kannte nur einen einzigen Menschen, der fähig war, so etwas zu tun. Abu Dun.

»Was geht hier vor?« Rezzori fuhr ihn an, als wüsste Andrej, was hier geschehen war, und trüge ganz allein die Verantwortung dafür. »Wenn es noch etwas gibt, was Ihr mir sagen wollt, dann wäre jetzt der richtige Moment.«

Und vielleicht hätte Andrej es sogar getan (auch wenn Rezzori das, was er zu sagen hatte, gewiss nicht gefallen würde), wären da nicht Corinna und ihr Begleiter hereingekommen und wäre Rezzori nicht herumgefahren, um sie in grobem Ton anzublaffen: »Wartet draußen!«

»Sagt wer?«, antwortete Corinna schnippisch.

»Sie bleibt bei mir«, sagte Andrej rasch, bevor Rezzori etwas erwidern konnte. Wenn es überhaupt einen Ort gab, wo Corinna sicher war, dann in seiner Nähe.

Zu seiner Überraschung protestierte Rezzori nicht (vielleicht war er einfach zu perplex), sondern trat sogar zurück, um ihr Platz zu machen.

»Bleib an meiner Seite«, sagte – nein: befahl – Andrej, wandte sich zu Rezzori um und fuhr in unverändertem Ton fort: »Und Eure Leute riegeln hier alles ab. Sie sollen aufpassen. Der Mann vorhin im Palazzo war vielleicht nicht der Einzige.«

Er wartete gar nicht erst ab, ob (und wie) Rezzori auf seine Worte reagierte, sondern bedeutete Corinnas Begleiter mit einer Geste, bei ihr zu bleiben, fuhr auf dem Absatz herum und stürmte auf die schmale Tür auf der anderen Seite des Hofes zu. Er war nicht überrascht festzustellen, dass sie ebenfalls aufgebrochen worden war.

Mit einem wuchtigen Tritt sprengte er sie vollends auf, stürmte hindurch und überwand immer drei Stufen mit einem einzigen Satz, als er die Treppe hinunterstürmte.

Er kam zu spät, das spürte er schon, bevor er in den finsteren Gang rannte und die offen stehenden Türen sah. Nur noch eine einzige Fackel brannte, und die Luft roch verbraucht und nach Blut und exzessiver Gewalt. Ein zerbrochenes Rapier lag auf dem Boden und in einer Ecke ein mit Blut getränkter Kleiderfetzen.

Andrej stürmte unbeirrt daran vorbei, sprengte die Tür zu Marius' Zelle mit einem Fußtritt auf und blieb dann vor dem stehen, was von dem einfachen Bett übrig geblieben war.

Etwas oder jemand hatte es in Stücke geschlagen. Auch die in die Wand eingelassenen massiven Ketten waren wie von einer außer Kontrolle geratenen Naturgewalt in Stücke gerissen. Kettenglieder klirrten unter seinen Schritten, und dann auch noch etwas Größeres, das mit einem rostigen Scheppern davonflog.

Andrej bückte sich rasch danach, hob es auf und kämpfte gegen die Panik, als er den gepolsterten Ring erkannte, mit dem Marius' Handgelenk gebunden gewesen war. Er war zerbrochen, und der weiche Stoff an seiner Innenseite hart und besudelt mit – noch nicht ganz – eingetrocknetem Blut.

»Marius?«, fragte eine Stimme hinter ihm.

Andrej wandte mit einiger Mühe den Kopf und sah einen schlanken Schatten in der Tür hinter sich. Aber es verging noch ein weiterer, quälend langer Atemzug, bis ihm klar wurde, dass er wohl minutenlang dagesessen und die zerbrochene Handfessel angestarrt hatte.

Mit einem Ruck stand er auf, schleuderte sie von sich und stürmte so schnell aus der Zelle, dass Corinna, die ihm nachgekommen war, sich gerade noch mit einem hastigen Schritt in Sicherheit bringen konnte. Ihr Leibwächter leistete zumindest symbolischen Widerstand, indem er gerade noch rechtzeitig genug den Oberkörper zur Seite drehte, sodass er nur von Andrejs Schulter gestreift wurde und mit einiger Mühe sein Gleichgewicht halten konnte.

Rezzori kam ihm entgegen. Sein Gesicht war professionell ausdruckslos, dasselbe galt für seine Stimme. »Alle Eingänge sind gesichert. Niemand kommt aus dem Turm heraus. Und wir haben mehrere Tote gefunden.«

»Zu Scalsi«, befahl Andrej, ohne darüber nachzudenken, dass Rezzori ihn ganz instinktiv als Führer akzeptiert hatte. »Und warnt Eure Männer. Hinter der einen oder anderen Tür könnte eine böse Überraschung auf sie warten.«

Rezzori reagierte genauso, wie er es (von einem Untergebenen) erwartet hätte. Er fuhr mit einem knappen Nicken herum und stürmte davon. Andrej wartete, auch wenn es ihm schwerfiel, bis Corinna und ihr Schatten an seine Seite getreten waren. Dann ging er schnell los, sodass sie gerade noch mit ihm Schritt halten konnten. Er fühlte ihre Anspannung – vor allem die des Grauhaarigen, der sich zwar bemühte, äußerlich ungerührt zu wirken, unter dieser Maske aber so aufmerksam war, dass er in Andrejs Achtung noch einmal stieg. Wenn Corinnas Vater diesen Mann zum Leibwächter seiner Tochter gemacht hatte, dann hatte er eine wirklich gute Wahl getroffen.

»Bleibt hinter mir«, befahl er, diesmal nicht an Corinna gewandt, sondern an den Grauhaarigen, der nur knapp nickte und seine Schutzbefohlene reichlich unsanft hinter Andrej bugsierte und dann seinerseits hinter ihr Posten bezog.

Corinna sah nicht gerade begeistert aus, doch Andrej ließ ihr keine Zeit, ihren Protest in Worte zu kleiden, sondern setzte seinen Weg unbeirrt fort, überquerte mit schnellen Schritten den kleinen Innenhof und stürmte die steile Treppe hinter der Tür auf der anderen Seite hinauf. Stimmen wehten ihnen von oben entgegen, darunter auch das aufgeregte Falsett von Schwester Innozenz.

Rezzori war es irgendwie gelungen, ihn zu überholen, ohne dass er es bemerkt hatte. Er und zwei seiner Männer warteten an der Abzweigung im ersten Stockwerk und bemühten sich mit wenig Erfolg, die massive Tür aufzubrechen, hinter der sich der Zellentrakt befand. Andrej scheuchte sie unwillig zur Seite und trat die Tür kurzerhand ein.

Vielleicht setzte er mehr Kraft ein als notwendig, denn die Tür flog mit solcher Wucht nach innen und gegen die Wand, dass sie in Stücke brach. Nicht nur die beiden Signori starrten ihn fassungslos an. Andrej konnte regelrecht sehen, wie es hinter Rezzoris Stirn zu arbeiten begann, als er sich wohl an eine andere Tür ein Stockwerk tiefer erinnerte, die auf ganz ähnliche Art aufgesprengt worden war.

Sollte er. Andrej rannte weiter, fand die Zelle gleich am Anfang des Ganges wie erwartet nicht nur offen, sondern auch verwaist vor und wandte sich der auf der anderen Seite zu.

Sie war ungleich massiver als die, durch die sie hereingekommen waren, und ging noch dazu nach außen auf, sodass er drei Mal und mit aller Gewalt zutreten musste, bis das Schloss schließlich zusammen mit einem guten Teil des Türblattes herausbrach. Was er nun in Rezzoris Augen las, war eindeutig Furcht, aber auch das war ihm mittlerweile gleich. Er riss die Tür auf und spannte alle Muskeln an, auf den Angriff einer weiteren Schreckensgestalt vorbereitet, aber seine Vorsicht war unbegründet. Die erbärmliche Gestalt, die an die gegenüberliegende Wand gekettet war, stellte keine Gefahr dar, nicht für ihn und auch für sonst niemanden mehr.

Andrej war mit zwei Schritten bei dem in Lumpen gekleideten Mann und ließ sich neben ihm auf ein Knie sinken. Der Mann war tot. Doch Andrej blieb trotzdem auf der Hut. Dies war ein böser Ort, an dem alles möglich war. Und nur wenig Gutes.

»Großer Gott, was ist das für ein Gestank?«, ächzte Rezzori, der hinter ihm hereinkam. »Und was ist …«

Er verstummte, sog scharf die Luft zwischen den Zähnen ein und verzog dann angewidert das Gesicht. »Das ist ja ekelhaft! Warum hat man diesen Mann wie einen räudigen Kater verrecken lassen?«

Andrej wünschte sich, er hätte eine andere Wortwahl getroffen, erwiderte aber trotzdem: »Warum fragt Ihr das nicht Dottore Scalsi selbst?«

»Das werde ich!« Rezzori ging in respektvoller Entfernung zu dem Toten in die Knie und winkte einen seiner Begleiter heran. »Bringt Scalsi her! Sofort!«

Der Mann floh regelrecht, froh, aus dieser schrecklichen Umgebung entkommen zu können. Auch sein Kamerad warf nur einen scheuen Blick herein und war dann fast noch schneller verschwunden, doch nun nahm Corinna seinen Platz ein. Ihr grauhaariger Schatten versuchte, sie zurückzuhalten, aber natürlich blieb es bei dem Versuch. Sie blieb erst stehen, als Andrej ihr mit erhobener Hand bedeutete, nicht näher zu kommen.

»Oh, der arme Mann!«, hauchte sie entsetzt. »Was hat man ihm angetan?«

»Er ist tot, Signorina«, antwortete Rezzori. »Aber Ihr solltet ihm dennoch nicht zu nahe kommen.«

»Aber was … was ist mit ihm passiert?«, murmelte Corinna entsetzt. Auch sie sank in die Hocke und sah den Mann mit ungläubigem Mitleid an. Ihr Begleiter war ebenfalls eingetreten, hielt jedoch größtmöglichen Abstand, und Andrej konnte ihm ansehen, dass er sich möglichst weit weg wünschte.

»Erinnerst du dich daran, was Scalsi über die Zellen neben Marius erzählt hat?«, murmelte Andrej.

Corinna nickte und starrte den Toten aus großen Augen an. Sie wartete darauf, dass er weitersprach, aber das konnte Andrej nicht. Er hatte das Gefühl, die Antwort auf all seine Fragen schon zu kennen, aber jedes Mal, wenn er danach greifen wollte, entschlüpfte sie ihm im letzten Moment.

Rezzori zog sein Rapier und schob die zerfetzten Kleider des Toten mit der Klinge beiseite – als ob das, was sichtbar war, nicht schon schlimm genug gewesen wäre. Der Tote war beinahe ebenso schrecklich abgemagert wie der Wahnsinnige, der Corinnas Vater umgebracht hatte. Seine Haut war mit zahlreichen alten und neuen Narben übersät, auch da, wo sie nicht vernarbt war, zeigte sie Spuren schwerer Entbehrungen und Misshandlungen, die noch nicht allzu lange zurückliegen konnten. Dennoch: Nicht eine davon war tödlich, und irgendetwas sagte Andrej, dass es nicht die Summe dieser Verletzungen gewesen war, die ihn letzten Endes getötet hatte, sondern etwas anderes und viel Schlimmeres.

Zögernd streckte er die Hand aus und berührte die Stirn des Toten. Die Haut war noch nicht ganz kalt, was Andrejs Verdacht bestätigte. Er war noch nicht sehr lange tot. Aber da … war etwas – wie ein schlechter Geruch, der dieser leeren Hülle anhaftete, als hätte das, was ihm das Leben gestohlen hatte, seine Überreste zusätzlich besudelt, um sie für alle Zeiten zu verderben.

»Und?«, flüsterte Corinna.

Andrej wusste, was sie meinte. Als er die Hand zurückzog, hätte er beinahe erleichtert aufgeatmet. Er hatte das Bedürfnis, die Finger an seiner Hose abzuwischen, gab ihm aber nicht nach. »Jemand hat ihm das Leben genommen«, sagte er.

Jetzt sah Rezzori ihn an, als fühle er sich von dieser Antwort zum Narren gehalten, aber in Corinnas Augen erschien tiefes Erschrecken, denn sie verstand, was er wirklich meinte – oder ahnte es zumindest. »Du meinst – ?«

Andrej stand so schnell auf, dass allein die jähe Bewegung sie verstummen ließ, und obwohl er nicht hinsah, bemerkte er das neue Misstrauen, das in Rezzori erwachte. »Ich meine, dass jemand diesen armen Mann umgebracht hat. Und dass es noch nicht lange her ist.«

Bevor Corinna oder der Signore auch nur ein weiteres Wort sagen konnten, eilte Andrej aus dem Raum, um die vier übrigen Zellen zu untersuchen. Sie waren ausnahmslos verschlossen, sodass er die Türen ebenfalls aufbrechen musste. In zweien fanden sie weitere Tote, die auf dieselbe unheimliche Weise ums Leben gekommen waren, die beiden anderen waren leer.

Dennoch waren es diese beiden Kammern, die sein besonderes Interesse weckten. Sie mochten leer sein, das aber noch nicht sehr lange. Etwas ebenso Fremdartiges wie auf beängstigende Art Vertrautes war noch vor kurzer Zeit hier gewesen, das spürte er.

Abgesehen von ihrer Fähigkeit, die Nähe eines anderen Unsterblichen zu fühlen, und der unnatürlichen Schärfe ihrer Sinne, verfügten weder Abu Dun noch er über außergewöhnliche geistige Kräfte. Sie vermochten nicht die Gedanken anderer zu lesen wie Meruhe oder die Sinne der Menschen so zu verwirren, dass es schien, als könnten sie nach Belieben ihre Gestalt wechseln, wie Loki es gekonnt hatte. Und dennoch fühlte er sowohl in Gegenwart des Toten als auch in dieser vollkommen leeren Zelle die Anwesenheit von etwas anderem und auf schrecklich falsche Weise Lebendigem. Es war so unheimlich, dass es ihm Angst machte.

Sein Instinkt schrie ihm zu, auf dem Absatz kehrtzumachen und diesen Ort des Entsetzens zu verlassen. Er wollte der Furcht nicht nachgeben, schon aus Prinzip nicht, und kämpfte etliche Augenblicke dagegen an, trat dann aber doch in den Gang hinaus und nahm eine der brennenden Fackeln von der Wand. Im tanzenden roten Licht bewegten sich Schatten, wo keine sein sollten, und er meinte ein Flüstern zu vernehmen, lautlos und nur für ihn hörbar, begleitet von einem durch und durch bösen Lachen. *Du musst die Einsamkeit nicht fürchten, Vater. Ich werde sie mit dir teilen. Die ganze Ewigkeit. Und einen Tag.*

Es war die Stimme seines Sohnes. Er fuhr mit einem erstickten Schreckensruf herum und taumelte zurück, als die schmale Gestalt tatsächlich aus dem Dunkel trat. Erst dann begriff er, dass es nicht Marius war, sondern Corinna.

»Was ist hier geschehen, Andrej?«, flüsterte sie mit zitternder, kaum noch beherrschter Stimme. »Was … was hat er … getan?«

Andrej brauchte eine Weile, um zu verstehen, dass sie nicht von Marius sprach, sondern von Scalsi. Corinna jedoch wartete die Antwort nicht ab, sondern kam näher und blieb so dicht neben ihm stehen, dass Andrej die Fackel etwas höher hob, um sie nicht zu verbrennen.

»Was ist hier geschehen?«, flüsterte sie noch einmal.

Andrej antwortete auch darauf nicht – wie hätte er es auch gekonnt? Corinna ging an ihm vorbei und hockte sich neben den Haufen stinkender Lumpen, der dem Bewohner dieser Schreckenskammer als Bett gedient hatte. Eine Zeit lang schien es, als starre sie einfach nur die Wand darüber an, doch dann bedeutete sie ihm mit einer Geste, näher zu kommen und ihr zu leuchten.

Als Andrej gehorchte, erkannte er, was sie – erstaunlicherweise vor ihm – entdeckt hatte. In dem schweren Mauerwerk klaffte eine Lücke, kaum groß genug für die Faust eines Säuglings, aber sehr tief. Der Anblick wollte ihn an etwas zu erinnern, ohne dass es ihm wirklich gelang.

Offensichtlich erging es Corinna in dieser Hinsicht besser, denn sie legte den Kopf in den Nacken und sah erwartungsvoll zu ihm hoch. Erst als er den Kopf schüttelte und ein hilfloses Achselzucken andeutete, stand sie auf, wandte sich plötzlich schnell um und verließ die Zelle. Andrej warf ihrem Leibwächter einen fragenden Blick zu – den dieser seinerseits mit einem ratlosen Achselzucken beantwortete –, bevor er ihr folgte und gerade noch sah, wie sie in der Zelle verschwand, in der sie den ersten Toten gefunden hatten.

Sie kauerte bereits neben dem Leichnam, als Andrej sie einholte, und diesmal brauchte er nicht einmal das zusätzliche Licht der Fackel, um es zu erkennen: Auch hier klaffte ein Loch in der Wand, nur etwas größer als das andere.

Corinna blieb jetzt nur einen Augenblick, bevor sie sich abermals umdrehte und auch die anderen Verliese untersuchte. Andrej war nicht überrascht, in jedem einzelnen dasselbe zu finden. Irgendetwas sagte ihm, er müsse eigentlich wissen, was diese Entdeckung bedeutete, aber es wollte ihm einfach nicht einfallen. Rezzori, der ihm gefolgt war, stellte schließlich die Frage: »Und was hat das zu bedeuten, Contessa?«

Corinna antwortete ihm nicht. Sie sah nicht einmal in seine Richtung, sondern kniete nur neben dem letzten Ausgang des geheimen Tunnelsystems nieder, das sie offensichtlich entdeckt hatte, und legte den Zeigerfinger auf die Lippen. Dann streckte sie behutsam den Arm aus, um mit den Fingernägeln am rauen Stein unterhalb des Loches zu kratzen.

Andrej geduldete sich, solange er konnte – was unter den

gegebenen Umständen weniger als eine halbe Minute war –, und wollte gerade etwas sagen, als er eine Regung hinter der Mauer spürte. Blitzartig und ohne nachzudenken packte er zu – oder wollte es.

So unglaublich es ihm selbst erschien, Corinna war schneller. Ihre Hand ergriff das winzige, struppige Etwas, das neugierig seine Schnauze aus dem Loch gesteckt hatte, und schmetterte es mit solcher Wucht gegen die Wand, dass Andrej hören konnte, wie das Rückgrat der Ratte brach. Mit einem erbärmlichen Quieken fiel das Tier zu Boden, und Corinna hob den Fuß und stampfte mit aller Gewalt auf seinen Kopf.

Als selbst das die Ratte nicht sofort umbrachte, holte sie zu einem zweiten und womöglich noch härteren Tritt aus, doch jetzt hatte Andrej seinen Schrecken überwunden, packte sie am Arm und stieß sie so grob zurück, dass sie gestürzt wäre, wäre sie nicht mit Rezzori zusammengeprallt, der sie festhielt.

»He!«, protestierte sie. »Was soll – ?«

Andrej brachte sie mit einer schroffen Geste zum Verstummen und bückte sich nach dem sterbenden Tier. Es hatte nahezu aufgehört, sich zu bewegen, und gab nur noch ein leises, jämmerliches Quieken von sich. Andrej konnte regelrecht sehen, wie das Leben aus seinem zerschmetterten Körper wich.

Viel schlimmer jedoch war das, was er fühlte, als er seinen Widerwillen niederkämpfte und das sterbende Tier in die Hand nahm.

Da … war etwas. Um ein Haar hätte er die Ratte fallen gelassen. Da war ein Hauch von Unsterblichkeit in ihr, etwas, das sie – fast – zu einem Geschöpf seiner Art machte. Es griff nach ihm, begann lautlos und tückisch wie ein geschmackloses Gift in seine Gedanken zu sickern und sie zu verderben.

Andrej schloss die Hand mit einem Ruck so hart zur Faust, dass die vermeintliche Unsterblichkeit der Ratte nur noch einen Sekundenbruchteil währte. Rezzori zog verwirrt und nun unübersehbar misstrauisch die Augenbrauen zusammen. Er schwieg, aber hinter seiner Stirn arbeitete es.

Angewidert ließ er das zerquetschte Tier fallen und versuchte mit eher mäßigem Erfolg, seine Finger mit einem Zipfel seines Mantels zu säubern. Der schlechte Hauch blieb auf seiner Seele, und plötzlich schien es dunkler in der kleinen Zelle zu werden und kälter.

Schritte näherten sich, und Andrej erkannte Schwester Innozenz' keifende Stimme, noch bevor sie von einem von Rezzoris Männern unsanft in die Zelle gestoßen wurde. Allmählich wurde es so eng hier drinnen, dass man sich kaum noch bewegen konnte.

»Wo ist der Dottore?«, fuhr Rezzori den Signori an. »Ihr solltet ihn herbringen!«

»Wir suchen noch nach ihm«, antwortete der Mann. »Aber da ist … noch etwas.«

Unwillig runzelte Rezzori die Stirn, als der Mann eine betretene Pause einlegte, um den verheerten Leichnam zu Andrejs Füßen zu mustern. »Und was?«

»Wir haben noch mehr Tote gefunden. Signore. Wie es aussieht, lebt hier niemand mehr.«

»Ja, weil dieser schwarze Teufel sie alle umgebracht hat! Und dieser Mann steckt mit ihm unter einer Decke.« Innozenz' anklagend ausgestreckter Zeigefinger stieß wie ein Dolch nach Andrejs Gesicht. Er drehte rasch den Kopf. »Statt einer wehrlosen Frau Gewalt anzutun, solltet ihr lieber diesen Hexer in Ketten legen, Signore Rezzori! Seid Ihr etwa nicht für die Sicherheit der Menschen in dieser Stadt verantwortlich? Und gehören der Dottore und ich etwa nicht dazu?«

»Doch«, antwortete Rezzori mühsam beherrscht. »Und genau aus diesem Grund erwarte ich jetzt, dass Ihr mir erzählt, was hier geschehen ist.«

»Warum fragt Ihr das nicht diesen … diesen Ausländer?!«, empörte sich Innozenz. Ihr Finger stieß erneut nach Andrejs Gesicht, der ihr Handgelenk ergriff und es festhielt. »Er und sein heidnischer schwarzer Freund sind doch schuld an alledem!«

Rezzori sah Andrej eher verwirrt als misstrauisch an und wandte sich dann wieder an Schwester Innozenz. »Scusi?«

»Rede ich so undeutlich, Signore?«, rief Innozenz beleidigt. Sie versuchte sich loszureißen, aber Andrej hielt sie weiter fest. »Er und sein schwarzer Freund! Sie sind schuld an allem, was hier geschehen ist! Alles war gut, bevor sie hier aufgetaucht sind und das Unglück über uns gebracht haben! Legt ihn in Ketten! Auf der Stelle!«

»So gerne ich das auch täte, müsstet Ihr mir schon einen Grund dafür nennen, Schwester.«

»Einen Grund?«, zeterte Innozenz. Aufgeregt zeigte sie mit der freien Hand auf den Toten hinab. »Reicht Euch das nicht als Grund? Das und all die anderen Toten? Sie haben alle umgebracht! Jede lebende Seele in diesem Haus haben sie ausgelöscht, er und sein schwarzer Heidenfreund! Nur der Dottore und ich konnten ihnen entkommen, und auch das nur, weil wir uns versteckt haben.«

»Und wo?«, fragte Rezzori.

»In seinem Büro«, antwortete Innozenz. »Dort ist eine geheime Kammer, gleich neben dem Kamin. Sie stammt noch aus der Zeit, als dieser Turm – «

Sie brach ab, als Rezzori die Hand hob und den Signori hinausschickte. Dann wandte er sich wieder an sie. »Und Ihr seid sicher, dass es Signore Delãny und sein Freund waren? Ich meine, Ihr habt mit eigenen Augen gesehen, dass sie all diese Männer getötet haben?«

»Zweifelt Ihr an meinem Wort?«

»Selbstverständlich nicht, Schwester«, sagte Rezzori rasch. »Es ist nur so, dass sich Signore Delãny seit heute Morgen entweder in meiner oder der, äh … Obhut der Contessa befunden hat.«

»Ihrer Obhut«, wiederholte Schwester Innozenz gedehnt, und Corinnas Miene verfinsterte sich. »Er kann nicht dabei gewesen sein, Schwester«, sagte sie kühl.

»Woher soll ich wissen, wie sie es gemacht haben?« Innozenz zeigte sich nicht im Geringsten beeindruckt. »Vielleicht sind sie mit dem Teufel im Bunde oder praktizieren schwarze Magie! Ich weiß, was ich mit meinen eigenen Augen gesehen habe! Sie waren zu zweit, und sie haben gewütet wie die Teufel persönlich! Die armen Männer haben um ihr Leben gefleht, aber sie haben keine Gnade walten lassen!«

Rezzori seufzte. »Wir werden die Schuldigen finden, Schwester, das verspreche ich Euch, aber Signore Delãny gehört definitiv nicht dazu … so sehr ich es auch bedauere«, fügte er mit einem schrägen Blick in Andrejs Richtung hinzu.

In Schwester Innozenz' Augen blitzte es umso kampflustiger auf. »Von Euch habe ich nicht wirklich etwas anderes erwartet, Signore«, sagte sie abfällig. »Aber Ihr, Contessa?« Sie drehte sich zu Corinna um. »Ich dachte wirklich, Ihr wärt anders als die meisten anderen! Vielleicht ist es gut, dass Euer armer Vater nicht mehr erleben muss, was aus Euch geworden ist.«

»Oder aus Euch«, erwiderte Corinna jetzt eisig. »Er hat nämlich große Stücke auf den Dottore und Euch gehalten, und auf dieses ganze Spital. Er war wirklich der Meinung, dass den Menschen hier geholfen würde!«

»Und das ist auch so!«, fuhr Innozenz auf. »Habt Ihr mir nicht zugehört? Dieser schwarze Teufel hat all diese Menschen getötet! Fragt den Dottore, wenn Euch mein Wort nicht genügt!«

»Woher wisst Ihr, dass der Vater der Contessa tot ist?«, fragte Rezzori.

»Was hat das mit – ?«, fauchte Innozenz, brach dann ab und starrte Rezzori aus weit aufgerissenen Augen an. »Der Conte ist tot?«

»Einer Eurer bedauernswerten Schützlinge hat ihn umgebracht«, bestätigte Rezzori im Plauderton. »Ich war dabei. Signore Delãny hat noch versucht, ihn aufzuhalten, aber wir waren nicht schnell genug.«

Schwester Innozenz wirkte ehrlich betroffen. »Das tut mir leid«, fuhr sie in verändertem Ton und direkt an Corinna gewandt fort. »Mein Beileid, Contessa. Ich habe es nur so gemeint, dass Euer Vater ja nicht mehr immer alles so genau verstanden hat, was geschieht. Und ich – «

»Dieser Mann da« – Corinna unterbrach sie scharf und deutete abermals auf den Toten – »den haben nicht Andrej und sein Freund so zugerichtet. Jemand muss ihn wochenlang gequält haben, wenn nicht Monate. Ist das die Art von Hilfe, die Ihr den Kranken zuteil werden lasst?« Sie gab einen Laut von sich, der fast wie ein kleiner Schrei klang. »Und ich habe tatsächlich überlegt, meinen Vater in Eure Obhut zu geben, hätte sich sein Zustand noch mehr verschlechtert!«

»Und das wäre auch das Beste für ihn gewesen.« Scalsi – ein vollkommen veränderter Scalsi, auch wenn Andrej den Unterschied zuerst nicht in Worte fassen konnte – versuchte sich ebenfalls in die Zelle zu drängen, wurde aber von Rezzori so grob zurückgestoßen, dass selbst Andrej missbilligend die Stirn runzelte. Trotzdem fuhr er an Corinna gewandt fort: »Manchmal muss man zu Maßnahmen greifen, die auf Außenstehende verstörend wirken können, um gewisse Probleme zu lösen, und ich habe Verständnis für Euer – «

»Bring den Kerl raus!«, fuhr Rezzori den Mann hinter Scalsi an. »Und tu es schnell, bevor ich mich vergesse!«

Der Mann tat, was Rezzori ihm befohlen hatte, und zerrte Scalsi mit ebenso unnötiger wie übertriebener Gewalt davon. Rezzori selbst ergriff Schwester Innozenz kaum weniger unsanft am Oberarm und wollte sie hinter sich herzerren, doch die Barmherzige Schwester riss sich mit erstaunlicher Kraft los und funkelte ihn so wütend an, dass er es nicht wagte, sie noch einmal zu anzurühren.

»Ich kann durchaus allein gehen, Signore!«, zischte sie, machte aber keine Anstalten, es tatsächlich zu tun, sondern wandte sich mit einem Ruck zu Andrej um. Ihr Blick wanderte zwischen ihm und der toten Ratte hin und her. »Wie ich sehe, habe ich mich wohl in Euch getäuscht, Signore Delãny«, sagte sie höhnisch. »Ihr scheint mir ja ein wirklich großer Held zu sein. Immerhin habt Ihr sogar dieses gefährliche Ungeheuer erschlagen. Wart Ihr früher einmal Drachentöter?«

»Ich wollte nur verhindern, dass noch jemand gebissen wird«, erwiderte Andrej gelassen. »Auch wenn es vermutlich schon zu spät ist. Euch hat sie ja schon gebissen und den bedauernswerten Doktor ebenfalls, wie ich gehört habe … und so ziemlich jeden anderen hier auch. Ich meine, das ist doch Marius' Spielgefährtin, oder?« Er meinte, leises Quieken aus der Wand zu hören.

Corinna sah ihn verstört an, aber Innozenz' Miene wurde nur noch verächtlicher. »Das ist nur noch schwer festzustellen, Signore, so wie Ihr das arme Tier zugerichtet habt.«

»Genug jetzt!«, mischte sich Rezzori ein. »Folgt mir! Alle! Ich bekomme keine Luft mehr hier drinnen!«

Andrej konnte gut verstehen, was er meinte. Auch er war froh, nicht nur dieser Kammer, sondern auch dem Korridor zu entkommen. Ihm war, als würde er hilflos im Netz einer Spinne zappeln, deren unsichtbare Besitzerin längst damit begonnen hatte, auf ihn zuzukriechen.

Dennoch fiel er unauffällig ein Stück zurück und wartete, bis sich nur noch Corinnas Leibwächter in Hörweite befand. »Es war dieselbe Ratte, nicht wahr?«, fragte er. »Die, die wir in Marius' Zelle gesehen haben.« Doch was war mit dem Geräusch, das er eben gehört zu haben glaubte?

»Meinst du? Ich glaube nicht, aber so genau habe ich sie mir auch nicht angesehen«, antwortete Corinna. »Eine Ratte eben.«

»Und du hast sie angelockt?«, hakte Andrej nach.

»Wie hätte ich das denn machen sollen?«, fragte Corinna ein wenig verletzt, aber auch schon wieder gewohnt schnippisch. »Aber wenn es dich beruhigt: Ich hatte früher selbst eine Ratte als Spielgefährtin. Vielleicht hat sie das ja gemerkt.«

»Eine Ratte?«

»Du meinst sicher ein Schmusekätzchen passt besser zu mir, nehme ich an«, sagte Corinna spöttisch. »Oder ein kleiner süßer Schoßhund mit einer Schleife im Haar?«

»Eigentlich nicht«, antwortete Andrej, und Corinnas Augen schossen kleine spitze Pfeile in seine Richtung.

»Ratten sind sehr gelehrige Tiere«, sagte sie. »Ich kenne sie gut genug, und irgendwie beruht das auf Gegenseitigkeit. Bin ich jetzt rehabilitiert, oder übergebt Ihr mich der Inquisition, Signore Delãny?«

»Immerhin müsste ich dafür nur meine Stimme heben«, antwortete er mit einer Kopfbewegung nach vorn und einem leicht verunglückten Lächeln.

Corinna erwiderte es, aber auch sie wirkte nicht überzeugt. Erst als sie sich dem unteren Ende der Treppe näherten und Rezzori und Schwester Innozenz auf den Hof hinaustraten, fuhr sie fort: »Warum fragst du?«

»Das weiß ich nicht«, antwortete Andrej, was sogar der Wahrheit entsprach. »Noch nicht. Aber ich bin froh, dass sie dich nicht gebissen hat. Du hast Glück gehabt. Pass in Zukunft ein bisschen auf, in welche Löcher du deine Finger steckst.«

»Signore Delãny, ich bin empört!«, feixte Corinna.

»Ich meine es ernst«, beharrte Andrej. »Du weißt nicht, womit du es hier zu tun hast.«

»Aber du?«, fragte Corinna. Andrej nickte. »Dann sag es mir.«

»Später«, antwortete Andrej. Vielleicht.

Kapitel 21

Zwei Schritte hinter Rezzori traten sie auf den Innenhof hinaus. Das helle Tageslicht und die wärmenden Strahlen der Sonne hätten den Druck von seiner Seele nehmen sollen, doch er fühlte sich immer noch wie unter einem unsichtbaren klebrigen Netz gefangen. Nun konnte ihn die Spinne umso besser sehen.

Fünf oder sechs von Rezzoris Männern hatten sich bereits wieder auf dem Hof versammelt, und ein weiterer hielt in dem eingeschlagenen Tor Wache. Rezzori selbst hatte Schwester Innozenz der Obhut eines seiner Signori übergeben und redete mit leiser, aber schneidender Stimme auf Scalsi ein. Er hielt noch immer das Rapier in der Hand, dessen rasiermesserscharfe Klinge er fest genug gegen die Halsschlagader des Arztes presste, dass ein dünnes rotes Rinnsal unter dem mit Rüschen besetzten Kragen Scalsis versickerte.

Vielleicht war es dieser Anblick, der Andrej endlich klarmachte, was mit dem Arzt nicht stimmte.

Scalsi war nicht mehr Scalsi.

Natürlich war es noch derselbe Mann – aber der Scalsi, den er kennengelernt hatte, war vielleicht ein selbstgerechter Despot gewesen, aber auch ein erbärmlicher Feigling, wie Andrej spätestens auf der Friedhofsinsel klar geworden war, ein Mann ohne jegliches Selbstbewusstsein. Nichts davon war dem Mann, dem er nun gegenüberstand, anzumerken. Er hatte zwar den Kopf auf die Seite gelegt, damit Rezzori ihm mit seiner Waffe nicht aus Versehen die Halsschlagader durchschnitt, aber in seinen kalten Augen war nicht einmal ein Hauch von Angst zu erkennen.

»Was habt Ihr mit diesen armen Menschen hier gemacht, Dottore?«, fragte Rezzori. »Ich rate Euch zu antworten, und es sollte besser eine Antwort sein, die mich zufriedenstellt!«

»Ihr würdet es sowieso nicht verstehen«, erwiderte Scalsi verächtlich. »Manche Dinge müssen getan werden, so einfach ist das.« Seine Lippen zuckten, weil Rezzoris Klinge ihm vermutlich sehr wehtat und er Schmerzen einfach nicht gewohnt war, aber in seinen Augen zeigte sich keine Regung. Er hatte keine Angst. Vielleicht war er gar nicht mehr in der Lage, ein solches Gefühl zu empfinden.

»Ihr werdet mir antworten, Dottore«, versprach Rezzori grimmig. »Die Frage ist nur, wie unangenehm es für Euch wird.«

Rasch trat Andrej neben Rezzori und legte ihm (sehr vorsichtig) die Hand auf die Schulter. Rezzori funkelte ihn an, und Andrej konnte in seinen Augen lesen, dass seine Frist ablief. Der Signori hatte sich seiner angeborenen Autorität zuerst ganz instinktiv untergeordnet, aber je mehr Zeit verstrich, ohne dass etwas passierte, desto mehr verlor dieser Reflex an Kraft, und der alte Rezzori kam wieder zum Vorschein, und damit der Herr der Signori di Notte. Andrej fragte sich besorgt, wie lange er seinen Anordnungen wohl noch gehorchen würde.

Er wandte sich direkt an Scalsi. »Was genau ist hier passiert?«

»Warum fragt Ihr das nicht Euren schwarzen Freund?«, antwortete Scalsi verächtlich.

»Abu Dun?«

»Wenn das sein Name ist«, erwiderte Scalsi, der Abu Dun besser kannte, als ihm lieb sein konnte. Seine Antwort, dachte Andrej, galt wohl viel mehr Rezzori als ihm. Und es war auch der Signore, der die nächste Frage stellte, und nicht Andrej. »Ihr wollt behaupten, ein einzelner Mann hätte das alles hier getan? Das ist lächerlich!«

»Ihr habt den schwarzen Teufel nicht erlebt«, gab Scalsi zurück. »Er ist wie Satan persönlich über uns gekommen!«

»Er?«, fragte Rezzori. Scalsi sah ihn nur fragend an, und Rezzori deutete mit dem Kopf hinter sich auf Schwester Innozenz. »Eure Assistentin sprach von zwei Angreifern, Dottore.«

Scalsi fand es anscheinend unter seiner Würde, darauf zu antworten, aber Schwester Innozenz nahm das Stichwort dankbar auf. »Ich habe es gesehen!«, sagte sie. »Es waren zwei! Zwei schwarze Teufel, die kein Erbarmen kannten!«

Rezzori zog eine Grimasse, schloss demonstrativ für eine Sekunde die Augen und fuhr dann mit fast schon unnatürlich ruhiger Stimme fort: »Und wann genau soll das geschehen sein, Dottore?«

»Vielleicht vor einer Stunde«, antwortete Scalsi. »Seht Euch die Toten an, und Ihr werdet feststellen, dass manche von ihnen noch bluten.«

Rezzori ignorierte zumindest die letzte Bemerkung und machte ein nachdenkliches Gesicht. »Hatte er Flügel?«, fragte er dann.

Scalsi blinzelte. »Wie?«

»Der schwarze Teufel, der Euch und Euer Spital angegriffen hat«, wiederholte Rezzori. »Hatte er Flügel? Denn die hätte er schon gebraucht, um so schnell hierherzukommen. Der Muselman ist uns entkommen, das ist wahr, doch vor gut einer Stunde befand sich Signore Delãnys Freund noch in unserem Gewahrsam. Und so gerne ich einen Vorwand hätte, ihnen dieses schreckliche Verbrechen anzulasten, würde das doch zugleich auch bedeuten, den wahren Schuldigen davonkommen zu lassen. Ich frage Euch also noch einmal: Was ist hier geschehen?«

Der Druck der Degenklinge wurde ein wenig stärker, und das rote Rinnsal, das unter Scalsis Kragen versickerte, breiter. Andrej griff behutsam nach Rezzoris Handgelenk, ohne aber die Waffe ganz herunterzudrücken, was nur seinen Trotz herausgefordert hätte. Er sah, dass Rezzori wütend genug war, um den Arzt aus Versehen zu töten – und sie brauchten ihn noch. Stattdessen zog er sie nur eine Winzigkeit vom Hals zurück.

»Wo ist Marius?«, fragte er.

»Euer Sohn?«, erwiderte Scalsi verächtlich. Er machte eine Bewegung, als wolle er mit den Schultern zucken, entschied dann aber doch, dass mit einer scharfen Klinge am Hals das Risiko zu groß war, und ließ es bleiben. »Woher soll ich das wissen? Vielleicht in der Hölle, wo er hingehört.«

Andrej ließ Rezzoris Arm nun endgültig los. Sooo dringend brauchten sie Scalsi vielleicht doch nicht.

»Bindet den Kerl!«, befahl Rezzori. »Und sie auch. Und dann verschwinden wir von hier.«

Scalsi wehrte sich nicht, als seine Hände von zwei Männern ergriffen und grob auf den Rücken gebogen wurden, doch Schwester Innozenz begann, hysterisch zu protestieren. Es brauchte zwei Männer und den Einsatz von reichlich Gewalt, um sie zu bändigen.

Rezzoris Männer waren nicht die Einzigen, die keinen Hehl aus ihrer Erleichterung machten, die Turmruine wieder verlassen zu können. Auch Corinnas grauhaariger Leibwächter war nervös.

Der Blick seiner dunklen Augen huschte unstet umher, blieb an jedem Fenster, jeder Tür und jedem Schatten hängen und taxierte Andrej aufs Genaueste, und auch Corinna atmete erleichtert auf, als sie zwischen ihm und Andrej durch die aufgebrochene Tür wieder in die schmalen Straßen des Arsenale hinaustrat. Andrej konnte es ihr nachfühlen: Wer, wenn nicht er, sollte besser wissen, dass es so etwas wie Geister und die rachsüchtigen Seelen der Toten nicht gab? Und dennoch hatte er das Gefühl, gerade einem Ort entkommen zu sein, an dem eben diese ihr Unwesen trieben und der für die Lebenden verboten war.

Rezzori befahl einem seiner Männer, bei dem nunmehr verlassenen Turm zu bleiben, bis er Verstärkung geschickt und entschieden hatte, wie mit den Toten (und den beiden Überlebenden) weiter zu verfahren sei – ein Befehl, den der Mann zwar mit einem wortlosen Nicken, aber mit allen Anzeichen von Unbehagen entgegennahm. Als sie schließlich aufbrachen und sich auf den kurzen Weg zurück zum Bootshaus machten, fiel Corinna unauffällig ein kleines Stück zurück und bedeutete auch ihrem Leibwächter, einen größeren Abstand zu Andrej und ihr einzuhalten.

»Es waren die beiden Frauen, habe ich recht?«, fragte sie mit gesenkter Stimme und ohne Andrej dabei direkt anzusehen. »Die Dienerinnen Eurer … Freundin.«

Andrej hätte viel darum gegeben, diese Frage mit einem klaren Nein beantworten zu können. Wider jede Logik hatte er bisher gehofft, sie hätte die Bedeutung dessen, was er ihr über Meruhe und ihre beiden nubischen Kriegerinnen erzählt hatte, nicht erkannt. Jetzt kam er nicht mehr umhin, sich ihren Fragen zu stellen. »Ich glaube, sie wollten Scalsi schon gestern Abend auf der Begräbnisinsel töten«, antwortete er unbehaglich.

»Aber warum?«

»Das weiß ich nicht.« Andrej spürte Corinnas zweifelnden Blick mehr, als er ihn sah. »Vielleicht, um Spuren zu verwischen.«

»Weil der Dottore und seine Gehilfen etwas gesehen haben, was sie nicht sehen sollten?«, vermutete Corinna, dachte stirnrunzelnd über ihre eigene Frage nach und beantwortete sie dann auch selbst mit einem Nicken. »Diese beiden armen Männer, die wir gerade gefunden haben – sie wurden zu Tode gefoltert, nicht wahr?«

Das wurden sie, wenn auch auf eine Art, die sie sich vermutlich nicht einmal vorstellen konnte, und Andrej würde es ihr ganz sicher nicht erklären. Noch hatte sich das Bild hinter seiner Stirn nicht vollends zusammengefügt, aber die einzelnen Teile begannen allmählich einen Sinn zu ergeben. Vielleicht hätte er ihn schon längst erkannt, wäre er nicht zu grauenhaft gewesen.

»Dein Sohn«, sagte Corinna plötzlich und scheinbar zusammenhanglos. »Marius. Was hast du ihm angetan, dass er dich so sehr hasst?«

Andrej fiel auf, dass sie die Stimme nicht nur zu einem Flüstern gesenkt hatte, sondern nun auch Französisch sprach, wohl, damit niemand ihre Worte verstand. Er hatte nicht gewusst, dass sie des Französischen mächtig war, wenn auch langsam und mit einem starken, schleppenden Akzent. Dennoch antwortete er in derselben Sprache.

»Das, was ich dir bereits erzählt habe. Ich habe ihn für tot gehalten und das getan, was jeder Vater für sein totes Kind getan hätte. Ich habe ihn begraben.« Das hatte er ihr schon einmal erzählt, und das erste Mal hatte es ihm Erleichterung gebracht, jetzt schienen ihm die Worte die Kehle zuzuschnüren. Vermutlich weil da noch mehr war, was er ihr nicht verraten hatte.

Corinna sah ihn fragend an und schien genau das zu spüren, und schließlich fuhr er mit jetzt beinahe brechender Stimme fort: »Und dann bin ich weggegangen.«

Erst sah er in Corinnas Blick nur Mitgefühl und Verständnis, doch dann dämmerte Begreifen darin und abgrundtiefes Erschrecken. »Aber jemand hat ihn gefunden und aus seinem Grab befreit?«, murmelte sie.

Andrej schüttelte den Kopf. Er schwieg.

»Aber er … er ist wie du«, flüsterte Corinna. »Ich meine, er … er stirbt nicht.«

Andrej sagte nichts, und er hätte es auch gar nicht gekonnt, denn in seiner Kehle war plötzlich ein bitterer, stachelig-harter Kloß, der ihn fast am Atmen hinderte. Es war nicht ihre Schuld. Ganz gewiss nicht. Er an ihrer Stelle hätte dieselbe Frage gestellt, vielleicht schon viel eher und viel brutaler. Dennoch beschworen ihre Worte endgültig den Schrecken herauf, den er so lange und so tief in sich begraben hatte. Jetzt musste er nicht einschlafen, um sich in die Fänge des Albtraumes zu begeben – er war da, kam in der Verkleidung einer Erinnerung über ihn und schleuderte ihn mit Urgewalt zurück ins Borsatal. Er sah vor sich, wie er den toten Jungen begraben hatte, tief, um seinen Leib vor Raubtieren und Grabräubern zu schützen – eine grausame Wohltat. Er dachte daran, wie schwer die Steine und die Erde gewesen waren, die er aufgeschichtet hatte. Viel zu schwer für einen kleinen Jungen, um sich aus eigener Kraft daraus zu befreien, selbst wenn er über die Kraft eines Unsterblichen verfügte.

»Aber er ist wie du«, flüsterte Corinna noch einmal entsetzt. Ihre Stimme zitterte. Warum hörte sie nicht endlich auf? Warum musste sie ihn so quälen? »Er … er war dort … begraben? All die Jahre?« *Die ganze Ewigkeit, Vater. Und einen Tag.*

»Nein«, brachte Andrej heraus. »Er hat einen neuen Körper gefunden, irgendwie. Manche von uns können das, weißt du?« *Frederic. Sein Name war Frederic, Vater. Ich habe dich gesucht, und ich hätte dir verziehen, hättest du mich nur erkannt. Ich wollte so sehr, dass du zurückkommst und mich holst. Aber das hast du nicht getan. Du hast dir einen anderen Sohn gesucht.* »Ich wusste es damals nicht«, fuhr er fort, wohl wissend, dass die Worte nicht nur in seinen Ohren wie eine billige Entschuldigung klingen mussten. »Ich glaube, etwas von ihm ist zurückgeblieben. Ein Teil von ihm muss gespürt haben, wie …« Seine Stimme versagte. Corinna nickte mitfühlend und legte ihm sanft die Hand auf den Unterarm, eine Hand, die sich so schmal und zerbrechlich anfühlte wie die eines kleinen Jungen, der vergeblich auf seinen Schutz vertraut hatte.

Andrej zog den Arm mit einem Ruck zurück und konnte nicht anders, als den Abstand zwischen ihnen um einen Schritt zu vergrößern. Corinna sah verletzt aus, aber an dem Ausdruck tiefen Mitgefühls in ihrem Blick änderte sich nichts. »Du konntest es nicht wissen«, sagte sie.

Das entsprach vielleicht der Wahrheit, aber es machte es nicht besser. *All die Jahre, Vater. All diese unendlichen Jahre, die Monate und Wochen und Tage und Stunden.* Wie lange brauchte der Körper eines Kindes, um weit genug zu verfallen, bis sein verrottetes Fleisch die Seele endgültig freigab?

»Es tut mir so unendlich leid, Andrej«, sagte Corinna, jetzt wieder auf Italienisch und mit etwas lauterer, festerer Stimme. »Wenn es nur etwas gäbe, das ich für dich tun könnte.«

»Vielleicht kannst du das«, antwortete er leise. »Wenn das hier vorbei ist und ich es überlebe … vielleicht erlaubst du mir, doch noch eine Weile bei dir zu bleiben.«

»Eine Weile?«, wiederholte Corinna überrascht, aber auch

darum bemüht, sich nicht anmerken zu lassen, wie sehr sie diese Worte freuten.

»Nicht sehr lange. Vielleicht fünfzig Jahre oder sechzig …« Er zwang sich zu einem leisen, aber ehrlich klingenden Lachen, stupste ihr spielerisch mit dem Zeigefinger auf die Nase und fügte augenzwinkernd hinzu: »So lange, bis du eine faltige alte Frau geworden bist und ich deiner überdrüssig werde.«

Und er meinte es ernst. Er wusste nicht, was die Zukunft, nicht einmal, was die nächste Stunde bringen würde, und neben allem anderen war da noch immer die tiefe Sorge um Abu Dun, von dem noch immer jede Spur fehlte – und doch: Es wäre nicht das erste Mal, dass sich ihre Wege für eine Weile trennten und sie sich wenigstens der Illusion von ein wenig Glück und Normalität hingaben.

Corinnas Augen leuchteten in stiller Freude, als hätte sie seine Gedanken gelesen, und in einem einzigen, zeitlosen Augenblick begriff Andrej gleich dreierlei: Wie sehr er sie liebte. Dass er nicht nur nicht wusste, was die nächste Stunde bringen würde, sondern dass dies sogar für die nächste Sekunde galt. Und dass sich Rezzori geirrt hatte, was Abu Dun anging: Der Nubier konnte sehr wohl fliegen.

Jedenfalls sah es so aus, im allerersten Moment. Andrej spürte die Gefahr einen Sekundenbruchteil, bevor er ihn sah, dennoch kam selbst sein warnender Schrei zu spät. Abu Dun tauchte nicht etwa am Ende der schmalen Gasse auf oder stürzte plötzlich aus einer Tür, sondern wuchs wie ein kolossaler schwarzer Schatten über einem Dach empor und sprang dann ohne das mindeste Zögern die gut zwanzig Fuß herab. Sein schwarzer Mantel bauschte sich wie ein bizarres Flügelpaar, und Andrej wusste zwar, dass es unmöglich war, meinte aber dennoch zu spüren, wie die gesamte Straße unter seinem Aufprall erzitterte. Erst dann ertönte der erste überraschte Aufschrei. Andrej begriff nicht einmal, dass er seiner eigenen Kehle entsprang.

Alles ging so schnell, dass der erste von Rezzoris Signori bereits von einem Fausthieb Abu Duns getroffen zu Boden sank, noch bevor die anderen erschrocken auseinanderspritzten und ihre Waffen zogen. Einzig Rezzori selbst war geistesgegenwärtig genug, seine Pistole abzufeuern, verfehlte in seiner Hast sein Ziel aber hoffnungslos. Die Kugel schlug mindestens drei Manneslängen neben dem Angreifer Putz und Holzsplitter aus der Wand, und Abu Dun fuhr mit einem zornigen Knurren herum und hob die Arme, um sich auf ihn zu stürzen. Rezzori war auch dieses Mal geistesgegenwärtig genug, ihm die nutzlos gewordene Waffe ins Gesicht zu schleudern, was den Nubier zwar keinen Deut langsamer werden ließ, ihn aber immerhin weit genug aus dem Konzept brachte, dass seine Hände den Signori verfehlten. Statt Rezzori das Genick zu brechen (oder ihm wortwörtlich den Kopf abzureißen, wozu er durchaus in der Lage gewesen wäre), streifte er lediglich seine Schulter, was aber schon allein ausreichte, den Mann gegen die nächste Wand taumeln und halb benommen daran zusammensacken zu lassen.

»Abu Dun!«, brüllte Andrej entsetzt. »Bist du wahnsinnig geworden? Hör auf!«

Wenn der Nubier Andrejs Worte überhaupt gehört hatte, dann schienen sie seine Wut nur noch mehr anzustacheln. Mit einem einzigen Schritt war er bei Rezzori, riss ihn in die Höhe und versetzte ihm einen Schlag mit der flachen Hand, der ihm endgültig das Bewusstsein raubte – wenn nicht mehr. Nahezu aus derselben Bewegung heraus fuhr er herum und sah sich einem weiteren Signori gegenüber, der ihm die Klinge seines Degens zwischen die Schulterblätter stoßen wollte. Doch bevor der Mann begriff, wie ihm geschah, waren seine Hände leer, und Abu Dun schlug ihn mit dem Griff seiner eigenen Waffe zu Boden.

Erst als ein zweiter schwarzer Riesenvogel von einem Dach auf der anderen Seite der Gasse sprang und wie ein tobsüchtiger Derwisch unter die überraschten Männer fuhr, begriff Andrej, wie sehr er sich getäuscht hatte. Es war natürlich nicht Abu Dun. Es war Nefatili, die nubische Kriegerin, gefolgt von Kalili, ihrer Schwester. Und sie waren auf ihre Art nicht weniger tödlich als Abu Dun.

Andrej verschwendete keine Zeit und schrie: »Bring sie weg!«, darauf hoffend, dass Corinnas Leibwächter begriff, wen er meinte. Dann stürzte er los.

Die beiden Kriegerinnen hatten sich weiteren Gegnern zugewandt und parierten deren hastige Degenstöße fast unheimlich mühelos. Zwei weitere Signori taumelten nahezu gleichzeitig zu Boden, wenigstens einer von beiden schwer verletzt und aus einer tiefen Wunde blutend, und der andere kampfunfähig, was praktisch einem Todesurteil gleichkam, wenn niemand die beiden Kriegerinnen aufhielt.

Andrej versuchte es zumindest.

Die Erinnerung an den vergangenen Abend war noch zu frisch, als dass er ein zweites Mal den Fehler beging, sie zu unterschätzen oder auch nur übermäßig viel Rücksicht walten zu lassen. Einen weiteren Signori einfach über den Haufen rennend, stürmte er der ihm näheren Kriegerin entgegen, parierte den Schwerthieb, der einen halben Atemzug später einen Signori aufgeschlitzt hätte, mit einem wuchtigen Hieb seiner eigenen Klinge und drückte das Schwert dann mit einer gewaltigen beidhändigen Bewegung so kraftvoll in die Höhe, dass der schlanke

Krummsäbel den Fingern seiner Besitzerin entrissen wurde und sich eine Handbreite tief in die Wand neben ihr bohrte. Die Nubierin torkelte mit einem erstickten Schmerzensruf zurück.

Doch Andrej blieb keine Zeit, sich über seinen vermeintlichen Sieg zu freuen. Mit wild rudernden Armen kämpfte die Kriegerin um ihr Gleichgewicht, doch noch bevor sich dieser Kampf entschied, registrierte Andrej eine Bewegung aus den Augenwinkeln und fuhr gedankenschnell herum.

Den rasiermesserscharfen Krummsäbel, der auf seinen Hals zielte, konnte er mit einem verzweifelten Schwerthieb abwehren, aber ein gleichzeitig nach seiner Schulter trachtender Fußtritt traf ihn so unvorbereitet, dass er nun seinerseits zurücktaumelte und alle Mühe hatte, die Balance zu wahren. Instinktiv schlug er mit dem Schwert um sich, um die Kriegerin auf Distanz zu halten, fand seinen festen Stand mit einem raschen Ausfallschritt wieder und musste sich eines weiteren blitzartig geführten Stiches erwehren, dem es irgendwie gelang, seine Deckung zu durchbrechen. Der Hieb verfehlte ihn knapp genug, um seinen Mantel und den dicken Stoff der Jacke darunter aufzuschlitzen, ohne aber seine Haut auch nur zu berühren. Andrej gedachte nicht, so lange zu warten, bis sie es noch einmal versuchte und ihren Fehler möglicherweise wettmachte. Noch aus derselben Bewegung heraus setzte er ihr nach, packte sein Schwert fester mit beiden Händen und zerschmetterte ihren Säbel mit einem einzigen gewaltigen Schlag, der die Klinge dicht über dem Griff traf und wie Glas zersplittern ließ.

Jeder andere an ihrer Stelle hätte die nutzlose Waffe fallen gelassen.

Nicht so die Nubierin. Als hätte sie seinen Schlag nicht nur vorausgeahnt, sondern alles ganz genau so gewollt, stieß sie die abgebrochene Klinge ebenso unbeeindruckt wie schnell nach oben, und dieses Mal konnte er nicht rechtzeitig ausweichen.

Der schartige Stahl grub eine Furche aus reinem Schmerz durch sein Gesicht. Sein linkes Auge erlosch, und in seinem Mund war plötzlich der bittere Metallgeschmack von Blut.

Hinter ihm wurden Schreie und Kampflärm laut, aber Andrej blieb nicht einmal Zeit, einen Blick über die Schulter zu werfen, denn auch die zweite Nubierin hatte ihre Waffe wieder an sich gebracht und tauchte an der Seite ihrer Schwester auf.

Auch gestern hatte er sich der beiden Schwestern nur mit Mühe und Not erwehren können und hatte, wenn er ehrlich war, den Kampf verloren.

Doch heute wollten sie seinen Tod.

Andrej nahm einen weiteren gemeinen Fußtritt gegen das Knie in Kauf, schrie vor Schmerz auf und warf sich trotzdem vor, um das Handgelenk der Kriegerin zu packen und ihr die Waffe zu entringen. Es gelang ihm, aber er bezahlte mit einem weiteren brutalen Kniestoß (zwischen die Beine) dafür. Ihm wurde schwarz vor Augen. Seine Knie gaben nach, und er wäre gestürzt, hätte er sich nicht mit verzweifelter Kraft an dieselbe Kriegerin geklammert, die ihn fast bewusstlos geschlagen hatte. Diese Gelegenheit nutzte die zweite Nubierin, ihm den abgebrochenen Säbel in die Seite zu stoßen.

Er hatte abermals Glück. Die Klinge glitt an seinen Rippen ab und verletzte keine inneren Organe, aber der neuerliche Schmerz zwang ihn endgültig auf die Knie. Mehr brauchten die beiden austrainierten Kriegerinnen nicht, um ihn zu erledigen.

Er fiel schwer auf die Seite, presste die Hand auf die stark blutende Wunde. Mit dem anderen Arm versuchte er, sich in die Höhe zu stemmen, doch eine der beiden Kriegerinnen versetzte ihm einen Fußtritt ins Gesicht, der ihn vollends auf den Rücken schleuderte.

Alles drehte sich, färbte sich rot und schwarz. Der Schmerz war schlimm, aber trotzdem auf seltsame Weise bedeutungslos. Er empfand nicht einmal Furcht, sondern eine schon fast hysterische Heiterkeit angesichts der Erkenntnis, dass es nach all der Zeit zwei sterbliche Frauen sein sollten, die ihn töteten. Scharfer Stahl blitzte wie gefangenes Sonnenlicht in der Hand der Nubierin und hob sich zu einem tödlichen Hieb, der ihn enthaupten würde und dem er nichts mehr entgegenzusetzen hatte. Er hielt den Atem an. Dann war da plötzlich eine dritte, riesenhafte Gestalt aus geronnener Nacht, die hinter den beiden Nubierinnen emporwuchs, die Hand der Kriegerin packte und ihr die Waffe entrang, sie herumwirbelte, in die Höhe riss und mit furchtbarer Wucht gegen die Wand warf.

Sofort stieß die zweite Kriegerin mit dem zerbrochenen Säbel nach dem Gesicht des so überraschend aufgetauchten Gegners, so schnell, dass das Auge ihr kaum folgen konnte. Abu Dun wehrte den Angriff dennoch mit einer fast beiläufigen Bewegung ab und versetzte ihr im gleichen Augenblick einen Schlag mit der flachen Hand, der sie zwei Schritte zurücktaumeln und dann halb bewusstlos zusammenbrechen ließ.

Dann wurde alles schwarz, vielleicht nur für wenige Sekunden, die Andrej jedoch wie eine Ewigkeit erschienen, als er darum kämpfte, nicht in den Abgrund gesogen zu werden, aus dem es diesmal vielleicht kein Erwachen geben würde.

Als sich sein Blick wieder klärte, sah er in ein Gesicht, das fast noch schwärzer war als der Abgrund, in den er gerade geblickt hatte.

»Das wurde … aber auch Zeit«, brachte er mühsam hervor. Er

wollte grinsen und spürte selbst, dass es wohl eher zu einer Grimasse geriet. Und auch sein zweiter Versuch, sich in die Höhe zu stemmen, scheiterte kläglich. Anscheinend hatte die Kriegerin ihn doch schlimmer verletzt, als er geglaubt hatte. Also hob er mit zusammengebissenen Zähnen den Arm, um sich von Abu Dun aufhelfen von lassen.

Der Nubier rührte sich nicht. Er starrte ihn nur an, und irgendetwas ... stimmte nicht mit ihm. Da ... war etwas in seinen Augen, das nicht dort sein sollte. Es war genau wie vorhin bei Scalsi: Abu Dun war immer noch Abu Dun, aber darunter lauerte noch etwas anderes. Etwas Uraltes und abgrundtief Böses, das hinter dem vertrauten Blick der dunklen Augen lebte und nur auf eine Gelegenheit wartete, endlich zuzuschlagen.

»Abu Dun?«, fragte er.

Er bekam keine Antwort. Wortlos und mit steinerner Miene blickte Abu Dun auf ihn herab und ignorierte weiterhin seine ausgestreckte Hand.

Dann schlug er zu.

Kapitel 22

Wäre Andrej nicht zu verblüfft gewesen, auch nur einen Finger zu rühren, hätte er trotz allem noch reagieren können. So aber traf Abu Duns Faust ihn mit solcher Wucht an der Schläfe, dass er benommen zurücksank und erneut gegen eine Ohnmacht ankämpfen musste.

Auch jetzt verlor er nicht wirklich das Bewusstsein, sondern trieb durch einen Nebel aus sinnlosen (und ausnahmslos schrecklichen) Bildern und Erinnerungsfetzen, in denen sich Teile aus seinem Albtraum mit der nicht minder schrecklichen Realität mischten – und vielleicht gab es auch schon lange keinen wirklichen Unterschied mehr zwischen beidem.

Etwas knallte. Das helle Klirren von Metall drang durch den Schleier, der sich über seine Sinne gelegt hatte und ihm die Sicht raubte, dann ein Schrei und die typischen Geräusche eines verbissenen Kampfes.

Das sollte nicht sein. Abu Dun war gekommen, um den Kampf zu beenden und ihn zu retten, und alles war gut. So war es immer gewesen.

Dennoch wurde noch gekämpft, wie der gellende Schmerzensschrei bewies, der wie ein Messer den Nebel durchschnitt, unmittelbar gefolgt vom dumpfen Krachen einer Muskete und einem weiteren, gedämpften Schrei. Schreckliches würde geschehen, wenn er nicht endlich aufwachte und etwas tat.

Aber er wusste nicht, wie, und er wusste auch nicht, was. Er hatte immer noch Schmerzen, und die Dunkelheit barg plötzlich keinen Schrecken mehr, sondern eine sanfte Verlockung, der er sich nur zu gerne hingegeben hätte.

Dann hörte er Corinna schreien. Nicht seinen Namen, sondern in schierer Todesangst, und Andrej war von einem Sekundenbruchteil auf den anderen auf den Beinen und fuhr herum. Ihm bot sich ein Anblick wie aus einem Albtraum.

Die beiden Nubierinnen waren noch immer außer Gefecht gesetzt. Eine von ihnen lag reglos auf der Seite (vielleicht hatte Abu Dun sie umgebracht, so wuchtig, wie er sie gegen die Wand geschmettert hatte), und ihre Schwester versuchte, sich unsicher auf die Knie hochzustemmen, hatte aber sichtlich Schwierigkeiten, ihre Bewegungen zu koordinieren. Ihr Arm hing nutzlos herab und war vermutlich gebrochen. Aber da war plötzlich noch eine dritte Gestalt in wehenden schwarzen Gewändern, die absurderweise einen breitkrempigen schwarzen Hut über einem gleichfarbigen Turban trug und mit gleich zwei Schwertern gegen drei uniformierte Signori kämpfte. Andrej registrierte beiläufig, dass sie die drei Männer zwar mit wütenden Schlägen vor sich hertrieb, die Signori aber dennoch offenbar gut mit ihren Waffen umzugehen wussten. Sie sahen vielleicht aus wie herausgeputzte Operettensoldaten, aber sie waren es nicht. Dennoch war ihm klar, dass sie keine Chance gegen Meruhe hatten. Es war nur eine Frage von Augenblicken, bis die nubische Königin die drei Signori tötete.

Corinna schrie erneut, und Andrej vergaß Meruhe und die Signori augenblicklich und vollkommen und raste los.

Corinnas Leibwächter hatte seine Warnung entweder nicht gehört oder in den Wind geschlagen und stand noch genau da, wo er ihn zurückgelassen hatte. Abu Dun raste wie eine zum Leben erwachte Naturgewalt auf ihn zu, unbewaffnet. Der Grauhaarige zog nun das Rapier, das vor wenigen Stunden noch an Andrejs Gürtel gehangen hatte, aber eine solche Waffe würde den Nubier nicht einmal langsamer machen, geschweige denn aufhalten.

»Pirat! Nicht!«, brüllte Andrej verzweifelt. »Sie gehört zu uns!«

Doch statt innezuhalten, lief der Nubier schneller und fegte das Rapier des Grauhaarigen einfach mit der bloßen Hand beiseite. Blut spritzte, als der scharfe Stahl tief in seine Hand biss. Abu Dun packte den Mann und warf ihn mit Knochen zerschmetternder Wucht gegen eine Häuserwand. Corinna kreischte.

»Abu Dun, nein!«, schrie Andrej verzweifelt. »Sie gehört nicht zu ihnen!« Verzweifelt versuchte er, noch schneller zu rennen, und wusste doch, dass er zu spät kommen würde. Abu Dun hatte Corinna erreicht. Er würde sie einfach zerquetschen, so zerbrechlich und klein, wie sie war – nicht mehr als ein Kind, das unter die Füße eines heranstürmenden Flusspferds geraten war.

Irgendwie gelang es ihr trotzdem, ihm auszuweichen.

Abu Dun verfehlte sie buchstäblich um Haaresbreite, versuchte, sich in vollem Lauf herumzuwerfen, und geriet prompt ins Stolpern. Mehr brauchte Andrej nicht, um Corinna zu erreichen und sich schützend vor sie zu stellen.

»Verdammt, Pirat, hör auf!«, keuchte er. »Sie ist auf unserer Seite!«

Abu Dun hörte nicht auf ihn. Sein Gesicht war zu einer Grimasse aus schierer Mordlust verzerrt, und er stürmte auf eine Art heran, die Andrej klarmachte, wie sinnlos jedes weitere Wort war – und wie vollkommen unmöglich es war, ihn aufzuhalten.

Blitzschnell stieß er Corinna zur Seite, sodass sie stürzte, täuschte einen Schritt in die entgegengesetzte Richtung an und wirbelte dann abermals herum, um auf Hände und Knie zu fallen.

Abu Dun durchschaute den Trick im letzten Moment und reagierte mit einem wütenden Brüllen, aber nun wurde ihm seine eigene gewaltige Masse zum Verhängnis. Er prallte gegen Andrej, flog in hohem Bogen über seinen gekrümmten Buckel hinweg und landete meterweit entfernt und mit solcher Wucht auf dem Rücken, dass Andrej spürte, wie der Boden bebte.

Unverzüglich sprang er auf, fühlte einen stechenden Schmerz in der Seite, wo ihn Abu Duns Knie getroffen hatte, und war bei ihm, noch bevor er sich vollends wieder aufrichten konnte.

Diesmal gedachte er nicht, ihm auch nur die Spur einer Chance zu lassen.

Andrej verschränkte beide Hände zu einer einzigen Faust, die er dem Nubier mit aller Gewalt gegen die Schläfe hämmerte.

Es fühlte sich an, als hätte er gegen Stein geschlagen. Der Schmerz trieb ihm Tränen in die Augen, aber Abu Dun kippte zur Seite, verdrehte die Augen und erschlaffte dann.

Wenn auch wahrscheinlich nicht für lange.

Als ein weiterer Musketenschuss krachte, gefolgt von einem keuchenden Schmerzenslaut, war Andrej bereits wieder bei Corinna und zerrte sie so grob in die Höhe, dass sie ein erschrockenes Quieken ausstieß. Er warf einen hastigen Blick über die Schulter zurück. Meruhe wankte gegen die Wand in ihrem Rücken, benommen von der Kugel, die sie getroffen hatte. Nur fünf oder sechs Schritte entfernt war einer der Signori mit hektischen Bewegungen dabei, seine Muskete nachzuladen und schussbereit zu machen – eine besonders originelle Art des Selbstmords, fand Andrej. Selbst wenn es ihm gelang, noch einen zweiten Schuss abzugeben, würde er Meruhe damit erst richtig wütend machen.

Er wartete nicht ab, wer den ungleichen Wettstreit gewann, sondern zog Corinna hinter sich her, und das so schnell, dass sie sich kaum auf den Beinen halten konnte. Unglückseligerweise nicht schnell genug.

Hinter ihnen kam Abu Dun bereits wieder zu sich, zwar noch benommen und mit wenig zielsicheren, tastenden Bewegungen, dennoch viel zu schnell. Andrej warf sich Corinna kurzerhand über die Schulter und stürmte los, ohne auf ihre empörten Proteste und ihre strampelnden Beine zu achten, die schmale Straße hinab, zurück zum Bootshaus. Auf halbem Wege wehte das Echo eines weiteren Schusses an sein Ohr, gefolgt von einem entsetzten Schrei, der mit erschreckender Plötzlichkeit abbrach, und dann wieder das Klirren von Schwertern.

Andrej setzte Corinna erst ab, als sie das Bootshaus erreicht hatten. Er machte sich nicht die Mühe, die Tür zu öffnen, sondern sprengte sie mit einem Fußtritt aus den Angeln und warf Corinna mehr in das kleine Boot, als dass er sie hineinstieß.

»Hast du den Verstand verloren?«, zeterte sie. »Wieso laufen wir weg? Und wieso greift Abu Dun mich an? Ich dachte, er ist dein Freund?«

Mit fliegenden Fingern löste Andrej die Leine, mit der die beiden plumpen Ruderboote festgebunden waren, und versetzte dem leeren Boot einen wuchtigen Stoß, der es ein gutes Stück hinaus ins Wasser der Lagune beförderte, wo es augenblicklich im Sog der Strömung davontrieb. Erst dann sprang er so ungestüm zu Corinna hinab, dass sie sich erschrocken an der niedrigen Bordwand festklammerte.

Sein Freund?

Andrej griff nach den beiden schweren Rudern und tauchte sie wuchtig ins Wasser. Die schmutzige Brühe spritzte fast bis unter das Dach des Bootshauses.

Sein Freund. Noch vor wenigen Minuten hatte er das geglaubt. Er hätte sein Leben darauf verwettet – und hatte es auch unzählige Male getan, genau wie auch Abu Dun.

Aber nun war er nicht mehr sicher.

Ganz und gar nicht.

»Warum hat er das getan?«, fragte Corinna noch einmal. »Er hat ihn umgebracht! Einfach so! Er hat doch niemandem etwas zuleide getan! Er wollte mich doch nur verteidigen.«

Er hätte beinahe sie umgebracht, dachte Andrej, aber das schien Corinna entweder nicht begriffen zu haben, oder es war einfach ihre Art, mit dem Schrecken fertig zu werden, indem sie ihn verdrängte. Vielleicht war das auch gut so.

Andrej schwieg. Er wollte das Boot so schnell wie möglich vom Ufer weg und auf das Wasser der Lagune hinausrudern. Bisher war Abu Dun noch nicht hinter ihnen aufgetaucht, was bedeuten konnte, dass er sie nicht verfolgte – aber er kannte den Nubier viel zu gut und zu lange, um sich darauf zu verlassen. Wenn Abu Dun sich einmal etwas vorgenommen hatte, dann gab es nicht viel, was ihn noch davon abbringen konnte. Die Vorstellung, von einem Wesen wie ihm gejagt zu werden, ließ selbst Andrej einen eisigen Schauer über den Rücken laufen.

Dann erschauerte er noch einmal, sogar heftiger, als ihm klar wurde, was er da gerade gedacht hatte. Ein Wesen wie er … Betrachtete er Abu Dun jetzt schon als Feind?

»Er hat ihn einfach so umgebracht«, murmelte Corinna wieder. »Warum? Er wollte mich doch bloß verteidigen.« Ihre Stimme wurde leiser, und obwohl sie ihre Züge vollkommen in der

Gewalt hatte, spürte er, wie nahe sie daran war, endgültig die Fassung zu verlieren und in Tränen auszubrechen. Vielleicht wäre es besser so.

»Er hat seine Pflicht getan«, sagte Andrej leise. »Er war dein Leibwächter.« Das klang billig, sogar in seinen eigenen Ohren. Aber was sollte er sonst sagen?

»Er hätte nicht so sterben müssen«, antwortete Corinna prompt. »Er war ein guter Mann. Er war mein Freund, Andrej. Der einzige, den ich hatte.«

»Ich weiß«, antwortete Andrej. »Und er hat seine Aufgabe erfüllt. Glaubst du, er hätte es sich verziehen, wenn Abu Dun dich getötet hätte?« Kaum hatte er den Satz beendet, wusste er, dass auch das kein Trost war. Er fühlte sich hilflos. Andrej war nie ein Mann vieler Worte gewesen, aber er hatte auch nie Probleme damit gehabt, sich auszudrücken. Jetzt wollten die Worte einfach nicht kommen.

Corinna sah ihn noch einen endlosen Moment lang auf dieselbe herzerweichende Art an, dann gab sie sich sichtlich einen Ruck, zwang sich zu einem traurigen Lächeln und wechselte sowohl das Thema als auch die Art zu sprechen. »Wir brauchen ein Versteck«, sagte sie. »Wenigstens bis es dunkel wird. Zurück in unseren Palazzo …«

»… können wir nicht, ich weiß«, unterbrach sie Andrej. »Sie wissen davon.«

»Nein, dort würde Rezzori zuallererst nach dir suchen«, wandte Corinna ein.

Falls er noch lebte, was Andrej bezweifelte. Aber er verbot es sich, diese Worte auszusprechen. »Rezzori?«, wiederholte er nur. »Warum meinst du, dass er nach mir suchen sollte? Sind wir denn jetzt nicht gute Freunde?«

Corinna sah ihn an, als zweifelte sie an seinem Verstand. »Du hast keine Ahnung, wer die Signori di Notte sind, habe ich recht?«

Andrej sagte gar nichts dazu, doch das schien ihr als Antwort zu genügen. »Du warst noch nie in Venedig, nicht wahr? Und du hast auch noch nie von den Signori di Notte gehört, nehme ich an. Sei froh.«

»Sie sind so eine Art … Polizei?«

»Die schlimmste überhaupt«, bestätigte Corinna. »Jeder fürchtet sie, selbst der Doge. Sie brauchen keinen Grund, um jemanden festzunehmen, und keinen Richter, um dich für immer in ihren Kerkern verschwinden zu lassen. Ich musste alle Beziehungen meiner Familie spielen lassen und jeden alten Gefallen einfordern, an den ich mich erinnern konnte, nur damit er dich freigelassen hat. Ein zweites Mal wird er dich nicht gehen lassen.« Sie stieß heftig die Luft durch die Nase aus. »Ich kann wahrscheinlich von Glück sagen, wenn er mich nicht auch noch verhaftet.«

»Das tut mir leid«, sagte Andrej. »Das Letzte, was ich wollte, war, dir Schwierigkeiten zu bereiten.«

Corinna machte eine wegwerfende Geste. »Das hast du nicht. Im Gegenteil.«

»Im Gegenteil? Was soll das heißen?«

Doch Corinna drehte nur den Kopf, um nachdenklich eine Weile in die Richtung zurückzublicken, aus der sie gekommen waren. Dann sagte sie: »Ich weiß einen Ort, wo wir uns verstecken können. Aber wir müssen bis nach Sonnenuntergang warten, um dorthin zu kommen.«

»Ich kann uns so lange noch ein bisschen herumrudern«, sagte Andrej säuerlich.

»Ein verlockendes Angebot«, sagte Corinna. »Aber ich glaube, ich weiß etwas Besseres.«

Kapitel 23

Auch wenn Corinna behauptete, dass der *Carnevale* offiziell erst nach Sonnenuntergang dieses Tages begann, sah Andrej auf dem Weg zurück in die Stadt bereits jetzt viele ausgelassen feiernde Menschen, und auch die Kanäle schienen dem Ansturm der zahllosen Gondeln kaum noch gewachsen zu sein. Zum ersten Mal, seit sie in dieser Stadt angekommen waren, wurde Andrej Zeuge einer Kollision zwischen zwei der schlanken Boote, die zwar ohne größere Schäden abging, aber einen mit typisch südländischem Temperament zelebrierten Streit auslöste, der noch im angrenzenden Viertel zu hören sein musste.

Schließlich kamen sie mit dem großen Ruderboot nicht mehr von der Stelle. Das Boot war schwer (und Andrej durchaus kräftig) genug, die schlanken Gondeln einfach aus dem Weg zu schieben – oder bei Bedarf auch in zwei Teile zu rammen –, aber es kam ihm schließlich darauf an, möglichst unauffällig zu bleiben und nach Möglichkeit in der Menge zu verschwinden, statt sie auseinanderzusprengen.

Sie waren noch ein gutes Stück von Corinnas Palazzo entfernt – eine halbe Meile mindestens und noch dazu auf der falschen Seite des Kanals –, aber Andrej war dennoch froh, wieder festen Boden unter den Füßen zu haben – auch wenn er sich ihn für seinen Geschmack mit entschieden zu vielen Menschen teilen musste.

Die Einwohnerzahl der Stadt schien sich seit gestern verdoppelt zu haben. Wein und Schnaps flossen schon jetzt in Strömen. Immer wieder wurden sie angerempelt oder von ausgelassenen (und betrunkenen) Menschen aufgefordert, mit ihnen zu feiern. Nach kurzer Zeit beschloss Andrej, die anzüglichen Blicke und Bemerkungen zu ignorieren, die Corinna zugeworfen und zugerufen wurden.

Die Contessa schienen sie nicht zu stören. Wäre er nicht bei ihr gewesen und hätte mit seiner finsteren Erscheinung und in seinen zerfetzten und blutbesudelten Kleidern nicht die dreistesten Grobiane auf Abstand gehalten, hätte sie vermutlich noch mehr und noch zotigere Bemerkungen (und vielleicht Schlimmeres) erdulden müssen.

In der immer noch dichter werdenden Menschenmenge hatte er Mühe, sie nicht aus den Augen zu verlieren. Corinna war zwar gerade mal so groß wie ein Kind, schlängelte sich aber vielleicht gerade deshalb mit beinahe übernatürlich anmutendem Geschick durch die Menge, und auch jetzt wieder mit derselben Anmut und Grazie, die er von der allerersten Sekunde an an ihr bewundert hatte.

So mühelos, wie sie zwischen den Männern und Frauen hindurchschlüpfte, so wenig Rücksicht nahm er und bahnte sich mit finsterer Miene und seiner überlegenen Kraft den Weg, um nicht noch weiter zurückzufallen. Als sie schließlich auf einen Platz von enormen Abmessungen hinaustraten, begriff er erstaunt, wo sie waren.

»Der Markusplatz?«, murmelte er. »Hältst du das für klug?«

»Wegen der vielen Menschen?« Er hatte leise gesprochen,

und Corinna war gute fünf oder sechs Schritte vor ihm, aber sie schien ein außergewöhnlich scharfes Gehör zu haben. »Wo würdest du einen Baum verstecken, Unsterblicher? In einem finsteren Loch oder mitten im Wald?«

Es war das erste Mal, dass sie ihn so nannte, und Andrej war nicht sicher, ob es ihm gefiel.

Doch er nickte nur, und Corinna maß ihn mit einem gehetzten Blick und setzte ihren Weg dann noch schneller fort, sodass er beinahe den Anschluss verlor. Gleich darauf wurde sie jedoch wieder langsamer, als sie eine Ansammlung hübscher kleiner Tische und geflochtener Stühle unter einem gestreiften Baldachin ansteuerte, der aus einem der prachtvollen Gebäude herauswuchs, die den Platz an zwei Seiten flankierten. An einer dritten Seite erhob sich ein anderes, ungleich pompöseres Bauwerk mit zahllosen Säulen und einer gewaltigen Kuppel, das leicht mit den prachtvollen Sakralbauten Roms oder Konstantinopels mithalten konnte.

Kaum hatte Corinna einen der an die Tische gelehnten Stühle aufgestellt und darauf Platz genommen, als die Tür hinter ihr aufflog und ein dicklicher Mann in einer speckigen Lederschürze heftig gestikulierend auf sie zueilte.

»Heda, was soll das?«, polterte er. »Bist du blind? Wir öffnen erst heute Abend, oder warum glaubst du, sind die Stühle noch hochge …?«

Er brach mitten im Wort ab. Andrej, der genau in diesem Moment hinter Corinna getreten war, fragte sich, ob er sich von seiner alles andere als Vertrauen erweckenden Erscheinung aus dem Konzept hatte bringen lassen.

Aber so war es nicht. Der Wirt – eine weniger schmuddelige Kopie seines eigenen Zimmerwirtes – blickte ihn nicht einmal an. Überraschung malte sich auf seinem Gesicht, das sich dann aber schlagartig aufhellte. »Contessa!«, rief er. »Aber das muss ja eine Ewigkeit her sein! Was für eine Freude, Euch wiederzusehen! Nach so langer Zeit! Und ich dachte schon, ich hätte Euch etwas getan!«

Etwas an seinen Worten ließ Andrej aufhorchen. Es war, als wollten sie ihn an etwas erinnern … doch er bekam es nicht zu fassen, wie einen glitschigen Fisch, der durch seine Finger schlüpfte, ganz egal wie fest er auch zuzupacken versuchte.

»Mario«, antwortete Corinna in ebenso erfreutem Ton. »Ich muss mich entschuldigen! Asche auf mein Haupt, dass ich so lange nicht hier war, aber Ihr wisst ja, wie es ist. Manchmal weiß man vor lauter Verpflichtungen nicht mehr, wo einem der Kopf steht. Aber nun bin ich ja hier, und ich verspreche, dass es nicht wieder ein Jahr dauern wird, bis ich das nächste Mal komme.« Sie deutete auf Andrej. »Das ist Signore Delãny, ein guter Freund. Bekommen wir ein Glas von Eurem berühmten Chianti, Mario … auch wenn Ihr noch nicht geöffnet habt?«

»Den allerbesten, Contessa«, sagte Mario strahlend. »Den allerbesten.«

Er wuselte davon, und Andrej sah ihm noch einen Moment stirnrunzelnd nach, bevor er – widerstrebend – einen zweiten Stuhl aufstellte und sich darauf niederließ. Einmal ganz davon abgesehen, dass es entschieden zu kalt war, um gemütlich bei einem Gläschen Wein draußen zu sitzen, kam es ihm geradezu absurd vor, auf dem größten Platz der Stadt und inmitten einer ausgelassenen Menschenmenge zu sitzen, während vermutlich die halbe Stadt nach ihnen suchte.

»Ich habe nachgedacht«, begann Corinna, fast als hätte sie seine Gedanken gelesen. Wahrscheinlich war ihm anzusehen, wie unwohl er sich fühlte. »Wir können nicht hierbleiben.«

»Wo du doch gerade einen Wein bestellt hast?«, fragte Andrej.

»Hier in der Stadt«, sagte Corinna. »Du kannst hier nicht bleiben. Egal, ob Rezzori noch lebt oder nicht, die Signori werden dich suchen, und glaub mir, sie werden dich finden. Wir suchen nach deinem Sohn, und sobald wir ihn gefunden haben, bringen wir ihn weg. Ich habe Freunde, die uns aus der Stadt schaffen, selbst während des *Carnevale.*«

»Wir?«

»Natürlich wir. Du glaubst doch nicht wirklich, dass ich mir ein solches Abenteuer entgehen lasse!«

»Es ist kein Abenteuer, Corinna«, sagte Andrej ernst. »Und es ist auch kein Spiel.«

»Stellt Euch vor, Signore Delãny, spätestens seit mein Vater und mein bester Freund vor meinen Augen umgebracht wurden, habe sogar ich das begriffen.« Ihre Augen blitzten, und obwohl sie nicht einmal lauter sprach, war jetzt wieder dieser Unterton von schneidendem Stahl in ihrer Stimme.

»Ich wollte dich nicht verletzen«, sagte er sanft. »Aber du kannst mich nicht begleiten!«

»Ich kann nicht mehr hierbleiben.« Corinna hob die Hand, als er widersprechen wollte, und fuhr jetzt sanfter und ein wenig traurig fort: »Du hast es immer noch nicht verstanden, oder? In dieser Stadt habe ich keine Zukunft mehr. Ich werde sie so oder so verlassen.«

»Eine solch weitreichende Entscheidung würde ich nicht so überstürzt treffen«, antwortete Andrej bestimmt. Als sie etwas erwidern wollte, schnitt er ihr brük das Wort ab. »Du kannst nicht mit mir kommen, Corinna. So gerne ich es auch hätte. Du machst dir keine Vorstellung davon, welches Leben dich erwarten würde.«

»Ein besseres Leben als das in den Bleikammern«, antwortete Corinna. »Und vermutlich auch ein längeres!«

»Du würdest es nicht ertragen«, sagte Andrej. »Nicht einmal eine Woche, geschweige denn ein ganzes Leben. Und ich würde es nicht ertragen, dich zu verlieren.«

»Dann mach mich zu einer von euch«, verlangte Corinna.

Andrej starrte sie an. »Wie?«

»Mach mich zu einem Wesen, wie du es bist«, wiederholte Corinna.

Er wollte nicht glauben, was er da hörte. »Das kannst du doch, oder? Ich meine, das ist doch eure Art? Ihr könnt Menschen zu Wesen wie euch machen, wenn ihr sie beißt oder ... sonst irgendetwas tut. Das ist doch die Art von Vampyren.«

»Ich habe niemals gesagt, dass Abu Dun und ich Vampyre sind«, sagte Andrei langsam. »Ganz davon abgesehen, dass es so etwas wie Vampyre nicht gibt.«

»Und ich habe niemals gesagt, dass ich dumm bin«, gab Corinna zurück. »Du alterst nicht. Man kann dich nicht verletzen, weil deine Wunden beinahe ebenso schnell heilen, wie man sie dir schlägt. Du nimmst die Leben anderer, um sie deiner eigenen Kraft hinzuzufügen, und du bist fünfmal so stark wie ein normaler Mann und zehnmal so schnell. Ich bin ein kluges Mädchen, Andrej. Ich lese Bücher, und ich höre Geschichten, und das, was ich über Vampyre gehört habe, passt genau auf deinen Freund und dich.«

»Du solltest nicht alles glauben, was man dir erzählt«, antwortete Andrej, »und auch nicht alles, was in Büchern steht. Oder bin ich vor deinen Augen im Sonnenlicht verbrannt? Außerdem habe ich ein Spiegelbild ... jedenfalls hatte ich es noch, als ich das letzte Mal in einen Spiegel gesehen habe.«

»Wie du selbst gesagt hast: Nicht alles, was in Büchern steht oder erzählt wird, muss auch der Wahrheit entsprechen.«

»Sondern nur das, was dir in den Kram passt?«

»Es ist mir gleich, wie ihr euch selbst nennt«, fuhr Corinna fort. »Und es wäre mir sogar gleich, wenn es wirklich so wäre. Du würdest nie einen Menschen töten, der es nicht verdient hat, das weiß ich. Mach mich so wie dich, Andrej. Wir könnten für alle Zeiten zusammen sein. Für die Ewigkeit.« *Und einen Tag.*

Andrej wollte antworten, sie anschreien, irgendetwas – aber er konnte es nicht. Vielleicht weil ihm das, was sie sagte, so absurd vorkam, dass er am liebsten einfach losgelacht hätte.

Aber auch das konnte er nicht.

Ganz im Gegenteil überkam ihn Trauer, denn ihm war, als würde er mit einem Kind reden, nicht mit einer jungen Frau. Alles, was er sagen wollte, blieb ungesagt.

Zu seiner Erleichterung kam in diesem Moment der Wirt zurück und stellte ein Tablett mit einer gläsernen Karaffe und zwei kostbar geschliffenen Gläsern vor ihnen auf den Tisch. »Wie ich es versprochen habe, Contessa«, sagte er. »Mein bester Chianti, aus meinem privaten Vorrat.«

»Dann habe ich unserem Freund Andrej nicht umsonst von Eurem berühmten Wein erzählt.«

»Aber Contessa!« Mario drohte ihr gutmütig mit dem Zeigefinger. »Würde ich Euch und Euren Vater etwa enttäuschen? Wie geht es ihm überhaupt? Doch ein wenig besser, hoffe ich?«

Andrej behielt Corinna genau im Auge, als sie antwortete. »So gut wie schon seit langer Zeit nicht mehr. Wenn auch leider noch nicht gut genug, um selbst zu kommen und Euch zu sagen, wie sehr er Eure Gastfreundschaft und vor allem die langen Gespräche mit Euch vermisst.«

Andrej war erstaunt – gelinde ausgedrückt. Es war erst wenige Stunden her, dass Corinnas Vater in ihren Armen gestorben war, dennoch hatte selbst er Mühe, ihr in diesem Moment nicht zu glauben. Sie war eine erstaunlich gute Schauspielerin.

»Das freut mich wirklich zu hören«, sagte Mario. »Und sobald der *Carnevale* vorüber ist, verspreche ich, Euch und Euren Vater einmal in Eurem Palazzo zu besuchen. Aber im Augenblick …«

»… stehlen wir Euch nur die Zeit, ich weiß«, führte Corinna den Satz zu Ende. Mario sah ein bisschen verlegen aus, aber er tat ihr nicht den Gefallen zu widersprechen oder auch nur den Kopf zu schütteln. »Wenn es Euch nichts ausmacht, dass ich mich nicht so um Euch kümmern kann, wie es eigentlich meine Pflicht wäre, dann könnt Ihr auch drinnen Platz nehmen«, sagte er stattdessen. »Es ist kalt hier draußen.«

»Das macht uns nichts«, behauptete Corinna. »Andrej ist von weither gekommen, um den berühmten *Carnevale* mitzuerleben, da werden wir gewiss nicht irgendwo drinnen warten, nur weil es dort wärmer ist.«

Mario maß Andrej mit einem Blick, von dem dieser nicht genau sagen konnte, ob er nur neugierig oder auch misstrauisch war. Freundlich war er jedenfalls nicht.

»Und damit wären wir dann auch schon beim Thema«, fuhr Corinna fort und zwinkerte Mario verschwörerisch zu. »Andrej ist ein wirklich guter Freund der Familie, und wir möchten ihm etwas ganz Besonderes zeigen. Ihr beliefert doch noch immer den großen Maskenball heute Abend?«

»Selbstverständlich, Contessa«, antwortete Mario. Sein Grinsen wurde jetzt verschlagen. »Oh, ja, jetzt verstehe ich. Aber Ihr wisst schon, worauf Ihr Euch da einlasst? Es wird nicht leicht.«

»Schwere Arbeit hat mich noch nie geschreckt«, gab Corinna zurück. »Nicht, wenn so ein Spaß lockt.«

»Dann bereite ich alles vor. Und wenn Euch doch zu kalt wird …« Er deutete mit dem Kopf auf die Tür. Bevor er ging, schenkte er ihnen noch zwei Gläser des dunkelroten Weins ein. Corinna wartete, bis er im Haus verschwunden war, dann trank sie einen kräftigen Schluck und bedeutete Andrej mit einer auffordernden Geste, es ihr gleichzutun. Andrej gehorchte und stellte fest, dass der Wein wirklich von ausgezeichneter Qualität war. Mit dem Gesöff, das sie in ihrem bisherigen Gasthaus bekommen hatten, hatte er allenfalls den Namen gemein. Dennoch nippte er nur daran.

»Erzählst du es mir freiwillig, oder muss ich erst ein paar umständliche Fragen stellen oder eine witzige Bemerkung machen?«, fragte er.

»Warum versuchst du nicht mal etwas Neues?«, fragte Corinna. »Zum Beispiel eine geistreich-witzige Bemerkung?«

Andrej zog wortlos die linke Augenbraue hoch. Verlegen nahm Corinna noch einen großen Schluck und betrachtete ihn schweigend über den Rand ihres Weinglases hinweg. »Mario beliefert den Palast mit Lebensmitteln und Wein«, sagte sie schließlich. »Heute Abend findet der erste große Maskenball statt. Seine Leute gehen in der Palastküche und dem Weinkeller ein und aus. Hast du schon einmal als Kellner gearbeitet?«

Es gab nicht viele Berufe, in denen Andrej noch nicht gearbeitet hatte, aber er fragte nur: »Was hast du vor?«

»Wir brauchen ein Versteck«, erinnerte Corina. »Sie werden jeden kontrollieren, der den Palast betritt oder verlässt, aber auf die Diener und Mägde wird niemand achten.«

»Du willst dich ausgerechnet im Dogenpalast verstecken?« Andrej deutete auf das gewaltige Gebäude und machte nicht nur eine ärgerliche Geste, sondern fuhr auch etwas lauter und in verändertem Ton fort: »Das ist verrückt, Corinna.«

»Ich weiß«, antwortete Corinna, plötzlich genauso ernst wie er. »Aber ich muss ein paar Vorkehrungen treffen und mit ein paar Leuten reden. Heute Abend auf dem Maskenball sind sie alle zusammen. Aber du musst mich nicht begleiten. Wenn es dir zu riskant ist, kannst du sicher auch in Marios Küche warten, bis ich zurückkomme. An einem Tag wie heute ist er für jede helfende Hand dankbar.«

Andrej überging die Spitze. Er war nicht einmal ärgerlich, sondern empfand wieder Trauer – die vielleicht nichts anderes war als vorweggenommener Abschiedsschmerz. Sie war ein Kind. Er hatte es nur die ganze Zeit über nicht sehen wollen. »Vorkehrungen?«, fragte er.

»Ich bin ein verwöhntes, reiches Mädchen. Ich kann nicht mit leeren Händen gehen«, antwortete Corinna. »Oder nur mit dem, was ich auf dem Leib trage. Ich brauche Geld, und gewisse Papiere müssen beschafft werden. Es wird nicht einfach, ohne dass die Signori es merken, aber meine Familie hat einflussreiche Freunde.«

»Die du alle zurücklassen willst.«

»Von wollen kann keine Rede sein, Andrej«, erinnerte sie ihn und versuchte, ihren Worten mit einem Lächeln etwas von ihrer Schärfe zu nehmen, scheiterte aber kläglich. Andrej schwieg.

»Es gibt hier nichts mehr, was mich noch hält«, fuhr Corinna fort. »Mein Bruder ist tot, und jetzt auch mein Vater. Selbst wenn es die Signori nicht gäbe, würde ich vielleicht nicht hierbleiben. Die Welt ist zu groß, um ein ganzes Leben nur in einer einzigen Stadt zu verbringen.« Sie legte den Kopf zur Seite und schien darauf zu warten, dass er irgendetwas erwiderte, aber das tat er nicht. Stattdessen spielte er mit dem Gedanken, einfach aufzustehen und zu gehen. Er wollte ihr nicht wehtun, aber er würde es müssen, und wahrscheinlich umso mehr, je länger er damit wartete. Sie wollte sich unter die Gäste des Maskenballs mischen und Freunde der Familie ansprechen, um alte Gefälligkeiten einzufordern und ihre Flucht aus der Stadt vorzubereiten, was zumindest Rezzori und seine Signori als Schuldeingeständnis werten würden? Das war nicht nur naiv, das war kindisch.

Als er nicht antwortete, änderte sie ihre Taktik. »Ich bin sicher, wir erfahren auch etwas über den Verbleib von Marius und deinem Freund.«

»Dort?« Andrej zeigte auf den Palast und wurde mit einem heftigen Nicken belohnt.

»Wenn du glaubst, Küchenmägde und Waschweiber wären schwatzhaft, dann hast du die Damen der sogenannten besseren Gesellschaft noch nicht erlebt. Wenn irgendjemand etwas weiß, dann erfahren wir es dort.«

Eine unwahrscheinliche Vorstellung. Andrej machte sich nicht einmal die Mühe, darauf zu antworten. Tatsache war, dass sie keine Ahnung hatte, was sie tun sollte. Vielleicht war es einfach ihre Art, mit der Panik fertig zu werden. Er schwieg.

»Und Mario wird uns auch helfen, ein sicheres Versteck zu finden«, plapperte Corinna weiter. »Nur falls wir es brauchen, heißt das.«

»Ja, gewiss«, antwortete er. »Und wir werden auch nicht …«

Etwas zupfte an seinen Gedanken. Das Gefühl war so vage, dass er es kaum bemerkte, allenfalls ein Hauch, nur das Echo einer Erinnerung. Dennoch war es so eindeutig, dass er zusammenzuckte.

»Was hast du?«, fragte Corinna alarmiert.

»Nichts«, antwortete Andrej.

»Ja, genauso siehst du auch aus«, sagte Corinna. »Hat dir schon einmal jemand gesagt, dass du ein ganz schlechter Lügner bist, Andrej Delãny?«

Schon mehr als einmal, auch wenn das nicht der Wahrheit entsprach. Er bewies es ihr. »Mir fehlt nichts«, sagte er, »und ich habe auch nichts. Es gefällt mir nur nicht, dass du diesem Kerl vertraust, das ist alles.«

»Mario?« Corinna sah ihn verständnislos an.

Er nickte. »Mario. Wie lange kennst du ihn schon?«

»Länger als dich«, antwortete Corinna gereizt.

Wieder spürte er das Zupfen, nicht einmal deutlicher, aber auf schwer zu greifende Art fordernder. Dieses Mal hatte er sich besser in der Gewalt, auch wenn ihn das Gefühl zutiefst erschreckte, denn es war ihm fremd und vertraut zugleich. Er spürte die Nähe eines anderen Unsterblichen wie das unendlich sanfte Tasten einer Hand, die ihn tief am Grunde seiner Seele berührte. Er unterdrückte den Impuls, sich suchend umzublicken. »Und vertraust du ihm?«

»Was für eine Frage. Ich würde ihm, ohne zu zögern, mein Leben anvertrauen!«

Wenn man es genau nahm, dann hatte sie das bereits getan, dachte Andrej, sparte es sich aber, sie darauf hinzuweisen. Das körperlose Tasten und Suchen war nach wie vor da, noch weit entfernt, gerade am Rande des Wahrnehmbaren, aber präsent. Und es kam näher. Langsam. Ihm blieb noch weniger Zeit, als er ohnehin gefürchtet hatte. Er nippte an seinem Wein, stellte das Glas dann mit einer übertrieben präzisen Bewegung auf den Tisch zurück und stand auf.

»Wohin gehst du?«, fragte Corinna. »Du willst doch nicht etwa den armen Mario unnötig erschrecken?«

»Bestimmt nicht.«

»Dann macht es dir doch auch nichts aus, wenn ich mitkomme.« Sie machte Anstalten, sich ebenfalls zu erheben, doch Andrej hielt sie rasch zurück.

»An den den einzigen Ort, wo ich dich nicht dabeihaben will«, sagte er, »und auch sonst niemanden. Ich nehme an, es ist dort drinnen?«

»Mario wird es dir zeigen«, antwortete Corinna. Gehorsa ließ sie sich wieder zurücksinken und zog eine amüsierte Grimasse. »Manche Dinge ändern sich wohl nie, egal, wie alt man wird?«

»Nein«, antwortete Andrej knapp. »Warte hier auf mich.«

Er hielt noch einmal inne, um ihr scheinbar zuzublinzeln, nutzte die Gelegenheit aber zugleich, um mit dem Blick möglichst unauffällig über die Menschenmenge hinter ihr zu wandern. Sie war bunt und groß, und so sehr sie ihn vor einem Augenblick noch beunruhigt hatte, so sehr begrüßte er die große Zahl von Menschen nun, gab sie zwar nicht ihm, aber zumindest ihr ein Minimum an Schutz vor Entdeckung.

Zumindest auf den ersten Blick konnte er nichts Auffälliges entdecken. Schon gar keine hünenhafte Gestalt in Schwarz.

Aber was bedeutete das schon?

Rasch betrat er das Gasthaus und fand sich in einem unerwartet kleinen und hoffnungslos mit Tischen und niedrigen dreibeinigen Schemeln vollgestellten Schankraum wieder, dessen gesamte rechte Seite von einer wuchtigen Theke eingenommen wurde. Dahinter stand der Wirt und scheuchte mit hektischen Bewegungen und leicht hysterischer Stimme eine ganze Anzahl Bediensteter herum, unterbrach sich aber sofort, als er die Tür hörte und Andrej erkannte.

»Signore? Wenn Ihr – «

»Ich muss mit Euch sprechen«, sagte Andrej. »Allein.«

»Das ist jetzt vielleicht nicht – «, begann Mario, und Andrej unterbrach ihn erneut.

»Corinna sagt, Ihr wärt ein guter Freund ihrer Familie. Ist das wahr?«

»Selbstverständlich«, antwortete der Wirt beinahe empört.

»Dann müssen wir uns unterhalten«, sagte Andrej. »Aber nicht hier.«

Mario sah ihn jetzt misstrauisch an, aber offenbar war er nicht nur reinlicher als sein Andrej bekannter Kollege, sondern auch schwatzhafter. Er sah Andrej noch einmal stumm und durchdringend an, nickte dann knapp und wandte sich um, ohne sich davon zu überzeugen, dass Andrej ihm folgte.

Der Wirt führte ihn durch eine winzige Küche, in der nicht nur ein heilloses Durcheinander und große Geschäftigkeit herrschten, sondern auch eine erstickende Hitze, dann in eine fensterlose Kammer, die kaum groß genug für sie beide war. Er schloss die Tür hinter Andrej.

»Also?«

»Ich weiß, dass es Euch schwerfallen muss, mir zu glauben«, begann Andrej. »Ich bin ein Fremder für Euch, und wahrscheinlich sehe ich zurzeit nicht unbedingt vertrauenerweckend aus.«

»Das ist wahr«, sagte Mario, wobei er im Dunkeln ließ, welche von Andrejs Feststellungen er damit meinte.

»Ich muss Euch trotzdem bitten, mir zu vertrauen«, fuhr Andrej fort. »Es ist wichtig.«

»Für Euch oder für mich?«, fragte Mario. Er war mehr als einen Kopf kleiner als Andrej und bestand zu einem Gutteil aus wabbelndem Fett, wo sein Doppelgänger aus der *Carampane* wenigstens noch den Anschein von Muskeln aufwies. Aufmerksam musterte er nicht nur Andrejs beeindruckende Statur, sondern vor allem die Waffen an seinem Gürtel, aber Andrej las allenfalls einen gesunden Respekt in seinem Blick, keine Spur von Angst. Immer noch spürte er diesen Sog, der zwar nicht stärker geworden war, aber suchte, tastete …

»Ich habe nicht viel Zeit, deshalb kann ich nur hoffen, dass Corinnas Vertrauen in Euch nicht enttäuscht wird«, sagte Andrej.

»Die Contessa?«, fragte Mario alarmiert. »Was ist mit ihr?«

»Sie ist in Gefahr. Für lange Erklärungen ist jetzt keine Zeit. Ihr müsst mir einfach glauben, wenn Ihr Corinna helfen wollt. Wollt Ihr das?«

»Was ist passiert?«, fragte Mario, unübersehbar erschrocken, aber zugleich auch auf eine fast sachliche Art, die Andrej davon überzeugte, den Mann richtig eingeschätzt zu haben.

»Könnt Ihr sie in Sicherheit bringen?«, fragte Andrej. »Sie verstecken?«

»Natürlich. Aber warum? Und vor wem?«

»Corinnas Vater ist tot«, sagte Andrej.

»Der Conte? Aber was …?«

»Er wurde ermordet. Heute Morgen. Und Corinna muss sich vor den Signori verstecken.«

»Die Contessa? Aber das ist lächerlich. Was sollte sie denn …?«

»Gar nichts«, sagte Andrej schnell. »Es gab so etwas wie ein Missverständnis.«

»Ja, das kann ich mir gut vorstellen bei den Signori«, schnaubte Mario.

»Sie hat nichts damit zu tun, so wenig wie ich«, sagte Andrej. »Aber Ihr wisst, wie die Signori di Notte sind. Ich kenne den wirklichen Mörder, und ich kann es beweisen, aber dafür brauche ich Zeit. Einen Tag, vielleicht zwei.«

Mario wirkte nach wie vor betroffen, regelrecht schockiert, aber auch schon wieder misstrauisch. Andrej konnte es ihm nicht verübeln. Er ließ ihm keine Gelegenheit zu einer Erwiderung. Die Präsenz war immer noch da.

»Wenn Euch wirklich etwas an der Contessa liegt, dann sorgt dafür, dass sie von diesem Irrsinn ablässt, sich in den Palast schleichen zu wollen. Wenn dabei wieder einmal ihr Temperament mit ihr durchgeht, wird Rezzori bestimmt davon erfahren.«

»Ihr kennt den Herrn der Signori di Notte?«, fragte Mario erstaunt.

»Unglückseligerweise«, antwortete Andrej. »Ich hätte gerne auf dieses Vergnügen verzichtet, aber es geht nicht um mich. Ihr müsst mir einfach glauben.«

Marios Blick machte deutlich, dass er selbst entschied, was er musste oder nicht, aber er widersprach nicht, sondern sah Andrej nur aufmerksam an. Mehr konnte er, wie die Dinge lagen, nicht erwarten. »Ich muss fort«, sagte Andrej. »Und solange ich den wirklichen Mörder nicht gefunden habe, bin ich eine Gefahr für die Contessa. Könnt Ihr sie hier irgendwo unterbringen?«

»Unterbringen?«, wiederholte Mario.

»Sie wird nicht begeistert sein«, sagte Andrej.

»Ihr meint, sie wird mir den Kopf abreißen«, rief der Wirt.

»Ich sehe, Ihr kennt die Contessa wirklich.« Andrej lächelte flüchtig und legte dann umso größeren Ernst in seine Stimme. »Ihr müsst sie festhalten, bis ich weg bin. Wenn es Euch gelingt, am besten noch länger. Fesselt sie, wenn es sein muss.«

»Ihr wisst nicht, was Ihr da verlangt, Signore«, sagte Mario betrübt. »Die Contessa ist recht temperamentvoll.«

»Sie darf den Signori nicht in die Hände fallen«, antwortete Andrej eindringlich. »Mir ist klar, was ich von Euch verlange, aber mir bleibt keine andere Wahl.« Und keine Zeit. Das Suchen und Umhertasten war noch immer da, und nun kam es näher. Ganz langsam nur, aber unmissverständlich.

»Kann ich mich auf Euch verlassen?«, fragte er.

»Habe ich denn eine andere Wahl?«

Nein. Statt zu antworten, machte Andrej eine fragende Geste. »Gibt es einen anderen Ausgang?«

»Ich zeige ihn Euch«, sagte Mario. »Kommt mit.«

Andrej erwartete, dass er die Tür wieder öffnen und die Kammer verlassen würde, stattdessen ging er in die Knie und grub in dem staubigen Gerümpel auf dem Boden, bis er einen schweren eisernen Ring zum Vorschein brachte, der zu einer rechteckigen hölzernen Klappe gehörte. Darunter war eine schmale, gemauerte Treppe, die nach drei Stufen in vollkommener Dunkelheit verschwand. Ein intensiver Geruch nach fauligem Wasser und Moder schlug ihnen entgegen.

»Haltet Euch immer links«, befahl Mario. »Es gibt ein paar Abzweigungen, an denen Ihr aufpassen müsst. Wer sich dort unten verirrt, der findet nie wieder nach draußen.«

»Was ist dort?«, fragte Andrej.

»Wartet.« Statt zu antworten, ging Mario nun doch hinaus, und Andrej bewegte sich vorsichtig über die Klappe und versuchte, die Dunkelheit mit Blicken zu durchdringen, eine Aufgabe, vor der selbst seine scharfen Augen kapitulierten. Der Geruch nach faulendem Holz und brackigem Wasser nahm ihm schier den Atem, und darunter gewahrte er noch Schlimmeres. Dinge, die schon viel zu lange dort unten lagen und eigentlich tot sein sollten, es aber nicht waren. Andrej war ebenso erstaunt wie beunruhigt. In einer Stadt wie Venedig auf einen Keller zu treffen war so ziemlich das Letzte, womit er gerechnet hatte.

Und das Letzte, was er wollte, war, dort hinunterzugehen ...

Der Wirt kam zurück und reichte ihm eine kleine Sturmlaterne, deren blasser Schein die Dunkelheit unter den Stufen jedoch noch herauszufordern schien. »Wenn Ihr Euch an meine Anweisungen haltet, kommt Ihr auf der anderen Seite des Platzes wieder heraus«, sagte er. »Normalerweise ist es dort still, aber was heute los ist, kann ich nicht sagen. Seid auf der Hut. Und wenn sie Euch erwischen ...«

»... verrate ich niemandem, wer mir diesen Weg gezeigt hat«, sagte Andrej. »Gebt auf Corinna acht. Ich komme zurück, sobald ich kann.«

Er eilte die Treppe hinab, ohne dem Wirt Gelegenheit zu einem weiteren Wort zu geben. Einen schrecklichen Moment kämpfte er gegen eine vollkommen unbekannte Panik an, die ihn ohne Warnung aus der Dunkelheit heraus ansprang.

Es war grotesk. Angst vor der Dunkelheit hatte er nie gekannt, nicht einmal zu jener, nun schon Jahrhunderte zurückliegenden Zeit, in der er sein Geheimnis noch nicht gekannt und sich selbst für einen ganz normalen sterblichen Menschen gehalten hatte. Er hatte sich sogar insgeheim über jeden lustig gemacht, der die Dunkelheit fürchtete, war sie doch nicht nur etwas Natürliches, sondern sein Freund und Verbündeter.

Nun aber, ganz plötzlich, kannte er diese Furcht, und es war rein gar nichts Komisches oder gar Lächerliches daran. Ganz im Gegenteil: Je mehr er sich sagte, dass ihm keine Gefahr drohe, desto schlimmer wurde es. Die Dunkelheit war lebendig geworden, und irgendetwas verbarg sich darin. Etwas, dem er besser nicht begegnen sollte.

Ein dumpfes Poltern erklang über ihm, gefolgt von einer gedämpften, aber eindeutig erschrockenen Stimme und einem neuerlichen Poltern – alles innerhalb einer einzigen Sekunde. Dann klirrte etwas, und ein Streifen aus blassgrauem Licht fiel zu ihm herab, als die Klappe am Kopf der steilen Treppe wieder geöffnet wurde, wenn auch nur einen schmalen Spalt breit.

Andrej drehte sich – viel zu hastig – herum, wodurch die Laterne in seiner Hand in heftiges Schwanken geriet und einen lautlosen Sturm gelber und grauer Lichtreflexe in der Dunkelheit hervorrief.

»Ich dachte, wir wären uns einig, Mario«, sagte er scharf. »Wolltet Ihr nicht …?«

»Mario«, unterbrach ihn eine Stimme, die ungefähr so verständnisvoll und warm klang wie das sorgsam geschliffene Messer eines Barbiers, »hat mich wirklich tief enttäuscht. Ich habe ihn für einen Freund gehalten, dem ich vertrauen kann. Ihr habt einen schlechten Einfluss auf die Menschen, die Euren Weg kreuzen, Signore Delãny.«

Andrej war nicht einmal wirklich überrascht. Er fragte sich, ob er wirklich so naiv gewesen war zu glauben, dass es so einfach sein könnte.

Schließlich kannte er Corinna schon seit beinahe einer Woche.

»Was tust du hier?«, fragte er scharf.

Corinna zog die Klappe über sich zu und kam mit einer Leichtfüßigkeit die gemauerten Stufen herab, die ihn mit einem absurden Neid erfüllte. Das Licht hörte auf, rings um ihn wilde Kapriolen zu vollführen, und ließ nicht nur Corinnas Gesicht unnatürlich blass und ihre Augen viel zu groß und schwarz aus der Dunkelheit auftauchen, sondern zeigte ihm auch einen hässlichen dunklen Fleck auf ihrem Kleid.

»Und was ist das da?«

»Marios allerbester Chianti«, antwortete Corinna. Trotz des

Dämmerlichts konnte er sehen, wie es in ihren Augen wütend aufblitzte. »Aus seinem privaten Vorrat. Aber von Rechts wegen sollte es eigentlich sein Blut sein, so niederträchtig, wie er mich hintergangen hat.«

Sie schnaubte wie ein wütender Stier. »Und wenn mich nicht irgend so ein betrunkener Dummkopf angerempelt hätte, dann würde es wohl wirklich Marios Blut sein, weißt du? So aber bin ich hineingegangen, um meinen angeblichen Freund um ein Tuch zu bitten, mit dem ich mich säubern kann, und was muss ich feststellen? Mein ach so guter Freund Mario macht gemeinsame Sache mit meinem angeblich ach so guten Freund Andrej! Behandelt man so die Frau, der man die ewige Liebe geschworen hat, Signore Delãny – und das buchstäblich! –, oder auch nur jemanden, von dem man behauptet, sie wäre eine gute Freundin?«

»Er kann nichts dafür«, sagte Andrej. »Ich kann sehr überzeugend sein, wenn ich will.«

»Nennt dich Abu Dun deshalb immer Hexenmeister, wenn er glaubt, dass niemand es hört?«, wollte Corinna wissen.

»Was tust du hier?«, fragte Andrej noch einmal.

»Ich glaube, du bist wirklich ein Hexenmeister. Du musst in die Zukunft blicken können. Genau dieselbe Frage wollte ich dir nämlich auch gerade stellen. Ist das nicht seltsam?«

»Du kannst mich nicht begleiten«, antwortete Andrej. »Hast du immer noch nicht begriffen, dass du in Gefahr bist, solange ich in deiner Nähe bin?«

»Hast du jetzt dein Sprüchlein aufgesagt, Unsterblicher?«, erwiderte Corinna spöttisch. Das Licht hatte aufgehört, Gespenster in der Dunkelheit zu wecken, aber dass er sie nicht sah, bedeutete nicht, dass sie nicht mehr da waren.

»Geh zurück«, sagte er. »Du kannst nicht mitkommen.«

»Kann ich nicht?«, fragte sie. »Und wer will mich daran hindern? Willst du mich vielleicht fesseln und knebeln und hier unten liegen lassen, damit mich die Ratten anknabbern?« Sie machte eine brüske Handbewegung, als würde sie einen Schlussstrich ziehen, womit das Thema für sie offensichtlich erledigt war. »Außerdem ist es eine ausgezeichnete Idee, so ungern ich es auch zugebe.«

»Was?« Etwas scharrte. Er konnte spüren, wie … etwas im Schutz der Dunkelheit auf ihn zukroch. Die Luft wurde noch schlechter.

»Das hier.« Corinna machte eine ausholende Geste. Ihr Mantel flatterte wie die Schwinge einer riesigen Fledermaus. »Warum bin ich nicht von selbst darauf gekommen? Ich werde wohl langsam alt.«

»Zwanzig?«, fragte Andrej.

»Oder es liegt an deiner Nähe«, fuhr Corinna ungerührt fort. »Habe ich Euch schon gesagt, dass Ihr einen schlechten Einfluss auf jeden in Eurer Nähe habt, Signore Delãny? Ich muss immer an … ähm … gewisse andere Dinge denken, wenn ich Euch ansehe.«

»Ich auch«, sagte Andrej. »Zum Beispiel daran, dich tatsächlich zusammenzuschnüren und zu Mario zurückzutragen.«

»Nein, das wirst du nicht«, sagte Corinna. »Ich kann nicht allein bleiben, Andrej. Nicht mehr. Ich fürchte mich. Ich weiß, dass es verrückt klingt, aber ich … ich hatte die ganze Zeit über das Gefühl, dass mich jemand beobachtet. Oder sucht.«

Nein, das klang absolut nicht verrückt. Andrej jagte ein eisiger Schauer über den Rücken. Konnte es sein, dass sie es auch gespürt hatte? Unmöglich!

»Außerdem ist dieser Weg wirklich viel sicherer«, fuhr Corinna fort, als er nicht antwortete. »Wenn auch ein bisschen unheimlich.«

»Und wohin führt er?«, fragte Andrej.

Corinna wirkte so zufrieden, als hätte sie die Tunnel mit eigenen Händen gegraben. »Das ist der untere Teil der Stadt. Nur die wenigsten wissen, dass es ihn überhaupt gibt. Auf diesem Weg kommen wir nicht nur in den Dogenpalast, sondern auch in unseren Palazzo.«

»Du kennst dich hier aus?«

»Niemand kennt sich hier aus«, antwortete Corinna. »Vielleicht ein paar Verbrecher, die sich hier verstecken, und die Ratten. Niemand, der nicht lebensmüde ist, kommt freiwillig hierher. Aber ich weiß, dass es einen Ausgang auf der anderen Seite gibt, von dem aus wir in unseren Palazzo gelangen.«

»Und was willst du dort?«

»Ich brauche doch meine Kleider und habe auch ein wenig Geld versteckt, das ich holen will. Eine Flucht ohne Kleider und Geld macht nicht wirklich Spaß.«

»Das hier ist auch kein Spaß«, sagte er ernst. Der faule Geruch, der in der Luft lag, verursachte allmählich ein Gefühl von Übelkeit in seinen Eingeweiden, und sein Herz schlug vielleicht nicht einmal schneller, aber sehr viel härter, als es sollte.

»Soll ich dir nun den Weg zeigen oder nicht?«, fragte Corinna.

»Hast du nicht gerade behauptet, du würdest dich hier nicht auskennen?«

»Das tue ich auch nicht«, beharrte sie. »Aber als Kind war ich ein paarmal in dem Zugang gleich unter unserem Palazzo. Ich hatte nie den Mut, weiter als ein paar Schritte hineinzugehen, aber ich bin sicher, dass ich ihn wiedererkenne. Mein Bruder war oft in den Katakomben. Er hat mich immer gefoppt und über mich gelacht, weil ich mich nicht getraut habe, ihm zu folgen. Aber ich weiß, dass er unser Zeichen an ein paar Abzweigungen angebracht hat.«

»Euer Zeichen?«, fragte Andrej.

»Unser Zeichen«, bestätigte Corinna. »Alle Geschwister haben geheime Zeichen. Hattest du keines?«

»Ich hatte keine Geschwister«, antwortete Andrej.

»Das war wahrscheinlich auch besser so«, antwortete Corinna ernsthaft. »Gehen wir jetzt weiter? Ich finde es unheimlich hier.«

Andrejs Vernunft meldete sich noch einmal zu Wort und versuchte ihn zu überreden, diesem störrischen Kind den Hintern zu versohlen und es in Marios Obhut zu geben, aber die Stimme war viel zu leise – außerdem sagte sie ihm zugleich, dass es sowieso sinnlos gewesen wäre. Und da war noch etwas. Etwas, das sie gerade gesagt hatte. Es mochte Zufall sein, aber vielleicht auch nicht.

Möglicherweise gab es ja noch einen anderen Grund, warum er sich so zu ihr hingezogen fühlte, einen Grund, an den er bisher noch nicht einmal gedacht hatte …

Wortlos drehte er sich um und marschierte los. Corinna ging so dicht neben ihm, dass er aufpassen musste, um sie nicht anzurempeln. Schatten tauchten aus dem Dunkel auf und verschwanden wieder, bevor sein Blick sie wirklich erfassen konnte. Das Echo ihrer Schritte klang sonderbar in seinen Ohren. Schon nach ein paar Augenblicken blieb er stehen, um den Docht der Sturmlaterne ein Stück weiter herauszudrehen, und das Licht wurde auch um etliches heller, schien aber seltsamerweise dennoch nicht weiter zu reichen, geradeso als lauere da etwas in den Schatten, das es auffraß.

Noch vor einer Stunde hätte er diesen Gedanken lachend abgetan. Jetzt ließ er ihn nicht los, hartnäckig wie ein dünner Dorn, den man sich an einer Stelle eingerissen hat, die nicht zu erreichen ist.

»Ich kann verstehen, dass du es nicht gewagt hast, hier herunterzukommen«, sagte er. Als seine Schritte plötzlich matschig klangen, senkte er die Fackel ein wenig und sah, dass sie nicht auf Stein liefen, wie er ganz selbstverständlich angenommen hatten, sondern auf etwas, das wie feuchter Lehm aussah und faul roch. Hier und da hatten sich Pfützen gebildet, die beinahe noch schlechter rochen.

»Was ist das hier überhaupt?«, fragte er mit unbehaglich klingender, leiser Stimme.

»Auf irgendetwas muss die Stadt ja schließlich stehen, oder hast du gedacht, wir hätten sie auf Wasser gebaut?«, fragte Corinna. »Das ist der Zattaron. An den meisten Stellen ist er niedriger, sodass du nur darin kriechen kannst oder nicht einmal das, aber manche Keller sind auch noch höher.« Sie sah sich demonstrativ schaudernd um. »Die Leute erzählen sich die unheimlichsten Geschichten darüber, von Geistern oder seltsamen Kreaturen, die hier unten ihr Unwesen treiben sollen. Wenn man hier ist, kann man es beinahe verstehen.«

»Es gibt keine Geister«, sagte Andrej.

»Und keine sonderbaren Kreaturen.« Corinna warf ihm einen seltsamen Blick zu, und Andrej zog es vor, das Thema nicht zu vertiefen.

Beinahe trotzig hob er die Lampe noch ein Stück höher und glaubte abermals, eine Bewegung zu sehen. Doch auch jetzt kam er wieder zu dem Schluss, dass sie einzig seiner Fantasie entsprang. Dennoch blieb er aufs Äußerste angespannt. Er sah mannshohe, feucht schimmernde Säulen, die die nasse Decke aus verquollenen Bohlen stützten, und hier und da glaubte er moderndes Mauerwerk zu erkennen.

»Und ich dachte, die ganze Stadt wäre auf Pfählen gebaut«, sagte er, nicht aus echtem Interesse, sondern um der unheimlichen Stille ihren Biss zu nehmen – und vielleicht auch, um das körperlose Flüstern zu übertönen, das mit der Dunkelheit herankroch.

Corinna stampfte im Gehen mit dem Fuß auf. »Manche von ihnen sind zehn Meter lang oder noch mehr. Niemand hat sie je gezählt, aber es müssen viele Millionen sein. Manche behaupten, sie hätten halb Istrien abgeholzt, um die Fundamente der Stadt zu errichten, und wahrscheinlich stimmt das sogar. Aber ich finde es trotzdem unheimlich. Es hat etwas von einem Grab, wenn du mich fragst. Man hat das Gefühl, lebendig begraben zu sein, und …«

Sie stockte, sah für einen Augenblick betroffen aus und versuchte sich dann in ein nervöses Lächeln zu retten. »Oh, bitte verzeih«, sagte sie. »Das war taktlos von mir.«

»Zweifellos«, sagte Andrej. Der Wald aus Stützpfeilern und Balken, die die verquollene Decke trugen, wurde nun so dicht, dass sie nicht mehr nebeneinander gehen konnten. Er spürte einen eisigen Hauch, der mühelos durch seine Kleider drang und ihn bis ins Mark erschauern ließ, und glaubte, ein Lachen zu hören, leise und unendlich böse.

»Wirklich, das war taktlos von mir«, sagte Corinna. »Ich hätte das nicht sagen sollen. Manchmal bin ich einfach unmöglich. Es tut mir unendlich leid.«

Sie plapperte nur drauflos, um die Angst zu bekämpfen, dachte er – und schämte sich sofort seiner Gedanken. Wenn ihm diese unheimliche Umgebung schon Angst machte, wie musste sie sich erst fühlen?

Zeit war bedeutungslos hier unten, und die Furcht war ihr ständiger Begleiter. Andrej versuchte schon bald nicht mehr, die unheimlichen Schatten zu erkennen, die ihnen folgten, sondern ignorierte sie, so gut er konnte (was nicht besonders gut war). Er konzentrierte sich im Übrigen darauf, Marios Anweisungen zu folgen und sich links zu halten, wo immer er sich entscheiden musste. Dann und wann versperrte ihnen eine Wand aus uralten Ziegelsteinen den Weg, oder das Gewirr hölzerner oder auch gemauerter Stützpfeiler wurde so dicht, dass es kein Durchkommen mehr gab. Er passierte Abzweigungen und Kreuzungen und ein halbes Dutzend gemauerter Torbögen, von denen einige so niedrig waren, dass selbst Corinna sich bücken musste. Wie viel Zeit verging, bis sie endlich vor einer weiteren schmalen Treppe standen, konnte er nicht sagen. Wahrscheinlich nur Minuten, aber ihm waren sie vorgekommen wie die Ewigkeit.

»Und jetzt?«, fragte Corinna, als er die Lampe hob und versuchte, den blassen Schein bis auf die oberste Stufe zu lenken. Es gelang ihm nicht. Wo er eine weitere hölzerne Klappe vermutet hatte, erhoben sich nur gemauerte Stufen. Der Schacht war höher, als er erwartet hatte.

»Wenn Mario die Wahrheit gesagt hat, dann sind wir jetzt auf der anderen Seite des Platzes«, antwortete er unbehaglich.

»Wenn ich die Zeichen meines Bruders richtig deute, dann ist es von hier aus nicht mehr weit bis zu unserem Palazzo«, fügte Corinna hinzu. Sie machte eine Kopfbewegung nach rechts, fort von der Treppe. »Ich müsste mich doch sehr täuschen, wenn er nicht in dieser Richtung liegt, und nicht mehr besonders weit.«

Sie sah ihn gleichermaßen auffordernd wie fragend an. »Hier sieht uns auf jeden Fall niemand.«

Niemand außer den Gespenstern, die diesen Ort bewohnten, dachte Andrej, aber er dachte auch an die eindringliche Warnung des Wirtes und Corinnas Worte von vorhin.

»Und wenn wir uns hier unten verirren?«

»Dann finden wir nie wieder heraus«, antwortete Corinna. »Aber so schlimm ist das nicht. Sobald die Flut kommt, steht das alles hier sowieso unter Wasser, und wir ertrinken.«

»Und das sagst du mir jetzt schon?« Andrej hörte selbst den leicht hysterischen Ton in seiner Stimme.

Corinna lachte jedoch. »Man könnte meinen, du hättest Angst vor der Dunkelheit, mein großer Held«, spöttelte sie. »Oder gar vor dem Ertrinken. Dabei kannst du doch gar nicht sterben.«

»Das habe ich nie behauptet. Ich bin schon unzählige Male gestorben. Wir bleiben nur nicht tot.«

Corinna sah einen Atemzug lang regelrecht erschrocken aus, aber dann zuckte sie nur die Schultern und setzte sich in die Richtung in Bewegung, in die sie gerade gedeutet hatte. Andrej zögerte, bevor er ihr folgte, und er hatte dabei das Gefühl, einen schweren Fehler zu begehen. »Bist du schon einmal ertrunken?«, fragte Corinna plötzlich. »Man sagt ja, es wäre eine sehr angenehme Art des Sterbens.«

»Das ist es nicht«, antwortete Andrej kurz angebunden.

»Du meinst, all die dummen jungen Dinger, die ins Wasser gehen, um ihrem Leben ein Ende zu setzen, erleben eine ziemlich böse Überraschung?«, kicherte Corinna. »Wie schade.«

»Keine Art zu sterben ist angenehm«, erwiderte Andrej. Warum musste sie vom Tod sprechen, ausgerechnet hier?

»Und das Aufwachen? Ist es so, als ob man geschlafen hat und dann die Augen wieder aufschlägt? Und erinnert man sich an das, was dazwischen passiert ist?«

Andrej schwieg lieber, denn sonst hätte er sie nur angefahren. Dies war kein Ort, um über den Tod zu sprechen.

Corinna plapperte jedoch munter weiter. »Was ist auf der anderen Seite? Ich meine, wie ist es, tot zu sein?«

»Kalt«, antwortete Andrej. »Und dunkel. Und sehr einsam.«

»Also ungefähr so wie hier«, stellte Corinna fest, und das war beinahe mehr, als er ertragen konnte. Er wollte das nicht hören, nicht hier. Plötzlich musste er sich der absurden Vorstellung erwehren, die Wände kämen näher, würden sie beide umschließen, wie in einem Grab. »Irgendwann werde ich es erfahren, nicht wahr?«, fuhr Corinna fort. »Ich bin schon ganz neugierig. Aber ich habe auch ein bisschen Angst. Du wirst mir doch helfen, nicht? Ich meine, beim ersten Mal. Du zeigst mir, wie man es macht.«

Sie war offenbar immer noch fest davon überzeugt, dass er sie zu einer Unsterblichen machen würde, begriff Andrej. Er hatte ihr gesagt, dass er das weder konnte noch wollte, was Corinna aber in ihrer kindlichen Art einfach ignorierte.

Andrej lauschte in sich hinein, und er war nicht einmal wirklich überrascht, die Präsenz eines anderen Unsterblichen zu spüren, so weit entfernt, dass er sie gerade noch spürte.

Und wenn es anders war?, dachte er verwirrt, während er ihre schlanke Gestalt betrachtete, die nahezu lautlos vor ihm durch die Dunkelheit glitt und den immer wieder auftauchenden Hindernissen so elegant und selbstverständlich auswich wie ein Fisch in bewegtem Wasser einem Stück Treibholz oder Tang. Wenn er nicht weit entfernt war, sondern nur schwach? Oder nicht suchend und lauernd, wie er sich selbst einzureden versucht hatte, sondern erst im Erwachen begriffen?

Der Gedanke war so aberwitzig, dass er sich verbot, ihn zu Ende zu denken. Stattdessen schloss er mit zwei schnellen Schritten wieder dichter zu ihr auf und sagte mit betont sachlicher Stimme: »Vielleicht sollten wir kehrtmachen. Es sei denn, du möchtest jetzt schon herausfinden, wie es ist zu ertrinken.«

»Ihr seid ein Hasenfuß, Signore Delãny«, spöttelte Corinna. »Aber keine Angst, Ihr seid in guten Händen. Ich passe schon auf Euch auf.«

Andrej blieb ernst. »Du hast es selbst gesagt: Wenn wir uns verirren, sind wir in Gefahr … du bist in Gefahr«, verbesserte er sich. »Noch finde ich den Rückweg.« Wenigstens hoffte er das.

»Wir verirren uns nicht, Signore Hasenfuß«, stichelte sie. »Bedankt Euch bei meiner Familie.« Sie blieb stehen und deutete auf einen fast mannsdicken Balken. »Genauer gesagt bei meinem Bruder. Da ist wieder eines unserer geheimen Zeichen, siehst du?«

Nein, Andrej sah nichts, auch nicht, als er näher an die verrottete Säule herantrat und die Laterne hob. Mit der anderen Hand wischte er die dünne Schicht aus Morast und Fäulnis weg, die das Holz bedeckte, aber es bedurfte einer weiteren deutenden Geste Corinnas.

»Das ist nur ein Kratzer«, sagte er.

»Wenn man sofort erkennen würde, was es ist, wäre es ja kein geheimes Zeichen, oder?«, fragte Corinna schnippisch.

Andrej sagte nichts dazu, aber er blieb bei seiner Einschätzung. Es war ein Kratzer, einer von unzähligen, den die Säule im Lauf der Jahrzehnte, vielleicht Jahrhunderte davongetragen hatte. Davon, dass er unter der Schicht aus Morast und verkrustetem Schlamm gar nicht sichtbar gewesen war, gar nicht zu reden.

»Du hast dir das ausgedacht«, sagte er.

»Und wenn?« Corinna lachte, und etwas in der Dunkelheit hinter ihr nahm dieses Lachen auf und warf es auf grässliche Weise verzerrt zurück. Ohne ein weiteres Wort ging sie weiter, verschwand für einen kurzen, aber schrecklichen Moment in der Schwärze. Gerade als er sie zurückrufen wollte, blieb sie wieder stehen.

»Hier ist es«, sagte sie. »Dort, siehst du?«

Andrej schwenkte seine Laterne, und tatsächlich sah er einen weiteren halbhohen Durchgang, hinter dem die ersten Stufen einer ausgetretenen Steintreppe zu sehen waren, die sich in engen Windungen nach oben zog.

»Bist du sicher?«, fragte er.

Corinna stülpte die Unterlippe vor. »Ich habe mindestens fünfzig Mal hier gestanden und vor Angst mit den Knien geschlottert, während mein Bruder sich über mich lustig gemacht hat. So etwas vergisst ein Mädchen nicht.« Sie schüttelte den Kopf, wie um eine Frage zu beantworten, die er noch gar nicht gestellt hatte. »Du wartest vielleicht besser hier. Ich weiß nicht, ob die Signori dort oben noch auf mich warten.«

»Und du hast keine Lust, auch noch auf mich aufzupassen, wenn es so ist.«

»Du hast dich wohl als Kind nie aus dem Haus geschlichen, ohne dass deine Eltern es merkten?«

»Meine Eltern hatten kein Haus«, antwortete Andrej. Wenigstens keines, das groß genug gewesen wäre, um sich hinausschleichen zu können.

»Meine schon«, sagte Corinna. »Und glaub mir, mein Bruder

und ich kannten seinen Grundriss wahrscheinlich besser als der Architekt, der es gebaut hat. Allein bin ich schneller. Ich muss nur ein paar Dinge holen.«

»Zum Beispiel?«

»Was ein Mädchen eben so braucht, wenn es auf Reisen geht«, sagte Corinna ernst. »Meinen Schmuck, ein wenig Taschengeld, zwei oder drei Schrankkoffer voller Kleider und natürlich meine Schminkutensilien und die eine oder andere Zofe. Das Übliche eben.«

Andrej seufzte tief. »Das hier ist kein Spaß, Corinna«, sagte er. »Hast du das immer noch nicht verstanden?«

»Ich habe auch nicht gelacht, oder?«, erwiderte sie, nun endgültig in ernstem Tonfall. »Ich muss nur ein paar Dinge holen und einige Anweisungen geben. Wartest du hier auf mich?«

Etwas warnte Andrej, es nicht zu tun, schon weil ihm die bloße Vorstellung, allein hier unten zurückzubleiben, einen eisigen Schauer über den Rücken jagte. Aber wie beinahe jedes Mal gelang es ihm auch jetzt nicht, ihr zu widersprechen. »Beeil dich«, sagte er nur. »Bevor die Flut kommt und ich ertrinke. Es macht nicht wirklich Spaß.«

»Die Flut kommt erst in einigen Stunden«, antwortete Corinna. »So lange brauche nicht einmal ich, um eine Reisetasche zu packen.« Und damit verschwand sie, und Andrej blieb allein in der Dunkelheit zurück.

Kapitel 24

Er war nervös. Sie allein ziehen zu lassen war ein Fehler gewesen, verantwortungslos. Aber es war verrückt: Es gelang ihm einfach nicht, ihr einen Wunsch abzuschlagen, und sei er noch so kindisch. »Du bist verliebt, Hexenmeister«, murmelte er, selbst ein bisschen erstaunt, sich diese Worte sprechen zu hören, die in Betonung und Wortwahl eher Abu Dun zugestanden hätten. Aber schließlich war der Nubier nicht da, um ihn zur Vernunft zu bringen, also hatte wohl etwas in ihm entschieden, seinen Part zu übernehmen, und so fuhr er fort: »Jetzt reiß dich zusammen und benimm dich wie ein erwachsener Mann, nicht wie ein Knabe, der noch grün hinter den Ohren ist.« Der Klang seiner Stimme erzeugte ein unheimliches Echo in der Dunkelheit. Es nutzte nichts. Zu allem Überfluss kam er sich nun auch noch furchtbar albern vor (und war es auch).

Etwas bewegte sich rechts von ihm, und Andrej hob hastig die Laterne, aber was immer sich in den Schatten verbarg, floh stets eine Winzigkeit schneller vor dem Licht, als der bleiche Schein seine Umrisse enthüllen konnte.

Nicht dass es nötig gewesen wäre, es zu sehen.

Andrej wusste, was es war, auch wenn dieses Wissen seinem Empfinden für Logik frech ins Gesicht schlug. Aber dies war kein Ort der Logik, sondern des Irrationalen, an dem sich sein Traum mit den Schrecken der Realität verbündete und eine neue und furchtbare Wirklichkeit erschuf, wie um ihn zu vernichten. Als er sich umdrehte und dorthin leuchtete, schien der Durchgang verschwunden zu sein, und alles, was er sah, war nasses, moderndes Mauerwerk, das sich lautlos und unaufhaltsam auf ihn zubewegte. Er war gefangen, eingemauert und bei lebendigem Leibe begraben, für alle Ewigkeit und einen Tag.

Es war Corinnas Schrei, der ihn in die Wirklichkeit zurückriss.

Andrej fuhr so schnell herum, dass die Laterne in seiner ausgestreckten Hand heftig schaukelte und um ein Haar ausgegangen wäre, riss mit der anderen Hand das Schwert aus dem Gürtel und hätte beinahe den Halt verloren. Der Durchgang war wieder da, und bevor er seinen festen Stand wiedergefunden hatte, stürzte ein schlanker Schatten daraus hervor, fast unmittelbar gefolgt von einer weiteren, ungleich größeren Gestalt, die so massig gebaut war, dass sie tatsächlich für einen Moment in der Tür stecken blieb, wie ein Korken in einem zu engen Flaschenhals. Wahrscheinlich rettete dieser winzige Augenblick Corinna das Leben, denn mit einem Mal stieß geschliffener Stahl in ihre Richtung und wurde abrupt aufgehalten, vielleicht einen Fingerbreit, bevor er sich zwischen ihre Schulterblätter bohren konnte.

Andrej fand endlich sein Gleichgewicht wieder, beschloss, sich später darüber zu wundern, wie es Abu Dun gelungen war, wieder in den Besitz seines überdimensionalen Krummsäbels zu gelangen, und rammte sein Schwert in die Gürtelscheide zurück, bevor er nach Corinna griff und sie einfach hinter sich herzerrte, als er davonstürzte.

Hinter ihnen brüllte Abu Dun vor Wut und Enttäuschung auf und löste das Problem auf seine ganz eigene Art, indem er den zu schmalen Durchgang einfach mit einer gewaltigen Kraftanstrengung sprengte. Mauerwerk und stinkender Morast spritzten in alle Richtungen, als Abu Dun aus dem zerborstenen Eingang flog und schwer auf Hände und Knie fiel.

Andrej wartete nicht, bis er sich wieder in die Höhe gestemmt hatte, sondern jagte mit weit ausgreifenden Schritten in die Dunkelheit hinein. Als Abu Dun sich schreiend in die Höhe katapultierte, schleuderte Andrej ihm die Sturmlaterne entgegen, doch sie verfehlte ihr Ziel und zerbarst an einem der Balken neben ihm, wobei sie Glasscherben und brennendes Öl in alle Richtungen verspritzte, ohne jedoch das nasse Holz ringsum in Brand zu setzen.

Anders Abu Duns Mantel und Turban, die auf der Stelle Feuer fingen. So gewannen sie noch einmal einige kostbare Sekunden, in denen Abu Dun damit beschäftigt war, sich den brennenden Stoff vom Leib zu reißen und von sich zu schleudern, sodass die Schwärze des Zattaron für einen Augenblick wie von einer Million boshaft rot glühender Käfer erfüllt zu sein schien, bevor sie doppelt erstickend zurückkehrte.

»Bist du verrückt?«, kreischte Corinna. »Jetzt sehen wir nichts mehr!«

»Und er uns auch nicht«, antwortete Andrej. »Und wenn du aufhörst zu schreien, hört er uns vielleicht auch nicht mehr.«

Natürlich blieb Corinna sich auch jetzt wieder treu, indem sie eine patzige Antwort gab, die allerdings schon nach einigen wenigen Worten mit einem erschrockenen Keuchen abbrach, als Andrej sie nur noch schneller hinter sich herriss.

Ein wenig zu schnell.

Er spürte das Hindernis gerade noch rechtzeitig, um wenigstens nicht in vollem Lauf dagegenzuprallen, aber nicht, um ihm noch ganz auszuweichen. Ein dumpfer Schmerz explodierte hinter seiner Stirn und nur einen Sekundenbruchteil darauf in seiner linken Schulter. Es gelang ihm, einen Schmerzenslaut zu unterdrücken, aber er sank auf ein Knie, und sein Griff um Corinnas Handgelenk lockerte sich. Sie nutzte die Gelegenheit, sich ganz loszureißen.

»Siehst du?«, sagte Corinna, ein paar Schritte vor ihm zurückweichend. »Das habe ich gemeint.«

»Ja, vielen Dank auch für die Warnung«, sagte Andrej gepresst. »Und bleib, wo du bist.«

»Warum?«, fragte Corinna misstrauisch.

»Du kannst auch weitergehen«, antwortete Andrej scharf. »Aber beschwer dich nicht bei mir, wenn ich dich nicht wiederfinde und du in ein paar Stunden ertrunken bist.«

Corinna widersprach nicht mehr, und nur einen Augenblick später konnte er spüren, dass sie wieder näher kam … oder sich wenigstens ungefähr in seine Richtung bewegte. Sie hätte ihn trotzdem verfehlt, hätte er nicht rasch die Hand ausgestreckt und sie aus der Dunkelheit gefischt.

»Und jetzt still«, flüsterte er. »Keinen Laut mehr.«

Zu seiner Überraschung antwortete Corinna tatsächlich nicht mehr, sondern klammerte sich schutzsuchend an ihn. Er konnte hören, wie schnell ihr Herz schlug, und ihre Angst riechen.

Erst nach ein paar Sekunden fragte sie im Flüsterton: »Aber … kann er uns nicht hören?«

Andrej hatte ihr nie verraten, wie übermenschlich scharf Abu Duns und seine Sinne wirklich waren. Die ehrliche Antwort hätte Ja gelautet. Abu Dun rumorte irgendwo in der Dunkelheit hinter ihnen, und die letzten wenigen Funken verloschen rasch. Er hörte das wütende Knirschen von Abu Duns Zähnen, aber es fiel ihm sonderbar schwer, die genaue Richtung zu bestimmen, aus der die Geräusche kamen. Dabei orientierte er sich anhand seines Gehörs beinahe so gut wie eine Fledermaus. Gegen dieses Hindernis hätte er nicht prallen dürfen, sondern es rechtzeitig spüren müssen. Aber vielleicht ...

Um seine Idee zu überprüfen, grub er mit der freien Hand in der klebrigen Schlammschicht am Boden, bis er einige kleine Steinchen oder vielleicht auch Muschelschalen gefunden hatte, und warf sie dann in eine beliebige Richtung. Zahlreiche klickende und kollernde Echos antworteten auf die Bewegung, ganz wie er es erwartet hatte – doch ihre Anzahl übertraf die der geworfenen Objekte um ein Mehrfaches, und auch ihre Richtung war unmöglich festzustellen. Statt ihm zumindest eine ungefähre Vorstellung von seiner Umgebung zu liefern, schien das Klicken, Kollern und Hallen buchstäblich von überall her zu kommen, wie ein Blitzgewitter, das ihn desorientiert und verstört zurückließ.

»Gut«, murmelte er, und das eine Wort fügte dem akustischen Blitzgewitter ein neuerliches grelles Wetterleuchten hinzu, das ihn fast schwindelig machte.

»Was ist ...?«, begann Corina, und Andrej hob rasch die Hand und legte ihr zielsicher den Zeigefinger auf die Lippen.

»Nichts«, sagte er so leise, wie er gerade noch konnte. »Außer dass er uns umso einfacher findet, je lauter du sprichst.«

Corinna nickte nur zur Antwort, dass sie verstanden hatte, und Andrej ließ seinen Finger deutlich länger auf ihren Lippen, als es notwendig gewesen wäre. Nicht weit entfernt stapfte Abu Dun durch die Dunkelheit. Manchmal platschte es, wenn er in eine der unzähligen Pfützen trat, und mindestens einmal hörte Andrej auch das dumpf saugende Geräusch, mit dem sein gewaltiger Krummsäbel in nasses Holz fuhr, aber auch diese Laute waren sonderbar ziellos. Es musste an diesem unglaublichen Ort liegen. Sie befanden sich in einem Labyrinth aus Hunderten und Aberhunderten Säulen aus gemauerten und natürlich gewachsenen Stützpfeilern, die die verquollene Decke trugen und dabei lediglich Schlupflöcher ließen, durch die man sich kreuz und quer bewegen konnte. So sehr er es gewohnt war, sich anhand von Lauten und ihrem Widerhall zu orientieren, so sehr verwirrten ihn nun die unzähligen Echos.

Abu Dun musste es genauso – und vielleicht sogar schlimmer – ergehen, denn obwohl er die Unsterblichkeit erst deutlich später errungen hatte als Andrej, waren die Sinne des Nubiers noch sehr viel schärfer als seine – was sich nun mit ein wenig Glück gegen ihn wenden würde.

Andrej verharrte noch etliche Sekunden lang reglos und sogar mit angehaltenem Atem in der Dunkelheit und lauschte, ohne mehr als Corinnas gedämpfte Atemzüge und das angsterfüllte Hämmern ihres Herzens zu hören. Vielleicht war Abu Dun irgendwo hinter ihnen und tat dasselbe.

Wenn sie Glück hatten, hatte auch er in der stygischen Finsternis hier unten die Orientierung verloren und war in die falsche Richtung gegangen.

Es gab nur eine Möglichkeit, es herauszufinden.

Er berührte noch einmal Corinnas Lippen, um ihr auf diese Weise zu bedeuten, still zu sein (sie nutzte die Gelegenheit, spielerisch an seinem Zeigefinger zu knabbern), und nickte ihr knapp zu. Nahezu lautlos setzten sie sich in Bewegung.

Aber eben nur nahezu. Ihre Schritte und selbst das Rascheln ihrer Mäntel fügten dem akustischen Wetterleuchten eine weitere Facette hinzu, und prompt hörte Andrej hinter sich wieder einen Lärm, als wäre eine ganze Gruppe von Verfolgern hinter ihnen her und nicht nur ein einzelner Mann. Aber Andrej machte sich nichts vor. Früher oder später würde der Nubier sie einholen.

Corinna mit der linken Hand weiter festhaltend, streckte er die andere nach vorn, um nach verborgenen Hindernissen zu tasten, und beschleunigte seine Schritte. Gleichzeitig versuchte er sich zu erinnern, wie viele Schritte und in welche Richtung sie bisher gegangen waren. Ganz sicher war er nicht. Diese schreckliche unterirdische Welt schaltete nicht nur seinen Gesichtssinn aus, sondern verwirrte auch seinen inneren Kompass, auf den er sich sonst so gut verlassen konnte. Doch das Schlimmste überhaupt war, dass die Angst immer noch da war. Um sich auf den Rückweg zu besinnen, musste er an die Wände denken, an denen er sich entlanggetastet hatte, und prompt meinte er wieder zu spüren, wie sich das steinerne Grab rings um ihn zusammenzog. Was hatte Marius ihm angetan?

Seine Hand ertastete nasses Mauerwerk anstelle von Holz, dann die Krümmung eines gemauerten Torbogens, der vielleicht in die richtige Richtung führte, vielleicht auch nur tiefer hinein in dieses endlose Labyrinth. Doch ihnen blieb keine andere Wahl: Sie mussten es wagen. Als Corinna zum Reden ansetzte, brachte er sie mit einem Ruck am Handgelenk zum Schweigen. Sie blieb gehorsam stumm, aber er meinte ihren Ärger spüren zu können und, einmal darauf aufmerksam geworden, auch wieder jene andere tastende Präsenz. Er war jetzt sicher, dass es nichts Feindseliges und Lauerndes war, wie er zunächst angenommen hatte, sondern nur große Unsicherheit und noch größeres Staunen. Etwas erwachte, unendlich langsam und voller Furcht vor der verwirrenden neuen Welt, in die es hineingestoßen wurde, aber auch voll Neugier. Und es war nahe …

Um ein Haar hätte er laut jubiliert, wäre ihm nicht zugleich auch die neuerliche Gefahr klar geworden. Es war Corinnas erwachende Unsterblichkeit, die er nicht nur jetzt, sondern vom allerersten Moment an in ihr gespürt hatte und die der Grund gewesen war, warum er sich so unwiderstehlich zu ihr hingezogen gefühlt hatte. Doch auch wenn sein Herz in freudiger Erregung über diese Erkenntnis schlug, war die Gefahr doch groß, die von diesem Erwachen ausging. Abu Dun musste ihre Nähe genauso deutlich spüren wie die seine, und für ihn war sie nichts weiter als ein zweites Ziel, das ihm den Weg wies.

Andrej kam zu einem Entschluss. Er blieb stehen, zog Corinna noch dichter an sich heran und rief laut: »In Ordnung, Pirat! Sag mir, was du von ihr willst, und wir reden darüber!«

Er bekam keine Antwort von Abu Dun, aber irgendwo – nicht einmal annähernd so weit entfernt, wie er gehofft hatte – bewegte sich etwas, und Corinna sog so erschrocken die Luft zwischen den Zähnen ein, dass es fast wie ein kleiner Schrei klang. »Bist du verrückt?«, keuchte sie. »So findet er uns doch!«

»Er findet uns sowieso«, antwortete Andrej, legte ihr schützend den Arm um die Schultern und streckte das Schwert in die Dunkelheit. Abu Dun war nahe. Viel näher, als er geglaubt hatte.

»Rede mit mir, Pirat! Was willst du?« Er bekam auch jetzt keine Antwort.

Als er erneut eine Bewegung wahrnahm, ließ Andrej auch den letzten Rest Rücksicht fahren und stürmte einfach los, darauf hoffend, dass Abu Duns Sinne ebenso verwirrt waren wie seine.

Ohne seine Schritte zu zählen, verließ er sich ganz auf seine Instinkte, damit sie ihn zurück zum Ausgangspunkt dieser unheimlichen Odyssee führten. Ein halbes Dutzend Mal prallte er trotz aller Vorsicht gegen unsichtbare Hindernisse, und einmal verlor seine tastende Hand den Kontakt zu dem nassen Mauerwerk, was eine kurze, aber ungemein heftige Panikattacke zur Folge hatte. Aber das, was er von seinem unsichtbaren Verfolger vernahm, verriet ihm, dass es diesem nicht besser erging. Einmal stürzte Abu Dun, und ein anderes Mal stieß er so hart gegen eine Säule, dass sie erzitterte.

Andrej versuchte trotzdem, noch schneller zu laufen. Als er jedoch auf dieselbe Weise belohnt wurde wie ihr Verfolger, setzte er seinen Weg wieder etwas langsamer fort.

Und das Wunder geschah: Irgendwann spürte er einfach, dass sie auf dem richtigen Weg waren, wandte sich instinktiv nach rechts und stolperte über die unterste Stufe einer steinernen Treppe, die in der Dunkelheit verborgen lauerte. Er fiel, rollte sich blitzschnell wieder auf die Füße und versetzte Corinna einen Stoß, der sie halbwegs die unsichtbare Treppe hinaufstolpern ließ. »Lauf!«, schrie er. »Ich halte ihn auf!« Wohin auch immer sie laufen sollte. Vielleicht gab es dort oben keine Tür, oder sie war verschlossen, oder irgendein Schlaumeier hatte sein Haus darauf gebaut. Aber ihm blieb keine Wahl.

Während Corinna die Treppe hinaufhastete, ging er in eine halb geduckte Abwehrhaltung und versuchte, sich auf die Flutwelle aus Geräuschen zu konzentrieren, die aus allen Richtungen zugleich auf ihn zurollte. Nichts davon ergab Sinn. Abu Dun war ganz nahe, nur noch wenige Schritte entfernt, aber er konnte einfach nicht sagen, wo. Oder ob er vielleicht sogar mehrmals da war.

Es war kein Geräusch, das ihn warnte, sondern nur eine Ahnung, das pure Wissen um Gefahr. Sein Arm bewegte sich fast ohne sein Zutun nach oben und zur Seite, und irgendetwas stieß mit solcher Urgewalt gegen die hochgerissene Klinge, dass er unter der Macht des Hiebes zurückstolperte und auf die Treppe fiel. Funken stoben, als Abu Duns monströser Krummsäbel zum zweiten Mal und mit noch größerer Gewalt gegen seine Klinge schlug, und diesmal vibrierte ein lähmender Schmerz bis in seine Schulter hinauf.

Andrej warf sich zur Seite, trat nach hinten aus und traf etwas, das mit einem wütenden Grunzen reagierte. Funken und Steinsplitter flogen, als die Klinge kaum eine Handbreit neben seinem Gesicht auf den Stufen aufschlug. Abu Dun meinte es ernst, begriff er entsetzt. Es ging ihm nicht darum, ihn auszuschalten, er wollte ihn töten, und das endgültig. Andrej rollte weiter herum, trat noch in der Bewegung ein zweites Mal aus und traf diesmal so hart, dass Abu Dun zwei oder drei Schritte zurückstolperte und mit rudernden Armen um sein Gleichgewicht kämpfte. Erst da fiel Andrej auf, dass er ihn sehen konnte. Irgendwoher kam plötzlich Licht.

Er beschloss, sich auch darüber später zu wundern und lieber dafür zu sorgen, dass er es auch noch konnte, und nutzte seinen winzigen Vorteil, indem er aufsprang und dem Nubier mit aller Gewalt die Schulter gegen die Brust rammte. Abu Dun stolperte zurück und wäre gestürzt, wäre er nicht gegen eine der steinernen Säulen geprallt. Morast and nasses Holz regneten von der Decke, und Andrej versetzte ihm einen Hieb mit der flachen Klinge gegen den Schädel, der ihm zwar nicht das Bewusstsein raubte, ihn aber endgültig in die Knie brechen ließ.

Mehr brauchte er nicht. Andrej fuhr auf dem Absatz herum und sah, dass Corinna die Klappe am oberen Ende der Treppe nur halb aufgestemmt hatte. Irgendetwas schien sie zu blockieren, oder sie war einfach zu schwer für das zierliche Mädchen, das deutlich weniger als hundert Pfund wog. Mit zwei, drei gewaltigen Sätzen war er bei ihr, stieß die Schulter gegen die störrische Klappe und wäre um ein Haar rücklings die Treppe hinuntergestürzt, als sie zwar mit einem Geräusch wie ein Peitschenknall der Länge nach riss, dennoch aber störrisch an ihrem Platz blieb.

Er versuchte es noch einmal und mit noch mehr Kraft und sprengte die Klappe diesmal einfach in Stücke. In der gleichen Sekunde schrie Corinna gellend auf, als sich eine riesige schwarze Hand um ihr Fußgelenk schloss und sie so brutal die Treppe hinunterzerrte, dass sie mehrmals und hart mit dem Gesicht auf den steinernen Stufen aufschlug.

Andrej rollte herum, sprang neben der Treppe auf den matschigen Boden und versuchte erst gar nicht, das Gleichgewicht zu halten, sondern wandelte den beginnenden Sturz in eine blitzartige Rolle um, an deren Ende er Abu Dun beide Füße in den Leib rammte.

Obwohl er alle Kraft in den Tritt gelegt hatte, reichte es nicht, um Abu Dun zu Boden zu werfen, aber immerhin brachte er ihn ins Taumeln und rettete Corinna damit das Leben. Statt ihr Gesicht zu zermalmen, hinterließ Abu Duns schwerer Fuß ein gewaltiges Loch im Boden neben ihr, das sich sofort mit übel riechendem Wasser füllte.

Andrej nutzte den Rückstoß seiner eigenen Attacke, um in die Höhe zu federn, und versetzte dem Nubier einen gewaltigen Fausthieb, der jedem anderen den Kiefer zertrümmert hätte (und seine Hand brach), und trieb ihn damit weit genug zurück, um sich nach Corinna bücken und sie in die Höhe reißen zu können. Sie schrie, mehr vor Schmerz als vor Angst, und als er herumwirbelte und zum zweiten Mal die Treppe hinauflief, sah er frisches Blut – entsetzlich viel Blut – auf ihrem Gesicht.

Abu Dun schüttelte benommen den Kopf, bückte sich schwerfällig nach seinem Säbel und richtete sich unbeholfen wieder auf, was Andrej jede Gelegenheit gegeben hätte, sein eigenes

Schwert zu benutzen und ihn auszuschalten, aber das wollte er immer noch nicht.

»Verdammt, Abu Dun, hör auf!«, sagte er. »Rede mit mir!«

Weder hörte der Nubier auf, noch bestand seine Antwort aus mehr als einem unartikulierten Knurren. Er ergriff seine Waffe nun mit beiden Händen und schwang sie mit einem gewaltigen Hieb, der Andrej glattweg halbiert hätte, wäre er ihm nicht mit einem fast verzweifelten Satz ausgewichen oder hätte gar den Fehler gemacht, ihn mit seiner eigenen Klinge parieren zu wollen. Statt ihn zu enthaupten, kappte der riesige Krummsäbel einen der dicken Stützbalken so mühelos wie eine Sense trockenes Schilf, und Andrej musste sofort einem zweiten, womöglich noch wuchtigeren Hieb ausweichen, der ihn beinahe noch knapper verfehlte und eine zweite Säule fällte. Diesmal ergoss sich eine wahre Sturzflut aus dünnflüssigem Morast und geborstenem Holz über Abu Dun, was der Nubier aber gar nicht zur Kenntnis nahm. Er stürmte nur weiter vor, ohne Rücksicht darauf, welchen Schaden er anrichtete oder selbst dabei nahm.

Andrej wollte ihn immer noch nicht verletzen, aber er wollte auch nicht von ihm in Stücke gehackt werden; und er wollte noch sehr viel weniger zusehen, wie er Corinna umbrachte.

Als Abu Dun zu einem dritten, weit ausholenden Hieb Schwung nahm, versetzte er ihm einen tiefen Stich in den Oberschenkel, von dem er wusste, dass er den Nubier zwar nicht ernsthaft verwunden würde, aber höllisch wehtun musste. Als Abu Dun vor Schmerz und Wut brüllend mit dem verletzten Bein einknickte, schlug Andrej ihm den Säbel aus der Hand, packte seinen Arm und wirbelte ihn zweimal herum, bevor er ihn losließ und mit solcher Wucht gegen einen weiteren Stützpfeiler schmetterte, dass dieser ebenfalls nachgab und mit einem nassen Splittern umfiel. Ein guter Teil der Deckenverkleidung und eine halbe Tonne Schlamm und zerbrochene Ziegelsteine folgten und rissen den Nubier endgültig zu Boden.

Andrej war mit einem gewaltigen Schritt bei ihm, schmetterte ihm den Schwertknauf in den Nacken und taumelte dann selbst, als eine weitere Lawine auf den Nubier und ihn niederprasselte. Der Boden zitterte. Ein tiefes Stöhnen wie von einem lebendigen Wesen erklang, und unmittelbar neben Andrej zersprang eine weitere hölzerne Säule mit einem peitschenden Knall.

Andrej warf erschrocken den Kopf in den Nacken und sah, dass sich die Decke unmittelbar über ihnen durchzubiegen begann wie nasses Segeltuch. Ein weiterer Stützpfeiler fing an, unter der Anstrengung zu ächzen, auch noch die Last derjenigen Säulen tragen zu müssen, die Abu Duns ungestümem Wüten zum Opfer gefallen waren. Lange würde es ihm vermutlich nicht mehr gelingen.

Nur um sicherzugehen, versetzte er Abu Dun einen zweiten, sogar noch heftigeren Schlag mit dem Schwertknauf, der selbst ihn für mindestens eine Stunde zuverlässig ausschalten musste, steckte das Schwert dann ein und schleifte den bewusstlosen Nubier zur Seite. Ganz kurz überlegte er, den gewaltigen Säbel mitzunehmen, schleuderte ihn aber, angesichts seiner monströsen Größe und des enormen Gewichts, in hohem Bogen in die Schwärze hinter seinem Besitzer.

Noch bevor das letzte Echo verklang, das sein Aufprall in der immerwährenden Finsternis hervorrief, war er schon die Treppe hinauf und durch die zerborstene Klappe.

Tatsächlich befanden sie sich wieder in der winzigen Abstellkammer von Marios Gasthaus. Corinna kniete am Boden, die Hände vors Gesicht geschlagen. Hellrotes Blut quoll zwischen ihren Fingern hervor, und ihre Schultern zuckten, geschüttelt von einem heftigen Weinkrampf. Schnell sah sich Andrej im Raum um. Ein paar Schritte weiter entdeckte er den Besitzer des Etablissements, Mario, auf dem Rücken liegend, der aus leeren Augen die Decke anstarrte. Seine Kehle war so tief durchgeschnitten, dass es an eine Enthauptung grenzte.

Andrej ließ sich rasch neben Corinna in die Hocke sinken, griff nach ihren Händen und drückte sie mit sanfter Gewalt nach unten. Ihr blutüberströmtes Gesicht begann bereits anzuschwellen, aber Andrej erkannte, dass es schlimmer aussah, als es in Wahrheit war. Ihre Nase war gebrochen, die Lippen aufgeplatzt, und sie hatte eine hässliche Platzwunde unter dem rechten Auge, doch nichts davon war gefährlich.

»Alles in Ordnung?«, fragte er.

»Ja«, behauptete Corinna und schüttelte gleichzeitig den Kopf. Dann wurden ihre Augen plötzlich groß, und sie schlug die Hand vor den Mund, um einen Schrei zu unterdrücken. Offensichtlich hatte sie den toten Mario bisher noch gar nicht bemerkt.

»Schon gut«, sagte Andrej rasch. Schnell, aber sehr vorsichtig zog er sie an sich, sodass sie den schlimm zugerichteten Leichnam nicht mehr ansehen musste.

»Keine Angst. Es ist alles in Ordnung. Jetzt tut dir keiner mehr etwas.«

Ein albernes (und unwahres) Versprechen, aber offenbar genau das, was sie hören wollte. Ihr Schluchzen wurde leiser, dann machte sie sich unsicher aus seiner Umarmung los und fuhr sich mit dem Handrücken durchs Gesicht – was den Anblick allerdings nicht besser machte, sondern ganz im Gegenteil nur noch beängstigender.

»Tut weh«, brachte sie schniefend heraus.

»Ich weiß«, sagte Andrej. »Aber es ist nicht schlimm, glaub mir.«

Corinna zog die Nase hoch und presste die Hand gegen die Wange. »Schanschmerschen«, nuschelte sie.

»Was?«

Corinna nahm die Hand herunter, versuchte – vergeblich – die Tränen wegzublinzeln, und sagte noch einmal und jetzt überdeutlich: »Zahnschmerzen.«

»Dagegen kann ich nichts tun«, sagte Andrej. Dennoch legte er die Hand unter ihr Kinn, hob behutsam ihren Kopf an und betrachtete ihr Gesicht genauer. Ihre Nase war ganz eindeutig gebrochen, und das wahrscheinlich gleich mehrfach, aber sie hatte bereits aufgehört zu bluten, und auch der Riss unter ihrem Auge war schon verschorft. Er hatte sich nicht getäuscht.

Corinna wartete sichtlich darauf, dass er etwas sagte, schob dann seine Hand beiseite und tastete mit spitzen Fingern nach ihrem Unterkiefer. Schließlich pulte sie einen Moment mit der Zunge im Mund herum und spuckte einen abgebrochenen Zahn auf ihre Handfläche. »Der war vollkommen in Ordnung!«, beschwerte sie sich. »Hast du eine Vorstellung, was diese Zahnbrecher dafür nehmen, ihn zu ersetzen, und wie weh so etwas tut?«

»Bei dir nicht«, antwortete Andrej. »Keine Angst. Am Anfang dauert es ein bisschen länger, aber in ein paar Tagen ist er nachgewachsen.«

Corinna blinzelte. Sie hob abermals die Hand und tastete behutsam über ihre Nase. Dann starrte sie ihn fassungslos an. Ihre Mundwinkel zuckten, und ihre Augen füllten sich schon wieder mit Tränen. »Hast du …?«

Die Verlockung, Ja zu sagen, war groß, aber dann schüttelte er doch den Kopf. »Ich war zehn Jahre älter als du, als es passiert ist. Und ich war noch viel erschrockener. Und es gab damals niemanden, der es mir erklärt hätte … oder mich auch nur darauf vorbereitet.«

»Und … wie?«, murmelte Corinna.

»Das weiß niemand«, antwortete Andrej ehrlich. »Nicht einmal die Ältesten von uns. Es passiert einfach.«

»Und du bist sicher, dass du nichts damit zu tun hast?« Corinna klang fast enttäuscht. »Auch nicht ein ganz kleines bisschen?«

»Das hätte ich gar nicht gekonnt«, antwortete er.

Corinna betrachtete nachdenklich den abgebrochenen Zahn auf ihrer Handfläche. »Aber du hast mir erzählt, dass du Abu Dun zu einem von euch gemacht hast.« Sie verbesserte sich unwillkürlich. »Von uns.«

»Das waren andere von uns. Aber du hast schon recht: Ohne mich wäre er wohl nie ein Vampyr geworden. Erst ich habe ihn mit dieser dunklen Seite, die in ihm war, bekannt gemacht. Erweckt werden kann dabei allerdings immer nur das, was schon da ist: Etwas aus dem Nichts erschaffen geht nicht.«

»Etwas, das schon da ist.« Corinna wiederholte die Worte, als lausche sie nach einer tiefer verborgenen Wahrheit darin, sah weiter den abgebrochenen Zahn auf ihrer Handfläche an und ließ ihn dann achtlos fallen. »Dann war das wohl der Grund, aus dem ich mich in dich verliebt habe. Muss ich jetzt enttäuscht sein?«

Andrej wusste nicht, was er darauf antworten sollte – vielleicht weil er Angst davor hatte, sich dieselbe Frage zu stellen. Stattdessen sagte er: »Apropos Abu Dun. Wollen wir hier warten, bis er wieder zu sich kommt?«

»Er lebt noch?«, entfuhr es Corinna.

»Abu Dun ist mein Freund. Ich würde ihm nie etwas tun!«, gab Andrej zurück.

»Er dir schon, fürchte ich. Heißt das jetzt, dass er auch mein Freund sein muss?«

»Der Mann dort unten ist nicht der Abu Dun, den ich kenne«, antwortete Andrej. »Und er bleibt es auch nicht, keine Angst. Ich weiß nicht, was Marius ihm angetan hat, und schon gar nicht, wie. Aber er bleibt nicht so, dafür sorge ich.«

Corinna spähte in die Dunkelheit unter der aufgebrochenen Klappe hinab. Unwillkürlich streifte ihr Blick noch einmal Marios durchschnittene Kehle, und Andrej sah einen ganz sachten Ausdruck von Ekel in ihren Augen aufblitzen, vielleicht auch so etwas wie beinahe ... wissenschaftliche Neugier. Nur das, worauf er eigentlich wartete, kam nicht.

»Hast du ihn getötet?«, fragte er.

Es dauerte einen Moment, bis sie ganz langsam den Kopf drehte und ihn mit einem ungläubigen Ausdruck ansah, der unmöglich gespielt sein konnte. Und bei dem sich sein schlechtes Gewissen mit solcher Vehemenz meldete, dass er sich ganz elend fühlte.

»Ich?«

»Vorhin, als du heruntergekommen bist ...«, begann Andrej und konnte dann nicht weitersprechen, weil ihre Augen plötzlich so hart wurden wie bemalte Kugeln aus Glas.

»Ich weiß, was ich gesagt habe«, sagte sie eisig. Mit einem Ruck stand sie auf und deutete an sich hinab. »Und mein Kleid ist wirklich voller Blut, wie du ja siehst. Also muss es wohl so sein, wie du glaubst. Ihr habt mich ertappt, Signore Delãny.«

Ihr Kleid war voller Blut – Unmengen von Blut, das in Strömen aus ihrer gebrochenen Nase gelaufen war. Sie sah aus, als käme sie gerade von einer Doppelschicht im städtischen Schlachthaus.

»Es tut mir leid«, sagte er.

»Mir auch«, erwiderte Corinna. »Wird man so, wenn man dreihundert Jahre lebt?«

»Kannst du mich das später noch einmal fragen?«, erwiderte Andrej. »So in dreihundert Jahren?«

»Ich erinnere dich daran«, versprach Corinna, fuhr herum und streckte die Hand nach dem Riegel aus, um die Tür zu öffnen, und dieses Mal warnten ihn seine Sinne einen Sekundenbruchteil zu spät – vielleicht weil es so ganz anders war, als er es erwartet hätte. Der Boden unter seinen Füßen zitterte, aber ihm war, als habe ihn ein heftiges Schwindelgefühl gepackt, und als er seinen Irrtum begriff, war es zu spät. Corinnas Fuß brach durch den vermeintlich massiven Boden. Wo er Stein und uralte eisenharte Balken erwartet hätte, gähnte plötzlich ein bodenloser Abgrund unter einem bizarren steinernen Strudel, der sich rasend schnell erweiterte und den Boden verschlang. Und schließlich auch Corinna, die einen weniger erschrocken als überrascht klingenden Schrei ausstieß und wild mit den Armen rudernd in einer langsamen Pirouette zur Seite und nach hinten kippte.

Andrej ließ sich in die entgegengesetzte Richtung fallen, packte ihre Hand und schickte ein Stoßgebet zum Himmel, dass die Tür dieser Kammer nicht zugleich auch die einzig stabile Tür in ganz Venedig war, während er sie mit verzweifelter Kraft mit sich riss.

Es wurde erhört. Die Tür zerbarst mit gewaltigem Getöse, und Andrej stolperte hindurch, fiel auf den Rücken und zog Corinna mit sich, während der gesamte Vorratsraum mitsamt Inhalt in der Tiefe verschwand. Überraschte Schreie wurden hinter ihnen laut, und etwas zerbrach mit einem lang anhaltenden Klirren. Er konnte spüren, wie das gesamte Haus unter ihnen erbebte, sich mit einem tiefen Grollen ein Stück weit auf die Seite legte wie ein Schiff, das eine gewaltige Welle erklomm, und dann wieder in die Waagerechte zurückkippte, nachdem es ihren Kamm überwunden hatte.

Noch mehr Glas zerbarst. Schreie gellten, und er glaubte einen Laut zu hören, als stöhne das Haus selbst wie unter einem gewaltigen, unerträglichen Schmerz. Corinna klammerte sich mit solcher Kraft an ihn, dass ihre Fingernägel winzigen Messerchen gleich seine Haut ritzten. Hastig kroch Andrej noch ein Stück weiter von der aufgebrochenen Tür weg, schob Corinna von sich herunter und wollte sich gerade in die Höhe stemmen.

»Signore Delãny«, sagte Rezzori. Sein Gesicht war angeschwollen. Eine dick verkrustete Wunde verunzierte seinen rechten Mundwinkel, und das darüber liegende Auge war dick und dunkelblau und grün verfärbt. Er hätte schlichtweg lächerlich ausgesehen, wäre da nicht in seinem Blick ein Ausdruck von blankem Hass und Mordlust gewesen.

Und die Musketen in den Händen der beiden Soldaten neben ihm, die zwar zitterten, das aber nicht heftig genug, um nicht genau auf seine Stirn zu zielen.

»Ich freue mich wirklich, Euch wiederzusehen, Signore Delãny«, fuhr Rezzori mit einem kalten Lächeln fort. »Auch wenn ich gestehen muss, dass ich Euren Sinn für dramatische Auftritte allmählich doch für etwas übertrieben halte.«

Wieder zitterte der Boden unter ihnen, ganz sacht nur, aber zugleich auch auf eine so machtvolle Weise, dass Rezzori erschrocken den Kopf hob und zur Decke hinaufsah. Hastige Schritte erklangen, Schreie, das Zerbrechen von Glas und Porzellan und das Scharren und Poltern von umstürzendem Mobiliar. Andrej verspürte erneut jenes sonderbare Schwindelgefühl, das nicht aus seinem Inneren, sondern von außen kam, und neben ihm fuhr auch Corinna heftig zusammen und sah sich aus vor Angst geweiteten Augen um. Einer von Rezzoris Begleitern senkte seine Muskete und setzte dazu an, auf dem Absatz herumzufahren, wagte es aber dann doch nicht, als Rezzori ihn scharf ansah.

»Was sind Sie, Signore Delãny?«, fuhr Rezzori fort, scheinbar vollkommen ungerührt und in einem bedrohlich klingenden Plauderton. »Einfach nur der größte Pechvogel, den diese Stadt je gesehen hat, oder die größte Bedrohung, der sie jemals ausgeliefert war?«

Wenn man es genau nahm, dachte Andrej, vermutlich beides. Aber er kam nicht dazu zu antworten (was sich mit einiger Wahrscheinlichkeit auch als wenig zuträglich für seine Gesundheit erwiesen hätte), denn Corinna hatte endgültig ihren Schrecken überwunden, stemmte sich auf Hände und Knie hoch und funkelte Rezzori mit fast heiligem Zorn an. »Was fällt Euch ein, Signore? Habt Ihr schon vergessen, was Andrej getan hat?«

»Ich bin nicht ganz sicher, ob ich es überhaupt weiß«, erwiderte Rezzori.

»Unter anderem hat er etlichen Eurer Männer das Leben gerettet, wenn ich mich richtig erinnere«, sagte Corinna scharf. »Und Euch auch! Ihr solltet ein wenig Dankbarkeit zeigen!«

Als sie ganz aufstehen wollte, schwenkte der Soldat, der gerade vergeblich versucht hatte, den Rückzug anzutreten, seine Muskete herum.

Andrej straffte sich. Dass Corinna den Keim der Unsterblichkeit in sich trug, bedeutete nicht, dass sie auch schon unsterblich war. Insgeheim verfluchte er sich dafür, ihr vielleicht schon zu viel verraten zu haben. Was musste denn noch geschehen, bis er begriff, dass sie trotz all ihrer weiblichen Reize und unbestrittenen Abgeklärtheit eine junge Frau war, noch dazu eine, die sich nun für unverwundbar halten mochte?

»Ich kann Euch das alles erklären«, sagte er hastig. »Aber vielleicht nicht hier. Wir sollten die Contessa an einen Ort bringen, der sicherer ist.«

Corinna bedachte ihn mit einem zu gleichen Teilen vorwurfsvollen wie dankbaren Blick, und als hätten seine Worte noch einer Bestätigung bedurft, bewegte sich der Boden unter ihnen erneut wie ein schwerfälliges Schiff in der Dünung. Die Nervosität der beiden Signori nahm noch einmal zu, und Andrej fragte sich, wann wohl der Punkt erreicht sein mochte, an dem ihre Angst größer wurde als ihr Respekt vor Rezzori. Vielleicht noch ein paar Augenblicke. Falls sie noch so lange lebten.

Augenscheinlich gelangte Rezzori wohl zu einem ganz ähnlichen Ergebnis, denn er bedeutete ihm mit einer herrischen Geste aufzustehen. Andrej war kaum auf den Beinen, als er auch schon mit zwei schnellen Schritten an Corinna und ihm vorbeiging und sich in die Tür der zerschmetterten Abstellkammer beugte. Die Hälfte des Bodens war fort, zusammen mit der hölzernen Klappe und dem Großteil der Treppe, die in die Unterwelt Venedigs hinabführte, und die sachte Berührung von Rezzoris Fuß ließ einen weiteren Teil der Balken einbrechen und mit gewaltigem Getöse in der Tiefe verschwinden. Andrej sah aus den Augenwinkeln, wie sich Marios Körper auf beinahe unheimliche Weise bewegte, indem er zur Seite rutschte und ebenfalls halb in den schrecklichen Krater glitt, dann aber noch einmal zur Ruhe kam. Sein fast abgetrennter Kopf rollte herum, und sein rechter Arm rutschte über die Kante und begann wild zu pendeln. Wohl nicht nur für ihn sah es so aus, als versuche er anklagend mit der Hand auf Corinna und ihn zu deuten. Corinna sog scharf die Luft zwischen den Zähnen ein.

»Mario«, flüsterte Rezzori. Andrej war beinahe überrascht.

Er hatte den Herrn der Signori di Notte nicht als einen Mann eingeschätzt, der in Gasthäusern verkehrte. »Aber was …?«

Rezzori ging langsam in die Knie, wobei er sich mit beiden Händen am zerbrochenen Türrahmen der Kammer festhielt, wagte sich dann noch weiter vor und streckte die Hand aus, wohl um den Toten zu packen und herauszuziehen. Im nächsten Augenblick war es dafür jedoch zu spät, denn der Fußboden zitterte erneut, und jetzt gab es nichts mehr, was Marios Leichnam daran hinderte, zusammen mit dem Rest der verheerten Vorratskammer in der ewigen Finsternis unter der Stadt zu verschwinden.

Ebenso wie ein guter Teil der Wand, an der sich Rezzori abstützte.

Später wusste Andrej es besser: Er hätte einfach ruhig bleiben und gar nichts tun sollen, und etliches von dem, was Corinna und ihm danach zustieß, wäre gar nicht geschehen. Doch in diesem Moment dachte er nicht nach, sondern packte Rezzori und zog ihn mit einer so blitzartigen Bewegung in Sicherheit, dass der Signori gar nicht wusste, wie ihm geschah. Hart landete er auf dem Rücken, und Andrej registrierte eine Bewegung aus den Augenwinkeln und spannte sich ganz instinktiv zum Sprung, als er in den Lauf der beiden geladenen Musketen blickte.

»Halt!« Rezzori hob zusätzlich die Hand, um die beiden Bewaffneten zurückzuhalten, stemmte sich mit einer unsicheren Bewegung hoch und starrte aus großen Augen erst das gähnende Loch im Boden an, wo er eine halbe Sekunde zuvor noch gestanden hatte, dann Andrej. Etwas Seltsames erschien in seinem Blick – ganz bestimmt keine Dankbarkeit, aber auch nichts, was Andrej wirklich deuten konnte. Vielleicht etwas, das zu sagen schien: Das ändert gar nichts.

Andrej stand endgültig auf (er hütete sich, auch nur die Hand in Rezzoris Richtung auszustrecken, um ihm zu helfen), und der Signore di Notte fragte mit eisiger Stimme: »Warum habt Ihr das getan, Delãny?«

Corinna kam ihm zuvor. »Woher wollt Ihr wissen, dass er es war?«

Sofort wusste Andrej, dass Rezzori nicht darauf antworten würde. Der Blick seiner erbarmungslosen Augen tastete kalt über Andrejs Gestalt, das Blut auf seinen Kleidern und seinen Händen und über den Schwertgriff, der aus seinem Gürtel ragte. Dann aber machte er einen Schritt zurück, womit er wieder zwischen seinen beiden bewaffneten Begleitern stand. Betont langsam wandte er sich zu Corinna um. Überraschung erschien auf seinem Gesicht und verschwand wieder, und Andrej fragte sich besorgt, ob ihm vielleicht etwas aufgefallen war, das er nicht verstand. Vielleicht die winzige Platzwunde unter Corinnas Auge, die vor einigen Augenblicken noch da gewesen war und jetzt nicht mehr.

Wenn ja, dann ging er mit keinem Wort darauf ein. »Wenn es Euer Freund nicht war, Contessa, dann muss ich mich fragen, ob Ihr diesen armen Mann umgebracht habt. Wäre Euch das lieber?« Corinna wollte auffahren, doch Rezzori ließ sie gar nicht erst zu Wort kommen, sondern fuhr in einer seltsamen Mischung aus Ungeduld und resigniertem Wohlwollen fort: »Ich bin Eurer Familie und insbesondere Eurem Vater zu großem Dank verpflichtet, Contessa. Aus keinem anderen Grund habe ich Signore Delãny heute Morgen auf freien Fuß gesetzt. Aber jetzt geht es um mehr.«

»Ja, um unser aller Leben, wenn Ihr noch lange hier herumsteht und dummes Zeug redet!«, sagte Corinna schnippisch. Rezzori ignorierte sie. »Es hat Tote gegeben. Und das in der Stadt, für deren Wohl ich verantwortlich bin.«

Als wäre das Erklärung genug, maß er Corinna noch einmal mit einem abschließenden, mahnenden Blick, drehte sich dann wieder zu Andrej um und fragte mit offiziell klingender, ruhiger Stimme: »Ich frage Euch, Andrej Delãny – habt Ihr diesen Mann getötet?«

»Nein«, antwortete Andrej im gleichen Tonfall.

Rezzori wirkte fast enttäuscht, beließ es aber bei einem knappen Nicken. »Wir sollten das Gespräch an einem sicheren Ort fortsetzen.«

Andrej hatte eine ziemlich konkrete Vorstellung davon, was die Signori di Notte unter einem »sicheren Ort« verstanden, aber er beeilte sich trotzdem, hinter der lang gestreckten Theke hervorzutreten. Der kleine Gastraum war mittlerweile menschenleer, bot aber einen chaotischen Anblick. Tische und Stühle waren umgeworfen und zum größten Teil zerbrochen, geborstene Krüge und zersplittertes Glas lagen in schimmernden Lachen ihres ehemaligen Inhalts, und Staub schwebte wie grauer Nebel in der Luft. Automatisch wollte er sich in die Richtung wenden, aus der er vorhin gekommen war, doch Rezzori schüttelte den Kopf und deutete tiefer in das Gebäude hinein. Da er spürte, dass Widerspruch sinnlos gewesen wäre, ging er gehorsam los, obwohl sich alles in ihm dagegen sträubte, sich dem beschädigten Teil des Gebäudes zu nähern, statt sich so schnell und so weit davon zu entfernen, wie er konnte. Wie um seine Befürchtungen zu bestätigen, spürte er erneut ein sachtes Zittern unter seinen Füßen und hörte dann wieder jenen schrecklichen, stöhnenden Laut. Etwas knirschte, weit entfernt unter ihnen, und er konnte regelrecht spüren, wie eine weitere Stütze unter der Last der Jahrhunderte und des großen Gebäudes nachgab und brach.

Eine halbe Sekunde später hörten es auch die anderen: Einen peitschenden Knall, gefolgt von einem tiefen Rumpeln, und dieses Mal hätte er seine übermenschlich scharfen Sinne nicht gebraucht, um zu fühlen, wie sich das gesamte Gebäude ein Stück zur Seite und nach hinten neigte. Mit einem gewaltigen Krachen zerbarst einer der schweren Balken, die die Decke trugen. Wie durch Zauberei blieb die eine Hälfte an Ort und Stelle und widersetzte sich trotzig den Gesetzen der Schwerkraft, die andere jedoch klappte wie eine riesige Sense nach unten, zertrümmerte die Theke und das mit Flaschen und Krügen gefüllte Regal dahinter und schlug ein fast mannsgroßes Loch in die Wand, dass Staub und Steinsplitter flogen und die erschrockenen Schreie der Bewohner des benachbarten Hauses zu ihnen drangen.

»Schnell!«, befahl Rezzori. Sie begannen zu rennen. Corinna schrie protestierend auf, als ihr einer der Männer unsanft den Lauf seiner Muskete in den Rücken stieß, wahrscheinlich nicht einmal, um sie anzutreiben oder zu bedrohen, sondern einfach, weil er seine eigene Haut retten wollte. Andrej ergriff wieder ihre Hand und zog sie mit sich. Nachdem sie fünf oder sechs Schritte zurückgelegt hatten, gab auch der übrig gebliebene Teil des Deckenbalkens der Schwerkraft nach und sauste wie das Fallbeil eines übergroßen Schafotts nach unten.

Einen Moment lang überlegte Andrej ernsthaft, herumzufahren und Rezzori und seine beiden Begleiter niederzuschlagen, um sie in dem zusammenbrechenden Gebäude zurückzulassen, was die einfachste Lösung gewesen wäre, waren sie doch auch die einzigen Zeugen für sein vermeintliches Verbrechen.

Er erschrak über seinen eigenen Gedanken, noch bevor er ihn ganz zu Ende gedacht hatte, lief umso schneller und rammte die schmale Tür am Ende des Gastraums kurzerhand aus den Angeln, ohne langsamer zu werden. Hinter sich hörte er Rezzori erstaunt keuchen.

Eine kleine, hoffnungslos verräucherte Küche nahm sie auf. In dem großen Herd brannte noch Feuer, aber Töpfe und Pfannen waren heruntergefallen, und auch hier traten sie auf zerbrochenes Porzellan und Glassplitter. Noch bevor Rezzori und seine beiden Begleiter hinter ihnen durch die Tür gestürmt kamen, erschien mit einem peitschenden Knall ein fast handbreiter Riss in der Wand, der sich vom Boden bis zur Decke zog. Das Haus zitterte jetzt nicht mehr, es wankte. Aus dem Gastraum drang ein gewaltiges Krachen und Bersten, und plötzlich war die Luft voller Staub und beißendem, heißem Rauch.

»Schneller!«, schrie Rezzori überflüssigerweise und war vermutlich im nächsten Sekundenbruchteil höchst erstaunt, als Andrej gehorchte und in einem Tempo lossprintete, das ihn und seine beiden Begleiter weit zurückfallen ließ.

Nach kaum einem Atemzug hatten sie die Küche durchquert, und Andrej gewahrte inmitten des brodelnden Rauchs eine weitere Tür, die mit einem fast handdicken Riegel verschlossen war. Ohne die geringste Mühe trat er sie ein, schleifte Corinna hinter sich auf den dahinterliegenden kleinen Innenhof und warf sich dann blitzartig zur Seite, als er eine Bewegung über sich spürte. Etwas sehr Großes und Massiges stürzte vom Himmel und explodierte in einer Staubwolke, wo sie eben noch gestanden hatten. Rezzori und einer seiner Begleiter stürmten hinter ihnen aus dem Haus und hatten schlichtweg Glück. Der zweite Soldat wurde von weiteren Teilen der zusammenbrechenden Fassade erfasst und verschwand, ohne einen Laut von sich zu geben, unter den Trümmern.

Wenn überhaupt, dann jetzt, dachte Andrej. Ohne Rezzori auch nur eines Blickes zu würdigen und Corinnas überraschten Aufschrei ignorierend, riss er sie hinter sich her und nahm Anlauf, um über die nicht einmal mannshohe Backsteinmauer zu springen, die den Hof an drei Seiten umschloss.

Ein peitschender Knall erscholl, und etwas flog mit einem Geräusch, das an eine zornige Hornisse erinnerte, so dicht an seinem Gesicht vorbei, dass er den Luftzug spüren konnte. Aus dem dumpfen Stöhnen des Hauses war jetzt ein tiefes, bedrohliches Grollen geworden, das man eher spürte, als dass man es wirklich hören konnte. Weitere Teile der Fassade lösten sich, als das hintere Drittel des Gebäudes zu kippen begann und mit einem nicht enden wollenden schrillen Splittern vom Rest des Hauses abbrach. Er meinte Rezzori zu hören, der hysterisch etwas schrie. Doch er achtete nicht darauf. Die Mauer war vielleicht noch fünf oder sechs Schritte entfernt, und Andrej entschuldigte sich in Gedanken bereits vorweg für das, was er Corinna vermutlich antun würde, wenn er über die Mauer sprang und sie einfach mit sich riss. Aber ihre Wunden würden heilen, und vielleicht war es an der Zeit, dass sie begriff, welchen Preis sie wirklich dafür bezahlen musste, eine Unsterbliche zu sein.

Als ein weiteres Krachen ertönte, spürte Andrej einen heftigen Schlag gegen die Schulter und dann einen Strom von Wärme, der seinen Rücken hinablief. Er ignorierte den Schmerz und biss die Zähne zusammen. Es war die zweite Kugel, was bedeutete, dass Rezzori und sein übrig gebliebener Begleiter nicht mehr schießen konnten. Somit trennte Corinna und ihn nur noch ein beherzter Sprung von der Freiheit.

Gut, und vielleicht ein gebrochener Arm und eine ausgekugelte Schulter.

Doch irgendetwas war nicht so, wie es sein sollte. Hinter ihnen wurden Lärm und Getöse lauter, als das uralte Gebäude endgültig zusammenbrach, aber er hörte trotzdem das typische Geräusch von zwei, drei weiteren Gewehrschüssen. Auf der Wand, von der ihn jetzt nur noch wenige Schritte trennten, explodierten Funken und winzige Staubwolken, etwas fuhr sengend wie ein rot glühender Draht an seinem Oberschenkel entlang, dann schrie Corinna auf, kam ins Stolpern und fiel der Länge nach hin.

»Corinna! Um Himmels willen!« Andrej fiel neben ihr auf die Knie und entdeckte einen hässlichen neuen Blutfleck an ihrer Seite. Auf ihrem Gesicht malten sich Fassungslosigkeit und Unglauben, dann qualvoller Schmerz. Er zerrte sie einfach in die Höhe, ohne auf ihren gepeinigten Schrei zu achten, warf sie sich über die Schulter, schrie vor Schmerz, als eine weitere glühende Bleikugel eine blutige Furche in seine Seite grub, und wirbelte herum, ohne Corinnas zusätzliches Gewicht auch nur zur Kenntnis zu nehmen. Er sammelte Kraft für den entscheidenden Sprung, doch die dritte Kugel traf seinen Oberschenkel und ließ ihn wie einen gefällten Baum zur Seite kippen.

Corinna schrie noch einmal und noch lauter und brach dann mit entsetzlicher Plötzlichkeit ab, als ihre Stirn gegen den harten Pflasterstein schlug und sie das Bewusstsein verlor. Andrej wälzte sich stöhnend auf den Rücken und streckte die Hand nach ihr aus.

Für einen Sekundenbruchteil, nicht einmal lange genug, um wirklich zu begreifen, was er sah, erblickte er Rezzori, der in Begleitung nicht nur eines, sondern gleich dreier mit Musketen bewaffneter Signori auf ihn zugestürmt kam. Auch er hielt eine der klobigen Schusswaffen in den Händen, allerdings falsch herum.

Warum das so war, begriff Andrej erst, als Rezzori ihm den Gewehrkolben mit aller Gewalt gegen die Schläfe hämmerte.

Kapitel 25

Es war grausam kalt hier oben. Nachdem sie ihm seine Kleider weggenommen hatten, hatte er versucht, sich die zerschlissene Decke umzulegen, die auf dem harten Bett aus Stein lag, aber der feuchte Stoff war so brüchig, dass er schon bei der ersten Berührung zerfallen war und sich nun kaum von den Fingern wischen ließ, ganz egal, wie angestrengt er es versuchte.

Zu der Kälte war die Dunkelheit gekommen. Hoch über ihm an der schrägen Decke war eine einzige Öffnung, kaum so groß wie eine Kinderhand, und nachdem das trübe Tageslicht erloschen war, ließ das Guckloch nur noch Feuchtigkeit herein, die unzählige Wassertröpfchen auf den Wänden, dem Boden und sogar seiner nackten Haut zurückließ.

Am Anfang hatte er sie noch weggewischt, aber das hatte es nur schlimmer gemacht, hinterließen doch auch sie einen dünnen, schmierigen Film auf seiner Haut, der nach Tod und Metall roch.

Nach Blei, um genau zu sein.

Zum vielleicht hundertsten Mal, seit er in dieses winzige Loch unter dem schrägen Dach gebracht worden war, spannte Andrej die Muskeln an und versuchte, die Ketten zu zerreißen, mit denen er an den Füßen an die Wand gefesselt war, und ebenso oft hielten sie selbst seinen gewaltigen Körperkräften mühelos stand. Die Glieder waren aus Eisen geschmiedet, das so dick wie der kleine Finger eines Mannes war, und hätten wohl selbst Abu Dun widerstanden, aber das hatte er auch schon bei seinem ersten Befreiungsversuch gemerkt. Trotzdem hatte er nicht aufgegeben und würde es auch weiterhin nicht tun, und sei es nur, um sich nicht der Untätigkeit und damit den Grübeleien hinzugeben. Dazu würde er noch früh genug Gelegenheit haben, nahm er an, und für sehr lange Zeit.

Er fragte sich, wie es Corinna ergangen sein mochte, aber seine Erinnerungen spielten ihm einen bösen Streich, wenn er versuchte, sich auf ihr Gesicht zu besinnen oder auf das letzte Mal, dass er sie gesehen hatte. Vielleicht lag es an dem Schlag, den Rezzori ihm versetzt hatte. Sein Kopf tat noch immer weh, obwohl es Stunden her sein musste, dass der Signori ihn niedergeschlagen und ganz offensichtlich auch in Kauf genommen hatte, ihn dabei umzubringen. Seine Bewacher hatten ihm zwar jeden Kleiderfetzen vom Leib gerissen, waren aber nicht so zuvorkommend gewesen, ihn auch zu säubern. Seine Schläfe war dick mit seinem eigenen Blut verkrustet, und er hatte immer noch Mühe, das linke Auge zu öffnen.

Rezzori wusste es nicht, und Andrej würde ihm auch gewiss nicht den Gefallen erweisen und es ihm sagen, aber der Signori gehörte zu jener erlesenen Minderheit, der es gelungen war, ihm ernsthaften Schaden zuzufügen. Wäre er der Mann gewesen, für den Rezzori ihn gehalten hatte, dann wäre er jetzt tot.

Und was, flüsterte eine dünne, hässliche Stimme hinter seiner Stirn, wenn genau das seine Absicht gewesen war? Oder – schlimmer noch – was, wenn Rezzori genau gewusst hatte, was er war, und deshalb so hart zugeschlagen hatte?

Wahrscheinlich war es so, wie Corinna behauptet hatte, und Rezzori war einfach ein harter Mann, der seinem Weg ohne Rücksicht auf andere folgte und sich allenfalls hinterher Gedanken darüber machte, welchen Preis es gekostet hatte. Wenn überhaupt.

Andrej verscheuchte den Gedanken an einen Mann, den er vermutlich schneller wiedersehen würde, als ihm recht war, und dachte lieber an Corinna. Zwei von Rezzoris Männern hatten ihn zu einem wartenden Boot geschleift und grob genug hineingeworfen, um ihn abermals das Bewusstsein verlieren zu lassen (vielleicht hatte ihm der Signori auch einen weiteren Hieb mit dem Gewehrkolben versetzt), aber er glaubte, sie währenddessen noch einmal gesehen zu haben: verletzt und blutüberströmt und wimmernd vor Schmerz, aber am Leben.

Es war nur ein Erinnerungsfetzen, nicht einmal ein wirkliches Bild, aber statt ihn zu beruhigen, bewirkte er das Gegenteil. Rezzori war alles, nur nicht dumm. Er würde ganz gewiss nicht annehmen, dass die Jungfrau Maria ein Wunder bewirkt und Corinnas Wunden auf magische Weise geheilt hatte.

Doch im Moment konnte Andrej rein gar nichts für sie tun. Besser, er analysierte sachlich seine Situation und überlegte sich, wie er diesen unwirtlichen Ort so schnell wie möglich verlassen konnte.

Er würde hier herauskommen, daran bestand kein Zweifel, aber die Frage war, wann, und vor allem, wie. Das hier war nicht wie die zahlreichen Gefängniszellen, in denen er im Laufe seines langen Lebens schon gesessen hatte (und aus denen er ausgebrochen war). Über diesen Ort hatte er viel gehört – allem voran, dass noch niemandem die Flucht von hier gelungen war. Er hatte ihn sich anders vorgestellt und die Bezeichnung Bleikammern für wenig mehr als einen bildhaften Vergleich gehalten, ein Wort, dessen reiner Klang schon Unbehagen hervorrief und das genau zu diesem Zweck erdacht worden war.

Unglückseligerweise stimmte das nur zum Teil. Die Kammer war so winzig, dass er unter der schrägen Decke nicht aufrecht hätte stehen und die Wände in allen Richtungen mit den ausgebreiteten Armen hätte berühren können. Die Decke bestand aus dicken gehämmerten Bleiplatten, die nicht nur dafür sorgten, dass es hier im Winter ebenso grausam kalt wie im Sommer unerträglich heiß war, sondern zweifellos auch jeden krank machten, der über Wochen oder sogar Monate hier eingesperrt war.

Der Gedanke ließ ein knappes, sarkastisches Lächeln auf seinen Lippen erscheinen und genau so schnell wieder verschwinden. Insgeheim hatte er sich (wie fast jeder) gewünscht, den legendären Dogenpalast irgendwann einmal genauer kennenzulernen – wenn auch vielleicht nicht unbedingt diesen Teil …

Schritte näherten sich, und er hörte, wie ein großer Schlüssel mehrmals in einem Schloss von dazu passenden Dimensionen herumgedreht wurde. Hartes Metall scharrte auf Stein, als die Tür nach außen schwang. Andrej blinzelte in das grelle Licht zweier flackernder Fackeln. Seine an das bleigraue Dämmerlicht gewöhnten Augen nahmen zuerst nicht mehr als Umrisse wahr, aber immerhin konnte er erkennen, dass sie zu dritt waren und einer von ihnen außergewöhnlich groß. Für die Dauer eines halben Atemzuges wurde er von der ebenso wilden wie aberwitzigen Hoffnung ergriffen, dass Abu Dun gekommen war, um ihn zu befreien. Doch grausam schnell sah er, dass es nicht der Nubier, sondern einer von Rezzoris Männern war, auch wenn er Abu Duns Größe und muskulösem Wuchs nicht sonderlich nachstand.

Abgesehen davon würde Abu Dun wohl kaum herkommen, um ihn zu befreien.

Nur einer der drei Männer betrat seine Zelle – für alle drei hätte der wenige Platz wohl auch kaum gereicht – und blieb in respektvollem Abstand stehen, so weit es in der winzigen Bleikammer möglich war.

»Ich soll dir etwas von Signore Rezzori ausrichten«, sagte er. »Wirst du vernünftig sein und mir zuhören?« Andrej sparte sich die Bemerkung, dass er den Mann bereits im gleichen Moment hätte töten können, in dem er in Reichweite seiner Beine gekommen war. Er sah ihn nur an, was dem Mann aber als Zustimmung auszureichen schien. »Ich soll dir Folgendes ausrichten«, sagte er. »Wenn dir etwas an der Signorina liegt, dann leistest du keinen Widerstand. Wenn du uns angreifst oder zu fliehen versuchst, dann stirbt die Contessa. Hast du das verstanden?«

Andrej nickte.

»Und wie lautet deine Antwort?«

»Wohin bringt ihr mich?«, fragte Andrej.

»Zuerst zu Signore Rezzori. Wohin es danach geht, hängt von dir ab.«

Das war es, was er sagte, aber Andrej sah auch das tückische Funkeln seiner Augen und so etwas wie eine boshafte Vorfreude. Er nickte trotzdem. Nun erwartete Andrej, dass der Mann seine Fesseln lösen würde, stattdessen wandte er sich um und verließ die Zelle, um seinem größeren Kameraden Platz zu machen. Andrej rührte sich nicht, während der Signori nicht nur unnötig grob seine eisernen Handfesseln löste und ihn von der Wand loskettete, sondern auch die Gelegenheit nutzte, seinen nackten Körper ungeniert und in aller Ausgiebigkeit zu mustern. Was er sah, nötigte ihm nur eine verächtliche Grimasse ab. Er packte

Andrej hart am Arm und stieß ihn so heftig durch die Tür, dass er gegen die Wand auf der anderen Seite prallte.

»Lass das, Ernesto«, sagte der Mann, der zuerst mit Andrej gesprochen hatte. »Signore Rezzori will ihn unversehrt. Du wirst deinen Spaß noch früh genug bekommen.« Er warf Andrej ein Bündel zerschlissener Kleider zu, die dieser erst auf den zweiten Blick als seine eigenen identifizierte, und machte mit der anderen Hand eine unwillige Geste. »Zieh das an!« Andrej gehorchte schweigend und rasch, aber anscheinend zumindest für Ernesto nicht schnell genug, denn der versetzte ihm einen derben Stoß, der ihn zum zweiten Mal gegen die Wand torkeln ließ. Er schwieg auch dazu.

Nachdem er seine Stiefel angezogen und Ernesto ihn zum dritten Mal gegen die Wand gestoßen hatte, legte ihm einer der Männer ein Paar schwerer eiserner Handfesseln an, und sie verließen den Korridor und gingen eine lange, in kühnem Winkel nach unten führende Treppe hinab. Von unten wehte ihnen ein eisiger Hauch entgegen, begleitet von den typischen Geräuschen eines Gefängnisses. Es war ein bisschen wie in Scalsis Spital: Obwohl es dort oben nur eine Handvoll Zellen gab, meinte er das Leid zu spüren, das diese mit Blei verkleideten Wände über so viele Jahre getrunken hatten.

Nach einer Weile kamen auch noch andere Geräusche hinzu, die er nicht alle identifizieren konnte: die normalen Laute eines so großen Hauses, aber auch Schritte und Gelächter, Musik und ein fernes an- und abschwellendes Rauschen, das er für Meeresbrandung gehalten hätte, hätte er nicht gewusst, dass es unmöglich war. Von dem Prunk und der Pracht aber, die er erwartet hatte (und die der gewaltige Gebäudekomplex nach außen hin auch vermuten ließ), sah er rein gar nichts, denn ihr Weg führte sie durch ein wahres Labyrinth düsterer und schmaler Gänge, in denen es schlecht roch und ihnen nur wenige andere Menschen begegneten. Ernesto nutzte jede Gelegenheit, ihm einen derben Knuff oder Rippenstoß zu versetzen (Andrej führte in Gedanken sorgfältig Buch über ihre Anzahl und Heftigkeit – man konnte schließlich nie wissen ...), und einmal kamen sie an einem schmalen vergitterten Fenster vorbei, das auf einen der zahlreichen Höfe des Palastes hinausführte, auf dem offensichtlich gerade ein Fest gefeiert wurde. Musik und Gelächter drangen an sein Ohr, und er spürte die trotz der Kälte ausgelassene Stimmung der Menge. Viele von ihnen trugen aufwändige und manchmal auch bizarre Kostüme, und überall brannten Fackeln und bunte Lichter. Nach allem, was er an diesem Tag gesehen und erlebt hatte, kam ihm der Anblick fast absurd vor, beinahe ein wenig abstoßend, aber seine Begleiter ließen ihm nur die Zeit für einen kurzen Blick, bevor er unsanft weitergestoßen wurde. Die Liste der Dinge, über die er mit dem großen Burschen würde reden müssen, wurde immer länger.

Rezzori erwartete ihn in einem Teil des Palastes, den er schon kannte: in seinem kleinen, nahezu leeren Büro. Jetzt kam es ihm größer vor und auf schwer zu fassende Art noch leerer als am Morgen. Der Signore saß hinter seinem gewaltigen Tisch, dessen Platte mittlerweile so poliert worden war, dass sich seine Gestalt verzerrt darin spiegelte. Er hatte sich umgezogen und trug jetzt etwas, von dem Andrej nicht ganz sicher war, ob es sich um eine besonders prachtvolle Uniform oder ein militärisch anmutendes Karnevalskostüm handelte. Seine rechte Hand spielte mit dem Stiel eines kostbar geschliffenen Glases, in dem Wein von der Farbe frischen Herzblutes schimmerte – der einzige Gegenstand, der die Leere der riesigen Tischplatte störte. Vergebens versuchte

Andrej, in seinem Gesicht zu lesen. Es war wie eine Maske, auf der alles und gar nichts geschrieben stand.

»Nehmt Platz, Signore Delãny«, sagte er, obwohl Ernesto ihn längst auf den einzigen Stuhl vor dem riesigen Tisch gestoßen und sich wie ein Fleisch gewordener Berg mit vor der Brust verschränkten Armen hinter ihm aufgebaut hatte. »Man hat Euch gesagt, dass es der Contessa gut geht?«, fragte Rezzori.

Andrej nickte. »Und alles andere auch.«

»Und Ihr werdet nicht versuchen, mich anzugreifen, zu fliehen oder etwas ähnlich Dummes zu tun?«

Andrej schüttelte den Kopf und schwieg.

Rezzori sah ihn noch einen kleinen Augenblick lang abschätzend an, dann nippte er an seinem Wein, behielt den Schluck länger als nötig im Mund and wandte sich schließlich mit einem angedeuteten Nicken an den Burschen hinter ihm. »Lass uns allein, Ernesto.« Andrej sah nicht hoch, aber er spürte den Schrecken des Mannes. »Seid Ihr sicher, dass …«, begann er, aber Rezzori unterbrach ihn mit etwas schärferer Stimme, aber auch einem fast verständnisvollen Lächeln und damit der ersten echten Regung, die Andrej auf seinem Gesicht las, seit er hereingekommen war. »Das bin ich. Geh und warte draußen.« Ernesto zögerte, drehte sich dann aber ohne ein weiteres Wort um und ging.

»Ist das jetzt besonders mutig von Euch oder besonders dumm?«, fragte Andrej, als sie allein waren.

»Sagt Ihr es mir«, verlangte Rezzori.

»Sagt Ihr mir, was Ihr mit Corinna getan habt, dann beantworte ich Euch Eure Frage«, erwiderte Andrej.

Rezzori nippte erneut an seinem Glas, aber Andrej bemerkte nun auch, dass er gar nicht wirklich trank, sondern nur so tat.

Der Wein benetzte nicht einmal seine Lippen. »Es geht ihr gut«, sagte er. »Wie sich gezeigt hat, wurde sie nicht so schlimm verletzt, wie es im ersten Moment den Anschein hatte.« Behutsam stellte er das Glas auf den Tisch und begann es zu drehen, sodass sich das Licht der Laterne in den Facetten brach und unzählige leuchtende Lichtsplitter auf den Tisch warf. Scheinbar interessiert drehte Rezzori das Glas weiter, als versuche er, die Lichtreflexe zu einer ganz bestimmten Symmetrie zu arrangieren. »Das ist schön, nicht?«, fragte er unvermittelt.

»Was?«

»Dieses Glas. Eine wundervolle Arbeit. Wusstet Ihr, dass es hier aus der Stadt kommt?«

Das hatte Andrej weder gewusst, noch interessierte es ihn. Er fragte sich, worauf der Signori hinauswollte. Gewiss hatte er ihn nicht kommen lassen, um ein Schwätzchen zu halten.

»Venedigs Glasbläserkunst ist in der ganzen Welt berühmt«, fuhr Rezzori fort. »Und das ist nur eines von vielen Dingen, die diese Stadt so einzigartig machen. Es ist meine Heimatstadt. Ich liebe sie. Liebt Ihr Eure Heimatstadt auch, Signore Delãny? Oder habt Ihr gar keine?«

»Nicht mehr«, räumte Andrej ein.

»Ihr und Euer Freund kommt viel herum, nehme ich an. So eine Art ...«, er tat so, als müsse er angestrengt nach dem richtigen Wort suchen, »... Weltenbummler.«

»Habt Ihr mich herbringen lassen, um Euch Geschichten von meinen Reisen anzuhören?«, fragte Andrej.

»Was zweifellos interessant wäre«, gab Rezzori mit einem schmalen Lächeln zurück. Er trank nun doch einen – winzigen – Schluck Wein und drehte das Glas weiter, nachdem er es auf den Tisch zurückgestellt hatte. Erst dann beantwortete er Andrejs

Frage. »Nein, Signore Delãny. Ich habe Euch hergebeten, um mit Euch über meine Stadt zu reden.«

»Hergebeten?« Andrej hob die gefesselten Hände, sodass die eiserne Kette klirrte. Rezzori ignorierte den Einwurf.

»Bleiben wir bei diesem Beispiel herausragender Handwerkskunst oder auch dem köstlichen Wein, den es enthält«, fuhr er unbeeindruckt fort. »Ich könnte Euch Hunderte solcher Beispiele nennen, wenn nicht Tausende. Ich bin in Venedig geboren und aufgewachsen, und ich liebe diese Stadt. Sie hat mir viel gegeben, und ich betrachte es als meine Pflicht, sie zu beschützen. Das ist meine Aufgabe, und ich nehme sie sehr ernst.«

»Ja, das habe ich gehört«, sagte Andrej.

»Ich weiß, was man über mich und meine Männer erzählt«, gab Rezzori ungerührt zurück. »Vielleicht ist manches davon … ein wenig übertrieben.«

»Und manches wahr?«

»Manchmal muss man schlimme Dinge tun, um noch schlimmere Dinge zu verhindern«, sagte Rezzori gelassen. »Ich weiß, dass mich manche in dieser Stadt hassen und dass viele mich und meine Signori fürchten. Sie verstehen nicht, dass das der Preis ist, den sie für ihre Freiheit zahlen müssen.«

»Angst?«, fragte Andrej.

»Wer nichts Übles gegen diese Stadt und ihre Bewohner im Schilde führt, der hat auch keinen Grund, uns zu fürchten. Plant Ihr etwas Übles gegen meine Stadt, Signore Delãny? Seid Ihr und Eure Freunde hergekommen, um sie zu zerstören?« Endlich waren sie beim Thema.

»Nein«, sagte Andrej ruhig.

»Warum habe ich dann den Eindruck, dass Ihr alles in Eurer Macht Stehende tut, um genau das zu erreichen?«

Andrej schluckte die Erwiderung hinunter, die ihm dazu auf der Zunge lag. »Weil es Eure Aufgabe ist, so zu denken?«, fragte er stattdessen.

»Zweifellos«, gestand Rezzori. Er seufzte. »Ich weiß nicht, was ich mit Euch anfangen soll, Signore Delãny. Etwas sagt mir, dass Ihr ein aufrechter Mann seid. Aber dasselbe Etwas sagt mir, dass ich Euch nicht trauen darf. Was ist nun wahr – oder, präziser gefragt: Was seid Ihr, Andrej Delãny?«

Was. Nicht: Wer. »Nichts, was Ihr fürchten müsstet«, antwortete Andrej. »Aber Ihr solltet mich gehen lassen.«

Rezzori lachte humorlos. »Wenn ich immer das täte, was ich eigentlich sollte, Delãny, dann wärt Ihr jetzt schon tot, meint Ihr nicht auch?«

»Wollt Ihr mich denn wirklich tot sehen?«

»Kann man Euch denn töten?«, hakte Rezzori nach, brachte ihn aber mit einer Geste zum Schweigen, noch bevor er antworten konnte. »So könnten wir jetzt vermutlich noch Stunden weitermachen, und lägen die Dinge anders und die Zeit würde nicht so drängen, dann würde ich es zweifellos genießen. Ich weiß ein gutes Streitgespräch zu schätzen. Leider bleibt uns keine Zeit für dieses Vergnügen. Also nennt mir einen einzigen Grund, aus dem ich Euch nicht auf der Stelle hinrichten lassen sollte.«

»Weil es nicht nötig ist«, antwortete Andrej. »Ich bin nicht Euer Feind und schon gar nicht der Eurer Stadt oder ihrer Menschen.«

»Und Euer Freund, der Muselmane?«

»Er hat einen Namen.«

»Abu Dun, ich weiß.« Rezzori seufzte erneut und dieses Mal wie ein Mann, der darum bemüht ist, eine Fassung zu bewahren, nach der ihm ganz und gar nicht mehr zumute ist. »Ist er unser Feind?«

Also war Abu Dun noch am Leben, begriff Andrej, und Rezzoris Häschern nicht in die Hände gefallen. Er schwieg und konnte dem Signore ansehen, dass sich seine Geduld nun immer schneller ihrem Ende zuneigte.

»Ich habe heute sechs Männer verloren, Signore Delãny«, sagte er. »Sechs gute Männer, für deren Wohl ich verantwortlich war. Und noch viel mehr wurden verletzt. Ein komplettes Haus wurde zerstört, und wäre nicht ein kleines Wunder geschehen, dann wäre die Katastrophe zweifellos noch sehr viel größer ausgefallen, und noch mehr Menschen wären zu Schaden gekommen. Also nennt mir einen einzigen vernünftigen Grund, aus dem ich Euch nicht auf der Stelle hinrichten lassen sollte.« Die Opfer, die es in Scalsis Spital gegeben hatte, erwähnte er nicht einmal, und Andrej fragte sich, ob er sie überhaupt als verlorene Menschenleben zur Kenntnis genommen hatte. Vermutlich nicht. Er schwieg weiter.

»Ihr werdet mir sagen, wo ich Euren schwarzen Freund finde und die drei schwarzen Hexen, die meine Männer ermordet haben. Wenn Ihr das tut und mir helft, sie gefangen zu nehmen, lasse ich Euch und Euren Sohn gehen.«

»Ihr wisst, wo Marius ist?«

»Nein. Aber wir werden ihn finden.«

Er log. Und ihm musste klar sein, dass Andrej wusste, dass er log. Offensichtlich war es ihm egal.

»Und Corinna?«, fragte Andrej, statt auf seine Worte einzugehen.

»Der Contessa geht es gut«, antwortete Rezzori. »Besser, als ich zu hoffen gewagt habe sogar. Sie hat großes Glück gehabt, und der Dummkopf, der auf sie geschossen hat, auch. Die Kugel hat sie offenbar um Haaresbreite verfehlt.«

Das hatte sie nicht, und Rezzori musste das wissen. Der Mann war Andrej einfach ein Rätsel. Aber nur für einen ganz kleinen Moment, bevor er begriff. »Ihr mögt die Contessa sehr, habe ich recht?«, fragte er.

»Ich bin ihrer Familie zu großem Dank verpflichtet«, antwortete der Signori. »Insbesondere ihrem Vater.«

»Und ihr?«

»Was ihrem Vater zugestoßen ist, hat ihr das Herz gebrochen«, erwiderte Rezzori. »Und noch mehr wohl das, was ihrem Bruder angetan wurde. Ich glaube Euch, dass Ihr nichts damit zu tun habt. Aber ich glaube auch, dass Ihr wisst, was damals geschehen ist.«

»Vielleicht ist es besser, wenn alles so bleibt, wie es ist«, antwortete Andrej. »Es gibt Dinge, die man besser nicht wissen sollte, glaubt mir.«

Rezzori sah enttäuscht aus, aber auch zornig. »Das bringt uns nicht weiter. Ihr zwingt mich, Dinge zu tun, die ich eigentlich nicht tun möchte.«

»Wollt Ihr mich ein wenig foltern lassen?«, fragte Andrej und bemühte sich nicht einmal zu verbergen, dass ihn die Idee amüsierte.

»Das hätte wenig Sinn, oder?«, fragte Rezzori. Er stand auf. »Aber es gibt vielleicht einen anderen Weg. Gebt Ihr mir Euer Wort als Ehrenmann?«

Andrej wusste zwar nicht genau, worauf, nickte aber, und Rezzori klopfte fast zaghaft mit den Fingerknöcheln auf den Tisch, woraufhin die Tür aufging und der hünenhafte Wächter eintrat.

»Nimm ihm die Fesseln ab«, befahl Rezzori.

»Signore?«, fragte Ernesto überrascht.

»Habe ich mich unklar ausgedrückt?« Rezzoris Stimme war kühl.

»Natürlich nicht, Signore«, sagte Ernesto hastig, »Verzeihung.« Rasch beugte er sich zu Andrej hinab, löste seine Handfesseln und streckte ihm gleichzeitig die Hand entgegen, um ihm aufzuhelfen. Andrej war so überrascht, dass er ganz automatisch zugriff und die angebotene Hilfe annahm. Ernesto zog ihn kraftvoll auf die Füße, ließ seine Hand aber auch dann nicht los, sondern drückte im Gegenteil noch fester zu. Andrej sah ihn fragend an.

Rezzori legte den Kopf auf die Seite und sah plötzlich sehr interessiert aus, schwieg aber, und Ernesto verstärkte seinen Griff noch mehr. Andrejs Knöchel begannen zu knirschen, und zwischen den buschigen Augenbrauen des großen Mannes erschien eine steile Falte.

Andrej ließ ihn noch zwei oder drei Augenblicke gewähren, bis seine Hand wirklich zu schmerzen begann. Er war überrascht. Dass Ernesto stark war, sah man ihm an, aber nicht, wie stark. Auch bevor der Nubier zum Unsterblichen geworden war, war er der mit Abstand stärkste Mensch gewesen, dem Andrej jemals begegnet war – aber er war nicht sicher, ob selbst Abu Dun es mit diesem Mann hätte aufnehmen können.

Allerdings gab es da einen gewissen Unterschied, und vielleicht war es an der Zeit, ihn Ernesto zu demonstrieren, bevor der Bursche ihm tatsächlich ein paar Finger brach – allzu lange konnte es nicht mehr dauern.

»Vielen Dank für deine Hilfe«, sagte Andrej. »Aber jetzt kann ich durchaus allein stehen.« Nun erschien erst Verblüffung auf Ernestos Gesicht, dann aber – zu seinem Pech – nicht etwa Erkenntnis, sondern purer Trotz. Er drückte umso fester zu, und Andrej gelangte endgültig zu dem Schluss, dass er seine Chance gehabt hatte, und erwiderte den eisenharten Griff der schwieligen Finger. Ernesto war dumm (oder stur) genug, noch immer nicht aufzugeben, sondern stülpte entschlossen die Unterlippe vor und nahm schließlich auch noch die andere Hand zu Hilfe. Seine Muskeln strafften sich, und an seinem Hals traten Sehnen wie dünne, bis zum Zerreißen gespannte Drähte hervor. Er presste die Kiefer so fest zusammen, dass man seine Zähne knirschen hörte.

»Du bist stark«, lobte Andrej. »Aber jetzt solltest du aufhören.«

Doch Ernesto folgte diesem guten Rat nicht. Sein Gesicht färbte sich allmählich dunkelrot, und seine Augen quollen vor Anstrengung schier aus den Höhlen. Aber er gab nicht auf, nicht einmal, als Andrej nun seinerseits den Druck auf seine Hand erhöhte und er langsam in die Knie zu brechen begann.

»Delãny«, sagte Rezzori leise. Und als Ernesto mit einem unterdrückten Stöhnen zu Boden fiel, schüttelte er seufzend den Kopf und sah Andrej beinahe flehend an. »Bitte!«

Doch Andrej ließ nicht los, auch wenn er insgeheim wusste, dass es genug war. Wimmernd sank Ernesto mit dem Oberkörper nach vorne. Andrej versuchte sich zu erinnern, wie oft der Bursche ihn geschlagen hatte (waren es acht- oder neunmal gewesen? Er wusste es nicht mehr genau, beschloss aber, großzügig zu sein), zählte in Gedanken langsam bis zehn und ließ Ernestos Hand dann los.

Der Bursche starrte eine halbe Sekunde lang seine rechte Hand an, die bereits anzuschwellen begann, und klemmte sie sich dann unter die Achselhöhle.

»Ist sie gebrochen?«, fragte Rezzori.

Ernesto wimmerte eine Antwort, die niemand verstand, doch Andrej schüttelte nur den Kopf. »Nur gequetscht.«

»Dann lasst uns gehen«, sagte Rezzori. »Und tut mir den Gefallen und hört mit dem Unsinn auf, Delãny.«

Andrej wandte sich zur Tür, und auch Ernesto wollte sich hochstemmen, doch Rezzori hielt ihn mit einem Kopfschütteln zurück. »Geh und lass deine Hand versorgen«, sagte er. »Morgen früh erwarte ich dich wie gewohnt zum Dienst.«

Andrej folgte ihm nach draußen, und Rezzori maß ihn mit einem neuerlichen tadelnden Blick. »Ich hätte Euch für ein wenig klüger gehalten, Signore Delãny. Sind es denn nicht sonst die Kinder, die bei jeder Gelegenheit ihre Kräfte miteinander messen müssen, und nicht jemand, der so alt und weise ist wie Ihr?«

»Wer sagt Euch, dass ich weise bin?«

»Ich nahm an, dass das nicht ausbleibt, wenn man so viele Leben lebt«, sagte Rezzori. »Aber danke, dass Ihr ihn nicht getötet habt. Man mag es nicht glauben, wenn man ihn so erlebt, aber er ist ein guter Mann. Einer meiner besten.«

Nebeneinander gingen sie die schmale Treppe hinunter. Erst jetzt wurde Andrej die Absurdität ihrer Situation bewusst. Abgesehen davon, dass er das vertraute Gewicht der Waffe an seinem Gürtel vermisste und seine Kleider wenig mehr als Fetzen waren, hätte ein ahnungsloser Beobachter sie für zwei alte Freunde halten können, die angeregt miteinander plauderten. Dabei gab es in dieser Stadt vermutlich keine zwei Männer, die noch vor wenigen Minuten näher daran gewesen waren, sich gegenseitig umzubringen.

Und es zweifellos wieder sein würden, sollte es sich als notwendig erweisen.

Ein Wachtposten trat respektvoll beiseite, als sie sich einer schmalen Tür näherten, die sich so geschickt in das Mauerwerk einfügte, dass sie Andrej bei seinem ersten Besuch gar nicht aufgefallen war. Ein Schwall unerwartet warmer Luft schlug ihnen entgegen, zusammen mit den Geräuschen eines noch fernen Festes, wahrscheinlich desselben, das er eben durch das Fenster beobachtet hatte. Auch hörte er, dass ihnen Schritte folgten, und nahm den leichten Geruch von Waffenöl wahr. Ganz so groß schien Rezzoris Vertrauen in sein Wort dann wohl doch nicht zu sein. Aber er musste zugeben, dass die Signori wirklich gut waren. Niemand, der nicht über seine scharfen Sinne verfügte, hätte gemerkt, dass sie nicht allein waren.

»Wohin gehen wir, Signore?«, fragte er nach einer Weile. »Das ist nicht der Weg zur Folterkammer.«

»Das kommt ganz darauf an, wie man eine solche definiert«, antwortete Rezzori amüsiert. »Manche würden es durchaus so nennen.« Er machte eine Geste nach vorne. »Wenn Ihr mich fragt, ist es eher ein Tollhaus.«

Andrej fragte ihn nicht, aber hätte er es getan, dann hätte er ihm zweifellos recht geben müssen. Musik, Gelächter und Gläserklirren wurden lauter, und schließlich traten sie auf eine steinerne Galerie hinaus, unter der sich ein riesiger Ballsaal erstreckte.

Zu ihren Füßen drängte sich eine kunterbunte, brodelnde Menge. Gleich drei Kapellen spielten fröhliche und viel zu laute Musik (Andrej kam es so vor, als spielte jede ein anderes Stück), zahllose Bedienstete trugen silberne und goldene Tabletts mit Krügen und geschliffenen Gläsern hin und her. Nahezu alle waren kostümiert, manche einfach möglichst schrill und bunt, etliche einfalls- oder auch geschmacklos, andere lediglich mit einer schwarzen oder weißen Halbmaske, die gerade einmal die Augen ihres Trägers bedeckte, der nicht wirklich versuchte, seine Identität zu verbergen, einige wenige aber auch so auffallend und aufwändig, dass Andrej unwillkürlich genauer hinsah – obwohl er für diese Art von Mummenschanz normalerweise nur Verachtung übrig hatte.

Er fragte sich, warum Rezzori ihn hierhergebracht hatte, wollte sich gerade umwenden und sah vorher noch einmal hin. Dann begriff er. Seine Hände schlossen sich so fest um die marmorne Balustrade, dass seine Knöchel knirschten. Er spürte selbst, dass er ein erschrockenes Zusammenfahren nicht mehr hatte unterdrücken können.

Unter ihm schob sich eine sehr groß gewachsene, schlanke Gestalt durch die brodelnde Menschenmasse. Sie war nicht annähernd so massig wie Abu Dun, aber nicht sehr viel kleiner. Ebenso wie er war sie ganz in Schwarz gekleidet und trug nicht nur einen schwarzen Turban von beeindruckender Größe, sondern auch ein schwarzes Tuch vor dem Gesicht, das nur einen schmalen Streifen über den Augen frei ließ.

Doch praktisch in der gleichen Sekunde, in der er die Gestalt sah, erkannte er auch seinen Irrtum.

Der schmale Streifen Haut war weiß, nicht schwarz. Es war weder Abu Dun noch Meruhe oder eine ihrer beiden Dienerinnen, sondern jemand, der sich große Mühe gab, so auszusehen.

»Dort hinten ist noch einer.«

Rezzori war neben ihn getreten, ohne dass er es gemerkt hatte, und deutete nach links. Andrejs Blick folgte seiner Geste und gewahrte eine zweite Meruhe-Kopie und kurz darauf auch noch eine dritte und vierte.

»Was bedeutet das?«, fragte er.

»Ein sehr beliebtes Kostüm in diesem Jahr«, antwortete der Signore.

Als Andrej ihn verständnislos ansah, zeigte der Signori erneut hinunter in die Menge. Er gewahrte weitere Gestalten in der Verkleidung nubischer Kriegerinnen und verstand nun überhaupt nichts mehr.

»Eure Freundinnen treiben seit einem halben Jahr ihr Unwesen in der Stadt«, fuhr Rezzori fort. »Sie haben nicht nur diesen armen Fischer getötet und den Bruder der Contessa. Die Menschen haben Angst vor ihnen. Viele halten sie für Dämonen oder auch die Strafe Gottes für irgendwelche obskuren Sünden, die sie begangen haben oder hätten begehen können.«

»Und dann verkleiden sie sich so?«

»Ja, das fand ich zuerst auch geschmacklos«, antwortete Rezzori, »aber vielleicht ist das einfach ihre Art, mit dem Schrecken fertig zu werden.«

Vermutlich war es so, doch Andrej dachte daran, wie er und Abu Dun eine Woche lang jeden in dieser Stadt nach den drei Nubierinnen gefragt hatten, ohne auch nur den Hauch einer Antwort zu bekommen. Und nun sah er sie gleich in mehrfacher Ausführung.

»Kommt.« Rezzori deutete auf eine Tür am Ende der Galerie und ging los, als wäre es das Selbstverständlichste auf der Welt, dass Andrej ihm freiwillig folgte. Wahrscheinlich bestand ein Gutteil der Gesellschaft dort unten aus seinen Leuten, überlegte Andrej, die sich kostümiert unter die Feiernden gemischt hatten. Oder es gab da noch etwas anderes, von dem er bisher noch nichts wusste.

Sie hatten sich der Tür bis auf drei oder vier Schritte genähert, als Rezzori erneut stehen blieb und sich zu ihm umdrehte.

»Bevor wir dort hineingehen, Andrej, auf ein Wort. Und ich erwarte, dass Ihr mir die Wahrheit sagt.«

Andrej? Andrej war aus irgendeinem Grund sehr sicher, dass Rezzori nicht versehentlich zu dieser vertrauteren Anrede gewechselt hatte. Er schwieg einen Moment, in dem er aufmerksam nach einer Spur von Heimtücke oder Falschheit in den Augen seines Gegenübers suchte. Als er nichts davon fand, nickte er.

»Liebt Ihr die Contessa?«, fragte Rezzori.

Andrej war nicht einmal überrascht, allenfalls über die Direktheit dieser Frage. »Wenn ich jetzt mit Ja antworte, muss ich dann um mein Leben fürchten?«, fragte er. Rezzori sah ihn nur ebenso wort- wie beinahe ausdruckslos an, schließlich nickte Andrej.

»Und was habt Ihr ihr angetan?«, fuhr Rezzori mit immer noch unveränderter Stimme und Miene fort.

»Nichts«, antwortete Andrej. »Oder doch. Aber es ist nichts, was Ihr verstehen würdet.«

»Oder mir Grund zur Sorge gäbe?«

»Nein«, sagte Andrej.

Noch einmal maß Rezzori ihn auf diese seltsame Weise, die Andrej zwar nicht wirklich deuten konnte, aber die so gar nicht zu diesem so harten und unnahbaren Mann zu passen schien. Doch dann nickte Rezzori knapp und setzte seinen Weg ohne ein weiteres Wort fort.

Kapitel 26

Das Zimmer, das sie betraten, hatte auf den ersten Blick eine verblüffende Ähnlichkeit mit Corinnas und dem Salon ihres Vaters – Andrej nahm an, dass es sich bei diesen um eine bewusste Nachahmung handelte –, bis hin zu dem gewaltigen Kamin, der eine fast schon unangenehme Wärme verbreitete.

Ein halbes Dutzend von Rezzoris Männern stand mehr oder weniger nervös herum, und zwei von ihnen richteten auch prompt ihre Musketen auf ihn, ungeachtet der Tatsache, dass sie damit auch ihren Herrn bedrohten. Auf einer zierlichen Chaiselongue vor dem Kamin saß Corinna wie das sprichwörtliche Häufchen Elend und wurde ebenfalls von zwei Signori in Schach gehalten. Als sie das Geräusch der Tür hörte, hob sie den Kopf und ihre Züge hellten sich auf. Doch dann erblickte sie Rezzori und sah nur noch niedergeschlagener aus. Andrej fragte sich, was zwischen ihr und Rezzori vorgefallen sein mochte. Nach dem, was der Signori ihm gerade unfreiwillig verraten hatte, konnte er sich nicht vorstellen, dass er ihr irgendetwas angetan hatte.

Ohne auf die unruhigen Blicke der Signori zu achten, ging er zu ihr und schloss sie in die Arme. Corinna presste sich zitternd an ihn, und er spürte, wie verzweifelt sie darum kämpfte, nicht in Tränen auszubrechen.

Tröstend legte er ihr die Hände auf die Schultern und lauschte zugleich in sie hinein, und es war genauso, wie er gehofft hatte: Weder Abu Dun noch Meruhe waren in der Nähe, aber er spürte etwas – nur ganz vage zwar, aber tatsächlich schon eine Spur stärker als das letzte Mal. Doch sie war auch sehr verschreckt und hatte große Angst. Nicht vor Rezzoris Männern oder ihren Waffen, sondern vor dem, was mit ihr geschah.

»Es ist alles in Ordnung«, sagte er. »Keine Angst. Alles wird gut.«

Corinna klammerte sich umso fester an ihn, und obwohl sie sich gut genug in der Gewalt hatte, um keinen Laut von sich zu geben, fühlte er jetzt doch ihre heißen Tränen an seinem Hals.

»Contessa.« Rezzori räusperte sich. »Ich hoffe, Ihr habt Euch ein wenig erholen können.«

Weder Corinna noch Andrej sagten etwas. Corinna zog nur hörbar die Nase hoch, und Rezzori räusperte sich noch einmal und noch unechter. »Lasst uns allein«, sagte er schließlich mit fester Stimme.

Diesmal widersprach niemand. Die Männer schulterten ihre Waffen und gingen rasch und mit fast militärisch präzisen Bewegungen hinaus.

Corinna drehte sich mit einem Ruck weg, sodass Rezzori ihr Gesicht nicht sehen konnte. Ihre Schultern bebten, und Andrej wollte nichts mehr, als sie in die Arme zu schließen und an sich zu drücken, aber aus irgendeinem Grund wagte er es plötzlich nicht mehr, sie zu berühren. Schließlich fuhr sich Corinna mit dem Handrücken über das Gesicht, zog laut die Nase hoch und drehte sich dann sonderbar steif herum. Sie wirkte erstaunlich gefasst, aber ihre Augen waren gerötet, und Andrej wusste, wie es in Wahrheit in ihr aussah.

»Geht es Euch gut, Contessa?«, fragte Rezzori noch einmal. »Ich war in großer Sorge um Euch. Was geschehen ist, tut mir aufrichtig leid. Ich werde den Mann bestrafen, der auf Euch geschossen hat.«

»Weil er ein so schlechter Schütze ist?«, fragte Corinna.

Rezzori setzte zu einer Antwort an, beließ es aber dann bei einem neuerlichen Seufzen und einem sehr langen und unmöglich zu deutenden Blick, mit dem er sie von Kopf bis Fuß maß. Corinna trug ein anderes, für ihre Verhältnisse ungewohnt einfaches Kleid, auf dem keine Blutflecken mehr zu sehen waren. Aber Rezzori hatte sie gesehen, genauso wie die Wunde in ihrer Seite, wo sie von der Gewehrkugel gestreift worden war.

»Hört mir zu, Contessa«, sagte Rezzori schließlich. Seine Stimme klang ruhig und fast wieder so befehlsgewohnt, als rede er mit einem seiner Männer. Doch Andrej fiel auf, dass er zwar in Corinnas Richtung sah, ihrem Blick aber auswich. »Uns bleibt nicht viel Zeit. Ich habe gerade mit Eurem Onkel gesprochen.«

»Onkel Luigi?«, fragte Corinna. »Wo ist er? Ich will ihn sehen!«

»Das halte ich für keine gute Idee«, erwiderte Rezzori. »Es wäre nicht gut. Nicht für ihn und schon gar nicht für Euch.«

»Was soll das heißen?«, fragte Andrej.

Rezzori warf einen kurzen Blick über die Schulter zurück, als wolle er sich davon überzeugen, dass sie auch tatsächlich allein waren und niemand sie belauschte. Erst dann wandte er sich an Corinna, als wäre Andrej gar nicht da. »Es war nicht besonders klug von Euch, sich ausgerechnet an ihn um Hilfe zu wenden, Contessa.«

»Hilfe?« Corinna sah Rezzori auf eine Art an, die Andrejs Meinung über ihre schauspielerischen Fähigkeiten noch einmal bekräftigte.

»Er hat Papiere mitgebracht, die Euch hilfreich sein können, und auch eine größere Summe Geldes. Habt Ihr ihn darum gebeten?«

Corinna zuckte mit den Achseln. »Onkel Luigi war schon immer sehr vorausschauend.«

Rezzori ließ nicht erkennen, was er von dieser Erklärung hielt. Stattdessen sagte er: »Onkel Luigi hatte so viel Geld dabei, das man begonnen hat, sich gewisse Fragen zu stellen.«

»Man?«, fragte Andrej betont.

Rezzori ignorierte ihn unverdrossen weiter, aber Corinnas Augen flammten in jähem Zorn auf. »Wollt Ihr etwa behaupten, Onkel Luigi hätte mich verraten? Das ist grotesk!«

»Euer Onkel würde sich eher die Zunge herausreißen lassen, ehe er zuließe, dass Euch ein Leid zugefügt wird«, antwortete Rezzori. »Aber Dienstboten sind ein schwatzhaftes Volk. Wenn Ihr wollt, dass etwas möglichst schnell die Runde macht, dann erzählte es Euren Dienstboten, am besten unter dem Siegel der Verschwiegenheit. Muss ich Euch das wirklich erklären?«

Corinna wischte seine Worte mit einer zornigen Geste beiseite. »Was für ein Unsinn! Onkel Luigi würde mich niemals verraten! Und seine Bediensteten auch nicht! Ich kenne sie, seit ich mich erinnern kann!«

»Und sie Euch, Contessa«, seufzte Rezzori. Andrej sah ihm an, dass das längst nicht alles war, was er sagen wollte, aber dann beließ er es bei einem resignierten Kopfschütteln und wandte sich an Andrej. Er zog einen gut gefüllten Lederbeutel unter der Jacke hervor, den er ihm reichte. Er war schwer.

»Die Papiere, um die die Contessa gebeten hat, wurden beschlagnahmt und das Geld auch«, sagte er. »Aber diese Summe sollte für die erste Zeit reichen, und ich habe einen Passierschein vorbereitet, der es Euch ermöglicht, die Stadt zu verlassen. Die wenigen Wachen, die noch nicht betrunken sind, werden Euch passieren lassen, wenn Ihr ihnen das hier zeigt.« Er griff in eine andere Tasche und hielt ihm ein zusammengerolltes Blatt mit einem protzigen roten Siegel hin. Andrej nahm es zwar gehorsam entgegen, sah es aber genauso verständnislos an wie den Geldbeutel. »Das ist … von Euch?« Rezzori nickte.

»Ihr werdet Probleme bekommen.«

»Probleme sind mein Lebenselixier«, antwortete Rezzori mit einem flüchtigen Lächeln, wurde aber auch sofort wieder ernst. »Sorgt Euch nicht um mich. Ich erwarte von Euch, dass Ihr die Contessa in Sicherheit bringt. Was hier wirklich geschehen ist, wird sich aufklären, und sobald das geschehen ist, werde ich mich bei Euch melden.«

Andrej steckte Beutel und Blatt ein. »Was hat das zu bedeuten?«, fragte er.

»Es sind Männer auf dem Weg hierher, um die Contessa und Euch festzunehmen«, antwortete Rezzori. »Ich habe alles in meiner Macht Stehende getan, um sie aufzuhalten, aber ich fürchte, sie werden dennoch bald hier sein. Wollt Ihr warten, um persönlich ihre Bekanntschaft zu machen, oder lieber die Contessa retten?«

»Hättet Ihr mich eine Stunde eher aus Eurem Verlies gelassen, dann hätte ich eine Stunde mehr Zeit gehabt, um sie wegzubringen«, sagte Andrej. Das mochte wahr sein, doch Andrej bedauerte die Worte schon, bevor er sie ganz ausgesprochen hatte. Rezzori bedachte ihn auch nur mit einem leicht vorwurfsvollen Blick.

»Warme Kleider und ein Wagen stehen bereit«, sagte er zu Corinna. »Ich werde Euch noch eine Liste mit den Namen und Adressen von guten Leuten mitgeben, denen Ihr vertrauen könnt und die Euch Unterschlupf gewähren werden, wenn es nötig ist.«

»Aber Ihr glaubt doch nicht …?«, begann Corinna, und der Signori wandte sich erneut an Andrej und fuhr fort, als hätte sie gar nichts gesagt: »Ich habe Euer Wort, dass Ihr auf die Contessa achtgebt, Andrej?«

»Das habt Ihr.« Andrej musste beinahe lächeln, weil seine Stimme so feierlich klang – als würde er es nicht einfach so dahersagen, sondern ein heiliges Versprechen abgeben – Rezzori und viel mehr noch sich selbst –, das er unter allen nur denkbaren Umständen zu halten gedachte.

Sein Blick verriet, dass auch der Signori es spürte. Er schwieg noch einen Moment, wie um Andrej Gelegenheit zu geben, noch irgendetwas hinzuzufügen, wandte sich dann wieder zu Corinna um und nickte ihr auffordernd zu.

»Wenn Ihr dann so weit wärt, Contessa?«

»Wie weit?« Corinna legte misstrauisch den Kopf schräg und die Stirn in Falten.

»Ich erkläre Euch alles auf dem Weg«, sagte Rezzori, während er bereits zur Tür eilte. Andrej nickte Corinna nun seinerseits auffordernd zu und wollte ihm folgen, doch Rezzori bedeutete ihm erschrocken zurückzubleiben und öffnete die Tür nur einen Spaltbreit. Andrej hörte, wie er mit jemandem draußen ein paar geflüsterte Worte wechselte, ohne sie zu verstehen. Dann schloss er die Tür wieder und zog einen großen Schlüssel mit einem auffälligen Bart aus der Jackentasche, mit dem er sie sorgsam verriegelte. Anschließend überzeugte er sich pedantisch davon, dass sie tatsächlich abgeschlossen war, indem er die Klinke herunterdrückte. Nicht nur erschien ihm Rezzoris Verhalten immer geheimnisvoller, Andrej kam auch mehr und mehr zu dem Schluss, dass er den Mann bisher vollkommen falsch eingeschätzt hatte – was zweifellos auch Rezzoris Absicht gewesen war.

»Dort entlang.« Rezzori deutete auf die Wand neben dem Kamin und ging mit schnellen Schritten hin. Andrej sah nichts Außergewöhnliches, doch als der Signori mit den Fingern über eine der großen Wandverkleidungen tastete, erklang ein halblautes Klicken, und eine geheime Tür öffnete sich. Dahinter hätte man Dunkelheit erwartet, doch in einer kunstvoll geschmiedeten Halterung an der Wand blakten bereits zwei Fackeln – für Andrej ein erneuter Beweis, wie perfekt vorbereitet diese vermeintlich überstürzte Flucht war. Der Signori überließ offensichtlich nichts dem Zufall.

Hintereinander betraten sie den Gang, der so schmal war, dass Andrejs Schultern rechts und links an der Wand scharrten, und der aus den gleichen hohlen Lehmziegeln erbaut war, die man fast überall in dieser Stadt verwendete, um Gewicht zu sparen. Ein eisiger Luftzug schlug ihnen entgegen, der ein wenig faulig roch – der typische Geruch der Kanäle, der so sehr zu dieser Stadt gehörte, dass Andrej ihn gewöhnlich gar nicht mehr wahrnahm. Jetzt registrierte er ihn dafür umso deutlicher, denn mit einem Male war es für ihn nicht mehr nur der Gestank von moderndem Tang, sondern gleichsam das Versprechen auf Freiheit. Nicht nur für ihn, sondern auch und vor allem für Corinna. Bisher hatte er allenfalls eine vage Ahnung, wohin diese überstürzte Flucht führte und warum Rezzori sie überhaupt für nötig hielt, aber selbstverständlich hatte er weder vor, Abu Dun im Stich zu lassen noch Meruhe und ihre beiden Dienerinnen, und schon gar nicht seinen Sohn. Sobald Corinna in Sicherheit war, würde er zurückkehren und diesem Geheimnis auf den Grund gehen.

Dennoch sagte er kein Wort, sondern nahm die brennende Fackel entgegen, die Rezzori ihm reichte, trat einen Schritt zurück, damit die Flammen Corinna nicht zu nahe kamen, und geduldete sich, bis der Signori die geheime Tür wieder hinter sich geschlossen und die zweite Fackel aus ihrer Halterung genommen hatte. Auf Rezzoris aufforderndes Nicken hin gingen sie los.

Es war nicht das erste Mal, dass Andrej einen solchen Geheimgang benutzte. Anders als die meisten wusste er, dass es praktisch kein Schloss, keine Burg und kein herrschaftliches Gebäude gab, das nicht über mindestens einen solchen geheimen Fluchtweg verfügte. Und oft genug auch ein ganzes Labyrinth davon, das sich hinter den vermeintlich meterdicken Wänden verbarg. Das hier war jedoch etwas anderes. Abgesehen von dem großen Ballsaal und der steinernen Galerie hatte er wenig vom Inneren des legendären Dogenpalastes zu Gesicht gekommen, aber genug über seinen verschwenderischen Prunk gehört, um wahre Wunderdinge zu erwarten. Hier waren die Wände jedoch nackt und die Lehmziegel von weißem und grünem Schimmel bedeckt, der schon vor einem Jahrhundert begonnen hatte, sie zu zerfressen. Ihre Schritte verursachten unangenehm saugende Geräusche auf dem Boden, und von der Decke, die sich so weit über ihnen befand, dass das Licht der beiden Fackeln sie nicht mehr erreichte, tropfte Feuchtigkeit, die manchmal mit einem leisen Zischen in den Flammen verdampfte. Zu dem fauligen Geruch der Kanäle gesellten sich noch andere widerliche Gerüche, die er gar nicht genau einordnen wollte. Das ferne Meeresrauschen des Festes war zwar auch hier zu hören, wurde aber mehr und mehr von anderen, beunruhigenden Lauten durchdrungen, wie einem Stöhnen, ganz weit entfernten Schreien und dem Klirren von Ketten. Es verging eine geraume Weile, bis ihm klar wurde, dass nichts davon real war und ihm seine Fantasie schon wieder einen bösen Streich spielte.

Doch nicht einmal diese Erkenntnis nahm dem Ort seinen Schrecken. Es war wieder wie vorhin, als er unter der Stadt eingesperrt gewesen war, nur schlimmer. Diesmal war es keine Einbildung: Die steinernen Wände umschlossen ihn tatsächlich. Er spürte die Grenzen des gemauerten Grabes, die rechts und links an seinen Schultern entlangschrammten, und sah in die Dunkelheit, die sich nicht einmal durch das Licht der beiden Fackeln wirklich vertreiben ließ und sie zu verspotten schien. Und wurde die Luft nicht bereits schlechter, sodass ihm jeder Atemzug ein winziges bisschen mehr Mühe bereitete als der davor?

»Die Treppe hinunter«, sagte Rezzori hinter ihnen. »Und gebt acht, Contessa. Sie ist steil.«

Andrej sah keine Treppe. Die erste Stufe tauchte so unerwartet unter seinem Fuß auf, dass er vielleicht gestürzt wäre, hätte Rezzori ihn nicht gewarnt, und wieder narrte ihn das flackernde Licht. Selbst als er die Fackel senkte, reichte der rote Schein nie weit genug, um die nächste Stufe genau erkennen zu können. Auch scheiterte sonderbarerweise sein Versuch, sie zu zählen. Es mochten fünfzig sein, genauso gut aber auch hundert. Irgendwann gingen sie wieder über geraden Boden, und zu Andrejs Entsetzen wurde der Gang noch einmal schmaler.

»Wohin führt Ihr uns, Signore?«, fragte Corinna. Ihre Stimme zitterte, und Andrej hörte die Angst darin, die fast so groß wie seine eigene war. »Das ist ein schrecklicher Ort. Man hat das Gefühl, bei lebendigem Leibe begraben zu sein.«

Warum sagte sie das?, dachte Andrej schaudernd. Wollte sie ihn quälen? Doch dann schämte er sich seines Gedankens. Corinna konnte nicht wissen, welche Bedeutung diese Worte für ihn hatten, und sie würde es auch nie erfahren.

»Es ist nicht mehr weit, Contessa«, antwortete Rezzori.

Auch seine Stimme klang anders. Vielleicht war eine ganz leichte Spur von Furcht darin, zumindest aber Beklemmung, und die unsichtbaren Wände warfen sie verzerrt und um eine düstere Facette bereichert zurück, als hätte die Dunkelheit selbst eine Stimme bekommen und wiederholte seine Worte. »Gebt acht, Andrej. Gleich kommt eine Tür. Dahinter geht es nach rechts.«

Falls sich die Gelegenheit ergab, dachte Andrej mürrisch, würde er sich mit Rezzori über die genaue Bedeutung des Wortes *gleich* unterhalten müssen, denn sie legten noch einmal mindestens zwanzig oder dreißig Schritte zurück, bevor sie die Abzweigung erreichten. Der Korridor dahinter war wieder etwas breiter, und auch der Luftzug nahm zu, genau wie die Geräusche der fernen Festlichkeiten lauter wurden. Sie näherten sich einer Tür, die ins Freie führte.

Es war der Geruch, der ihm endgültig klarmachte, wo sie waren: der typische Gefängnisgeruch, der in allen Kerkern und allen Verliesen zu allen Zeiten seine ganz unverwechselbare Note hatte, sodass ihn niemand vergaß, der nur lange genug an einem dieser schrecklichen Orte gewesen war. Sie näherten sich den *Pozzi*, dem als Gefängnis dienenden Teil des Dogenpalastes. War es ein Fehler gewesen, Rezzori zu vertrauen?

Als der Gang breiter wurde, hob Rezzori seine Fackel hoch

über den Kopf, damit sie sich nicht verbrannten, drängte sich an Corinna und ihm vorbei und schritt so schnell aus, das Andrej fast Sorge hatte, ob Corinna noch mithielt. Schon bald blieb Rezzori jedoch wieder stehen, grub einen weiteren Schlüssel aus einer der zahllosen Taschen seiner bunten Fantasieuniform und öffnete eine mit schweren Eisenbändern verstärkte Tür. Dahinter flackerte gelbes und rotes Licht, Gelächter und die Fetzen fröhlicher Musik schlugen ihnen entgegen.

Dicht hinter dem Signori traten sie durch die Tür. Corinna blieb erleichtert aufatmend stehen. »Und ich dachte schon, Ihr wolltet uns direkt in den siebten Kreis der Hölle führen, Signore«, sagte sie.

Rezzori maß sie mit einem nervösen Blick, der Andrej unwillkürlich Anlass zu der Frage gab, wie viel Wahrheit ihre Worte wohl enthalten mochten, schüttelte aber nur den Kopf. »Eine Abkürzung, Contessa. Es sind Männer im Palast, denen wir besser nicht begegnen.«

»Männer?«, hakte Andrej nach. Es war nicht das erste Mal, dass Rezzori eine solche Bemerkung machte, und er hatte keine Lust mehr auf Ratespielchen. Rezzori wollte weitergehen, doch Andrej hielt ihn rasch am Arm zurück und fing seinen Blick ein. »Wenn es etwas gibt, das ich wissen sollte, um die Contessa zu beschützen, dann solltet Ihr es mir sagen.«

Rezzori wirkte empört. Er war es offensichtlich nicht gewohnt, dass jemand so mit ihm sprach. Aber dann – nachdem Andrej seinen Arm losgelassen hatte – antwortete er doch: »Ich bin nicht so mächtig, wie die meisten glauben, Andrej. Da ist immer jemand, der noch mächtiger ist und nur auf eine Gelegenheit wartet.«

»Eine Gelegenheit wozu?«

»Die Stadt rüstet zum Krieg«, antwortete Rezzori. »Fremde werden misstrauisch beäugt, vor allem Fremde wie Euer Freund und Ihr. Ginge es nach gewissen Stimmen, hätte ich Euch schon vor einer Woche verhaften und hinrichten lassen müssen.«

»Und warum habt Ihr es nicht getan?«, wollte Corinna wissen, bevor Andrej dieselbe Frage aussprechen konnte.

Rezzori zögerte einen winzigen Moment zu lange, bevor er antwortete. »Weil es nicht meine Art ist, Unschuldige zu verhaften«, behauptete er.

Corinnas Miene machte keinen Hehl daraus, was sie von dieser Antwort hielt, und auch Andrej sagte zwar nichts, dachte sich aber seinen Teil.

»Ich habe Euch und Euren Freund beschützt, solange ich konnte, Contessa«, fuhr Rezzori fort. »Aber jetzt kann ich das nicht mehr. Scalsi mag zwar von vielen belächelt und von noch mehr verachtet worden sein, aber er hatte auch mächtige Freunde und Gönner. Es gibt einen Haftbefehl.«

»Gegen mich?«, vermutete Andrej.

Rezzori nickte beiläufig. »Und gegen Euch«, fügte er an Corinna gewandt hinzu.

Ihre Augen wurden groß. »Mich?«, wiederholte sie. »Aber was habe ich denn …?«

»Nichts«, fiel ihr Rezzori ins Wort. »Welche Rolle spielt das schon, wenn Menschen von großer Macht beschließen, Euch zu vernichten?«

»Aber warum denn?«, hauchte Corinna.

Rezzori lachte, kurz und hart. »Euer Vater war ein reicher Mann, Contessa«, sagte er. »Ihr wisst selbst nicht, wie reich, habe ich recht?«

Corinna schüttelte den Kopf. Sie sah schockiert aus.

»Reich genug, um Begehrlichkeiten zu wecken«, sagte Rezzori. »Vor allem jetzt, da Ihr seine einzige Erbin seid. Ihr lebt in einer Stadt, die Hunger nach Gold hat, um Waffen und Kriegsschiffe zu kaufen. Es war nicht weise von Euch, Euch mit Männern einzulassen, die so leicht als Spione zu denunzieren sind.« Er wartete einen Moment lang auf eine Antwort, die nicht kam, und sah mit einem Mal fast traurig aus. Dann winkte er sie weiter. »Nun kommt. Ich bringe Euch aus dem Palast.«

Kapitel 27

Der Weg war jetzt tatsächlich nicht mehr weit, nur einige wenige Minuten, auch wenn es Andrej viel länger vorkam, rechnete er insgeheim trotz allem doch jeden Moment mit einem Hinterhalt oder einer Heimtücke, die Rezzori vorbereitet hatte. Es gab keinen Grund für diese Verdächtigung – der Herr der Signori di Notte hätte ihn schließlich nur in den Bleikammern lassen müssen, damit er dort eines qualvollen Todes starb –, und doch ahnte er, dass sich hinter Rezzoris vermeintlicher Selbstlosigkeit noch etwas anderes verbarg.

Vielleicht war er auch einfach nur eifersüchtig.

Auf halbem Wege schlossen sich ihnen zwei Bewaffnete an, Männer, die bunte Karnevalskostüme und weiße Masken mit absurd großen und nach vorne gebogenen Nasen trugen, die an die Schnäbel gefährlicher Raubvögel erinnerten. Dennoch meinte er das Gesicht des einen wiederzuerkennen. Zweifellos gehörten sie zu Rezzoris Signori, hatten ihre Uniformen aber gegen alberne Verkleidungen getauscht, um an diesem besonderen Tag nicht aufzufallen. Beide trugen Degen und Dolche, und unter der Jacke zumindest des einen gewahrte er die verräterischen Umrisse einer Pistole.

»Und Ihr wollt uns nicht sagen, wohin Ihr uns bringt?«, fragte Corinna nach einer Weile.

»Wir sind schon da.« Rezzori blieb stehen und deutete auf eine weitere von zahllosen geschlossenen Türen, an denen sie vorbeigekommen waren. Einer seiner Begleiter eilte voraus und entriegelte sie, und Andrej erhaschte einen kurzen Blick in einen schmalen, auf der einen Seite von einer hölzernen Wand und auf der anderen von gemauerten Fensterbögen flankierten Gang, bevor der Soldat die Tür wieder schloss und seinem Herrn mit einem stummen Nicken zu verstehen gab, dass alles in Ordnung war.

»Ich begleite Euch noch bis auf die andere Seite, dort warten zwei meiner Männer, die Euch in Sicherheit bringen«, sagte Rezzori.

Corinna sah ihn misstrauisch an, schüttelte schließlich heftig den Kopf und hakte sich dann entschlossen bei Andrej unter. »Ich rühre mich nicht von der Stelle, solange Ihr mir nicht gesagt habt, wohin wir gehen.«

Rezzori warf Andrej einen raschen, fast schon flehenden Blick zu, seufzte, als dieser nichts sagte, und öffnete die Tür schließlich ganz. »Ihr solltet Euch glücklich schätzen, überhaupt noch irgendwo hingehen zu können.«

Corinna rührte sich immer noch nicht, zeigte sich aber überrascht. »Und *Ihr* werft Andrej einen übertriebenen Sinn für Dramatik vor?«

»Ich denke eher praktisch«, antwortete Rezzori. »Niemand rechnet an einem Tag wie heute damit, dass dieser Weg benutzt wird. Und selbst wenn, kenne ich mich hier besser aus als jeder andere.«

»Verratet Ihr einem dummen Barbaren, was diese sinistren

Andeutungen zu bedeuten haben, Contessa?«, fragte Andrej, als sie den engen Gang betraten. Der Boden sah zwar massiv aus, zitterte aber unter seinen Füßen, und der Geruch von fauligem Wasser war auf einmal überwältigend.

»Erzähl mir nicht, du hättest noch nie von der berühmten Seufzerbrücke gehört, Andrej«, antwortete Corinna. »Wo du sie doch heute schon einmal überquert hast.«

»Hab ich nicht«, widersprach Andrej, verlangsamte seine Schritte aber trotzdem und sah durch das geschwungenen Fenster zur Linken, das nicht verglast, aber mit einem kunstvoll geschmiedeten Eisengitter gesichert war. Wie ihm schon der beißende Geruch verraten hatte, befanden sie sich über einem der zahllosen Kanäle der Stadt.

»Um genau zu sein, wurdet Ihr getragen, wenn auch auf dieser Seite und in die andere Richtung.« Rezzori schlug mit der flachen Hand gegen die hölzerne Wand. Es klang hohl.

»Diese Brücke führt direkt vom Dogenpalast ins Gefängnis – und zurück zu den Verhören im Palast. Warum die Leute sie die Seufzerbrücke nennen, kannst du dir wohl denken«, sagte Corinna.

Andrej würde sich wahrscheinlich selbst ein erleichtertes Seufzen gestatten, wenn sie die Brücke erst einmal hinter sich hatten und auf der anderen Seite waren. Etwas stimmte hier nicht. Ganz und gar nicht. Er war noch immer beunruhigt und fragte sich besorgter denn je, was wohl auf der anderen Seite der Brücke auf sie wartete. Er konnte sich nicht vorstellen, dass Rezzori, der wohl, das musste er zugeben, ein Mann von größerer Ehrenhaftigkeit war, als er es vor einer Stunde noch für möglich gehalten hätte, einen Kampf so einfach aufgab – schon gar nicht den Kampf um eine Frau wie Corinna. Er musste etwas übersehen haben.

Rezzori ergriff erneut das Wort: »Das Gefängnis ist der letzte Ort, an dem man Euch vermuten wird. Ich habe meine Männer angewiesen, Euch dort mit allem auszustatten, was Ihr braucht, und Euch dann freizulassen.«

Rezzoris Männer gingen voran. Corinna warf Andrej einen zögernden Blick zu, aber als sie ebenfalls ein paar Schritte vorwärts machte, folgte Andrej ihr.

Vielleicht war es auch diesmal wieder Corinnas bloße Nähe, die ihn ablenkte, vielleicht war die Falle auch einfach nur zu gut vorbereitet – Andrej begriff erst, was geschah, als die dünne Trennwand aus Holz unmittelbar vor den beiden Männern vor ihm barst und eine riesenhafte schwarze Gestalt in einem flatternden Umhang ausspie. Auch hinter ihnen brach Holz, doch Andrej verschwendete keine Zeit damit, sich umzusehen, sondern stieß Corinna einfach zur Seite. Mit einem einzigen raschen Schritt war er bei den beiden Signori.

So schnell er auch war, kam sein Eingreifen für einen von ihnen doch zu spät. Einer der Männer zog seinen Dolch – eine Waffe, mit der er sich in der Enge des vorhandenen Platzes deutlich besser verteidigen konnte als etwa mit dem Degen. Der andere jedoch verschenkte einen kostbaren Sekundenbruchteil, indem er unter seine Jacke griff und die Pistole zu ziehen versuchte – ein Fehler, der ihn zuerst die Hand und dann den Kopf kostete, als der Angreifer in einem blitzartigen Bogen seinen Säbel schwang. Der Hieb war mächtig genug, den ganz in schwarz gehüllten Riesen nach vorne und zur Seite zu reißen, sodass sich die blutige Säbelspitze mit einem dumpfen Knirschen tief ins Holz der Trennwand grub. Andrej packte den zweiten Mann, wirbelte ihn herum und hinter sich und trat aus derselben Bewegung heraus zu.

Er traf, wenn auch nicht so gut, wie er gehofft hatte. Ein keuchender Schmerzenslaut belohnte seine Anstrengung, die Gestalt in Schwarz taumelte rückwärts und hielt nur mit Mühe ihr Gleichgewicht. Hätte Andrej ihr sofort nachgesetzt, wäre es jetzt vielleicht vorüber gewesen, doch in diesem Moment hörte er Corinna hinter sich schreien, fuhr herum und vergaß den Angreifer, als er die zweite, ebenfalls in flatterndes Schwarz gehüllte Gestalt sah, die Rezzori niedergerungen hatte und sich nun auf Corinna stürzte. Der zweite Signori warf sich tapfer zwischen ihn und das erschrockene Mädchen und sah den plötzlich hochgerissenen Fuß vermutlich nicht einmal, der in seinem Gesicht landete und ihm augenblicklich das Bewusstsein raubte.

Corinna schrie noch einmal, jetzt in schierer Todesangst, als rasiermesserscharf geschliffener Stahl nach ihrem Gesicht züngelte. Andrej tat das Einzige, was ihm übrig blieb, und schlug die Klinge mit der bloßen Hand beiseite. Sie verfehlte Corinnas Gesicht um die berühmte Haaresbreite, und der lodernde Schmerz, mit dem sie bis auf den Knochen in seiner Hand schnitt, tauchte die gesamte Welt ringsum ihn herum einen Moment in Rot und reine Agonie.

Mit einer gewaltigen Willensanstrengung gelang es ihm, bei Bewusstsein zu bleiben und sich schützend vor Corinna zu postieren. Den nächsten Schwerthieb blockte er mit dem gesunden Arm ab, ohne eine weitere und jetzt vielleicht entscheidende Verletzung in Kauf nehmen zu müssen. Die Wucht seines Gegenangriffes war so groß, dass die schwarze Riesin nun ihrerseits vor Überraschung und Schmerz keuchte, einen Schritt rückwärts machte und prompt über Rezzori fiel, der sich genau in diesem Moment benommen auf Hände und Knie hochzustemmen versuchte.

Nichts war damit gewonnen. Die beiden nubischen Kriegerinnen hatten offensichtlich nicht mit einer so erbitterten Gegenwehr gerechnet, aber der Vorteil der Überraschung war dahin, und ein zweites Mal würde es Andrej wahrscheinlich nicht gelingen, sie zurückzuschlagen. Nicht waffenlos und verletzt, wie er war, und nicht, ohne sie zu töten. Aber er begriff mit entsetzlicher Klarheit, dass ihm vielleicht keine andere Wahl blieb, wollte er nicht zusehen müssen, wie sie Corinna umbrachten.

Hastig bückte er sich nach dem toten Signori, um dessen Rapier an sich zu nehmen, war selbst erstaunt, dass es ihm überhaupt gelang, und federte blitzartig in die Höhe, um diesen unerwarteten Vorteil zu nutzen, statt sich darüber zu wundern. Seine rechte Hand war nutzlos. Es war nicht der Schmerz, denn schon vor langer Zeit hatte er gelernt, Schmerz nicht nur zu ignorieren, sondern sogar Kraft daraus zu schöpfen. Aber der Schnitt war so tief, dass es lange dauern würde, bis er die Finger wieder würde bewegen können. Andrej war mit beiden Händen ein gleich guter Fechter, aber er stand zwei Kriegerinnen gegenüber, die gelernt hatten, einen Gegner gleichzeitig und so perfekt aufeinander abgestimmt zu attackieren, dass er selbst mit zwei gesunden Händen und zwei Schwertern Mühe gehabt hätte, sich ihrer zu erwehren.

Schließlich hatte er es ihnen selbst beigebracht.

Auch die zweite Nubierin hatte ihre Waffe mittlerweile wieder an sich genommen und, ebenso wie die Kriegerin zu seiner Rechten, mit beiden Händen ergriffen, doch erstaunlicherweise verzichteten sie darauf, ihn sofort zu attackieren. Als eine von ihnen die Hand hob und ihm bedeutete, mit ihr zu kommen, verschenkte Andrej eine unendlich kostbare halbe Sekunde damit, sich selbst einen Dummkopf und Narren zu schelten und sich zu fragen, wie er auf die plumpe Täuschung hatte hereinfallen können.

Die Hand, die ihm zuwinkte, war nicht schwarz, sondern steckte nur in einem schwarzen Handschuh, und sie gehörte auch nicht zu einer nubischen Kriegerin, sondern einem hochgewachsenen Mann von kräftiger Statur, der lediglich in schwarzen Kleidern und einem schwarzen Mantel steckte und den schmalen Streifen, der zwischen dem Turban und dem ebenfalls schwarzen Schleier sichtbar war, mit Ruß gefärbt hatte. Und hätte er noch Zweifel gehabt, so hätten sie die Worte der vermummten Gestalt endgültig beseitigt.

»Komm mit uns, Andrej! Unsere Aufgabe ist erfüllt!«

Der Mann sprach Arabisch, das aber mit einem so grotesken Akzent, dass es wohl auch jemandem aufgefallen wäre, der dieser Sprache nicht mächtig war. Andrej überlegte kurz, in derselben Sprache und flüssig zu antworten, nur um dem Anstifter dieser Farce zu zeigen, wie mühelos er sie durchschaut hatte, und vielleicht hätte er es sogar getan, hätte der andere schwarz vermummte Angreifer die Worte nicht in diesem Moment wiederholt, und das – selbstverständlich – auf Italienisch. Er sah nicht hin, hörte aber, wie Corinna erschrocken nach Luft schnappte, und meinte regelrecht fühlen zu können, wie sich ihre Augen in vermeintlichem Entsetzen weiteten.

»Mein Kompliment, Signore Rezzori«, sagte er. »Ein beliebtes Kostüm in diesen Tagen, wie?«

»Was … was soll das heißen?«, murmelte Corinna. Sie klang hoffnungslos verstört. Andrej antwortete ihr nicht, sondern täuschte einen blitzartigen Ausfall nach rechts an, fuhr dann mitten in der Bewegung herum und attackierte den Angreifer auf der anderen Seite. Dessen Schwert war zehnmal so schwer und doppelt so groß wie Andrejs zierliches Rapier, trotzdem schlug er es ihm fast mühelos aus der Hand. Ein schneller Hieb zerfetzte das schwarze Tuch vor dem Gesicht des Burschen und hinterließ eine hässliche, heftig blutende Wunde auf seiner Wange. Die Mühe, sich das ganze Gesicht mit Ruß einzuschmieren, hatte er sich nicht gemacht. Noch während er beide Hände vor das Gesicht schlug und heulend rückwärtstaumelte, wirbelte Andrej herum, ließ sich in die Hocke sinken und führte einen geraden Stich nach dem Unterschenkel des zweiten Verkleideten. Die Spitze seiner Waffe bohrte sich tief in den Muskel des Burschen und ließ ihn augenblicklich zusammenbrechen. Das Rapier wurde Andrej aus der Hand gerissen, aber er hatte ohnehin nicht vorgehabt, diese Spielzeugwaffe zu behalten.

Während der Mann keuchend zusammenbrach und Rezzori ein zweites Mal unter sich begrub, begegnete Andrejs Blick dem des Herren der Signori di Notte, und nun sah er Furcht in seinen dunklen Augen. Rezzori erwartete, dass er ihn jetzt umbrachte, und ein gar nicht mal allzu kleiner Teil von Andrej hatte auch nicht übel Lust dazu. Wäre er wie Rezzori gewesen, hätte er es getan.

Stattdessen wirbelte er abermals herum, ergriff Corinna mit der unversehrten Hand am Arm und zerrte sie rücksichtslos mit sich.

Genau zwei Schritte weit, bevor die Schatten am anderen Ende der Brücke zum Leben erwachten und zwei, drei, vielleicht sogar vier weitere Gestalten in schwarzer Verkleidung und mit geschwärzten Gesichtern auf sie zustürmten.

Andrej überlegte nicht einmal, sich dem Kampf zu stellen. Er hätte es gekonnt und sie vermutlich sogar besiegt, doch an seinen Händen klebte schon zu viel unschuldiges Blut für einen

Tag, und da war immer noch Corinna, die er auf keinen Fall in Gefahr bringen durfte. Also schlang er kurzerhand den Arm um ihre Hüften und warf sich zur Seite. Seine Schulter prallte mit solcher Wucht gegen eines der geschmiedeten Fenstergitter, dass es aus dem Stein gesprengt wurde und mit einem gewaltigen Klatschen im Wasser des Kanals unter ihnen verschwand.

»Andrej! Was hast du …?«

Dann schrie sie auf, als Andrej ohne das mindeste Zögern mit ihr durch das aufgebrochene Fenster sprang, aber auch dieser Schrei verstummte schnell.

Das Wasser war nicht so kalt, dass es ihn wie ein Fausthieb traf, und der Kanal war an dieser Stelle so flach, dass ein Mann von Abu Duns Größe bequem darin hätte stehen und noch Luft holen können, sodass Andrejs Füße schmerzhaft auf den schlammigen Grund stießen. Sofort schloss sich der Morast um seine Knöchel und Waden und hielt ihn wie mit unsichtbaren Händen fest. Corinna zappelte in seinem Griff, als sie Panik überkam, und irgendwie gelang es ihr, sich loszureißen.

Andrej griff blindlings um sich, bekam Stoff und dann etwas Weiches zu fassen und hielt es mit der verletzten Hand fest, obwohl ihm der Schmerz schier das Bewusstsein zu rauben drohte.

Endlich gelang es ihm, dem Griff des Morastes zu entkommen. Er stieß sich ab, durchbrach krächzend um Atem ringend die Wasseroberfläche und spürte etwas Zappelndes und heftig um sich Schlagendes neben sich.

Hastig drehte er sich auf den Rücken, zog Corinna halb auf seine Brust und umschlang sie mit einem Arm, während er mit der anderen Hand ihren Kopf über Wasser zu halten versuchte. Zum Dank landeten ihre wild um sich schlagenden Fäuste mehrmals hintereinander und mit so erstaunlicher Wucht in seinem Gesicht, dass seine Nase heftig zu bluten begann. Jemand schrie – offenbar eine Frau –, aber er hörte auch Gelächter und anfeuerndes Johlen, und erst jetzt registrierte er die schrille Musik, die von überall her zu kommen schien. Etwas klatschte nur ein Stück neben ihm ins Wasser, doch als er hinsah, erblickte er statt eines Seiles oder Rettungsrings lediglich eine leere Weinflasche, die irgendein hilfreicher Bürger der Stadt nach ihm geworfen hatte.

Andrej biss die Zähne zusammen, schwamm auf dem Rücken liegend weiter und verrenkte sich fast den Hals, um zum Ufer zu spähen. Es war keine drei Schwimmzüge entfernt, aber selbstverständlich hatte das Schicksal entschieden, in diesem Moment Ebbe herrschen zu lassen, und die nächste Treppe war weit weg.

Der schmale Schatten, den er aus den Augenwinkeln auf sich zugleiten sah, war deutlich näher.

Andrej korrigierte seinen Kurs um eine Winzigkeit und schwamm nun direkt auf die Gondel zu.

»Andrej, ich … ertrinke!«, brachte Corinna unter heftigem Keuchen und Würgen heraus. Sie schnappte qualvoll nach Luft. »Hilf mir!«

»Nein, tust du nicht«, antwortete Andrej und nahm einen weiteren derben Nasenstüber in Kauf, als er die Hand nach der langen Stange des Gondoliere ausstreckte und sich daran festklammerte. Der Mann reagierte zwar mit einer wenig freundlichen Bemerkung in seiner Muttersprache, nahm die Stange aber in eine Hand und ging rasch in die Hocke, um Andrej den anderen Arm entgegenzustrecken.

Andrej griff nicht nach der hilfreich dargebotenen Hand, sondern stemmte Corinna weit genug hoch, dass der Gondoliere sie ergreifen und wenig sanft, aber sehr schnell in sein schwankendes Gefährt ziehen konnte.

Am Ufer hinter ihnen hatte sich mittlerweile eine kleine Menschenmenge eingefunden, die ihnen aufgeregt zusah (einige von ihnen applaudierten auch oder feuerten sie unter heftigem Johlen und Gestikulieren an), doch Andrej entdeckte auch eine Anzahl dunkel gekleideter Gestalten, die aus der Richtung der Brücke herbeigeeilt kamen, um sich unauffällig unter die angetrunkenen Gaffer zu mischen.

Der Gondoliere beugte sich abermals vor und streckte die Hand aus, und diesmal griff Andrej danach, stützte sich mit der anderen am Bootsrand ab und ruckte kurz. Der Gondoliere fand nicht einmal mehr die Zeit für einen überraschten Schrei, bevor er auch schon kopfüber im Wasser landete.

Andrej zog sich so kraftvoll in die Gondel, dass das schlanke Boot bedrohlich ins Wanken geriet, rollte keuchend auf den Rücken und vernahm ein sonderbares Rauschen und Raunen, das er im allerersten Moment nicht deuten konnte. Dann wurde ihm klar, dass es Applaus war.

Hastig stemmte er sich hoch, wollte sich zu Corinna beugen, besann sich aber eines Besseren, als er sah, wie das halbe Dutzend schwarz vermummter Gestalten auf den Punkt zuzueilen begann, den die führerlose Gondel ansteuerte.

Statt Corinna zu helfen, griff er hastig nach der Stange, die tief genug im schlammigen Grund des Kanals stecken geblieben war, um nur ganz langsam zur Seite zu kippen, und stemmte sich mit solcher Kraft dagegen, dass er beinahe das Gleichgewicht verloren hätte, als das schlanke Gefährt wie ein von der Sehne geschnellter Pfeil losschoss. Einen kurzen, aber schrecklichen Moment lang steuerte es weiter auf die schwarz gekleideten

Phantome zu, bevor es ihm gelang, seinen Kurs zu korrigieren und wieder die Mitte des Kanals anzusteuern.

Hinter ihm rang der Gondoliere keuchend nach Luft und rief ihm, als er wieder zu Atem gekommen war, eine wahre Flut von Beschimpfungen und Flüchen nach.

Kapitel 28

Nachdem sie einige Zeit gelaufen waren, fanden sich Andrej und Corinna inmitten einer ausgelassen feiernden Menge wieder, nicht einmal weit von der Stelle entfernt, an der sie den Platz am Nachmittag das erste Mal betreten hatten. Sie hatten die Gondel versteckt, so gut es ging, und sich im Schutz der Dunkelheit zu Fuß in Richtung Markusplatz aufgemacht. Dieser war nicht wiederzuerkennen. Sämtliche Gebäude waren hell und zum Teil kunstvoll beleuchtet, und die Menschenmenge war tatsächlich noch größer, als Andrej selbst nach Corinnas Ankündigung erwartet hatte. In dieser Menschenmenge würden sie sich nicht nur perfekt verstecken können, sondern mussten sogar aufpassen, sich nicht aus den Augen zu verlieren. Überall wurde gefeiert und gelacht, und er sah zahlreiche Gaukler und Faxenmacher, die darum wetteiferten, die Menge zu unterhalten. Nicht weit entfernt jonglierte ein schreiend bunt gekleideter Mann mit gleich fünf brennenden Fackeln, die in der Dunkelheit leuchteten. Nur ein kleines Stück hinter ihm versuchte eine ganze Gruppe, eine lebende Pyramide zu bilden, indem der eine auf die Schultern des anderen stieg und sich mit beiden Armen an seinen Nebenmännern festhielt, um auf diese Weise das Fundament für die nächsthöhere Etage zu bilden – ein Vorhaben, das aber immer wieder an der Ungeschicklichkeit der schon angetrunkenen Männer scheiterte. Die johlende Menge belohnte jeden Misserfolg mit Pfiffen und jubelndem Applaus – und half auch schon einmal nach, wenn der Misserfolg zu lange auf sich warten ließ. Anderenorts wurde ein Theaterstück aufgeführt, und ein Zauberer gab seine Kunststücke zum Besten. Andrej vermutete, dass er die Gelegenheit auch gleich nutzte, um den einen oder anderen Zuschauer um seine Geldbörse zu erleichtern.

»Die Freunde, von denen du gesprochen hast«, sagte er, als sie sich an einer Gruppe offensichtlich noch sehr junger Leute vorbeidrückten, deren Gesichter von gefiederten Halbmasken mit zum Teil abstrus langen Nasen verdeckt wurden, »ist einer dabei, dem du wirklich vertraust?«

»Wären sie meine Freunde, wenn ich ihnen nicht vertrauen würde?«, schniefte Corinna.

»Einer, der uns Unterschlupf gewähren würde, ganz egal, was Rezzori auch über dich erzählt.« Andrej deutete mit dem Kopf hinter sich. »Oder vielleicht auch ein paar der anderen, Gina, Enrico – eben alle, die sich schon bei meiner und Abu Duns Ankunft in dieser schönen Stadt das Maul über uns zerrissen haben. Nach den Ereignissen der letzten Tage haben ihre Schauermärchen so viel neue Nahrung bekommen, dass ich gar nicht wissen will, was man sich mittlerweile alles über uns erzählt!«

Diesmal antwortete Corinna erst nach einem Zögern. »Der Conte Ferzone war der beste Freund meines Vaters. Und er hasst die Signori di Notte. Es hat schon mehrere Eingaben gemacht, um ihre Macht zu beschneiden oder sie ganz abzuschaffen, und wenn es nach ihm ginge …«

»Dann gehen wir zu ihm«, unterbrach sie Andrej.

»Er ist gewiss im Dogenpalast und feiert mit allen anderen!«

»Und er wird gewiss irgendwann zurückkommen, und sei es erst morgen früh«, seufzte Andrej. »Stellst du dich nur so begriffsstutzig, um mir das Gefühl zu geben, ich wäre schlauer als du? Das ist nicht notwendig.«

»Und es wäre auch nicht wahr«, erwiderte Corinna, deutete aber gehorsam nach links in eine von ausgelassen Feiernden überbordende Straße. Andrej schlug diese Richtung ein … und erstarrte schon nach den ersten drei Schritten, als er das typische Geräusch hörte, mit dem Stahl aus einer ledernen Scheide gezogen wird. Als er sich umdrehte, stieß ein Degen nach seinem Hals, vielleicht nicht einmal mit der Absicht zu treffen, sondern nur, um ihn zurückzutreiben.

Es funktionierte: Andrej machte einen hastigen Schritt nach hinten. Er hörte das Geräusch von weiteren Klingen, die gezückt wurden, und legte die Hand dorthin, wo normalerweise seine Waffe steckte.

Normalerweise, aber nicht jetzt. Er hatte sein Rapier auf der Seufzerbrücke zurücklassen müssen.

»Was soll das?«, fragte er schärfer, als er eigentlich beabsichtigt hatte. »Weg mit den Waffen! Ich habe keinen Streit mit euch!«

»Aber wir mit dir!« Der Degen seines Gegenübers zuckte erneut in Andrejs Richtung. »Wahrscheinlich erinnerst du dich nicht mehr an mich. Aber vielleicht sagt dir der Name Gina etwas …«

Andrej hätte beinahe laut aufgelacht, und der Mann verstärkte den Druck seiner Waffe. »Was gibt es da zu lachen, du Schwein? Soll ich dir mal zeigen, wie lustig es werden kann, wenn man sich mit Muschelfischern anlegt?«

»Ich wollte dich nicht auslachen«, beeilte sich Andrej zu versichern. Fast hätte er noch hinzugefügt, dass er und Corinna sich eben noch über Gina unterhalten hatten – aber das ließ er dann doch lieber sein. Der Muschelfischer hätte diesen Hinweis nur als Provokation verstanden.

»Ich hatte ein längeres Gespräch mit Gina und Enrico«, sagte er stattdessen beschwichtigend. »Es stimmt, es gab da ein kleines Missverständnis zwischen uns. Aber das ist längst ausgeräumt.«

»Ach ja?«, höhnte der Kerl. »Indem ihr ein kleines Massaker in der Stadt veranstaltet habt?«

Andrej schüttelte den Kopf. »Du solltet nicht alles glauben, was man dir erzählt. Und jetzt mach Platz. Ich suche keinen Streit, aber ich werde mich verteidigen, wenn ich es muss.«

»Nur zu«, höhnte der Kerl. Sein Degen stocherte wieder nach seinem Gesicht, und die anderen rückten näher, nachdem sie ihn umstellt hatten. Der Rest der Menge war inzwischen zurückgewichen und bildete einen Kreis von vielleicht fünf oder sechs Schritten Durchmesser.

»Ihr seid zu viert«, sagte Andrej ernst.

»Zählen kannst du also auch? Erstaunlich.«

»Und das heißt, dass ich keine Rücksicht nehmen kann«, fuhr Andrej fort. »Willst du wirklich dein Leben oder das deiner Freunde riskieren?«

»Dann doch lieber deins«, antwortete der Bursche grienend und griff an.

Andrej hatte die Bewegung vorausgeahnt und versuchte nicht, dem Stoß auszuweichen, sondern drehte sich blitzartig zur Seite und machte einen Satz nach vorne, sodass er mit einem Mal neben einem zweiten Mann stand. Er packte dessen Schwertarm und drückte ihn zur Seite. Der Muschelfischer, der sich eben noch auf ihn hatte stürzen wollen, kämpfte plötzlich mit wild rudernden Armen darum, sich nicht selbst an der Klinge seines Freundes aufzuspießen.

Andrej entriss dem Mann die Waffe und tauchte unter dem nächsten Stich hinweg, der nach seinem Kopf geführt wurde.

Dem letzten unbeabsichtigten Angriff seines Freundes war der Muschelfischer mit Mühe und Not entgangen. Den meterlangen Krummsäbel, der wie aus dem Nichts hinter ihnen erschien und ihm den Arm dicht oberhalb des Ellbogens abtrennte, sah er nicht einmal kommen, und anscheinend spürte er im allerersten Moment auch nichts. Er stand einfach nur da und starrte verblüfft seinen Armstumpf an, aus dem Blut wie aus einem durchschnittenen Wasserschlauch spritzte. Derselbe verblüffte Ausdruck blieb auch noch auf seinem Gesicht, als der Säbel eine zweite blitzartige Bewegung machte und ihn enthauptete.

Schreie gellten. Die Menge explodierte in reiner Panik und stürmte in alle Richtungen zugleich davon. Noch bevor der enthauptete Leichnam zu Boden fiel, tänzelte die Nubierin bereits herum und stieß einem zweiten Mann die Klinge in die Brust.

Andrej erwachte aus seiner Erstarrung, rammte dem Mann neben sich den Ellbogen ins Gesicht, was ihn vielleicht ein paar Zähne kostete, ihm aber auch auf der Stelle das Bewusstsein raubte und somit möglicherweise das Leben rettete. Dann stürzte Andrej sich auf die Nubierin, aber sie schien die Bewegung vorausgeahnt zu haben und empfing ihn mit einem harten Tritt gegen das Knie, der ihn aus dem Gleichgewicht brachte.

Als er die Balance zurückgewonnen hatte, spaltete die Kriegerin die Schulter eines dritten Mannes mit einem gewaltigen beidhändigen Schwerthieb, der das Blut meterweit spritzen ließ. Andrej war entsetzt. Er wusste, was für schreckliche Gegnerinnen die beiden nubischen Schwestern waren, aber er hatte sie niemals so brutal kämpfen sehen. Es schien, als ob sie ganz bewusst nicht nur Tod, sondern vor allem Schrecken und Entsetzen verbreiteten.

Entschlossen fasste Andrej seinen Degen fester, ignorierte das beharrliche Flüstern hinter seiner Stirn, das ihm klarzumachen versuchte, was für eine erbärmliche Waffe ein Rapier gegen den schweren Krummsäbel war, und wollte sich gerade auf die Kriegerin stürzen, als er Corinna hinter sich schreien hörte.

Was ihm einen eisigen Schauer über den Rücken jagte und mitten in der Bewegung herumfahren ließ, war indes nicht ihr Schrei, sondern die Plötzlichkeit, mit der er abbrach.

Natürlich war auch hinter ihm Panik ausgebrochen. Menschen stürzten in kopfloser Furcht davon, brachten sich gegenseitig zu Fall, trampelten übereinander, und er brauchte einen Sekundenbruchteil, um Corinna zu entdecken. Sie hatte aufgehört zu schreien, weil eine zweite ganz in Schwarz gekleidete Gestalt ihr den Mund zuhielt und sie mit sich zerrte, ohne auf ihr verzweifeltes Strampeln und Umsichschlagen zu achten. Rücksichtslos stieß er zwei, drei Männer zur Seite, die ihm nicht schnell genug auswichen, und stürmte Corinna und ihrer Entführerin hinterher.

Er kam auf zwei oder drei Schritte heran, ehe die andere Nubierin ihn ansprang und von den Füßen riss.

Andrej schlug so hart mit der Stirn auf, dass er etliche Sekunden lang benommen war. Die Nubierin nutzte die Chance, um ihn mit den Knien am Boden festzunageln und zugleich den Arm um seinen Hals zu schlingen und ihm mit aller Kraft den Atem abzuschnüren.

Dennoch war es ein Fehler.

Mit einem Schwert oder einer beliebigen anderen Waffe wäre

die nubische Kriegerin eine ernst zu nehmende Gegnerin gewesen, doch in einem so ummittelbaren Kräftemessen hatte sie nicht einmal den Hauch einer Chance. Andrej warf sich einfach zur Seite, begrub die Nubierin unter sich und stieß den Ellbogen zurück. Er spürte, wie mindestens eine ihrer Rippen brach und ihr die Luft zischend durch die zusammengebissenen Zähne entwich. Andrej widerstand dem Impuls, ein zweites Mal und noch härter zuzuschlagen und sie damit womöglich umzubringen, und riss sich stattdessen los, als ihre Kräfte nachließen. Mit einem gezielten Hieb gegen die Halsschlagader schaltete er sie endgültig aus, federte hoch und sah gerade noch, wie die zweite Kriegerin Corinna in eine schmale Gasse zerrte, wobei sie einen Mann, der ihr nicht schnell genug auswich, so derb gegen die Wand stieß, dass er bewusstlos zusammenbrach.

Andrej raste mit weit ausgreifenden Schritten hinter ihr her, glaubte, die schmale Lücke zwischen den Häusern nur wenige Augenblicke nach ihnen zu erreichen, und stellte zu seiner Überraschung fest, dass sie bereits am anderen Ende der Gasse verschwanden. Er rannte noch schneller und hätte sie zweifellos nach wenigen Schritten eingeholt, wäre nicht plötzlich eine dritte Gestalt in schwarzen Kleidern und mit ebenholzfarbenem Gesicht aus der Dunkelheit herausgetreten. Sie hob ein Schwert.

Meruhe ließ ihre Tarnung nicht einmal jetzt fallen. Wie nahezu jede ihrer Art vermochte sie ihre Anwesenheit vor anderen Unsterblichen zu verbergen, wenn sie sich nur hinlänglich genug darauf konzentrierte, und Andrej, der diese Technik ebenfalls beherrschte, wusste, welch große Mühe es ihr bereiten musste.

Nun, da er sie sah, gab es keinen Grund mehr für diese Anstrengung. Trotzdem behielt sie ihren Schutz bei, fast als fürchte sie die Anwesenheit eines weiteren Unsterblichen, der ihre Präsenz spüren mochte. Konnte es sein, dachte er, dass Abu Dun in der Nähe war?

Aber selbst wenn, wäre er ihm möglicherweise keine Hilfe gewesen, nach allem, was er in den letzten beiden Tagen mit ihm erlebt hatte …

»Meruhe, was tust du?«, fragte er verwirrt. »Was … was soll das? Was wollt ihr von Corinna? Sie ist eine von uns!«

Wie schon vor zwei Tagen auf der Friedhofsinsel bekam er keine Antwort. Doch dieses Mal sah er ihr Gesicht und die schreckliche Leere in ihren Augen. Meruhe schaute ihn an, und sie erkannte ihn und folgte aufmerksam jeder seiner Bewegungen, dennoch war es, als blicke er in die Augen einer Fremden. Da war nichts mehr von der Frau, die er einst geliebt hatte und mit der ihn seit mehr als einem Jahrhundert eine tiefe Freundschaft verband.

Plötzlich hatte er das Gefühl, dass alles einen Sinn ergab. Doch zugleich wurde es immer verwirrender, je angestrengter er über die zurückliegenden Ereignisse nachdachte. Einen schier endlosen Atemzug lang starrte er Meruhe an, dann verließ er die Gasse und ging zu der bewusstlosen Kriegerin zurück, hob ihren Krummsäbel auf und trat der nubischen Königin, die ihn erwartete, entschlossen entgegen. Rings um ihn gellten immer noch Schreie, und ihm war klar, dass es jetzt nur mehr Augenblicke dauern konnte, bis Rezzoris Männer oder irgendwelche anderen Ordnungskräfte auftauchen mussten. Aber zugleich war er auch sehr sicher, dass das gar keine Rolle mehr spielte. Was immer auch hinter diesem Geheimnis steckte, er würde es beenden. Jetzt.

»Gib den Weg frei«, sagte er. Meruhe reagierte nicht, und Andrej fuhr fort: »Ich weiß, dass ich dich wahrscheinlich nicht besiegen kann, aber ich werde es auf jeden Fall versuchen, wenn du mich dazu zwingst. Willst du wirklich, dass einer von uns stirbt?«

Meruhe antwortete auch jetzt nicht, aber nach einem weiteren, quälend langen Atemzug senkte sie das Schwert, wandte sich um und ging los.

Andrej folgte ihr. Auf halbem Wege warf er einen Blick über die Schulter zurück und stellte fest, dass er wohl doch nicht so hart zugeschlagen hatte, wie er meinte, denn die Kriegerin, die er ausgeschaltet hatte, folgte ihnen, wenn auch mit mühsamen und leicht torkelnden Schritten. In der panischen Menge hinter sich meinte er Metall aufblitzen zu sehen. Rezzori und seine Signori, da war er sich sicher. Ihnen blieb nicht mehr viel Zeit.

Die Gasse führte auf einen kleinen, schmutzigen Platz, der an einer Seite an die Lagune grenzte. Ein halbes Dutzend Boote schaukelte auf den schwarzen Wellen, und sie kamen gerade recht, um zu sehen, wie die Nubierin die noch immer verzweifelt strampelnde Corinna in eines der Boote stieß und dann mit einem Satz zu ihr hinuntersprang, der das ganze Gefährt bedrohlich zum Schwanken brachte.

Corinna fiel auf Hände und Knie, und die Nubierin stellte ihr den Fuß auf den Rücken und drückte ihr die Schwertklinge in den Nacken. Aus Corinnas Schrei wurde ein ersticktes Wimmern, aber immerhin hörte sie auf, sich zu wehren, als sie vor Schreck erstarrte. Andrej hatte ihr nie gesagt, dass ihre vermeintliche Unsterblichkeit spätestens mit ihrer Enthauptung endete, aber wahrscheinlich wusste sie das auch so.

Meruhe blieb stehen, drehte sich wieder zu ihm herum und bedeutete ihm mit einer herrischen Geste, ebenfalls anzuhalten. Schweigend warteten sie, bis die zweite Kriegerin zu ihnen aufgeholt hatte und zu ihrer Schwester und Corinna hinabgestiegen war, dann sprang auch sie in das winzige Boot, schüttelte aber abrupt den Kopf, als Andrej ihr folgen wollte. Noch immer ohne ein Wort zu sagen, deutete sie mit dem Schwert auf ein zweites Boot, und Andrej verstand.

Seufzend stieg er in das Boot und löste das Tau.

Kapitel 29

Sie waren fast eine Stunde gerudert. Zuerst zur anderen Seite der Insel San Marco und dann noch einmal ein mindestens ebenso weites Stück über offenes Wasser, das tagsüber gewiss in Sichtweite des Landes lag, sich aber jetzt ebenso gut in der Mitte des Ozeans hätte befinden können. Endlich hatten sie eine weitere Insel erreicht und waren dann noch ein gutes Stück zu Fuß gegangen. Andrej hatte keinen Augenblick verstreichen lassen, in dem er nicht verzweifelt darüber nachgedacht hatte, wie er Corinna befreien könnte. Aber das Schwert der Nubierin war nicht eine Sekunde von Corinnas Nacken gewichen, und Meruhe hatte ihm nicht gestattet, sich ihr auf mehr als zehn Schritte zu nähern.

Am Anfang waren die Häuser noch so groß und prachtvoll gewesen, wie er es von dieser reichen und angeberischen Stadt gewohnt war, bald aber säumten kleine Manufakturen und Werkstätten ihren Weg. Nur hinter sehr wenigen Fenstern brannte Licht, und auf dem ganzen Weg war ihnen kein einziger Mensch begegnet. Andrej vermutete, dass die meisten zur Hauptinsel gefahren waren, um den *Carnevale* zu feiern. Und die Verbliebenen mochte der Anblick der abenteuerlich aussehenden und bewaffneten Gruppe nachhaltig daran gehindert haben, auf die Straße zu treten oder auch nur neugierig aus dem Fenster zu blicken.

Sie befanden sich in einer niedrigen Halle, deren Zweck Andrej nicht ganz klar war, die aber auf ihre Art durchaus einen Ausschnitt der Hölle abbilden mochte; wenn auch einen von Menschenhand geschaffenen. Es war warm, fast schon heiß. Zahlreiche kleine Feuer, die in Essen und metallenen Schalen brannten, erfüllten den Raum mit flackerndem rotem Licht. Auf der anderen Seite erhoben sich drei mehr als mannshohe, gemauerte Öfen, die eine intensive Hitze ausstrahlten. Augenscheinlich wurden sie von oben befüllt, denn es gab einen schmalen Holzsteg, der über ihnen entlangführte. Überall waren lange Stangen aus Glas und quadratische Blöcke aufgereiht, von denen keiner weniger als einen Zentner wiegen konnte. Andrej erinnerte sich daran, was Rezzori ihm über die berühmte Glasbläserkunst von Murano erklärt hatte, und begriff endlich, wo sie waren, aber noch immer nicht, warum.

»Also gut, darauf hätte ich auch früher kommen können«, sagte Corinna.

Andrej sah sie fragend an. Es waren die ersten Worte, die er von ihr hörte, seit Meruhes Dienerin sie weggeschleppt hatte, und zugleich auch die ersten Worte, die seither überhaupt jemand sprach. Und noch etwas fiel ihm auf: Die Nubierin hatte ihr Schwert heruntergenommen, und Corinna stand keine drei Schritte neben ihm. Niemand schien etwas dagegen einzuwenden zu haben.

Und warum auch? Er war unbewaffnet, und schon die beiden Kriegerinnen zu besiegen wäre ihm nicht leichtgefallen. Die nubische Königin war ihm sowohl an Kraft als auch an Geschick weit überlegen.

Aber er wollte Corinna nicht noch mehr ängstigen, als es ohnehin der Fall war, also fragte er nur: »Worauf?«

»Wir sind auf Murano«, antwortete Corinna. »Wusstest du, dass Venedig einen Großteil seines Reichtums der hiesigen Glasbläserkunst verdankt?«

Andrej schüttelte verneinend den Kopf, und Corinna fuhr mit einem bekräftigenden Kopfnicken und einem der Situation ganz und gar unangemessenen Unterton von Stolz in der Stimme fort: »Und genauso groß ist ihre Angst, dass jemand das Geheimnis dieser Kunst verraten könnte. Es ist den Bewohnern der Insel bei Todesstrafe verboten, sie zu verlassen. Ich meine: Könnte es ein besseres Versteck für deine drei Freundinnen geben?«

Wahrscheinlich nicht, musste Andrej zugeben. Aber er verstand dennoch nicht, warum Meruhe Corinna und ihn hierhergebracht hatte.

Und nicht nur sie. Auch Rezzori befand sich bei ihnen, und er war in keinem guten Zustand. Zwei Männer hatten ihn hier abgeladen wie einen Kartoffelsack, und Rezzori war stöhnend in sich zusammengesackt. Er sah schrecklich aus und war offensichtlich nicht bei Bewusstsein.

Das Geräusch einer aufgehenden Tür ließ Andrej herumfahren, bevor er einen weiteren Gedanken an den Herrn der Signori di Notte verschwenden konnte. Sein Herz begann, schneller zu schlagen, aber statt einer neuen Schreckensgestalt betrat ein gebeugter alter Mann mit schütterem Haar den Raum. Erst nachdem er näher gekommen war, erkannte Andrej ihn: Es war Scalsi!

Er hatte sich verändert. Sein Gesicht, das auch vorher schon nicht besonders gesund ausgesehen hatte, war jetzt grau und eingefallen und erinnerte an das eines wandelnden Toten. Der Mann bewegte sich mit hängenden Schultern und kleinen hölzernen Schritten, fast wie eine Marionette, an deren Fäden ein nicht besonders talentierter Spieler zog. Andrej fiel der üble Geruch auf, den er verströmte. Offenbar hatte er sich seit Tagen nicht gewaschen und war auch bei der Verrichtung anderer körperlicher Bedürfnisse nicht sehr sorgfältig gewesen.

»Dottore?«, fragte Corinna erschrocken.

Scalsi sah nicht einmal in ihre Richtung, sondern schlurfte langsam näher und blieb drei Schritte vor Meruhe stehen. Sein Blick war auf dieselbe schreckliche Art leer wie der ihre. Er schien etwas sagen zu wollen, aber alles, was er zustande brachte, war ein schwächliches Zittern der Lippen. Andrej lauschte in ihn hinein. Zweifellos brannte Scalsis Lebensflamme noch, doch darüber hinaus empfand er nichts als Furcht und Leid und unbeschreibliche Qual. Der Körper des Arztes bewegte sich, sein Herz schlug, aber sein Geist befand sich schon lange in der Hölle. »Es ist alles bereit«, sagte Scalsi. »Wir warten nur noch auf Euch.«

»Nicht auf mich?«, wollte Andrej wissen. »Wenn das so ist, dann sollten wir vielleicht gehen. Die Contessa und ich wollen auf keinen Fall bei etwas Wichtigem stören.«

Diese Aussage war nicht einmal albern, sondern einfach nur dumm. Andrej fragte sich selbst, warum er das gesagt hatte, und Corinna sah ihn an, als zweifle sie an seinem Verstand. Doch weder Meruhe noch der *Dottore* ließen sich auch nur anmerken, ob sie die Worte überhaupt gehört hatten. Die Nubierin nickte dem Arzt so knapp zu, dass die Bewegung eigentlich nur zu erahnen war. Eine der beiden Kriegerinnen schlug Andrej die Faust mit solcher Gewalt in die Nieren, dass die Welt in einer Lohe aus weißem Schmerz explodierte.

Als er wieder halbwegs klar denken konnte, lag er auf den Knien und kämpfte mit aller Gewalt darum, nicht das Bewusstsein zu verlieren.

»Lass das!«, sagte Corinna aufgebracht. »Hast du den Verstand verloren? Was hat er dir getan?«

Andrej hätte sie gerne zum Schweigen gebracht, schon weil er Angst hatte, dass sich der Zorn der Kriegerin nun auf sie richten würde. Außerdem fand er ihren Versuch, ihn zu beschützen, zwar rührend, aber auch vollkommen naiv.

Erstaunlicherweise verzichtete die Kriegerin darauf, Corinna irgendetwas anzutun – was vermutlich an dem scharfen Blick lag, den Meruhe ihr zuwarf. Doch Corinna tat noch ein Übriges und stellte sich schützend vor ihn, und das war nun nicht mehr nur naiv, sondern schlichtweg lebensgefährlich.

»Hört auf«, presste er mühsam hervor. Schwerfällig stemmte er sich hoch, richtete sich mit zusammengebissenen Zähnen ganz auf und versuchte, sich zwischen Corinna und Meruhe zu schieben.

»Lasst sie in Ruhe«, sagte er. »Sie hat mit alldem nichts zu tun. Macht mit mir, was ihr wollt, aber lasst sie gehen.«

Das war mindestens so naiv wie das, was Corinna gerade getan hatte, nur dass sie es auf ihre Jugend schieben konnte, er jedoch nicht.

Aber er war es ihr einfach schuldig. Und wenn nicht ihr, dann sich selbst.

Zu seinem großen Erstaunen sah ihn Meruhe jedoch nur eine Zeit lang nachdenklich an und nickte schließlich. Eine der beiden Kriegerinnen ergriff Corinna fast behutsam am Arm und führte sie ein paar Schritte weit weg.

Schließlich nickte Meruhe noch einmal und machte zugleich

eine Geste zu der Tür, durch die Scalsi hereingekommen war. Andrej setzte sich gehorsam in Bewegung, aber alles kam ihm immer... *unwirklicher* vor; wie eine einstudierte Szene, die vielleicht perfekt gespielt sein mochte, aber von einem Kind erdacht war.

Da war etwas an diesem Gedanken, das wichtig war, etwas, das über sein und Corinnas Leben oder Tod entscheiden mochte, aber als er danach greifen und es ergründen wollte, entschlüpfte ihm der Gedanke – nicht wie etwas, das er aus irgendeinem Grund nicht zu fassen vermochte, sondern wie etwas, das weggezogen wurde, ihm entrungen und hastig außer Sicht gebracht.

Dieselbe Kriegerin, die ihn gerade geschlagen hatte, ergriff nun seine Hände und band sie ihm grob auf dem Rücken zusammen; eine Kette klirrte, und er spürte das Gewicht eiserner Fesseln, die selbst seinen Kräften mühelos standhielten. Meruhe wiederholte ihre befehlende Geste, und er wurde weitergestoßen.

Der Raum hinter der Tür war hell erleuchtet und nicht nennenswert kleiner, wirkte aber trotzdem beengt, weil sich mehr als ein Dutzend Personen darin aufhielten. Scalsi und eine schmalere, in ein schmuddelig weißes Gewand gehüllte Frau, die ihm zwar den Rücken zuwandte, die er aber trotzdem sofort als Schwester Innozenz erkannte, standen mit hängenden Schultern und gebeugtem Kopf vor einer Bank. Auf ihr saß eine Gestalt mit rückenlangem, glattem weißem Haar. Scalsi schien mit dem Jungen zu reden, doch wenn Marius antwortete, so verstand Andrej die Worte nicht.

Sein Herz begann, schnell und hart wie eine Folge schwerer Hammerschläge zu klopfen, und seine auf dem Rücken zusammengebundenen Hände zitterten plötzlich so stark, dass die

Kette zu klirren begann. Er registrierte zwei weitere Gesichter, die ihm vage bekannt vorkamen – Männer, die er in Scalsis Narrenturm gesehen hatte und die nun im Dienst einer anderen, finstereren Macht standen –, und auch mindestens einen von Scalsis Signori mit puppenhaft leerem Gesicht, der seine Muskete mit beiden Händen so fest umklammerte, dass Blut unter seinen Fingernägeln hervorquoll. Andrej hatte abermals und noch sehr viel deutlicher das Gefühl, einer Inszenierung beizuwohnen, einem Stück aus einem naiven Kindertheater, in dem er die Hauptrolle spielte und das grausam und tödlich enden würde.

»Warum gehst du nicht zu deinem Sohn, Andrej?«

Im allerersten Moment dachte Andrej, es wäre Meruhe gewesen, die diese Worte gesprochen hatte, dann begriff er, dass sie weiter schwieg, so, wie sie auch bisher kein einziges Wort gesagt hatte. Corinna war es, die die Frage gestellt hatte. Er war verwirrt, nicht über die Wahl ihrer Worte, wohl aber über die Art, in der sie sprach – fremd und doch vertraut –, aber auch viel zu durcheinander, um dem Gedanken zu folgen. Er stand Marius gegenüber. Er hatte seinen Sohn wiedergefunden, und so aberwitzig es ihm selbst erscheinen mochte, das allein hatte etwas Tröstliches – auch wenn er wusste, dass sein Sohn ihn jetzt töten würde. Es war vorbei, und nun würde er für das bezahlen, was er ihm angetan hatte, und das war auch richtig so.

Meruhe wandte sich um und verließ den Raum wieder, doch Andrej sah ihr nicht einmal nach, sondern tat, was Corinna ihm gesagt hatte. Der Signori richtete seine Muskete auf ihn, und auch zwei oder drei andere Männer zogen ihre Waffen, doch niemand versuchte, ihn aufzuhalten, als er mit langsamen Schritten zu Marius ging. Dottore Scalsi und die Barmherzige Schwester richteten sich auf und traten beiseite, um den weißhaarigen Jungen wie zwei Wächter zu flankieren. Andrej blieb zwei Schritte vor ihm stehen und wartete darauf, dass etwas geschah, Marius etwas sagte oder wenigstens den Kopf hob, um ihn anzusehen.

Nichts geschah. Der Junge saß einfach da, reglos wie eine menschengroße Puppe, für die er ihn hätte halten können, hätte er nicht das langsame, gleichmäßige Schlagen seines Herzens gehört. Wenn er seine Anwesenheit überhaupt zur Kenntnis nahm, so reagierte er nicht darauf.

»Marius?«, flüsterte Andrej. Er wollte weitergehen, doch nun legte sich eine schwere Hand auf seine Schulter und hielt ihn zurück. Andrej ließ sich halb in die Hocke sinken, um in Marius' Gesicht blicken zu können. Es war, als bliebe die Welt stehen und er starre in einen Zerrspiegel, aus dem ihm der schiere Wahnsinn entgegenlächelte.

Es war nicht das Gesicht aus seinem Traum. Das Borsatal erlosch, die letzten Schemen des Albtraums verblassten, und er stürzte in eine andere, noch viel schlimmere Vision, eine Wirklichkeit gewordene Hölle, aus der es kein Erwachen mehr geben würde.

Das Gesicht des Jünglings wurde leer. Seine Züge erschlafften. Die Augen starrten ins Nichts, und aus seinem halb offen stehenden Mund begann Speichel zu tropfen, der zwei dünne, glitzernde Spuren an seinem Kinn hinabzog.

»Marius?« Andrejs Stimme war nicht mehr als ein verzweifeltes Flüstern und zugleich ein gellender Schrei, in dem alles Entsetzen und jeder Schmerz lag, die ein Mensch nur empfinden konnte.

»Marius?«, flüsterte er zum dritten Mal.

Er bekam auch jetzt keine Antwort, nicht die mindeste Reaktion, doch Scalsi machte plötzlich eine kleine Geste, woraufhin sich Schwester Innozenz zu dem Jungen beugte und ihm mit einem Tuch den Speichel vom Kinn wischte. Marius gab einen gedämpften, schrecklichen Laut von sich; etwas wie ein zufriedenes Glucksen, das man von einem kranken Tier oder auch einem Schwachsinnigen erwarten mochte.

Andrej stand auf. »Was habt Ihr ihm angetan?«, wandte er sich an Scalsi.

Der Arzt hielt seinem Blick mit einem Ausdruck von Verachtung stand. »Angetan?« Scalsis Hand machte eine Geste, deren Bedeutung Andrej nicht verstand. »Ich habe mich um ihn gekümmert. Ihr hättet keinen besseren Arzt für Euren Sohn finden können.«

Etwas bewegte sich auf Marius' Schoß; ein struppiger Schatten, der in Andrej das unheimliche Gefühl wachrief, beobachtet zu werden. Da war etwas Kleines und Tückisches, das ihn anstarrte und mit einem einzigen Blick bis auf den Grund seiner Seele zu schauen schien. Eine schier endlose Sekunde lang lieferten sich Andrej und die Ratte ein stummes Blickduell – ein Duell, das Andrej eindeutig *verlor* –, dann sprang das Tier mit einem Satz von Marius' Schoß und huschte davon.

»Was habt Ihr ihm angetan?«, fragte Andrej noch einmal. Seine Stimme bebte, aber es war auch ein Unterton von tödlicher Drohung darin, ungeachtet seiner gefesselten Hände und der hilflosen Lage, in der er sich befand.

Scalsi starrte ihn aus seinen leeren Augen an, und Andrej begriff, dass er keine Antwort bekommen würde. Er wandte sich wieder Marius zu.

Aber das war nicht mehr sein Sohn. In diesem leeren Körper wohnte kein Geist mehr. Er stand nicht länger Marius gegenüber, sondern dem Betteljungen aus London, dessen Fleisch ihm für eine Weile als Zuhause gedient hatte und das er nun nicht mehr brauchte und als leere, ausgebrannte Hülle zurückließ; ein Ding, das atmete, aß und trank und aussah wie ein Mensch, aber längst keiner mehr war. Und hätte er auch nur den Bruchteil einer Sekunde länger Zeit gehabt, dann hätte es der Worte vielleicht gar nicht mehr bedurft, die nun hinter ihm erklangen.

»Die Frage muss doch wohl eher lauten, was hast *du* mir angetan, Vater?«

Langsam, unendlich mühevoll, als würde er von der Hand eines unsichtbaren Riesen festgehalten und doch gleichzeitig und mit ebenso unbarmherziger Kraft zu der Bewegung gezwungen, drehte Andrej sich um. Er empfand nicht einmal Schrecken, sondern nur eine betäubende Kälte, als beginne seine Seele zu Eis zu erstarren. Ohne zu atmen, ohne zu denken, ohne dass sein Herz schlug, starrte er Corinna an, sah in das schmale, auf so entsetzliche Weise *vertraute* Gesicht, die feinen Züge, die denen seines Sohnes so sehr ähnelten, und die dunklen Augen, in denen er vom allerersten Tag etwas Vertrautes gesehen hatte.

»Nein«, flüsterte er. Seine Stimme war die eines Fremden, die Worte bedeutungslos. »Nicht du. Das ist nicht möglich.«

»Aber warum denn nicht, Vater?«, fragte Corinna. Aus dem Vertrauten in ihren Augen wurde etwas anderes, ein verheerter Geist, in dem drei Jahrhunderte Zorn und Hass loderten. »Ich weiß wirklich nicht, was mich mehr verletzen soll – das, was du mir angetan hast, oder der Umstand, dass du mich nicht einmal jetzt erkennst.«

Andrej wollte schreien, aber das Grauen schnürte ihm die Kehle zu. Nicht das. *Nicht das!* Und das Allerschlimmste war, dass sie recht hatte. Tief in sich, auf einer Ebene, die seinem bewussten Zugriff verschlossen war, *hatte* er es gewusst.

Corinna/Marius schüttelte so heftig den Kopf, dass ihre schwarzen Locken flogen, und für einen Moment erschien noch einmal derselbe mädchenhaft-unschuldige Ausdruck auf ihrem Gesicht, der ihn so in seinen Bann gezogen hatte, bevor er wieder zum hasserfüllten Lächeln eines boshaften Kindes wurde. »Wie lange habe ich auf diesen Moment gewartet, Vater. Die ganze Ewigkeit. Und einen Tag.«

»Das ist nicht möglich«, flüsterte Andrej. Vielleicht formten seine Lippen die Worte auch nur. Sie waren nicht wahr. Es war möglich. Er wusste es. Irgendwie hatte er es die ganze Zeit über gewusst, ohne dass dieses Wissen seine Gedanken erreicht hatte, dennoch musste er die Worte aussprechen, und sei es nur, um sich an irgendetwas zu klammern und nicht vollends den Verstand zu verlieren.

Sein Blick irrte zwischen den leeren Zügen des weißhaarigen Knaben und Corinnas mädchenhafter Schönheit hin und her, und es wurde jedes Mal schlimmer, die Ähnlichkeit jedes Mal um eine Winzigkeit größer, als sauge sie nun auch seine körperliche Erscheinung auf. Andrej bemerkte erst jetzt, dass sich die Ratte nun behaglich in Corinnas Armbeuge zusammengekuschelt hatte; Marius' treuer Freund, der seinen Herrn erkannte, gleich in welcher Gestalt.

»Dabei hast du es mir doch selbst erzählt«, fuhr Corinna fort, machte ein nachdenkliches Gesicht und legte stirnrunzelnd den Kopf zur Seite. »Oder damals noch ihr, oder …« Sie hob die Schultern. »Ja, ich gestehe, es ist kompliziert. Aber du hast es – wem auch immer – erklärt, erinnerst du dich?«

Wie hätte er antworten können? Er war noch immer in einem Käfig aus purem Entsetzen gefangen, aus dem es vielleicht nie wieder ein Entkommen geben würde. Alles drehte sich um ihn.

Er wankte, und dieselbe Hand, die ihn gerade festgehalten hatte, musste ihn jetzt stützen, damit er nicht auf die Knie sank.

»Warum hast du mir das angetan, Vater?« Corinnas Lächeln erlosch, und ihr Gesicht wurde zu einer bleichen Maske aus kaltem Porzellan. Ihre Hand kraulte die Ratte. »Ich hatte so große Angst, Vater. Ich war doch noch ein unschuldiges Kind, und ich wusste von nichts.«

»Aber ich doch auch nicht«, murmelte er. Woher denn? Er hatte doch selbst nicht gewusst, was er war, an jenem entsetzlichen Tag, nach dem in seinem Leben nichts mehr so war, wie es sein sollte.

»Ich war noch ein Kind«, fuhr seine Nemesis fort, nunmehr mit traurigem Gesicht und verstellter, verängstigter Kinderstimme. »Ich hatte so große Angst. Alle waren fort, und da waren fremde Männer, die mir noch mehr Furcht eingejagt haben, und dann haben sie mir wehgetan. Schrecklich weh, so schlimm, wie ich es mir nie hätte vorstellen können.«

Sie trat auf ihn zu, bis sie nahe genug war, dass er den Duft ihrer Haut und den verbrannten Geruch, den ihr Haar verströmte, riechen konnte. Langsam hob sie die Hand, glitt behutsam mit den Fingerspitzen über seine Wange und streichelte ihn beinahe sanft. Sein Blick tastete über ihr Gesicht, ihre zu gleichen Teilen entsetzlichen wie wunderschönen Züge, die Augen, in denen er sich immer noch zu verlieren drohte, und die vollen Lippen, die er noch immer begehrte.

Dieser Gedanke erfüllte ihn mit blankem Entsetzen. Obwohl Andrej wusste, dass dieses Begehren nicht sein eigenes war, nahm dieses Wissen nichts von der Schärfe, die sich wie Säure in seine Seele fraß.

»Sie haben mir wehgetan«, sagte Corinna noch einmal, und

aus dem sanften Streicheln ihrer Fingerspitzen wurde brennender Schmerz, als ihre Nägel in seine Haut schnitten. Und in gleichem Maße, in dem sich die Krallen des Ungeheuers in sein Fleisch gruben, spürte er, wem er wirklich gegenüberstand. »Ich habe sie angefleht, damit aufzuhören. Ich habe gebettelt und geschrien und geweint. Ich war doch noch ein Kind, und ich wusste nicht einmal, was sie von mir wollten oder warum sie mir das antaten.«

»Es gab keinen Grund«, sagte Andrej leise. »Es galt nicht dir. Nicht einmal mir. Sie waren einfach nur grausam!«

Die Fingernägel gruben sich tiefer in seine Wange, und warmes Blut lief über sein Gesicht. Er spürte den Schmerz nicht. »Sie haben immer weitergemacht. Ich habe geschrien und geweint und gebettelt, aber sie haben nicht aufgehört, und irgendwann konnte ich nicht mehr schreien. Ich habe gewartet, Vater. Ich war ein kleines Kind, das auf seinen Vater gewartet hat. Darauf, dass er kommt.«

Ihre Fingernägel bohrten sich noch tiefer in sein Fleisch. Jetzt begann er, den Schmerz zu spüren, und das Blut lief in Strömen über sein Gesicht, aber er hieß beides willkommen, war es doch die einzige Buße, die er im Moment tun konnte. Aber sie brachte keinen Trost und schon gar keine Absolution. Nicht für das, was er getan hatte, und nicht von dem Ungeheuer, das er damit erschaffen hatte. »Und irgendwann war ich tot«, fuhr Corinna fort. »Aber weißt du was? Etwas Seltsames geschah. Ich war tot und zugleich auch nicht. Ich war noch am Leben, irgendwie.«

»Ich weiß«, flüsterte Andrej. *Jetzt* wusste er es. »Aber ich war gefangen in einem zerstörten Körper, Vater. Meine Knochen waren gebrochen und mein Fleisch zerrissen, aber ich war immer noch am Leben. Ich habe nach dir gerufen, Vater. In meinen

Gedanken habe ich nach dir geschrien, so laut und so lange, dass du es bis ans andere Ende der Welt hättest hören müssen. Und dann bist du gekommen. Tausend Jahre lang war ich in der Hölle und habe darauf gewartet, dass mein Vater kommt und mich rettet. Und er ist gekommen.« Sie trat einen Schritt zurück und betrachtete das hellrote Blut auf ihren Fingernägeln.

»Aber du hast mich nicht gerettet «, fuhr sie fort. »Du hast mich begraben, Vater. Du hast mich lebendig begraben. Ich lag in der Erde. Allein und im Dunkeln. Es ist kalt dort unten. Wusstest du, wie kalt es dort ist?«

»Du warst tot«, antwortete Andrej. »Wie hätte ich es wissen sollen?«

»Vielleicht gar nicht«, erwiderte sie ruhig. »Damals wusste ich es nicht besser, und deshalb habe ich dich gehasst. Ich habe dich verflucht, Vater. Aber nur am Anfang. Danach habe ich dich gesucht. Ein Teil von mir hat dich gesucht. Und gefunden.«

»Du warst Frederic«, sagte Andrej.

»Er und so viele andere«, bestätigte Corinna. »Weißt du, wie es sich anfühlt, langsam zu verrotten? Wie es ist, wenn du spürst, wie dein Fleisch verfault und du von Würmern und Maden aufgefressen wirst? Ja, ich war der Junge, denn du an Sohnes statt angenommen hast, nachdem du dein eigen Fleisch und Blut im Stich gelassen hattest. Und noch so viele andere. Wir haben uns oft gesehen. So viel öfter, als du auch nur ahnst.«

»Warum hast du dich nie gezeigt?«

»Ich war gefangen«, antwortete Corinna. Ganz allmählich begann schwarzer Wahnsinn ihre Augen zu füllen. »Eingesperrt in das Grab, in das du mich mit deinen eigenen Händen gelegt hast. Ich war ein Beobachter, verdammt dazu, in zwei Körpern zu existieren und das Leben zu sehen, das ich hätte leben können.

Ich musste warten, bis mein Körper vollkommen zerfallen war. Weißt du, wie lange es gedauert hat?«

»Es tut mir leid«, sagte Andrej. »Ich würde es rückgängig machen, wenn ich es könnte, aber das kann ich nicht. Niemand kann Dinge ungeschehen machen.«

»Aber du kannst dafür bezahlen«, antwortete Corinna.

Als ob er das nicht schon getan hätte. Glaubte sie denn wirklich, es gäbe auch nur noch irgendetwas, was sie ihm noch antun konnte? »Dann töte mich«, verlangte er.

»Töten?« Corinna sah ehrlich überrascht aus. »Aber warum sollte ich? Du hast wirklich geglaubt, dass ich gekommen bin, um dich zu töten? Das wäre ein wenig viel Aufwand für eine solche Kleinigkeit, oder?«

Andrej schwieg. Zuvor war es nur ein Gefühl gewesen, nun wusste er: Nicht nur der Körper seines Sohnes war in jenem kalten Grab im Borsatal zerfallen. Was wiederauferstanden war, war ein boshaftes, wahnsinniges Kind. Aber ein Kind mit der Macht eines zornigen Gottes.

Seltsam – der Gedanke machte es ihm leichter, das zu ertragen, was nun kommen mochte.

»Was willst du?«, fragte er. »Mich irgendwo lebendig einmauern?«

»Der Gedanke ist mir tatsächlich gekommen«, antwortete sie, »zumal es durchaus gerecht wäre. Aber dann wäre ich nicht besser als du, meinst du nicht auch?«

»Was willst du dann von mir?« fragte er.

»Was ich von dir will?« Corinna schien wirklich über diese Frage nachdenken zu müssen. Sie seufzte. »Ich wollte von dir, was sich jedes Kind von seinem Vater wünscht, nicht mehr und nicht weniger. Aber ich werde es wohl nicht mehr bekommen, fürchte ich.« Sie bewegte sich unruhig. Die Ratte sprang von ihrem Arm, sah kurz und eindeutig vorwurfsvoll zu ihr hoch und trippelte dann davon. »Du erwartest, dass ich dich töte? Es gab eine Zeit, da wollte ich nichts mehr als das, Vater. Eine lange Zeit. All die Jahre, die ich in meinem kalten und dunklen Grab gelegen und darauf gewartet habe, dass dieser Körper endlich verrottet, in den du mich eingesperrt hattest. Oh, ja, ich wollte deinen Tod, in jeder einzelnen Sekunde, an jedem einzelnen Tag all dieser Jahre – aber dann ist mir etwas Besseres eingefallen. Dich zu töten wäre zu leicht. Der Tod schreckt dich nicht, habe ich recht?«

»Das weiß ich nicht«, antwortete Andrej aufrichtig. Was wusste er schon über das, was hinter der letzten Grenze wartete – wenn es da überhaupt etwas gab? Dass er den Tod so oft und so freigiebig verteilt hatte, bedeutete nicht, dass er mehr darüber wusste als irgendein Sterblicher. Vielleicht gab es dort nichts.

Wenn es so war, dann würde er die große Leere begrüßen.

»Oh, ja, ich werde dich bestrafen, Vater«, sagte Corinna, mit einem Male, ohne zu lächeln, und mit einer Stimme, die sich anhörte, als spiele sie auf einer Harfe aus Glas. »Aber nicht mit dem Tod. Das wäre zu leicht. Ich will, dass du lebst, Vater. Ich bin dreihundert Jahre durch die Hölle gegangen. Welche Strafe wäre da dein Tod? Ich strafe dich mit Großzügigkeit. Ich will, dass du lebst. Du hast mich getötet, und ich schenke dir dafür die Ewigkeit.« Sie gab dem Mann hinter Andrej einen Wink. »Mach ihn los.«

Nun war Andrej vollkommen fassungslos. Er hatte nicht damit gerechnet, dass sie ihn töten würde; wenigstens nicht jetzt und nicht schnell. Aber sie würde ihn gewiss nicht einfach so gehen lassen.

Dennoch wurden seine Ketten gelöst, und Corinna/Marius machte eine zusätzliche auffordernde Geste.

»Du … lässt mich gehen?« fragte er überrascht.

»Du hast deinen Sohn gesucht.« Das Corinna-Ding lachte böse und deutete auf den weißhaarigen Knaben. »Du hast ihn gefunden. Bist du nicht deshalb hergekommen?«

Natürlich war das nicht alles. So billig würde Marius ihn nicht davonkommen lassen. Nicht das rachsüchtige, durch und durch böse … *Ding*, zu dem er geworden war. Andrej rührte sich nicht.

»Du traust mir nicht, Vater«, seufzte Corinna. »Das verletzt mich. Schon wieder. Warum musst du mir immer wieder wehtun? Was habe ich dir getan, dass du deinem eigenen Kind so misstraust?«

Andrej antwortete auch darauf nicht, und nach einer weiteren schier endlosen Sekunde seufzte Corinna enttäuscht. »Du willst nicht gehen? Dann willst du vielleicht bei mir bleiben? Es würde dir gefallen, glaub mir.«

»Warum bringst du es nicht zu Ende?«, fragte Andrej ruhig. »Es gibt nichts mehr, was du mir noch antun könntest.«

»Ich will dir nichts *antun*, Vater«, antwortete Corinna. Sie klang ehrlich verletzt. »Ich bin dein Kind. Kinder sollten ihren Vätern nichts tun, ganz egal, welches Leid diese ihnen umgekehrt auch zugefügt haben mögen. Nein, ich meine es ganz ehrlich. Komm zu mir, und ich zeige dir Dinge, die du dir nicht einmal in deinen wildesten Träumen vorstellen kannst.«

Andrej sah sich demonstrativ um. Er blickte in leere Gesichter, Augen, die nicht länger die Fenster zur Seele waren, sondern nur noch schwarze Abgründe, in denen nicht einmal mehr Platz für Furcht war. »Ja«, sagte er bitter. »Das sehe ich.«

»Du weißt gar nichts«, antwortete Corinna verächtlich. »Du

hast dem guten *Dottore* wirklich Unrecht getan, weißt du das eigentlich? Du hättest keinen besseren Ort auf der Welt finden können, um für deinen Sohn zu sorgen.«

Fast widerwillig drehte Andrej sich noch einmal zu dem weißhaarigen Knaben um und sah ihn traurig an. Der Junge saß noch immer in derselben weit nach vorne gebeugten Haltung da, mit leerem Blick und erschlafften Zügen, und daran würde sich auch nie wieder etwas ändern. Das Leben, das einmal in ihm gewesen war, die heilige Flamme, war fort, nicht erloschen, sondern ihm *entrissen*; aufgesogen und verzehrt von dem *Ding*, das für eine Weile in ihm gewohnt hatte.

»Ja, man sieht es ihm an«, sagte er bitter. Er fühlte sich schuldig; so sehr, dass es fast wehtat. Dieser bedauernswerte Junge hatte nichts getan. Sein einziges Verbrechen hatte darin bestanden, seinen Weg zu kreuzen. Er begann zu begreifen, was Corinna gemeint hatte, als sie sagte, dass seine Strafe darin bestehen würde zu leben.

War es denn wirklich sein Fluch, jedem den Untergang zu bringen, der ihm begegnete?

Er riss seinen Blick von dem toten und doch auf furchtbare Weise lebendig scheinenden Jungen los und sah Corinna an, und noch schlimmere und noch schmerzhaftere Erinnerungen überkamen ihn: Der süße Geschmack ihrer Lippen, die zerbrechliche Schönheit ihres mädchenhaften Körpers und ihre *Jugend*, das kostbarste Gut des Menschen überhaupt.

Wie lange würde es wohl dauern, bis auch sie zu einer ausgebrannten leeren Hülle geworden war?

»Oh, keine Sorge«, sagte Corinna kichernd, und Andrej begriff, dass sie seine Gedanken gelesen hatte. »Wenn du Angst um meine Schönheit hast, das musst du nicht. Sie wird so lange erhalten bleiben, wie du es möchtest.« Sie fuhr sich aufreizend mit der Zungenspitze über die Lippen. »Und wenn du dich irgendwann einmal an diesem Körper satt gesehen hast oder einen anderen entdeckst, der dir besser gefällt, dann musst du es nur sagen. Ich kann ihn mir nehmen. Für dich.«

Andrej spürte eine Mischung aus Zorn und blankem Entsetzen in sich aufsteigen. Er wollte etwas sagen, aber seine Kehle war mit einem Mal wie zugeschnürt.

»Manchmal glaube ich, du kennst deine eigenen Kräfte nicht«, fuhr Corinna fort. »Hast du die Verlockung nie gespürt, Vater? Hast du dich nie gefragt, wie es sein mag, dir all diese Kraft einfach zu nehmen?«

»Doch, das habe ich«, sagte er ruhig.

»Und warum hast du es nicht getan?«

»Weil ich dann so geworden wäre wie du«, antwortete Andrej.

»Mächtig, meinst du? Unbesiegbar?« Corinna machte ein ebenso abfälliges wie hässliches Geräusch, sah ihn einen Moment lang verächtlich an und hob dann den Kopf, um ihren Blick aufmerksam und taxierend durch den Raum schweifen zu lassen. Schließlich deutete sie – Andrej war beinahe sicher, vollkommen wahllos – auf einen graugesichtigen Mann, der vermutlich noch am vergangenen Abend in Lumpen gekleidet in einem von Scalsis *Krankenzimmern* angekettet gewesen war. »Komm her.«

»Bitte, tu das nicht«, sagte Andrej leise.

Wenn Corinna die Worte überhaupt hörte, so nahm sie sie nicht zur Kenntnis. Sie streckte die Hand aus. Der Mann trat gehorsam auf sie zu, und Corinna schlang die Arme um seinen Nacken und zog seinen Kopf zu sich herab, um ihn zu küssen.

Es ging schnell. Vielleicht eine Minute, wenn nicht weniger, bis der bedauernswerte Mann zu wanken begann und schließlich in die Knie brach; und noch weniger Zeit verging, bis Corinna sich von dem schlaffen Körper löste und er tot auf die Seite fiel. Zweifellos aus keinem anderen Grund als dem, Andrej weiter zu quälen, richtete sie sich wieder auf und fuhr sich genießerisch mit dem Handrücken über den Mund, als hätte sie gerade einen besonders köstlichen Schluck Wein genommen.

»Nein, natürlich warst du nie in Versuchung.« Corinna fuhr fort, als wäre gar nichts geschehen. »Nicht du, der aufrechte Kämpfer für das Gute, der edle Andrej Delãny, der das Geschenk das ihm zuteil wurde, niemals für sich selbst nutzen würde, nicht wahr?«

»Hör auf«, sagte Andrej müde. Sie wollte ihn quälen, und sie hatte Erfolg, aber zugleich erreichte sie damit auch etwas, das ganz gewiss nicht in ihrer Absicht gelegen hatte: Es wurde leichter für ihn. Der Gedanke, dass *er* es gewesen war, der dieses Ungeheuer erschaffen hatte, war noch immer fast mehr, als er ertragen konnte, und doch war es mit einem Male nicht mehr so schwer.

»Es erschreckt dich«, stellte Corinna fest. Sie klang zufrieden, schüttelte aber trotzdem den Kopf und machte wieder ein fragend-unschuldiges Gesicht. »Dabei ist es doch genau die Art, auf die sich auch Meruhe nährt – eine von nur zwei Frauen, die du jemals wirklich geliebt hast … na ja, sagen wir drei, mich mitgerechnet. Wo ist also der Unterschied?«

Andrej ersparte sich die Antwort. Da sie seine Gedanken las, wusste sie es sowieso. Meruhe nahm immer nur so viel, wie sie brauchte, um selbst am Leben zu bleiben. Sie tötete nicht.

»Keine Chance?«, fragte Corinna spöttisch. Andrej schwieg, und das Ungeheuer in Gestalt der jungen Frau, die er geliebt hatte, hob mit einem übertriebenen Seufzen die Schultern und wiederholte seine deutende Handbewegung zur Tür.

»Ich will Euch nicht aufhalten, Signore Delãny«, fuhr sie fort. »Ihr habt sicherlich viel zu tun. Unschuldige retten, das Böse bekämpfen, Gutes tun … was eben so anliegt, nicht wahr?«

Andrej war immer noch misstrauisch. Er konnte und wollte nicht glauben, dass sie ihn einfach so gehen ließ, dass es so leicht sein sollte.

Und natürlich war es das auch nicht.

Einer der bewaffneten Männer beeilte sich, ihr die Tür aufzuhalten, sodass sie hindurchschreiten konnte, ohne langsamer werden zu müssen, und gerade als Andrej hinter ihr zurück in die große Halle trat, sagte sie in beiläufigem Ton: »Oh, ja, und bevor ich es vergesse, ich habe ja noch ein Geschenk für dich.«

Hatte er wirklich geglaubt, es könnte nicht mehr schlimmer kommen?

Er wusste jetzt, wohin Meruhe gegangen war. Sie stand auf dem hölzernen Laufsteg über den Brennöfen. Abu Dun kniete mit auf dem Rücken zusammengebundenen Händen und gesenktem Kopf neben ihr. Meruhes Schwertklinge lag auf seinem Nacken, und die Klinge war scharf genug, seine Haut allein durch ihr Gewicht zu ritzen. Ein dünnes Rinnsal aus frischem Rot lief an seinem Hals hinab und versickerte im schwarzen Stoff seines Gewandes. Der gewaltige Brennofen stand offen. Die eiserne Abdeckung war entfernt worden, und rotes und gelbes Licht tauchte den knieenden Nubier in höllischen Glanz. Abu Duns Augenbrauen und Wimpern waren längst verschmort, und Andrej meinte, die grausame Hitze dort oben regelrecht sehen zu können.

Alle seine Instinkte schrien, sofort loszustürmen und Abu

Dun beizustehen, und hätte irgendjemand anders als Meruhe ihn bedroht, hätte er es wohl auch versucht. So aber zwang er sich, stehen zu bleiben und das schreckliche Bild eine geschlagene Sekunde lang anzustarren.

»Bitte, tu das nicht«, sagte er leise. »Ich flehe dich an!«

»So wie ein fünfjähriger Knabe seinen Vater anfleht, ihn nicht im Stich zu lassen?«, fragte Corinna.

»Das war etwas anderes«, sagte Andrej. Er wusste, wie sinnlos jedes weitere Wort war. Es war der Schmerz, an dem sie sich labte und von dem das Ungeheuer lebte, das sich hinter der Maske aus betörender Schönheit verbarg. Aber er musste es wenigstens versuchen.

»Er hat nichts damit zu tun.«

»Das hatte ich auch nicht«, sagte Corinna.

»Lass ihn gehen«, bat Andrej noch einmal. »Ich tue, was immer du von mir verlangst, aber lass ihn gehen.«

»Und wenn nicht?«, fragte Corinna.

»Töte ich dich«, antwortete Andrej. »Hier und jetzt.«

Corinna seufzte. »Dein spezieller Freund hier hat recht, weißt du?« Sie deutete auf Rezzori, der noch immer dort an die Wand gelehnt saß, wo die beiden Männer ihn niedergeworfen hatten. Sein Blick war jetzt wieder klar, aber Andrej sah ihm dennoch an, welch entsetzliche Schmerzen er litt. Sein Bein schien gebrochen zu sein, und eine Hand war zu einem unförmigen Klumpen angeschwollen und begann sich zu verfärben. Er könnte seine Hand verlieren, begriff Andrej, falls er diese Nacht überhaupt überlebte. Rezzori musste das ebenfalls klar sein. Dennoch hatte das allmählich heraufdämmernde Entsetzen in seinen Augen einen vollkommen anderen Grund.

»Du *hast* einen übertriebenen Sinn für Dramatik, Andrej«,

sagte Corinna. Dann erlosch ihr Lächeln, und sie fuhr mit einer zonigen Bewegung zu ihm herum. Ihre Augen wurden schwarz, und es war kein Leben mehr in ihnen, nichts Menschliches, sondern nur noch verzehrender Hass. Und für einen Moment, den unendlich kurzen Bruchteil eines Gedankens nur, ließ sie ihre Tarnung fallen, und Andrej spürte, wem er wirklich gegenüberstand. Einem Geschöpf von verheerender Macht, vielleicht nicht dem ältesten, aber sicherlich dem mächtigsten Unsterblichen, dem er jemals begegnet war.

Irgendetwas ... geschah. Er konnte nicht sagen, was sie tat oder ob sie überhaupt bewusst etwas tat, doch es war, als würde sein Wille von einem Hammerschlag getroffen und wie eine dünne Eisscholle zerschmettert. Andrej taumelte zurück, ganz wie von einem Hieb getroffen. Dann spürte er, wie etwas nach seinem Herzen griff und es anhielt und derselbe unbezwingbare Wille dem Blut in seinen Adern verbot weiterzufließen. Selbst seine Furcht erlosch, doch dann geschah etwas Entsetzliches: Von einem Lidschlag auf den anderen war sie wieder das unschuldig wirkende Mädchen, das er vor einer Woche kennengelernt und in das er sich rettungslos verliebt hatte. Er vergaß nicht, was er gerade erlebt hatte – oder gar was sie war! –, aber es spielte keine Rolle mehr. Er liebte sie, ganz gleich, was sie war und was sie getan hatte oder noch tun würde. Und das war alles, was zählte.

Der Spuk erlosch so schnell, wie er gekommen war, und Andrej konnte wieder atmen. Seine Gedanken kehrten in die Wirklichkeit zurück. Corinna lachte ganz leise. Die Schwärze war aus ihren Augen gewichen, aber er musste sie auch nicht mehr sehen, um zu wissen, dass sie da war: Schwärze und Verderbtheit und eine so ungeheuerliche Macht, dass schon der Gedanke, sich ihr zu widersetzen, lächerlich war.

»Mich töten«, wiederholte sie amüsiert. »Wie uncharmant von Euch, Signore Delãny.« Sie drehte sich halb herum, um Rezzori anzusehen. »Was sagt Ihr dazu, Signore? Lasst Ihr es zu, dass dieser ungehobelte Kerl so mit der Dame Eures Herzens spricht?«

»Was … was bedeutet das, Contessa?«, murmelte Rezzori. Seine Stimme klang brüchig wie die eines alten Mannes, und der Ausdruck von Entsetzen in seinen Augen hatte noch einmal zugenommen. »Was tut Ihr?«

Er hatte längst begriffen, was hier geschah, dachte Andrej. Aber wie hätte er zulassen können, es zu glauben?

Corinna ließ sich vor ihm in die Hocke sinken und fuhr ihm zärtlich mit den Fingerspitzen über die Wange. »So ein tapferer, dummer Mann«, sagte sie. »Aber macht Euch keine Sorgen, Signore. Schon morgen wird das alles hier nicht mehr als ein böser Traum für Euch sein. Und wer weiß?«

Sie beugte sich noch weiter vor und hauchte ihm einen Kuss auf die Wange. »Vielleicht wird Euer größter Wunsch ja sogar wahr, und Ihr bekommt mich. Es würde sich lohnen.«

Rezzori sah sie nur weiter aus großen Augen an und schwieg. Corinna stand auf und wandte sich wieder an Andrej. »Du willst mich töten? Jetzt sollte ich dir eigentlich schon wieder böse sein. Aber auf der anderen Seite … Versuch es ruhig. Wenn es dir gelingt, habe ich es wahrscheinlich nicht besser verdient.«

Sie hob die Hand, und oben auf dem Laufgang zog Meruhe ihr Schwert zurück und versetzte Aber Dun einen unsanften Stoß, der ihn zwang, aufzustehen und sich dem lodernden Schmelzofen weiter zu nähern. »Was für eine Verschwendung«, sagte Corinna. »Was könnte ich mit einem Mann wie ihm an meiner Seite erreichen! Wie bedauerlich, dass er sich für dich entschieden hat und nicht für mich.«

»Lass ihn gehen«, bat Andrej noch einmal. »Ich meine es ernst. Ich werde tun, was immer du willst, wenn du ihn verschonst.«

»Aber das tust du doch schon, Andrej«, antwortete Corinna lächelnd. »Und du wirst es auch weiter tun. Du sollst leben, *Vater*, und du wirst an jedem einzelnen Tag an mich denken. Ich will, dass du an jedem Morgen mit dem Gedanken an deinen Sohn und das, was du ihm angetan hast, aufwachst und dass er der Letzte ist, an den du am Abend denkst, bevor du einschläfst, und dass er dich in deine Träume verfolgt. Von heute an werde ich immer bei dir sein. Hat dir gefallen, was heute geschehen ist?«

Andrej schwieg.

»Und das war erst der Anfang«, fuhr Corinna fort. »Du wirst ein Gejagter sein, Andrej. Du wirst nie wieder Frieden finden. All die Toten heute wird man dir anrechnen, und alle die, die kommen werden, auch. Und es werden viele sein, das verspreche ich dir. Unendlich viele! Wohin du auch gehst, ich werde schon da sein, und ich werde dafür sorgen, dass die Menschen dich hassen und fürchten. Ganz egal, was auch passiert, sie werden glauben, dass es deine Schuld ist. Und ganz egal, wen du triffst, Vater, du wirst nie wissen, wer es ist. Jeder Fremde, mit dem du ein paar harmlose Worte wechselst oder einen Wein trinkst. Jede Frau, die du in den Armen hältst. Jeder Kriegsherr, der dich in seine Dienste nimmt, und jedes Kind, das dich um Süßigkeiten anbettelt, Andrej. Du wirst nie wieder sicher sein können, dass nicht in Wirklichkeit ich es bin. Das ist mein Vermächtnis an dich. Du schuldest mir ein Leben, weißt du?«

Sie machte eine Kopfbewegung zu Meruhe und dem Nubier hinauf und lachte leise und sehr hässlich. »Sieh es von der praktischen Seite, Vater. Es ist schön, einen so treuen Freund zu haben, aber du könntest dir seiner auch nie wieder sicher sein.«

»Du weißt nicht einmal, was das Wort Freundschaft bedeutet«, sagte Andrej bitter.

»Woher auch?«, gab Corinna ungerührt zurück. »Ich habe nur die Einsamkeit kennengelernt. Abu Dun ist dein Freund? Du hast recht. Ich weiß vielleicht nicht, was dieses Wort bedeutet, aber eines weiß ich genau: Ganz egal, wie sehr du ihm auch zu vertrauen glaubst, tief in dir wirst du dir immer die Frage stellen, ob es wirklich noch Abu Dun ist, mit dem du gerade sprichst, oder ob ich es vielleicht bin.«

Sie nickte bekräftigend. »Oh ja, das könnte ich. Ich kann mir jeden Körper nehmen, der mir gefällt. Jeder von uns kann das. Zwar ahnen es die wenigsten, aber ich hatte genug Zeit, es herauszufinden. Genauso viel Zeit, wie du haben wirst, um zu bereuen, was du deinem Sohn angetan hast.«

Sie wartete, dass er etwas erwiderte, hob schließlich nur die Schultern und drehte sich mit einem resignierten Seufzer um. »Ja, du hast recht, Vater. Bringen wir es zu Ende.«

Mit einem Ruck wandte sie sich um, scheuchte einen Mann aus dem Weg, der nicht schnell genug beiseitetrat, und hüpfte mit den verspielten kleinen Schritten eines übermütigen Kindes die steile Treppe hinauf. Abu Dun sah ihr mit versteinerter Miene entgegen, und Andrej fiel vielleicht zum ersten Mal wirklich auf, wie klein und zerbrechlich sie neben dem sieben Fuß großen Hünen aussah; wie ein Kind, das sich einem mythischen Giganten näherte, der sie mit einer Bewegung seines kleinen Fingers hätte zerschmettern können. Aber er sah sie nur an, wie von einer unsichtbaren Macht in ihren Bann geschlagen. Andrej spürte seine Furcht, die einzige Regung, die sie ihm noch gestattete, aber auch das war eine weitere Grausamkeit, um ihn zu quälen, nicht den Nubier.

»Willst du dich noch von deinem Freund verabschieden, Vater?«, fragte Corinna. Sie scheuchte Meruhe mit einer unwilligen Geste zurück, legte die linke Hand mit gespreizten Fingern zwischen Abu Duns Schulterblätter und beugte sich zugleich behutsam vor, um in den lodernden Höllenschlund des Ofens hinabzublicken. Glutheiße Luft schlug ihr ins Gesicht und ließ ihr Haar wehen. Etliche Strähnen kräuselten sich unter der enormen Hitze noch weiter und färbten sich grau. Andrej meinte, den Gestank von schmorendem Fleisch wahrzunehmen.

Ein vollkommen neues Gefühl kalten Entsetzens begann, von ihm Besitz zu ergreifen, eine Hilflosigkeit, die wehtat, aber er war unfähig, sich zu rühren. Corinnas Blick lähmte ihn. Ihre Augen waren wie zwei lodernde Räder aus schwarzem Feuer, die sich bis auf den Grund seiner Seele brannten. Andrej fühlte die Vorfreude auf die grausame Qual, die sie ihrem Opfer bereiten würde, das Lebenselixier der schwarzen Bestie, die im Körper einer jungen Frau wohnte.

Corinna verstärkte den Druck ihrer Hand, und Abu Dun versteifte sich. Ihr Wille war dem seinen weit überlegen, aber bei dem Nubier kamen jetzt der pure Selbsterhaltungstrieb und vielleicht die angeborene Furcht jeder Kreatur vor dem Feuer zum Vorschein. Andrej sah, wie sich die Muskelstränge an Abu Duns Hals strafften und seine Lippen zu einem schmalen, angestrengten Strich wurden.

Corinna legte die Stirn in Falten und sah ein bisschen verärgert aus, versuchte es noch einmal und trat schließlich mit einem resignierenden Seufzen zurück. Meruhe trat dem Nubier so hart in die Kniekehlen, dass der mit einem schmerzerfüllten Zischen auf die Knie fiel. Einen bedrohlichen Moment lang wankte er und schien nach vorne zu kippen. Eine knisternde gelbe Flammenzunge leckte nach ihm, als spüre das Feuer die Nähe des Opfers, das ihm dargebracht werden sollte. Tanzende rote und gelbe Funken hüllten Abu Duns Oberkörper und Gesicht ein, als er sich stöhnend aufrichtete. Hinter ihm ergriff Meruhe das Schwert mit beiden Händen und spreizte leicht die Beine, um festen Stand für den entscheidenden Hieb zu haben.

Etwas knallte, und Andrej nahm den typischen Geruch von verbranntem Schießpulver wahr, noch bevor Meruhe einen halben Schritt weit zurücktorkelte und das Schwert fallen ließ. Es klirrte unmittelbar neben dem knieenden Nubier auf den hölzernen Steg, hüpfte wie ein lebendes Wesen trotzig noch einmal in die Höhe und verschwand dann in der lodernden Kaminöffnung, was eine neuerliche Explosion zischender gelber und roter Funken zur Folge hatte, die diesmal nicht nur Abu Dun einhüllten, sondern auch Corinna und Meruhe.

Neben ihm fuhr eine der nubischen Kriegerinnen lautlos und schnell wie ein Schatten herum und trat Rezzori die ohnehin nutzlose Pistole aus der Hand, während ihre Schwester im gleichen Sekundenbruchteil das Schwert hob und die Spitze unter Andrejs Kinn setzte. Er konnte spüren, wie sich der geistige Würgegriff des Ungeheuers für einen winzigen Moment lockerte, stemmte sich mit verzweifelter Kraft dagegen und hätte vor Enttäuschung fast laut aufgeschrien, als sich die unsichtbaren Fesseln um seinen Geist wieder zusammenzogen, beinahe noch enger als zuvor. Wenn er überhaupt eine Chance gehabt hatte, dann hatte er sie verspielt.

Oben auf dem Steg machte Meruhe einen ungeschickten, stolpernden Schritt seitwärts, sah an sich hinab und starrte aus ungläubig aufgerissenen Augen auf das kreisrunde rauchende Loch in ihrer Brust, kaum einen Fingerbreit unter ihrem Herzen. Langsam sank sie auf die Knie, versuchte vergeblich, sich mit einer Hand abzustützen, und fiel dann schwer auf die Seite.

Neben ihm versetzte die Kriegerin Rezzori einen zweiten, in jeder Hinsicht überflüssigen Tritt, der ihn halb bewusstlos wieder auf den Rücken schleuderte, und setzte dazu an, auch noch ein drittes Mal zuzutreten, aber Corinna hielt sie mit einem scharfen Ruck an ihrer unsichtbaren geistigen Fessel zurück.

»Lass das!«, fügte sie laut hinzu und schüttelte bekräftigend den Kopf. »Ich nehme es ihm nicht übel. Im Gegenteil.«

Sie machte eine entsprechende Handbewegung, und die Kriegerin ließ sich neben Rezzori auf ein Knie sinken and zwang ihn wieder in eine halb sitzende Position hoch. Rezzori wimmerte vor Schmerz, als sie seinen verbrannten Arm packte und brutal auf den Rücken drehte.

»Wirklich, mein lieber Signore«, fuhr Corinna mit einem dünnen Lächeln fort. »Ich bin Euch nicht böse. Ich glaube, ich wäre sogar ein bisschen enttäuscht gewesen, wenn Ihr es nicht versucht hättet. Und immerhin habt Ihr ja nicht auf mich geschossen.«

Sie schüttelte den Kopf, seufzte noch einmal tief und sah dann einen endlosen Herzschlag lang auf Meruhe hinab, schließlich wieder auf Abu Dun, der noch immer reglos und weit nach vorne gebeugt über der lodernden Ofenöffnung kauerte. Die Hitze dort oben musste unerträglich sein. Abu Duns Gesicht war bereits mit Blasen und hässlich nässenden Wunden übersät, und sein Turban und die Schultern seines schwarzen Mantels schwelten. Unvorstellbarer Schmerz stand in seinen Augen geschrieben, und noch unsäglich viel größere Furcht. Er war gelähmt und unfähig, sich zu rühren, aber das Ungeheuer sorgte dafür, dass er jede einzelne Sekunde in aller grausamen Deutlichkeit durchlitt.

Corinna seufzte wie ein unzufriedenes, nörgeliges Kind. »Es ist immer dasselbe«, maulte sie. »Es muss wohl stimmen, wenn man sagt: Wenn du sicher sein willst, dass etwas erledigt wird, dann tu es selbst.«

Sie trat hinter Abu Dun, hob das Bein und setzte den Fuß zwischen seine Schulterblätter. Hinter ihr richtete sich Meruhe mit benommen wirkenden, fahrigen Bewegungen auf. Blut tränkte die Brust ihres schwarzen Gewandes und lief in zwei dünnen glitzernden Bahnen aus ihren Mundwinkeln; in ihren Augen stand fast derselbe unerträgliche Schmerz geschrieben wie in denen Abu Duns.

Aber es waren *ihre* Augen. Zum allerersten Mal, seit sie sich in dieser schwimmenden Stadt wiedergesehen hatten, blickte Andrej nicht in die leeren Augen einer Puppe, die von einem übermächtigen fremden Willen gelenkt wurde, sondern in die der uralten nubischen Kriegerkönigin, die er vor so langer Zeit kennen- und lieben gelernt hatte. Sie war frei.

Corinnas wie mit dünnen schwarzen Tuschestrichen gemalte Augenbrauen zogen sich zu einem spitzen »V« zusammen, während sie Andrej weiter anstarrte, dann flog ihr Kopf mit einem Ruck herum, und Andrej meinte regelrecht zu spüren, wie sich die finstere Macht des Ungeheuers in ihr wieder auf Meruhe konzentrierte.

Der flüchtige Lebensfunke in Meruhes Augen erlosch, und Andrej konnte sehen, wie sich jeder einzelne Muskel in ihrem Leib mit Knochen zerbrechender Kraft verkrampfte, als Corinna mit all ihrer ungeheuerlichen Gewalt zuschlug.

Doch es war zu spät, denn Meruhe sprang bereits, und diese Bewegung konnte auch Corinna nicht mehr aufhalten.

Mit weit ausgebreiteten Armen prallte Meruhe gegen Corinna

und riss sie mit der Wucht ihres Anpralls von den Füßen. Corinna kreischte in einer Mischung aus Wut und jäh aufloderndem Entsetzen, kämpfte den Bruchteil eines Atemzuges mit verzweifelt rudernden Armen um ihr Gleichgewicht und kippte dann nach hinten und über Abu Duns Schulter. Wie in einer letzten tödlichen Umarmung vereint, stürzten Meruhe und sie in den lodernden Höllenschlund hinab.

Für eine einzelne nicht enden wollende Sekunde geschah gar nichts, fast als hätte die Zeit selbst den Atem angehalten. Dann erscholl ein dumpfer, sonderbar trockener Knall, und eine doppelt mannshohe gelbe Flamme stieß wie ein Speer aus dem Brennofen und setzte die Deckenbalken in Brand, gefolgt von einer Milliarde angriffslustig tanzender Funken, die ihr Möglichstes taten, um das Zerstörungswerk fortzusetzen. Andrej hatte das Gefühl, einen lautlosen Schrei zu hören, der nur in seinem Kopf widerhallte, gefolgt von einer Woge so grenzenlos ungläubigen Entsetzens, dass er nicht der Einzige war, der wie von einem Hieb getroffen zurücktaumelte.

Dann explodierte der Ofen. Linien aus weißem, unvorstellbar hellem Licht erschienen auf seiner gemauerten Oberfläche und vereinigten sich zu einem lodernden Spinnennetz. Ein ungeheuerlicher Donnerschlag ließ das gesamte Gebäude in seinen Grundfesten erbeben, und der steinerne Ofen verwandelte sich in einen grellorangefarbenen Feuerball, der in alle Richtungen zugleich explodierte.

Die Druckwelle hob Andrej von den Füßen, aber er sah noch im Fallen, wie Abu Dun über ihm wie ein trockenes Blatt im Sturm davongewirbelt wurde und mit brennenden Kleidern im Chaos verschwand. Andrej ließ sich von seinem Instinkt leiten und warf sich mit ausgebreiteten Armen auf den halb bewusstlosen Rezzori, um ihn mit seinem Körper vor den Flammen zu schützen.

Hinter seiner Stirn gellte noch immer der lautlose Todesschrei, aber er achtete nicht darauf, sondern rollte herum, zerrte Rezzori mit sich und suchte mit Augen, die vor Schmerz zu explodieren schienen, nach einem Ausweg aus der Hölle, in die sich der Raum verwandelt hatte. Wohin er auch sah, loderten rote und gelbe Flammen. Trümmer und scharfkantige, glühende Glasscherben flogen wie tödliche Geschosse umher und bohrten sich in Wände, Boden und umhertorkelnde brennende Leiber. Lärm und Hitze waren unerträglich, und selbst die Luft, die er zu atmen versuchte, schien zu brennen. Mit verzweifelter Kraft stemmte er sich hoch, legte sich den halb bewusstlosen Signori über die Schulter und gewahrte noch im Aufspringen eine reglose Gestalt in einem brennenden schwarzen Mantel, die er sich kurzerhand über die andere Schulter warf, bevor er in die Richtung lostaumelte, in der er den Ausgang vermutete. Sehen konnte er ihn nicht. Obwohl die Katastrophe kaum einen Atemzug zurücklag, hatte sich der große Raum bereits zur Gänze in eine Hölle aus Licht und brüllender Hitze verwandelt, in der selbst das Atmen zum sicheren Todesurteil wurde.

Eine brennende Gestalt taumelte vorüber, lodernd und durchbohrt von einem zerbrochenen Glasstab, den die enorme Druckwelle in einen Speer verwandelt hatte. Andrej stolperte über etwas, das er zu seinem Entsetzen als Schwester Innozenz' brennenden Leichnam erkannte, aber er ließ das Entsetzen nicht an sich herankommen, sondern stolperte mit angehaltenem Atem und nur noch auf sein pures Glück vertrauend weiter. Über ihm bildete die Decke einen lodernden Baldachin aus verzehrendem Feuer, und der Boden zitterte noch immer. Wahrscheinlich würde das gesamte Gebäude gleich zusammenbrechen. Das würde sein sicheres Todesurteil bedeuten, denn Feuer gehörte zu den wenigen Dingen, die auch ihn schnell und zuverlässig töten konnten.

Noch immer mit angehaltenem Atem, um sich nicht Rachen und Lungen zu verbrennen, stolperte er weiter, wich einem brennenden Balken aus, der von der Decke stürzte, und gewahrte einen dunkleren Bereich in dem Chaos aus Licht. Es war nichts als Glück, das ihn die Tür finden ließ, doch sie war verschlossen und stand ebenfalls schon in Flammen. Das schmale Fenster daneben war unter der Hitze geborsten und wartete mit unzähligen rasiermesserscharfen Zacken darauf, weiches Fleisch zu zerreißen, sodass Andrej noch einmal all seine Kraft zusammennahm und die schwere Tür mit zwei wuchtigen Tritten aus den Angeln sprengte.

Die eisige Luft traf ihn mit solcher Wucht, dass er nur noch ein halbes Dutzend Schritte weiterstolpern konnte, bevor er kraftlos auf die Knie sank und die beiden schlaffen Körper von seinen Schultern gleiten ließ. Andrej gönnte sich den unbeschreiblichen Luxus, die eisige Nachtluft in zwei, drei, vier tiefen Zügen einzusaugen, ohne dabei das Gefühl zu haben, dass er Feuer atmete. Schließlich beugte er sich nacheinander über Rezzori und die nubische Kriegerin, um sie flüchtig zu untersuchen. Beide waren bewusstlos, und beide lebten noch, das war alles, was er im Moment sagen konnte, und für mehr war auch keine Zeit.

Obwohl er sich so elend fühlte wie selten zuvor und sich nichts Schlimmeres vorstellen konnte, als in die tosende Feuersbrunst zurückzukehren, stemmte er sich hoch, schlug beiläufig eine Flamme aus, die aus seinem Ärmel züngelte, und machte sich auf den Weg. Es war schwer vorstellbar, dass in dem brennenden

Gebäude noch jemand lebte, aber er musste es wenigstens versuchen.

Er kam genau zwei Schritte weit, dann explodierte irgendetwas im Inneren der Glasbläserei – wahrscheinlich der zweite Ofen – mit solcher Urgewalt, dass sich sämtliche Tür- und Fensteröffnungen in die flammenspeienden Geschützpforten eines Kriegsschiffes zu verwandeln schienen. Was vom Dach noch übrig geblieben war, flog in einer rasenden Feuerwolke davon, und eine zweite und noch gewaltigere Druckwelle schleuderte ihn zu Boden. Es regnete brennende Trümmer und Flammen, und eine neuerliche Hitzewelle rollte über ihn hinweg und versengte auch noch den Rest seiner Augenbrauen und Haare. Der Knall war so gewaltig, dass er für einen Moment taub war und benommen liegen blieb. Seine Ohren klingelten noch immer, und er hatte das Gefühl, dass die gesamte Insel in Schieflage geraten war, als er seine protestierenden Muskeln zwang, ihn noch einmal in die Höhe zu stemmen.

Belohnt wurde er mit einem Anblick, der bizarrer kaum sein konnte. Die gesamte Halle begann unter gewaltigem Getöse Funken und Flammen speiend zusammenzubrechen, und wie ein feuergeborener Gott aus dem Chaos der Urschöpfung torkelte eine riesenhafte, lichterloh brennende Gestalt aus dem Herzen dieser gleißenden Hölle heraus.

Abu Dun brannte. Sein Turban war verschwunden, und aus seinem Mantel schlugen Flammen. Brüllend vor Schmerz taumelte er noch ein halbes Dutzend Schritte weiter, bevor er zusammenbrach.

Andrej war mit einem einzigen gewaltigen Satz bei ihm, riss sich den eigenen, noch schwelenden Mantel von den Schultern und warf sich auf den Nubier, um die Flammen zu ersticken, zum Teil mit dem verkohlten Stoff, aber auch mit seinem Körper und seinen bloßen Händen. Abu Dun wand sich vor Schmerz und schlug so heftig um sich, dass Andrej zwei- oder dreimal von ihm heruntergeschleudert wurde. Aber schließlich erloschen die letzten Flammen, und nur einen Atemzug später sank der tobende Nubier zurück und verlor das Bewusstsein.

Andrej nahm sich noch einen Moment, um besorgt in Abu Dun hineinzulauschen. Selbst in tiefer Ohnmacht litt der Nubier Höllenqualen, aber das würde vergehen. Abu Dun war stark. Er würde es überleben und schon bald nicht nur wieder zu sich kommen, sondern auch wieder völlig unversehrt sein. Wenigstens körperlich.

Schreie und Lärm begannen sich in das immer noch anhaltende Getöse des zusammenbrechenden Gebäudes zu mischen, als er sich abermals hochquälte und zu Rezzori und der bewusstlosen Kriegerin zurückwankte.

Rezzori war offensichtlich noch deutlich zäher, als Andrej ohnehin angenommen hatte, denn er war nicht nur schon wieder zu sich gekommen, sondern hatte sich trotz seiner schweren Verletzungen auch halb aufgesetzt. Er zitterte am ganzen Leib – die ersten Folgen der schweren Verbrennungen, die er erlitten hatte –, aber sein Blick war klar, und was Andrej in seinen Augen las, gefiel ihm ganz und gar nicht.

Es war im Moment aber auch unwichtig.

Andrej ließ sich neben der verletzten Kriegerin auf die Knie sinken, drehte sie mit zitternden Händen auf den Rücken und blickte in ein lebloses Augenpaar.

Er hatte sie in Sicherheit gebracht. Er hatte sie unter Einsatz seines Lebens aus dem brennenden Haus geschafft, aber damit hatte er ihr nicht einmal eine Minute mehr Leben erkauft. Eine handlange, gezackte Scherbe hatte sich tief genug in ihre Kehle gebohrt, um sie halb zu enthaupten.

Seltsamerweise sah sie beinahe friedlich aus, trotz der tödlichen Wunde an ihrem Hals und der Spuren, die die Flammen in ihrem Gesicht hinterlassen hatten. Was er in ihren Augen las, war weder Schmerz noch Furcht, sondern nichts als ein Ausdruck unendlicher Erleichterung. Vielleicht waren die wenigen Augenblicke zusätzlichen Lebens, die er ihr verschafft hatte, doch nicht umsonst gewesen, dachte Andrej, denn in diesen allerletzten Momenten war sie wieder sie selbst gewesen.

Bitterkeit überkam ihn und so etwas wie Abscheu vor sich selbst, weil er nicht mehr bei dem Gedanken an Meruhes Tod empfand – und bei dem seines Sohnes. Er sollte entsetzt sein und vor Schmerz schreien, aber er spürte nur so etwas wie eine dumpfe Betäubung.

Vielleicht erwartete er auch einfach zu viel von sich. Er lebte, und das war schon unendlich viel mehr, als er noch vor einer Stunde hätte erwarten können. Der Schmerz würde kommen, dessen war er sicher, und er würde schlimmer sein und länger anhalten, als er es sich jetzt vorstellen konnte.

Schreie und Lärm nahmen immer noch zu, und Andrej begriff, dass ihm nur noch sehr wenig Zeit blieb. Das Feuer war nicht unbemerkt geblieben, und von überall her näherten sich Menschen, um nach Überlebenden zu suchen und den Brand zu löschen, bevor die Flammen weiter um sich griffen.

Andrej wäre es gleich gewesen. Sie hätten niemals hierherkommen dürfen, dachte er bitter, aber zugleich noch immer von lähmender Taubheit erfüllt. Wenn es nach ihm ging, dann konnte diese ganze verdammte Insel niederbrennen und der Rest dieses gottverdammten Landes gleich mit ihr.

»War sie … eine Freundin von Euch?« Rezzoris Stimme war schwach, und das Zittern in ihr verriet ihm mehr über seinen wahren Zustand, als er selbst ahnen mochte. Aber das Mitgefühl darin war echt.

Er hatte nicht einmal ihren vollständigen Namen gekannt, dachte Andrej. Trotzdem nickte er, und Rezzori stemmte sich mit Schmerz verzerrtem Gesicht noch weiter in die Höhe und versuchte, seinen Blick zu fixieren, was er aber nicht zuließ.

»Ich nehme nicht an, dass Ihr mir erklären wollt, was ich da gerade gesehen habe«, fuhr Rezzori fort.

»Nein«, sagte Andrej. Er spürte etwas, einen unendlich dünnen, heißen Stich, wie von einer Nadel, die sich tiefer in sein Herz bohrte.

»Vermutlich will ich es gar nicht wissen«, sagte Rezzori.

»Ja, vermutlich.«

»Weil Ihr mich töten müsstet, wenn ich Euer Geheimnis kenne.« Rezzori lachte, und Andrej drehte langsam den Kopf und sah ihn an. Rezzoris Lachen erstarb.

»Es tut mir trotzdem leid«, fuhr der Signori fort, nun wieder vollkommen ernst. »Ihr habt sie wirklich geliebt, nicht wahr?«

Andrej schwieg auch dazu; schon weil er nicht einmal sicher war, ob Rezzori und er von derselben Person sprachen. Er versuchte, an Corinna zu denken, an ihr schmales Gesicht und das Strahlen ihrer Augen, als sie noch sie selbst gewesen war, stattdessen sah er ein anderes dunkleres Gesicht vor sich und ein Augenpaar, an dem Jahrhunderte vorübergezogen waren. Aus der dünnen Nadel, die sich in sein Herz grub, wurde eine Dolchklinge.

»Warum hat sie das getan?«, fragte Rezzori.

»Meruhe?« Andrej wartete seine Antwort nicht ab, sondern

fuhr mit der brüchigen Stimme eines uralten Mannes fort: »Sie hat wohl geglaubt, dass das alles ihre Schuld sei. Ich hätte das Ungeheuer schon vor einem Jahr töten können, aber sie hat mich daran gehindert.«

»Und deshalb hat sie ihr eigenes Leben geopfert, um für diesen Fehler zu bezahlen«, sagte Rezzori. »Das klingt nach einer sehr tapferen Frau.«

Jetzt wurde aus dem Dolch eine Schwertklinge. *Tapferer, als du dir auch nur vorstellen kannst,* dachte Andrej. *Und das nicht, um für irgendetwas zu bezahlen, sondern um* sein *Leben zu retten.*

»Ja«, sagte er nur. Er stand auf. Schreie und Schritte kamen näher, und es wurde Zeit zu gehen.

»Wohin wollt Ihr, Delãny?«, fragte Rezzori.

»Das weiß ich noch nicht«, antwortete Andrej ehrlich. »Aber ich glaube nicht, dass Ihr uns finden werdet.«

Er ging zu Abu Dun zurück, ließ sich neben ihm auf ein Knie sinken und legte die Hand auf seine Stirn. Sie konnten nicht nur nehmen, sondern auch geben, wenigstens anderen ihrer Art.

Abu Dun öffnete stöhnend die Augen, flüsterte einen Fluch in seiner Muttersprache und stemmte sich unsicher auf beide Ellbogen hoch. Andrej sah nicht zu Rezzori zurück, aber er hörte, wie der erneut scharf die Luft einsog.

»Alles in Ordnung?«, fragte Andrej.

»Sicher«, grummelte Abu Dun. »Genau wie bei dir, nehme ich an.«

Andrej strecke ihm die Hand entgegen und war fast überrascht, als Abu Dun das Angebot annahm; und noch mehr, wie viel Mühe es ihn kostete, den Nubier auf die Füße zu ziehen. »Wir sollten verschwinden«, sagte er. Der Nubier nickte nur stumm, und hinter ihm sagte Rezzori: »Signore Delãny?«

Andrej wollte nicht mit ihm reden. Eigentlich wollte er nie wieder reden. Der Schmerz in seiner Brust wurde schlimmer, und er fragte sich schon längst nicht mehr, ob er irgendwann einmal erlöschen würde, sondern nur noch, ob es irgendwann aufhören würde, schlimmer zu werden.

Trotzdem drehte er sich noch einmal zu Rezzori um und sah ihn fragend an.

»Das Schiff, mit dem Ihr hergekommen seid, Delãny«, sagte Rezzori. »Erinnert Ihr Euch noch an seinen Namen und wo es liegt?«

Andrej nickte, und Rezzori fuhr mit einem schiefen Lächeln fort. »Ich habe mit dem Kapitän gesprochen. Wie es der Zufall will, läuft es morgen bei Sonnenaufgang aus. Solltet Ihr und Euer Freund dann an Bord sein, könnte es mir vielleicht schwerfallen, Euch noch zu finden.«

Es dauerte einen Moment, bis Andrej wirklich begriff. »Ihr lasst uns gehen?«, vergewisserte er sich. »Einfach so?«

»Wie könnte ich zwei gesuchte Mörder und Spione einfach so gehen lassen?«, erwiderte Rezzori, machte zugleich aber auch eine Kopfbewegung zu dem lodernden Scheiterhaufen hinter ihm. »Aber wenn ich Euch und Euren Freund festnehmen würde, müsste ich Euch verhören, und vielleicht würde ich dann erfahren, was dort gerade wirklich geschehen ist.«

»Und ich nehme an, das wollt Ihr nicht?«

»Ich bin nicht sicher, ob ich das sollte«, antwortete Rezzori. »Vielleicht gibt es ja Dinge, die niemand wissen sollte.«

»Ihr seid ein kluger Mann«, antwortete Andrej.

Er nahm Abu Duns Arm, legte ihn sich um die Schultern und stützte den Nubier, als sie sich umwandten und ohne ein weiteres Wort gingen.

Er wusste nicht, wohin. Vielleicht an einen Ort, an dem sie Frieden fanden.

Falls es einen solchen Ort für sie gab, irgendwo auf der Welt und zu irgendeiner Zeit.

Wolfgang Hohlbein

Glut und Asche

Roman, Roman + CD, Portfolio

»Wolfgang Hohlbein ist der Magier der Fantasy-Literatur!«
Die Welt

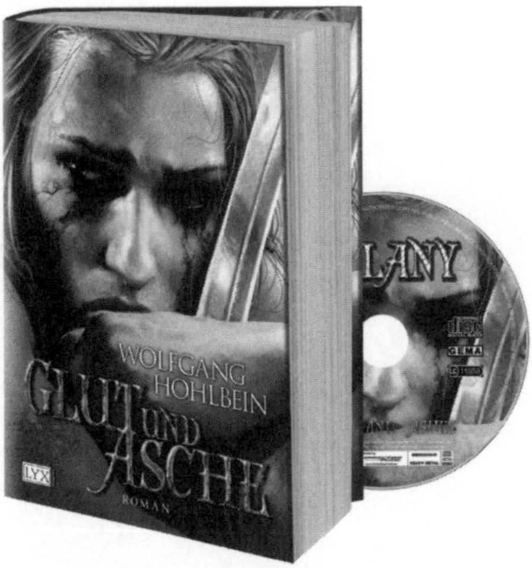

Gerüchte über rätselhafte Todesfälle führen die beiden Unsterblichen Andrej Delãny und Abu Dun nach London. Ein seltsames Schattenwesen – von den Einheimischen Phantom genannt – soll für die grausamen Morde verantwortlich sein …

Das neue Werk von Wolfgang Hohlbein ist ebenfalls erhältlich als exklusives Set aus Buch plus CD, die den Roman in ein emotionsgeladenes Rockalbum verwandelt. Die parallel erscheinende limitierte und handsignierte Kunstmappe von Thomas von Kummant (preisgekrönt u.a. für die Comicadaption von Wolfgang Hohlbeins Vampirsaga »Die Chronik der Unsterblichen«) setzt die spannendsten Szenen des Romans in atemberaubende Kunstwerke um.

Roman
448 Seiten, gebunden mit Schutzumschlag
€ 19,95 [D]
ISBN 978-3-8025-8247-9

Roman inklusive CD
448 Seiten, gebunden mit Schutzumschlag, inklusive CD
€ 29,95 [D]
ISBN 978-3-8025-8248-6

Glut und Asche Portfolio
5 Kunstdrucke in einer hochwertigen Sammelmappe
€ 59,95 [D]
ISBN 978-3-8025-8249-3

www.egmont-lyx.de

EGMONT LYX
Verlagsgesellschaften

Bernd Perplies

Magierdämmerung

Für die Krone

Roman

London 1897

Während einer Zaubervorstellung erleidet der Bühnenmagier Brazenwood einen Zusammenbruch und wird kurz darauf von schattenhaften Gestalten gejagt und tödlich verletzt. Der junge Reporter Jonathan Kentham findet den sterbenden Brazenwood, und dieser übergibt ihm ein magisches Kleinod. Schon bald muss Jonathan feststellen, dass sich die Welt verändert hat. Eine Gruppe von Magiern hat in den Ruinen des untergegangenen Atlantis ein uraltes Siegel geöffnet, um ein neues Zeitalter der Magie einzuläuten …

Band 1 der Serie
448 Seiten, broschiert mit Klappe
€ 12,95 [D]
ISBN 978-3-8025-8264-6

www.egmont-lyx.de

EGMONT LYX
Verlagsgesellschaften